説話文学会編

笠間書院刊

説話から世界をどう解き明かすのか

説話文学会設立50周年記念シンポジウム［日本・韓国］の記録

序——説話研究の世紀

小峯和明［説話文学会　五十周年記念事業委員会代表］

一九六二年に創設された説話文学会は二〇一二年に五十周年を迎えた。本書はこの五十周年を記念して、学会が主体となって編集したものである。記念事業として、六月に立教大学で記念の大会を開催、さらに例年、東京以外の各地で開かれる十二月例会を、ソウルの崇実大学校で韓国日語日文学会との合同で開催した。海外での学会は初めての企画ともなった。本書はこのふたつの記念事業の講演・シンポジウムの記録と、会員外の研究者も交えた数名の寄稿による学会への提言とから構成される。

五十周年記念事業については、数年前から委員会で相談が始まり、立教大学が事務局を担当した二〇〇九年度から実質的に動き出した。まず委員の中から事務局経験者を中心に企画委員会を立ち上げることになり、事務局の小峯、前事務局の千本英史氏、前々事務局の石川透氏、次期事務局予定の鈴木彰氏が核となり、さらに委員会から竹村信治、近本謙介の両氏が推薦され、計六名からなる五十周年記念事業委員会が発足した（事務局の小峯が代表）。

六月の大会は通常の研究発表を行わず（代替えは十月例会に実施）、基調講演とシンポジウム形式で行うこととし、十二月例会は韓国の日語日文学会の大会がソウルで開催されるのにあわせて合同でシンポジウムと研究発表会を開くことになった。そうして、それぞれの学会の現場の雰囲気が体感できるようなかたちで記録をまとめ、論集として公刊する案がまとまり、笠間書院に依頼し、幸いにも快諾を得ることができた。

二〇一一年の六月大会後に事務局が明治大学に移転、学会三十周年記念事業の中心だった林雅彦氏を代表に、鈴木彰氏が事務局の一切を引き受け、強力な推進役となった。六月大会のシンポジウムは二日間の予定で、まず基調講演を現在の日本古典研究の第一人者であるコロンビア大学のハルオ・シラネ氏に依頼した。シンポジウムのテーマはこれまでの説話研究を総括し、今後の展望をはかるかたちで、「説話とメディア―媒介と作用」「説話と資料学、学問注釈―敦煌・南都・神祇」「説話と地域、歴史叙述―転換期の言説と社会」の三つに集約され、会員の如何を問わず、それぞれ多方面の分野から多彩な講師陣とコメンテーターが選ばれた。学際と国際をふまえた未来指向の新しい方向性を意識した立案で、記念事業委員のメンバーが二人づつペアになって、シンポジウムのコーディネーターを務めた。また、大会に関連して会場校の立教大学所蔵の絵巻を主とする資料展示も行われた。

一方、十二月ソウル学会は、四名の個別の研究発表に加え、全体会での総合シンポジウム「古典の翻訳と再創造―東アジアの今昔物語集」と古典部会でのラウンドテーブル「日韓比較研究の諸問題」との二本立てで行われ、いずれも白熱した議論で、時間の不足を嘆く声が随所で聞こえた。翌日は説話文学会のみの企画で、百済の古都扶余をめぐる日帰りツアーも実施され、参加者が予想外に多く、バス二台を連ねての小旅行となった。

こうして開催された六月の記念大会は延べにすると数百名の参加者があり、学会開設以来最高の人数となり、十二月例会も日本から五十名ほどが参加し、盛況であった。

今、いずれの記録を読みかえしてみても、その折りの学会の雰囲気や熱気がまざまざと甦ってくる。参加されなかった方々にもその臨場感はある程度体感していただけるのではないかと思う。ここで議論されたことどもは、もはやかつての国文学内の説話文学ジャンルの域をはるかに超え出て、人文学総体にかかわる、あらゆる問題群が俎上に載せられたといってよい程で、今日の研究状況で最も説話が活況を呈していることをあらためて浮き彫りにしたといえる。説話という器があらゆる領域の問題群を呼び寄せ、引きよせ、包含し、呑み込む巨大な坩堝と化している、そんな思いにひたることができる。まさに説話の宇宙の体現であり、さまざまな人が集い、自在に行き交う知と学の広場が開かれたという感慨を禁じ得ない。

シンポジウムのまとめで述べたことだが、奇しくも近代の説話研究が勃興してからちょうど百年に当たる。説話研究は一世紀の歩みを経て、今日にまで至った。本書が今後さらなる学の進展に寄与しうることを念じてやまない。明日を担う志学の若い人たちにとってこの上ない道しるべとなれば幸いである。説話研究のさらなる五十年後、百年後を信じて――。

末筆になったが、記念大会の推進役を務めた事務局の鈴木彰氏、ソウル学会の中心役を担われた李市埈氏、大会会場校とソウル学会の日本側の実務とを一手に務めた金英順氏に特にこの場を借りて御礼申し上げたい。

もくじ

II 説話文学会五十周年に寄せて［エッセイ］……356

III 説話文学会ソウル例会の記録［韓国日語日文学会共催］……390

二〇一二年度
説話文学会大会
学会創設五〇周年記念大会
会場…23日（土）…4号館4階4402教室
24日（日）…14号館3階D301教室

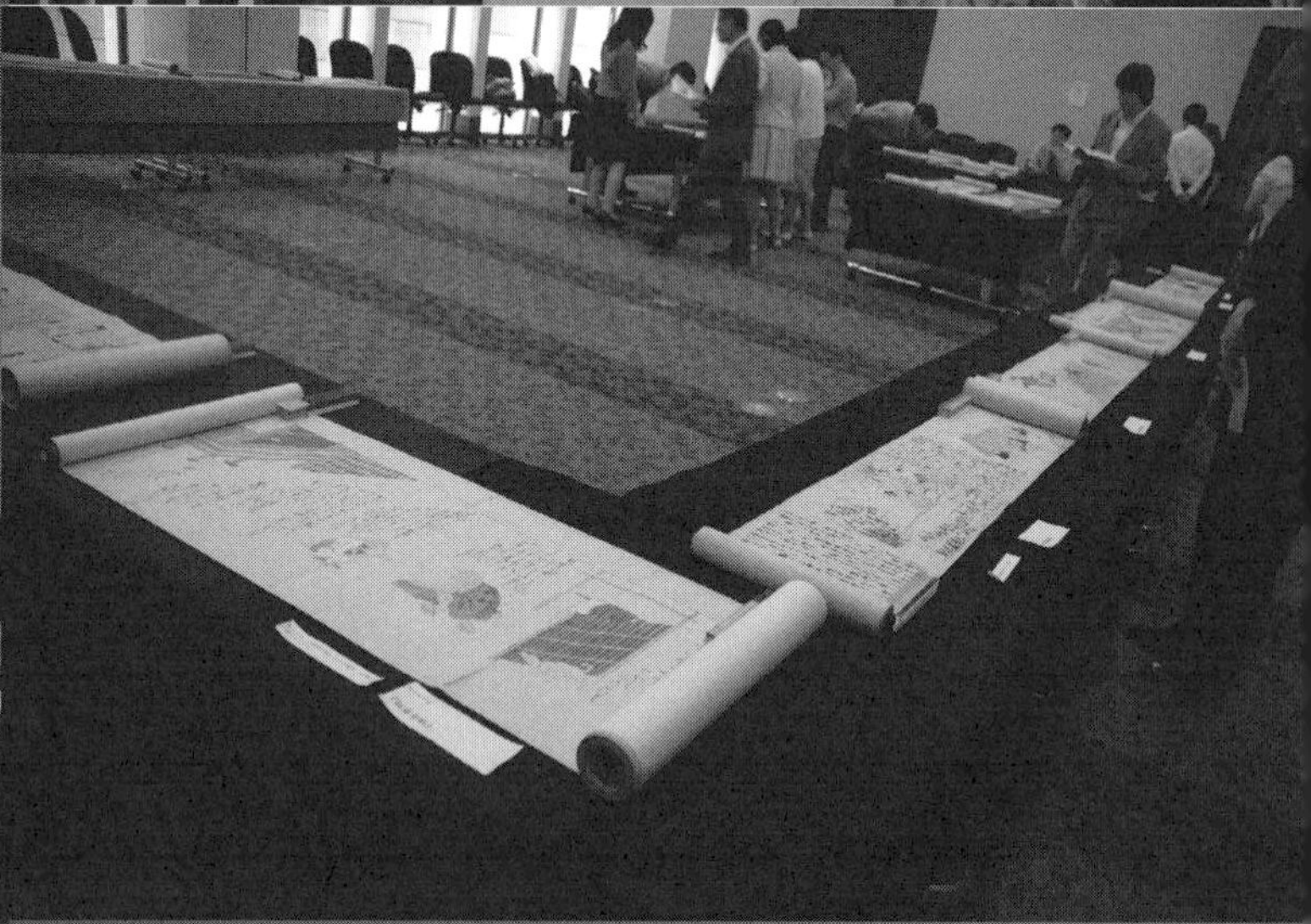

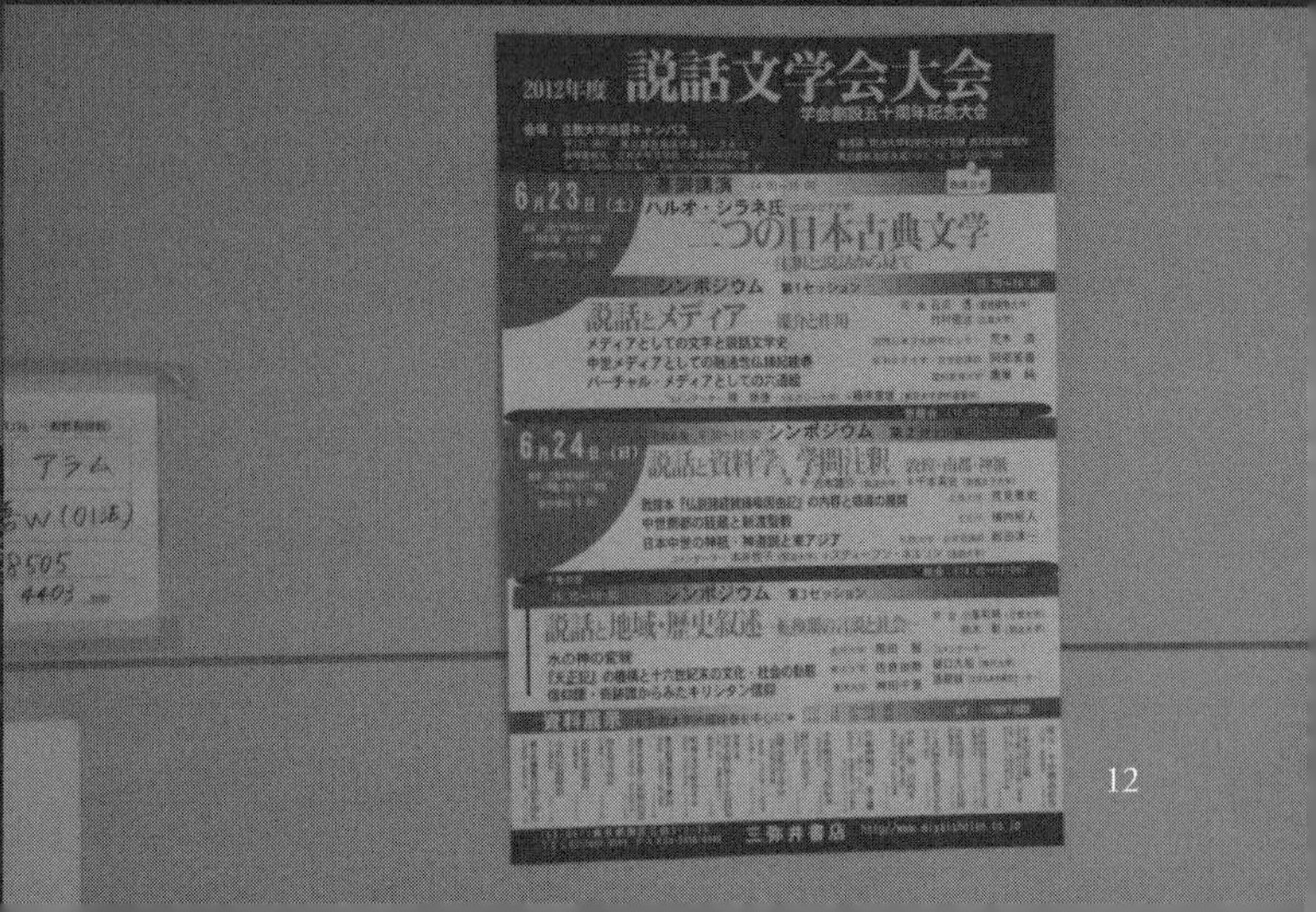

2012年度 説話文学会大会
学会創設五十周年記念大会
6月23日（土）
ハルオ・シラネ氏
二つの日本古典文学
シンポジウム
説話とメディア
6月24日（日）
シンポジウム
説話と資料学、学問注釈
シンポジウム
説話と地域・歴史叙述
三弥井書店

I

説話文学会五十周年記念大会の記録

2012.6.23 〜 24　於・立教大学

五十周年記念シンポジウムに寄せて

説話文学会　五十周年記念事業委員会

説話文学会は二〇一二年、設立五十周年を迎えました。その記念事業の一環として、大会では基調講演と三つのシンポジウムが組まれることになりました。

一九五〇、六〇年代に発足した日本文学系の学会が近年あいついで五十周年を迎え、学会や研究状況を見つめ直す恰好の機会となっています。とりわけ説話研究は戦後の民主主義路線に拠る民衆・庶民重視の潮流に乗って進展してきた分野で、一九六〇年代は説話研究の第一次の高揚期といってよく、その情勢から学会も設立されました。当時の様子は三十周年記念に単行本化された『説話文学会会報』（岩田書院）からよくうかがえます。その後、七〇年代には講座『日本の説話』（東京美術）が刊行され、ほぼ研究の市民権を獲得、八〇年代の知と学の変動期にさらに活性化し、九〇年代の『説話の講座』（勉誠出版）であらたな集約を見、そこから全面展開をみせて二十年が経過したことになります。

二〇一二年の四月例会では、この『説話の講座』から二十年間の経緯が個々の研究を軸にたどられましたが、本シンポジウムでは、過去の経緯をふまえつつも、回顧に浸るのではなく、さらに今後の研究の指針を切り拓くべく、会員の如何を問わず、歴史、宗教、美術などさまざまな分野の方々に御協力頂き、「説話とメディア」「説話と資料学、学問注釈」「説話と地域、歴史叙述」の三部門から構成され、議論が展開されます。

説話研究は、当初は説話がいかに文学であるかを立証するための研究に邁進し、主に説話集に特化される作品論が中心になりました。この学会が「説話」ではなく、「説話文学」を名乗ったところに何よりその趣意が明らかで、まさに説話集という文学ジャンルが発見され、国文学の領域として認知されてきたわけです。しかし、八〇年代に入ると、先鋭的な作品論の一方で、おおきく言説研究に移行していったとみることができます。説話集の作品論・テクスト論から、説話の言説論へ舵を切ったといえるでしょう。『説話の講座』はまさにその転換点を象徴するものとなっています。いわば、ジャンルとしての説話からディスクールとしての説話への転換で、学問・注釈、唱導、中世神話、寺社縁起、絵解き、口頭伝承、言談、偽書、キリシタン、琉球、朝鮮等々、思いつくまま近年にいたるまで焦点になったテーマをあげてみれば、その動向は顕著であり、それらすべてに説話が中心的な問題群としてかかわっていることが明らかになりました。

説話の領域が拡大、拡張するにつれ、説話は説話集形態のテクストのみにとどまらず、あらゆるジャンルや媒体にかかわることが自明となりました。もはや説話はジャンルではなく、メディアであり、言説（言述）として、時代社会をつらぬいてあまねく偏在しており、あらゆる領域を対象としなければならない全面展開の時代になったといえます。それが今日の説話研究のありようではないでしょうか。

したがって、本シンポジウムも、言説研究のおおきな契機となった、絵解きや言談などの表現媒体から問い直すメディア論、唱導や学問注釈、寺院資料などから追究する資料学、東北や琉球、東アジアをはじめとする地域と歴史叙述からの検証といった三つの柱から構成されました。あらゆる面で生きにくくなっている時代において、今後のあらたな説話研究をどう開いていくか、ますますその意義が重視されるように思われます。実り多きシンポジウムとなりますよう、多くの方々のご参加に期待してやみません。（文責・小峯和明）

【参考】

説話文学会『説話文学会会報』岩田書院、一九九三年。

国東文麿「説話文学会創設のころ―創設三十年を経て」『国文学解釈と鑑賞』至文堂、一九九三年十二月。

小峯和明「説話研究の現在」『説話の言説』森話社、二〇〇二年。

「説話文学」研究から「説話」研究へ——代表挨拶に代えて

林　雅彦［説話文学会代表］

一九六二（昭和三七）年一月、その呱呱《ここ》の声を上げた説話文学会は、二〇一二年五十周年を迎えることが出来ました。その間の研究の推移については、小峯和明氏の簡にして要を得た「五十周年記念シンポジウムに寄せて」に述べられている通りです。即ち、「ジャンルとしての説話」から「ディスクールとしての説話」への活性化が図られた三十周年時に事務局をお引き受けしました。

そこで、記念事業として、一九六二年七月から同六七年九月までにＢ５判の小冊子として刊行された「説話文学会　会報」都合二十三号を岩田書院より『説話文学会報』（一九九三年六月）一冊として出版致しました。現会員の多くは、設立当初の模様をご存知ないかと思い、少々初期の「会報」から引かせて頂きます。

第一号を繙くと、初代代表委員の佐々八郎氏「あいさつ」は、左記のように記されています。

説話や説話文学に深い関心や研究意欲をもつ民俗学・国文学・国語学などの研究者の集まりであるこの学会は、本年一月に設立され、才一回の大会が五月二十日に開かれました。

この会は実質的に研究や討議を進める会であり、また全国の大学また各地の、説話や説話文学の研究会の連絡にも当たるものです。さしあたり年一回の大会においては研究発表・講演・シンポジウムなどを、隔月一度の例会においては研究発表と種々の問題についての共同討議を行うこととし、また、各種の研究会や新著・新資料などの紹介をふくむ会報を随時発行していく方針です。

説話・説話文学の索引作製、書目解題、資料の翻刻などの仕事をどう進めるか、そのための基礎的な共同研究の必要についても話し合われています。（下略）

当初の研究傾向を端的に伺うことが出来ます。また第三号（一九六三年一月）巻頭では、植松茂氏が「前進の方向」と題して、

才二回例会に出席してその興奮さめやらぬまま、少々思うところを記してみたい。

一つは説話と説話文学という二つの研究対象の問題である。これは会の発足当初から名称に関連して問題となった点だが、対象の問題だけでなく研究の方法にも関連しているので、これからも何かと問題となることと思う。しかし肝心な事はどちらを対象とするにせよ、研究の成果をあげることなので、説話文学の研究者は単にそこに文学を認めるというだけでなく、それがいかにして文学となり得ているかという問題を追求すべきであろう。昨夜の例会ではそこに「文体」ということを持ち出してみたのだが、一つの方向として一考をわずらわしたい点である。（下略）

の如く記されています。設立時から「説話」と「説話文学」というテクニカルタームが問題となっていたことが知られます。

さらに第十七号（一九六六年四月）の緒方惟精氏「偶感三題」の冒頭の一節においても、

いつも感じていることであるが、わが学会において「説話」および「説話文学」の概念について明確ならしめるよう、根気よく討議を繰り返え《ママ》すべきである。筆者も講義で「説話」という語を取扱うとき、説話の概念が学者によって雑多であることに当惑を感じているし、「説話文学会」という名を国文学者

の友人にかたると「学会で考える説話文学とはいかなるものか」と反問されることが、しばしばである。もちろん、会員各自の理解もさまざまで、一致し難いと思うし、また他の人の考え方もわかってお互い益があると思う。気長に「説話」、「説話文学」の概念、研究対象について論じ合うことは必要だと思う。

と述べられています。このように、長年にわたって「説話」「説話文学」両概念が問題となってきたのでした。

私事で恐縮ですが、三十周年の前後は絵解き研究や朝鮮半島の説話・説話画調査に夢中になっていました。また五十周年時に再度事務局をお引き受けするという因縁めいたものがありますが、近年は些か唱導・巡礼の世界に関心を抱いております。

今回の記念シンポジウムが、会員の皆様のあらたな説話研究の第一歩となることを願って筆を擱《お》くことと致します。

林雅彦［説話文学会代表］●一九四四年生まれ。所属：明治大学。専門分野：日本を含む東アジアの仏教説話・仏教説話画・仏教民俗芸能。主要著書：『穢土を厭ひて浄土へ参らむ―仏教文学論―』（名著出版、一九九五年）、『絵解きの東漸』（笠間書院、二〇〇〇年）、『「生と死」の東西文化史』（方丈堂出版、二〇〇八年）他。

基調講演

[発表] ハルオ・シラネ

小峰和明■　最初にご講演いただきますハルオ・シラネさんをご紹介いたします。ここにあらためてご紹介するまでもないほど皆様ご存じのことと思います。ニューヨークのコロンビア大学の東アジア学部の教授で、海外・日本を問わず現代の日本古典文学研究の第一人者と言ってよいと思います。出発点は『源氏物語』でしたが、そのあと芭蕉、近世文学、最近は中世文学にもかなり力を入れておられていて、その一環で今日ご講演をお願いすることになりました。

　過去に出された本の代表作といえば、『夢の浮橋―源氏物語の詩学』（中央公論社、一九九二年）、『芭蕉の風景　文化の記憶』（角川書店、二〇〇一年）、あと編著書ですが『創造された古典』（新曜社、一九九九年）があります。この本は従来の日本古典研究を変える、ひとつのエポックとなったものといっていいと思うのですが、それほど我々も大きな影響を受けたご研究です。

　そして今年、英文の本なのですが、『*Japan and the Culture of the Four Seasons: Nature, Literature, and the Arts*』（Columbia University Press、二〇一二年）という「四季の日本文化」というご研究を出されまして、これはいずれ日本語訳が出ると思いますが、近年は環境問題や環境文学などにも造詣を深められていらっしゃいます。

　それから今回の話題にかかわるものとしては、『*The Demon at Agi Bridge and Other Japanese Tales*』（Columbia University Press、二〇一一年）があります。「安義橋（あぎのはし）」ですね。『今昔物語集』の鬼の話題をタイトルにした説話のアンソロジーです。解説と翻訳ですね、抜粋の英訳をしたものです。

　それから最近もう一つ出ましたのは、勉誠出版から出ました編著書『世界へひらく和歌　言語・共同体・ジェンダー』（二〇一二年）という和歌を中心とした論集で、日本語と英語のバイリンガルの本です。これはシリーズで今後出して行かれる予定だそうです。

　ということで我々を常に挑発しつづけているシラネさんのお話が聞けるということで楽しみにしております。それではよろしくお願いいたします。

二系統の日本古典文学
世界文学としての説話
説話文学会50周年記念大会
立教大学
2012年6月23日
ハルオ・シラネ　コロンビア大学

『黄金伝説』と世界文学としての説話集

◉

ハルオ・シラネ
［コロンビア大学］

1951年生まれ。所属：コロンビア大学。専門分野：日本古典文学。主要著書：『夢の浮橋—源氏物語の詩学』（中央公論社、1992年）、『芭蕉の風景　文化の記憶』（角川書店、2001年）、『創造された古典』（共編著　新曜社、1999年）、『越境する日本文学研究』（編著　勉誠出版、2009年）、『*The Demon at Agi Bridge and Other Japanese Tales*』（Columbia University Press、2011年）、『*Japan and the Culture of the Four Seasons: Nature, Literature, and the Arts*』（Columbia University Press、2012年）など。

訳・高井詩穂

◉ Summary

平安後期から中世にかけて、学問と注釈の作成は同じことであった。当時の学者は、現代の研究者のように研究対象のテクストとは別個に存在する論文を書くことはなかった。注釈を書くことは、知識の生産、あるいは言語やテクストの探究のための主な手段であり、注釈がテクストよりもはるかに長く、何倍もの長さになることがよくあった。小峯和明氏が指摘しているように、現代の注釈では研究者は注を「付ける」のであるが、中世の注釈では学者は注を「作る」のであった。

『源氏物語』のような、早くカノン化された安定したテクストとは対照的に、『平家物語』のような流布するテクストは、長い期間にわたって再構築され、再創造されてきた。こうしたテクストには様々な異本がある。『源氏物語』のようなカノン化されたテクストと『平家物語』のような流布するテクストとの大きな違いは、カノン化されたテクストの場合、ある時点で定本が確立し、定本が比較的少数の異本とともに注釈の対象となることである。これに対して、『平家物語』のような、数多くの異本から成り立つ流布するテクストは、近世になるまで本格的な注釈の対象にはならなかった。流布するテクストは説話から生み出され、他のテクストの様々な注釈を吸収していったのである。今回の発表では、このような二系統の古典文学のありようを、注釈と説話の観点から考えたい。

一　二系統の日本古典文学

本稿では、説話と説話集を、古典テクストとの関連と世界文学との関連という二つの広い文脈の中で論じる。そのためにまず、テクストの受容や制作のタイプに応じて日本の古典文学を二系統に分類したい。一つ目の系統は、カノン化されたテクストである。テクストは、文化的、文学的、政治的、宗教的な権威を得ると、学者や僧侶、その他の研究組織による注釈や研究の対象になる。このように権威化され、注釈の対象になったテクストをタイプAとする。初期の日本文学でこのタイプに分類できる主なテクストには、『日本書紀』『古今集』『伊勢物語』『源氏物語』『和漢朗詠集』などがある。これらのテクストの多くは、古典の研究や注釈が盛んに行われた十三世紀の初めにカノン化された。

古典テクストの二つめの系統は、広く流布してもカノンにはならなかった、つまり、研究や注釈の対象にならなかったテクストである。これをタイプBとする。このタイプの典型に、「酒呑童子」や「浦島太郎」などの御伽草子がある。タイプAのテクストがカノンになった時点で安定するのとは対照的に、タイプBのテクストには多くの異本が存在する。実際、テクストが広範囲に流布するほど異本の種類が増加した。言い換えれば、これらのテクストはより頻繁に改作され、再編集されたのだ。『平家物語』の異本の数々もこの系統に属する。覚一《かくいち》本はある時点でカノン化されて定本になったが、延慶《えんぎょう》本から『源平盛衰記《げんぺいじょうすいき》』に至るまでの『平家物語』の多数の伝本に関しては、広範囲に流布するほど異本が増殖し、元のテクストがより大幅に変更される傾向があった。これは、タイプBのテクストの特徴によく当てはまる。

このような観点から見ると、説話や説話集は、タイプBのテクストの典型といえる。これらのテクストは、古典注釈の対象にはならなかったものの、広く流布し、常に改作・再編成・再創造されてきたのだ。

二　Deep Comparison（深層比較）と世界文学の問題

ここで、日本の中世の説話を西ヨーロッパ文学の類似テクストと比較し、重要な共通点や相違点を「世界文学」という観点から検討してみたい。「世界文学」という言葉は一般的に、多言語に翻訳され、他の国の文学と舞台を共有している文学を指す。近年の「世界文学」論として有名なのは、比較文学者デイヴィッド・ダムロッシュが二〇〇三年に出版した『*What is World Literature?*（世界文学とは何か？）』である。

二〇一一年四月には邦訳も出版された（国書刊行会刊）。本稿ではこの意味での「世界文学」の枠組みに加えて、「deep comparison（深層比較）」と呼ばれるアプローチで「世界文学としての説話」について考察したい。「deep comparison」とは、歴史的には直接関連しないが、テクストそのものや文化の成立・発展のプロセスなどの構造的なレベルで多くの共通点を持つ文学現象・文化現象を比較研究するアプローチである。

初めに挙げた世界文学の定義、つまり、複数のテクストが翻訳を通じて世界の舞台で交流し合う状態は、「拡散モデル」と言われる。拡散モデルの研究では、翻訳を通してある特定の国や言語から別の国や言語へテクストが移動する際に、どのような反響・展開があったかをたどっていく。例えばヨーロッパ近代小説は、類似条件のもとでほぼ同時期に発生し、翻訳を通して互いに影響し合って発展した。こうした近代小説の成立や発展を研究するのに、この拡散モデルは非常に役立つといえる。しかし、文明の発達が文化的に独立した状況で起こった場合には、この拡散モデルは当てはまらない。また、これまで英語や他の主な言語に翻訳されてきた非ヨーロッパ圏のテクストのほとんどは、『論語』や『源氏物語』のようなタイプA系統のものである。これにたいして、先ほど述べた「deep comparison（深層比較）」のモデルを適用すれば、タイプAに分類されるカノン化されたエリート文学と、タイプB（説話や御伽草子や室町物語）のような民衆文学の両方を考慮に入れることが可能になる。欧米における世界文学選集でも、従来はいわゆる「世界名作文学」に分類できるようなタイプA系統のテクストが集められていた。しかし最近では、私も編集に関わったロングマンの新しい世界文学選集のように、この「deep comparison（深層比較）」モデルに基づいて作品を集めたアンソロジーが出版されている。

説話は「拡散モデル」と「deep comparison（深層比較）」モデルの両観点から分析をすることができる。前者の観点からは、説話を、インドから中国を経て日本や韓国やベトナムへと直接的に伝わった東アジアの現象として考察することができる。これに対して後者「deep comparison（深層比較）」モデルの観点からは、中世の説話や説話集は、十一世紀から十六世紀にかけてはほとんど直接的な歴史的関わりがなかった、中世西ヨーロッパ文化圏の宗教・民話ジャンル（聖人伝・物語など）を含む、より広範囲の世界文学現象の一部としても考えることができる。

三　多数の異本 vs. 少数の異本

タイプＡの作品の特徴として、比較的異本が少ないことが挙げられる。この特徴は和歌や漢詩のような高位のジャンルで特に顕著である。勅撰和歌集や漢詩集のテクストには大きな異本はほとんどなく、これは、和歌と漢詩というジャンルの権威の高さを反映している。これに対して、軍記物や説話、御伽草子には、数多くの異本が存在し、作品の書き直しもしばしば行われた。これは、これらのジャンルの権威の比較的な低さを反映するだけではなく、テクストに対する考え方の違いも示している。タイプＢのジャンルでは、原本や作者はあまり重要視されず、テクストは自由に書き直したり翻案したり書きかえたりするものだ、と考えられていたのである。

伝統的に、和歌や漢詩には個々の作者名が明記される習慣になっていたのに対し、物語や説話の作者はテクストに自分の名前を表記しなかった。一般的に、（西欧と比べて）日本や東アジア全般においては、散文物語は古典文学のヒエラルキーの中でごく下層に位置していた。日本の物語は、後に書きかえられることを想定して作られており、その意味では、説話や御伽草子はもちろん、ほとんどの王朝物語でさえタイプＢに分類することができる。中古や中世の日本において、手書きの物語の草稿を「書写する」ことと物語を「書く」ことは大きく隔たってはいなかったのであろう。物語を書写する者には、元の話を「改良」あるいは「改作」することができた。その結果、物語、説話、軍記物、御伽草子には数多くの異本が存在するのである。（このようにタイプＢのテクストに自由に改作が重ねられていく状況は江戸時代の出版文化の発達によって劇的に変化することとなった。）

『源氏物語』と『伊勢物語』は、王朝物語ではあるものの、ごく初期にカノン化されたため、自由に改作され多くの異本が流布するタイプＢ系統のテクストには属さない。『源氏物語』は、権威の高いジャンルであった和歌を詠む際に必須のテクストとされたため、成立してから二世紀のうちに文学ジャンルの高位に上り詰めた。その結果、非常に長編であるにもかかわらず、『源氏物語』の異本の数は最低限に抑えられている。一方『源氏物語』とほぼ同時期に書かれた『狭衣物語』は、タイプＡになりそこなったタイプＢのテクストの例だと言える。『狭衣物語』は、特にその和歌と和歌的表現という点で、一時平安時代後期の歌人からきわめて価値の高い作品だとみなされた。しかし最終的には『伊勢物語』や『源氏物語』のようなカノンの地位を確立することができず、『狭衣物語』のテクストは何度も書き直され、室町時代後期に至るまで多くの異本が出現することになった。

四　注釈としての説話

「説話」というのは定義が難しいことばである。私は、他人から聞いた話やエピソードを意味する、「anecdote」と英訳している。説話は実際に起きたことを語ったものだということになっている。しかし、説話の最も重要な特徴は、誰でも自由に改作することができるという点にある。説話はすべて、模倣され、改作され、編集されることを前提にしている。これが、説話をタイプB系統の典型ジャンルとして分類できる最大の理由なのである。

しかし一方で、説話は注釈という形で、タイプAのテクストとも密接な関わりを持っている。説話は、タイプAのテクストと幅広い層の読者や聞き手を結ぶ媒体として活躍した。例えば、『和漢朗詠集』の中世の注釈には、中国の歴史上・文学上の人物について紹介したり、漢詩を和文に直したり、補遺的な説話を付け足したりしたものがある。このような注釈が付け加えられる過程で、『和漢朗詠集』は、貴族だけを対象にしたテクストから、広い社会階層に享受されるテクストへと変化していった。そしてその中で、白拍子やその他の芸能の担い手たちも『和漢朗詠集』に触れることになった。

実際、物語や芸能の作者たちの多くは、日本や中国の古典に関する知識を、『和漢朗詠集』や『伊勢物語』『古今集』『源氏物語』のようなタイプAのテクストの注釈書から得ていた。例えば、平安時代の『伊勢物語』に基づく謡曲（「井筒」など）は、原作の『伊勢物語』ではなく、中世後期の注釈書を元に作られている。▼注(1)源氏能や源氏絵の多くも同様に、『源氏物語』の注釈や連歌寄合に基づいて作られた。井原西鶴の『好色一代男』（十七世紀末）は『伊勢物語』のパロディで、当代の在原業平といわれる男を主人公にした作品である。その結末部分で語り手は、主人公の男が枕を交わした三千人の女に触れているが、これは、中世の著名な学者・歌人である一条兼良による中世後期の重要な伊勢物語注釈書、『伊勢物語愚見抄』に基づいている。つまり、井原西鶴が作品の参考にしたのは、『伊勢物語』そのものではなく、説話を織り交ぜて『伊勢物語』を説明した中世の注釈書だったのである。

五　『イーリアス』とアーサー王伝説

次に、ヨーロッパ文学におけるタイプAとタイプBのテクストの違いを確認しておこう。ヨーロッパにおいて、宗教書以外の古典の中でタイプAに分類できる最も重要な作品は、ホメーロスの叙事詩、『イーリアス』と『オデュッセイア』である。これらの作品は元は語り物だったが、初期の段階でカノン化され、中世には膨大なラテン語注釈の対象となった。一方、タイプBに分類できる作品の典型例は、アーサー王に関連する物語である。アーサー王の物語群は十二世紀に書かれた歴史書（一一三六年）から発生し、十七世紀頃までの数世紀の間に大きな作品群へと発展していった。その過程で、数々の異本が作り出され、物語が増補されていった。アーサー王関連のテクスト群は、元はラテン語で書かれていたが、言語の壁を越えて様々な地方語（フランス語、英語、ドイツ語など）に翻案・改作され、西ヨーロッパほぼ全域に広がった。中でも有名なのは、以下のテクストである。

ジェフリー・オブ・モンマス作『ブリタニア列王史』（一一三六年頃）ラテン語
クレティアン・ド・トロワ作『ランスロ』（一一六二年頃）、『イヴァン』（一一七〇年頃）、『ペルスヴァル』（一一八〇年頃）フランス語
トーマス・マロリー作『アーサー王の死』（十五世紀）英語

英語版のアーサー王関連の物語の作者で最も有名なのはトーマス・マロリーだが、アーサー王をめぐる物語の六つの異本を一つにまとめた彼は、作者というより編者と呼ぶにふさわしい人物である。アーサー王物語群は軍記物（戦争の編年記録）ではない。むしろ、特定の騎士（アーサー王、ランスロット、パーシヴァル）とその恋や試練の物語に焦点を当てている点で、日本文学で言えば武家物（勇猛な武士の物語）と物語（ロマンス）とを複合したような作品だと考えられる。アーサー王物語群は、絵画、演劇、オペラなど、文学以外のメディアにおいても豊富な作品を生み出した。この動きはまず中世にはじまり、アーサー王物語のリバイバルが起った十九世紀になって再び盛んになった。

もちろん『イーリアス』や『オデュッセイア』にも、戯曲、物語、詩歌、小説など、多くの翻案作品があるが、元のテクストそのものが改変されることはなかった。対照的に、韻文作品も散文作品も見られるアーサー王物語には、元のテクスト自体が存在しない。なぜなら、新たに改作された作品が、アーサー王伝説の根幹の中に吸収されていくからである。アーサー王物語は、王宮を舞台にし、中心人物もそのほとんどが王族であるという点で、基本的には宮廷物語であり、元

来、宮廷内で享受されていた。しかし流布の範囲が広がるに従って、より多くの関連物語が作られるようになった。その点において、アーサー王物語群は、中世日本の説話、軍記物、御伽草子と同じ特徴を持っている。

中国において同様の特徴を持つテクストに、十三世紀の豪傑の伝奇的歴史を描いた『水滸伝』がある。『水滸伝』にも多岐にわたる数多くの異本があり、長年の間に多くの作者、語り手、歌い手らによって話が発展させられていった。このようなテクストの流動性は、語り物と呼ばれるジャンルの作品に顕著に見られる特徴である。語り手や口承芸能者たちは、聞き手の要望や教育レベルに応じて、テクスト（やテクストの記憶）を自在に語ったのである。

同様のことが、ヤマトタケル、聖徳太子、藤原鎌足、小野小町、在原業平、源義経、八百屋お七のような、歴史的・伝説的人物の造型や描写にも起こった。『伊勢物語』はおそらく、著名な歌人であった在原業平の和歌集を出発点とし、それに長い詞書が付け加えられることによって結果的に歌物語になったと考えられる。このようなテクストの中で、歴史上の人物は虚構化され、半分は実在し半分は伝承化された架空の人物へと変貌する。同様に、『平家物語』にはほとんど登場しなかった義経も、『義経記』や『御曹司《おんぞうし》島渡《しまわたり》』やその他の中世テクストの主人公へと発展していく中で、歴史上の人物から伝承上の人物へと変化していった。

アーサー王物語群や中世の義経物語群のようなタイプBのテクストには、歴史上実在する人物を出発点に、そこから多岐にわたる物語群が生まれ、さらに絵画、演劇、音楽、舞踊のような様々な媒体へと発展していくという大きな特徴がある。一方、御伽草子版の『狭衣物語』や『住吉物語』や『落窪物語』を見れば分かるように、ときには創作物語のテクストも大幅に変化を遂げることはある。しかし、これらが歴史上の人物の物語と比べられるほどの多様な変容を遂げることは稀である。歴史上の人物は特に、ある土地を訪れたという伝承と共に特定の場所と関連付けられることが多いので、複数の地方の伝説になりやすかったと考えられる。

六　聖書と『黄金伝説』

タイプA系統とタイプB系統のテクストの違いは、中世ヨーロッパのキリスト教に関するテクストの中にも見ることができる。聖書はタイプAのテクストの典型で、紀元後初期に編纂され、その後長い歴史の間、注釈の対象とされた。さらに、聖書のテクストはカトリック教会によって厳しく統制され、外典と考えられたテクストと正典カノンのテクストが明確に区別された。その一方でヨーロッパで紀元二世紀頃発生し十五世紀頃まで続いた聖人伝のようなタイプBのテクストは、各地方に留まらず、国を越えてカトリック教会全体の重要な文化の一部になった。

キリスト教の聖人伝は、ローマ帝国でキリスト教殉教者の逸話を記録したことからはじまった。▼注(2) その後、フランスやその他の西ヨーロッパの国々で主要なジャンルに発展した。実際聖人伝は、武勲詩やロマンスをはじめとする俗語文学のジャンルよりも早くに生まれた上、現存する写本の量の多さという点から、ロマンスにも匹敵する重要なジャンルだと言える。▼注(3)

ヨーロッパの聖人伝の中でもとりわけ大きな影響を与えた有名な作品は、イタリア人作家でドミニコ会司祭だったヤコブス・デ・ウォラギネによるラテン語の『レゲンダ・アウレア（黄金伝説）』である。▼注(4) 原作は一二六〇年頃編纂されたと考えられているが、テクストはその後何世紀にもわたって拡張していった。この『黄金伝説』は中世ヨーロッパでベストセラーとなり、今でも八百冊以上の写本が現存する。印刷技術が発明された一四五〇年代以降には、ラテン語のみならず、ヨーロッパの主な言語による翻訳が出版された。一五〇〇年以前に出版されたテクストに限定すれば、出版された『黄金伝説』の版の種類は聖書よりも多かったと言われている。また、『黄金伝説』は、イギリス最古の印刷業者であるウィリアム・カクストンが英語で出版した最初期のものの一冊だった。（カクストン版は一四八三年に初めて出版され、版を重ねて、一五二七年にはすでに第九版が出版されている。）

『黄金伝説』の一つの特徴は、聖なる力の証としての奇蹟を描くドラマチックな物語にある。聖人伝の話型として頻繁に登場するものに、竜退治の奇蹟がある。例えば『黄金伝説』収録の聖ゲオルギウスの逸話を紹介しよう。リビアにあった小国が、恐ろしい竜に荒らされていた。竜の飢えを満たすため、二匹の羊が毎日捧げられたが、それでも足りないときには人間の生贄が必要となった。その生贄はくじによって選ばれたが、ある日、王の娘がくじに当たってしまった。王の抗議もむなしく、王女は竜の来る沼地へと連れて行かれた。そこへ聖ゲオルギウスが偶然馬で通りかかり、王女から事情を聞くと、現れた竜に十字をきって勇敢に立ち向かい、竜を槍で突き刺した。聖ゲオルギウスが王女の帯を受け取って竜の首に巻きつけると、不思議なことに竜は子羊のようにおとなしく、王女に従うようになった。竜を連れた王女と共に町に着いた聖ゲオルギウスは、もう恐れる必要は無いと人々に告げ、キリスト教の洗礼を受けるよう勧めた。そして聖ゲオルギウスは竜の首を落とし、町の人々はキリスト教徒になった。

　ここで、竜退治という「奇蹟」は、聖人の力を証し、それによって神とキリスト教信仰の力をも顕す役割を果たしている。竜は異教徒や悪魔、ローマ帝国の象徴などとみなされていた。この話は、日本人には、『日本書紀』や『古事記』にあるスサノオがヤマタノオロチを退治した話や、中世の鬼退治の物語と似ていると感じられるのではないだろうか。これらの話も、仏教や神道の物語（縁起物）と結び付けられて語られることが多い。聖ゲオルギウスの話にもおそらく、同様の民間伝承の要素が取り入れられている。『カトリック大百科事典 *Catholic Encyclopedia*』は、竜退治のエピソードは聖ゲオルギウスの伝説の中でも比較的新しく、十二世紀から十三世紀頃になってから追加され、『黄金伝説』によってヨーロッパ各地に広まったものだとしている。聖ゲオルギウスは後にイングランドの守護聖人となり、また、騎士や兵士たちの聖人として崇められるようになった。

図版１　ギュスターヴ・モロー
『聖ゲオルギウスと竜（Saint Georges and the Dragon）』

　ここに掲げたフランスの象徴主義画家のギュスターヴ・モロー（一八二六～一八九八）による絵画『聖ゲオルギウスと竜』では、聖ゲオルギウスは鎧をまとった騎士として描かれ、後方の王女は優美な宮廷の姫として描かれている（図版１）。

　『黄金伝説』には日本の説話集との類似点が多いが、特に、以下の四点が挙げられる。一つ目に、それぞれ話が短く簡潔で、ドラマチックで、アクションを主眼としていること。二つ目に、既存の古い話を取り入れたり、書き換えたり、編集し直したりした話が多いこと。三つ目に、多くの短い話が、参考書や史料集のような役目を果たすように編纂されていること。四つ目に、物語集が百科事典（ここではキリスト教の知識に関する百科事典）のような機能を果たしていることである。『黄金伝説』を著したヤコブス・デ・ウォラギネは、作者というより編纂者、編集者のような役割を果たしていた。『黄金伝説』を編纂した目的はおそらく説教の為に聖人伝承の集成をまとめることだったと考えられる。（しかし後に本来の目的を離れて民衆娯楽の供給源としての役割をはたすようになった。）説教をする際にはおそらく、聖職者が『黄金伝説』の物語に独自の「教訓（メッセージ）」を付け足すことになっていただろう。この点で『黄金伝説』は、『日本霊《にほんりょう》異記《いき》』のような仏教説話集と非常によく似ている。変体漢文で書かれた『日本霊異記』も、仏教の僧侶が、経典を直接読むことができない民衆に説法をする際に使用したものだと考えられている。

在家の人々に仏教典を分かりやすく説明するために生まれた談義《だんぎ》あるいは直談《じきだん》は、仏教文学の歴史上の展開の中で最も重要なものの一つに挙げられる。談義は、天台宗、真言宗、日蓮宗、浄土宗、浄土真宗などで設けられた談義所や直談所で行われた。これらの多くの談義所の中で、鎌倉時代の終わりから室町時代、特に一四五〇年から一五五〇年頃にかけては、法華経を説いた天台宗の談義所が大きな影響力を持っていた。天台談義所では談義のほか、哲学的・教義的問題を中心に、師僧と弟子との間の質疑応答形式で進められる論義も行われた。▼注(5)

中世ヨーロッパにおいても中世日本においても、宗教書の注釈に関わる分野では、大きく二種類の展開を見ることができる。一つ目に、学僧がエリート向けに編纂し、いわゆる神学に従事した内容のもの、そして二つ目に、学僧がドラマチックな物語や詩歌を織り交ぜて在家の信者のために編纂したものである。『黄金伝説』も、中世仏教説話集のように、民衆に信仰心を起こさせるためにドラマチックで面白い物語を取り入れている。実際、聖ゲオルギウス、聖エウスタキウス、聖クリストフォロスなど、『黄金伝説』の物語の主人公の多くは、まるで中世ヨーロッパロマンスの主人公のように描かれている。リビアで王女を助け竜を倒した聖ゲオルギウスの物語は、放浪の騎士が怪物を倒して乙女を救うという、アーサー王伝説のランスロットやガウェインの冒険や、百足退治の話が出てくる『俵藤太物語《たわらのとうだものがたり》』のような室町時代の武家物を彷彿とさせる。また、徳田和夫は、聖クリストフォロス（へラクレスのように超人的な力を持つ巨人で、イエス・キリストである男児を運んで川を渡した聖人）と室町物語の『弁慶物語』に出てくる巨漢の荒法師、弁慶との比較研究をしている。▼注(6)

七　高僧伝・往生伝・寺社縁起

聖人伝は、「模範的な生涯」を描いた高僧伝や往生伝とも類似している。往生伝は平安時代中頃に編纂された『日本往生極楽記』（慶滋保胤《よししげのやすたね》編纂、九八六年頃成立）を始めとし、続いて、五編の主要往生伝（大江匡房《おおえのまさふさ》の『続本朝往生伝』や三善為康《みよしためやす》の『拾遺《しゅうい》往生伝《おうじょうでん》』『後拾遺往生伝』など▼注(7)）が意識的に『日本往生極楽記』をモデルとして編纂された。それぞれの話は典型的に、まず主人公である歴史上の人物の名前が紹介され、次いでその家族環境、社会的地位、宗教的立場、宗教上や世俗の経歴が簡潔に記述されるという形になっている。物語の山場は主人公が死を迎える前の数日間と、その死の直後の様子を描いた部分にある。往生伝の話は説話のように短いことが多く、聖徳太子や行基のような特に有名で重要な人物の往生伝は例外として、伝記的な部分の記述は非常に簡潔になっている。その代わりに各話では、主人公を極楽往生に導いた出来事やその人の性格、仏教の勤行に焦点が当てられている。往生伝は紫雲の出現、天上の音楽、友人や弟子が見る霊夢、死体が変化しないことなどの様々なしるし（異相）を、主人公が極楽往生した証拠として記録している。聖人伝のジャンルと同様、往生伝は、人の生涯を生から死までの単純な直線として捉えるのではなく、死を超越した世界の一部となる、より大きな弧のように見ることを読者に奨励しているのだ。ジュリア・ボフィーが中世イギリスの聖人伝について述べたことは日本の往生伝にも当てはまる。つまり、「これらの話は全て主人公の死で幕を閉じるが、死は悲劇的な敗北の悲しい結末としてではなく、むしろ、悪化する不幸の連続に対する勝利の頂点として描かれているのだ。主人公が聖人化されることによって生が約束され、現世にさえも、奇蹟をもたらす聖人は効果的に生き続けることができるのである。」▼注(8)

聖人伝と日本の往生伝との決定的な違いは、ヨーロッパの聖人伝はキリスト教の地位がまだ決定的では無かった時期を描いているので、聖人のほとんどが殉教者だということである。聖人は異教徒との戦いの中で拷問され、殺害された。そのため、殉教は聖人性のしるしとなった。聖人はキリスト教の為に自らの命を捧げたのだ。往生伝では対照的に、主人公がある特定の仏や宗派の為に死ぬことはない。仏教とその信仰が他からの攻撃の対象として描かれることは無く、その代わりに往生伝には、仏教の熱心な信仰と勤行で得られる良い報いについての話が記されている。

往生伝には、女性の伝記を記したもの（元の師である僧侶の助けで浄土の最高位にまでのぼることができた源忠遠の妻の話（大江匡房『続本朝往生伝』四十二）など）や、戦いと殺戮の中で生きた源頼義（『続本朝往生伝』六）のような、宗教的な罪人の話も収録されている。しかし一般的には、往生伝は徳の高い僧侶の話を中心に描いたものである。『黄金伝説』は対照的に、より多様な人々の話を網羅し、僧侶や在家の信者、女性や男性、乞食に至るまで、あらゆる人々の生涯を描いている。これが『黄金伝説』が中世ヨーロッパにおいて幅広い人気を持った理由の一つだろう。この点で『黄金伝説』は、往生伝に比べて、『日本霊異記』や『今昔物語集』などの仏教説話集と同様の、より幅広い人々に通じる魅力を持っていたと言える。

寺社縁起は寺院や神社の起源を描いたもので、特に神仏や人間にまつわる奇蹟的経験を記した霊験譚という形をとったものが多い。寺社縁起を取り入れた『拾遺往生伝』（下巻二）の峰延の往生伝は、寺の役人（藤原伊勢人《ふじわらのいせむど》）が、貴船《きぶね》神社の神から新しい仏閣を建立するのにふさわしい場所（北山）を告げられるという霊夢を見たというエピソードから始まる。[注9] 伊勢人はその後、お告げの場所で毘沙門天像を発見し、鞍馬寺を建立した。伊勢人の助けを借りて峰延は北山を訪れるが、そこで鬼と大蛇に遭遇し、毘沙門天の助けでそれを退治する。峰延は鞍馬寺の初代の別当になり、極楽往生したという。この縁起では、寺の霊妙な起源に関する説明に蛇退治というドラマチックな物語も取り入れており、『黄金伝説』の聖ゲオルギウスの話と酷似している。

八　『サントスの御作業』

十六世紀後期には、聖人伝のジャンルは日本にも伝来した。日本語に翻訳されたものの中で最も有名なのは、持参した印刷機で一五九一年にイエズス会の宣教師がローマ字で出版した『サントスの御作業』（*Sanctos no gosaguēo no uchi nuqigaqi*）である。[注10] テクストは、イエズス会の「コレジョ」（宣教師養成所）がある島原半島南部の加津佐《かづさ》で編集・出版された。『サントスの御作業』の翻訳者や編集者は、『黄金伝説』を含む数種類のテクストから聖人伝を選んで収録した。『サントスの御作業』は十二使徒の話に始まり、その他の歴史上有名な聖人

（アッシジのフランチェスコなど）の伝記も数多く収録されているが、『黄金伝説』のような多様性や、幅広い読者の興味を引く魅力には欠けている。女性の伝記は聖カタリナのもの一編しか収められていない。代わりに、『サントスの御作業』の話は、キリスト信仰の為に迫害され殺されるという殉教を非常に強調している。これは、当時の日本でキリスト教が秀吉らから弾圧・迫害されていたことに関連していると考えられる。

小峯和明は、『サントスの御作業』の翻訳様式と説経節の様式との酷似を指摘している。▼注(11) 実際、聖人伝における暴力性（キリスト教信者は、男も女も異教徒に拷問され、殺され、天国で復活し、聖人として不死となる）と説経節の暴力性（聖人伝同様に拷問、死、復活というパターンが見られる）、また、御伽草子の、特に本地物で神としての正体を現す前の神が（キリストのように）人間としての苦難を受ける物語との間には多くの共通点が見られる。▼注(12)

中世ヨーロッパでは（墓や聖遺骨によって象徴される）聖人は、信者と死後の世界を中継する役割を担っていた。聖人はこの世に生まれて苦しみを受けた人間だが、その死後には精霊となって現世の人々を救う。この点において、中世ヨーロッパにおける聖人の話は中世日本の御伽草子の本地物の物語とよく似ている。『熊野の本地』のような本地物の御伽草子でも、菩薩や神が人間としてこの世で苦しみを受け、死んだ後に、地方の神社の神としての正体を現して人々を救うのである。

九　視覚芸術の役割

エミール・マールが『ゴシックの図像学 *The Gothic Image: Religious Art in France of the Thirteenth Century*』で述べたように、視覚芸術の中では「聖人は二通りの方法で讃美されている。その生涯を一連の場面を描いて順を追って物語る方法と、その聖人の最も特徴的な性質を具現化して提示する方法である」。▼注(13) 『黄金伝説』はカトリックの聖職者の説教マニュアルとして使われただけでなく、中世ヨーロッパの視覚芸術（絵画、彫刻、装飾家具、家紋等）の題材にもなった。ステンドグラスは十三世紀宗教芸術において最も頻繁に使われた手法で、『黄金伝説』の知識無くしては中世教会の窓に描かれた物語を理解することは難しい。

例えば、フランスのシャルトル大聖堂にあるステンドグラスの窓はまるで『黄金伝説』の挿絵入りの本のようになっている。それぞれの物語は窓の一番下から始まり、窓の上部へと一枚ずつ順を追って進んでいく。聖エウスタキウスの物語は一枚の大きなステンドグラスの窓に収められた二十の場面から成っている。人物やイメージの描写は必要最少限に抑えられ、装飾もほとんど無く、まるで記号のような機能を果たしている。これらのステンドグラスの物語は、中世日本で有名な僧侶の伝記を描いたり寺社の由来や霊験を描いた絵巻物に相当すると言えるだろう。聖人はまた、中世キリスト教会の入り口や壁に安置された彫像にもなっている。これらの彫像の足元には大抵、その聖人を見分けるための印がつけられた。例えば、聖ゲオルギウス像の台の下には、ゲオルギウスの死を髣髴とさせる車輪が描かれている。(ゲオルギウスは死の直前の拷問で剣の車輪で磔にされた。)[注14]

民衆の人気を集めるためにはまた、メディアや芸能(音楽、歌、絵画、演劇)の上手な利用も不可欠であった。例えば中世日本では、寺社への寄進を集めるために、勧進という形でメディアや芸能が利用された。勧進では、平曲、絵解き物、能等、多様な芸能ジャンルを見ることができ、その中で、多くのメディア(舞踊、歌謡、朗詠、衣装、物語、物まね)が利用された。勧進には少なくとも三つの機能がある。一つ目に、人々に娯楽を与えること、二つ目に、宗教上の教えを広めること、三つ目に、寄進を集めることである。これら三つの機能は、中世カトリック教会においても切実な課題であった。地域の教会は新しい聴衆を集めたり、信者に守護聖人の「歴史」を教えたり、巡礼者たちが自分の教会にある聖骨(聖人の遺骨)を訪ねてやって来るように奨励したりしなければならなかった。つまり、地方の教会は、宗教的メッセージを伝える一方で、教会自身を宣伝する必要があった。その際に最も効果的だったのが聖人伝の説話と芸能を利用した活動だったのである。

中世ヨーロッパではキリスト教の礼拝に音楽は不可欠で、音楽とテクストを複合したジャンルが発達した。グレゴリオ聖歌は特に有名だ。中世の教会の建築も、歌や音楽が深く共鳴し、礼拝に参加した人が音楽を通して神と一つになる感覚を得られるように設計が工夫されていた。さらに、芸能の伝統からは典礼劇というジャンルも生まれた。これは、演劇と歌と楽器による演奏が融合したジャンルである。これらの典礼劇はおそらく旅役者や旅の楽人らによって演じられていたので、この点において中世日本の旅芸人(琵琶法師、絵解き、能役者など)のメディアと類似するところが大きいと思われる。

また、日本では芸能は祭りや年中行事と密接に関連し、現世と来世を中継するような役割を持っているが、ヨーロッパの聖人に関わる祭事も同様の役割を持っていた。『黄金伝説』の話は、他の聖人伝集と同様に、暦の順（聖人が亡くなった日の順番）に並べられている。つまり『黄金伝説』は、聖人と深い関わりのある年中祭事を順に掲載するという編成方法をとっているのである。

聖人はまた、ある特定の職業や疾病（その疾病からの守護）と強く結び付けられていった。例えば聖ヨセフは大工の、聖セシリアは音楽家の、聖ゲオルギウスは軍人の守護聖人となっている。また、聖アガタは、非キリスト教徒との結婚を拒んだために乳房を切り取られたという伝承から、胸の病の守護聖人となった。聖アガタの物語によると、アガタの死の間際にキリストが現れ、胸の傷を治して元に戻したとされている。

キリスト教は今では一神教だと考えられることが多いが、聖人が重要な意味を持った中世ヨーロッパにおいては、キリスト教は多くの聖人が崇拝される多神教であった。多くの聖人が一年を通して崇拝され、地方の人々は各地域の守護聖人を祀って病気やその他の災厄から護ってくれるように祈りを捧げていた。このような点で、中世ヨーロッパの環境は、中世日本の多神崇拝の環境によく似ていたと言えるだろう。中世日本でも、各地方の神仏がその地方の信者を守護すると考えられ、それぞれの地方の神仏やその寺社を建立した僧侶が、人々の生活のうえでとても重要な意味を持つようになった。

十　『黄金伝説』とルネサンス

十六世紀のルネサンスの時代になると、『黄金伝説』は、民衆の人気という点でも、キリスト教会による教義上の利用という点においても、急激に衰えていった。『黄金伝説』が（カトリック改革の一環として）カトリック教会から批判をうけるようになり、さらにカトリック教会以外でも、聖人崇拝を非難し、神とのより直接的な（聖人を介さない）交感を提唱したプロテスタント改革の主導者たちによって批判されるようになったからである。シェリー・リームスは、この時代には『黄金伝説』は、迷信を助長し、奇蹟や奇譚を不必要に強調し、教義の真面目な説法を軽視し、（一般の信徒には容易に模倣できないような）聖人の力を過大評価して描いているという点で批判されていたと述べている。▼注(15)

同様に、日本でも十七世紀以降の江戸時代になると、国学者が中世の注釈を批判するようになった。説話を使った『源氏物語』『伊勢物語』『古今集』の中世の注釈は、原典から逸脱し、間違った「典拠」を捏造し、事実と虚構の区別を曖昧にするものだとして批判されたのである。江戸時代の国学者も、ヨーロッパのルネサンスと同じく、古代・上代に遡って権威ある原典を求め、仏教や仏教説話と強く結びついた中世のテクストを避けようとした。説話や説話集は（『西鶴諸国ばなし』のように）江戸時代にも引き続き重要なジャンルとして存在した。しかし、タイプAのテクストの注釈という形でタイプAのテクストとより広い民衆とを仲介する役割を果たした説話は厳しく批判されるようになったのである。

これは、近世における注釈と中世における注釈との機能の違いを反映するとともに、江戸時代における散文物語に対する根本的な意識変化を反映している。（ヨーロッパのルネサンスと同様に）、江戸時代になると散文物語は、（改作され再編纂されるような）不特定多数による集団的作品というより、テクストに名前が記された作者によって書かれた固有の作品である、という意識が強くなっていった。小峯和明が述べたように、中世において注釈は「作る」ものであった。注釈とは既存のテクストを集めて編纂した参考文献であり、知識の百科事典であり、教育の道具でもあった。しかし近世になると、注釈は原文に「付ける」ものとなり、対象となる原文とそれに付随する資料とは厳密に分けられるようになったのである。

結論

本稿ではまず初めに、古典テクストを二つの系統に分類した。カノン化されることによってテクストが安定したタイプA系統のテクストと、テクストが常に改作され続けてきたタイプB系統のテクストである。タイプAのテクスト（宗教的なものも非宗教的なものも含む）の注釈は、アレゴリーシス（アレゴリー、寓意としての読解）やその他の解釈技法（hermeneutics, 解釈学）を通して、元のテクスト自体の意味をも変化させることができる。同時に、注釈に説話を取り込むことで、書物だけでなく芸能なども含む様々なタイプBのジャンルの基礎がつくられた。これによって、テクストを享受する階層が、貴族以外の人々にまで広げられるようになった。

本稿のもう一つのポイントは、説話や説話集は日本や東アジアに限った文化現象ではなく、中世ヨーロッパでも同様の現象が起きていた、ということである。この点を、アーサー王物語群と『黄金伝説』という西ヨーロッパの二つの作品群を例に説明した。アーサー王物語は、日本で言うと短い説話形式よりも物語や武家物に近いが、同時に中世ヨーロッパや中世日本で人気があったタイプBのテクストの性質も兼ね備えている。また、本稿で述べたように、『黄金伝説』は形式だけではなくその中身や機能も説話集によく似ている。現代日本の「説話」や「説話集」という用語が表す概念は、これらの世界文学の現象を表すのに適したモデルだと言えよう。さらに、中世ヨーロッパの聖人伝も、中世日本の高僧伝、往生伝、寺社縁起、御伽草子、説経節といった多くの説話関連のジャンルと、テーマや物語において直接的な類似点を持っているということも重要である。

参考文献

・聖人伝の英訳

Thomas Head, edited, *Medieval Hagiography, An Anthology* (Routledge, New York and London, 2001), Mary-Ann Stouck, *A Shorter Reader of Medieval Saints* (University of Toronto Press, 2009), Jacobus de Voragine, *Golden Legend: Readings on the Saints*, William Granger Ryan, trans. (Princeton University Press, 1993)

・テクスト研究

Sherry L. Reames, *The Legenda Aurea: A Reexamination of a Paradoxical History* (University of Wisconsin Press, 1985)

注

（1）伊藤正義『新潮古典集成　謡曲集』全三巻、新潮社、一九八三〜一九八八年。

（2）四世紀には、聖人たちの生涯の事蹟を集めた聖人伝集には三種類のタイプを見ることができる。（一）聖人たちの事蹟が一年のカレンダーにそって並べられたもの、（二）簡潔な聖人伝が年代順に並べられたもの、（三）編者が選んだ特定の聖人伝の集成、である。

（3）Emma Campbell, "Saints' Lives, Violence, and Community," *Cambridge History of French Literature*、三八頁。

（4）本稿で参照したのはWilliam Granger Ryan訳による英語版、*The Golden Legend: Readings on the Saints* (Princeton, New Jersey; Princeton University Press, 1993) 全二巻である。邦訳の『黄金伝説』は前田敬作、山中知子共訳で一九七九〜八七年に人文書院から出版され、平凡社ライブラリーから二〇〇六年に復刻されている。

（5）廣田哲通によると、記録に残っている天台談義所は六十箇所ほどである。その中でも最古の歴史を持つのは、一二七六年の津金寺談所（現在の長野県）である。廣田哲通「天台宗の談義所の直談を語る」『中世仏教文学の研究』和泉書院、二〇〇〇年、八〇頁。

（6）徳田和夫「「弁慶物語」と聖クリストフォルス伝―東西中世の巨人伝説―」（石川透編『魅力の御伽草子』三弥井書店、二〇〇〇年）五三〜七七頁。

（7）井上光貞、大曾根章介共編『日本思想大系七　往生伝・法華験記』岩波書店、一九七四年。

（8）Julia Boffey, "Middle English Lives," *The Cambridge History of Medieval English Literature*, edited by David Wallace (Cambridge University Press, 1999)、六一八頁。

（9）『日本思想大系七　往生伝・法華験記』、三六〇〜三六二頁。

（10）『サントスの御作業』は日本で最初に印刷されたテクストだと言われている。現存するのは二冊のみである。一冊はヴェニスに、もう一冊はオクスフォードの図書館にある。『サントスの御作業』と『黄金伝説』の関係性についての研究は、福島邦道「サントスの御作業」（川口久雄編『古典の変容と新生』明治書院、一九八四年）一〇四三〜一〇五二頁参照。

（11）小峯和明「西洋からきた説話―イソップと聖者伝」『説話の森』（大修館書店、一九九一年）二七二〜二七五頁。

（12）"Martyr"という題名で英訳されている「奉教人の死」（『芥川龍之介全集四』岩波書店、一九九六年）の末尾で、芥川龍之介は、この話は「「れげんだ・おうれあ」下巻第二章「「聖大致命女マリナ」の話」に拠るもの」としている。

（13）Emile Mâle, *The Gothic Image : Religious Art in France of the Thirteenth Century* (Harper and Row Publishers, 1958; Icon Edition, 1972)、二八二頁。邦訳は田中仁彦・池田健二・磯見辰典・細田直孝共訳『ゴシックの図像学』上下、国書刊行会、一九九八年。

（14）同前、二八五頁。

（15）Sherry Reames, *The Legenda Aurea: A Reexamination of a Paradoxical History*, 二〇八〜二〇九頁。

1st Session

説話とメディア
—媒介と作用—

［司会］石川　透、竹村信治

［発表］荒木　浩、阿部美香、鷹巣　純

［コメンテーター］楊　暁捷、藤原重雄

説話はそれ自体がメディア（媒体）でありつつ、さまざまな言葉・文字・音楽・絵画等に媒介され、さまざまなジャンルに浸透してきた。近代以降の説話文学研究は、こうした説話の実態に視界を拓きつつ、領域と対象、また、視点を拡張し、今日に至っている。本セッションでは、そうした研究史を踏まえ、今後の学問的展開の可能性をさぐりたい。講師としては、最初に荒木浩氏に説話文学とメディアの関係を、一番の基本である文字という視点から論じてもらう。そして、近年研究が盛んになりつつある説話文学と絵画資料との関係について、阿部美香氏に具体的に絵巻を取り上げて論じてもらう。そして、最後に、鷹巣純氏に、多く掛幅にされている六道絵を取り上げて、この問題を論じてもらう。

石川　それでは第一セッションとしまして、「説話とメディア」という大きな題で、お三人の講師の方にお話していただき、そして皆さま方と話し合う形でを進行させていただきます。前半は、私石川透が司会をいたします。後半は、竹村信治さんに司会をしていただきます。

最初に、どんな趣旨なのかをお話いたします。私は具体的なものが好きなので、例えばということで具体例をちょっと用意いたしました。

二〇一一年一〇月に奈良女子大学の千本英史さんからお教えいただいたものでありまして、ご存知かもしれませんが、『蟹満寺縁起絵巻』という絵巻です。新しく出て来たと思われる絵巻でありまして、これがどういうものかということは、これから研究もあるでしょうし、詳しくはそちらに譲りたいと思います。

この絵巻は、もちろん存在はしていたのですけれども、それを多くの人が気付かなかったというだけのことです。でも気付くというのが、とても重要なことなのであります。二〇一一年、京都府立山城郷土資料館で展示され、それで公になりました。絵巻をここでは紹介できないのですが、インターネットで公開されております。奈良女子大学図書館の「奈良地域関連資料画像データベース」内の「川崎大師平間寺所蔵電子画像（蟹満寺縁起絵巻）」です。以下、そちらと併せて説明していきます。

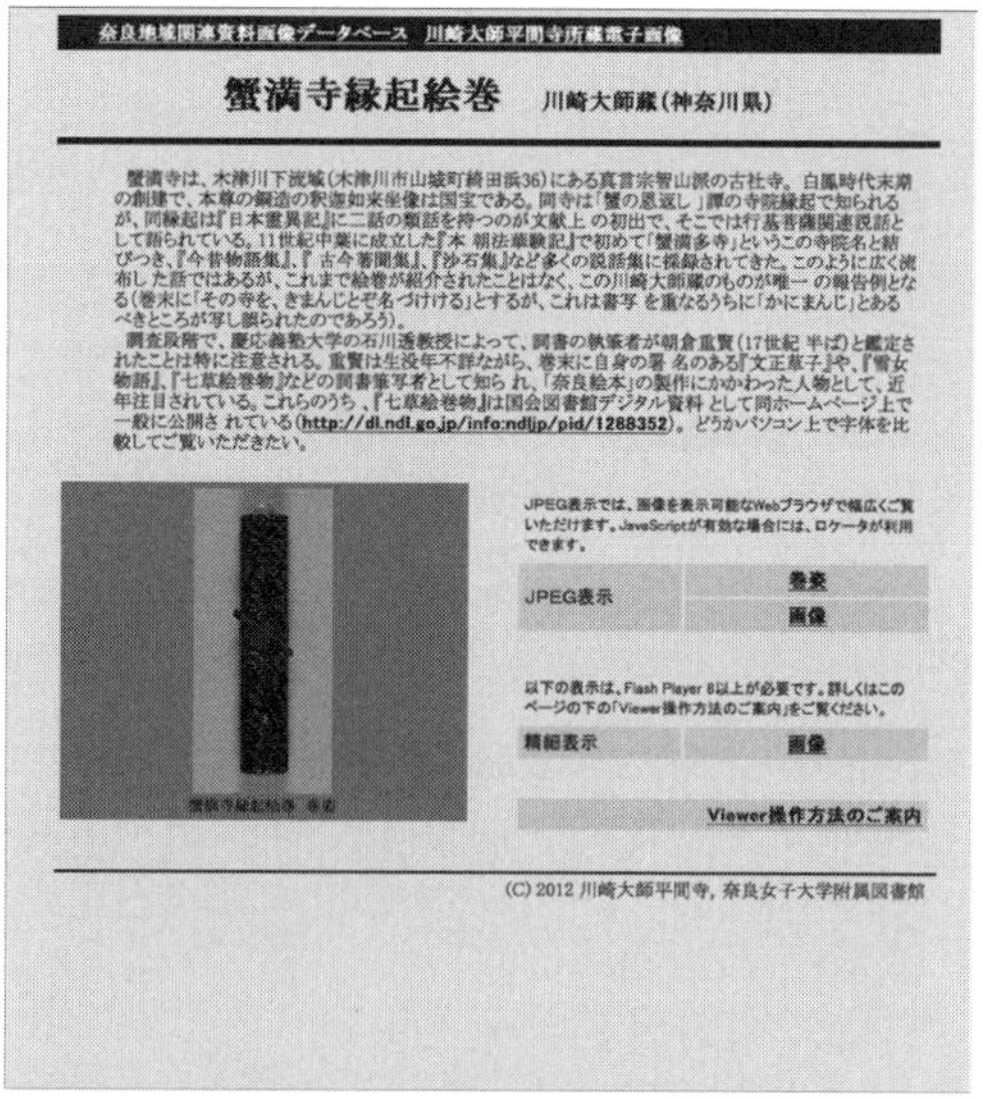

奈良女子大学図書館・川崎大師平間寺所蔵電子画像（蟹満寺縁起絵巻）
http://mahoroba.lib.nara-wu.ac.jp/y22/kanimanji_engi/index.html

『蟹満寺縁起絵巻』は、もちろん『今昔物語集』をはじめ、幾つもの元々の説話があるわけですが、それらを基にしているらしいのです。本文もあって絵も付いています。これが説話のメディアであると言えます。今のメディアというのは非常に広い言い方なのですけれども、それがメディアとしてどういうふうに説話が現れているか、という例として取り上げ

石川　透

1959年生まれ。所属：慶應義塾大学。専門分野：物語文学、説話文学。主要編著書：『魅力の御伽草子』（2000年）『落窪物語の変容』（2001年）『室町物語と古注釈』（2002年）『奈良絵本・絵巻の生成』（2003年）『魅力の奈良絵本・絵巻』（2006年）『広がる奈良絵本・絵巻』（2008年）『奈良絵本・絵巻の展開』（2009年）『保元・平治物語絵巻をよむ　清盛栄華の物語』（2012年）（以上三弥井書店）、『慶応義塾図書館蔵図解　御伽草子』（慶應義塾大学出版会、2003年）、『御伽草子　その世界』（勉誠出版、2004年）、『入門　奈良絵本・絵巻』（思文閣出版、2010年）など。

たいと思います。

この絵巻の絵画部分は、全部で四点あります。最初の部分には主人公の女の子が出てきます。『蟹満寺縁起絵巻』の本文を読みますと、子どもたちが蟹をいじめているのです。この女の子がこの蟹を救うために自分の着ている小袖を与えて、それの代わりとして蟹を受け取り、その蟹を放すという話で始まります。

ところがこの最初に出てくる絵はどう見ても、そんな感じではありません。このおじさんが恐らく何かを籠に入れているのです。その中に蟹がいっぱい入っているのです。ということは、これは売り物として来たと思われます。販売しているものを、この女の子が小袖で買い取って、それで放したという意味に読めます。だからこれは本文に書いてあることと、絵に描いてあることに、かなり違いがあるのです。この辺の研究も面白いと思うのですけれども、これがはっきりしない点です。

もちろん子どもたちが蟹をいじめています。ご存知のように、現代の浦島太郎は子どもたちが亀をいじめている話です。だけれども、その話は古い時代にはあまりないわけです。浦島太郎の出だしというのは、古いものでは、自ら釣りをしていて亀を釣る、あるいは他人が釣った亀を助けるというものが圧倒的に多いのです。その点『蟹満寺縁起絵巻』は、現代の浦島太郎に近いような出だしなのです。しかし絵の方が微妙に違っております。そういった絵画にするときの問題があります。

次に絵画部分の二番目をご覧ください。今度は女の子のお父さんが出てきます。ここに蛙が一匹いて、よく見えないのですけれども、こちらにくちなわ（蛇）がいます。この蛇は、本文を読みますと、蛙を飲み込もうとする、その瞬間にこのお父さんが助けるといいますか、助ける方便として、くちなわに呼びかけるわけです。「蛇さんよ、私の娘をあげるから、この蛙を放しなさい」ということで、くちなわはこの場で、蛇の状況のときには喋りはしませんので、分かったような感じで放して、この蛙は救われます。

この話は、もちろん蟹満寺ですから、蟹の報恩の話です。ここで蛙も助けられるのだけれども、この後蛙は残念なことに出てきておりません。出てきても良いかなと思うのですが、蟹と蛙が一緒になって娘を助けるという話にしたいのですけれども、そうではないのです。それはよいにしても、とにかくお父さんは蛙を助けたのです。

次は絵画部分の三番目です。緑の服を着ているので蛙のようにも見えるのですけれども、そうではなくて蛇の方が人間に化けてやって来て、お嬢さんをいただきに来たわけです。先ほどのお父さんがこれで、娘さんが奥でおびえています。実はこの絵巻は、後で本物を見せていただきましたら、どうも絵が二枚程抜けているようですので、実はこれで完全な絵ではありません。

そして最後、四番目の絵です。一旦は帰すのですけれども、最終的にまたこの男がやってきて、蛇になります。女の子の方は念仏堂に押し込められて、そこでお祈りをさせておいて、一晩過ごすとその夜、すごい音がするのです。みんなは怖くて見られないのですが、もちろん蛇が娘を狙っているわけです。これは翌朝の場面なんです。翌朝、みんなが起きて見てみると、蛇の周りに蟹がいます。つまり、助けた蟹たちが夜中の間、蛇と戦ってその蛇を切り刻んだ、そして蟹の方にも多くの犠牲者が出た、それで蟹満寺が建てられた、という伝説を描いたものです。

もちろん蟹満寺自体は、蟹だけではなくて死んだ蛇も祀っておりますけれども、こういった話です。これが、基本的には『今昔物語集』等に出てくるのと似ているのですけれども、本文にも違いがあります。それから絵の方も、こういうものが作られているのだけれども、絵自体がまた本文と違うのです。この辺が、説話をメディア化したものの一端として語ら

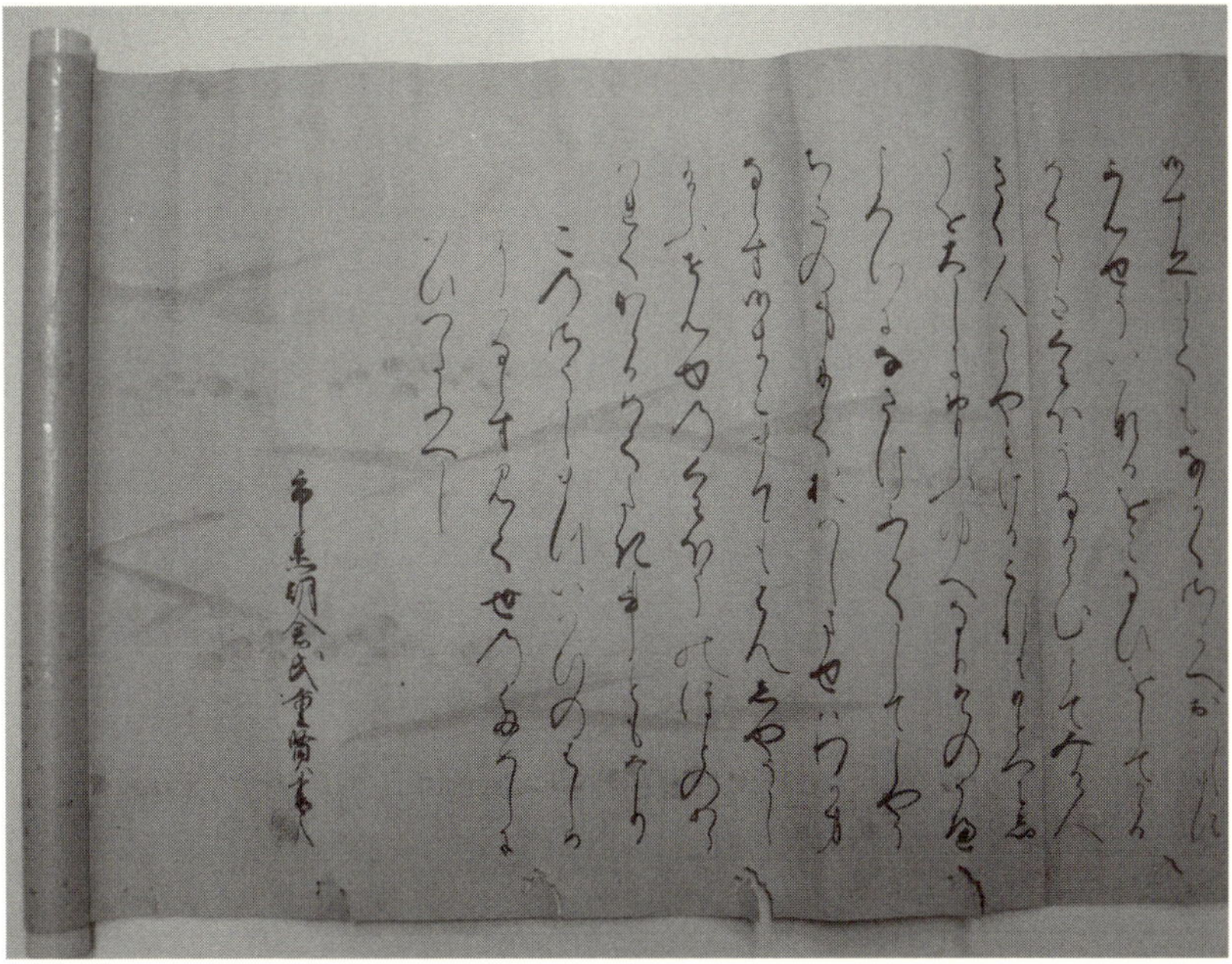

れる所以です。

『蟹満寺縁起絵巻』の本文にちょうど区切りがあるのは、本当はここに絵があったのだろうというような場面なのです。この作品がいつの時代に作られたかというのが、なかなか分からなかったのです。もちろんこの本には署名はありません。しかし、たまたまこの字が、上に挙げた絵巻『文正草子』とよく似ています。そこに同じ筆跡のもので「朝倉重賢」というふうに書いてありました。これはとてもよく似た筆跡なので、間違いないでしょう。

朝倉重賢という人は、いろいろ問題があるのですけれど、恐らく一六〇〇年代後半に活躍した書家・筆耕です。ですからこの絵巻自体は、一六〇〇年代後半に作られたということがほぼ分かります。

こういったものが、未だに登場するということです。もちろんこれまで、このような絵巻は知られておりませんでしたから、新しい新出の巻物です。もともとあった説話集を、一つの絵巻にしたものです。こういったものが相当数作られています。

京都版の新聞では「「蟹の恩返し」絵巻公開　府山城郷土資料館で特別展」といった見出しで『蟹満寺縁起絵巻』は紹介され、他にもいくつかの新聞で記事になりました。そこにも書いてありますが、山城郷土資料館では、もっと立派な室町時代の絵巻等も幾つも出ていたのですが、なぜかこの作品がニュースになったということです。珍しいのと、それからすごく面白いので出たようです。これも不思議なのですけれども、たまたまこれをなぜか川崎大師が持っていたということなのです。その辺の研究は、まだまだ今後しなければいけないのですが、とにかく未だにこういったものが出てくるのです。

実はこれと同じようなものが他にもあります。例えば最近出てきた『虎物語』という作品です。この作品は、どうも『宇治拾遺物語』と関係するらしいということが指摘されています。この『虎物語』に上がっている字も、先ほど見た朝倉重賢と同じ筆跡なのです。ということは、時代も同じだということです。これも今まで知られていない絵巻でした。

『今昔物語集』あるいは『宇治拾遺物語』、直接それということを言っているわけではないのですけれども、それに関係するような物語が、もちろんそれぞれの説話集は平安時代なり鎌倉時代なりにできたのですが、それが江戸時代になって、このような絵巻の形でまた出現するということです。その際にもちろん内容も、少しずつ変えられているでしょう。

こういったことは他にもあります。ちょっと違うジャンルになりますが、『源平盛衰記』の一部を絵巻化した、『祇園精舎』という巻物です。一〇年くらい前に出てきました。これも同じ人、朝倉重賢の筆跡なのです。これも、それまでこの絵巻は見つかっておりませんでした。

それから謡曲にある『鵺』を絵巻化したらしい、一枚だけのものがあります。これもそれまで報告されておりませんでした。やはりこれも字の部分を見ると、先ほどの朝倉重賢の筆跡なのです。

こうして見てくると、やはり江戸時代前期、一六〇〇年代後半とかなり時期が限定できるのです。その時期に集中して、説話やそれ以外のものも含めた古いものを、もともとあった絵巻というメディアで、集中的に物語として再生されていた時代があるということが分かってきたのです。とにかく説話がもともといろいろな形であって、それが時代と共にさまざまな形になったのです。

実は一六〇〇年代後半というのは、絵巻物の黄金期なのです。きれいで良いものというのは、ほとんどその時代に作られております。もちろん、時代によるメディアの形というものがありますので、例えば、先ほどの『蟹満寺縁起絵巻』がすごく面白いということが分かれば、多分地元の小学生向けに紙芝居等が作られるのです。紙芝居というメディアも、五〇年くらい前に流行ったものです。だけどそれは現代まで意外と生きています。

つまりその時代、時代の形で、過去のものが現れるということです。もちろんその際に、いろいろな変更があるのも事実です。こういうふうにさまざまな形で現れるというところで、なおかつ古いものでも意外と知られていないものが、かなりの数あるというのが印象です。もちろん、もともと知られていてその異本というのも、絵巻にも相当存在します。これは同じものがありますから今回取り上げませんでしたけれども、『開運！なんでも鑑定団』に出ていた、『御曹子島渡』もそうです。

要はそれぞれの時代に、それぞれの媒体（メディア）で、顔を出すのが説話なのです。このような簡単な話ではなくて、それぞれの方々には、もっとそれぞれの専門に即した詳しい内容も、「説話とメディア」というものに関係する話をお願いしてあります。私の話は、これで終わります。

それではこれから、お三方にお話していただきます。最初は、もうご紹介するまでもないと思いますが、荒木浩さんです。「メディアとしての文字と説話文学史」というご報告です。つい最近、勉誠出版から『説話集の構想と意匠　今昔物語集の成立と前後』という大変な大著を出していらっしゃいます。これだけではなくて、もちろんさまざまなご著書があります。今日は「説話とメディア」のセッションの先頭を飾っていただくために、かなり全体的な話もしていただきます。

続いて、阿部美香さんによります「中世メディアとしての融通念仏縁起絵巻」というご報告をしていただきます。阿部さんは、今回は『融通念仏縁起絵巻』をお取り上げですけれども、プロフィールにありますように、走湯山あるいは伊豆山の縁起絵巻等で既に報告もあります。

実は私には思い出がありまして、去年か今年の冬に熱海にあります伊豆山神社に行きましたら、売店のところで美香さんが編集した絵本を販売しておりました。ということは、自ら新しい説話メディアを作っていらっしゃる方でもある、ということでとても私は興味深かったのです。それを買って、持っているのですけれども、探してなかなか出てこなかったので持って来られませんでした（笑）。

続きまして、鷹巣純さんにお願いいたします。「バーチャル・メディアとしての六道絵」というご報告です。荒木さんはメディアということで文字について、阿部さんは絵巻を中心に取り上げてくださいますが、鷹巣さんには、専攻が美術史でいらっしゃいますので、これまでの私を含めた国文学専攻の人間とはちょっと違う視点から、それから対象も掛幅を中心に取り上げていただきます。それではお願いいたします。

メディアとしての文字と説話文学史

―矜恃する和語―

◉

荒木　浩

［国際日本文化研究センター］

1959年生まれ。所属：国際日本文化研究センター・総合研究大学院大学。専門分野：日本古典文学。主要著書・論文等：『説話集の構想と意匠 今昔物語集の成立と前後』（勉誠出版、2012年）、『日本文学二重の顔〈成る〉ことの詩学へ』（大阪大学出版会、2007年）、新日本古典文学大系41『古事談 続古事談』（岩波書店、川端善明と共著、2005年）など。

◉ Summary

本発表では、〈学会創設 50 周年〉という外枠と、シンポジウム第一セッション所与の課題「説話とメディア―媒介と作用―」に導かれるかたちで、益田勝実の『説話文学と絵巻』(1960)が論じた、古くて新しい問題群である、「文字」という「メディア」と「説話文学史」のゆくえについて再考する。益田が提示した、口承の文学と文字による文学との出会い、という規定を、歴史的・研究史的に概観した上で、近時、私に関心を持っている源隆国の『安養集』と「宇治大納言物語」の位相差をめぐる分析に触れつつ、院政期という時代の中での〈矜恃する和語〉というテーマをめぐり、源隆国を例示的対象として、「漢文」と「和語」の関係について捉え直し、〈才学〉と〈知〉の意味合いを論じてみたい。さらに、益田が夙に問題設定している、「最初の相当まとまりをもつ釈尊伝をもったのは、実にこの『今昔物語集』においてである、ということは、それ自体一つの驚異に価する」という認定の意義にも、「メディアとしての文字」と「和語」いう観点から、議論を及ぼせれば、と考えている。

一　説話文学会五十周年と益田勝実

説話文学会の設立の直前に、『説話文学と絵巻』（三一書房、一九六〇年）という、重要なキーワードを二つつなげた記念碑的な書物を出版し、大きなくさびを打ち込むことになった研究史上代表的人物の一人が、周知のことながら、益田勝実（一九二三年―二〇一〇年）です。そのことを従来とは異なるコンテクストで考えてみたくて、次のような年表を作ってみたことがあります。

▼一九五一
「カルメン故郷に帰る」（日本初と言われた長編カラー映画）公開
西郷信綱『日本古代文學史』刊行
中井宗太郎「信貴山縁起絵巻の一考察―人民リアリズムのあけぼの」
▼一九五二―占領期終了
「風と共に去りぬ」日本公開（テクニカラー、一九三九年アメリカ公開）
▼一九五三
柳田國男『不幸なる芸術』
テレビ本放送開始
▼一九五三～九
益田勝実『説話文学と絵巻』の基礎稿執筆
▼一九六〇
益田勝実『説話文学と絵巻』刊行
▼一九六二
説話文学会設立
柳田國男没
▼一九六三
西郷信綱『日本古代文学史　改稿版』刊行
黒澤明「天国と地獄」でパートカラー採用
武者小路穣『絵巻』刊行

これは、一九五二年の占領体制終了後というエポックと日本文化展開の問題を、映画論、哲学、近代文学の研究者とともに論じようという、ＡＡＳ（The Association for Asian Studies、北米のアジア研究協会）でのパネルのために作ったメモの一枚です。非常に偏った年表ですが、カラー映画と絵巻の関連が表示されているのは、「手の中の映画」という絵巻論に関わるものとして、当時のマスメディアや大衆的映像文化が、民俗学や日本文学論にどのように関わったのか、学説史の外側で考えてみたかったからであります。こうした切り取りが出来たのも、AASのパネルという〈場〉もしくはメディアのおかげで、このテーマについては、もう少し検討や発表を重ねて、いずれ活字の論文として公表したいと思っています。

占領期終了を示す枠組みを、一九五一年から六三年にとったのは、西郷信綱の『日本古代文学史』の刊行と改稿の時間をスケールとしたからです。そしてそれは、益田勝実の説話文学史研究の直接的な前提の一つとなると考え、ここに提示してみました。一九五一年十月、益田の七歳年上に当たる西郷信綱（一九一六―二〇〇八年）は、「思えば日本文學研究は戦争によってもっともひどく破壊された學問である」と「はしがき」に書いて、新しい『日本古代文學史』を構想して刊行しました（岩波全書）。その書の中で、西郷信綱は、説話について次のように述べています。改稿版では構想も変えられ、すべて削除された部分です。

古代文学という概念は、人類史の発展における古代・中世・近代という諸段階を前提とし、それに裏づけられた史的概念であって、そこにはすでに一定の意味、すなわち文学の生産と享受が支配的には古代貴族階級によってなされ、その階級性を荷なったところの文学という一定の意味が予想されているのである。それを文学の階級性とよんでいい。……平安期中期以後の物語文学、並びに院政期の『今昔物語』が非古代的要素を多分に有しながらも、なお古代文学という範疇でとらえることが可能でもあり正当でもあるゆえんも、文学のこの根本的階級性の見地からでなければならない。……いわゆる文学の「永遠性」とこの階級的モメントとを、全き対立物であると見なし、後者を廃棄して「永遠性」にのみ固執しようとするのは、水の性質を蒸溜水に求めるのと同じく、これほど真実から遠ざかったものはない。文学史のあらゆる真実は、文学のいわゆる「永遠性」が、他の歴史的諸現象と同じように、常にこの階級的モメントにおいて、このモメントを不可避の媒介として現象するものであることを、疑う余地なく証示している。（七〜八頁）

（『今昔物語』の）仏法の部の説話には、だいたい古い典籍から抜きとってきたのが多いに反し、世俗説話には、出典が明らかでなく、街談巷説や民間伝承によったと思われるものが多いが、つまりそこには時代の現実が生き生きと反映しているのである。……武士を先頭とする地方庶民の勢力が京都に向って、やむにやまれぬあげ潮のように押しあげていった時代であり、それとともにいわゆる田舎世界の伝承や異事異聞が滔々と京に流れこみ、ただれた王朝文化の夢からさめたばかりの貴族らの眼を、その新鮮な地方性を以てひきつけ、おどろかした時代でもあった。つまり、あらゆる意味での口誦活動が院政期のこの京都ではとみに活発となったのであり、『今昔物語』が文学として劃期的に新しい存在となりえたのも、抽象的な書物の世界を去り、民衆生活に根ざすこの生き生きとした口誦活動を積極的にとらえたからにほかならない。そしてそれは文学の来るべき偉大な革命がひしひしと近づきつつあることを告げる現象であった。
（西郷信綱『日本古代文學史』岩波全書、一九五一年、二四五～六頁、引用は通行字体とした）

階級、地方、そして「抽象的な書物の世界を去り、民衆生活に根ざすこの生き生きとした口誦活動を積極的にとらえた」と、西郷が述べるような説話をめぐる研究の視界を踏まえつつ、ここで、益田勝実のよく知られた説話文学論を確認しておきたいと思います。

古代の貴族社会と民衆社会において、それぞれ広汎に説話が創造され、伝承されていたことは、文字を持つ人々も文字を持たぬ人々も、人間と人間性の問題に対する深い関心を持ちつづけ、その本質をことばの形象で描き出す努力を嫌っていなかったことを意味する。嫌っていなかったどころではなく、常に進んでその創造者となろうとしていたことが、広汎な説話の世界の存在によって知られるのである。しかし、今日までしばしば誤解されたように、説話文学はこの口承の説話そのままではない。説話文学は説話を文字に定着しただけのものではない。説話文学は、説話とはさらにちがった何かなのである。
（四二頁）

説話文学は説話そのものではない。説話は口承の文学の一領域である。また、説話文学は、しばしば誤解されているように、その説話を文字に定着させたものでも、説話が語る内容を素材として文字で書いた文学でもない。過渡的にはそう見える現象を含みつつも、本質的にはそれとも違う独自なものである。一口にいえば、それは、口承の文字である説話と文字の文学との出会いの文学である。それぞれに異る点を持つ二つの文学の方法が、助けあったり、たたかいあったりしてできる、文字による文学の特別な一領域である。普通の文字の文学のように、作家が直接に自己の内面的事実や社会の現実に直面して描き出す文学ではなく、かれが、口承のはなしという一つの、すでにある文学の方法で貫かれている伝承としての現実的存在に、自己を対置させて行う文字による文学創造である。いわば、現実との一見非直接的な関係の下で、現実に深くかかわりあう文学が成立しているところに、説話文学の特質がある。（四五〜六頁）

説話文学の…もっとも大きな特色は、人間および人間性の問題を、複雑な構造においてつかもうとする点である。（六二〜三頁）

こうして対比すると、益田の見解を単純に一般的な『声の文化と文字の文化』（ウォルター・J・オング著、藤原書店、一九九一年）のコンテクストに置いてこと足れり、とするわけにはいきません。ここには明確な歴史的文脈があります。絵巻研究の視点から益田勝実の『説話文学と絵巻』を同時代的に鋭く分析したのが、武者小路穣の書評（『日本読書新聞』一九六〇年五月二日）であることは、『益田勝実の仕事1』（ちくま学芸文庫、二〇〇六年）の鈴木日出男の解説が示すとおりです。武者小路はまた、中井宗太郎の「信貴山縁起絵巻の一考察―人民リアリズムのあけぼの―」の先駆性を特記して説話絵巻を論じる『絵巻　プレパラートにのせた中世』（美術出版社、一九六三年）を書いていますが、その中でも益田の論考に言及しています。私は、この時代の絵巻論に益田の説話文学論が果たした役割と位置づけとともに、武者小路のこの『絵巻』という本に代表されるように、絵巻のそれぞれを、主にモノクロームで考察せざるを得なかった時代に、むしろ斬新で生き生きと展開された説話画の描写と躍動論を論じ得た可能性と、そしてまた限定に興味を抱きます。それは、モノクロームという描線的な限定的絵画情報の故に、文学という文字の形象力と絵巻表現の近さがクローズアップされ、そこに、ある幸福なシンクロナイズを考えるからです。また絵巻と類比的に論じられる映画という大衆文化の中で、日本のカラー映画の展開と色彩感覚の抑制にも想いを馳せるのですが、本発表では、論じる時間と十分な準備を持ちません。

二　『今昔物語集』仏伝の意義

以上の時代と研究の問題は複雑で、研究史と時代状況をきちんと追求して考究すべきであり、問題を単純化しないほうがよいでしょう。ここでは、こうした拡がりの中に説話文学を定義した益田勝実が、『今昔物語集』という作品の価値に言及して述べた部分のうち、これまであまり注目されていないことがらを取り上げて考えてみたいと思います。それは、益田が、『今昔』という作品の受容享受史の中で切り捨てられがちだった、天竺部の仏伝に着目した次の論述です。

およそ、仏教徒にとって、釈尊の一代の行状記ほど重要なものはないだろう。釈迦がいかに生き、どんな時何を説いたかは、それを抜いては仏教信仰のなりたたないほど、信仰するものには必須の基礎的知識であろう。ところで、それでは、わたしたちの祖先がはじめて日本語の釈迦一代記に接したのは、いつであろうか。仏教がわが国に渡来したのは欽明天皇の時代といわれているが、それ以前だともいわれている。かりに六世紀の欽明朝のことだとして、『今昔物語集』が編まれた一二世紀までの間のどの時点で、釈迦の一代記が出現したかを考えてみよう。四天王寺や法隆寺を建立した聖徳太子の時代にも、律令国家の庇護の下に南都六宗が栄えた奈良の都の時代にも、それ以後にも、わたしたちはそれを見出すことができない。わたしたちが、最初の相当まとまりをもつ釈尊伝をもったのは、実にこの『今昔物語集』においてである、ということは、それ自体一つの驚異に価することではなかろうか。（一七九頁）

『今昔物語集』巻第一から巻第三までは、釈迦の伝記とかれの説法で満たされている。すべてで一一四話。今日までのすべての仏教史学者は、聖徳太子の三経義疏・空海の『三教指帰』・源信の『往生要集』等にふれても、この日本最初の、しかも片仮名で書かれた仏陀伝と、それをささえる情熱を指摘し評価しなかった。説教の座で壇上の僧が口で語った断片の堆積だけが、多数の人々の信仰のよりどころであり、僧侶たちは漢訳仏典を抱きしめても、それを自分たちの民衆の土に移し植えようとはしなかった永い永い年月に、仏教史学者は疑問を持たないのだろうか。（同上）

『今昔物語集』仏伝の形成については、『今昔物語集仏伝の研究』（奈良女子大学文学部『叙説』一〇号、一九八五年）に集約される本田義憲の一連の研究で、多くのことが明らかにされていますが、本田が『今昔』の研究をはじめて公刊したのは一九六三年。仏伝に直接的に言及するのが一九六六年（前掲『叙説』付載「著述目録」参照）です。益田の先見性は特記すべきでしょう。

さて、本田義憲の研究によって、『今昔』「釈尊伝」の出典については、僧祐『釈迦譜』を骨格として形成された具体が、詳細に分析されました。『今昔』を取り巻く、古代文学における仏伝の展開と研究の現在を、小峯和明の簡潔な整理によって確認しておきたいと思います。

　仏伝の語りの片鱗をうかがわせる早いテキストが九世紀の法会唱導資料『東大寺諷誦文稿』であり、さまざまな仏事法会の場で仏伝が語られた痕跡を示している。一二世紀の『百座法談聞書抄』や金沢文庫本『仏教説話集』なども、法会での仏伝教説を示す貴重な実例である。ほかに仏伝をめぐる断片的な説草類（鎌倉期の枡形帖）が金沢文庫に多く所蔵される。『本朝文粋』の願文や『和漢朗詠集』をはじめ、漢文学、漢詩文にも仏伝をふまえた表現は少なからずみえ、『梁塵秘抄』に代表される今様や和讃など歌謡の世界も同様である。……絵画では重明親王の『李部王記』承平元年（九三一）九月三〇日条（『醍醐寺雑事記』所引）に、貞観寺の堂内の柱に描かれた「八相成道」を座主が説く例があり、絵解きを示す古い例としても注目されている。『栄花物語』一七には、有名な藤原道長の法成寺御堂の扉絵に釈迦八相が描かれていた記述がみえる。

　仏伝文学のまとまったものでは、一〇世紀末の『三宝絵』があり、上巻に本生譚が集成され、一二世紀前半の『今昔物語集』がはじめて本格的、体系的に仏伝をまとめている。巻頭の天竺部の巻一から三までが仏伝に相当し、転法輪に比重がおかれる傾向にあり、巻四「仏後」、巻五「仏前」という構成で、巻五には本生譚が少なくない。全体の枠組みが釈迦の生にあることは明白で、天竺・震旦・本朝の三国世界の構成自体、仏伝を起点としている。仏法・王法相依の理念の具現をめざして世界の体系化をはかった基底が仏伝にあり、物語によって釈迦を甦らそうとしたのである。文体も漢文ではなく、独自の漢字片仮名交じりの迫力ある筆致で語られる。しかし、基本は『因果経』や『釈迦譜』をはじめ、従来の仏伝から逸脱するものではない。法会唱導世界から媒介されたと思われる『注好撰』や名大本『百因縁集』などに共通する話題も少なくないが、基本の枠組みは仏典系の範疇にあったといえる。（小峯和明「『釈迦の本地』と仏伝の世界」小林保治監修『中世文学の回廊』勉誠出版、二〇〇八年）

　ここでは、益田が「日本語の釈尊一代記」をいい、小峯が「物語によって釈迦を甦らそうとしたのである。文体も漢文ではなく、独自の漢字片仮名交じりの迫力ある筆致で語られる」と述べて焦点化した点に注意したいと思います。『今昔』仏伝集成の達成は、すでに漢訳仏典という多くの資料を有し、相応に読まれていた「仏伝」自体の展開や集積にあるばかりではなく、その提示の方法に肝要がある、ということなのです。それは、今野達校注の『新日本古典文学大系33　今昔物語集一』（岩波書店、一九九九年）の「出典考証」において、しばしば『今昔』においては、「原拠の改変」が行われ、「直接の出典となった国書の介在が想定される」という趣旨の発言を記すように、『今昔物語集』の前段階にある、古代日本でのいくとおりかの仏伝の翻訳と再編の動きに関連します。そして、その重要なムーブメントの一つに、源隆国撰と所伝する散佚「宇治大納言物語」が、『今昔』研究史上には想定されてきたわけです。

三　「和文化資料」のみが伝える釈迦最後のコトバ

本田がしばしば「和文化資料」といい、今野は「国書」と言及する、その様相を簡単に一括して収斂することはできませんが、少なくとも『今昔』における「宇治大納言物語」という出典の受容と仏伝の意義を考える上で、次の説話はきわめて多くの問題を提供する、もっとも重要な伝承として取り上げる必要があります。仏の滅度における、最後の遺言を捉える説話です。

仏、入涅槃給時、遇羅睺羅語第三十

今昔、佛、涅槃ニ入給ハムト為ル時ニ、羅睺羅ノ思ハク、「我レ仏ノ涅槃ニ入給ハムヲ見ム程ニ、悲ビノ心更ニ不可堪ズ。然レバ我レ、他ノ世界ニテカヽル悲ビヲ不見ジ」ト思テ、上方ノ恒河沙ノ世界ヲ過テ仏ノ世界有リ、其国ニ至テ有ル程ニ、其ノ国ノ仏、羅睺羅ヲ見給テ告テ宣ハク、「汝ガ父釈迦牟尼仏、既ニ涅槃ニ入給ヒナムトス。何デカ汝ヂ其ノ時ニ不奉遇ズシテ、此ノ世界ニ至レルゾ」ト。羅睺羅答テ云ク、「我レ、仏ノ涅槃ニ入給ハムヲ見ムニ、悲ビノ心難堪カリヌベケレバ、其レヲ不見ジト思テ、此ノ世界ニ参リ来レル也」ト。仏ノ宣ハク、「汝ヂ極テ愚也。汝ガ父釈迦牟尼仏、既ニ涅槃ニ入給ヒナムト為ル時ニ臨テ、汝ヲ待チ給フ也。速ニ帰リ参テ、最後ノ剋、専ニ可見奉キ也」ト。

羅睺羅、仏ノ教ヘニ随テ泣々ク還リ参ヌ。釈迦仏ノ、御弟子ノ比丘等ニ「羅睺羅ハ来リタリヤ」ト問ヒ給フ程ニ、羅睺羅参リ給ヘリ。御弟子ノ比丘等、羅睺羅ニ云ク、

「仏ハ既ニ涅槃ニ入給ヒナムト為ルニ、羅睺羅忽ニ不見給ハネバ、其レヲ待チ給ヘル也。速ニ御傍ニ疾参リ給ヘ」ト勧ケレバ、羅睺羅、泣々ク参リ寄タルニ、仏、羅睺羅ヲ見給テ宣ハク、「我レハ、只今滅度ヲ取ルベシ。永ク此ノ界ヲ隔テ、ムトス。汝ヂ我レヲ見ム事只今也。近ク来レ」ト宣ヘバ、羅睺羅、涙ニ溺レテ参リタルニ、仏、羅睺羅ノ手ヲ捕ヘ給テ宣ハク、「此ノ羅睺羅ハ、此レ我ガ子也。十方ノ仏、此レヲ哀愍シ給ヘ」ト契リ給テ、滅度シ給ヒヌ。此レ最後ノ言也。

然レバ此レヲ以テ思フニ、清浄ノ身ニ在マス仏ソラ、父子ノ間ハ他ノ御弟子等ニハ異也。何況ヤ、五濁悪世ノ衆生ノ、子ノ思ヒニ迷ハムハ理也カシ。仏モ其レヲ表シ給フニコソハトナム語リ伝ヘタルトヤ。（『今昔物語集』巻三―三十）

本話の持つ意味と独自性については、夙に池上洵一に鋭い分析があります。

釈尊は仏であったはずだ。すべての煩悩を断ち尽くして絶対の真理に到達した聖者であったはずだ。その釈尊が、臨終にわが子の手を握って、自分ではない十方世界の仏たちに加護を祈る。これほど衝撃的な姿があるだろうか。この瞬間に仏は仏ではなくなってしまったのか。理屈をいえばこれほどおかしなことはないはずなのに、そんな疑問を飛び越して、なぜか素直な感動を喚び起こされるのは、凡夫であるわれわれが心のどこかで釈尊も人間であってほしいと思い続けているからだろう。

この話の源泉をたどれば『大悲経』巻二「羅睺羅品」に行きつくけれども、経典にこんなことばがあるはずがない。『大悲経』の釈尊は合掌して涙を流している羅睺羅に対して、

悲しみ憂うことなかれ。羅睺羅よ。お前がわたしを父となすことも、わたしがお前を子となすことも終わった。（略）わたしはいま涅槃に入れば、（生死輪廻から離脱して永遠の寂静境に入るのだから）もう決したち二人は決して悩乱をなさず、怨讐をなすまい。わたしたち二人は決して悩乱をなさず、怨讐をなすまい。

と語る。そして、もっとこの世にとどまってほしいと懇願する羅睺羅に、一切諸行は無常無定だと説いて聞かせるのである。

法を説くためとはいえ、羅睺羅と釈尊の親子の縁を話題にする『大悲経』は、釈尊の入滅を語る経典の中でも

珍しいのだが（類例は『四童子三昧経』など数少ない）、それにしても釈尊はわが子に解脱を説いているのであり、決してわが子を頼むと十方諸仏に祈ったりはしていない。ましてこれが「最後ノ言」であるはずもなく、釈尊はさらに阿難たちに向かって説法を続けているのである。

しかし『今昔』の釈尊はちがう。これが臨終のいわば遺言であった。子を思うあまりの祈りのことばをのこして彼は逝った。「此レ最後ノ言也」には読者の心を一瞬とろかしてしまう甘い魔力がある。（『『今昔物語集』の世界　中世のあけぼの』初出、筑摩書房、一九八三年）

教理との矛盾を恐れず、あるいは矛盾を内在するからこそ、仏法伝来史上、本邦で初めて記されたことが確言できる、釈尊の最後のコトバ。『今昔』でそう認定された「最後の言」は、和文で記されています。ただし『今昔』を読む限りでは、釈迦は自らの状況を冷静に解析して息子に伝え、最後のコトバを発しており、表現としては池上がいうほど「おかしな」ものではないように私には読めます。ところが、その和語本来の形は、もっと生々しく痛切でした。『今昔』の出典は、次の『打聞集』の叙述のような形式であった可能性が高いのです。

○昔仏失給ハムスル程ニ、羅睺羅、佛ノ失ハム見ニ更ニタフヘキニ非ス。サレハ、他世界ニイキテカヽル悲モ見シトテ、十方恒河沙ノ世界ヲ過テ、仏ノ御国ニ、参テ有程ニ、仏ノタマハク、「汝父ノ尺迦牟尼仏失ナムトス。イカテソノ終ノ（ニ）臨ニハ相ハテ、コヽニハキタルソ」トノ給ヘハ、羅睺羅ノ申ク、「悲ノ難堪ニ、サアラム事ヲ不見給トテ此世界ニハマウテキタルナリ」ト申セハ、仏ノ、給ク、「イトアヤシキ事也。父仏失給ハムスル時ニ成テ、汝ヲ待給フ。速ニ参テ、最後ノ臨ニ見奉レ」トノ給ヘハ、羅睺羅泣〳〵帰参給。尺釈仏、「羅睺羅ハキヌヤ〳〵」ト御弟子に問フニ、羅睺羅参給ヌト見テ、今ハ限ニ成せ給テ待タテマツラせ給トテ、「御カタハラニ参給」ト□（云）ハ参ヘリ。仏、羅睺羅ノ臂《カヒナヲ》取給テ、「羅睺羅ハ我子也。十方ノ仏 愍《アハレニシ》給」ト契給テ絶入□（給）ヌ。此ソ仏タニ子ヲ思給フ道ハ他人ニハ異也。我ラ衆生ハ子思ニ迷ム事 理《コトワリ》也。（『打聞集』一二「羅睺羅事」）

この表現を前提にすれば、池上のいう「おかし」さは、もっと直截的に伝わってきます。そう印象されるのは、いくつかの点で、『今昔物語集』との相違があるからです。まず大きな違いは、『今昔』が釈迦の死を「涅槃」そして「滅度」と仏教語で整理するのに対し、『打聞集』はすべて、「失す」「終（最後）に臨む（み）」、「今は限りに成る」「絶え入る」という非仏教的な日常語、もしくは和語によって表現している、ということです。この文脈形成が、「仏だに子を思ひ給ふ道は他人には異なり」という叙述を、「人の親の心は闇にあらねども子を思ふ道にまどひぬるかな」という『後撰集』歌の踏襲へと自然に続けています。

そしてもっとも印象的なのは、「羅睺羅は来ぬや〳〵」と反復される釈迦のことばであり、「仏、羅睺羅の臂を取り給ひて、「羅睺羅は我子なり。十方の仏愍《アハレニ》し給へ」という語順での慟哭です。『今昔』では、網かけを施したように、「仏、羅睺羅ヲ見給テ宣ハク、「我レハ只今、滅度ヲ取ルベシ、永ク此ノ界ヲ隔テ、ムトス。汝ヂ我レヲ見ム事只今也、近ク来レ」ト宣ヘバ」という付記があり、仏はまず我が子を冷静に見つめ、滅度の理を説き、傍においでと述べた後、臂ではなく羅睺羅の「手」を取るのです。▼注(1)

『打聞集』のような伝承が、正統的な仏伝にはなく、本朝でのみ伝わって、しかも和語でのみ表現され得た、ということが重要です。『今昔』説話の形成に即して、本田義憲『今昔物語集仏伝の研究』は、本話を次のように説明しています。

> 「仏子」羅睺羅《ラーフラ》（巻三（29））、『今昔物語集』巻三（30）仏入涅槃給時遇羅睺羅語第三十は、『釈迦譜』に見えず、主要仏伝仏典にも見えない。既注のように、『打聞集』（12）羅睺羅事との共通母胎からえらばれたのである。師父仏陀《ブッダ》の入滅にあうに堪えず、他方二仏の世界に避けた羅睺羅がブッダの待つことをさとされて仏陀のもとに還り、仏陀から法のゆえにただ「解脱」を求むべきを遺告される、という『大悲経』巻二羅睺羅品を原話とし、さらに、『方等般泥洹経』巻下・『四童子三昧経』巻下などに、入滅近い仏陀が阿難《アーナンダ》・羅睺羅の「手」を執って諸仏の手の中に与えて遺嘱し、諸仏はふたりに如来の「法身」なるべきを説く、という、ほぼ同方向の物語の類をも合わせたか、悲しむ彼らにそれを超えさせようとする、ともかくめずらしい物語を通じて、平安時代の教団・貴族社会に、その口がたりの想像力が成長し、和文化資料へ定着しても来た。『今昔』巻三（30）と『打聞集』（12）との共通母胎がそれであり、それを『今昔』はみずからえらび、編んだのであって、もとより、これ自体『今昔』の意味である。
>
> 　その「意味」の中で、いわばねじ曲げられた教理は、非仏

教的かつ日本的で独自な親子観の投影と、その思想と一体の、漢訳仏典から超越して表現される和語の文体の獲得の結果として招来されたものでした。

それにしても、『今昔』は、「(平等)一子ノ悲ミ」(巻一(38)・巻三(27))にふれる限りにおいては一子地の思想をとらえているが、しかし、「人ノ、子ヲ思フ事ハ、仏モ一子ノ慈悲トコソ譬へ説キ給ヘレ」(巻九(1)、Ⅱ、188・12—13)、これは前後から見て誤用であり、敦煌本『捜神記』・同『孝子伝』などを含む類話の間に、この比喩を見ないのをもし『今昔』の挿入とすれば、これは『今昔』自身の冒した誤用であって、この誤用のされた在り方における「一子ノ慈悲」は、いま本章巻三(30)における「子ノ思ヒニ迷」う在り方に通じるのである。『打聞集』(12)との共通母胎の論理を受容してこの物語を人生の情景として点じるのは、『今昔』には別に抵抗のない切実な選択、であった、と想像されるのである。呻吟する民心をいたわるというよりは常識性を免れ難い物語ではあるが、漢文世界と結ぶ「正統」仏教の権威の固定観念によらないこの選択は、ともかく、それとしての意味をもつ、とは言い得るであろう。(本田同上書)

四　矜恃する和語

「漢文世界と結ぶ「正統」仏教の権威の固定観念によらないこの選択」を、どのように位置付ければよいのでしょうか。いくつかの解釈がありうるなかで、近刊の拙著『説話集の構想と意匠　今昔物語集の成立と前後』(勉誠出版、二〇一二年)の終章に、私は、言語のプライバシーと対外意識を横軸に、少し分析を行いました。

すなわち、「宇治大納言物語」という和文説話集の位相を理解するためには、同じ宇治平等院南泉房という場所で、『安養集』という正格の漢文で綴られた浄土教書を編集した源隆国の対外意識と和語の矜恃を併せ理解し、あえて伝承された和語で書く、ということの超越性の意味をと述べました。一部整理を施して摘記すれば、以下のようです。

*

漢文による、あるいはそこに遡及する文学ではない、という点で、「宇治大納言物語」は勧学会的価値観と反対する。のみならず、その反転は、重大な国際的視界のもとに提供されるはずだ。つまり、仮名で書かれている以上、この書は、唐土への伝来を当初から意識しない。いや、むしろ、漢文世界の唐土からの透明性を、自覚的に拒絶している、ということなのである。

一見自明にみえることのことは、隆国の所為としては、逸すべからざる事柄として特記し、認識する必要がある。なぜなら彼は、大宋国に通じる漢文体で、「天竺震旦の顕密聖教、本朝の人師の抄出私記、二百余巻が中に、阿弥陀の功徳を釈する要文を選集」したと序文に謳って遺宋を果たした、『安養集』の編者であるからである。（中略）「宇治大納言物語」の仮名文は、『宇治拾遺』の序文に拠れば、

> 世に、宇治大納言物語といふ物あり。……もとゞりをゆひわげて、〔をかしげなる姿にて、〕むしろをいたにしきて、〔すゞみゐはべりて〕、大なる打輪を〔もて、あふがせなどして、ゆききの者、〕上中下をいはず、〔よびあつめ、〕昔物語をせさせて、我は内にそひふして、かたるにしたがひて、おほきなる双紙にかゝれけり。…それがうちに、貴き事もあり、〔おかしき事もあり、おそろしき事もあり、〕哀なる事もあり、きたなき事もあり、少々は、空物語もあり、利口なる事もあり、さまざま様々なり。世の人、これをけうじみる。

とあって、「宇治大納言物語」成立伝承のポイントは、「かたるにしたがひて、おほきなる双紙にかゝれけり」という営為の叙述にある。（中略）「かたるにしたがひて、おほきなる双紙にかゝれ」た、という叙述には、『霊異記』の場合と同様に、説話集の成り立ちに、先行作品の継承と解体を前提しない、という含意がある。（中略）そして『霊異記』の試みになぞらえれば、その始原性には、よりリアルに、対外認識が含まれるはずである。それはふたたび、この書が「かたるにしたがひて」仮名で書かれることと切り結ぶ。ここで、十三世紀初頭の資料ではあるが、男性の仮名文の位相について叙述した、慈円の『愚管抄』を参照しておこう。

> 今カナニテ書事……ムゲニ軽々ナル事バ共ノヲヲクテ、ハタト・ムズト・キト・シヤクト・キヨトナド云事ノミヲホクカキテ侍ル事ハ、和語ノ本体ニテハコレガ侍ベキトヲボユルナリ。訓ノヨミナレド、心ヲサシツメテ字尺ニアラハシタル事ハ、猶心ノヒロガヌナリ。真名ノ文字ニハスグレヌコトバノムゲニタダ事ナルヤウナルコトバコソ日本国ノコトバノ本体ナルベケレ。ソノユヘハ、物ヲイヒツヅクルニココロノヲホクコモリテ時ノ景気ヲアラハスコトハ、カヤウノコトバノサハサハトシラスル事ニテ侍ル也。児女子ガ口遊トテコレラヲオカシキコトニ申ハ、詩歌ノマコトノ道ヲ本意ニモチイル時ノコトナリ。（『愚管抄』巻七、日本古典文学大系）

「真名ノ文字ニハスグレヌコトバノ、ムゲニタダ事ナルヤ

ウナルコトバコソ、日本国ノコトバノ本体ナルベケレ」。三国意識の中で、矜持とアンビバレントな劣等意識を引きずりつつ、「宇治大納言物語」もまた、「和語ノ本体」である「カナ」文を以て、あえて翻訳不能の文学として描かれる。

しかしてその内実は、逆転的に、「天竺の事もあり、大唐の事もあり、日本の事もあり」（『宇治拾遺』序）。仏教的全世界に渉る。あえて日本人にしか読めない和語という言語のプライバシー（ベネディクト・アンダーソン『想像の共同体』）の中で、天竺・震旦・本朝という、普遍的全世界を自在に描き出そうというのである。

ここには、別の言い方で慈円が述べるような、三国言語観の中での和語観と通底する意識を観てとるべきではないだろうか。

それやまとことばといふはわが国のことわざとしてさかんなるものなり、…これによりておほやまとひたかみのくにはとよあしはらをうちはらひてひらけはじめしより、神神のおほんことばをつたへきたれる、このほかにさらにさきとする詞あるべからず、ただし印度漢朝のことばの文字またいるがせならずしてそのあとより仏のみちをもさとる事なれど、から国には梵字をもちゐることなし、孔子のをしへ作文のみちいみじけれど、やまとごとをはなれてそのこころをさとらず、いかなればこの国の人の漢字をしらずとてかろくおもへる、神の御代の神神、神宮《（ママ）》皇后よりさきの十五代の君の御事を、いまだからの文字つたはりこざりしかばとておろかに申すべしやは、このことわりをおもふに、いささかもからの文字にうとしとてこの国のひとは歌のみちをつぎに思ふべからず、ただこの国国の風俗なり、さらに勝劣なかるべし、かぎりあれば真言の梵語こそ仏の御口より出でたることばなれば、仏道におもむかむ人は本意ともしるべけれ、漢字にも仮名つくるときは四十七言をいづることなけれど、梵語はかへりてちかく、やまとことばにおなじといへり、…（『拾玉集』五十首和歌、3375～序）

「宇治大納言物語」には、世界中でこの物語にしか「記」されていない内容が、日本人にしか読めない和語で記される。ところが逆説的にこの小さな物語には、無限の拡がりをもって、天竺・震旦の世界が生々しく描かれる。のみならず、会話文の中で日本語を操る、仏や聖人たちをはじめとするさまざまな人々が登場する。それが単なる漢文の和らげではなく、独自の方法として意味を持つ根拠は、おそらく…「真言の梵語こそ仏の御口より出でたることば…梵語はかへりてちかく、やまとことばにおなじ」という価値観に存する。平安時代を通じて醸成され、中世に多様に展開する和歌陀羅尼観の文脈の中で、「梵語はかへりて」「やまとことばにおなじ」。飜って和語で記すことにこそ、遠く異国と通じる、「ちかく」の道があった。それは、「あなたうと、仏法東にながれてさかりに我が国にとどまり、あとをたれたる聖、昔おほくあはれ、道をひろめ給ふ君、今にあひつぎ給へり」（『三宝絵』中巻趣）という叙述とパラレルに照応する。「宇治大納言物語」の営為の究極は、日本で独自に発展した仏法東漸思想を、物語の仕組みとして具現する試みに他ならない。あたかもそれは、『安養集』と表裏し、相補し合って、再び鮮やかな対照をなすだろう。（荒木浩『説話集の構想と意匠　今昔物語集の成立と前後』終章、三節「「宇治大納言物語」の文学史」）

＊

訓読ではない「和語の文体」は、いったん口承を経た、と宣言することで、方法的に、「漢文世界と結ぶ「正統」」と、鮮やかに決別を刻することができます。のみならずそれは、「真言の梵語こそ仏の御口より出でたることばなれば、仏道におもむかむ人は本意ともしるべけれ、漢字にも仮名つくるときは四十七言をいづることなけれど、梵語はかへりてちかく、やまとことばにおなじといへり」という論理を基軸に、インドへと飛翔するのです。直接に仏教を伝来した朝鮮半島、そして大唐国を飛び越えて、仏生国インドへと連なろうとする日本の中世仏教の憧れの意識（高木豊『鎌倉仏教史研究』岩波書店、一九九九年）をも視野に入れつつ、源隆国の場合は、戦略的な宋への意識と、和語の復活とを併せて理解することで、はじめてその文体選択の意味が分かるように思います。彼自身の大宋国へのあこがれと、屈折した勧学会知識人への思いを潜在させつつ、中国文化や仏教に汚染されない、そして中国語では永遠に読めないいわばピュアな和語の伝承として、その奥義がいまここにのみ伝えられる。それは、ブッダ最後の言葉という仏教史上最大の秘密を含むものでした。和語の「言語のプライバシー」と、「梵語はかへりてちかく、やまとことばにおなじ」という「幻想の共同体」によって、物語は、ひらりと震旦や漢文世界の壁を飛び越えて、遠くインドへと通う。それは、拗ね者の源隆国の考えそうな想像力大きな夢想であると思うのですが、いかがでしょうか。

五　復古する和語の「物語」

第一期勧学会エリートたちが現実に遺宋した『往生要集』や『日本往生極楽記』によって、中国説話集へのあこがれと屈折を標榜して編集された『日本霊異記』以来の説話集文学史は一区切りを付けます。その時期に、女性読者の想定という制約の中で書かれた『三宝絵』という作品の持つ意味は、その文体も含めて再考すべきところがあるように思います。そのことを詳述するいとまは今はありませんが、勧学会自体の転変を経て、所謂第三期勧学会の外側に所在した源隆国は、その屈折を勧学会文化史に反転して求め、新たな対外環境の中で、甥の成尋を通じての遺宋を前提とした『安養集』を編集します。そうした彼だからこそ、読めないテクスト、言語のプライバシーとしての「宇治大納言物語」を編集する、本質的な戦略を問うことができるのです。

私見によれば、「今は昔」という冒頭言が「宇治大納言物語」による意識的な復古であったように、▼注(2)益田勝実が提示した、「口承の文字である説話と文字の文学との出会いの文学」の問題は、一九五〇年代的な状況でありつつも、その優れた言説によって普遍性を有していることは事実です。ただしそれは、「物語形式」としての「和語」の復活と対外意識—形態としては漢文との対置—の問題を「宇治大納言物語」の成立までひとまず問題を延引して、古代説話文学史として再考すべきであるといまは考えています。

注

(1) 本田義憲『今昔物語集仏伝の研究』参照。同書には、「一篇冒頭の、仏陀の入滅にあう「カ、ル悲ビ」ということばが『打聞集』(12)に同じく、かつ、仮名書自立語を含むことからも、その共通母胎のすがたが想像されるが、おそらく『打聞集』(12)がそれに近く、いま、『今昔』本文はあるいは補い、あるいは改めて「手」を表現するなどしたであろう。「此レ、最後ノ言也」、これも『今昔』の限定したところにちがいなく、すべて、つづく結文の評語を強調しようとするのである」などと述べる。

(2) 益田勝実『説話文学と絵巻』は、「ずっと後には、『梅沢本古本説話集』や『今昔物語集』などのように説話文学が、逆に、「いまはむかし」と作り物語をまねる大混乱が起きる」と述べている。示唆的な部分を含みつつも、「大混乱」という認定は妥当ではないと考えている。

荒木関連論文

・「『沙石集』と〈和歌陀羅尼〉説について—文字超越と禅宗の衝撃—」(荒木編『仏教修法と文学的表現に関する文献学的考察—夢記・伝承・文学の発生—』、平成14年度〜16年度科学研究費補助金(基盤研究(C)(2))研究成果報

告書、二〇〇五年三月）
・「〈孝〉と〈捨身〉と—芥川龍之介「今昔物語鑑賞」改稿の周辺など—」（『テクストの生成と変容』（二〇〇五〜二〇〇七年度　大阪大学大学院文学研究科　広域文化表現論講座共同研究　研究成果報告書、二〇〇八年三月）
・「月はどんな顔をしている?—譬喩と擬人化のローカリズム」（『Between "National and Regional" Reorientation of Studies on Japanese and Central European Cultures』、三谷研爾編、大阪大学文学研究科、二〇一二年三月）
・「書物の成立と夢—平安期往生伝の周辺—」（上杉和彦編『生活と文化の歴史学1　経世の信仰・呪術』竹林舎、二〇一二年五月）

荒木関連発表

・Hiroshi Araki. Setsuwa-bungaku Studies in the 1950s (AAS 2012 Annual Conference, PANEL 342. Post -Occupation Culture in 1950s Japan)、カナダ、トロント、Sheraton センター、二〇一二年三月十八日

引用・参考文献等

・打聞集を読む会『打聞集研究と本文』（笠間書院、一九七一年）
・ウォルター・J・オング『声の文化と文字の文化』（一九八二年、林他訳、藤原書店、一九九一年）
・今野達校注『新日本古典文学大系33　今昔物語集一』（岩波書店、一九九九年）
・高畑勲「説話絵巻　スピード感あふれる展開」（『週刊朝日百科　世界の文学』083、二〇〇一年二月）
・ベネディクト・アンダーソン著、白石さや、白石隆訳『定本　想像の共同体　ナショナリズムの起源と流行』（書籍工房早山、二〇〇七年）

中世メディアとしての融通念仏縁起絵巻

◉

阿部美香
［昭和女子大学・非常勤講師］

所属：昭和女子大学非常勤講師。専門分野：中世宗教文芸。主要著書・論文等：「走湯山をめぐる神話世界とその生成」（伊藤聡編『中世神話と神祇・神道世界』竹林舎、2011年）、「『融通念仏縁起』のメッセージ―正和本絵巻成立の意義をめぐって」（『女性と情報』昭和女子大学女性文化研究叢書第八集　御茶の水書房、2012年）など。

◉ Summary

正和 3（1314）年、融通念仏の勧進を目的に初めて絵巻としてあらわされた融通念仏縁起（正和本）は、祖師良忍上人の往生伝であり霊験記であると共に、勧進状であり名帳であって、それらを総合して成り立つところのすぐれたメディアといえる。『古今著聞集』所収の良忍伝からは、絵巻成立に先だつ融通念仏開祖としての縁起の成立が知られる。そうした先行縁起を踏まえつつ、正和本は「融通念仏根本の帳」の絵巻化にあたり、名帳と神名帳のはじまりを図像化することで諸天神祇の曼荼羅を創り出し、名帳加入を勧める様々な霊験譚を伴う壮大な縁起絵巻となったうえで、最後に驚くべきメッセージまで潜ませた。

正和本の成立背景は明らかではないが、のちに良鎮上人の勧進のもとで数多く制作される絵巻の母体となることからして、その意義は大きい。しかも、良鎮の勧進活動は室町幕府や朝廷とも結びつき、絵巻の版本化（明徳版本）による全国流布を成し遂げ、清凉寺本という記念碑的作品までも生み出すに至る。本報告では、融通念仏縁起の成立と変貌に焦点をあて、メディアとしての融通念仏縁起絵巻の様相を明らかにした。

はじめに

絵巻は、説話がその役割を発揮すべくテクストとしての形をとって現れた優れたメディアといえます。▼注(1) そして中世は、説話が最も活力をもち、盛んに絵巻が制作された時代でした。

では、説話が絵巻と出会うとき、いかなるメディアが誕生するのでしょうか。▼注(2) それは詞と絵を読むことによりはじめて浮かびあがるものであり、説話文学が取り組むべき大事な課題であると考えます。それを、融通念仏縁起絵巻そのものに問いかけてみたいと思います。

一　正和本の創出

融通念仏縁起は、鎌倉時代後期にはじめて絵巻化され、南北朝から室町時代に、勧進聖良鎮のもとで全国普及が目指されて縁起絵巻として初の版本化がなされたほか、上皇や将軍も参加する豪華な清涼寺本までも制作されました。そのいずれもが、メディアとして注目すべき作品です。すでに美術史や宗門の側からのすぐれた研究の蓄積がありますが、▼注(3) 説話文学の側からの本格的なとりくみは、まだこれからです。▼注(4)

本報告では、正和本と、良鎮による三段階の絵巻制作に着目し、絵巻がいかなるメディアとして用いられ、成長し発展を遂げたのか、その具体的な様相を浮かびあがらせてみたいと思います。それは、中世に活躍した勧進聖たちの文化創造力を照らし出すことにもつながると考えています。

正和三年（一三一四）に成立した正和本は、制作の主体も場も伝来も一切が詳らかでない、謎の作品です。しかし、これが後世に与えた影響は大きく、良鎮の絵巻制作の拠であることから、初発としての重要な意義を持つテクストといえます。▼注(5) 現在はシカゴ美術館とクリーブランド美術館に、上巻と下巻が別々に所蔵されていますが、このたび、佐野みどり先生を代表とする「大画面説話画の総合研究」の一環として、シカゴ美術館の絵巻上巻を熟覧する機会に恵まれました。▼注(6) 絵巻を実見いたしますと、『続日本の絵巻』▼注(7) の図版から受けてきた印象とは全く異なり、精妙で、完成度の極めて高い優れた作品であることがわかりました。奥書には、これが良忍の「根本の帳」に基づいて創られた、勧進のための絵巻であることが記し付けられています。

【資料1】正和本奥書

右、本願良忍上人融通念仏根本の帳にまかせてしるすところ也。（略）これをゑづにあらはす志は、在家の男女に念仏往生の信心を増進せしめむがため也。仍、正和第三暦仲冬上旬候、記之。

つまり、正和本とは、はじめから高い権威を与えられるべく構想されたテクストであり、シカゴ美術館、クリーブランド美術館の絵巻はその「根本」的権威を体現した、単なる写本でなく証本的な作品として評価されるべきものなのです。

正和本が絵巻化を通して創出した最大の見せ場は、良忍の「名帳」と一対となる、「神名帳」の誕生をめぐる霊験譚です。『古今著聞集』には、正和本と近似する良忍伝が収められています。建長六年（一二五四）に橘成季によって編まれたこの説話集が収めるテクストと、正和本のそれを比較してみますと、『古今著聞集』では、阿弥陀の「示現の詞」の全文を掲げ「良忍の記」として重んじるのに対し、正和本では詞書に「神名帳」の全文をとり入れ、これを絵画化します。それにより、正和本は、神と人との念仏が融通し合い、共に往生得脱の因となる理想の世界を示して、融通念仏の独自性をアピールしてみせるのです。

【資料2】『古今著聞集』阿弥陀仏の示現文

阿弥陀佛示現云、汝行不可思議也。一閻浮提之内三千界之間、已為有一、是可無双。雖然、汝順次往生、誠以難有之事也。（略）蓋可教速疾往生之法、所謂円融念仏是也。以一人行為衆人故、功徳広大、順次往生、已以易果。修因已融通、感果蓋融通。一人令往生、衆人蓋往生。阿弥陀如来示現粗如此。委細不遑毛挙矣。

天治元年甲辰六月九日　一乗佛子良忍

【資料3】古今著聞集所収説話と正和本の構成

古今著聞集	正和本	
（ナシ）	上一段	良忍の叡山修行、大原勤行
良忍の夢に阿弥陀示現す＊【資料2】	上二段	良忍の夢に阿弥陀示現す
良忍による融通念仏勧進と、毘沙門天の名帳加入	上三段	良忍の融通念仏の勧進開始
	上四段	鞍馬毘沙門天の名帳加入
良忍の鞍馬寺参籠と神名帳授受	上五段	良忍の鞍馬寺参籠と神名帳授受
（ナシ）	下一段	神々の結縁の意趣と、鳥畜類の結縁
良忍、往生す	下二段	良忍、往生す　＊来迎の図
良忍、覚厳の夢に、往生を告げる	下三段	良忍、覚厳の夢に往生を告げる
（ナシ）	下四段	鳥羽院の日課念仏と、加入の勧め
	下五段	女院の結縁と法金剛院不断念仏創始
	下六段	和泉前司道経女の出家と臨終
	下七段	僧心源の父母往生
	下八段	牛飼童の妻、産死を免れる
	下九段	下僧の妻の堕地獄と蘇生
	奥書	絵巻制作の意趣＊【資料1】
	下十段	光明遍照の偈と摂取不捨曼荼羅
		正嘉疫癘、別時念仏番帳の霊験記

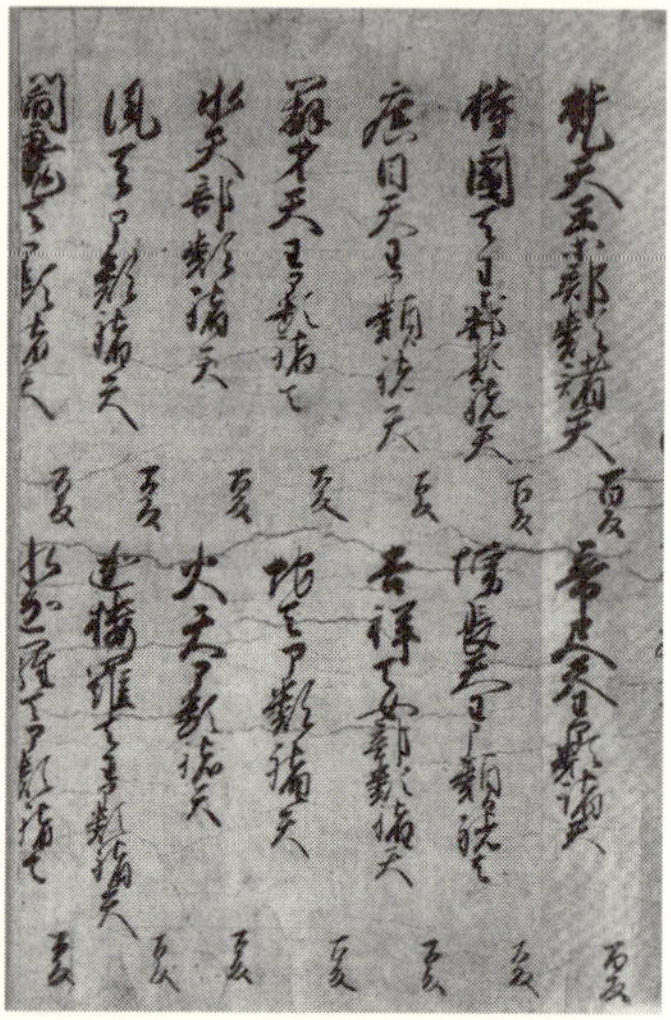

図２　上巻第五段　神名帳（シカゴ美術館）▶

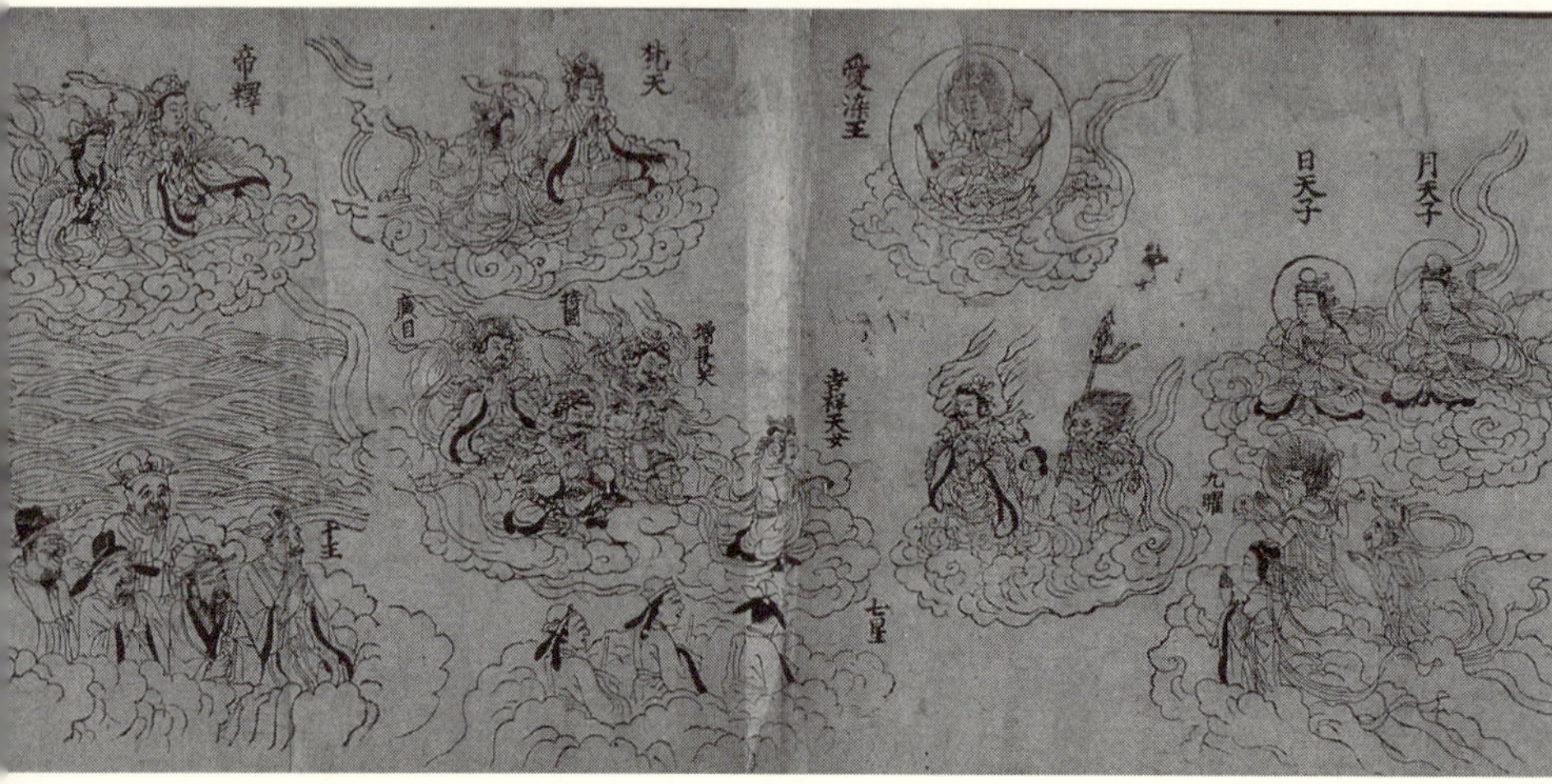

▲図１　上巻第三段（シカゴ美術館）

▲図３　上巻第五段（シカゴ美術館）

▲図４　上巻第五段（明徳版本、大念仏寺）

絵巻の構成をみると、神名帳をめぐる霊験は、良忍の勧進の〈始まり〉を語る上巻第三段に続けて、第四・五段から下巻第一段まで、上巻と下巻をまたいで語られています**【資料3】**。そのあと、名帳に加入した鳥羽院と女院の結縁が〈歴史〉として示され、念仏の霊験の記が堕地獄蘇生譚をも含めて連なり、全体としては、「根本の帳」の成立とその霊験をあらわした絵巻として編まれていることがわかります。ところが、吉田友之氏による絵巻の復元で明らかにされたように、奥書のあとになって、改めて霊験に関わる図と説話を配するという特異な構造を持つのも、この本の特色です。そこで、以下に神名帳の霊験譚群と、奥書のあとの最終段に着目しつつ、正和本の構想を読み解いてみましょう。

「神名帳」は、良忍の「名帳」に加えられることで機能する、もうひとつの「根本の帳」です。阿弥陀の示現を受けた良忍による融通念仏の〈始まり〉を象る場面には、名帳を手に持ち勧進する良忍の姿が絵画化されています。同じ段には、御所のうちにおいて、名帳に加入する鳥羽院と、念仏を請ける女院の〈歴史〉も描かれています**【図1】**。

その名帳に、鞍馬寺の毘沙門天は、自らがまず加入して、天界に赴き諸天神祇に勧進し、出来上がった神名帳を良忍に「加えよ」といって授けました。これにより、名帳と神名帳とが一体となって、神と人とが共に得脱往生を目指す、「融通念仏根本の帳」が誕生したのだ、という〈神話〉を語ることになります。

詞書には神名帳の全文を掲げ、絵に毘沙門の勧進のもとで諸天神祇の結縁する姿を描く第五段の場面は、正和本の独創性が豊かにあらわれているところです**【図2・3】**。念仏に結縁する神々の意趣は、殊更に一段を費やして述べられており、それを読みとくと、この絵は、集会し僉議して念仏結縁を志した神々が、毘沙門天を勧進の聖として、融通念仏億百万遍を尽未来際まで行うことを一同して誓った姿であり、神名帳はその証として、いわば〝神々の一揆連判状〟であったことが知られます。絵に、念仏に結縁する神々の姿が社頭図の集合をもって描きあらわされるのは、「神国日本」こそが「念仏有縁の国」である、と説く詞書とともに見れば、神国を挙げて念仏に結縁することを象徴する独自の図像表現であろうと見なされます。

【資料4】正和本下巻第一段詞書（部分）

①上件天衆達の念仏衆に入御坐す事、既にきこえ畢。但、其御意趣を尋れば、釈梵・護世諸天等、御集会ありての給はく、「まことに三世の諸仏は、念弥陀三昧によりて正覚をなり給たりと、『般舟三昧経』にはくはしく説た

り。しかれば、当時世間に放光して聞ゆる融通念仏は、阿弥陀如来、良忍上人の前に来現して、たしかに授給たる、速疾往生の他力の法也。利益も広大に、功徳も莫大也。いざや、我等もこの大善にくみして、五衰退没の苦を離、共に安養無漏の報土にいたりて、同正覚をならむ」と云々。爰に、仏法護持の多聞天王、勧進のひじりとして三千大千乃至微塵類所有一切諸天神祇、一人も不漏、皆悉結縁に入給り。仍て、天承二年乙丑卯月五日より毎日、諸天善神の入まします融通念仏億百万遍を始め、尽未来際まで退転あらじと、みな一同に御約束ありけりと云々。

②此等の先蹤をもておもふに、日本に生をうけたらん人、必弥陀に帰し、同く名号を唱べし。流をくみて源を尋れば、我朝は是神国也。又是、念仏有縁の国也。一度も法味をたてまつれば、神明納受を垂給。此故に、上天下界の諸天、をの〳〵こぞりて一同に弥陀の名号を撰て称美讃嘆し給へる事、諸教の中にをきてたぐひすくなき事なり。是即、日本に弥陀教のひろまるべき先標にあらずや。

最も注目すべきは、この場面の中心をなす毘沙門天の勧める念仏を、吉祥天が請けるところの、その姿です。それは、念仏を勧める天界の王と、それを請ける后のすがた、と言い換えることができます。正和本は、融通念仏における神話イメージとしての王と后のすがたを、ここに創出したのです。それは、良忍の名帳に鳥羽院と女院が結縁する〈歴史〉と呼応し、実際の勧進の場において、象徴的な意味を持つ図像として受けとめられたことでしょう。

そして、これと対極をなすのが、奥書のあとに設けられた摂取不捨の偈と図、並びに東国を舞台とする正嘉疫癘の説話です。これらは、修復を経て現在は奥書の前に、説話、偈と図の順で配置されていますが、本来は奥書のあとに、偈と図、説話の順に置かれていました。

図5　摂取不捨曼荼羅（正和本・クリーブランド美術館）

その図は、法然門下で考案されて流布し、貞慶が専修念仏批判▼注(8)の対象とした〈摂取不捨曼荼羅〉に他なりません［図5］。余行を認めない排他的な図像ゆえに、批判の的となり、現在の浄土宗門では喪われてしまった問題の図像を、正和本はそのまま引用していることが指摘されております。▼注(9) この絵巻は、驚くべき仕掛けを、奥書のあとに用意していたのです。

では、その摂取不捨曼荼羅と正嘉疫癘の説話は、いかなる意味を与えられてここに並び配置されていたのでしょうか。

摂取不捨曼荼羅は、弥陀の光明に浴するものと、漏れたものとを明確に区別して描き分け、余行を認めないことを露骨にあらわす図像です。一方、正嘉疫癘の説話は、別時念仏番帳に加入し、疫神の判形を受けたものは救われ、加入していなかった女人は死んでしまった、という説話です。つまり、この霊験譚は、摂取不捨曼荼羅の因縁譚でありその説話画化であったと指摘できます。しかも、その番帳が将軍家に召されたと語られることをもって、そこに将軍家の権威を借り、かつ保証を取り付けているのです。

それだけでなく、番帳に判形を加えた疫神たちは、神名帳に加入する祇園の眷属でもあることから、この説話は神名帳の段と呼応していることがわかります。摂取不捨曼荼羅も、諸天神祇が「世間に放光し聞こゆる融通念仏」に結縁しようと僉議していた、先の「意趣」の詞と重ねれば、これこそ、神々が結縁を求めた「世間に放光し聞こゆる融通念仏」の図として位置付けられたものであったことが理解されます。

つまり、正和本は、絵巻としては特異な構成をあえて取りながら、周到な構想のもとに、融通念仏根本の帳と、別時念仏番帳の霊験をあらわして、天皇家と将軍家のそれぞれに向かって訴えかける、いかにも全方向的なアピールを用意した絵巻として創出されていたといえるのです。

このような絵巻の成立を可能にした背景を考える時、正和本がとりわけ女院に対し篤い配慮をほどこす絵巻であったことに気づかされます。法金剛院にて不断念仏を創始した待賢門院が、良忍から念仏を請けるその場面には、それを象徴するように十二体もの化仏があらわされています。ほかは全て二体ですから、その差別化は圧倒的です。正和本の成立が、ちょうど法金剛院を復興した十万上人導御の没後三年にあたることから、女院に対するこうした配慮は、絵巻の成立や伝来を考えるためにも、ひとつの手がかりになるのではないでしょうか。

二　永徳至徳勧進本の展開

では次に、正和本を基盤として改作しつつ遂げられた、良鎮の三段階にわたる絵巻制作の様相をみていきたいと思います。総じて良鎮による絵巻制作の特色は、勧進に用いる絵巻の制作自体が勧進であり、施主を得て、そのネットワークのもとに全国へと流布させたことです。

スタートとなった〈永徳至徳年間の勧進本〉は、永徳から至徳（一三八一～八六年）にかけて大和国越智氏を願主として制作された絵巻群です。奥書には、正和本の奥書に続けて、良鎮の勧進の趣旨と、施主の願を記す奥書とが並んで配されます。そこに、良鎮が「日本ゑぞ、いはうが嶋までも」勧進を行うと記すのに対し、願主がそれを「六十六箇国」といいかえて表現するのは注意されます。それらの文言からは、王権の支配領域である中世の国土に対する認識が窺えます。南朝方の天皇を戴く越智氏のもとで、良鎮は二十から三十箇国分の達成をみていたようです。▼注(10)

【資料5】奥書（根津美術館本）

（良鎮奥書）勧進沙門良鎮云、此絵百余本勧侍志は、大願ひとりならざる間、日本、ゑず《（ママ）》、いはうが嶋までも其州の大小により、聖の機根に随て、一国に一本二本或は多本此絵をつかはして、家をわかず人をもらさず勧申さむとなり。我願のごとくひろめ勧給はん聖、其人の名帳を給て供養をとげ、当麻寺瑠璃壇の下に奉納せしめて、決定往生の因にそなへんとなり。無常時をまたざる習なれば、良鎮往生の素懐をとぐるよしき、及給はゞ、当麻寺へ進せらるべし。諸国勧進の聖の御意巧各々なるべけれど、和州の願主等の志かくのごとし。

（施主奥書）右良鎮房、為融通念仏勧進、此絵、六十六ケ国各一本可伝賦。但不限毎国一本、随勧進之儀、任所望之体、一国多本、亦及辺鄙蛮夷之堺、可被伝之云々。此願尤随喜之間、廿ケ国奉合力者也。以此善願者、特資往生極楽之因、惣得法界群類融通無遮之益、旨趣如右矣。

永徳三年十一月十五日　和州越智左衛門尉家高（花押）

この永徳至徳勧進本の詞と絵を、正和本と比較してみますと、序文を加え、神名帳を別立てにし、摂取不捨曼荼羅と正嘉疫癘の段を移動させるといった、幾つかの改訂を行っていたことがわかります（後掲【資料11】）。

まず、冒頭には、諸行をみとめ、その上で念仏こそが往生の因であると説く序文を加えます。これに応じて、摂取不捨曼荼羅を、余行を認めない排他的な図像から、余行のものも含めて皆に等しく光明が当たる融和的な図に改めて、奥書の前に置き直します【図6】。

これにより、序文と、巻末の摂取不捨曼荼羅を枠組みとして、絵巻はこの図像本来の排他性をそのままに保った正和

図６　摂取不捨曼荼羅（至徳二年本模本・東京国立博物館）

本から、万民にもらさず念仏を勧める絵巻へと、内なる世界観を変えたのです。

その世界観は、当麻寺とも結びつきました。奥書には、諸国の聖の集めた名帳を良鎮が自ら供養して「当麻寺瑠璃壇」へ奉納すること、また良鎮が往生を遂げたと聞いたときには、名帳を当麻寺へ送るよう聖たちに呼びかける詞が記されています。ここに、「和州の願主等の志」のもと、良鎮と諸国の聖を結び、名帳を当麻寺へ奉納するネットワークが整えられていたことが知られます。

神と人とが念仏の功徳を融通して、ともに往生得脱をめざすという、絵巻のメッセージに基づけば、名帳の供養の場には、必ずや神名帳が伴われて働いたはずです。神名帳が別立てにされたのは、おそらくその機能と関わることでしょう。そうした勧進の手法のなかで、摂取不捨曼荼羅の中心において光明を放つ弥陀の姿は、融通念仏と当麻寺とを結び媒ちする図像にもなったのです。

図７　北白河の下僧の妻の段と房翥（至徳二年本模本・東京国立博物館）

また、北白河の下僧の妻の段には、亡くなった人の名を名帳に載せて念仏すれば、地獄が破れ蓮花が生じ極楽往生がかなうことが明記されるとともに、念仏の勧進行者の往生譚である大唐の房翥の説話も追加されました。▼注(1) それらを詞と絵の両方にあらわすことで、名帳の亡者追善機能と、絵巻の勧進機能の強化とが図られたのです【図7】。導入された説話から発信されるメッセージは、願主の動機付けをうながし、諸国の聖たちのモチベーションを高めて、運動を広げてゆく上で、大きな効果を発揮したことでしょう。

三　明徳版本の飛躍

それから年月を隔てず、良鎮は、絵巻百本余りを六十六箇国へ勧進するという志はそのままに、一転して京都政権の側で、版本化という画期的な方法でもって、絵巻の全国展開を行いました。それが南北朝合一の前年にあたる明徳二年（一三九一）に成立した、明徳版本です。

奥書からは、永徳至徳勧進本では必ず用いられていた「和州の願主等の志」という詞が消えました。かわって、関白二条師嗣、崇賢門院をはじめとする貴顕高僧らが版下となる詞書を分担執筆し、それを示す識語がその担当になる段に付されて、北野連歌奉行を務めた今熊野成阿により開板されました。摺写には武士が参加し、絵巻は北朝と武家の結束のもと、あらたなネットワークにのって全国へと流布したのです。

この明徳版本については、二条家と成阿の関係に着目する内田啓一氏の研究▼注(12)や、義満の父義詮の祥月命日に詞書の染筆が始まることから、制作の背後に義詮追善という義満の意図を浮かびあがらせた高岸輝氏の研究▼注(13)があります。

その上に加えるならば、良鎮にとっての明徳版本の意義に鑑み、これが崇賢門院という女院の結縁を得て実現された版本化であったことを重視したいと思います。

なぜなら、正和本に描かれた女院の結縁は、良鎮にとっても目指すべき勧進の目標であり理想の対象だったに違いないと考えるからです。その先例に倣うように、崇賢門院が、待賢門院の法金剛院における不断念仏創始の段（下巻第二段）を染筆しているのは、象徴的な意義を負ったものでしょう。

崇賢門院とは、御円融院の母であり、義満には叔母であると同時に、石清水八幡善法寺通清を父に持つ、重要なキーパーソンでした。後円融院と義満の関係が悪化し、朝廷の権威を貶めるいくつかの事件が起きるなかで、両者をとりもち、公武を結ぶ役割を果たしたのがこの女性です。▼注(14)

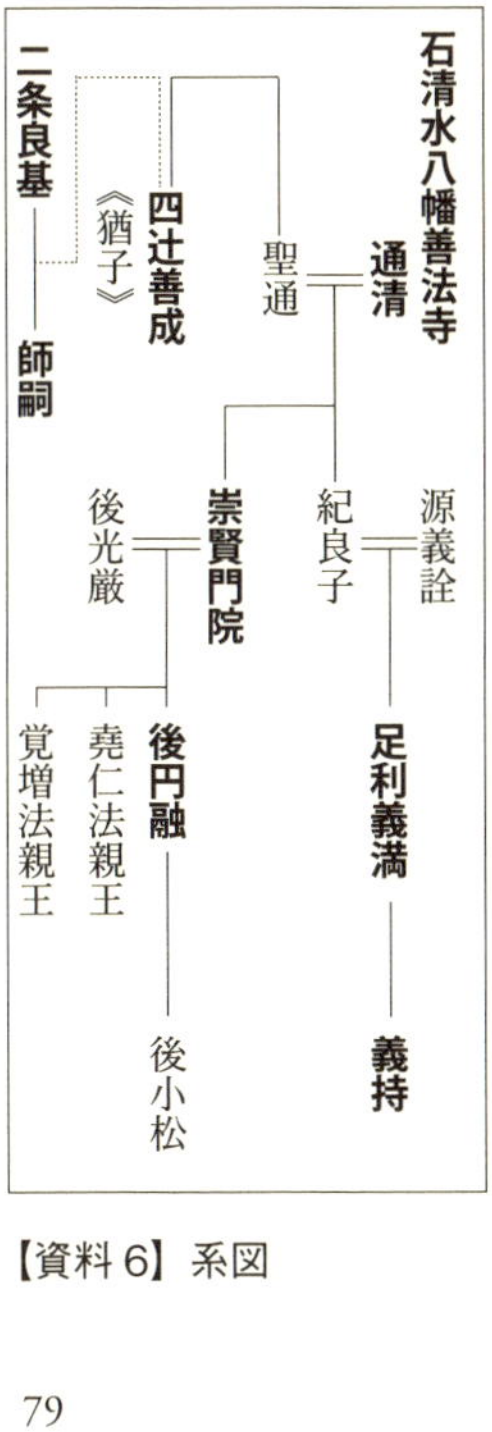

【資料6】系図

【資料7】永徳至徳勧進本から明徳版本の成立へ　（○数字は月）

年	融通念仏縁起関連	事績	参考事績
永徳二（一三八二）	知恩院本	④後円融天皇譲位、後小松天皇践祚。春、春日社焼失、復興造営始まる	
永徳三（一三八三）	⑪根津美術館本	①義満、源氏長者となり、奨学院・淳和院別当となる ②後円融院の怒りに触れ三条厳子負傷、按察局出家す。後円融院、自殺未遂騒動 ③征西将軍懐良親王死去 この頃、南朝長慶天皇譲位、後亀山天皇践祚 ⑥義満、「准三后」宣下	
至徳元（一三八四）	⑥醍醐寺本 ⑧フリア美術館本		
至徳二（一三八五）	⑥東博蔵模本	④義満、醍醐寺に詣づ ⑧義満、二条良基らとともに春日社・東大寺八幡宮・興福寺、東大寺巡礼	
嘉慶元（一三八七）	⑥良基、隠岐高田明神に百首和歌千句連歌		近衛道嗣、薨
嘉慶二（一三八八）	②高田大明神縁起成立	⑨義満、駿河に下り富士を見る ③義満、厳島に詣づ ⑨高野山に詣づ	④義堂周信、寂 ⑥二条良基、薨 ⑧春屋妙葩、寂 ⑨竜湫周次、寂 *成阿、この頃までに北野連歌奉行
康応元（一三八九）	⑫明徳版本染筆開始	⑫足利義詮二十三回忌	
明徳元（一三九〇）	⑦開版奥書（成阿）	明徳の乱（⑫山名氏清敗死） ④足利尊氏三十三回忌 ⑨義満、越前気比社に詣づ	
明徳二（一三九一）	④開版奥書（珠運）	②義満、北野社にて一万句連歌 ⑨義満、春日若宮祭詣。東大寺、興福寺巡礼	
明徳三（一三九二）		⑩南北朝合体	

政治動向に目を向けてみると、明徳版本の制作が始まったのは、前年に関白二条良基が没し、政権が転換期を迎えた時でした。また義満は、南都や厳島、高野山などに盛大な参詣を催して、寺社勢力への懐柔政策と南朝勢力への示威行動を次々に行っておりました。▼注(15) 公武が団結して義満の権威昂揚をはかっていくことが求められたその時に、義詮の忌日を機として、明徳版本の染筆は開始されます。

これに際して良鎮は、神名帳を復活させ、あらたに清涼寺融通大念仏の段を付した絵巻を、版本という格別の普及力をもったメディアにのせて、全国へと展開させました。

まず、神名帳は、「毘沙門天勧進文」と名付けられ、さらに「北野天神融通念仏行者示現文」を伴って、詞書に戻されました。それと連動して、奥書にも、毘沙門天の「勧進状」に諸大明神が加入した縁起が付け加わります。こうして神名帳が重みを増すなか、絵の側にも変化が起こります。念仏に結縁する日本国の神祇のなかで、それまでは熊野の後ろにいた八幡が、毘沙門天の方へと進み出るのです【図4】。

公武が共に仰ぐ宗廟としての八幡を前に押しだすことにより、明徳版本は、京都政権を頂点とする日本国六十六箇国に勧進されるにふさわしい絵巻に再構築されたといえます。

さらに重要な追加は、清涼寺釈迦を本尊とする融通大念仏の段が良鎮により発願され、山門西塔の住侶であった珠運により開板されたことです。これによって、絵巻は融通念仏を万民に勧める釈迦の霊地とその祝祭の空間を獲得し、全体が〝清涼寺融通大念仏縁起〟とも呼ぶべき縁起絵巻へと飛躍したのです。▼注(16)

詞書の冒頭には、上宮太子の告げにより、導御上人によって始められた、清涼寺の「融通大念仏」の縁起が掲げられています。

【資料8】

清涼寺の融通大念仏は、道《(ママ)》御上人、上宮太子の御告により、良忍上人の遺風を伝て、弘安二年に始行し給しより以来、とし久しく退転なし。毎月三月六日より同き十五日にいたるまで、洛中辺土の道俗、雲のごとくにのぞみ、星のごとくにつらなりて群集す。是ひとへに鈍根無智の衆生を済度せしめむがためなり。

崇賢門院の結縁を得たことが法金剛院の由緒を喚びおこし、導御上人の記憶を伝える融通大念仏▼注(17)を良鎮が発願するに至る、一つの伏線になったのではないでしょうか。

四　清涼寺本縁起絵巻の達成

この明徳版本を土台に、上皇と将軍の参加を得て、肉筆本のモニュメンタルな絵巻としての姿をつくりあげたのが、清涼寺本です。応永二十一年（一四一四）に制作が始まった清涼寺本では、上巻巻頭に上皇の勅筆の段が置かれ、下巻の巻頭を将軍が染筆し、最後に崇賢門院の識語が付されます（後掲【資料10】）。

さらに重要な意義を担うのが、あらたに加えられた後小松上皇勅筆の阿弥陀の名号・偈頌と、八幡の託宣、神詠です【図8】。

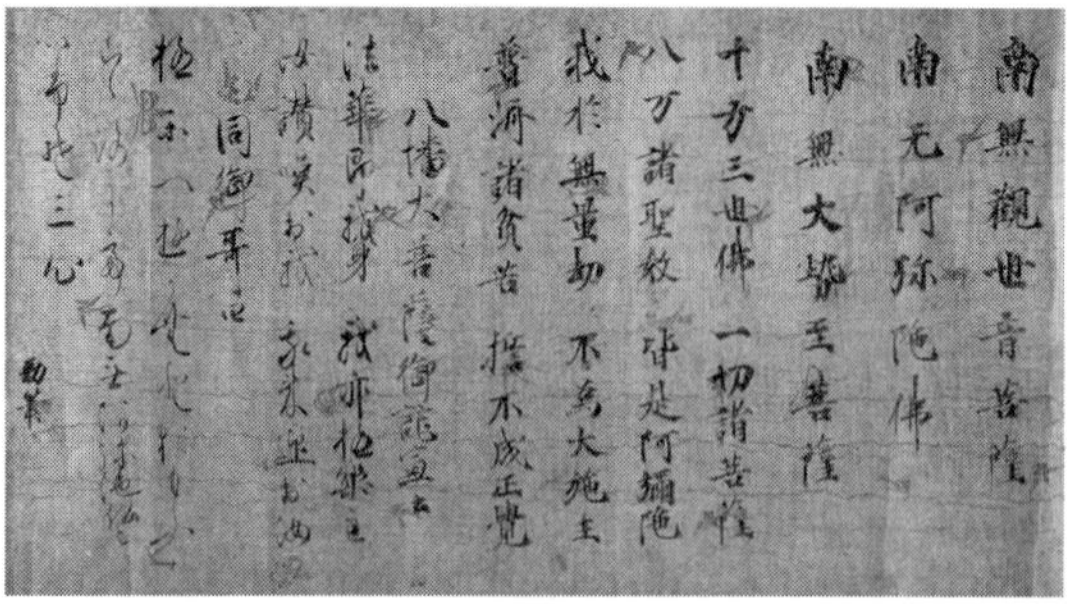
図８　上巻巻頭　後小松上皇勅筆

【資料９】

南無観世音菩薩
南无阿弥陀佛
南無大勢至菩薩
十方三世佛　一切諸菩薩
八万諸聖教　皆是阿弥陀
我於無量劫　不為大施主
普済諸貧苦　誓不成正覚

八幡大菩薩御託宣云
法華即我身　我亦極楽主
汝讃嘆於我　我来迎於汝
同御歌曰
極楽へゆかむとおもふ
こゝろにて南無阿弥陀佛と
いふぞ三心

阿弥陀三尊の名号は、念仏であり、同時に来迎の仏のすがたを象る、聖なることばです。[▼注18] 偈頌には、釈迦の教えのすべてが弥陀に帰すること、また「大施主」のためばかりでなく普く貧苦の人々を救う、弥陀の誓願が詠われています。この弥陀の誓いの詞は、「大施主」として念仏を勧める上皇の役割と、重なり響きあいます。

一方、八幡の託宣は、八幡が自らの本地を法華すなわち釈迦であり、かつ極楽の主の弥陀であるとあかして、讃嘆するものを来迎しようと誓う、〈仏である神〉のことばでした。最後の御神詠の和歌は、八幡による称名念仏の勧めです。

これらの詞を八幡の末裔である上皇が勅筆をもって讃嘆する上巻冒頭に対し、下巻冒頭には、将軍足利義持の自筆によ る、「光明遍照十方世界　念仏衆生摂取不捨」の偈頌が掲げられました【図９】。注目されるのは、「征夷大将軍」と署名し花押するそのすぐうしろに、金泥で毘沙門天の像が描かれ、また署名の上にやはり金泥で二羽の鳩が八の字に描かれていることです。

この署名と図像の巧みな配置は、あきらかに八幡を氏神とする「征夷大将軍」に、鞍馬毘沙門天のイメージを重ねるものです。そしてさらにその後ろに、摂取不捨曼荼羅が描かれます。

全体を見渡してみれば、「大施主」上皇の勅筆が、来迎の弥陀と八幡の詞を輝かす上巻には、神名帳に一社抜きん出て加入する八幡のすがたを描き、次いで、偈頌の功徳を「征夷大将軍」が毘沙門と等しく守護する下巻には、弥陀の光明が普く人びとを照らす摂取不捨曼荼羅を冒頭に、融通念仏を万民に勧める清凉寺本尊釈迦のすがたを巻末に置いて、神と仏が一体となって念仏を勧める世界がかたち造られ荘厳されている様相がわかります。そしてこれらの世界を祈りの詞でもってしめくくるのが、崇賢門院なのでした。識語には、明徳四年（一三九三）に崩御した後円融院の追善を祈る詞が、次のように記されています。

【資料10】識語

りやうちん上人のすゝめによりて、のちのゑんゆう院の御ため、けちゑんにふてをそめさふらふなり。

おうゑい廿四ねん十月廿六日

崇賢門院

以上の構図をあらためてまとめてみましょう。近年、高岸氏の研究により、清凉寺本の制作には、将軍義持による義満七回忌追善という目的のあったことが明らかにされています。その絵巻に、後円融院の追善菩提を祈る崇賢門院の詞がそなわるとき、テクストの上で、室町殿の権威のもとに結集する莫大な念仏の功徳が、後円融院の往生得脱の因となり、さらには一切に廻向される融通念仏の理想の世界がうみだされます。それこそが、勧

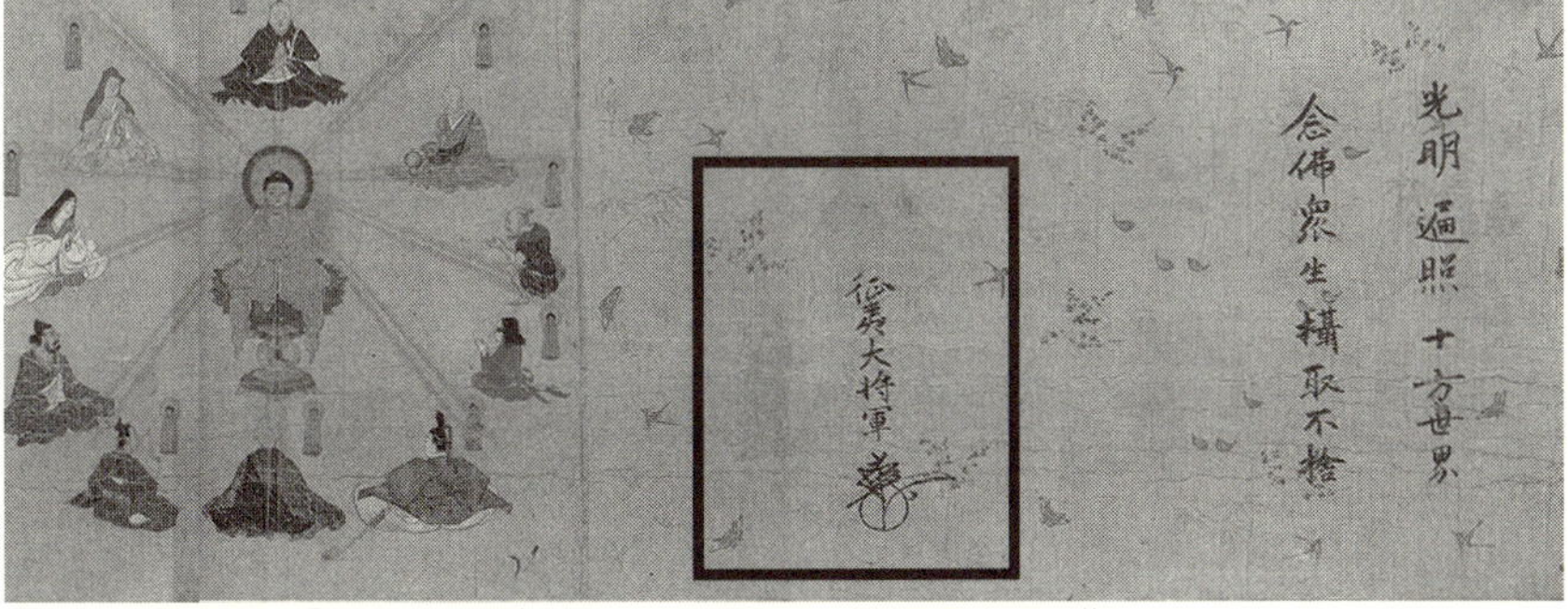

図９　下巻巻頭　「征夷大将軍」署名と二羽の鳩、鞍馬毘沙門天像

進聖良鎮の目指した、理想の絵巻のかたちであったことでしょう。その達成のためにも、祈りの詞でそれぞれの世界を結ぶ女院の存在は、欠かせない要だったのであり、その識語を付すことによって、記念碑的な絵巻が完成したのです。

この清凉寺本には、さらに後小松上皇の勅筆の勧進状が添えられていたようです。大念仏寺に伝わる勅筆の「融通念仏勧進状」は、年紀はありませんが、本文を検討した結果、そこに記される勧進の意趣が清凉寺本と響きあう内容であることは明らかです。[注19] のちに清凉寺本を写して創られた文安本が、後花園院の勧進状を添えていたことからすれば、清凉寺本の段階で、勧進の絵巻をさらに外部から勧進状が荘厳する、あらたな縁起のかたちが誕生していたと考えてよいでしょう。

おわりに

以上、正和本の創出から、良鎮のもとで成し遂げられた三段階の絵巻制作の内実を、比較検討してまいりました。

その結果、画期的な独創であった正和本を良鎮によりしなやかにつくりかえられながら、ネットワークを拡げ、ついには王権とも結びつき、清凉寺本という記念碑的作品までも生み出すに至った、融通念仏縁起絵巻化の一連の運動が確かめられました。そこからうかびあがるのは、絵巻の詞と絵を巧みに操り、説話を活用し、かつイメージ戦略にも長けた、良鎮の見事なまでの文化創造力です。それこそが、絵巻制作を繰り返した良鎮の「勧進」の正体でした。その延長には、能「百万」「融通鞍馬」のような当時最先端の芸能メディアまで登場します。[注20] 良鎮のプロデュースのもと、融通念仏縁起は、王権のメディアにまで到達していた、といえるでしょう。

注

（1）益田勝実『説話文学と絵巻』（三一書房、一九六〇年）。

（2）中世文学会編『中世文学研究は日本文化を解明できるか』（笠間書院、二〇〇六年）第二分科会「メディア・媒体―絵画を中心に」。

（3）主な研究は以下の通り。梅津次郎「初期の融通念仏縁起について」『絵巻物叢考』（中央公論美術出版、一九六八年）、田代尚光『増補　融通念仏縁起之研究』（名著出版、一九七六年）、吉田友之「融通念仏縁起絵巻について―シカゴ、クリーブランド両美術館分蔵本の検討」『新修日本絵巻物全集』別巻1（角川書店、一九八〇年）、松原茂『絵巻＝融通念仏縁起』（『日本の美術』三〇二、至文堂、一九九一年）、融通念仏宗教学研究所『融通念仏信仰

【資料11】諸本の構造比較対象表

	上巻	下巻
◀正和本	① / ② / ③ / ④ / ⑤⑥ ＊神名帳在り ＊絵は⑥⑤の順	⑦ / ⑧良忍入滅 / ⑨良忍往生の夢 / ⑩ / ⑪ / ⑫ / ⑬ / ⑮ / ⑭ / ⑯ / 正和奥書 / ⑰光明遍照の偈 摂取不捨曼荼羅 / ⑱正嘉疫癘
◀永徳至徳勧進本	序文 / ① / ② / ③ / ④ / ⑤ ＊神名帳別立て / ⑥ / ⑦	⑧良忍入滅 / ⑨良忍往生の夢 / ⑩ / ⑪ / ⑫ / ⑬ / ⑮ / ⑭ / ⑯房翥 / ⑱正嘉疫癘 / ⑰光明遍照の偈 摂取不捨曼荼羅 / 正和奥書 / 良鎮奥書イ / 寄進者奥書
◀明徳版本	序文 / ① / ② / ③ / ④ / ⑤ / ⑥神名帳、北野天神の示現文 / ⑦ / ⑧良忍入滅 / ⑨良忍往生の夢	⑩ / ⑪ / ⑫ / ⑬ / ⑭ / ⑮ / ⑯房翥 / ⑱正嘉疫癘 / ⑰光明遍照の偈 摂取不捨曼荼羅 / 正和奥書 / 良鎮奥書 イ ロ / 刊記① / ⑲清凉寺 / 同段刊記②
◀清凉寺本	名号 託宣 神詠 勅筆 / 序文 / ① / ② / ③ / ④ / ⑤ / ⑥神名帳、北野天神の示現文 / ⑦ / ⑧良忍入滅 / ⑨良忍往生の夢	⑰光明遍照の偈 征夷大将軍署名 摂取不捨曼荼羅 / ⑩ / ⑪ / ⑫ / ⑭ / ⑬ / ⑮ / ⑯房翥 / ⑱正嘉疫癘 / 正和奥書 / 良鎮奥書 イ ロ / 刊記① / ⑲清凉寺 / 同段刊記② / 崇賢門院識語

［各段の内容］

①良忍の叡山修行と大原勤行
②阿弥陀の示現
③融通念仏勧進の開始
④鞍馬毘沙門天の名帳加入
⑤良忍の鞍馬寺参籠と毘沙門天からの神名帳授受
⑥諸天神祇の名帳加入
⑦諸天神祇結縁の意趣と、鳥畜類の結縁
⑧良忍入滅
⑨覚厳の夢
⑩鳥羽院の日課念仏と加入の勧め
⑪女院の結縁と法金剛院不断念仏創始
⑫道経女の出家と臨終
⑬心源の父母の往生
⑭青木尼公の往生
⑮牛飼童の妻、産死をのがれる
⑯下僧の妻の堕地獄と蘇生
⑰偈と摂取不捨曼荼羅
⑱正嘉疫癘
⑲清凉寺融通大念仏

＊正和本（⑰⑱）、明徳版本（⑰）の段は、現状では修復後の錯簡がある。上記の構成表では本来の位置に改めた。

の歴史と美術』（東京美術、二〇〇〇年）、内田啓一「融通念仏縁起　明徳版本の成立背景とその意図」「融通念仏縁起　明徳版本の版画史的考察―大念仏寺本を中心に」『日本仏教版画史論考』（法藏館、二〇一一年）、同「法金剛院本「清凉寺大念仏縁起絵巻」について」（『日本美術史の杜　村重寧先生・星山晋也先生　古稀記念論文集』竹林舎、二〇〇八年）、髙岸輝「清凉寺本「融通念仏縁起絵巻」と足利義満七回忌追善」「禅林寺本「融通念仏縁起絵巻」と足利義教」『室町王権と絵画』（京都大学出版会、二〇〇四年）、同「絵巻転写と追善供養―室町殿歴代と「融通念仏縁起絵巻」」『室町絵巻の魔力』（吉川弘文館、二〇〇八年）。

（4）説話文学研究からのアプローチに、徳田和夫「勧進聖と社寺縁起」『お伽草子研究』（三弥井書店、一九八八年）、「東西中世聖人伝の対比―聖フランチェスコの「小鳥への説教」と良忍上人の「鳥畜善願」」（『国文学解釈と教材の研究』四四―八、一九九九年）、橋本章彦『毘沙門天―日本的展開の諸相』（岩田書院、二〇〇八年）、柴佳世乃「「融通念仏縁起」をよむ―良忍像、良忍房に着目して」（池田忍編『「もの」とイメージを介した文化伝播に関する研究―日本中世文学・絵巻から』平成一九―二一年度科研費基盤研究（B）研究成果報告書）などがある。

（5）阿部美香「『融通念仏縁起』のメッセージ―正和本絵巻成立の意義をめぐって」（昭和女子大学女性文化研究所編『女性と情報』御茶の水書房、二〇一二年）。

（6）「大画面説話画の総合研究」では、二〇一一年十一月に加須屋誠氏、髙岸輝氏、藤原重雄氏、大原嘉豊氏等と共に安楽寺本融通念仏縁起（一幅）の調査と研究会を行い、「融通念仏縁起絵解釈の試み」と題し報告を行った。その上で臨んだ二〇一二年三月のシカゴ美術館の調査では、「融通念仏縁起絵巻の終わり方」と題してミニ報告を行った。それらは、本報告の一部を成している。

（7）『融通念仏縁起』（『続日本の絵巻』二一、中央公論社、一九九二年）。

（8）貞慶の「興福寺奏上」には、「第二図新像失、近来諸所翫一画図、世号摂取不捨曼陀羅、弥陀如来之前有衆多人、仏放光明、（略）其光所照、唯専修念仏一類也、見地獄絵像之者、恐作罪障、見此曼陀羅之者、悔修諸善、教化之趣、多以此類也」と記され、批判の的になっている。

（9）真保亨「法然と浄土宗美術」（『月刊文化財』八五年三月号）、千葉乗隆「摂取不捨曼陀羅について」（『日野昭博士還暦記念論文集　歴史と伝承』永田文昌堂、一九八八年）、加須屋誠「二河白道試論」（『仏教説話画の構造と機能』中央公論美術出版、二〇〇三年)、菊池大樹「持経者と念仏者」『中世仏教の原形と展開』(吉川弘文館、二〇〇七年)、大原嘉豊「浄土宗美術論」(京都国立博物館『法然　生涯と美術』二〇一一年)、「浄土宗の仏画」(仏教美術研究上野記念財団助成研究会『研究発表と座談会 浄土宗の文化と美術』二〇一二年)。

(10) 越智氏は大和国の有力豪族で、この後までも長く南朝方であった。その結縁のもとで寄進された絵巻の数は、永徳三年の奥書(根津美術館本)に「廿ケ国」、至徳元年の奥書(醍醐寺本)では「三十ケ国」と見え、三十ケ国分の絵巻制作が目指されていたことが知られる。

(11) 前掲注4徳田和夫論文。

(12) 前掲注3内田啓一論文。

(13) 前掲注3髙岸輝論文。

(14) 今谷明『室町の王権』(中央公論社、一九九〇年)、大田壮一郎「室町殿権力の宗教政策」(『歴史学研究』八五二、二〇〇九年)、家永遵嗣「足利義満・義持と崇賢門院」(『歴史学研究』八五二、二〇〇九年)。

(15) 臼井信義『足利義満』(吉川弘文館、一九六〇年)、永島福太郎「足利将軍家の南都巡礼」(『大和文化研究』一〇―一一、一九六五年)。

(16) 清凉寺融通大念仏段を伴う清凉寺本の意義について、阿部美香「結縁する絵巻―『融通念仏縁起』に描かれた〈他者〉の表象」(加須屋誠編『図像解釈学―権力と他者』竹林舎、二〇一三年)に論じた。

(17) 導御については、細川涼一「法金剛院導御の宗教活動」『中世の律宗寺院と民衆』(吉川弘文館、一九八七年)、「導御・嵯峨清凉寺融通大念仏会・「百万」」『女の中世』(日本エディタースクール出版部、一九八九年)、井上幸治「円覚上人導御の「持斎念仏人数目録」」(『古文書研究』五八、二〇〇四年)参照。

(18) 阿部泰郎「『聖なる声』の誕生」(阿部泰郎・錦仁編『聖なる声―和歌にひそむ力』三弥井書店、二〇一一年)。

(19) 例えば勧進状において、勧進の旨趣を述べる詞の最後に示される「後生にはかならず浄刹に往詣して仏果円満の位にいたり、穢土に還来して衆生を済度すべき者なり」の一文は、清凉寺融通大念仏段の詞書に籠められた主張と一致する。

(20) 小林健二「能《融通鞍馬》の制作動機」(『能』五九〇、二〇〇七年)。

[付記]

本発表はロンドン大学SOASで開催された「前近代の日本

における あらたな法会・儀礼学の構築をめざして—ことば・ほとけ・図像の交響」（平成二三年五月、代表・近本謙介、ルチア・ドルチェ）における「融通念仏縁起絵巻を読む」と題した研究報告、ならびに基盤研究（A）「大画面説話画の総合研究」（JSPS科研費22242005、代表・佐野みどり）、若手研究（B）「中世東国宗教と文芸伝承の綜合的研究—唱導、縁起、物語を視座として」（JSPS科研費23720116）の研究成果に基づくものである。

説話文学会会場
右側にお進みください

バーチャル・メディアとしての六道絵

◉

鷹巣　純
［愛知教育大学］

1965年生まれ。所属：愛知教育大学教育学部。専門分野：仏教絵画史。主要著書・論文等：『開館10周年記念資料集 地獄遊覧 ー地獄草紙から立山曼荼羅までー』（展覧会図録　共著：福江充 富山県［立山博物館］、2001年9月）、「六道絵における場と伝統」（阿部泰郎編『中世文学と隣接諸学2　中世文学と寺院資料・聖教』所収　竹林舎　pp.326-353、2010年）、「中世日本における六道絵・十王図の受容と変容　―禅林寺本十界図をめぐって―」（中野玄三ほか編『方法としての仏教文化史　ヒト・モノ・イメージの歴史学』所収　勉誠出版　pp.367-394、2010年）など。

◉ Summary

地獄絵が発心の機縁となることは、仏教説話においてもしばしば説かれるところである。ことが事実か否かはさておき、こうした説話は、一般的な絵画メディア以上のインパクトを地獄絵や六道絵が人々に与えていたことが前提となっているのだろう。仏名会に用いられた地獄絵が屏風であったように、六道絵はしばしば視界を覆う大画面で表現される。そうした六道絵は、単に六道世界を図示するにとどまるものではなく、鑑賞者をとりまく空間を六道世界化する、バーチャルな効果を持っていたのではないか。

堂内壁面を満たす地獄絵表現として画期をなす醍醐寺焔魔王堂壁画については、阿部美香氏による詳細な報告がある。この壁画から派生するように成立した兵庫・極楽寺本六道絵（13 世紀）や出光美術館本六道十王図（16 世紀）、さらには禅林寺本十界図（13 世紀）・出光美術館本十王地獄図（14 世紀）などを例に、大画面の中世六道絵作品が空間に出現させるイメージの復元を、本報告では試みたい。

私は仏教絵画史を専門といたしますので、絵画を中心にお話いたします。あらかじめコーディネーターの石川さん、竹村さんから、細かい話をしないようにという厳命が下っておりますので、おおまかな話をさせていただこうと思います。

今日お話しようとするのは、三項目にわたってのことになります。若干説話とははずれますが、まず初めに平面であるところの大画面仏教絵画の機能、つまりただ平面があってその平面の向こう側に何か世界が描かれているのではなくて、表象された内容が平面のこちら側に迫り、絵画が置かれた空間そのものを異質化するような機能についてお話をまずしようと思います。そして次に、そのように異質化される空間の中で、描かれた説話が一体どんな働きをしていくのかということを考えようと思います。そして最後に、新しめのところの作例を一本見て、おしまいにしようという流れを考えております。

一　地獄絵・六道絵の画面構成

第一の話題に関して、最初にお話したいのは、仏名悔過です。これは『兵範記』長承元年（一一三二）十二月二十二日条に出てくる仏名悔過の指図です（図1）。こちらでは絵画が非常に効果的に使われています。ここに壇が築かれているわけですけれども、その向こう側の壁に一万三千仏図、そして私にとって興味深いのは、壇の背面にギザギザと大きな地獄変の御屏風（七帖にも及んだという記録もあります）が広げられるということです。そのような、言ってみれば絵画と絵画に挟まれた空間で儀礼が行われているわけです。

こうした場合、もちろん祈りを捧げるべきは一万三千仏に対してなのですが、そうした空間に対して、言ってみれば視界を覆うようなスクリーンが、なにがしかこの空間に影響を及ぼしていただろうということです。仏名悔過とは儀礼の内容は異なるものながら、絵の使われ方が似ているものに、金戒光明寺の『地獄極楽図屏風』（図2）と、これよりも若干先立って作られました『山越阿弥陀図屏風』（図3）というものがあります。

このうち『山越阿弥陀図』には非常に面白い仕掛けが残っていて、阿弥陀の指先には、今でも糸切れが括りつけられています（図4）。こうしたものがどうやって使われていたのかということについて、加須屋誠さんが復元をされているのですが、阿弥陀の手から伸びる緒のようなものを握って、阿弥陀との間で縁を結ぶようにして臨終行儀を行った。その際に往生者の脇あるいは背後に置かれるものが先ほどの『地

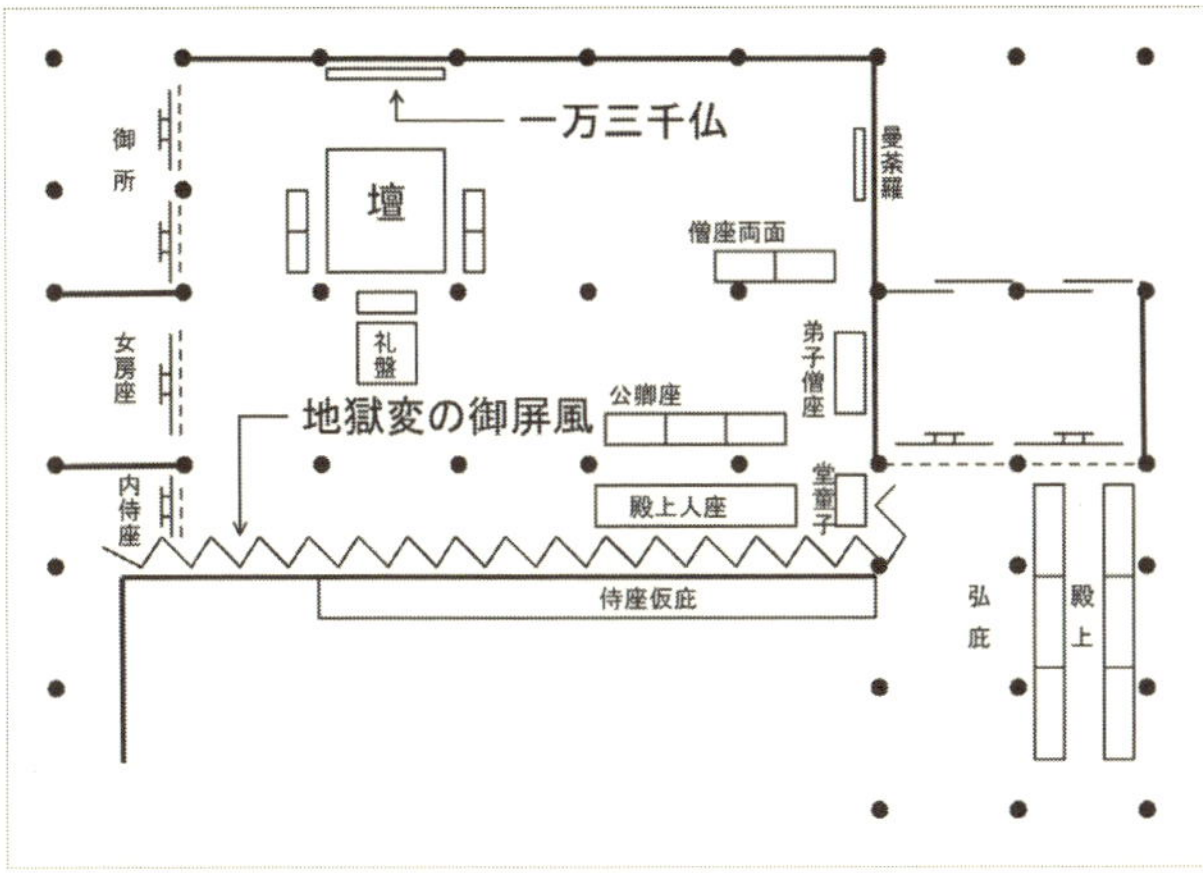

図 1・『兵範記』仏名会指図

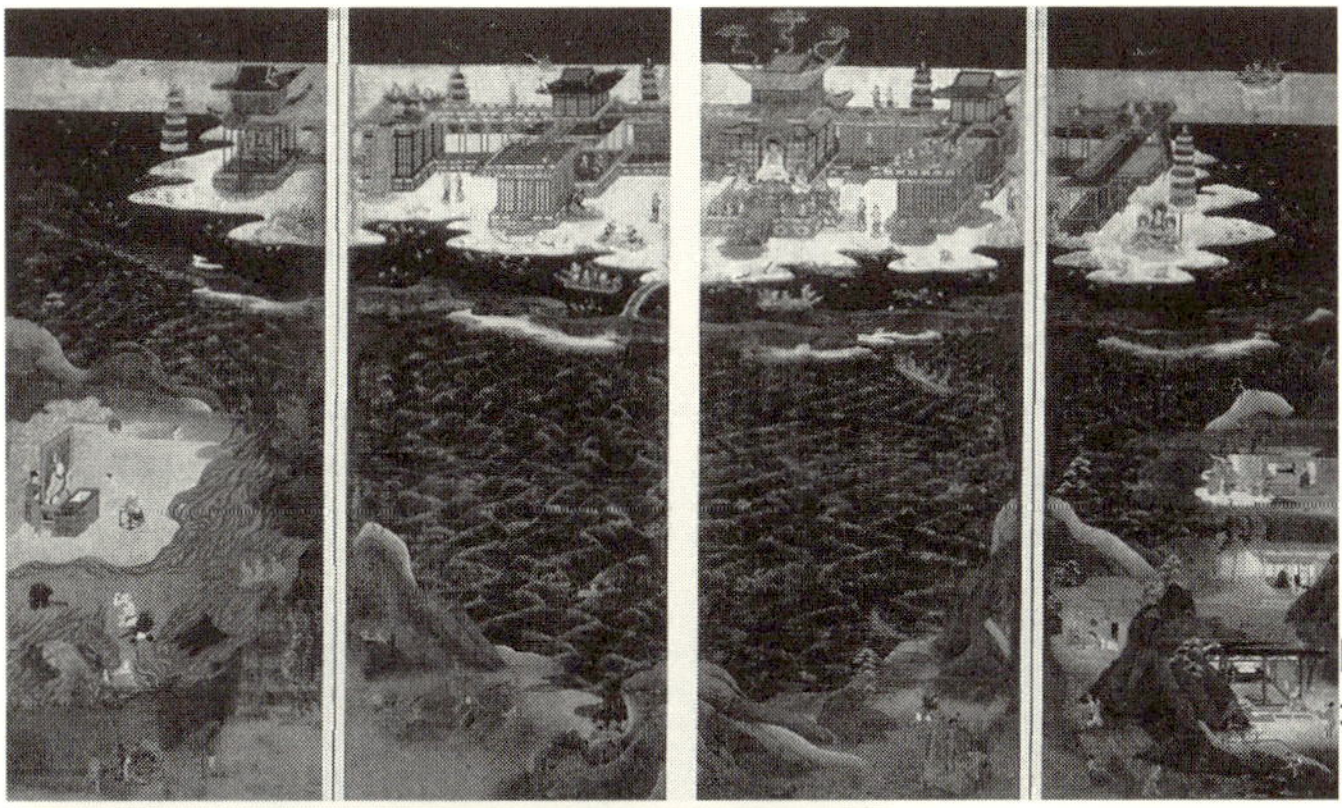

図 2・
地獄極楽図屏風
(金戒光明寺)

図 3・山越阿弥陀図屏風 (金戒光明寺)

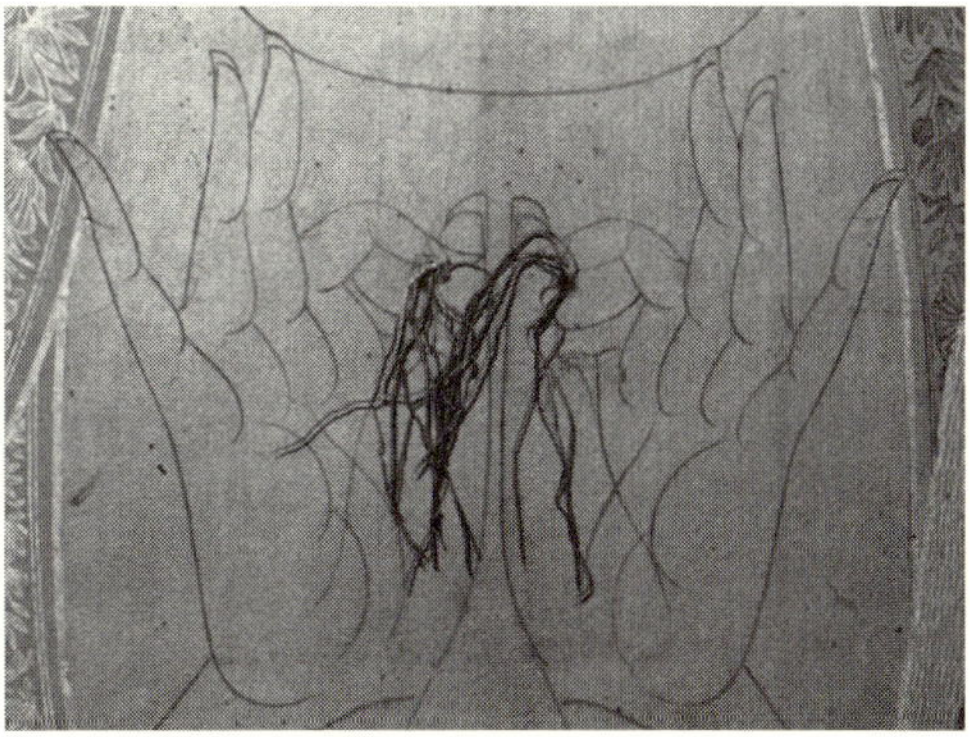

図 4・山越阿弥陀図屏風　部分

図2,3,4 ともに出典は『朝日百科日本の国宝別冊 国宝と歴史の旅6 地獄と極楽 —イメージとしての他界—』朝日新聞社、2000 年。

獄極楽図屏風』で、そうした仕掛けを通じて、臨終行儀の空間が異質化していくというようなことがあったのだろう、というようなことを言っています。

私が特に関心を向けてきた地獄絵・六道絵は、多数の掛幅が組み合わされたり、掛幅自体の寸法が大きかったりと、大画面を構成することが多々あります。今ご覧に入れておりますのは、極楽寺の十三世紀の『六道絵』です（図5）。これは三幅からなるのですけれども、三幅並べると画面のみで三六八センチメートル程という大きさになります。非常に大きいのです。その他の類例もそれなりの大きさを持っているのですけれども、これらは皆、共通のフォーマットを持っています。極楽寺本では、われわれの人間世界が描かれる右幅右端の「人道」が起点となって、十王に管轄されるような位置に描かれた地獄・餓鬼・畜生・阿修羅といった悪道の諸相をめぐるように描かれます。そして左幅左端の上空に、救済の地として天が用意されます。そのようにこの極楽寺本六道絵は組み立てられているわけです。

十六世紀の、出光美術館本の『六道十王図』（図6）は、横に並べますと五四三センチメートルの画面になります。ここでも極楽寺本と同様に、第一幅右端のところには、起点として、死天山や奈河といった、現世と他界の境界をなす地勢

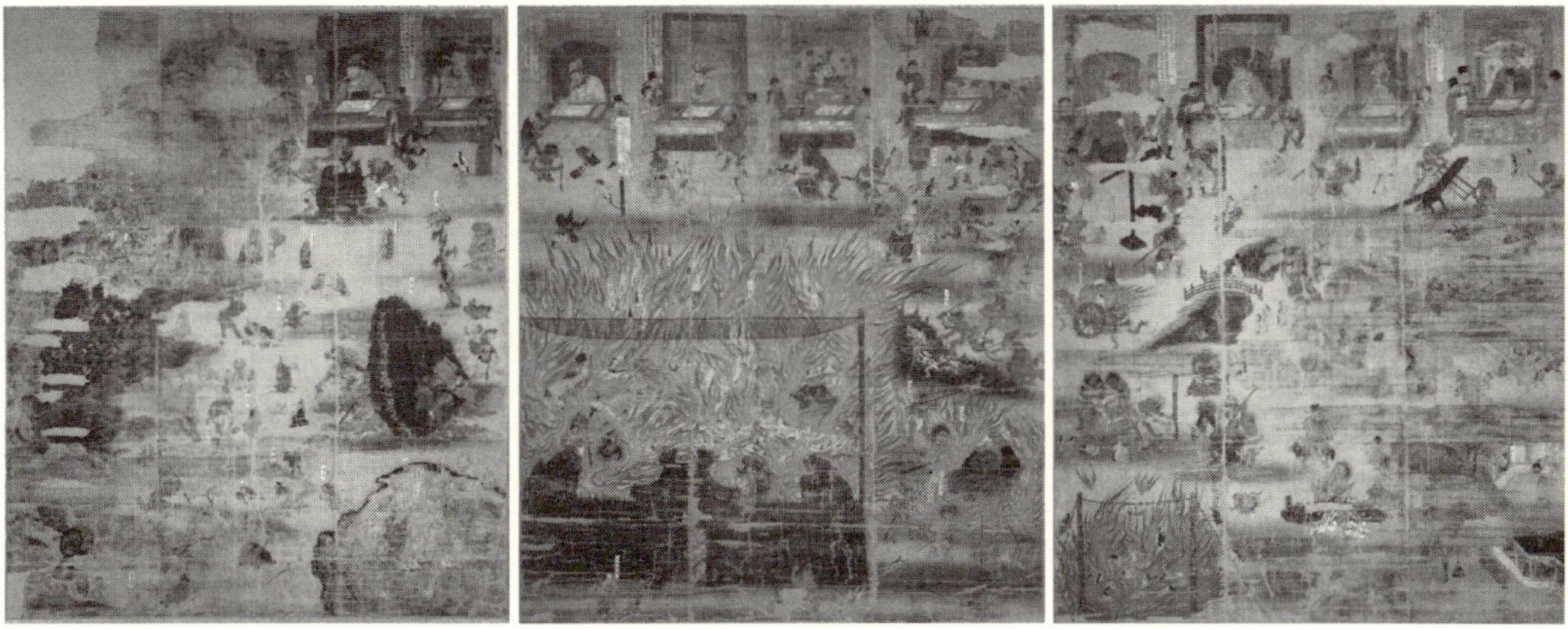

図 5・六道絵（極楽寺）

図 5,6,7,8,10,13 の出典は、展覧会図録『地獄遊覧』富山県［立山博物館］、2001 年。

図 6・六道十王図（出光美術館）［右ページも同じ］

が描かれています。そしてやはり十王の監督下で、地獄をはじめとする悪道めぐりが配置されて、最終幅の上部に極楽往生の情景が描かれ、同じ仕掛けを読み取ることができます。

あるいは、これは長岳寺の十六世紀の『六道十王図』です（図7）。私の大変好きな六道十王図です。これは非常に大きくて、すべて広げると幅七七〇センチメートルにもなります。右端である第一・二幅には、やはり死天山と奈河の情景が描かれ、続いて十王の監督下に地獄をはじめとする悪道めぐりが配置され、そして救済の地である極楽への往生が左端の最終幅に描かれるという仕組みになっています。いずれもが、一定のフォーマットで描かれ、そして視界を覆うような大画面です。これらは、一体どんな空間を演出させていたのでしょう。

このことを考えるために、六道絵・十王図の歴史を遡ってみましょう。大画面の六道絵・十王図の現存作例の中で比較的古いものとしては、京都禅林寺の『十界図』を挙げることができるでしょう。十三世紀に描かれたこの『十界図』の地蔵幅（図8）は、地蔵を中心にして、十王が左右に五体ずつ置かれます。十王の配列に注目しましょう。

十王というのは、初七日の第一審から始まり、第三年の最終審まで、十回すべての裁判の期日とそれぞれを担当する王が決まっています。禅林寺本でその順を確認すると、左右あ

図7・六道十王図（長岳寺）［右ページも同じ］

図8・十界図（禅林寺）地蔵幅

ちこちに飛びつつも、ただしほぼ左右対称的に並ぶように配列されています。これは恐らく、左右に視線を動かす中で、地蔵の中心性を強調する意図を持った配列だろうと思いますが、それだけのことではないでしょう。絵の中に描かれている地蔵と十王の組み合わせそのものが、単なる平面の中での出来事というよりも、われわれの眼前に飛び出してくるものとして意識されていたように、私には思われるのです。

中国での『預修十王生七経』の冒頭には、地蔵と十王が一堂に会する図が、見返し絵としてよく描かれます。それを日本で写したものが、こちらの宝珠院の『預修十王生七経』の見返し部分（図９）です。ここでもやはり十王の配列は、中央を起点に、やはり左右交互に展開するようになっています。この配列はもちろん、中央にいる地蔵の中心性を強調するものです。些細なことながら興味を引かれるのは、地蔵の左右に並んだ十王が、左右まっすぐに並んでいるのではなくて、やや手前にせり出すかのように並んでいるということです。

十王を地蔵の左右に交互に並べる配列法は、お隣の韓国へ出掛けると、冥府殿あるいは十王堂と呼ばれる堂内で、彫刻の配列法としてちょくちょく見かけます。禅林寺本や宝珠院本の十王の配列は、こうしたものが目の前にあるかのような空間性を、あるいは表現しようとしているのかもしれません。

と申しますのも、出光美術館には『六道十王図』の他に十四世紀に制作された『十王地獄図』（図10）がありまして、この絵画の構造そのものが、そうしたことと非常に深い関係を持っているように思うからです。こちらの十王も、宝珠院本の十王と同じように中央から左右交互に並んでいます。そうした展開性を持っていて、しかもこの中にある冥府の情景、例えば三途の川であるところの奈河、あるいは死出の山に見立てられた剣の山といったものが、中央寄りに置かれていま す。そして両端に刀葉樹があります。細かい説明は避けますけれども、この刀葉樹というのは、他界を表現する伝統の中では、一番の外周をイメージして使われることが多かったモチーフです。こうしたものがここに置かれているので、あたかも二幅並んだ中央から左右に分裂して展開するような画面が構築されています。

通常、巡歴性のある絵画からは、モティーフを順次たどることのできる単一のルートが見出されることが多いのですが、この場合にはルートは最初から左右に分岐し、相反する方向のうちに時間が展開してしまっているわけです。絵画内の空間にのみ目を向けている限り、『十王地獄図』が構想するヴィジョンを理解することはできません。

二幅の間に地蔵を置いてみましょう。『十王地獄図』の十王の配列は、まさしく地蔵を中心としたときに有効な配列です。その上で、『十王地獄図』を向かい合わせにしてみます（図11）。すると、絵画に挟まれた我々は、地獄の中にいるかのように空間を仮想することが可能になります。

もちろんこのことは、実際に『十王地獄図』を向き合わせに並べたということを、直接に意味するものではありません。直接にそのように並べなかったとしても、左右に行き来

図 9・預修十王生七経（宝珠院）見返し絵　出典は、展覧会図録『菩薩』奈良国立博物館、1987 年。

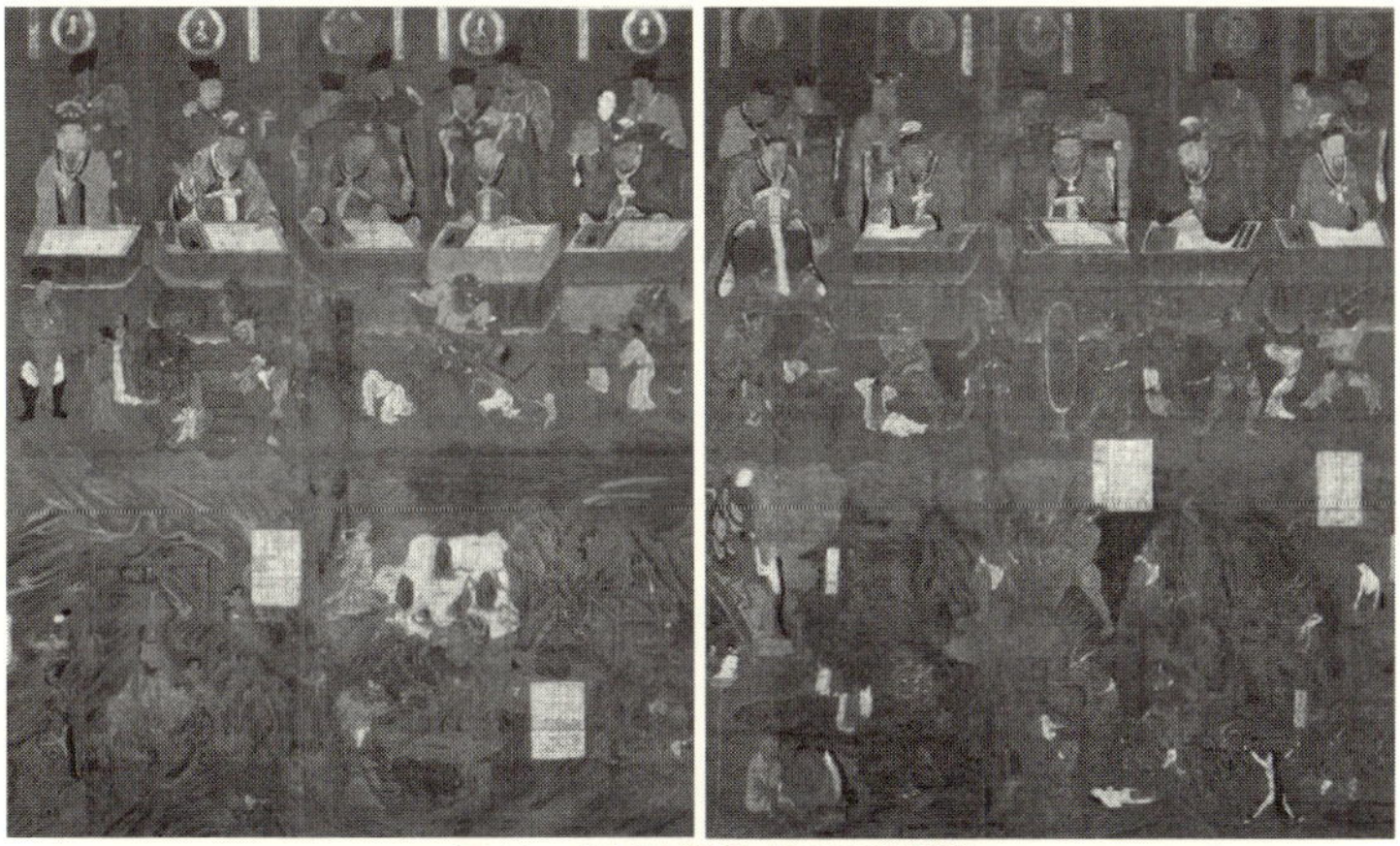

図 10・十王地獄図（出光美術館）

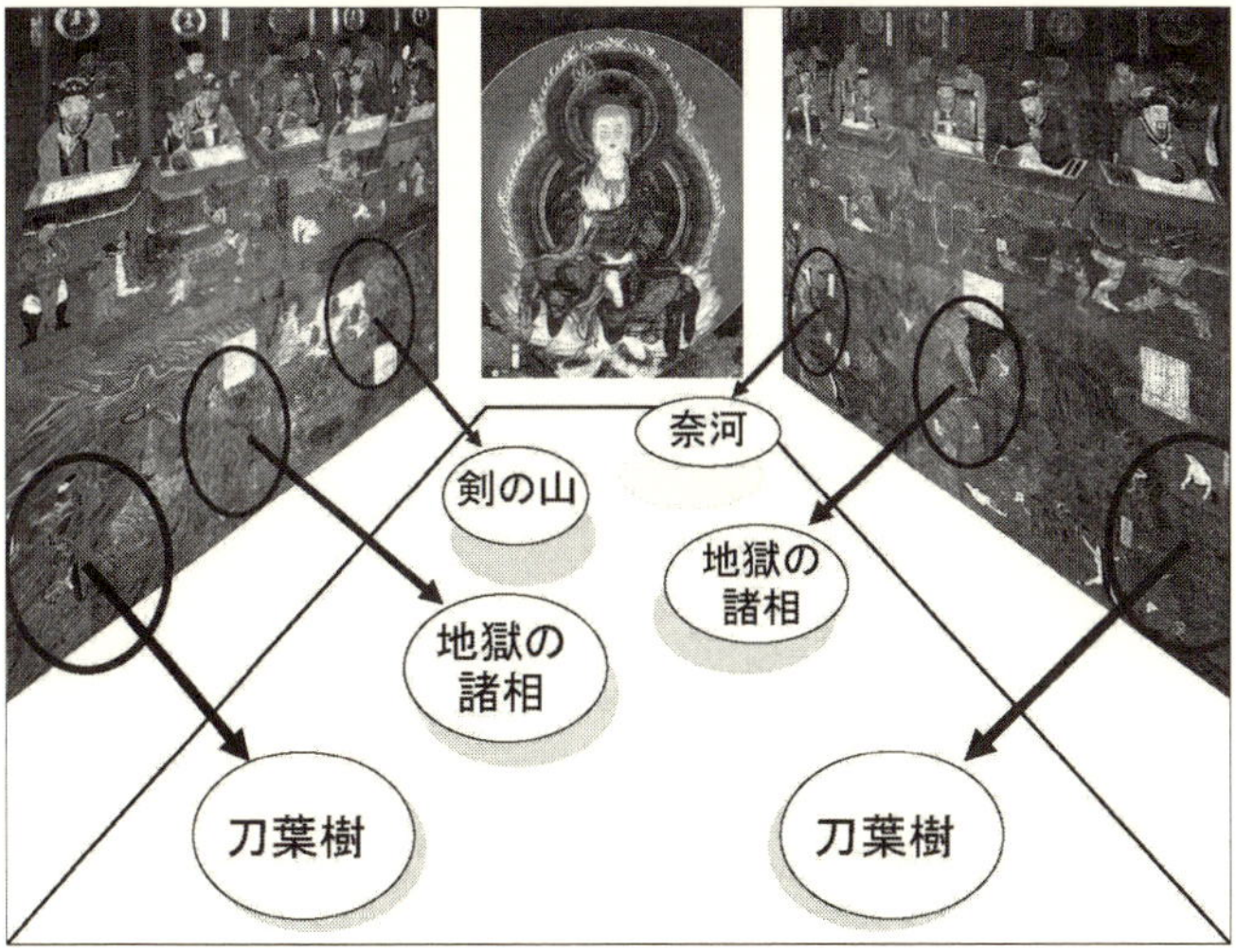

図 11　十王地獄図（出光美術館）空間構成

する構造を持った絵画を空間の中に置いたとき、われわれはその絵と向き合った空間の中に、このような仕掛けを想起することが可能だったのではないか、ということを考えたいわけです。絵画のヴィジョンは、窓の向こうの景色のように絵画平面の向こう側にあるのではなくて、絵画平面に描かれた情報がわれわれの空間に浸食し力を及ぼすものなのではないでしょうか。

さて次に、『醍醐寺焔魔王堂壁画』を取り上げようと思います。この壁画については、阿部美香さんによる重厚な研究の蓄積があります。私はそれをかなり大づかみに扱っていますから、また後で阿部美香さんにいろいろと修正を願わなければならないだろうとは思いますが、大まかな話を聞いてください。

醍醐寺焔魔王堂は、残念ながら今はありません。十四世紀には焼失していましたが、成賢本人によって書かれた『焔魔王堂絵銘』の写本が残っているために、壁画に何が描かれていたのかはおおよそ想像することが可能です。この壁画は後白河院皇女の宣陽門院が発願、醍醐寺座主・東寺長者を歴任した成賢がプロデュースをしたもので、言わば十三世紀の真言宗における、最も権威ある正統的な六道絵でした。その文脈において、この壁画は長く影響力を保ち続けたようです。

絵銘によりますと、焔魔王堂の左右壁および奥壁に壁画が描かれていた、ということが分かっています。それぞれの壁面は、上段・中段・下段に大きく分けられていて、上段の情報は出てこないので分かりませんが、中段と下段はこのようになっていました（図12）。左右壁には「十八地獄」の地獄図が、向き合うように置かれています。先ほど『十王地獄図』を向かい合わせに置きたがっていた、私の気持ちが何となく分かっていただけるのではないかと思います。

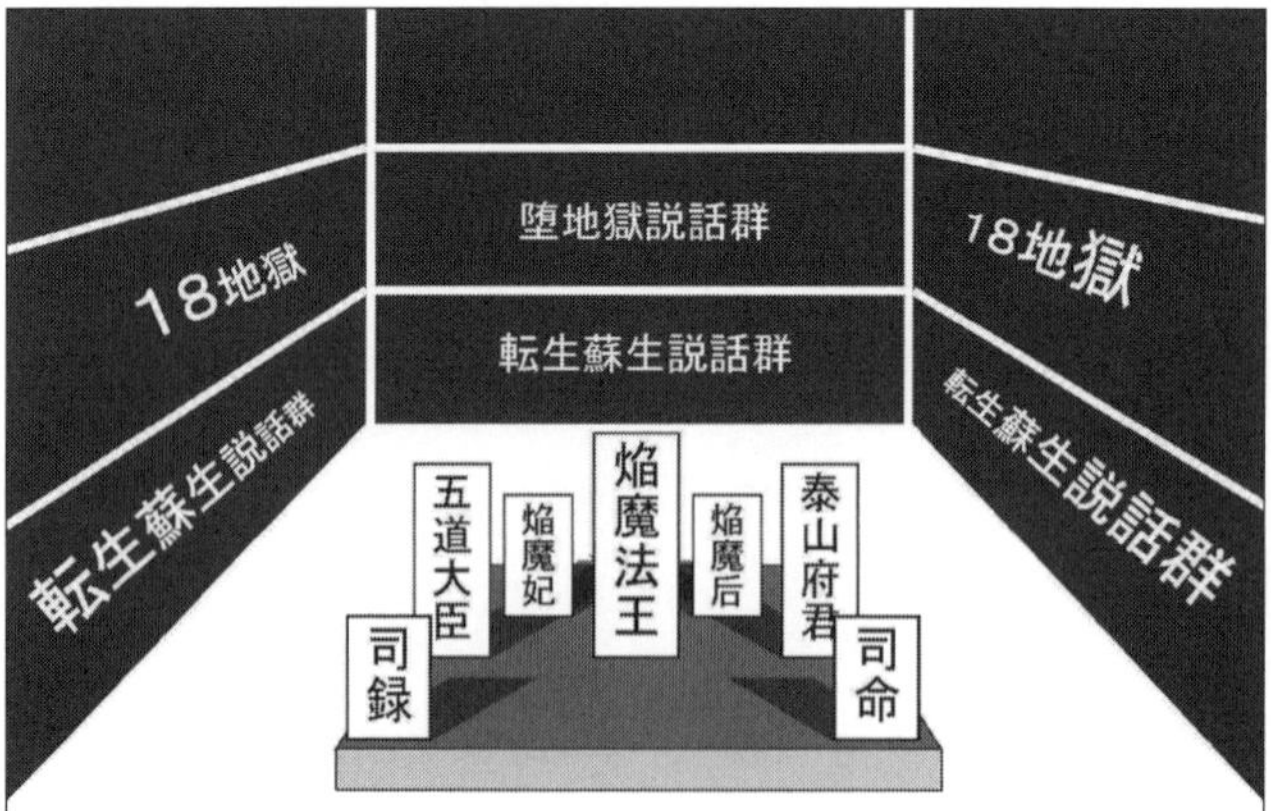

図12・焔魔王堂復元図

二　説話図像の機能

そして大変面白いのは、それらを繋ぐように「堕地獄説話」と「転生蘇生説話」に大きなスペースが割かれているということです。それぞれどのようなモティーフが描かれていたのかということについても、絵銘によってかなりのことが分かります。実際の説話図像はどのような絵柄だったのでしょうか。そして地獄が空間的に構築されたときに、一体この説話図像はどんな機能を担っていたのでしょうか。

　そのことを考えるときに参考となるのが、極楽寺の『六道絵』です。おそらく十三世紀後半の作品ですから、『焔魔王堂壁画』に若干遅れて成立したものです。こちらも偶然かそれとも意図してか、三面で成り立っています。この極楽寺本と『焔魔王堂壁画』とは、非常に深い関係を持っていると私は考えています。なぜなら、極楽寺本の中にも多数の説話図像が散りばめられているのですが、その説話図像の選択の仕方が、『焔魔王堂壁画』とかなり一致するからです。選択の仕方の類似は、どの説話を選ぶかだけではなく、どの場面を選ぶかということにまで及びます。

　例えばこれは、宋の沙門、僧規です。極楽寺本では、枡に詰められた砂を使って、罪の重さを量られている様子が描かれています。こちらは劉薩荷で、鹿狩りを楽しんでいたためにその報いの裁きを受けようとしているところです。こちらは卵好きの北周の武帝が、体を押し潰されて腋から卵を取り出されているところです（図13）。どれほどの卵を食べたのかによって罪の重さが変わってくるので、取り出された卵はこのあと計量されるのですけれども、そのような状況も描かれます。こちらでは阿輪闍国の婆羅門が地獄の釜の前で念仏を唱えてしまったために釜が割れてしまいます。彼は閻魔王庁で再審が行われ、蘇生をゆるされます。

図13・武帝の審判（極楽寺本）

　極楽寺本に描かれたこれらの図像は、いずれも『焔魔王堂絵銘』と説話や場面の選択が重なる説話です。この他、極楽寺本に描かれた唐の幽州の虞安良をめぐる図像は『焔魔王堂絵銘』には記載がありませんが、『焔魔王堂絵銘』が記述する揚州の高郵県の李丘令の説話と場面のシチュエーションが全く一致します。このようなものを見ていますと、『焔魔王堂絵銘』を見て、というよりは、『焔魔王堂壁画』の絵柄からインスピレーションを受けて、極楽寺の六道絵が形成されたという可能性を考えても良いのかもしれません。

『焔魔王堂壁画』が六道絵に与えた影響を考えるとき、極楽寺本と並んで注目すべきは出光美術館の『六道十王図』ではないかと、私は考えています。何よりもこの作品は、高野山麓の天野社の大念仏講で用いられたことが分かっています。もともと真言宗の息のかかった作品です。

この作品にもやはり、醍醐寺焔魔王堂に描かれていたのと同じような説話が登場します。これは十六世紀のものですから、『焔魔王堂壁画』の伝統が数世紀にわたって影響力を持っていたことになります。例えば第三幅では男がプレスされていますけれども、よく見ると卵が出始めています（図14）。極楽寺本にもあった、北周の武帝の図柄です。そのすぐ上の図像に目を向けますと、皿に盛られた何かを獄卒が数えています（図15）。これは武帝から取り出した卵を数えているのでしょう。やはり極楽寺本や『焔魔王堂絵銘』と同じ場面が選択されています。

出光本第一幅の油絞り機は、極楽寺本には出てきませんが、これも『焔魔王堂絵銘』で語られるモティーフです。これは生前の罪によって、富豪が体の油を絞られているところです。ただし両者の場面の選択はわずかにずれていて、『焔魔王堂壁画』では遺族の供養の功徳力によってこの油絞り機の柄が折れてしまうというところが描かれるのですが、出光本はまさに絞られているところが描かれています。そうは言っても、この説話を描いた図像は、現在のところほかに類例が見つかっていません。実のところ今ご紹介した以外にも、出光本には多くの説話図像が取り込まれています。

六道絵・地獄絵は、六道世界という空間軸での描写と、それに合わせて十王による初七日から三年までの審判のような時間軸での描写とによって構成された作品であると言ってよいでしょう。これらの時間と空間は、そのままではスクリーンの向こうで鑑賞者とは切り離されて存在するに過ぎません。しかしその中に説話図像が取り込まれたら、どうでしょう。

『焔魔王堂壁画』の系列を見ると、説話図像には強い伝承性があることが分かります。それらはいずれも堕地獄・蘇生・

転生というような、空間軸・時間軸をまたにかけて動き回る説話です。そのような説話が入ることによって、この静止した宇宙であるところの六道絵や地獄絵が、主体的に巡り渡るものとして、つまりその絵を見ている主体としてのわれわれの問題となって立ち上がるのです。そのような動力として、

図 14・武帝の審判（出光本）

図 14,15,16 の出典は、展覧会図録『天野の歴史と芸能』和歌山県立博物館、2003 年。

ここでは実はさまざまな説話が機能しているように思われます。何場面も一つの説話を追いかければ、説話の説明性ははるかに高まるはずなのに、六道絵や地獄絵ではそれぞれの説話について、一図、二図と非常に少ない図柄で、画面の中に散りばめるように描いています。説話自体への関心ではなく、説話の「めぐりわたる力」への関心、ということに着目するなら、このような説話図像の切り取り方の意味も見えてくるような気がします。

図 15・卵を数える獄卒（出光本）

三　空間の中での六道絵・十王図

先ほど、『出光本六道十王図』は天野の大念仏講で使われていたと申し上げました。今現在、大念仏講が持っているのは『仏涅槃図』だけですけれども、かつてはそれとこの『六道十王図』が共に用いられていたようです。天野社の山王堂で用いられていました。残念ながら、この山王堂は廃仏毀釈のときに破壊されてしまいまして現存しませんが、何と指図が残っています（図16）。

五間四方のお堂です。北が左側になりますから、釈迦の頭の方向を考えるなら、涅槃図は奥壁（たぶん中央）に掛けられるべきです。これに『六道十王図』を組み合わせてみましょう。どの軸も一間に二幅は掛けられません。あるいは涅槃図の左右に、一間分だけ側壁にはみ出すように並んでいたのでしょうか。あるいは壇より手前の左右の側壁三間分に並んでいたのでしょうか。幾つかのバリエーションが想像できますが、いずれにせよ堂の中でかなり広範囲にわたって会衆を取り巻き、会衆の集う空間に影響を及ぼすように配置されていたのだろう、ということを想像することができるでしょう。醍醐寺の焔魔王堂で人々が経験した空間も、同様の機能が意図されていたと思います。

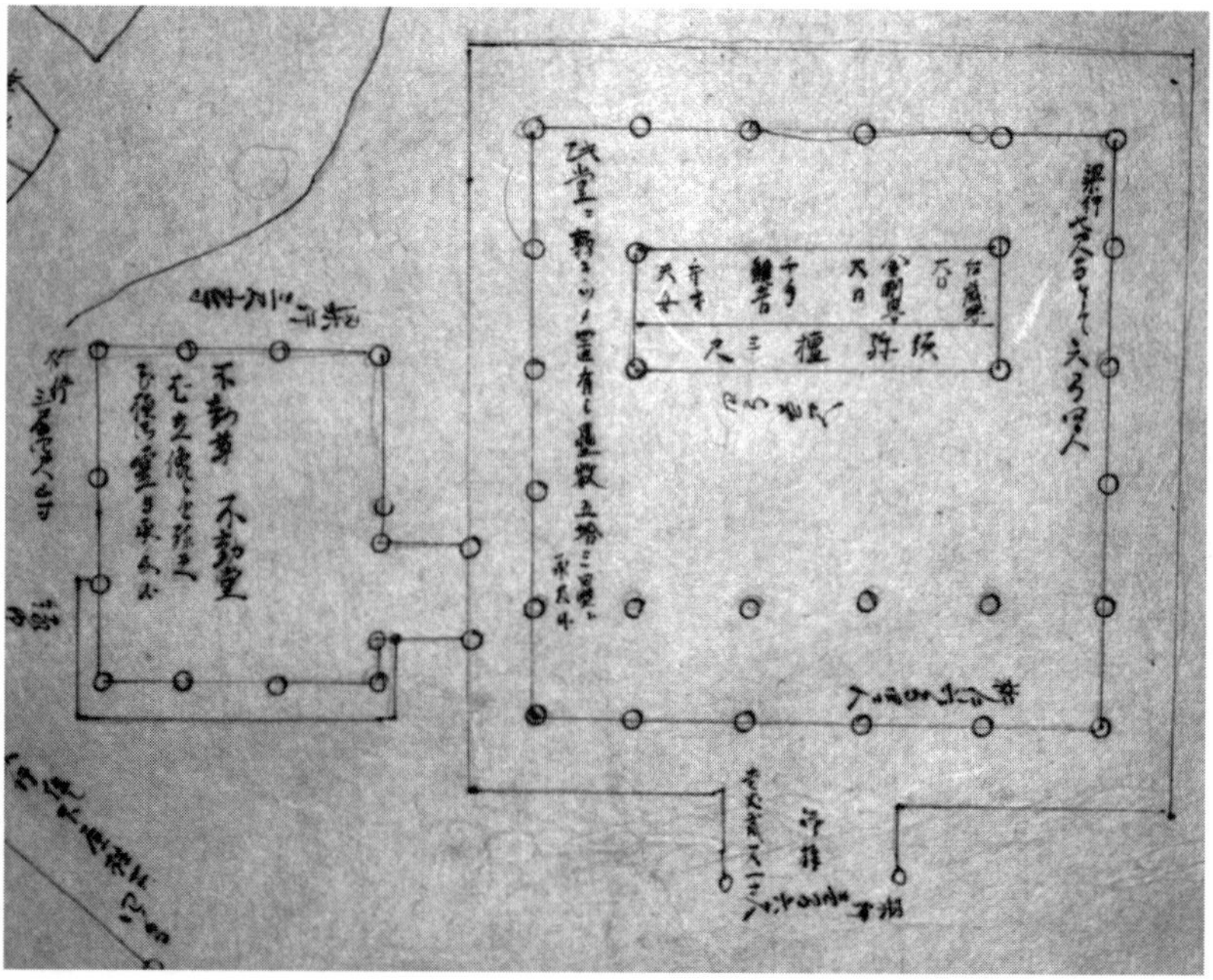

図16・天野社指図（部分）

さて近世のものをもう一つ見ておきましょう。伊豆の法伝寺の地蔵堂の扁額です。小さなお堂です。この小さなお堂の内側に、江戸後期のものと思われる三面の扁額が掛けられています。実はもう一面、当初は恐らくここにあったであろうという扁額が現存しています。四面の扁額は、セットで機能をしていたのでしょう。

　三面の掛けられた現状にもう一面の掛けられていた場所を推定で加え、平面図を作ってみました（図17）。手前から階段を登って、中に入ってみましょう。恐らく入口のところには、現在は近隣の養徳寺に移されているこの九相図（図18）が掛けられていたのではないかと思います。九相図は、生きていた人間が死して朽ち果てて屍となって、更にその屍も朽ちて果てて消えていくという、現世における魂と肉体が他界化していく過程が描かれているというふうに読み替えることができます。

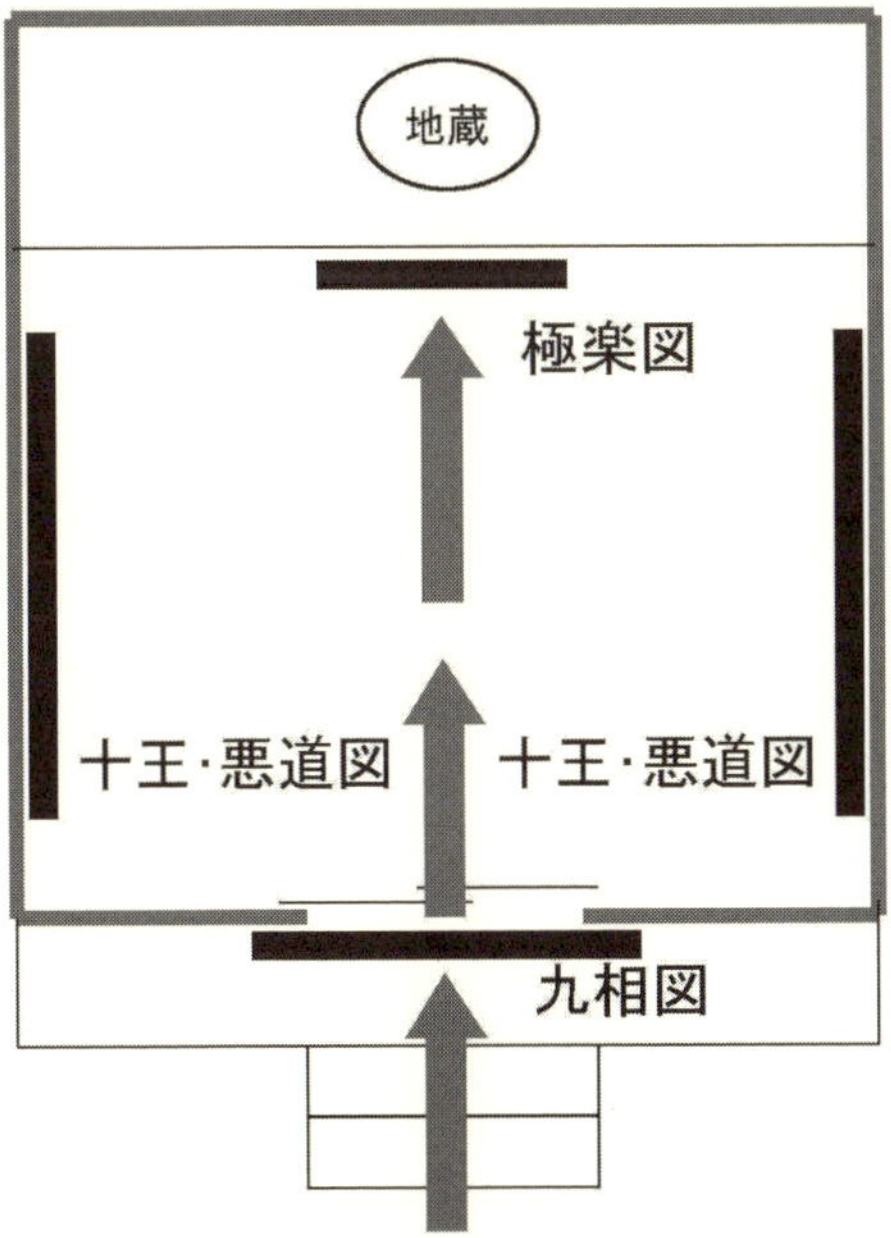

図17・法伝寺地蔵堂扁額配置図

図18・九相図扁額（養徳寺）・筆者撮影

　九相図をくぐって中に入ります。そうすると、左右に十王や悪道の様子が描かれた扁額が掛けられます。まず右側の扁額（図19）の手前側、つまり右側を見ると、他界への入口である六道の辻が描かれています。その先の三途の川を渡ると、地獄でさまざまな責め苦を受けていく様子が描かれています。

　左側の扁額（図20）の手前側、

図 19・十王図扁額（法伝寺）右額・筆者撮影

図 20・十王図扁額（法伝寺）左額・筆者撮影

図 21・極楽図扁額（法伝寺）・筆者撮影

つまり左側は火車来迎です。地獄へ直行する亡者を乗せた火車の先には、右側の扁額の三途の川とちょうど向き合うような位置関係のところに、賽の河原が描かれています。やはり向き合わせることをかなり意識して組み立てているな、ということが分かります。そして地獄のさまざまな様子がありま す。ここでは目連が、釜の中で茹でられていた母と再会する様子が描かれています。

これらを通過する、まさしく他界の入口から奥へ向かって移動しているわけですが、その奥はどうなっているかというと、極楽図（図21）があります。実はこの極楽図はすごく面白いのですけれども、細かい話はするなという厳命がありますから細かい話は避けます。でも面白いのだろうな、と思っていただきたいので、ちょっとだけお見せしましょう。画面下方の円相の中には「子とろ子とろ」が描かれています。その向こうは二河白道のようです。画面中央の蓮華に「心」字が入っています。中央の「心」字と言えば熊野観心十界図との関連が気になりますが、今日は話しません。

これら四面の扁額によって、地蔵堂にはどのような空間が構築されるのかを、図にしてみました（図22）。手前から堂に入り、奥へ至るうちに、人間の死と腐乱が語られ、そして悪道の巡歴の果てに浄土に向かうというシステムが、一つの堂の中に空間として立ち現れるようにできていることが分かりますね。

ようやく最初の話に戻りますが、実はこれが『六道十王図』の示そうとしていた、基本的なプランであったのではないでしょうか。いずれもが同じ構造を持っています。そうした構造によって、人の死から始まって悪道を巡歴し、浄土への救済に至る過程を語ります。そのための空間と時間が、六道絵・六道十王図といったものの中に組み立てられているのです。そしてその中を、主体的にわれわれの意識が動いていくための動力源となっていたのが、ここに散りばめられた説話群だったのではないかということです。私のお話は以上です。ご清聴ありがとうございました。

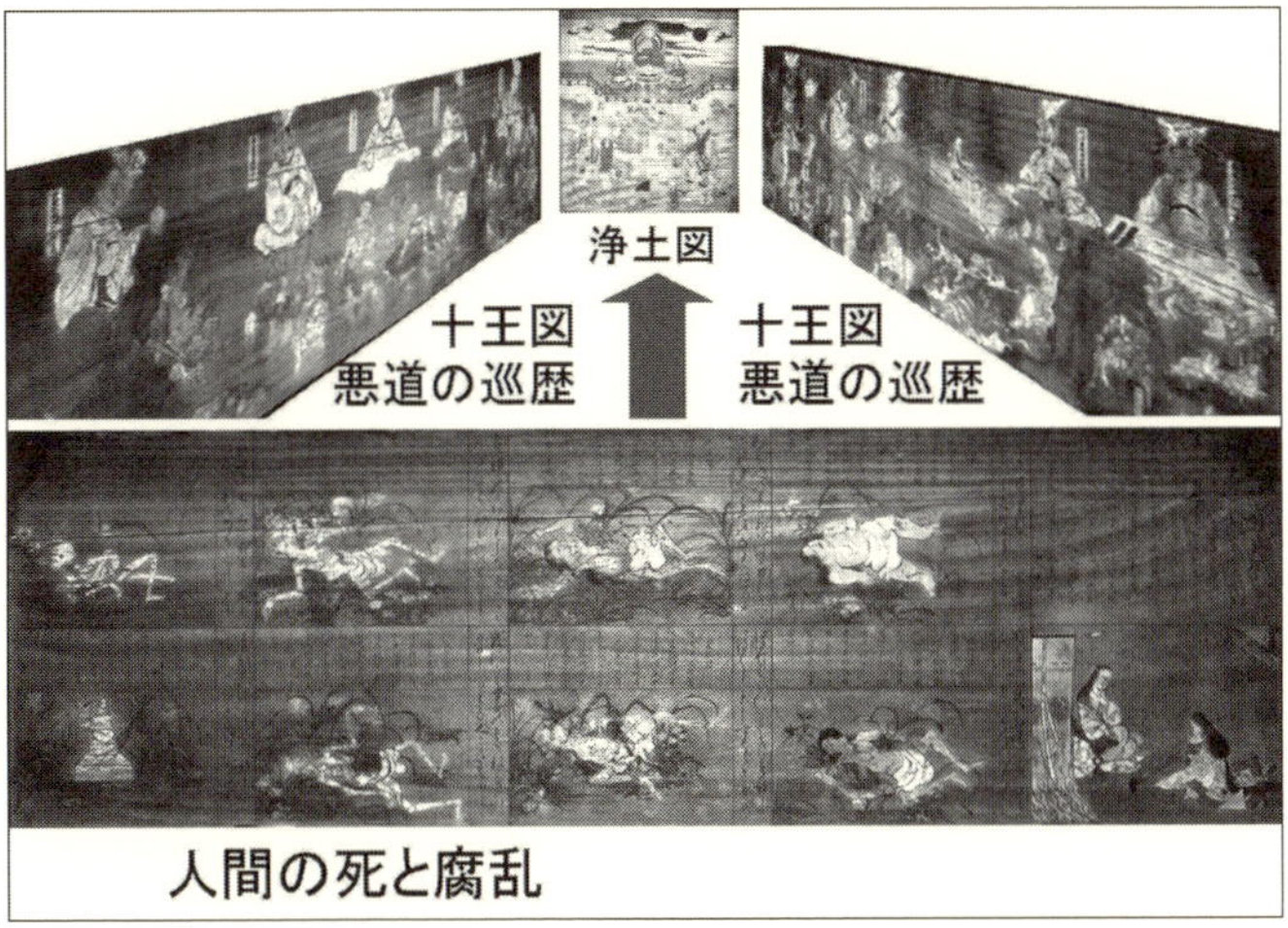

図 22・地蔵堂扁額群の構成

1st Session ▼ 質疑応答

竹村　それでは本日の第一セッションの後半を始めたいと思います。最初の石川透さんの趣旨説明を含めますと、四本の研究発表を聞いたという格好なのですが、それぞれが非常に充実していまして、あれこれ議論をしなくても十分堪能された方も多いと思います。

しかしここは、コメンテーターの方にも来ていただいておりますので、テーマ「説話とメディア―媒介と作用―」ということを巡ってコメントをいただき、それを足掛かりとして議論を深めていきたいと思います。一つご協力の程よろしくお願いいたします。

本日はコメンテーターとしまして、お二人の方にいらしていただきました。カルガリー大学から楊暁捷さん、東京大学史料編纂所の藤原重雄さんです。

楊さんは『鬼のいる光景―『長谷雄草紙』に見る中世』（角川書店、二〇〇二年）というご著書も上梓されていますし、その他さまざまな絵巻物研究をされています。私は以前、絵巻の研究会でご一緒したことがあるのですが、その折に、中世には絵巻はどんなふうに読まれていたのかということについて、丹念な日記類などの資料分析にもとづくご発表を伺ったことがあります。そういったご知見の下で、本日のお三方の発表についてコメントをいただきます。

竹村信治

1955年生まれ。所属：広島大学　専門分野：物語文学、説話文学。主要編著書：『言述論(discours)─for 説話集論』（笠間書院、2003年）、「「内証」の「こと加へ」─中世の言述」（国語と国文学、2011年12月）、「〈他者のことば〉と『今昔物語集』─漂う預言者の未来記」（『東アジアの今昔物語集─翻訳・変成・予言』勉誠出版、2012年）など。

それから藤原さんは、皆さんご存知だと思いますけれども、日本中世史のご専門で、絵画史料論として、肖像画、縁起、障子絵、行事絵、その他絵図等も含めて対象とし、そこから文化事象を論ずるというお仕事をされている方であります。『源氏物語』の絵画についてもご論文があります。

それではまず楊さんからコメントをお願いいたします。

楊　暁捷氏コメント

楊　ご紹介にあずかりました、カナダのカルガリー大学の楊と言います。

まだ何方もこの話題を出していないのですけれども、確か六年前に中世文学会五十周年の記念大会がありました。そのとき、私はカナダにいて、実際に参加はできなかったのですけれども、その後は誌上参加という形でエッセイを書かせてもらいました（編集部注＝「音声メディアに思う」『中世文学研究は日本文化を解明できるか』笠間書院、二〇〇六年）。記念大会のパネルの一つのキーワードは、まさに「メディアとしての絵」だったのです。当時のわたしには、「絵」と「メディア」との組み合わせは、ものすごく衝撃というか印象深いものがありました。時はまさに「マルチメディア」という言葉が流行っていた頃だったのです。「マルチメディア」という言葉の流行り方と、絵のこの捉え方との間に、果たして関係があったのかどうか、自分の中ではずっと謎だったのです。

そういう形で六年経って大きな一周をして、ここで説話文学会五十周年の場でまた「メディア」が取り上げられていま す。まさに同じカタカナ言葉の「メディア」は、ここで大きく背伸びをしました。というのは、ここには絵があって、文字があって、さらにバーチャルという形を借りた空間があって、メディアはまさにメディアとして論じるべき環境が大きく整ってきたような気がしてなりません。

三人のパネリストの三つのテーマについて、少しずつ自分の考えていることや質問、もっと伺いたい話などについて、コメントしたいと思います。

まずは荒木さんのお話なんですけど、一番出始めに、「カナダ」ということがちらっと触れられました。恐らくここに集まっている人々の中で、その場にいたのが私だけだったと思います。英語でのご発表で、そのときのキーワードは「五〇年代」でした。今日の集まりのテーマは「五〇年」ということで、考えさせられるものがありました。

メディアということで、荒木さんのアプローチは「文字」、とりわけ漢語と和語です。当然ながら、今日の話には出てこなかったのですが、もう一つのメディアの「声」がありま す。荒木さんのアプローチの中では、「文字」と「声」、そして声を記録する手段としての文字という要素は、たとえば最近出版の荒木さんのご著書の中に多く論じられていると思います。声というのは、私にとってはものすごく関心を持つもので、文字の取り上げ方にはたいへん勉強になりました。

質問を一つさせていただきます。荒木さんのアプローチは、言ってみれば文体を以て文化史、思想史あるいは文学史に迫るというものです。和語、漢語、和文、漢文というものです。しかも、それは現代の研究者としての読み方というよりも、中世の人々の考え方を素直に傾聴し、それを明らかにするものです。文体と文学史とを結びつけるということで、非常に鮮やかで鋭いものがありました。

そこで、つぎのことをぜひとももっとお話を伺いたいで す。文体史で考えると、漢文と和文、漢語と和語というのはもちろん非常に分かりやすい二分法です。でも一方では、文体史の歴史には、漢文、和文、和漢混合、和習あるいは変体漢文という、文体そのものの展開の流れがありました。それから変体漢文、和習の漢文は、決して格好つけのものではなくて、れっきとした実用のものだったわけです。そのことを今日の話の中に取り入れるとなれば、文体と文学史との論じ

楊　暁捷

1959年生まれ。所属：カナダ・カルガリー大学　専門分野：日本中世文学。主要訳著書：『北京の老舗』（心交社、1990年）、『鬼のいる光景――『長谷雄草紙』に見る中世』（角川書店、2002年）、『中国宗教とキリスト教の対話』（刀水書房、2005年）など。

方をもっと立体的に構築できるのではないのでしょうか。

阿部さんのお話なんですが、絵巻については自分が一番親近感というか、関心を持っている分野です。でも『融通念仏絵』はこれまで一度もかじったことがなく、どうアプローチすべきなのか全然見当がつかなくて、難しい印象ばかり持っている作品なのです。

今日の阿部さんの鮮やかなアプローチは、言ってみれば絵巻の成立過程を解明するために、歴史上同時進行的に展開された政治の変化、絵巻制作に関連する奥書、識語などの文献、それから絵巻そのものの構成の変化、すなわち政治の動向、制作者の説明、作品の実際のあり方という三つの内容を、本当に丁寧に掘り出し、照合していくとの読み方です。非常に勉強になりました。

ただ、政治の動向という意味で、最後のまとめのところに「王権のメディア」という言葉が出てきました。今はどうしても室町の政治や文化を語るためにこの「王権」という用語をさかんに使用しているという傾向があります。同じ言葉を用いるかどうかはさておくとして、鎌倉の幕府政治と宗教との関係と、室町の将軍と宗教との関係との、歴史的、政治的な展開あるいは変化をもうすこしお話をしていただけたらと思いました。

一つ質問というか、是非教えていただきたことがあります。中世の絵の分野で、絵の描き方あるいは楽しみ方も含めて、理論的に述べるような著作あるいは記述はあまりにも少ないです。これは、例えば和歌には歌学、謡曲には能楽論、さらに料理、庭、花、書、それぞれの分野にはそれなりの説明の思想、心理、理論があったのですけれども、絵についてだけそれに当たるような中世の著述がなかなか見当たらないのです。そういう意味では、こういう奥書、識語類の文献は、中世の絵のあり方を考える当時の人々の気持ちを探るための、非常に大事なものなのではないかという思いを、最近強く抱くようになりました。そういう意味で、『融通念仏絵』にみるたくさんの奥書、識語を、今日の話の中では絵巻の成立の事情、あるいは成立の意図に沿って詳しくご紹介をなさいました。一方では、絵の読み方、メディアとしての絵のあり方を教えてくれるような痕跡や証拠、貴重な言説など、もしあれば、是非とも教えていただきたいのです。

鷹巣さんのお話は、まさに3D画像や動画まで駆使したご発表でした。非常に限られたスクリーンを用いて、こんな広い空間で、こんな大勢の人たちを昔の時空に連れ込んでくださったという意味で、本当に感心しました。

同じく一つだけ質問をさせていただきます。まさに荒木さんのお話を承けたものですが、今日の話の中に出てきた絵の内容は、結局どれも中国の説話でした。そこで、極端に言えば、こういう絵の中で、「国境」をどこに求めるべきでしょうか。すなわち地獄絵の表現に出てくる漢と和、中国と日本です。考えてみれば、「和の地獄」は、もちろん存在していました。すぐに思いつくのは、例えば『春日権現験記絵』に出た地獄の中の着物の女性だったり、あるいは「地獄絵」の中の和式の俎板です。そこにおいてもちろん和の痕跡を求めることができます。でも表現としての、あるいはそういう地獄図の世界の中で、中国と日本との「国境」は果たして存在していたのでしょうか。それとも、そもそも地獄というのは、あの世だから、国境なんかありえないと考えるべきでしょうか。読み方として是非教えていただきたいです。

竹村　ありがとうございました。では続けて藤原さんよりコメントをいただきます。

藤原重雄氏コメント

藤原　本来は今の楊さんのようにお三方のご発表について個別的なコメントを付けていくのがふさわしいとは思うのですが、お時間を頂きましたので、私の目下の関心から関係する

藤原重雄

1971年生まれ。所属：東京大学史料編纂所　専門分野：中世文化史・社会史、絵画史料論。主要編著書：『絵巻に中世を読む』（吉川弘文館、1995年）、『中世絵画のマトリックス』（青簡舎、2010年）など。

素材でご報告をするというスタイルを取らせて頂きます。

このセッションのテーマ「説話とメディア」を、少し限定して「説話と絵画」と読み替えて研究史を回顧しますと、方法上の基本的な課題・論点は、すでに『絵解き研究』五号（一九八七年）・六号（一九八八年）・八号（一九九〇年）に掲載された「絵解き研究のあり方をめぐって」という小特集に先鋭的・集中的に言い尽くされている感があります。先程も話題に出ました中世文学会の五十周年記念大会の第二分科会「メディア・媒体―絵画を中心に―」では、今回は司会を担当されている竹村信治氏のコメントによって、問題とすべき課題も明確に述べられています。すなわち「中世の文学研究、絵画研究、歴史研究においても、事象の確認、表象の発掘だけではなく、その事象をめぐって経験されたことが表象の読解を通じて問われなければならない」（中世文学会編『中世文学研究は日本文化を解明できるか』笠間書院、二〇〇六年、一六四頁）という訳です。全く同感ですが、その実践はなかなか難しい。こうした目標を意識するかどうかで現れる、個別研究の質の問題になるのだろうと思います。

「説話とメディア」という問題設定からは、必然的に想起される問題群があります。すなわち、説話の媒体を文字（仮名／真名）、音声・芸能、絵画（冊子／巻子／掛幅／壁画）

といった諸類型とその下位分類で把握し、その典型的な機能・特質あるいは相互作用を論じるものになります。これを確認し続けることは大事ですが、現在の研究段階においては、そうした原理的・理念的な抽象化よりも、作品・史料それぞれに固有な歴史的コンテクストに即した位置づけが目指されていると理解しています。お三方のご報告を関連づけて整理したコメントをいたしますと、定型的な議論の蒸し返しへの水先案内となると考えますので、ここは敢えて、説話とメディア、とくに絵画に関する別の位相を示す事例をご紹介します。巻子／掛幅の二項的な分節では、すんなりとゆかない事例・事象となりましょうか。現在わたしが関心を持ち、主に美術史研究者の方々に導かれて勉強している中世の掛幅縁起絵・伝記絵を素材にいたします。

掛幅縁起絵とは、日本に実在する寺社の草創やその霊験譚、あるいは祖師高僧の伝記といった宗教的な物語を、しばしば連幅でセットとなる大画面に描いた絵画作品のジャンルです。十三世紀後半から十四世紀にかけての優れた作品が残っています。鷹巣純氏のご報告で扱われたような大画面の仏教説話画を前提とし、宮曼荼羅と並行して制作され、そこからは参詣曼荼羅が生み出されてゆきます。その一例に、先の阿部美香氏のご報告でとりあげられた『融通念仏縁起』を掛幅にした十四世紀・南北朝時代頃の作品があります【図1】。奈良盆地の中心にある田原本町の安楽寺で所蔵されており、重要文化財に指定されています。余り詳しい論文は発表されていませんが、簡にして要を得た短い解説文がいくつかございます。▼注(1) それらで美術史研究者が述べられていることを、具体的に敷衍して画面でお見せするお話をいたします。

今回の阿部美香氏の『融通念仏縁起絵巻』に関するご報告の前提となっている論文は、「『融通念仏縁起』のメッセージ―正和本絵巻の成立の意義をめぐって―」（昭和女子大学女性文化研究所編『女性と情報』御茶の水書房、二〇一二年）です。そこでは、『融通念仏縁起絵巻』の初発とみられる正和本について、作品に内在する論理を絵と詞から総合的に分析されています。特に注目されていた場面として、三つをあげることができます。上巻第五段の毘沙門天の勧進に諸神諸天冥衆が結縁する場面【阿部氏報告中・図3】、同じく上巻第三段の良忍による勧進開始【阿部氏報告中・図1】、とくに市中勧進の場面、下巻第五段の女院による法金剛院での不断念仏創始の場面になります。これらの場面を掛幅本など他の作品と比較してみます。

まず正和本の諸神諸天冥衆結縁の場面です。ここでは、毘沙門天が吉祥天と対面する場面と、愛染明王に勧進する場面とが描かれています。これらでは、毘沙門天に童子（善膩師《ぜんにし》童子）と戟《げき》を持った夜叉を従えています。この図柄は、仏像の型としての図像における毘沙門天の像容、そのうち右手を腰に当て、左手に戟を持つ「鞍馬様《よう》」という図像を意識したものです（左右が逆になる場合もありますが、今回は同一視して考えます）。毘沙門天を示す持物《じぶつ》としては宝塔がありますが、この鞍馬様はそれを捧げ持たない形です。この段の最後の場面にも、もう一度、また上巻第四段の青衣の僧が夢に現れた場面や、下巻第一段の動物に説法する良忍の場面にも、この毘沙門天が鞍馬様で描かれています。固定的な図像の型を前提とし、それを動きのある姿に描くことで、物語表現を生みだしています。これが清凉寺本になると、清凉寺本では下巻第七段の北白川下僧妻の地獄蘇生譚、さらに同第九段の正嘉疫病の場面では宝塔をも捧ぐ別の図像で、さらに描かれています。いわば念仏功徳の備わった人物の守護神として、その上の宙に浮かんで描かれているもので、良鎮勧進肉筆本系のフリア本や明徳版本では影向せず、清凉寺本における追加は興味深い点になります。

図１：融通念仏縁起絵：全図（安楽寺蔵）

鞍馬様の毘沙門天が描かれた画像は、意外と残存例が多くはありません▼注(2)。物語中の場面として描かれたものでは、「鞍馬寺縁起絵（掛幅本模写）▼注(3)」であったり、『玄奘三蔵絵巻』巻二第四段に深沙大神が同じ姿をしています。いずれも図像としての形、「決め」のポーズが意識されていることは明らかでしょう。それらに比べると正和本絵巻では、毘沙門天は主要な登場人物として、より自由な動きを見せているとも言えます。

さて掛幅本ですが、その特徴はすでに図版解説に記されているごとく、中央部分に大きく毘沙門天の勧進を描き、あたかも礼拝画であるかのような構成にあります【図2】。正和本の絵巻から場面選択をし、良忍上人の伝記と念仏霊験譚が描かれたとされていますが、良鎮勧進肉筆本との関係は厳密に研究されておらず、どちらが前提となっているのかは詳しい吟味が必要ですが、ひとまず正和本との比較で話をすすめます。

周囲の良忍伝に関わる小場面では、正和本の図様に基づきながら、それを左右に振り分けて整った形で配するように、建物の向きなどが工夫されています。正和本で上巻第四段にあたる、毘沙門天の化身である青衣僧が良忍の夢に現れた場面では、正和本での青衣僧と毘沙門天の描かれ方を合成し、毘沙門天が中央方向に飛び去って行く様を描きます【図3】。ここでの毘沙門天は鞍馬様です。しかし画面中央の毘沙門天は、脇に侍る二夜叉に宝塔と戟を奉持させています。これは、右手に戟を持ち、左手に宝塔を捧げる一般的な図像からの物語表現化といえます。例えばメトロポリタン美術館蔵『観音経絵巻』の「毘沙門身説法」[注(4)]などを参照すると分かりやすいでしょう。掛幅本の意図を軽々に申せませんが、制作事情の一端がほの見えます。

この中央の場面は、主題としては諸神諸天冥衆結縁の場面を描くとともに、毘沙門天が結縁を募った名帳を広げる仕草は、市中勧進の場面の良忍の姿を下敷きにしています【図4】。その淵源としては、経巻を持つ神将形があります。[注(5)]そして諸神等が集まってくる全体イメージにおいても、市中勧進の場面の構成は転用されています。そのおおもとは、涅槃図・説法図などでの、集まってくる群像表現にありましょう。ここではちょうど今、神奈川県立金沢文庫「貞慶」展に展示されている海住山寺蔵「法華経絵」をご覧頂きます。また鷹巣氏からは、水陸図を想起させるとのご感想を頂きましたが、その通りです。掛幅本の諸神諸天冥衆結縁の場面には、良忍市中勧進の場面が図様として下敷きに用いられています。ただし、毘沙門天に良忍を重ね合わせる意図で描かれていたかについては、性急な判断を控えておきます。図様の形という造形上の問題と、ダブルイメージという意味・信仰内容に関わる問題とは、やや水準を異にするからです。

さらに、中央の諸神諸天冥衆結縁の場面の性格を浮かび上がらせるために、〈毘沙門天曼荼羅〉としての掛幅本、という捉え方を提示してみます。鎌倉時代になりますと、特定の本尊を中心に据えた別尊曼荼羅のなかに、例えば京都国立博物館蔵「閻魔天曼荼羅」のような、儀軌的な堅い規範からはやや自由な構成をとった作例が見られるようになります。ま

図 2：融通念仏縁起絵：中央の毘沙門天（安楽寺蔵）

図 3：融通念仏縁起絵：飛ぶ毘沙門天（安楽寺蔵）

図 4：融通念仏縁起絵巻（正和本）上巻第三段
（『続日本絵巻大成』11）

図5：融通念仏縁起絵巻（正和本）下巻第五段（『続日本絵巻大成』11）

た、比較的早くから存在する吉祥天・訶梨帝母（鬼子母神）などに加え、弁才天・荼枳尼天・歓喜天（聖天）・荒神・大黒天など、現世利益をもたらす福徳神を、眷属を従えた構成で描く天部の画像も次第に制作されます。この掛幅本「融通念仏縁起絵」は、そうした福徳神を集合させて絵画化したと言える側面があり、名帳は諸天等集会図を構想する格好の枠組みとなっているのです。この画像化によって、名帳の文字・音声の羅列から、眼に見える信仰対象への立ち上がりが果たされたとも言えましょう。日本の神々を正和本以下の絵巻のような社殿・社頭景観でなく、垂迹形にて描くのも掛幅本の特徴です。[▼注(6)] この場面については、個別的な仏教図像学的分析に加え、それらがセットとして登場するための素材・条件について、今後とも検討が必要です。さらに、この画像を前にどのような儀礼がなされていたのか、興味は尽きません。

掛幅本「融通念仏縁起絵」は、正和本のような説話画から礼拝画へと向かっていった作例と言えます。一方で、既存の毘沙門天像（彫像・画像）などを念頭に、説話的要素を想起させ含み込んで作画されたものでもあり、礼拝像の説話的表現として捉えることも可能です。

さて、阿部氏が注目された別の場面、正和本の下巻第五段、女院による法金剛院での不断念仏創始【図5】について、他の掛幅縁起絵との関係を見てみましょう。この場面では、法会が行われる建物を左側に配し、そこへ参詣・結縁する女性のまとまりが庭前に描かれ、貴人の到着を告げる前駆の者とそれに応ずる人物とが目につきます。水平方向の動線によって構成されています。特にこの三人の女性は、他の絵画作品にも見られる類型的な人物図像で、『法然上人絵伝』知恩院本四十八巻伝の巻六第三段、吉水での説法の場面を思い起こ

図6：誓願寺縁起絵　第二幅（誓願寺蔵）

します。女性群像のみならず、情景の型としての類似性はご理解いただけると思います。同じような型で描かれた法会の景に、掛幅縁起絵の大作である「誓願寺縁起絵」第二幅の、上東門院による藤原道長追善供養とされている場面があります。ここでも女性結縁者のまとまりは、場面の中心をなすかのように印象的です【図6】。ただしこの場面は、現存する縁起テキストによる比定であり、描写内容には齟齬する要素があります。▼注(7)『融通念仏縁起絵巻』でみられた使者の姿と通底するものとして、ここでも文書を持った浄衣の使者とそれを受ける男性貴族とが動線をなしています。女院ないしその存在を暗示する記号的表現がみられず、この法会の発願者は男性ではないかと判断されます。にもかかわらず、上東門院を発願者として引き寄せた要因には、縁起テキストの側では、清少納言と和泉式部の説話を含むことが考えられます。加えて絵の方では、人物図像の類型（語彙）と構図の類似性（情景の型）とが、物語の主人公として女院を招じ入れた動因と考えられるかもしれません。絵画史的には、〈図様の型とその転用〉という問題として考察される話題ですが、一定の型が新たな物語を引き寄せたり、生み出したりすることを視野に入れるならば、すでに屏風の歌・絵におけるモチーフの伝統があり、説話研究の問題としても考えることができましょう。

最後に簡単に抽象化して整理しておきますと、基調講演のハルオ・シラネ氏のご講演に引き付ければ、タイプAとしての仏教図像と、その注釈・解釈としてのタイプBに含まれる物語表現化された絵画表現とがあり、それがAからBへという流れに加えて、説話表現たるBから礼拝画像としてのAへと環流する様相も垣間見えます。そして言説としての説話の側から絵画を見た際には、作品の形状・形態に備わる特性がメディア論として有効な局面ばかりでなく、物質的な作品の形態を越えて往還する図像の類型・イメージこそが、説話のメディアとなっているケースを紹介しました。絵画造形の論理にも意識を向けた事例紹介で、お三方のご報告に対する直接的な質問ではありませんが、『融通念仏縁起』という主題を同じくする絵巻と掛幅本、そして大画面の宗教的な絵画としての六道絵・十王図と連続する作品ジャンルである掛幅縁起絵の「融通念仏縁起絵」の簡単な分析をいたしました。

注

（1）『田原本町史』本文編（一九八六年、七五〇・一頁、執筆・紺野敏文）、『月刊文化財』二八五（一九八七年、文化庁HPに転載）、赤井達郎「融通念佛縁起絵をめぐって」（関山和夫博士喜寿記念論集刊行会編『仏教文学　芸能』思文閣出版、二〇〇六年。赤井『絵解きの系譜』教育社、一九八九年、に若干加筆）、融通念佛宗教学研究所編『融通念仏信仰の歴史と美術』（東京美術、二〇〇〇年。大阪市立博物館編『融通念佛宗』一九九一年、に若干加筆。執筆・松浦清）、林温編『日本の美術三七七　妙見菩薩と星曼荼羅』（至文堂、一九九七年）、奈良国立博物館編『聖と隠者』（一九九九年、執筆・梶谷亮治）。カラー図版は『聖と隠者』が現在のところ良質なもの。

（2）例えば善峯寺本「太元帥明王画像」の四天王のうち一体は鞍馬様に近い形であるが、若杉準治「善峰寺本大元帥明王画像考」（『学叢』一四、一九九二年）は一般的な図像から増長天に比定する。

（3）この作品については、藤原「掛幅本「鞍馬寺縁起絵」の絵画史的位置」（佐野みどり・新川哲雄・藤原編『中世絵画のマトリックス』青簡舎、二〇一〇年）を参照。

（4）『新修日本絵巻物全集』二五（角川書店、一九七九年）五八頁など。

（5）長岡龍作「仏像の意味と上代の世界観―内と外の意識を中心に―」（佐藤康宏編『講座日本美術史』三、東京大学出版会、二〇〇五年）は、筆と巻物もしくは白紙を持つ広目天像に着目して、罪状を記録する者という性格を見出し、四天王像が誓約の対象となっていたことを掘り起こしている。報告時にこの論文を失念しており、山本聡美氏の御教示に感謝申し上げる。

（6）中興法明上人の「融通大念仏亀鐘縁起」には垂迹形で描かれる。前掲『融通念仏信仰の歴史と美術』を参照。

（7）藤原「東山御文庫本『誓願寺縁起』と掛幅『誓願寺縁起絵』」（『東京大学史料編纂所附属画像史料解析センター通信』二四、二〇〇四年）、湯谷祐三「誓願寺の縁起とその周辺―中世説話資料としての『誓願寺真縁起』―」（『説話文学研究』四〇、二〇〇五年）参照。

竹村　ありがとうございました。阿部さんの取り上げられた「融通念仏縁起絵巻」の別バージョン、掛幅本についてご紹介いただきました。説話画から礼拝画への展開としてある掛幅本が掛けられた儀礼の場は、鷹巣さんのご発表ともかかわります。絵画化に際しその形状形態を越えて往還する図像類型・イメージのメディア性についても、具体的にお示しいただきました。説話表象のメディア（媒体）としての絵画創作の場に発現する、説話と相関的な図像のメディア性（媒介）といったことへのご指摘と承れば、ご発言は本セッション全体へのコメントとして、大変示唆的です。今日のそれぞれのご発表についてはいかがですか。もしあれば、質問も含めまして。

藤原　やはり個別の作品論になってくるので、あまり細かい話はしてはいけないんだろうと思うのですが、阿部さんのご発表にあった当麻寺に名帳を納めることの意味、具体的な背景についてが一つ、それから勧進帳なり名帳、それと付きつ離れずというのか、それぞれのバージョンで多少異なった作品内への取り込みがなされているのをどう理解するのが整合的なのか、面白い問題だと思いました。

竹村　ありがとうございました。それでは発表者の方々からのご回答をいただきます。

楊さんのご質問は、荒木さん、阿部さん、鷹巣さんの順番でしたが、阿部さんには藤原さんのものも含めて、コメントをいただければと思います。最初に荒木さんお願いします。

荒木　お答えいたします。一つは「声」という問題です。それはもちろん重要な問題なのですけれども、私がやっているのはある種非常に狭いことを考えているのです。益田勝実の時代に口誦と文字の出会いということを言ったのは、その一つの主要な課題に『今昔物語集』があったからです。その作品論を内包した言説が一人歩きをして、ややロマンチックな説話文学論というのが語られているわけですけれども、先ほどの西郷信綱のような言述の文脈に並べてみると、非常にシンプルなことを益田勝実は言っています。

そういうことで、一旦益田勝実の言う説話文学論を解体しておく必要があるということが、『今昔』なんかをやっている私にとっては重要なことなのです。だから本来の「声と文字」という本質的な問題は、今回はある意味でスキップしています。

同時に「今は昔」についても、実に色々なことが言われていますけれども、私の場合は、その複雑怪奇を解決する一つの方法として、歴史発生的に起源を追うだけではなくて、「宇治大納言物語」のようなところで、それが意識的に復活させられているという、受容の文脈での意味論をまず確認しておこうということです。ですから私のやっている狭い作品群の中での問題として捉えている面がございます。もちろん、本来の「声や文字の文化」ということが、非常に重要なテーマであるということは重々に承知しております。

それから和習のような問題についてですが、『霊異記』の時代と勧学会の時代が違うのは、自分たちの著述を現実に中国に持っていって読ませるわけです。つまり読めるものを持っていかないとそもそも評価があり得ない。というときに、私が考えるのは、漢学的な素養の上昇は無論のこととして、同時にその型と引用ではないかと思っています。型というのは、例えば記であるとか伝であるとか、そういうことです。『日本往生極楽記』のようなものを作って持っていくというのは、比較的にやりやすい形であったのではないか、という、型の問題です。

もう一つは引用です。ご存知のように『往生要集』も『安養集』も引用の文献であります。引用で分類をして形作った書物。そうしたものを持っていくことによって、比較的和習とかの問題を避けた形での仏教書が、中国で流通し得るのではないか。そういうことを、考えているところです。

ところで、昨今いわゆる東アジアの文学ということがさかんに言われています。たしかに東アジアという視界を見据えることによって、日本の文学がよく見えることもあります。

しかし逆に金文京さんなんかも『漢文と東アジア—訓読の文化圏』(岩波新書、二〇一〇年)で書かれていますが、訓読することによって逆に、中国の人には読めなくなっていく、というネガティブな面を、対外的な中で、捉えないといけません。仮名文学史も、単に発生的に和語が作られて、説話が仮名で書かれ、和習のある漢文が作られるという単線的なことだけではなくて、現実に中国で読まれる文献を書く中で、あえて読めないものが併行的にできていくという相反の中で問題を考えていく必要もあるのではないでしょうか。そういう相対的でネガティブなところでも考えております。

竹村　よろしいでしょうか、楊さん。東アジアを視野に入れながら、メディアとしての説話の書記文体の生成を従来言われているのとは違う「受容の文脈」や「対外的」な関係の中で考えていく必要があるのではないかと問いなおし、その中で今日のご発表に行き着かれたということでしょうか。それでは阿部さんお願いします。

阿部　大事なご指摘をありがとうございました。楊さんがまとめて下さった通り、奥書や識語を指標として絵巻を読み返す重要性は、私にとって大きな発見でした。また、絵巻を読むための文献として何か良いものがあるか、というご質問をいただきました。それにストレートに答えることはちょっとできません。ただ『融通念仏縁起絵巻』を取り上げまして改めて思ったことは、あたりまえのことですが、絵巻の絵を読むためには詞が読まれなければならないのではないかということです。言い換えれば詞書の大事さということです。これが、今まで『融通念仏縁起絵巻』を読み解く上で、一番置き去りにされてきたもので、大事なのはやはり絵と詞をいかに読み解くかということ、絵に籠められた大事なメッセージは詞にこそ記されているのであって、まずは詞書が注釈的に読まれるべきだろうと思いました。

例えば今回は、神名帳の段、正嘉疫癘の説話画のところを取り上げさせてもらいましたが、この段は『融通念仏縁起絵巻』の中で、一番有名でイメージとしてもよく知られているところだと思います。しかし詞書がちゃんと読まれていて、その上で理解されていたかというと、実は決してそのようなことはありません。今回改めて詞書と共に絵巻が語ろうとした世界は何だったのだろうか、ということをまずは汲み取ることを第一にしたいと思って、発表も考えて参りました。

具体的に示しますと、上巻第五段には、詞書に神名帳の全文を掲げて、毘沙門天の勧進に諸天神祇が結縁するすがたが描かれます。ここまでが上巻で、神名帳の段はその締めくくりに位置付けられているのですけれども、内容自体は下巻の冒頭につながっていて、下巻第一段の詞書には、神々の念仏衆に入った意趣を尋ねれば、という形で、なぜそこに神々が念仏衆に入ったのか、つまり名帳に加入したのか、その意趣が神々の言葉としてちゃんと語られています。

それを読むと、そこでは諸天神祇が集会《しゅうえ》して、世間に放光して聞こえる融通念仏は、阿弥陀仏が良忍上人に直々に授けたものだから、我らもその結縁に与ろうということで、まさに「エイエイオー！」と一揆し集会しているときに仏法護持の多聞天がすっとやって来て、勧進の聖となって一同がその名帳に結縁したのだということが書かれているのです。

ここで上巻第五段の絵に戻っていただきますと、画像が小さくて恐縮なのですが、ちょうど画面右上に、愛染明王と向き合っている毘沙門天がおります。まさに勧進の帳を広げて愛染明王と向き合っている、その横には小さく「多聞天王」と書かれてあります。なぜ「多聞天王」と書いてあるのだろうと最初は思ったのですが、いま見ていただいたように、下巻の詞書には「仏法護持の多聞天王」が勧進の聖として現れたことがちゃんと書いてあるのです。

そうすると、ここでわざわざ「多聞天王」と書いてあるということは、良忍の縁起の中で登場してくるのはあくまでも鞍馬の毘沙門天なのですけれども、それが天界にあって諸天に結縁を勧めるときは仏法護持の多聞天王と現れ、人界においては王城鎮護の鞍馬毘沙門天と現れて、念仏の縁を結ぶことが大事だったのではないでしょうか。そういったことも読み解けてくるので、絵巻を読むためにはやはり詞を大事にするべきではないかと思いました。

またもう一つ、今回声の問題が取り上げられなかったというご指摘をいただいたので、その点についても付け加えたいと思います。実は、『融通念仏縁起絵巻』には、声が満ちております。それは何の声かというと、ほかならぬ念仏の声です。今回注目した名帳にしても神名帳にしても、そこに結縁者の名前を載せて、毎日何べんの念仏を唱えるのかという回数が記録されているのです。

そこで大事なのは、名前と念仏の数を記録して、みんなで唱える念仏に神々の名帳も加わって、神と人の念仏の声が名帳を介して唱和されることによってはじめて、神と人とが共に往生得脱を目指す融通念仏の理想の世界が成り立つということです。だから一番大事なのは、やはり声なのです。詞と合わせて指摘しておきたいと思います。

それから藤原さんからのご質問なのですけれども、なぜ当麻寺に納めるのかということです。名帳が当麻寺の曼荼羅堂の瑠璃壇に奉納されるというのは、一つには経典の開題供養や仏像の開眼供養のように、最終的に供養を遂げてその作善を仏に捧げるという営みがあって、名帳においてもそれが大事なのです。念仏結縁の作善をあかす名帳が供養されて、それが仏の許へと捧げられること、それによって決定往生の因を得るということが大事だったと思います。

その聖地として当麻寺が選ばれるのはなぜか。私は、良鎮自身の当麻曼荼羅に対する信仰を考えるべきではないかと思っております。当麻寺の瑠璃壇は、当麻寺そのものが浄土往生の地であり、まさに当麻曼荼羅の浄土の霊地に納めようということですから。

良鎮が当麻寺に納めるという行動をどうしてとったのかも問題です。私は、報告の中にも名前を出しました、十万上人導御の事績を良鎮が手本とし、あるいは先達と倣うべきものとして意識していたからだろうと思います。大覚寺文書の中に『釈迦堂大念仏縁起』というテクストがありまして、十万上人導御の作とされているのですが、これを読みますと、導御は融通念仏を十万人に勧進するにあたって、結縁の名帳を二つ作っています。一つは上宮太子の霊場である法隆寺夢殿に、一つは地蔵の霊場である矢田寺へ納めます。それも恐らくは踏まえる形で、自らの信仰とも絡めて、来迎の弥陀の居られる当麻寺が、しかもそこは迎講つまり練供養が行われる地でもありますので、選ばれたのではないかと思います。

『融通念仏縁起絵巻』の中では、名帳と勧進帳が行きつ戻りつする関係こそが、まさに融通念仏の面白く、また大事なところといえます。『融通念仏縁起絵巻』自体が念仏を勧める媒体であり、その念仏を勧めるための媒体である結縁の名帳が、また人々に念仏を勧める勧進帳にもなり、その最大の効力が毘沙門天の神名帳に現れているということになりましょう。

毘沙門天の神名帳は神々の結縁の名帳であると共に、明徳版本には「毘沙門天勧進文」という言葉が添えられ位置づけられるという要素も加わりますので、毘沙門天が勧進の聖と立ち働いて、その唱導の文として神名帳が機能する、その超越的な働きが『融通念仏縁起絵巻』の面白さを際立たせます。だから『融通念仏縁起絵巻』は、絵巻のそのものがまさに勧進をすすめるための勧進帳であり、名帳であり、念仏帳であり、そういったものの複合から成る面白さがあるのだろうと思っております。

竹村　ありがとうございました。私からも一つ質問させていただきたいのですけれども、今のお話で結縁のことができてきました。今日のお話は最後のところを「王権のメディア」ということで収められました。三段階あるいは四段階ということで、それぞれにもしキーワードで「メディア」という言葉をつけるとすれば、どうなるでしょうか。例えば「結縁のメディア」とか「勧進のメディア」といったようなことで、何か名づけることができるようであれば、教えていただきたいと思います。

阿部　ちょっと考えさせて下さい。ただ「王権のメディア」と最後に締め括りましたのは、やはり『融通念仏縁起絵巻』が最後に目指していた先に、室町殿の権威を讃えていることが確認されたからです。それこそ最初の正和本においては、上皇と女院の結縁を重んじつつ、一方では将軍家にも向き合うような絵巻として作られていたものが、最終的には室町殿の権威の下で、室町殿が毘沙門天に重ねられてイメージされ、神と人の念仏が融通する理想の世界を護持し、王法と仏法を結ぶような存在としてあらわされます。一方で上皇が大施主として万民に念仏を勧め、融通念仏の世界を再生産して支えていくというような絵巻の作られ方は、義持、後小松院との関係をたくみに表象しつつ双方のイメージアップにもつながっており、こののち歴代の室町殿と皇室との関係のなかで絵巻制作が繰り返されていく営みとあわせて、興味深く思っております。

竹村　はい、突然申し訳ありませんでした。王法と仏法を媒介するメディアの、政治状況下でのメディア作用、効果といった問題でしょうか。テーマとの接点を明確にしておきたいと思い、阿部さんからお言葉を貰いたいと思って、思いつきのような格好でお尋ねしました。それでは鷹巣さん、お願いします。

鷹巣　今日私がお話したのは、地獄絵や六道絵といったものだったわけですけれども、楊さんがおっしゃったように、非常に中国度の高いものばかりでした。楊さんに言われるまで「あ、そう言われれば中国説話ばっかりだな」ということを、うっかり忘れておりまして教えていただきましてちょっとびっくりしました。そうですね。六道絵・地獄絵の世界では、日本の説話が取り込まれる度合いが少ないのです。これは近世になると若干変化するのですけれども、中世の段階では取り込まれる度合いが少ないのです。確かにこれは楊さんがご指摘になるとおり、非常に不思議なことです。

というのは、同じ地獄を表現する絵画でも、藤原さんが非常にご執心の、縁起説話を描いた方の絵画では、日本人が地獄へ行き来する様子がひんぱんに描かれているのです。ですから簡単に言えば、鎌倉時代くらいの話で既に、日本人が日本の物語として、そうした地獄を行き来することを絵画表現するストックを持っているわけです。そのストックを持っているのに絵画化しないというのは、確かにものすごく意図的なものなような気がします。

それでは何をしていたのだろうか、ということを考えるのです。そうしたときにまずまっさきに思い浮かべるのは、目連救母説話です。仏弟子の目連が母親を救いに行く、という中国でもお馴染みのエピソードです。絵画として日本で一番古いものは十二世紀の『餓鬼草紙』の中に出てくる目連の説話図です。あそこの詞書は、『仏説盂蘭盆経』を書き下したような語順のもので、非常に経典に忠実に押さえられているわけです。しかし絵画を見ると、実はあれは『仏説盂蘭盆経』ではなくて、『仏説浄土盂蘭盆経』がピックアップされていたりなんかします。その段階で、もう既に何かのリミックスが起きているわけです。どうも中国のテキストをそのままダイレクトに使いたくないような、そうした意向が働いています。

それと同時に、目連救母説話も、本来は餓鬼あるいは阿鼻地獄に落ちている母親を救済する物語であったものが、日本では絵画の表現の中で巧みに換骨奪胎されていき、黒縄地獄から拾い出される目連の母親というものに話がスライドしていくということがあります。これはあまりにマニアックに過ぎますから細かい説明は避けますけれども、目連説話をカスタマイズして、中国で流通していたものとは別の物語として扱っていこうという傾向を日本人が持っていたようです。

実際の和様の問題では、例えば地獄絵についても中国から伝来した経典に基づいて、地獄というのは基本的に描かれていくわけですが、これが室町くらいになりますと両婦地獄という浮気者が堕ちて蛇に巻かれる地獄、あるいは石女地獄という二人以上出産しない女性が堕ちる、竹の根を掘る地獄などが出て参ります。これは日本のオリジナルなものです。ですから石女地獄なんかに出てくる女性は、紛れもなく腰巻を巻いた和装の女性です。両婦地獄の方でも、中国装の人間が苦しめられているという例は見かけたことがありません。明らかに日本人が堕ちる地獄として意識されるようになっていたことが分かります。

なぜ地獄の和様化はこんなに遅れるのでしょうか。基本的には中国というのも地獄と同様に異界の一種として認識されているということは、気にしておいた方が良いと思います。

このことを考えるときに思い出すのは、『吉備大臣入唐絵巻』です。吉備真備が中国に渡っていくときに、オープニングで出迎えてくれる中国の役人が、魚の形をした兜を被って出迎えてくれるのです。これは同じ画家が元は描いていたのではないかと言われる、『彦火火出見尊絵巻』の中に出てくる竜宮の役人と同じ兜であるわけなのです。

魚の兜を被る伝統というのは、中国にはありませんよね。ですから恐らくは、とてもファンタスティックな表現であって、竜宮を表現するときに、竜宮というのは中国のようなものだという意識を働かせているわけですけれども、逆に中国を表現しようとするときに竜宮のようなものだ、というような意識があって、どちらも所詮は聞いたことはあるけれども行ったことはない異界であるような、そうした概念があったのではないでしょうか。そうした状況がどうしても、和様のものを地獄に持ち込みにくくさせていたのかなという気がいたします。以上です。

阿部　少し思いつきました(笑)。先ほど竹村さんから王権と絡めて、「何々のメディア」というのであれば、正和本はちょっと置いておかせていただいて、永徳至徳勧進本については「南朝のメディア」、明徳版本については「北朝のメディア」、清凉寺本については「室町殿のメディア」というふうに捉え、考えることができるのではないかと思います。

竹村　ありがとうございました。コメンテーターの方々のご質問について、発表者の方々にそれぞれのご意見を伺いました。

それではここからフロアーの方々にもご参加いただきます。先ほどのコメンテーターのご質問、それに対する発表者のご意見、その中で取り上げられた話題でも構いませんし、それとは異なる視点からのご意見・ご質問でもよろしいですので、どうぞ活発に手を挙げていただければと思います。どうぞよろしくお願いします。

阿部泰郎　荒木さんに是非伺いたいことがございます。最後の画面で、『三宝絵』のことを取り上げられました。それについてはコメントがなかったので、是非それをめぐる問題をおうかがいしたいと思います。

『三宝絵』は、それ自体の中でも取り上げられ、著者源為憲もその一員であった、勧学会の所産として位置付けられるでしょう。為憲はいわゆる勧学会文人の代表としてこのテクストを書き、しかもそこには仏伝でなくて太子伝が位置付けられるわけです。あるいは仏宝の巻には、本生譚があって、釈迦の前生はありますけれども仏伝を取り上げません。しかも本来は、内親王のために和語で書かれたのです。こうした『三宝絵』は、日本における仏法というものを示すテクストとして非常に興味深いのですが、それが中世寺院の世界に受け継がれると、観智院本はまだ漢字仮名交じりですけれども、醍醐寺本というテクストは、奇妙な漢文体の真名本になっております。

こういう文体、いわゆる真名本のありようを示す早い例としての『三宝絵』というテクストを考えると、実は中世の真名本に通じるのではないでしょうか。特に『平家』や『曾我』、『神道集』も含めた極めて特異な日本のそれぞれの物語は、シラネさんの分類に従うといわばBに分類されるのでしょう。しかしあえてこういうテクストを作ろうという意図は何でしょうか。そしてさらに面白いのは『真名本曾我物語』の中に、北条政子のことが出てくるのですが、この政子は三国一の賢女だと称えて、平家と曾我を唐に渡したという、そして唐土からも政子は賢女であると褒められた、という一節がわざわざ書かれているというのは非常に興味深い主張だと思います。この中世真名本のありようのようなものにまで、『三宝絵』はつながっていくのではないかと思っています。

その点、むしろもう一度『三宝絵』に戻ったところの位置づけを是非、荒木さんの今日の議論の延長として伺いたいと思い、質問させていただきました。

竹村　ありがとうございました。真名本への展開の中での和語文体の位相という問題ですが、和語のメディア性にも絡めながらお答えいただければと思います。

荒木　基本的には現存形態の『三宝絵』については、いわゆる真名本的なものは、私は享受の過程で生まれてきたものだと思っています。源為憲という人が醍醐寺本の写しという前田本のような漢文の『三宝絵』を書くとは私は思えないし、もし書いたとすれば、それはある種、戯れの意味か、あるいは戦略的な意味があって書いているのであると考えます。源信が『往生要集』を送るときに、源為憲の「法華経賦」でしたか、あれも一緒に送っているわけです。彼も自分の文章が中国で読まれることの意味を非常によく分かっている人であり、またそれを書ける人だったと思います。その彼が尊子という貴女に向かって書くときに選ばれた文体が、いずれかの仮名の形だと思うのです。

源隆国の「宇治大納言物語」との違いは、『三宝絵』の場合は、必ず出典を書いてあるわけで、原典に戻せるような位置づけで和文が書かれているのです。直接の訓読でないものも含みますけれども、やはり訓読に返るような形のテキストであって、そういう形で源為憲のような人が和語を書いたということに意味があるのです。先ほどちょっと中途半端な申し方をしたのは、では『三宝絵』をどう位置づけるのかというのは、おっしゃったような伝本の問題も含めてまだ私の中で整理中といった段階で、考えてみたいというところなのです。とても面白いテキストであると思っています。

今回少し前掲の拙著の中で分析もしたし、前にも書いたことなのですが、『三宝絵』は、道世『諸経要集』というものの影響をかなり強く受けていて、『諸経要集』の文言を直接に受けて書かれている部分等もあります。第二セッションのコメンテーターの本井牧子さんがおられるから本井さんに答えてもらうのが良いかもしれませんが、いわゆる類書のような形で作られる、あるいはそういうことを型の手本として作られた頃の仏教の仮名書きの本として『三宝絵』は重要です。こうした一連の文献学はむしろ私の方から教えていただきたいように思いますし、未解決です。良い答えになっていませんが、申し訳ありません。

竹村 今のことにかかわって、ご質問等ございましたらお願いします。阿部さんのご発言は、中世に真名本が多く出てくるということだったのですが、そのことと今日の平安後期における和語の選択との関連については何かございますか。

荒木 いえ、私の真名本の知識は池上禎造先生の「真名本の背後」(『漢語研究の構想』岩波書店、一九八四年、所収)という論文であって、近世に限りなく近づいたところの知識人層における真名本の教養の問題くらいで止まっているのです。中世の『曾我』や『神道集』のようなものを、どう考えたら良いのかというのは、正直蓄積がございませんので、中途半端なことは言えません。

竹村 それでは次の方。

前田雅之 最初に荒木さんの方で真名本絡みなのですが、例えば『河海抄』などで説明していくと、分かりやすい形ですけれども、漢字の中に『万葉集』や『真名本伊勢物語』で用いられる「漢字」が入ってくるのです。こうなってくると、いわゆる漢字だったら、意味の説明になっているのかという私たちの幻想があります。そういうとき、今日言った和語の問題、そういう問題がどうなるのかというのが一つです。

それからもう一つは阿部さんで、特にレジュメ二十のとこ

阿部氏当日のレジュメ二十●清涼寺本詞書の分担表

上巻

名号／偈	後小松天皇
託宣／神詠	
序文・一段	堯仁法親王
二	堯仁法親王
三	堯仁法親王
四	青蓮院義円
五	二条持基（五月六日）
六	顎陰恵䆑
神名帳	聖意
北野示現文	常住院尊経
七	清水谷実秋
八	興福寺東院光暁
九	東大寺尊勝院光経

下巻

光明遍照の偈	足利義持
摂取不捨の図	
下一段	実乗院恒教（五月六日）
二	細川満元
三	山名時熙
四	赤松義則（五月六日）
五	
六	六角満高
七	聖護院道意
八	斯波義教
正和奥書	尊勝院忠慶
良鎮奥書	寿阿
開版奥書	禅住房承盛
九	興阿（五月六日）
開版奥書	了心（五月六日）
識語	崇賢門院

（※五月六日は義満の祥月命日。絵は六角寂済、栗田口隆光、藤原光国、土佐行広、永春、藤原行秀ら六名が分担）

ろの清涼寺本詞書の分担表が、大変面白かったのです。上巻が後小松から始まって、その後妙法院門跡、青蓮院門跡義円は義教ですから、それからあと摂関家が出てきて、今度は三井寺の門跡が出てきて、清水谷、興福寺、南都が来ます。それから下巻の方は、足利義持のあと今度は三管領が、細川と斯波がいて、四職が山名と赤松がいて、それから近江守護に六角がいて、多分その間に実乗院と尊勝院というのが入っています。

こういう形で、いわゆる武家ないし室町殿のメディアになるとしたら、これはどういう意図があるのでしょうか。私は一瞬ぱっと見て、「あ、百首歌に似ているな」と思ったのですけれども、ちょっと違うような気もします。この辺のところの構成とメンバーについてですが、たまたまそういう人がいたからなのか、やはり全体で室町殿を荘厳しているのであれば、何らかの意図があってのことでしょう。当然『融通念仏縁起絵巻』だから、真言が入っていないのは仕方ないかとかつい思ったりするのですが、その辺ももしご意見があったらお願いいたします。

荒木　なかなか難問ですけれども、そうした観点からの『河海抄』についての跡追いも、私は島崎健さんが、初期に、漢語などの問題と注説の関係などを取り上げたことで止まっておりますので、重要な問題であることはよく分かりますが、明確には回答できません。

「宇治大納言物語」に相当するものも、顕昭の古今注なんかでは漢文体で引かれていたりします。それは『三宝絵』などもそうなのですけれども、歌学書の中で漢文に化けるのでしょうか。最初は「宇治大納言物語」なんかも漢文で書かれたと考えたら面白いのではないかと想定したこともあるのですが、どうもそうではなくて前田さんがおっしゃったように、漢文化することに一つの問題があるように思います。すみません、それ以上の回答はございません。

阿部　ありがとうございました。今のご質問ですけれども、やはり上巻と下巻それぞれの人間関係が示す、後小松院を中心とする世界と、室町殿を中心とするメンバーの構成と、これには大事な意味があるというのはおっしゃるとおりだと思います。その二つを並べることで、公武を繋ぐ世界を打ち立てるとともに、神名帳という、一番大事な段を執筆したのは、禅のお坊さんでもあります。そうすると、ここで禅が入ってくるということも含めると、融通念仏が公武をつなぐだけではなくて、諸宗をつなぐ意味もあったのではないかというふうに思います。

前田雅之　下巻九段の興阿って時衆ですか。阿がつくから時衆ですか。

阿部　その辺の見極めが非常に難しいところはあります。時衆かなとも考えられるのですが、良鎮の下で活躍していた念仏の聖の一番大事なメンバーであると思います。

竹村　それでは他にいかがでしょうか。

伊藤聡　荒木さんに質問します。真言の梵語が和語とつながるということについてですが、私はむしろ、虎の威を借る狐というか、結局和語だけでは独り立ちできないからこそ、中国よりももっと幻想の異界の国であるインドと結びつくことによって、ようやく真名に対峙できるのだと思います。そのようなフィクションに寄りかかることによって、かろうじて成り立っているようなあやうさがある、だからこそ、どうかすると真名に戻ってしまいがちなのではないかと私は理解していたのですが、いかがでしょうか。

荒木　そういう意味では、私の中の「幻想」の中心には隆国があるようなところがありまして、先ほど申し上げたとおり、彼が書いたかはどうかはともかく、隆国自身は現実に『安養集』という漢文の形態の方を向こうに読ませて、評価を受けたいということがありました。ある種これは、彼も周りのスタッフで学術的に身を固めて。そういう文献を作る中で、これも充分な情報がないのですが、調べた範囲では、彼自身には漢文や漢詩文の実績がないのです。そういうスタンスの人が、そういう自分の構造の中であえて和語というものを、しかも訓読に由来する和語ではなくて、訓読を通らない、語るに従いて、ですから、一回文字を離れたところで上がってくる和語を集めて、というたて前と限定をもって物語集を作る。しかしそこには「天竺の事もあり、大唐の事もあり、日本の事もあり」、「さまざま様々なり」という。もちろんこれは『宇治拾遺物語』の文章ではありますが、そういう特殊な遊びや夢想ができたというのは、ある意味では私は、隆国という人の個性かなと思います。ただ作品自体は散佚して今はないので、いい加減なことを言うな、ということではあるのですが。基本的にはおっしゃることは良く分かります。

隆国の場合は、そういう状況の中で、和語に対してある種の独特のスタンスを取り得た人だったのではないでしょうか。それくらいあの頃の漢文の文化圏というのは、相当レベルは、周りは、高かったのではないかと思います。

伊藤聡 隆国本人の個性ということで積極的に評価されておられますが、和語と梵語を同一視するような発想は、先にも申しましたように、危ういフィクションの上に成り立っているもので、ほとんど説得性はないのではないでしょうか。隆国も含めて、日本の方から見ればある意味で納得できるとしても、外から見たら全然理解できないことですよね。そのような内向きの説明に過ぎないのではないかと思うのですが。

荒木 だから彼が作ったことも、和語を以て何か堂々たる何かを、あるいは彼自身が和語の梵語みたいな教説を書いたわけではなくて、彼が作ったのは所詮「宇治大納言物語」である、というところが大事かなという話なのです。おっしゃることは、基本的にはよく分かります。ありがとうございます。

竹村 和語の位相にかかわる議論が続いていますが、あとお一人、お二人からご質問を受けることができますけれども、いかがでしょうか。

高橋貢 荒木さんにお願いいたします。この間案内状をいただいた中でも荒木さんが取り上げておられるわけなのですけれども、『今昔』がまとまった釈迦伝を持ったということで、大きな意義を指摘されているわけです。それはもう小峯さんも同じなので、私も同感でございます。

けれども、『今昔』が急にポーンと釈迦伝に寄ったのではなくて、やはりそれを支える一つの地盤のようなものがあったのではないかと思います。直接には例えば、『釈迦譜』のようなものがあったのでしょうけれども、日本の『今昔』が成立する何かがあったような気がするのですけれども、その点について何かお考えはないでしょうか。

荒木 発表の中でも申しましたけれども、それは、あったはずなのです。ただ仏伝自体は、『仏本行集経』であったり『釈迦譜』であったり『過去現在絵因果経』であったり、漢訳仏典の形でいくらでも読むことができ、理解することができましたし、益田勝実が書いていますように、釈迦の一代記を知らない仏教徒はあり得ないわけです。教主の伝記ですから。学問の場で、また説法受容の過程で、場で、多様な展開なり、物語なりがあったと思うのです。それが自覚的に『今昔物語集』のような形で整理されてでてきたという構造は、小峯さんの研究等でも明らかですが、そういうふうに出てくることの意味が問われるべきであります。

またその前段階については、幾通りもありうるという言い方をしましたけれども、多様な前提が、いろいろな形での仏伝の咀嚼や読解や蒐集があったのだろうと思います。ですからこそ逆にまた、仏の遺言説話など、和語でしか語られていない、仏伝に載っていないことの面白さを発見するだけの、物語の面白さのようなものがあったのではないか、と想像を交えて考えております。

高橋貢　例えば『東大寺諷誦文稿』というのがあります。あの中に大体一ページくらい、釈迦伝のところがございますね。ですからそういうものが一つはヒントになっているのではないかと思います。

荒木　ありがとうございます。それは発表資料の中で、小峯さんの説を、ちょっと引かせていただいて論じており、虎の威を借りております。

徳田和夫　私が伺いたいことは、説話という物語の、言い換えれば主題を持ってストーリーを展開させていくという言語体における、メディア形成に及ぼす表現機能についてです。つまり、メディアとしての面に照射して理論を作っていくとともに、そうした説話だからこそ、和語で表したり、あるいは漢文を選択していく、主題の提示や場面の形成に独特なものを生み出す。さらに絵巻や地獄絵といった視覚表現が要請されたときに、ふさわしい構図ができあがっていくといった可能性も探ってみるべきではないでしょうか。シラネさんが基調講演でおっしゃっていた、Deep Comparison Model に当たるものです。説話は表現主体や享受側の関心によって変容しやすい、例えばまた説話集に取り入れていくとき、編者が作り変えることもありますから、なおさらです。

言葉の表現レベルでは、説話が有する応変性といったものがどういう影響を与えていったのでしょうか。絵画メディアの絵巻や掛幅絵の制作に当たって、そうした説話の要約性といったものがどのように発現しているのか、働いているのか。そのあたりがまだ論じられていないと思うのです。

先ほど声の問題も出ました。ここには林雅彦さんもおられるけれども、絵解きの場では声が支配しています。説話で物語られていることを、語り手が音声に置き換えているわけです。それを聞いていると、私たちは絵面を見て、一人ひとりが独自に絵の解釈までするようになります。場面作りをしていると言ってもよいでしょう。そのように作用・反作用を繰り返して再創造していきます。地獄絵を見て、説明を聞いている人々にとって大きな関心ごとは当然、堕地獄と蘇生の話だと思います。『融通念仏縁起絵巻』の古態本では、先ほども北白川の下僧の妻が蘇ったとの話が詞書にも絵にも表現されています。それが、さらに清凉寺本や禅林寺本などでは、その説話に引き付けて、また勧進活動を契機として新たに別人の蘇り説話を入れ込んでいます。

そういう動態は、Deep Comparison Model の一つであろうと思います。そういうテーマを持ったストーリーがかたちを取るとき、つまりメディアとなっていくとき、どういう影響力を発揮しているのかと考えていくことも必要ではないかと思います。難しかったら無視されても結構です（笑）。

竹村　本セッションのテーマにかかわるご発言です。今のご意見に対してどなたかいかがでしょうか。

阿部　うまくお答えできるか分からないのですが、今回発表の中でも報告させていただいたように、やはり説話をどう立ち働かせるのか、絵巻という媒体を使ってどうメディアとしていくか、今回の融通念仏の場合は、例えば北白川の下僧の妻の段のところについていえば、明徳版本というかたちで良鎮が全国に向けて普及を開始するにあたっては、やはり勧進の聖のモチベーションも高めていかなければいけないですし、何より施主を得てその発願を実行するという、施主の願も叶えていく必要があります。北白川の下僧の妻の段のところには、名帳に加われば亡くなった人も供養されるのだという、過去帳の機能の新たな追加や、あるいは一人に念仏を勧めればそのお陰で往生ができたのだという、大唐の房翥の説話を加えることで、絵巻としての勧進の働きをアップさせていく工夫もなされました。そういうことで、絵巻の中でやはり説話を巧みに活用してメディア化していく、その働きを『融通念仏縁起絵巻』の中では見ることができると思いました。

先ほど前田さんの質問に軽々しく答えてしまったのですが、上巻のお坊さんたちを含む人間関係は、最終的には室町殿の下に結束しているということも考える必要があるので、これについては髙岸輝さんが丁寧に人物考証をしておられるとおり、やはり室町殿の下に結集されているメンバーなのです。ただそれだけではやはり融通念仏の万人の救済を成し遂げる上では駄目なので、そこに後小松院や女院もかかわり、そういう形で複合的な世界ができていっているということを確認しておきます。失礼いたしました。

前田雅之　ただ後小松院の後、尭仁親王とあって、その後に義円が来ていますよね。その後二条ですよね。要するに武家の方が摂関家より上に来ているので、そこは前から気になっていたのです。青蓮院門跡は義円ですから、これは義教なので、その後に二条家が来ています。

だからついつい余計な百首歌と言ったのは、百首歌は身分順にちゃんと並ぶのですが、ここではひっくり返っているのです。室町期においては武家のランクは三番目だと思うのです。院、摂関家、あるいは天皇家、摂関家の次が室町家＝足利家だったのです。それがちょっとひっくり返っているのが気になって、最初はそこからの発想だったということです。

徳田和夫　私の提言が消えかかっているようですから、荒木さんに具体的にお話を伺うことにします。釈迦伝つまり仏伝の数々のエピソードが一連の展開として『今昔物語集』に載っています。これは言ってみれば、和漢混交文によってメリハリを付け、また会話によって場面が生彩なものになっていると思います。そこには一種の演劇性のようなものが感じられます。そういう様相は、釈迦の一生における事件の独自性や、説話が内包しているいろいろなモチーフに起因することもあったかと思います。それが『今昔』の、『打聞集』の表現になってきているのではないでしょうか。

仏伝でいえば、例えば『梁塵秘抄』の今様などにも誕生から入滅までの物語的な展開が見られます。これは説話を短章の歌謡に置き換えるところにその面白みがあるわけですが、それを促すのは各エピソードが持つ主題の明晰さや、要約可能な叙述などにあるようです。また一連の今様は、次のようにも考えられます。そこに仏伝を描き出した絵画がある。それを絵説くこと自体がパフォーマンスであり、そのさいの芸態が場面の説明詞章を圧縮して歌謡化してきた、と。歌謡化には、仏伝の各説話が有する多様な面が反映していると考えられます。

それは多分、地獄絵・十王絵においても、地獄とは何ぞやとの興味から提示と享受がなされている中で、そこにさらに説話を引くことで、絵画メディアとしてその構図や構成に、あるいは今日お示しくださった立体的な配列を促しているのではないかということです。そのようなところで、お考えがありましたらお願いいたします。

荒木　おっしゃるように仏伝の持っている展開力みたいなことは、非常にあると思っております。例えば『太子伝』が物語的に展開する部分と、注釈的に広がっていく部分があるように、仏伝にも恐らく物語的に展開し得る要素というのがいっぱいあって、あれは大変面白いプリンスの物語だと私は思っております。

これは、「〈非在〉する仏伝―光源氏物語の構造」（谷・田渕編著『平安文学をいかに読み直すか』笠間書院、二〇一二年）として書いたものなのですが、『今昔』は一方では耶輸陀羅という一人だけの奥さんがいるという話を強調して、釈迦の耶輸陀羅への純愛や、過去・現在・因果の二人の恋愛を説きながら、同時併記として釈迦には奥さんが三人いたということをあえて注釈的にくっつけているのです。すごく不自然にくっつけていくのですけれども、これはこれでちゃんと仏伝を辿っていけば説としては厳然としてある、というものです。そういういろいろな仏伝の中の幾つかの要素が、読み手やその伝え手に刺激をして、仏伝自体がそれぞれの国や人に新たな物語を作らせる要素があるというのは、まさにおっしゃるとおりだと思います。

それから私の今回の発表に決定的に欠けているのは、画像から話をはじめながら、具体的な絵の分析の問題です。『三宝絵』がまさにその名に「絵」を負う作品なのですが。まさにおっしゃるとおりで、そこは私の発表の欠如ですので、少し勉強させていただいて考えてみたいと思います。ありがとうございます。

鷹巣　地獄絵のことも、ついでにちょこっと触れてくださったのでそのことについてだけお答えいたします。ああした一つの空間を構築するような画面の中で、しかも私が申し上げましたように、そこで用いられる説話というのは極めて断片的なものとして立ち現れてくるのです。これはいわゆる掛幅縁起絵における説話の取り上げ方と対照的なものだと言えます。あちらは説話の話筋にしたがって、大きな画面を構築するということをするわけですが、こちらはそういうことを一切しないわけです。

ではそれが画面構成に影響を与えるのか、あるいは画面の持つ意味世界にどの程度の影響を及ぼすのか、という問題がありますけれども、実は今日休憩時間中に吉原浩人さんから重要な指摘をいただきました。極楽寺本の構成についてあの説明は良いのか、ということだったのです。

それはどういうことかと申しますと、私はあそこの極楽寺本で救済の地として、天を示していたのです。三幅あるうちのスタートが右下からスタートするわけですが、左上であがりになるわけです。そこが天の描写なのです。でも天というのは六道のうちの一つではないか、極楽みたいに扱って良いのかという話だったのです。

実はそのことについて、これは今徳田さんがおっしゃったこととリンクする問題を孕んでいます。地獄絵や六道絵の世界では、天というものがいわゆる救済の約束の地と、完全に混同されるようになっていくというのが、室町以降くらいの現象だと考えた方が素直なのです。ですから極楽寺本みたいな、十三世紀、鎌倉のものでそういうことが起きているといったら、いかにも変なことなのです。

しかしその一方で実は注目すべきは、あの大きな画面の中にごくわずかな要素として散らばっている目連救母説話、目連が母親を救う物語です。これが『目連救母経』に基づいて七場面くらいチョイスされているわけなのですが、その説話の取り上げ方がまず非常に恣意的な取り上げ方をするのです。物語の中からバランス良くピックアップするのではなくて、もっぱら母親と目連が出会うシーンを強調するようにしてチョイスされていきます。そして目連が母親のために、なにがしかの労力を払うためにしていることをピックアップしています。

そうしたものがピックアップされて、画面の数パーセントしか占めていない図像ですけれども、それが画面の中でどんなふうにゆくかというと、実は阿鼻地獄で目連が母親と出会うものが真ん中の下の方で起点になっており、そこから左側の掛け軸の中ほど上部へずっと抜けていくように並んでいくのです。そうこうしながら、実は目連の母親は徐々に救済されていきます。そして最後に、目連救母説話が閉じられるのが、目連の母が釈迦の説法を聞いて昇天するシーンです。その昇天していく、飛んでいく方向は、実はその画面中に空間的に構築された天の方向なのです。そういう仕掛けになっています。

明らかに目連救母説話は、言ってみれば六道絵の中に描かれた天を、最終的にはゴールとしており、そしてそれが地獄から這い上がる物語として、要所要所を押さえるように並べられているのです。これは、天というものをある種救済的なものとして扱おうとする、早い例として押さえられるのではないでしょうか。

その他の、特定の図像の特定の場面を選ぶというときにもやはり、そこでその画面全体の構造をどういうふうに動かすのか、そのことを念頭に置いて多分場面がチョイスされます。であれば例えば物語の中で、もっと面白いシーンが幾らでもあるだろうけれども、閻魔王庁で再審がなされるシーンがチョイスされるとか、そうしたようなことが意図的に選ばれていくのではないかという気がいたします。

徳田和夫　双方向の表現作用ということですね。

鷹巣　そうですね。ですから、そうしたようなものをかなり有効に利用して行っていくというようなものだったのではないか、という気がいたします。

竹村　ありがとうございました。最後に一言だけ司会の方でまとめさせていただきます。

先ほど徳田さんが話題にされたことですけれども、多分徳田さんのご発言が今日唯一「説話というメディア」ということを真正面から問題にされたと思っています。「説話」が、文字あるいは絵画というメディアとどうかかわって、どんなふうなメッセージを生み出していくのかということ、そしてそこで生み出された新たなメッセージがさらに異なるメディアとかかわって別の形の説話を生み出し、別のメッセージを生み出していくということ、絵で言うと、絵を読むことを通じて、別のメッセージを担う説話が生み出され、それが言葉で文字で語られ、また絵画化されて別の意味を語り出すというようなことですが、そうした問題を「説話とメディア」の課題として論ずべきだというご提案と理解しました。

そういうふうに徳田さんのご発言を理解したときに一つ思いますのは、われわれは説話文学会で今回も「説話」ということを主題化しているのですが、この「説話」という事象の捉え方について、われわれは説話が文字や絵画で具体的にどう語られどう描いてあるかといった次元を超える必要があるのではないかということです。なんだか言葉のあやのように聞こえるかもしれませんが、メタ説話と言いましょうか、ある時空間において想念として頭の中で思い描かれ、保持され、更新されていく「お話」というレベルまで、説話という概念を拡げていかないと、どうも説話を十分に論じられないのではないかということです。

このように、人がメディアに媒介されつつ想念として頭の中で作り出し保持し更新していくような物語も「説話」というふうに捉えると、説話が具体的に語られる、もちろん場や主体やメディアによってさまざまな説話の語られ方があると思うのですけれども、絵で語られる、文字で語られる、文字でも和語で語られる、あるいは漢語で語られるといったこと、またそこで起こる出来事も含めた説話事象の全体を論ずる視座も得ることができるのではないでしょうか。そういうことを思ったりしました。

そういうふうに説話概念を拡張していくと、今回の五十周年大会のシンポジウム趣旨文に「説話研究がジャンルとしての説話から、ディスクールとしての説話へというところに大きく観点を変えた」ということが書かれていましたけれども、まさにそのディスクールという問題も、想念の内なる説話を作り出し、保持させ、更新していく文字の、絵画の、あるいは今日鷹巣さんのご発表によるそれらも含めた空間、空間が語りだすと言いましょうか、そうした空間のディスクールの問題として捉え直していくということもできるのではないかと夢想したりしました（なお、このあたりの議論は小稿「説話の場としてのテキスト――「修身科」教室の「説話」」『福岡大学研究部論集A』12巻6号、二〇一三年三月、参照）。

さて、今日のお三人のご発表は、それぞれ文字、表象、空間というメディアにおいて、何が媒介され、何が作用し、どのような効果を生み出し、あるいは生み出されようとしたのかということを、非常に具体的な事例をもって、鮮明にご紹介いただいたと理解しております。

ただ、メディアというと、ある年齢以上の人はマーシャル・マクルーハンの「メディアはメッセージである」とか「メディアはマッサージである」という言葉を思い出すわけで、そこのところとどう議論をリンクさせていくのかという問題はまだ残っているのではないかと思います。

つまりマクルーハンが言っているのは、メディアそのものがメッセージなのであって、われわれ一人ひとりのある種の感覚比率のようなものを変えていったり、思考の枠組みや認識の枠組み、世界観なんかを作り変え作り出していくのだということで、やや荒っぽいようではあるけれども、言っていることはそれぞれの時代の、それぞれのメディアとその作用ということを考えるときに、一つの軸になるはずです。

そうすると、われわれ日本文学の中で、先ほど言いましたような形で説話概念を拡張したときに、さまざまなメディアによって語られた説話は、想念の説話を作り出し保持させ更新していくなかで、日本の文化あるいは日本人の中にどんな感覚比率、あるいは認識、その枠組み、世界観というものを時代に応じて作り出したり、変化・更新させたりしていったのかという問題は大きいでしょう。すぐさま答えは出ないけれども、これも、マクルーハン言説とほぼ同じく五十周年を迎えたわれわれ説話文学会が引き受ける問題としてあるのではないか、ということを本セッションにかかわる課題として申し上げておきたいと思います。

しかしながら、この問題は具体的には明日の第二部セッションの資料学、あるいは第三部セッションの地域・歴史叙述も含めて考えなくてはいけない問題ですので、そういった議論を明日につなげていければいいかなということで、ちょうどきれいに収まったかもしれないと思いながら（笑）、司会からのコメントもこれで終わりにさせていただきます。

今日はお三人の発表者の方々、またコメンテーターのお二人、どうもありがとうございました。それでは時間が超過しましたけれども、ここまでということにさせていただきたいと思います。どうもありがとうございました。

2nd Session

説話と資料学、学問注釈
―敦煌・南都・神祇―

［司会］近本謙介、千本英史

［発表］荒見泰史、横内裕人、舩田淳一

［コメンテーター］スティーヴン・G・ネルソン、本井牧子

近年の説話研究は、公開の進んだ寺院資料の積極的活用を経て大きな転換を遂げた。経典や注疏類の輸入・作成・書写・伝授等と密接に関わる説話の形成や受容の動態は、新たな研究の方向性に対して多くの示唆を与えるものである。また、唱導の場とそこから立ち上がってくる「文芸」の相関性については、従来の説話研究の枠組みの見直しを促すと同時に、隣接諸領域の学問に影響を与えるまでに至っている。本セッションにおいては、説話と資料学の現状と今後の展開を多面的に探るべく、敦煌文献をはじめとする説話資料の源泉のすがたに着目すると共に、それらがどのように日本に輸入され享受されたのかについて確認し、そのことがいかに新たな表現や言説を生み出していったのかを、南都における受容の様相や、神祇の視点から具体的に検証する。それらの視座を踏まえ、東アジアに立脚した今後の説話と資料学の方向性をも探っていく試みとしたい。

千本　それでは第二セッションを始めて参りたいと思います。コーディネーターと司会は、筑波大学の近本さんと私、奈良女子大学の千本がつとめさせていただきます。

私どもがこの第二セッションをお引受いたしまして考えましたことは、学問・注釈・資料学については、先駆的な業績として、筑土鈴寛（一九〇一～一九四七）、岡見正雄（一九一三～一九九〇）、永井義憲（一九一四～二〇〇七）など、多くの蓄積があるわけですけれども、ここで比較的近年の動向を追ってみると、昨日も少し話が出ておりましたが、中世文学会の五十周年記念シンポジウムがあり、その成果は『中世文学研究は日本文化を解明できるか』と題して刊行もされましたが、その第一セクションが「資料学―学問注釈と文庫をめぐって」というものでありました。これはパネラーに赤瀬信吾さん・西岡芳文さん・渡辺匡一さんが出られまして、コーディネーターは阿部泰郎さんがなさいました。阿部さんの企画趣意を一部引用させていただきます。

従来の国文学では、その国書のうち、和歌や物語を中心とする狭い範囲がその対象となって、「国文学資料」として研究者の領分だった。こうした状況は、この五十年で大きく変わった。殊に近年は研究の対象となる「資料」の範疇が拡大を続けている。其れは中世文学の研究を成り立たせる枠組みの根本的な変化とも言いうる。それが如何なる様相を呈しているかを認識し、どう位置付けるかが、この場での議論の前提であろう。中世文学の基盤というべき諸領域を新たに見出すことになった研究の展開は、その形成主体である、テクストが作られ、読まれ、収集保管される場そのものを、あらたな探求の対象として設定し直した。たとえば守覚法親王の許にも、そうした場が形成され、そこから更なる体系化とテクストが生み出される。それは寺家に限らず、公家・世俗の古典学の家でも同様であった。（阿部泰郎、「企画趣意」）

要は中世文学の対象が大きくなったということと、その場そのものについて問題になるようになった、というご指摘であったと思います。

それから昨年でありますが、仏教文学会の同じく五十周年記念シンポジウムが行われまして、その結果がこの春に出されました『仏教文学』三十六号・三十七号合併号に出ております。このシンポジウムは、牧野淳司・高橋秀城・中山一麿・山崎淳・門屋温の各氏がパネラーで、コメンテーター藤巻和宏さん、コーディネーターは田嶋一夫さんがなさいました。そこでの討議もまとまっておりますが、以下に書いてあるような通りであります。

千本英史
1954年生まれ。所属：奈良女子大学。専門分野：日本文学、平安鎌倉期説話文学。主要編著書：『高校生からの古典読本』（平凡社、2012年）、『日本古典偽書叢刊』〈第1〜3巻〉（現代思潮新社、2004〜5年）、『験記文学の研究』（勉誠出版、1999年）など。

このシンポジウムを通じて明確にできたことの一つは、寺院資料調査の問題です。国文学研究では、夙に寺院の所蔵する資料には関心が寄せられていました。重要な古典資料も寺院から発掘された例は数多くあります。しかし従来の寺院資料に対する関心の多くは、「何か面白い資料は」「知られていない重要な資料は」といった新出の資料に対する関心が中心であったと言えるでしょう。いわば研究者にとって必要な資料を、つまみ食いしているようなものだったのです。これに対して悉皆調査を前提として、寺院の経蔵という集合体を明らかにしようとする新しい取り組みになっているのです。それほど珍しくもない刊本であっても一個人の書き入れから近代以前の知識体系（学問や分類・識別の意識、世界観）を考える重要な対象となっているのです……ここから得られた研究の成果は、国文学、人文科学全体の問題に関わっています。近代日本の出発期に訳語として成立した「文学」も「仏教」も根本から問い直す必要性が明らかになってきました。その問い直しの果てに仏教文学研究が存在し続けるでしょう。（田嶋一夫、「趣旨の説明とささやかな総括」）

つまり従来の寺院資料のつまみ食いというものから大きく

脱却しているのだ、というお考えであります。さらに、少し遡りますが、一九八五年に中世文学会は『中世文学研究の三十年』という本を出していますが、そこでは牧野和夫さんが「釈家を中心とした注釈と文学の交渉の一端」ということを書かれています。ここでは「古今注」「伊勢注」等の問題が出されております。

ここ数年の中世文学研究が次第に闡明しつつあることの一つは、「古今注」「伊勢注」等の古典注釈書類と交流を保持しつつも、それらとは別に仏書の注釈書類が当代の「文学」活動に及ぼした影響の甚大な点である。そのことは裏返していえば、院政期末期頃から鎌倉期以降にかけて社寺の諸坊に孜々として営まれた内外典の書・抄録・聞書・選述等の行為が、文学研究においても看過しえない意義を有していたことの発見でもあった。「説話集」や「軍記物語」、楽書類と顕著な交渉の認められる日本書紀・聖徳太子伝等の注釈書類、前述の和漢朗詠集の古注釈書類の多くが、撰述・書写・増補・伝来のいずれかの過程に、釈家の関与を示しているのも、そのことを証している。(牧野和夫、「釈家を中心とした注釈(学問)と文学の交渉の一端—中世注釈研究の動向と展望」)

以上のような、説話文学会を取り巻くというか、それと共に歩んできた学会等のさまざまな取り組みがあるわけです。『説話文学会会報　第1号～第23号合冊』(岩田書院、一九九三年)などを見ておりますと、実は説話文学会が一番こういった取り組みについては歩みが遅いのです。創設の当初はほとんどしていないということが分かります。中世文学会もさまざまな文庫調査に踏み込んでおりますし、また仏教文学会は当初から寺院での開催、寺院での研究会等も施行しております。説話文学会の方は説話か説話文学かという「文学」の問題をどうするか、とかあるいは口承説話と書承説話の関係はどうなのか、ということばかりが目立ちまして、こうした調査やその「場」の問題ということはほとんどなされていないというのが感想です。

ところが特に私はこれは説話という言葉の持つ喚起力だと思うのですが、「話を説く」「物語を説く」ということが、従来「説話とは何か」という、日本以外では韓国にしか説話という言葉はないのだといったもっぱらマイナスイメージで出されてきたものが、そうではなくて、「物語を説く場」がどのように流転・伝承されていくかという様相を捉えるものというように考えられるようになり、いつの間にか一周遅れで先頭に立っているというような感覚です。今では説話の方がもっぱらこうした寺院・文庫の調査や、語りの「場」の問題の研究を担ってきているような、現在の状況ではないでしょうか。

周りの一部の学問が、これは悪い意味で使うのですが、狭義のテキスト論、つまりテキストの中にだけ世界を見出そうとする動きに捕らわれている中で、説話をやる人間はもうそんなことは言っていられません。『今昔物語集』の中だけで喋っていても仕方がない、という共通理解がいつの間にか出てきたのではないかと思います。

この間の過程で思い出すのは、昨日も出ておりました「直談」という言葉です。この言葉が八十年代から九十年代にかけて、私たちにとって大変大きな言葉でありました。またそれは「談義所」という言葉にくっつき、あるいは「勧化本」という言葉にくっつき、また「太子伝」というものとくっついていたわけであります。

具体的な出版物としましても「直談」では、『法華経直談鈔』（再版）（臨川書店、一九八八年）、『法華経直談鈔古写本集成』（臨川書店、一九八九年）、『法華経鷲林拾葉鈔』（臨川書店、一九九一年）、『日光天海蔵 直談因縁集―翻刻と索引』（和泉書院、一九九八年）などがあり、こういうものの中に説話行為を見ることにおいて、もう私たちは説話の「場」というものから逃れられないのです。それは説話文学会のほとんど全員の、共通理解になったのではないかと思います。

もう一つは先ほども牧野和夫さんの文章の中に出てきた、「古今注」や「伊勢注」と『中世日本紀』の問題だろうと思います。『中世日本紀』については、七十年代に伊藤正義さんがお書きになられたわけですが、これは皆さんご存知の通り、伊藤聡さんや原克昭さんによって、伊藤聡『中世天照大神信仰の研究』（法蔵館、二〇一一年）、同『神道とは何か―神と仏の日本史』（中公新書、二〇一二年）同編 中世文学と隣接諸学『中世神話と神祇・神道世界』（竹林舎、二〇一一年）、原克昭『中世日本紀論考―註釈の思想史』（法蔵館、二〇一二年）など、まさにこの一～二年の間に全く従来のレベルとは違う、本格的な研究というものが私たちの前に出されるようになっております。

さらにもう一つ、それが具体的にどんなふうな展開をしてきたのかということを、あと少しだけ言いますと、やはり大きかったのは阿部泰郎さんを中心とした、仁和寺の調査であったろうと思います。私たちの前に、阿部泰郎・山崎誠『守覚法親王と仁和寺御流の文献学的研究』論文篇・資料篇（勉誠出版、一九九八年）、阿部泰郎・福島金治『守覚法親王と仁和寺御流の文献学的研究』〈資料篇・金沢文庫蔵御流聖教〉（勉誠出版、二〇〇〇年）が出されたときの衝撃は、やはり忘れることができません。その調査をなさっていく中で、仁和寺と金沢文庫というものが、いかに密接に交流があるかということが出されたのです。私たちはここからネットワークというものに、目を向けざるを得なくなったのです。

二〇〇四年には『院政期文化論集　第四巻　宗教と表象』（森話社）が出て、この論集は難産に次ぐ難産でしたが、原稿自体は刊行の五年くらい前に入ったのではないかと思うのですが、そこで歴史学の福島金治さんが「中世寺院のネットワーク」という論文を書かれました。これは記念碑的な論文だろうと、私は思います。それは本の流れと人の流れというものが、不即不離のものであって、本と人とを介して学問・思想というものが伝流していくのだ、ということをはっきりと示してくださったものと思っております。以下に一部引用いたします。

中世は、人と人との日常的情報伝達が口頭伝達と文書情報を複合して行われる社会であった。このため、情報は現代とは違って人々の身体と切り離すことができなかった。このことは中世人に圧倒的影響を及ぼした仏教世界でも例外ではなく、現在に中世人の思想的営為を伝える聖教類にしても、その伝達の仕組みは人への伝授と秘密性を基礎にし、聖教に込められた思想的な内容および次第などにみる作法は解読・解説する僧を媒介としない限りは機能しなかった。知識の秘密性とその継承は、密教の世界では「唯授一人」という閉鎖的な師資相承関係のなかにその原理を見いだせる。……知識は僧という人間のなかに閉じこめられて伝達され、知識を集約した聖教は僧を媒介とすることなしには生かされる道をもたなかったのである。それゆえ、僧と聖教をあわせもつ寺院は、中世人の知識を集約し変容させていく場の一つとして機能したといってよい。本稿では、京都からの真言密教の法流が東国へ、そして東国から畿内周辺地域へ伝播していく様相について検討したい。

今日の第二セッションにおきましては、荒見泰史さん、横内裕人さん、船田淳一さんという三人の方にまずは中国敦煌の動き、それが南都にどのように流入するか、そして日本の神祇というものの中でそれがどういうふうに変容・定着していくのか、という流れをお話いただきます。思想、本、人の流れというものを、順に解いていただいて参りたいというふうに考えて企画をいたしました。以上でございます。

では荒見さんよろしくお願いいたします。

敦煌本『仏説諸経雑縁喩因由記』の内容と唱導の展開

◉

荒見泰史
［広島大学］

1965年生まれ。所属：広島大学大学院総合科学研究科。専門分野：中国古典文献学。主要著書：『敦煌講唱文学写本研究』（浙江大学古典研究所中国古典文献学研究叢書　中華書局、2010年）、『敦煌変文写本的研究』（華林博士文庫　中華書局、2010年）など。

◉ Summary

敦煌文献中には、『仏説諸経雑縁喩因由記』という譬喩譚、因縁譚を集める文献が残されている。この文献は、伝世文献には見られないもので、敦煌学草創期に『敦煌劫余録』の序文に紹介されたことがある。しかし、その価値については長く注目された事が無く、これが９世紀中期以降に撰述されたもので、俗講、維摩経講経、八関斎で使用されていた儀式次第や、『俗講荘厳回向文』をともない、譬喩譚、因縁譚の部分は儀礼の中で使用された節もあるなど、９世紀の俗講、講経、八関斎などの儀式に使用されていた文献である事が拙著前稿で明かされるまで、ほぼ注目される事はなかったようである。

本稿では、そのような『仏説諸経雑縁喩因由記』について、前稿までに論じることができなかった点について論じてみたいと考える。とくに、後代の変文との発展関係、そしてさらには日本の『今昔物語集』など日本の文献との間に、如何なる発展関係が考えられるかについて若干検討してみたい。

一　前言

敦煌文献中に、『仏説諸経雑縁喩因由記』という譬喩譚、因縁譚を集める文献がある。この文献は伝世文献には見られない貴重な埋蔵資料であり、早くも敦煌学草創期において陳垣『敦煌劫余録』中の陳寅恪の序文（一九三〇年）に題名が紹介されたこともある。▼注(1) しかし、その資料としての価値については意外にも長く議論された事が無く、ただ、陳寅恪に『仏説諸経雑縁喩因由記』中の説話一篇について「蓮華色尼出家因縁跋」（一九三二年）の一文があり、▼注(2) 次に川口久雄「敦煌の俗講と日本文学」（一九八三年）中にわずかに言及がある程度で、▼注(3) 拙著前稿による翻刻作業、紹介がおこなわれるまで、▼注(4) 専論すら見られなかったと言える。

この『仏説諸経雑縁喩因由記』がそのような経緯をたどることになったのは、これまでの中国文学研究、敦煌変文研究において、唱導、法会の発展とともに起こる文辞や文体の変化、そして講唱体変文への発展という視点が見落とされ、後の通俗小説に繋がると見られる講唱体変文という文体の完成以降ばかりが注目されてきたことに拠るものと言えそうである。▼注(5) しかし、筆者が前稿までに明らかにしてきたように、同文献は九世紀中期以降に撰述されたと見られるもので、①俗講、維摩経講経、八関斎で使用されていた儀式次第や、『俗講荘厳回向文』という願文の一種をともなっている、②譬喩譚、因縁譚の部分が儀礼の中で「縁喩」という譬喩による趣旨説明の作法で使用された可能性がある、など、九世紀の法会に使用されていた文献であり、敦煌変文へと発展する前段階の文献である事は明らかである。具体的には、例えば『俗講荘厳回向文』の宣読などは十世紀の講唱体作品の冒頭部分に痕跡として残されているのである。つまり、『仏説諸経雑縁喩因由記』は、講経、八関斎などの仏教儀礼から、講唱体変文という通俗小説・芸能のテキストへと発展する前段階の文献であり、中国における九、十世紀の文学発展を考える上でたいへん重要な文献であるという事が出来るのである。

本稿では、そのような『仏説諸経雑縁喩因由記』につき、前稿までに論じることができなかった点について新たに論じてみたいと考える。とくに、『賢愚経』などの経典から『衆経要集金蔵論』、『法苑珠林』といった類書への略出、そして『仏説諸経雑縁喩因由記』へと継承される中で見られる説話内容や言語的特徴の変化を調査し、後代の講唱体変文という文体への発展関係、さらには日本の『今昔物語集』など日本の説話文献の成立に、如何なる関連性が見られるかについて考えてみたいと思う次第である。

二　『仏説諸経雑縁喩因由記』の内容

『仏説諸経雑縁喩因由記』の内容は、前項までにも筆者がたびたび挙げたように▼注(6)、以下のような3部構成をとっている。

『仏説諸経雑縁喩因由記』題目

1. 譬喩因縁故事12則
2. （擬）俗講荘厳回向文
3. 儀式次第3則（向達擬題「俗講儀式」）

そして、初めの「本縁故事12則」の部分は文字通り12則の説話から成っている。

これらの説話の内容については、川口氏前掲論文や、筆者前稿にも箇条書き程度で紹介しているが、その主要な説話について、いくつか取り上げて説明しておきたい。

1、（一）舎衛國の長者の娘が数々の苦難を受けた末に蓮花色尼となる話

この話は、「微妙比丘尼」の名でよく知られている。『賢愚経』（巻第二）に同様の物語が見られる。『賢愚経』本は、『衆経要集金蔵論』（巻第二）、『法苑珠林』（巻第五十八「誹謗篇第六十七呪詛部第二」）、『諸経要集』（巻第九）に節録される他、莫高窟壁画にも第84窟北壁下の屏風画、第296窟などに残されており、古くからよく知られた話だったことが知られる。日本でも『今昔物語集』（巻第二「微妙比丘尼語第三十一」）にもほぼ同様の話が見られる事はよく知られている通りであろう。

ただ、この『仏説諸経雑縁喩因由記』本では、他本が「微妙比丘尼」とするのに対して、「蓮華色尼」と名前を変えている点は大きく異なっている。「蓮華色尼」は、『根本説一切有部毘奈耶雑事』（巻第三十一、三十二）、『根本説一切有部苾芻尼毘奈耶』（巻第九）、『四分律比丘含注戒本』（巻第三）などに名称は見られているが、この類話中で使用された例は今のところ見られない。

文章の構成としては、大きく二種類に分かれる。この物語は、①過去世の出来事、つまり本妻が側室の子供を密かに殺しながら無実を訴えて請願を立てる件と、②現世の出来事、つまり過去世の請願に拠って女性が家族を亡くしていく苦しみを受け仏に帰依して比丘尼となる件から成るが、『賢愚経』、『仏説諸経雑縁喩因由記』では②→①となるのに対して、『衆経要集金蔵論』、『法苑珠林』、『諸経要集』ではみな①→②の順となるのである。『今昔物語集』では後者と一致している。

また文体の点では、『衆経要集金蔵論』、『法苑珠林』、『諸

※アミをかけた部分は『衆経要集金蔵論』と『法苑珠林』の異同箇所

『賢愚経』

微妙比丘尼品第十六（丹本此品在第四巻為第十九）

……

爾時有梵志子、聰明智慧、聞我端正、即遣媒禮、娉我為婦、遂成室家、後生子息。夫家父母、轉復終亡。我時妊娠、而語夫言：『今我有娠、穢汚不淨、日月向滿、儻有危頓、當還我家見我父母。』夫即言善。遂便遣歸、至於道半、身體轉痛、止一樹下、時夫別臥、我時夜產、污露大出、毒蛇聞臭、即來殺夫。我時夜喚數反無聲、天轉向曉、我自力起、往牽夫手、知被蛇毒、身體腫爛、支節解散。我時見此、即便悶絕。時我大兒、見父身死、失聲號叫。我聞兒聲、即持還穌、便取大兒、擔著項上、小兒抱之、涕泣進路、道復曠險、絕無人民。至於中路、有一大河、既深且廣、即留大兒、著於河邊、先擔小兒、度著彼岸、還迎大者。兒遙見我、即來入水水便漂去：我尋追之、力不能救、浮沒而去。我時即還、欲趣小兒、狼已噉訖、但見其血、流離在　地。我復

『金蔵論』

微妙過去妒殺小婦子得惡報緣　出賢愚經略要

①緣殺兒故墮於地獄、受苦無量。地獄罪畢、得生人中、為梵志女、年漸長大、適娶夫家、產生一子。後復懷妊月滿欲產。

夫婦相將向父母舍。至於中路腹痛遂產、夜宿樹下、夫時別臥、前所咒誓今悉受之。時有毒蛇螫殺其夫。

婦
見夫死即便悶絕。後乃得蘇。至曉天明、便取大兒著於肩上、小者抱之、涕泣進路。

路有一河、深而且廣、即留大兒、著於此岸、先抱小者度著彼岸、還迎大兒。兒見母來入水趣母。水即漂去：母尋追之、力不能救。須臾之間俄爾沒死。還趣小兒、狼已噉訖。但見流血、狼藉在地。母時斷絕、

『法苑珠林』

又賢愚經云。

①緣殺兒故墮於地獄、受苦無量。地獄罪畢、得生人中、為梵志女、年漸長大、適娶夫家、產生一子。後復懷妊滿月欲產。

夫婦相將向父母舍。至於中路腹痛遂產、夜宿樹下。夫時別臥。前所咒誓今悉受之。時有毒蛇螫殺其夫。

婦
見夫死即便悶絕。後乃得蘇。至曉天明　、便取大兒著於肩上、小者抱之、洟泣進路。

路有一河、深而且廣、即留大兒、著於此岸、先抱小者度著彼岸、還迎大兒。兒見母來入水趣母。水即漂去：母尋追之、力不能救。須臾之間俄爾沒死。還趣小兒、狼來噉訖。但見流血、狼藉在　地。母時斷絕、

『仏説諸経雑縁喩因由記』

昔日依舍衛國有一長者生一女、年既長大、堪可事人。父母當則嫁娶与人。後時依児聓家生一孩子、父母養育年滿足。不經多時、其女人亦便懷任（妊）、意欲臨產、妻告夫曰：〝汝共夫相逐、却往父母之舍而行產去。〟便即夫婦而行、到於中路、其夜不至父母之家。日沒、便依草木之地、夫依一樹下如卧、其妻共児子於草木林亦卧。至於半夜、妻依中路、便而生一男子。我今正產、大聲［呼］喚、其夫都不去來。直至天曉、抱此新產孩子及舊児子至於夫邊、又唱喚、夫亦不語言而卧、直至天明。其夜被一毒虵從地拽道而来、唽嚯夫死、依中便啼咷大泣。与殯殮安置児聓訖、妻躭此幼二孩子、取依父母之家。行得三五里地、見一河水行。我今新產、胞此二男子、直擬過去、力不能待微劣、依河彼岸如坐卧。小新產孩子躭於大児入水、過送至此岸、又欲往彼岸而

斷絕、良久乃穌。遂進前路、逢一梵志、是父親友、即問我言：『汝從何來、困悴乃爾？』我即具以所更苦毒之事告之。爾時梵志、憐我孤苦、相對涕哭。我問梵志：『父母親里、盡平安不？』梵志答言：『汝家父母　大小、近日失火、一時死盡。』我時聞之、即復悶絕、良久乃穌。梵志憐我、將我歸家、供給無乏、看視如子。時餘梵志、見我端正、求我為婦、即相許可、適共為室。我復妊娠、日月已滿。時夫出外、他舍飲酒、日暮來歸、我時欲產、獨閉在內、時產未竟、梵志打門大喚、無人往開、梵志瞋恚、破門來入、即見撾打、我如事說、梵志遂怒、即取兒殺。以酥熬煎、逼我使食。我甚愁惱、不忍食之、復見撾打。食兒之後、心中酸結、自惟福盡、乃值斯人、便棄亡去、至波羅［木＊奈］、在於城外、樹下坐息。時彼國中、有長者子、適初喪婦、乃於城外園中埋之、戀慕其婦、　日往出城、塚上涕哭。彼時見我、即問我言：『汝是何人？獨坐道邊。』我如事說、復語我言：『今欲與汝入彼園觀、寧可爾不？』我便可之、遂為夫妻。經于數日、時長者子、得病不救、奄忽壽終。時彼國法若其生時、有所愛重、臨葬之日、并埋塚中。我雖見埋、命故未絕、時有

良久乃蘇。遂前進路、逢一梵志、是父親友、即向梵志具陳辛苦。
梵志憐愍、相對啼哭。尋問居家中平安以不。
梵志答言：『汝家父母眷屬大小近日失火、一時死盡。』
聞之懊惱、死而復甦。梵志將歸供給如女。後復適娶任身欲產。
夫外飲酒日暮乃還。婦闇閉門在在內獨坐、須臾婦產。夫在門喚、婦產未竟。無人往開。夫破門入、捉婦熟打。婦陳產意。夫時瞋怒尋取兒殺。以穌煮之、逼婦令食。
婦食子後心中酸結、自惟薄福、乃值斯人、便棄逃走到波羅柰。
至一薗中樹下坐息。
有長者子、其婦新死、
日來塚上追戀啼哭。見此女人樹下獨坐、即便問之。
遂為夫婦。經於數日、
夫忽壽終。時彼國法若其生時、夫婦相愛。夫死之時合婦生埋。
時有

良久乃蘇。遂前進路、逢一梵志、是父親友、即向梵志具陳辛苦。
梵志憐愍、相對啼哭。尋問家中平安以不。
梵志答言：『　父母眷屬大小近日失火、一時死盡。』
聞之懊惱、死而復蘇。梵志將歸供給如女。後復適娶妊身欲產。
夫外飲酒日暮乃還。　婦暗閉門在內獨坐、須臾婦產。夫在門喚、婦產未竟。無人往開。夫破門入、捉婦熟打。婦陳產意。夫瞋怒故尋取兒殺。以酥煮之逼婦令食。
婦食子後心中酸結、自惟薄福、乃值斯人、便棄逃走到波羅柰。
至一園中樹下坐息。
有長者子、其婦新死、
日來塚上追戀啼哭。見此女人樹下獨坐、即便問之。
遂為夫婦。經於數日、
夫忽壽終。時彼國法若其生時、夫婦相愛。夫死之時合婦生埋。
時有

取小兒。行至水中、狼来喊小兒走去、却往大児去。次児往母来行。母子相接不得、大児亦被水溺而喪。已至中路、夫及二児子三人一時而死。妻秋（愁）而行往父母舍。次見一婆羅門互相即問、婆羅門言曰：〝娘子而行往父母之舍、如何獨行？〟其此女人便說上来之事况婆羅門知。婆羅門答曰：〝汝共娘子夫主是伴儻、終終不說也不了。〟婆羅門言曰：〝娘子父母之舍、遭時失火、父母大小惣被火燒煞、今去都无人。〟婆羅門言曰：〝某乙妻昨来亦死。無人造具食飯。今娘子終歸不了。某乙收什娘子為其夫妻之例、有何不得？〟此女人便嫁况婆羅門。不經多時、其婆羅門夫亦身亡。國法、若夫死、其妻亦須遂（隨）夫活埋。婆羅門親姻到来、便捉妻依野外隨夫生埋。其夜、被劫暮（墓）人来檝墓而入来、打棒死人。見此女人姿容端正、將此墓田內衣物兼將女人作爲夫妻。得一年已来、其此劫賊夫愛嗜酒而行。一日喫酒從一街来、叩門呼喚。其其妻依家中而正產次且待、無人開門。母乙生了而開門来、不待其夫道妻元来更有外人、汝不開門急来、既不急来、児亦不是我生之子。其夫索取児子、砌椺將来、鐺中抄覽、便捧妻交食之、妻身不自由、而便与

群賊、來開其塚。爾時賊帥、見我端正、
即用為婦。數旬之中、復出劫盜、為
主所覺、即斷其頭、賊下徒眾、即持
死屍、而來還我、便共埋之、如國俗
法、以我并埋。時在塚中、經于三日、
諸狼狐狗、復來開塚、欲噉死人、我
復得出、重自剋責：『宿有何殃、旬
日之間、遇斯罪苦？死而復生、當何
所奉得全餘命？』即自念言：『我昔
常聞、釋氏之子、棄家學道、道成號
佛、達知去來、寧可往詣身心自歸。』
　即便徑往、馳趣祇洹、遙見如來、
如樹花茂星中之月。爾時世尊、以無
漏三達、察我應度、而來迎我。我時
形露、無用自蔽、即便坐地、以手覆
乳。佛告阿難：『汝持衣往覆彼女人。』
我時得衣、即便稽首世尊足下、具陳
罪厄、願見垂愍、聽我為道。佛告阿
難：『將此女人、付憍曇彌、令授戒
法。』時大愛道、即便受我、作比丘
尼、即為我說四諦之要苦空非常。我
聞是法、剋心精進、自致應真、達知
去來、今我現世、所更勤苦、難可具
陳、如宿所造、毫分不差。」時諸比
丘尼、重復啟白：「宿有何咎、而獲
斯殃？唯願說之。」
　微妙答曰：「汝等靜聽。乃往過世、
有一長者、財富無數、無有子息、更
取小婦、雖小家女、端正少雙、夫甚

群賊、來開其塚。賊帥見婦面首端正、
即納為婦。逕於數旬、夫破他家為主
所殺。賊伴將屍來付其婦。
　　　復共生埋。
　　　　　　逕於三日
狐狼開塚。因而得出。
　自剋責言：『宿有何罪、旬
日之間、遭斯禍厄？死而復甦、今何
所歸、得全餘命？』

　聞釋迦佛在祇桓中。即往佛所求哀
出家。由於過去施辟支食發願力故。
今得值佛出家修道得阿羅漢。三明六
通具八解脫、達知先世殺生之業所作
咒誓墮於地獄現在辛酸受斯惡報無相
代者。微妙自說：『昔大婦者今我身
是。雖得羅漢、恒熱鐵針從頂上入足
下而出、晝夜患此無復堪忍、殃禍如
是終無朽敗。
②昔佛在世時、有微妙比丘尼得阿羅
漢　。與諸尼眾自說往昔所造善惡業
行果報。
　告尼眾曰：「　　　乃往過去、
有一長者、其家巨富、　唯無子息、更
取小婦、　　　　　　　夫甚

群賊、來開其塚。賊帥見婦面首端正、
即納為婦。經於數旬、夫破他塚為主
所殺。賊伴將屍來付其婦。
　　　復共生埋。
　　　　　　經於三日
狐狼開塚。因而得出。
　自剋責言：『宿有何罪、旬
日之間、遭斯禍厄？死而復蘇。今何
所歸。得全餘命？』

　聞釋迦佛在祇桓中。即往佛所求哀
出家。由於過去施辟支佛食發願力故。
今得值佛出家修道得阿羅漢。
達知先世殺生之業所作咒誓墮於地獄
現在辛酸受斯惡報無相代者。微妙自
說。昔大婦者今我身是。雖得羅漢。
常熱鐵針從頂上入足下而出。晝夜患
此無復堪忍。殃禍如是終無朽敗。
②昔佛在世時。有微妙比丘尼得阿羅
漢果。與諸尼眾自說往昔所造善惡業
行果報。
　告尼眾曰：「　　　乃往過去、
有一長者、其家巨富、　唯無子息、更
取小婦、　　　　　　　夫甚

喫児肉之。不經多時、劫賊夫亦死、
亦隨夫又被生埋。其夜狼來、刨墓入
来、喫此死人。［女人］得脫、出墓
去来。自与思量、前生作何罪、遭逢
如是之事？今我投仏、意樂出家。便
行即到仏前。仏前知其意、一稱善来。
其此女人頭髮自落、身着衣服變為袈
裟、得初果二果。

　阿難白仏：〃此女見世遭逢如是事、
亦来頂謁如来、便得阿羅漢者、是何
曰由？〃

仏言：〃此女人无量生前波（婆）羅

愛念、遂便有娠。十月已滿、生一男
兒、夫妻敬重、視之無厭。大婦自念：
『我雖貴族、現無子息可以繼嗣：今
此小兒、若其長大、當領門戶、田財
諸物、盡當攝持。我唐勞苦、積聚財
產、不得自在。』妒心即生、不如早殺、
內計已定即取鐵針、刺兒囟上、令沒
不現。兒漸瘠瘦、旬日之間、遂便喪亡。
小婦懊惱、氣絕復穌、疑是大婦妒殺
我子、即問大婦：『汝之無狀、怨殺
我子。』大婦即時、
　自咒誓曰：『若殺汝子、使我世世、
夫為毒蛇所殺、有兒子者、水漂狼食、
身見生埋、自噉其子、父母大小、失
火而死。何為謗我？何為謗我？』
　當於爾時、謂無罪福反報之殃、前
所咒誓、今悉受之、無相代者。欲知
爾時大婦者、則我身是。」
……

愛念。　後生一男、
夫婦敬重、視之無厭。大婦心妒、私
自念言：『此兒若大當攝家業。我唐
勤苦聚積何益。不如殺之。』
即取鐵針刺兒頂上。
後遂命終。
小婦　疑是大婦殺。
即便語言：『汝　殺
我子。』大婦爾時謂無罪福反報之殃。
即與咒誓：『若殺汝子、使我世世、
夫為蛇螫、所生兒子、水漂狼噉、
自食子肉。身現生埋。父母居家失火
而死。作是誓已後時命終。

愛念。　後生一男、
夫婦敬重、視之無厭。大婦心妒、私
自念言：『此兒若大當攝家業。我唐
勤苦聚積何益。不如殺之。』
即取鐵針、刺兒腮上。
後遂命終。
小婦　是疑大婦殺。
即便語言：『汝　殺我
子。』大婦爾時謂無罪福反報之殃。
即與咒誓：『若殺汝子、使我世世、
夫為蛇螫、所生兒子、水漂狼噉、
自食子肉。身現生埋。父母居家失火
而死。作是誓已後時命終。

柰國曾為一長者作妻。
小妻生一兒子、索取言看、其妻生覩
（妒）嫉之心。〃
依兒信上、涅針而入。不得多時、
其兒捜損而死。
其小妻便泥大妻：〃將我兒看已後、
便我兒死、是你煞却。〃
大妻答曰：〃某乙等乞得一兒子下生、
如是心者。自辦設盟作七種之呪：一
者願上煞你兒者、来世得夫主被虵
嚙煞；二者若生兒、一被狼喫；三
者被水溺；四者自身生埋；五者願生
一兒子、自食兒肉；六者父母願火
燒。〃作如是七種呪誓惡報於来世而
受。今得見仏出家者、及得初果、无
量生前供養辟支仏。立誓：来世若得
見一日善来、便得羅漢。其由如是。
雖之得羅漢、余報未亡、故五百生中、
日別従天一金針不（下）従頂而入、
脚足如出、受如是苦、号稱蓮花色尼。

経要集』は、字句が一致する部分が多く見られ、若干の誤写とも見える異同があるほかは、釈迦のもとで比丘尼となって阿羅漢果を受ける描写が、『法苑珠林』では「今得値佛出家修道得阿羅漢」となっているものの、『衆経要集金蔵論』では「今得値佛出家修道得阿羅漢。三明六通具八解脱」として一句多いという程度である。因みにこの一句は『衆経要集金蔵論』ではしばしば使われる文句であり、いずれの説話でも『法苑珠林』より同様に一句多くなっている。

『仏説諸経雑縁喩因由記』の文体は、『賢愚経』とも、また『衆経要集金蔵論』、『法苑珠林』、『諸経要集』とも大きく異なっている。文の構成は『賢愚経』と寧ろ近く、敦煌莫高窟で盛唐期からチベット時代に『賢愚経』をもとにした屏風画が多く作られ、蔵訳本『賢愚経』や『賢愚経』をもとにした略要本が多く発見されたことなどからも、『賢愚経』の影響力を知ることができる。しかし、その内容は多く見られる『賢愚経』の略要本とも異なって、九世紀に新たに書かれた文体のようである。中には「娘子」、「夫主」などの当時よく使用された用語や、「他」などの人称代詞、「了」、「着」などの動詞の虚詞化、動態助詞化が見られている。これらは言うまでもなく中古漢語の特徴であって、十世紀の講唱体変文にも通じるものである。なお、歴史文法の問題は次節に詳述する。

『賢愚経』、『衆経要集金蔵論』、『法苑珠林』、『仏説諸経雑縁喩因由記』の文体の詳細は対照表を見ていただきたい▼注(7)（一五二頁からの表）。なお、表では関連部分のみを対象としている。先の段落の違いは、すべて前述の①、②の順に変更してある。

2、(二) 王舎城の糞塠上の老母が目連尊者に教化され生天する話

この類話は『仏説摩訶迦葉度貧母経』、『法苑珠林』巻第五十六貧賤篇六十四貧女部第五に見られ、『今昔物語集』巻第二「老母依迦葉教化生天報恩語第六」にも見られている。ただ、やはり固有名詞等に違いがあり、そもそも教化するのが摩訶迦葉であったはずが、この『仏説諸経雑縁喩因由記』では目連尊者となっている。

3、(三) 王舎城長者の子江中の魚に呑みこまれる事

この類話は『付法蔵因縁伝』巻第三、『諸経要集』巻五「施食縁第五」（引『付法藏経』）、『法苑珠林』巻四十二（引『付法蔵経』）及び『経律異相』巻第三十七（注出『譬喩経』）に見られる。

興味深いのは敦煌本BD1219『（擬）道教布施発願講経文』にも類話が見られていることである。▼注(8)同文献は、道教の受戒

儀礼に用いられた資料で、〝次第法則〟の類とも似た形式である。この冒頭の授戒儀式の趣旨説明の譬喩として四つの説話が用いられる部分でこの物語が用いられているのである。この資料は道教の資料であるが、BD7620『(擬)道教布施発願講経文』に見られる「啓白」に始まる趣旨説明の形式は敦煌本の仏教儀礼に用いられた表白の為の『唱導文』とも一致し、佛道の儀礼文書がある程度の類似性を持っていたものであることが確認できる。つまり、このBD1219『(擬)道教布施発願講経文』を通じて、儀礼の中でどの様に譬喩話が使用されていたかを知るのと同時に、『仏説諸経雑縁喩因由記』の説話が儀礼に使用されていたことを確認できるのである。なお、類似する話は『大唐三蔵取経詩話』巻下「到陝西王長者妻殺兒処第十七」にも見られている。

4、(八) 耆闍崛山の長者の息子象戸が金を生む象を手に入れる話

この話もまた、『賢愚経』に見られるもので、広く知られているものである。

あらすじは以下の通り。

長者の家に子供が生まれるとその家に金の象があらわれた。その不思議な機縁によって子供は象戸と名づけられた。その象は常に子どもと行動を共にしたが、全身が金である以外にも、排泄物もまた皆金であった。

子供が大きくなると、王子たちとも交流をもつようになった。その中の阿闍世王子は貪欲で、いつかその金象を取り上げてしまおうと心に決めていた。

阿闍世は王になると、さっそく象戸と金象を王宮に呼びつけ、金象を城に置いていくようにと命じた。象戸はそれに従うが、金象は不思議なことに地にもぐって家に帰ってきてしまう。そのようなことが何回か続き、象戸は阿闍世王の暴虐を恐れて仏のもとを訪れ出家した。

その後、仏は象戸が過去世において仏塔を供養した時に文殊菩薩像の乗っていた白象を修理した功徳によってこのような縁を受けたことを語って聞かせる。

言うまでもなくこの話は『賢愚経』巻第十二(五六)「象護品第四十九」に拠るものである。『金蔵論』巻第五、『法苑珠林』巻第三十一「潜遁篇第二十三引証部」ともにこれを引用している。敦煌莫高窟壁画においても、第98窟等の盛唐以降の『賢愚経』屏風画に見られ、やはり当時よく知られた話であったことが分かる。『仏説諸経雑縁喩因由記』では「象戸」としているが、これは音通に拠る仮借字と見るべきであろう。以下に上記の文献記載を比較してみた(次頁表)。

▼『「耆闍崛山の長者の息子象戸が金を生む象を手に入れる話」の文献記載比較表

『賢愚経』

（五六）象護品第四十九

如是我聞：一時佛在舍衛國祇樹給孤獨園。爾時摩竭國中有一長者、

生一男兒、相貌具足、甚可愛敬。其　生之日、藏中自然出一金象、父母歡喜、

便請相師、為其立字。時諸相師、見兒福德、問其父母：「此兒生日、有何瑞應？」即答之言：「有一金象、與兒俱生。」因瑞立字、名曰象護。兒漸長大、象亦隨大、既能行步、象亦行步、出入進止、常不相離：若意不用、便住在內。

象大小便、唯出好金。

其象護者、常與五百諸長者子、共行遊戲、各各自說家內奇事。或有說言：「我家舍宅床榻坐席、悉是七寶。」或有自說：「我家屋舍及與園林、亦是眾寶。」復有說言：「吾家庫藏妙寶恒滿。如是之比、種種眾多。」是時象護、復自說言：「我初生日、家內自然、生一金象。我年長大、堪任

『金蔵論』

『象護過去治塔中素白象得報緣』出『賢愚經』、略要

昔佛在世時、

王舍城中有一長者、

生男兒、面貌端政、十世无雙。其兒生時、藏中自然　一金象。父母歡喜、

因為立字、名曰象護。兒年漸大、象亦隨大、隨時衛護、常不相離、出入乘騎、遅　任意、若意不用、便住在內。　受難即至甚適人情、其大小便、純出好金。

『法苑珠林』

又賢愚經云。

爾時摩竭國中有一長者。

生一男兒。相貌具足、甚可愛敬。其生之日、藏中自然出一金象。父母歡喜、

因瑞立號。名曰象護。兒漸長大、象亦隨大。既能行步、象亦行步。出入進止、常不相離。若意不用、便住在內。

象大小便、唯出好金。

『仏説諸経雑縁喩因由記』

仏在世時、

於耆崛山中　有一長者、家中大富。其長者生一児子。生児之日、従地同日便有一白象子従地出来。

其像子身真金色、所屎尿惣是黄金。毎日、長者收取、家中黄金拒滿。其此象子日日年年随次児子漸長身大。

者児子既象同日生来、約象子立此長者児名為同日生、故号曰象戸。

其長者児子、幼年於街遂共五百王子則極喜日、或於一日、王子各自逞富：「我等家各有黄金七寶。」

次到象戸、答王子曰：「我家中生我象戸之日、亦従地有象子生来。所須糞尿惣是黄金、家中亦惣富。」

行來、象亦如是、於我無違。我恒騎之、東西遊觀、遲疾隨意、甚適人情。其大小便、純是好金。」

　時王子阿闍貰、亦在其中、聞象護所說、便作是念：「若我為王、當奪取之。」

　既得作王、便召象護、教使將象共詣王所。時象護父、語其子曰：「阿闍貰王、兇暴無道、貪求慳吝、自父尚虐、何況餘人？今者喚卿、將貪卿象、儻能被奪。」其子答曰：「我此象者、無能劫得。」父子即時、共乘見王。時守門人、即入白王：「象護父子、乘象在門。」王告之曰：「聽乘象入。」時守門者、還出具告、象護父子、乘象徑前、既達宮內、爾乃下象、為王跪拜、問訊安否。王大歡喜、命令就座、賜與飲食、粗略談語、須臾之頃、辭王欲去、王告象護：「留象在此、莫將出也。」象護欣然、奉教留之、空步出宮。未久之間、象沒於地、踊出門外、象護還得乘之歸家。經由少時、便自念曰：「國王無道、刑罰非理、因此象故、或能見害。今佛在世、澤潤群生、不如離家遵修梵行。」即白父母、求索入道、二親聽許、便辭而去、乘其金象、往至祇洹。

　既見世尊、稽首作禮、陳說本志、佛尋許言：「善來比丘！」鬚髮自落、

阿闍世王聞有此象、規欲奪之、即召象護並象俱至。父子乘象、往到王所。

王見歡喜、與飲食、食訖已、辭王欲去。王告象護、即去留象。歡喜奉王、即留象、步出宮門、既到門外、象沒於地、踴出前。父子見已、還乘歸家。

後時厭世、詣佛出家、得羅漢、三明六通、具八解　。

由是因緣庫藏寶滿。象護長大常騎東西。遲疾隨意甚適人情。阿闍世王聞知索看。

象護父子、乘象在門。王聽乘象入內。下象　拜王。

王大歡喜。命坐賜食、　粗略談論。須臾之間、辭王欲去。王告象護：「留象在此。莫將出耶。」象護慼然、奉教留之。空步出宮。未久之間。象沒於地、踊在門外。象護還得乘之。

象護慮王見害。投佛出家、得羅漢道。

其五百王子內、唯有阿闍世王子若登為之日、必取此象子。

不久多時、便得登阿闍世王位、制利八方。既登其位、遂喚象戶之子、便索象戶家中須尿金象子。

其象戶急送其象子与阿闍世王、到王家中宮內。

其象子從地沒去、於舊象戶家中從地出來。於前送至王宮、又從王宮地沒弃、又於象戶家中生来、如是數件、其象戶便自思惟：

其王暴惡、戶為此象子九後惱人、損其軀命、欲往仏說此上事。至於仏前、惡念出家。其仏微喚、象戶身着

法服在身、便成沙門、佛便為說四諦要法、神心超悟、便逮羅漢。
　每與諸比丘、林間樹下、思惟修道、其金象者、恒在目前。舍衛國人、聞有金象、競集觀之、匆鬧不靜、妨廢行道。時諸比丘、以意白佛、佛告象護：「因此象故、致有煩憒、卿今可疾遣象令去。」象護白佛：「久欲遣之、然不肯去。」佛復告曰：「汝可語之：
『我今生分已盡、
更不用汝。』如是至三、象當滅矣。」
爾時象護、奉世尊教、向象三說：「吾不須汝。」是時金象、即入地中。
時諸比丘、咸共奇怪、白世尊言：「象護比丘、本修何德、於何福田種此善根、乃獲斯報、巍巍如是？」佛告阿難及諸比丘：「若有眾生、於三寶福田之中、種少少之善、得無極果。
乃往過去、迦葉佛時、時彼世人、壽二萬歲。彼佛教化周訖、遷神泥洹、分布靈骨、多起塔廟。時有一塔、中有菩薩本從兜率天所乘象來下、入母胎時像。　彼時象身、有少剝破。
時有一人、
值行繞塔、見象身破、便自念言：『此是菩薩所乘之象、今者損壞、我當治之。』取泥用補、雌黃污塗、因立誓願：『使我將來恒處尊貴、財用無乏。』彼人壽終、生於天上、盡天之命、下

雖羅漢、
象恒隨護。　人聞
之、　競集觀者、眾聚憒鬧、妨廢行道。諸比丘等、以事白佛。佛告象護：「卿可　之。象護白佛：久欲遺之、然不肯去。
　佛告象護：「汝語言：『我今此身、生分已盡、不復隨汝。』如是至三、象當滅去。」　象護受教、來至象所、三說：「吾今不須汝。」象聞之、即入［地］中。
比丘見已、而白佛：「象［護］比丘宿殖何福、
　乃獲斯報、巍巍如是。」　佛告比丘：「
乃往過去有佛出、號迦葉、
　入涅槃後、分布舍利、　起塔供養。　有塔中素作菩薩、從兜率天宮所乘白象來入母胎、　時象年少、有剝落破。
時有一人、因行遶塔、見象身破、
取泥治用補、雌黃塗之、備治已訖、發願而去。　緣是功德不墮惡

　每與比丘、林間　思惟。
其金象者、常在目前。舍衛國人、聞有金象。競集觀之、憒鬧不靜。妨廢行道。時諸比丘、以意白佛。佛告象護：「因此
致煩、　遣之令去。」然不肯去。
　佛復告曰：「汝可語之：『我今生分已盡、
更不用汝。』如是至三、象當滅去。」
　爾時象護、奉教語之。是時金象、即入地中。
　佛告比丘：「因何有此果報。」
乃往過去、迦葉佛時、　人壽二萬歲。彼佛
　涅槃後起塔廟。　中有菩薩本從兜率天乘下入胎象。
　彼時象身、有少剝破。
時有一人、見破治補。
　因立誓願：
『使我將來常處尊貴、財用無乏。』彼人壽終、生於天上、盡其天命、下生

衣服變披袈裟、須髮自落、便得初果、二果、羅漢。
　既得羅［漢］、以仏告象戸：
〃善聽汝、當与汝說因緣。其象戸前世之中、於波羅柰國、有一長者、於波羅柰國城南有一政蘭若、仏塔破懷、修飾內一白象子、上有文殊師利菩薩。長者見修飾蘭若及象標畫已訖、因發布施。後五百生中、常生大富貴家中。生便感得此象子同時生者、前世修利白象、今象從地而生、戸今見仏證羅漢者、亦従前世供養辟支仏着、後若生於世間、見仏便證羅漢。今得羅漢、

生人間、常生尊豪富樂之家、顏貌端正、與世有異、恒有金象、隨時侍衛。」佛告阿難：「欲知爾時治象人者、今象護是。由於彼世治象之故、從是以來、天上人中、封受自然：緣其敬心、奉三尊故、今遭值我、稟受妙化、心垢都盡、逮阿羅漢。」慧命阿難及諸衆會、聞佛所說、莫不開解、各得其所、有得須陀洹、斯陀含、阿那含、阿羅漢者、有發無上正真道意者、有證不退位者、莫不歡喜、敬戴奉行。

道、天上人中、所生之處、豪尊富貴、快樂無極、恒有金隨侍時衛護。
今値我出家得道。」

世間、常在尊貴。每有金象隨時衛護。」
爾時治象人者、今象護是。
由彼治象封受自然；緣其敬心、奉三尊故、今値我得道。

一生由如是〃。

注目すべきは数点ある。

まず『仏説諸経雑縁喩因由記』と諸本を比べた場合、『仏説諸経雑縁喩因由記』では、先にも言うように経典の記載に忠実に抄録するという事ではなく、当時の言語背景の中で新たに書き変えられている感が強い。そうした中で、阿闍世王を恐れて象を何度も王宮に連れていくという件などが、加えられた説話内容も多い。

また、四者を比較した場合、『金蔵論』、『法苑珠林』では、『賢愚経』の文辞を残しつつ大きく削除して抄録を作っているのは前者までと同じであるが、『仏説諸経雑縁喩因由記』では『金蔵論』、『法苑珠林』で削除している部分の記述が多く含まれており、『仏説諸経雑縁喩因由記』撰述の際に参照されたのが『賢愚経』そのもの、或いはそれを抄録した略要本類のようなものであったことが推測され、『金蔵論』、『法苑珠林』との直接的な関係は薄いものと思われる。

なお、もう一点、本題から少しそれるが、ここで若干気になる点について言及しておきたい。というのは『金蔵論』と『法苑珠林』の関係についてである。

さきの（一）の部分の対象では、一見して『金蔵論』と『法苑珠林』の区別はほとんどなく、先にも言う「三明六通具八解脱」の一句以外では字体の違い、誤写程度の異同しか見られなかったと言える。因みに言えば、先の『金蔵論』は大谷大学蔵本によっている。

しかし、この（八）「象戸（護）」の話では、同じ『賢愚経』から略要していることは明らかであるが、『金蔵論』と『法苑珠林』の間にたいへん大きな違いが見られるのである。『賢愚経』もあわせてこれら三本を詳細に見比べてみると、『金蔵論』と『法苑珠林』のどちらかが藍本になって成立した点と、『法苑珠林』の方がより『賢愚経』に近いという点には異論が無いであろう。『金蔵論』の撰者は中国北朝末期の道紀であり、『法苑珠林』は道宣で六六八年の撰であることが分かっているので、成立年代は『金蔵論』の方が数十年程度古い事になる。しかし、上記の「象護」の部分を見るに、『法苑珠林』の方がむしろ原典に近いということになる。この点を如何に考えるか。

筆者は、現在のところ、これらを総合的に考えて、敦煌本『衆経要集金蔵論』の筆写の精度が原因となっているのではないかと考えている。因みに言えば、この（八）「象戸（護）」の話は敦煌本に拠っているのである。

敦煌本を考える場合、書写形態などから各写本の用途や精度を考えておく必要がある。そもそも印刷技術のない筆写時代における抄本の作成はきわめて厳密であったとの考えは一方でありながら、敦煌本の場合においては寺院内での使用、例えば講経の随聴記のような個人的用途に拠るものも多く残される。書き手も学仕郎や供養人などまで様々であって、同じ文献であっても、多くの異同が見られるのは不思議なことではない。この『仏説諸経雑縁喩因由記』においても、北京8416とP.3849Vの間ではかなり違いが見られることは前稿にもあげたとおりである。

この点については、ここでは本題には関わらないのでこれ以上論じないが、諸本を並べた上で、改めて論じる必要があるのではないかと考える。

三　『仏説諸経雑縁喩因由記』の語彙、語法

『仏説諸経雑縁喩因由記』中に、敦煌の僧侶悟真（八一一？～八九五年）撰の『俗講荘厳回向文』が大きく引用されているところから、本書の撰述年代は九世紀半ば以降であることはすでに指摘してきた通りである。また、現存するP.3849V、北京8416などの写本は、書写形態などから見ても、概ね帰義軍時代の前期のもので九世紀後半の文献である事が窺われる。▼注(9)

そのような時代に撰述され使用されていた文献であるのならば、『仏説諸経雑縁喩因由記』の説話部分の文字記述において、唐末五代以降の言語が背景にあることが見て取れるはずである。以下に、『仏説諸経雑縁喩因由記』に見られる語彙や語法などによってその特徴を探り、言語的角度から『仏説諸経雑縁喩因由記』の成立年代について再度検討してみたい。

まず、人称代詞を見てみるに、現代においても使用される「我」、「你」、「他」が揃って使用されているのが特徴的である。なお以下の用例の（ ）内の数字は『仏説諸経雑縁喩因由記』の北京8416の行数である。原文は前項附録の翻刻をご覧いただきたい。▼注(10)

【我】

我今正産、大聲［呼］喚、其夫都不去來（6）

我今新産、胞（抱）此二男子（10）

児亦不是我生之子（25）

今我投仏、意樂出家（29）

將我児看已後、便我児死、是你煞却（35）

我是慈悲之人（46）

此死老母則我天女身（55）

我是化利之人、爭不化利此父母（77）

我自坐待汝老母（80）

此老母死身者、則［我］▼注(11) 前身是也（91）

意欲兼裟婆世界、羅漢聖者及凡僧、受我供養（100）

莫引此五百乞児出家僧齋来、穢我家中及食器（102）

我今往者陁太子家中齋去（104）

曇无徳長者我自思念（115）

我擬供養二百五十羅漢僧（117）

我更擬留請者二百五十羅漢僧（120）

我位次如是生疑（140）

我從頂而生、合勝諸王、争得天下降伏（157）

我若得金輪王者、其輪往東方、従是至異、往四洲界（159）

我等家各有黄金七寶（177）

我家中生我象戸（護）之日、亦従地有象子生来（178）

我等因此獄子、乃在其命、何不報恩（199）

觀我修仏堂（205）

今得生天妻則随我生天、又一妻何處去（205）

昔日君抐捺、如今我捺内（209）

佤頭着毛感令、學我上天來（209）

我亦大富、［何］▼注(12) 不要樂（212）

見一狗来、亦不見我飯食喫（214）

莫打我上、是汝父母（219）

【你】

將我児看已後、便我児死、是你煞却（35）

自辦設盟作七種之呪：一者願上煞你児者（36）

你老母布施、便得轉貧生富（78）

【他】

遂出價与他釣魚人收贖（61）

況他說此上事、養父母都不招聴（64）

他家年滿一任寛行、更不障護、自在寛行（201）

これらのうち、「我」の使用は圧倒的に多く、「你」、「他」はともに三例ずつ見られているのみである。「我」と「你」は、古代より使用が見られものであるが、一般に「他」は中古漢語に入って使用が始まるとされる。

我們在這裏得出一個結論：〝我〟、〝你〟、〝渠〟（由〝其〟字變來）自古以來就是人稱代詞：〝伊〟〝他〟是中古時代發展出來的人稱代詞。兩者的情況並不一樣：第一、二人稱沒有產生新形式代替舊形式的問題、第三人稱除〝渠〟外產生了新形式。從中古時期起、在實際口語裏、〝其〟和〝之〟已經不用了、而代之以〝伊〟〝渠〟〝他〟三個形式（在某些結構裏是〝他的〟代替了〝其〟）。

　王力『漢語史稿』、『王力文集』巻第9、頁354。

王力も参考例として引いているものばかりではなく、十世紀の講唱体変文にはたいへん多くの例が見られているのである。ここに、筆者も幾つかの礼を挙げておこう。

若捉他知更官健不得、火急出營、莫洛（落）他楚家奸（『王陵変』）

王陵斫營得勝卻歸漢朝、甚處捉他？（『王陵変』）

陵母稱言道「不畏、應是我兒斫他營。」（『王陵変』）

父王作罪父王當、太子他家不受殃。（『太子成道経』）

自身作罪自身悲、莫怨他家妻與兒。（『太子成道経』）

有大臣奏大王曰：「此者世尊雖即是兒子、若要他跪拜、恐墮落大王。」（『太子成道経』）

他道世間病患之時、不諫（揀）貴賤。聞此言語、實積憂愁。（『八相変』）

魔王口中思維道：「若是交他化度眾生、我等門徒、於投佛裏：不如先集徒眾、點檢魔宮、惱亂瞿曇、不交出世。」（『破魔変』）

於是我佛菩提樹下、整念思惟道：「他外〔道〕等總到來、如何准擬？」（『破魔変』）

若使交他教化時、化盡門徒諸弟子：我即如今設何計、除滅不交出世間。（『破魔変』）

須達歎之既了、如來天耳遙聞、他心即知、萬里殊無障隔。（『降魔変文』）

ここに例として挙げた変文は、いずれも写記年代が十世紀の半ば頃と見られるものばかりであるが、ここに挙げたのはほんの一例であり、実際には膨大な用例が見られている。

『仏説諸経雑縁喩因由記』での使用はわずかに三例と、「我」等と比べて圧倒的に少ないことが見て取れたわけであるが、やや後代と考えられる講唱体変文中の例となると格段に増加しているように思われる。これは、「他」の使用が時代とともに徐々に一般化していると見てとることもできるのであろうか。

第三人称に関しては、『仏説諸経雑縁喩因由記』ではほかに上古漢語「斯」の使用も見られている。

愚者得智、如斯不凡具者、願承此法力、囙緣悉得之相具足（248）

しかしこれも変文の時代と同様で、「如斯」のような定型句の中での使用に止まっているのも変文と同様と言えよう。このような現象に関して、呉福祥氏は以下のように論じている。

……〝茲〟、〝斯〟的頻率更低、而且分布狭窄。〝斯〟通常位於〝如斯〟、〝斯事〟等格式里、〝茲〟則一般只處在〝因茲〟、〝從茲〟形式里。象〝如斯〟、〝因茲〟、〝從茲〟等結構中的〝茲〟、〝斯〟似乎已失去了作為詞的獨立性、倒更象一個構詞成分、説明變文時代〝茲〟、〝斯〟等上古指示代詞已處于接近消亡的狀態。

呉福祥『敦煌変文語法研究』頁33～34

ほかに、指示代詞では「這」の使用を窺わせる記載も見られている。

児子漸長身大。者児子既象同日生来（175）

「這」字を「者」字と書くことが多かったこともしばしば指摘される通りである。かつては「者」が「這」字のもとであったとの説もあったことはよく知られている。

現在要談到現代漢語指示代詞〝這〟和〝那〟是什麼時代產生的、它們是怎樣發展來的。〝這〟字在唐代就出現了、宋代更多、有時候寫作〝者〟〝遮〟。

『仏説諸経雑縁喩因由記』中で「者」を指示代詞として使用していると見られているのは、唯一この箇所だけである。しかも、北京8416のみに見られ、藍本となったP.3849Vを見れば「其長者児子」としており、北京8416では「其長」の2字が単に脱落したものと見ることができる。これより見た場合、この「者」は指示代詞ではないという事になろう。

しかし、北京8416写本は、写記のあと、おそらくは唱導の使用の中で数人の手に拠って修正が多く加えられ、墨書、朱書による訂正がとても多い文献である。にもかかわらず、この箇所については修正が加えられていないのはどう説明したらよいであろう。これを考えた場合、当時の語感ではそれでも通用し、訂正不要と判断されたという事ではないだろうか。もし、そのように考えるのならば、やはりすでに「這」字に通じる指示代詞「者」の使用があったということであろう。

「了」の用法は、口語の発展を背景にした動詞の虚詞化の表れを見る上で非常に妙味深い問題を含んでいる。

古く王力氏などにすでに言われるように、十世紀の講唱体変文などにはたいへん多くの用例が見られるようになる。しかし、これらが後代の漢語に見られるような虚詞化に至っているか否かについては様々に議論があるところである。

王力氏は以下のように言っている。

> 就在唐人詩句中、〝了〟字已經在很多地方不用作謂詞、而逐漸虛化。實際上它變了補語的性質、僅僅表示行為完成。……這種〝了〟字顯然還含有〝完畢〟。（或〝終了〟）的意義、所以在散文中有時候還寫成〝已了〟、〝既了〟。……但是、就一般情況來說、〝了〟字已經很像形尾、因為它已經緊貼在動詞後面了。下面是唐代俗文學裏的一些例子……那麼、這種〝了〟字算不算真正的形尾呢？仔細看來、它還不是形尾、因為當動詞後面帶有賓語的時候、〝了〟字是放在賓語的後面、而不是緊貼著動詞的。……但是作為真正的形尾〝了〟字、在南唐已經出現了、因為它緊貼著動詞而且放在賓語的前面。不過、這時候、這種〝了〟是很少見的。……
>
> 王力『漢語史稿』、『王力文集』巻第9、頁398～399。

しかし王力氏も言うように、動詞+賓語+了では了の「終わる、終了する」の意味が消えていることは確認できない訳である。そして動詞の賓語が「了」を隔ててさらにその後ろにあり動詞+了+賓語の語順となれば、「了」が虚詞となり動態助詞化していると言えるのだろう。

王力氏は以上のように言い、極めて数が少ないとしながら動詞+了+賓語の形式となる例として李煜『烏夜啼』を挙げ、このような例が徐々に発達するのは宋代以降であるとした。

この問題は、曹康順氏、呉福祥氏らによってさらに研究され、十世紀の講唱体変文類に動態助詞化の過程としてすでに例が見られることが報告されている。

> 斷歡喜巡還正飲盃、恐怕師兄乞飯來、各請萬壽暫起去、見了師兄便入來。（『難陀出家緣起』）
>
> 其催子玉於階下立通曹官入□□皇帝、唱喏走入、拜了起居、再拜走出。（『唐太宗入冥記』）
>
> 前皇后帝萬千年、死了不知多與少、君向長安城外看、遍山遍野帝王陵。（『維摩碎金』）
>
> 大王聞太子奏對、遂遣于國門外高縛綵樓、詔其合國人民、但有在室女者、盡令于綵樓下集會、當令太子、自揀婚對。尋時縛了綵樓、集得千萬個室女、太子即上綵樓上、便思

（私）發願……。（『悉達太子修道因緣』）

他に、韻文部分に見られるような例もあるが、このような語順が違和感なく受け入れられたのも、当時の言語において、上述のような語順が取られていたかもしれない。

未降孩兒慈母怕、及乎生了似屠羊。（『父母恩重經講經文』）

さて、以上のように、過渡的段階ながらすでに虚詞化が見られ始めている十世紀の講唱体変文類であるが、それに対して、『仏説諸経雑縁喩因由記』では、動詞＋了や動詞＋賓語＋了は講唱体変文類とほぼ同様に見られるが、動詞＋了＋賓語のものは一例も見られていない。

【動詞＋了】

母乙（已）生了而開門来（24）
和尚發願已了（49）
喫水已了、便与老母説法、兼信八戒、願母速得生天（82）
便被天帝取長者家中財物、廣開四門布施了（220）
直待梵聲断了、畜生始行（229）

【動詞＋賓語＋了】

太子請仏及僧了、即一樹下而立（101）
来日仏着衣了、往長者家齋去（103）
長者及蔵間礼此五百辟支仏了（116）
喫食了、盧至夫妻便踏［歌］（215）
僧去後了、便生不布施心（225）

講唱体変文においても、比率としてもごく少ない用例が見られるのみであるから、断言することはできないが、このような後代の用法が見られないのは、それだけ時代が古いからと言えなくもないのではないか。

なお、「了」では他に、「―不了」という可能表現が見られている。

汝共娘子夫主是伴儻、終終不説也不了（16）
今娘子終歸不了（18）

この表現は変文でも九例ほど見られているものである。

動詞の虚詞化、動態助詞化という点では、「着」字についてもよくとりあげられる通りである。例えば、呉福祥氏は以下のように言う。

〝着（著）〟在近代漢語裏表示動作狀態的持續或動作的進行、它是由〝附着〟義動詞語法化而來、大約產生于唐代前期。變文〝着〟凡39例、主要用來表示動作狀態的持續、此外也表示動作的進行以及動作狀態的實現或完成。

講唱体変文では、呉氏も87％を占めるとも言うように近代漢語と同様の「動作の状態の持続」で使用される事が多い。しかし、『仏説諸経雑縁喩因由記』では、そのうちの例外とされる「動作状態の実現と完成」の意味でのみの使用が見られる程度である。

老母當時身死、城人便送着城外屍林下（50）
乃見下界、為施着聖者、今得生天（52）
是為生前糞埴上供養着聖者、今得生天（56）
来便證得羅漢者、波羅柰國為供養着辟支仏（72）
今年種物着田畔惣胡（葫）蘆出、有何所以（127）
亦従前世供養辟支仏着、後若生於世間、見仏便證羅漢（191）

いずれも、「つく」、「ある場所に止まる」、「動かない」という本義に近いものである。しかも（191）の例のように、動詞＋賓語＋着の形も見られ、むしろ「動作の状態の持続」の原形とも見られるものである。言語的発展段階としては、講唱体変文に見られるものよりも若干早期の例と見るべきものであろう。

また副詞でも講唱体変文と似た傾向が見られている。例えば「当」は、「当時」の意味として講唱体変文に数例見られる副詞である。『漢将王陵変』にも、以下のように見られている。

下手斫營之時、左將丁腰、右將雍氏、各領馬軍百騎、把卻官道、水切不通。陵當有其一計、必合過得。（『漢将王陵変』）
二將當聞霸王令、下馬存身用耳聽。（『漢将王陵変』）

『仏説諸経雑縁喩因由記』にも以下のような一例が見られる。

父母當則嫁娶与人（2）

興味深いのは、冊子本のS.5643上では、[注13]「当」を「当時」と改めている点である。

本稿では紙幅の関係で論じきれないが、他にも方向補語の多用や、「娘子」、「夫主」といった語の使用など、十世紀の講唱体変文と類似する用法、用語がおおく見られている。これらの分析に拠っても言語的な発展段階から『仏説諸経雑縁喩因由記』の成立年代を考えることができる可能性がある。

以上のように、『仏説諸経雑縁喩因由記』の言語上の特徴を調べてみると、当時の口語体系の影響を受けた表記がすでに多く見られ、書面上での虚詞の使用も増えている。『賢愚経』などの仏経に見られる説話が、その時代の言葉に拠って新たに書き直されているという状況がよくわかるであろう。またそれらが十世紀頃の講唱体変文の散文部分と言語的特徴に於いて一脈通じるものであり、法会における口頭での使用を背景に、経典の略要本の使用から九世紀頃のこのような散文体の作品の発生、そして十世紀頃の講唱体変文に発展する過程を我々に教えてくれているのではないか

四　小結

繰り返しになるが、この『仏説諸経雑縁喩因由記』は、九世紀後半に編纂されたと見られる資料であるが、内容上、『賢愚経』を中心とした譬喩譚、因縁譚を収録しつつも、古い時代における『金蔵論』、『法苑珠林』、あるいはそれらからさらに略出した略要本等とは違い、より当時の言語に即した表現の新たな文体のものを撰述しようとした態度が見てとれる。その際、登場人物の名称を書き変え、物語の構成を若干変更したり書き加えたりといった例すら多々見られる。総じてこれらの点は、本来の経典に基づく厳格な表記から離れ、その時代の市民の言葉に拠って表記するという点で、通俗文学発展の中では重要な意味を持っているように思われるのである。唱導における種本、底本としての経典の略出は、経典から文辞を抽出する段階から、『仏説諸経雑縁喩因由記』のように、経典にある譬喩譚、因縁譚を新たな言葉に拠って作品をつくり替える段階を迎えているとも言えるのではないか。このような背景には、東アジアに君臨した強大な唐王朝の安史の乱以降における国家体制の変化、衰退から滅亡、その前後における市民階層の興隆といった大きな変化の時代があるように思われる。こうした市民活動の活発化に拠り、市民層から文人、官僚になるものが増加し、伝統的文学規範から離れ伝奇小説類といった新たな創作小説が作りだされる背景ともなっていることは既によく知られている通りである。また、この時代は仏教の活動も個人的、あるいは社などの集

団による布施によって大小様々な斎会、法会が営まれるようになっている。国家的仏教から民間信仰と習合した十王斎などの宗教活動が広まるのもこの時代のことなのである。敦煌における『仏説諸経雑縁喩因由記』の出現も、こうした民衆に対する法会に用いられたものであろうことは、この中に説かれる説話が道教的に改変されて『(擬)道教布施発願講経文』の中に用いられていることによって理解される通りである。

広く同時期の東アジアに目を転じてみた場合、これに類する現象が各地に起こっているようには見えないだろうか。八世紀以前の日本の法会に於いて、如何なる言語で宣読が行われていたのかは専門外の筆者の言及し得るところではないが、九世紀前後の文献からは、法会において中国より伝わったと見られる唱導文、願文類を、和文を交えて読みあげられていたことは『東大寺諷誦文稿』などの資料にも見られている通りである。▼注[14] 日本に残される多くの願文類のうち、早期の空海「天長皇帝為故中務卿親王捨田及道場支具入橘寺願文」(『性霊集』巻第六)が、すでに平仄が不規則で漢文で読み上げていたことを疑わざるを得ないこともこれに関係するであろう。▼注[15] 多くの説話文献の発生がこれに近い時期であることも関連のないこととは思われなくもない。こうした点については、今後詳細に調査をしていくべき課題ではないだろうか。

注

(1) 陳垣『敦煌劫余録』、国立中央研究院歴史語言研究所、商務印書館、一九三一年。

(2) 陳寅恪「蓮華色尼出家因縁跋」、『清華学報』第7巻第1期、一九三二年、頁39〜45。

(3) 川口久雄「敦煌の俗講と日本文学」『東洋研究』第68号、一九八三年一二月。『敦煌よりの風 4敦煌の仏教物語【下】』(明治書院、二〇〇〇年四月)に収録。

(4) 拙稿「敦煌本『仏説諸経雑縁喩因由記』と唱導」、『国立歴史民俗博物館紀要』、近刊。

(5) 拙稿「敦煌文献和変文研究回顧」、『敦煌変文写本研究』、中華書局、二〇一〇年、頁3〜20。

(6) 拙著『敦煌変文写本的研究』、中華書局、二〇一〇年、頁98。

(7) 『衆経要集金蔵論』に関しては、宮井理佳、本井牧子『金蔵論――本文と研究――』(臨川書店、二〇一一年)を参照している。

(8) 遊佐昇「道教と俗講――北京國家圖書館藏BD7620文書を中心に」、『東方宗教』、第117号、二〇一一年五月。周西波「道教講經制度與俗講文本管窺(初稿)」、『第二回東アジア宗教文献国際研究集会論文集』、広島大学敦煌学プ

ロジェクト研究センター、二〇〇二年三月一七日、頁170～183。

（9）池田温もまた『中国古代写本識語集録』において、北京8416が九世紀写本であるとの見解を示されている。

（一〇）拙稿「敦煌本『仏説諸経雑縁喩因由記』と唱導」、『国立歴史民俗博物館紀要』、近刊予定。

（11）「我」、文意に拠り翻刻上に補うもので、実際の写本上には見られない。P.3849Vにもこの字なし。

（12）「何」、P.3849Vに拠り補う。

（13）冊子本のS.5643は、やや後代に『仏説諸経雑縁喩因由記』を抄録した略要本と見られるものである。参看筆者前稿。

（14）中田祝夫『東大寺諷誦文稿の国語学的研究』、風間書房、一九六九年。小峯和明「『東大寺諷誦文稿』の言説」、『中世法会文芸論』、笠間書院、二〇〇九年、頁47～67。『東大寺諷誦文稿』に関しては、拙稿「敦煌本孝子伝類研究の展開と日本残存資料――『東大寺諷誦文稿』の調査を中心として――」も近刊予定である。

（15）金文京氏が第57回国際東方学者会議（二〇一二年五月二四日）の「シンポジウム願文の日中比較」において提示された「問題提起」資料に拠る。

中世南都の経蔵と新渡聖教

◉

横内裕人
［文化庁］

1969年生まれ。所属：文化庁（美術学芸課文化財調査官。現在、京都府立大学文学部准教授）。専門分野：日本中世史。主要著書・論文等：『日本中世の仏教と東アジア』（塙書房、2008年）、「『類聚世要抄』に見える鎌倉期興福寺再建—運慶・陳和卿の新史料」（『佛教藝術』第291号、2007年）など。

◉ Summary

大須文庫（名古屋市真福寺）に現存する貞治６年（1367）『東南院経蔵目録』によれば、東大寺東南院経蔵には、「竹櫃」に納められた仏書の一群があった。内容は、計九七部九六巻・二二五帖からなる大陸からの新渡の仏書であり、唐・北宋・南宋・遼・新羅・高麗の章疏・伝記・語録から構成される。北宋天台関係典籍、禅籍が充実しており、遼僧撰述仏書が含まれることも注目される。前稿（「東アジアのなかの南都仏教」『文学』隔月刊第十一巻第一号、2010年）では、院政期におけるヒト・モノの交流を介した遼仏教の影響を検討し、閉塞的に考えられてきた中世南都仏教の性格を捉え直す必要性を提起した。本報告では前稿の視点を継承し、南都における大陸の新動向とその影響を具体的に提示してみたい。東大寺所蔵の北宋・王古撰『新修浄土往生伝』の伝来とその影響についても検討する。

はじめに

横内でございます。よろしくお願いいたします。本日は「中世南都の経蔵と新渡聖教」というテーマでお話させていただきます。なぜ南都の経蔵なのかということにつきましては、先ほどの千本さんの趣旨説明でご案内いただきました。本来であれば南都だけではなく天台、そして真言の寺院経蔵が蓄えていた諸本の特徴を踏まえた上で南都の話をするのが、私に課せられた役目だったかと思いますが、そこまで至らずに今日を迎えてしまいました。その点をお断りをしておきたいと思います。南都という場が、説話を生み出す主要な場の一つであるということを踏まえて、その環境をできるだけ特徴的に概括できるようなお話をしたいと思います。

早速ですが、まず今日お話させていただく一つ目は、南都の経蔵が一体どういう特徴を持っているのかということです。二つ目は、南都経蔵のネットワークが実は東アジアにまで及ぶ広がりを持っていたということです。最後にそういった経蔵にある本が、一体どのような伝来を経て、われわれの目に触れるに至ったのかということを説明していきたいと思います。

一　南都の経蔵の特質

1、奈良朝一切経

では一章目「南都の経蔵の特質」です。ここでは二つの経蔵について考えたいと思います。一つは東大寺の尊勝院の経蔵、もう一つは同じく東大寺の東南院の経蔵です。南都の経蔵と一口に言いますけれども、当然ながら他の京都のお寺とは違う要素というものがございます。その一番大きな点は、奈良朝時代に生産された一切経を数多く蓄えていたという点であります。その利用方法について、奈良朝がどうであったかということに関しては省きますけれども、日々南都の僧侶が修学に利用して、奈良朝写経を使って新たな聖教を生み出すという形で引き継ぎ、また増補していくという修学が営まれていました。

たとえば次の史料を御覧ください。

引合光明皇后御本、唐本、尊勝院経蔵本已上三本梵網経、并西小田原経蔵本、道源得業本已上二本香象今疏、読誦習学交合抄出、当日今時其功既終、（「梵網経疏下巻要文抄初度」東大寺貴重書113部81号2-2）

正倉院の綱封蔵に入っていた経巻が、鎌倉時代の初めに尊勝院の経蔵―のちの聖語蔵ですが―に移されます。具体的には隋経・唐経・五月一日経という一切経が聖語蔵に納められるわけです。鎌倉時代の著名な学僧である宗性上人が論義のため『梵網経疏』を研究しますが、これらの古い時代の写経を参照するのです。

その折に、梵網経疏を書写するのですが、そのときに彼が見ていたのが、光明皇后御本つまり五月一日経、それから唐本、さらに尊勝院経蔵本、以上三本の『梵網経』です。さらに西小田原の経蔵本—西小田原は南山城にある南都と京都を繋ぐ大事な社交場ですが—、さらには道源得業本の『香象撰梵網経疏』を見ています。宗性が、古い時代の写経を自ら手にとって、それを基にして自分の証本を作り出す環境にあったということが言えるかと思います。

2、修学のネットワーク

このように奈良の南都の学僧の修学というものの深さを知ることができるわけですが、南都経蔵の特質を考える際に頭に入れておかなければいけないのは、単なる深さだけではないという点です。二番目の「修学のネットワーク」というテーマで取り上げてみたいのが、それがどれだけの広がりを持っていたのかという問題です。

ここでわれわれが参看すべきは、興福寺の永超が一〇九四年（寛治八年）に編んだ『東域伝灯目録』、永超録と言いますけれども、この章疏目録なのです。これはそもそも日本で初めて編まれた諸宗の章疏を集めた総合目録であります。この目録の意義については、井上光貞氏他、過去に論文がございますけれども、この目録が生み出されるに至った時代的背景については、まだ研究の余地が残されているのではないかと思います。

この目録は単独の経蔵というものを超えて、諸宗の寺院の経蔵にあったものが一体どういう内実を備えていたのかということを、われわれに伝えてくれるのです。この目録では一五六一部もの日本を含めたさまざまな国で撰述された章疏について、題名・巻数・撰者、それから一番大事なのですが所在の情報が載っているということなのです。

この所在の情報を見てみます。次頁の「別表　永超録記載の所蔵先」は、永超録記載の所在情報を拾ってみたものです。永超は興福寺の出身ですので、当然ながら興福寺所在のお経を数多く見ています。一口に興福寺と言っても、二十を超える院・房・室の名が見えます。永超は、交流のあった多くの僧侶の所持本を見ることができたのです。

さらに彼の行動は興福寺を超えております。延暦寺の前唐院であったり、楞厳院、それから暉林寺、さらに南都におい

別表「永超録」記載の所蔵先

対校本・所在場所	丁数	書名	引用
興福寺			
一乗院	25ウ	六波羅密経疏四巻　超悟述	「一乗院」
一乗院	53オ	因明入正理論疏一巻　浄眼	「一乗院」
一乗	53オ	因明入正理論古迹一巻　太賢	「一乗」
一乗院	57オ	倶舎論抄三巻　惟揚禅智寺勅法清記	「一乗院」
一乗院	57オ	順正理論述文記二十四巻	「一乗院見本」「元興見行本廿巻幷序云廿巻」「東寺本　或本廿四巻」「西大寺有廿四巻」
一乗院	64ウ	七種因私記一巻	「新院・一乗院」
花蔵	29オ	入楞伽経玄義一巻　法蔵	「七巻経仁和得業(本)、花蔵得(本)、東大寺伝得之」
観禅院南房	47オ	成唯識論北京抄三巻	「観禅院南房」
観禅院南房	47ウ	成唯識論東京抄二巻	「観禅院南房」
祇陀院御本	39オ	四分戒本疏二巻　定賓	「祇陀院御本」
吉祥院本	55ウ	部異執論疏十巻　真諦	「叡山楞厳院吉祥院本、或成四巻梵釈、東寺云義記四巻」
後客房	28オ	十二門陀羅尼経疏一巻　憬興	「後客房　東唐院」
五大院	22ウ	勝鬘経疏　基	「五大院　薬師寺」
五大院	48オ	成唯識論決三巻　勝荘	「十二月又義補見之、五大院」
後庁院本	32オ	金光明経疏十巻	「後庁院本」
西院西房	33ウ	涅槃経義記十巻　慧遠	「西院西房廿巻闕一本末三本五末」
西院	53オ	因明入正理論疏二巻　神泰	「件本西院見有之」
西院本	56ウ	婆娑論抄　巻　釈光撰	「暉林寺本高師抄巻数未詳、見第二巻論本六十一至百十巻、西院本不具故不知巻数」
西御房	50オ	大乗起信論疏二巻　曇延師	「西御房」
西妻本	30ウ	無量義経注経一巻	「西妻本」
西妻室	51オ	広百論疏十巻　文軌	「西妻室北院本」
西妻室本	51オ	広百論撮要一巻	「西妻室本」
西東妻室	64オ	大乗心略章三巻	「西東妻室」
西妻本	62オ	法苑記補欠章三巻　恵沼	「西妻本」
西端本	40オ	量処重軽儀一巻　道宣叙	「西端本奉松陽了」
西端	52オ	因明正理門論疏二巻　道証	「西端」
聖尋院	9オ	金剛般若経疏一巻　道証	「聖尋院」
松院	34オ	涅槃経疏十巻　誦許	「東唐院・松院」
新院	20ウ	無量寿経賛抄一巻　善珠抄	「新院」
新院	56ウ	婆娑論別用抄三巻	「新院」
新院	64ウ	七種因私記一巻	「新院・一乗院」
真兼院	49オ	成唯識論解節記三巻　命	「真兼院イ見行」
千手院経蔵	12オ	法華経義疏記廿巻　道進抄	「在千手院経蔵」
唐院	27ウ	大仏頂経疏五巻	「唐院東唐院」
唐院本	44ウ	成業論疏十巻　玄範序	「唐院本可見合之」
東唐院	27ウ	大仏頂経疏五巻	「唐院東唐院」

東唐院	28オ	十二門陀羅尼経疏一巻　憬興	「後客房　東唐院」
東唐院	28オ	十一面経義疏一巻　恵沼	「中南院　伝法院并東唐院」
東唐院	30オ	僧伽吒経疏一巻	「東唐院」
東唐院	34オ	涅槃経疏十巻　誦許	「東唐院・松院」
東唐院	65ウ	大般若十六会序注一巻	「東唐院」
東塔院本	19オ	宝積経三律儀会疏三巻	「東塔院本可見」
東塔院	25ウ	海龍王経疏四巻　飛鳥寺理　暁和尚述	「東塔院」
東塔	40オ	開四分宗拾遺鈔十巻	「東塔」
東塔	40オ	開四分律宗記科文一巻	「東塔」
中南院	28オ	十一面経義疏一巻　恵沼	「中南院　伝法院并東唐院」
伝法院本	26ウ	盂蘭盆経疏一巻　恵沼	「見伝法院本」
伝法院	28オ	十一面経義疏一巻　恵沼	「中南院　伝法院并東唐院」
伝法院本	45オ	成業論疏十二巻　勝荘述	「伝法院本見行」
北院	9ウ	大般若経玄文廿巻　東大寺法蔵	「北院上帙、東大寺下帙」
北院	27ウ	千手経疏三巻	「北院不注作者」
北院本	51オ	広百論疏十巻　文軌	「西妻室北院本」
北院	52ウ	因明正理門論義抄二巻　善珠	「北院」
北院	59オ	劫義二巻	「北院」
山階北院	65オ	大般若十六会序私記一巻　横河解脱	「山階北院」
菩提院本	46オ	百法論抄七巻	「菩提院本可見合之」
中院挺付本	49オ	成唯識論記四巻	「中院挺付本」

東妻本	30オ	集義疏五巻	「東妻本」
東妻室	62オ	法苑珠林百巻	「東妻室」
東妻本	62ウ	法苑記八巻　義殯	「東妻本」
西東妻室	64オ	大乗心略章三巻	「西東妻室」
東房新院	54ウ	因明入正理論疏抄七巻	「東房新院」
東房新院	54ウ	因明抄三巻	「東房新院」
檜皮屋	62ウ	大乗義林章十二巻　義寂	「檜皮□（屋）」
宝積房本	32オ	最勝王経疏八巻	「宝積房本第二缺転経院」
宝積房本	38オ	梵網経述記二巻　崇義寺僧勝荘撰出	「宝積房本」
宝乗房	27ウ	大仏頂経疏六巻　弘洗	「宝乗房」
専寺故慈懐律師本	43オ	摂大乗論抄十巻	「薬師寺見行専寺故慈懐律師本」
延暦寺			
前唐院	42ウ	七喩三平十无上述一巻	「在前唐院」
叡山楞厳院	55ウ	部異執論疏十巻　真諦	「叡山楞厳院吉祥院本、或成四巻梵釈、東寺云義記四巻」
暉林寺本	56ウ	婆娑論抄　巻　釈光撰	「暉林寺本高師抄巻数未詳、見第二巻論本六十一至百十巻、西院本不具故不知巻数」
元興寺			
元興寺□塔院	13ウ	義決解節記四巻　護命	「元興寺□塔院」
元興五師	55ウ	成実論疏十六巻	「百済道蔵」
神護寺			
神護寺	48オ	成唯識論綱要十二巻	「神護寺」

神護寺	27ウ	本業瓔珞経疏二巻　元暁	「神護寺」
鷹福寺宝□	33ウ	涅槃経略疏十五巻　法宝	「鷹福寺宝□」
大安寺御本	39オ	顕揚大戒論八巻	「大安寺御本云同此等」
東寺			
東寺正本	7オ	大品般若経遊意一巻　吉蔵	「東寺正本」
東	15ウ	法華経疏四巻　上宮王撰	「東寺」
東寺	16ウ	一乗諸経疏十五巻	「東寺所見」
東寺	19オ	宝積経三律儀会疏三巻	「東塔院本可見」
東寺	27オ	薬師経疏一巻　善珠	「東寺」
東寺	34オ	涅槃経文抄六巻　延法師撰	「東寺」
東寺	65ウ	一切経要集	「東寺」
東寺	61ウ	諸大師伝十七巻	「東寺」
東寺	55ウ	部異執論疏十巻　真諦	「叡山楞厳院吉祥院本、或成四巻梵釈、東寺云義記四巻」
東寺御経蔵	56ウ	倶舎論鈔十巻	「在東寺御経蔵云々」「□漢入唐成尋阿闍梨房本」
東大寺			
東大寺新院本	68オ	付法縁起三巻	「東大寺新院本」
慈恩院本	44オ	瑜伽論釈文集廿巻　幷州大雲寺沙門浮丘撰	「慈恩院本」
東大寺慈恩院本	44オ	瑜伽論記二十四巻　道倫	「東大寺慈恩院本」
東大寺	9ウ	大般若経玄文廿巻　東大寺法蔵	「北院上帙、東大寺下帙」
東大寺	29ウ	入楞伽経玄義一巻　法蔵	「七巻経仁和得業（ママ）、花蔵得（ママ）、東大寺伝得之」
東大寺長尋	9ウ	大般若経疏廿巻	「東大寺長尋五師下帙」
東大寺延快入寺	59オ	二諦捜玄論一巻　泰	「東大寺　延快入寺」※寛治四年卆已講
羂索院已講本	43オ	摂大乗論疏十五巻	「羂索院已講本」
法成寺蔵	36オ	随函音疏九十九巻	「法成寺蔵　寮代帰日記ｌ随函音義冊云々」
宝福寺本	33オ	最勝王経注経十巻　内経寺常騰	「宝福寺本」
三井寺			
三井寺	13ウ	法華経玄讃十巻　基	「三井寺」
園城寺	48オ	顕唯識疏隠決抄十巻　常騰	「園城寺見行云々」
薬師寺			
薬師寺	22ウ	勝鬘経疏　基	「五大院　薬師寺」
薬師寺	43オ	摂大乗論抄十巻	「薬師寺見行専寺故慈懐律師本」
仁和寺			
仁和寺南岳	51オ	十二門論疏一巻　法蔵	「仁和寺南岳」
仁和得業	29ウ	入楞伽経玄義一巻　法蔵	「七巻経仁和得業（ママ）、花蔵得（ママ）、東大寺伝得之」
不明			
信師本	26ウ	摩訶摩耶経疏一巻	「信師本」
□□院南□	34オ	涅槃経述賛十四巻　憬興	「□□院南□」

※丁数・引用は『高山寺資料叢書第十九冊』（東京大学出版会、一九九九年）による

ては元興寺、東大寺ほか、天台・真言のお寺の経蔵の本も見ています。これは彼がこの目録を作る際に、それぞれの経蔵の目録からそのまま転載しているものもありますので、そういったものを差っ引いて考える必要があるのですけれども、やはり実際に足を運んで見ていたということも推定されるわけです。

これを考える上で参考になる資料が見つかりました。それがこちらです。

成唯識宝生論巻第一　校合奥書第1種

①「寛治六年五月十九日此巻以唐堂本校、至□(于)マテ□(文)□(點)全□□、／件本□(文)□(巻カ)闕」

②「九月下旬更以叡山円融房本校了〈件本全□(同カ)□□(本カ)〉」

③「十月中旬以東大寺又比校之、同□(誤カ)」

④『寛治六年十一月／興福寺永超以三本□(校カ)了、〈□□／文□(定カ)□〉』（朱書）

同　校合奥書第2種

「寛治八年閏三月以梵釈寺本校之、大底□(同)□(文カ)□／于時生年八十一、閏月也、／善法蔵本、全同此本、以之思之、鎮西・山階□(寫カ)□(本カ)□(具カ)／併是謬誤、但法成寺印本第一□(第カ)□(五カ)□□／間、三巻按之、是為指南、更須求南□(都)□(諸)□(蔵)「／勘正之、　蔵主沙門永超記之、」

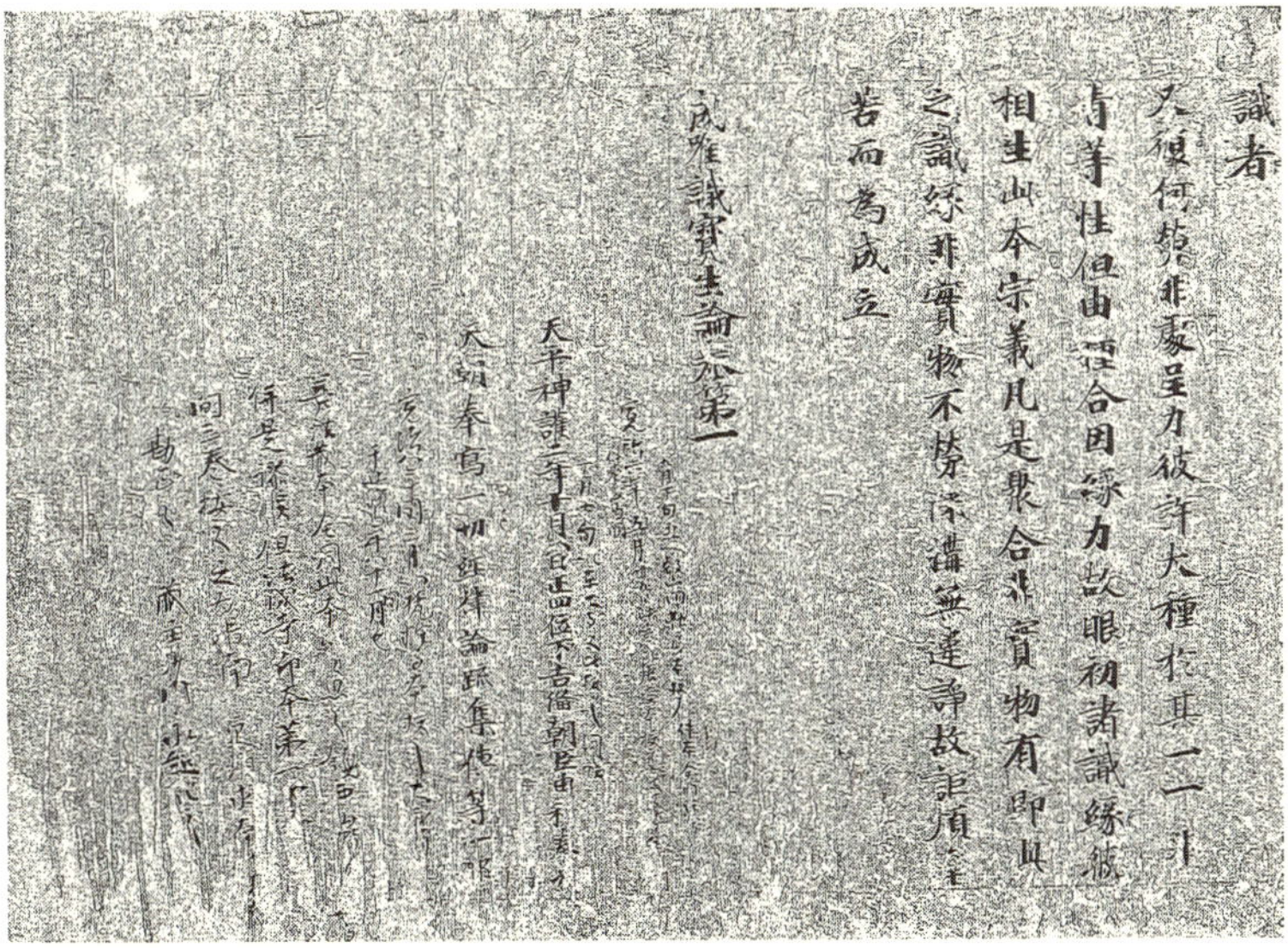

思文閣古書資料目録（善本特集第一九七号、平成十八年）掲載の成唯識宝生論巻第一断簡、奥書部分

写真と奥書の部分を載せてましたが（前頁）、これは『思文閣古書資料目録』（善本特集第一九七号、平成十八年）に掲載された成唯識宝生論巻第一の断簡、奥書部分です。俗に吉備由利願経と言いまして、称徳天皇の側近である吉備由利が、天平神護二年に書写させたという奈良朝写経です。その奥書の左右に「蔵主」永超自身が書き込んだ校合の奥書が二種類出てきたのです。

奥書の写真が少し見づらいのですが、永超は二度の対校をしているようで、一度目が寛治六年、二度目が寛治八年です。寛治六年は、寺院は特定できませんが「唐堂」、それから延暦寺の円融房の本、さらに東大寺の本も見て対校をしています。二度目の寛治八年、―これはまさに永超録完成の年ですが―梵釈寺本で対校をしています。それから善法蔵本、さらにこれはちょっと文字が欠けて読めないですが、鎮西・山階の方と、さらに法成寺印本―恐らく奝然のもたらした一切経の焼け残ったものかと思いますが、そういったものまで見ているということが分かるものであります。一番後に「是を指南として更に須らく南都の諸経蔵を求めこれを勘正すべし」と述べています。当時八十四歳であった「蔵主沙門永超」がこれだけでは飽き足らずに、他の経蔵の本も見て証本、正しいテキストを作り上げようとする情熱が知られるわけです。

ここで先ほどの永超録に戻りますと、永超が単に諸寺院の所蔵経巻目録を転載したというよりは、永超が実際にこういった経蔵に足を運んでいたという証拠になるわけでございます。平安時代の学僧の修学のありさまを窺いまするに、十一世紀の末に至って諸経蔵が学問僧に開かれて、日本に所在する全ての章疏というものを把握しようとする動きが生まれてきたということが注目されるのです。そのことの意味については、恐らくこの同時期に朝鮮半島高麗で編まれた義天録と関係があるのかと思うのですが、その話は今日は措いておきます。

3、東南院経蔵

その開かれてきた諸経蔵でございますが、もう一つ東大寺の重要な経蔵である、東南院経蔵の史料を挙げておきました。天福二年の東大寺の「三論宗僧綱解案」ですが、そこで東南院経蔵の由来を書いています。

凡者、往昔叡山聖教令焼失之時、開当院家経蔵、于今継彼法命、又治承回禄之時、南都仏法雖失滅、此経蔵適峙残之故、各写諸教、遙伝万代、云南都云北嶺、一代聖教之流布、併自吾本院家之経蔵、公家不可棄之、釈家可貴重之、（天福二年五月二十八日東大寺三論宗僧綱解案

『鎌倉遺文』4666）

「凡そは往昔叡山聖教消失せしむるの時、当院家の経蔵を開き、今に彼の法命を継ぐ、又た治承回禄の時、南都仏法失滅すといえども、この経蔵適たま峙残の故、各の諸教を写し、遙に万代に伝ふ、南都といい北嶺といい、一代聖教の流布、併せて吾が本院家の経蔵より（流る？）、公家これを棄つるべからず、釈家これを貴重すべし、」という形で、自分の経蔵の権威を述べているわけです。たまたま焼失を逃れた伝統ある経蔵というのが実際のところですが、その中身を見てみますと、われわれの常識というか、私の持っていた先入観を覆すような驚くべき内容でございました。

近本謙介さんが真福寺善本叢刊の中で紹介されている、貞治六年成立の「東南院御前聖教目録」という史料がありまして、これによって南北朝時代の東南院経蔵に収められていた本の中身が、具体的に分かるわけです。総計一〇五三部、三論宗、それから法相、因明という、当時東大寺の学僧が主として学んでいた学問の根本になる聖教があるのです。

そういった意味でもう一度、他の経巻の奥書等を見直してみますと、宗性が『大宋高僧伝』の要文を書写しているものが目にとまります。

此大宋高僧伝、其本極為難得、広訪南都諸寺諸山之中、唯有東大寺東南院経蔵、而今度慇致懇望感得之、向後、設廻秘計再難遇之間、交余事雖有其恐、撰要処聊写其文（『大宋高僧伝要文抄』上奥書、東大寺貴重書113部114号1）

宗性は、北宋賛寧撰述の僧伝『大宋高僧伝』を諸方にあたって一生懸命探すのですが、なかなか得がたかったのです。広く南都の諸寺、諸山のうちでもただ東大寺の東南院の経蔵のみにあるのだということが分かって、慇懃に頼んでこれを写させてもらった。ただ時間がなかったのでその要文だけを写した、とあります。東南院経蔵が学僧が欲しがる情報の宝庫となっていたことや、院家を異にしても宗性のような学僧には秘庫が開かれたことがわかります。南都経蔵の深さと広がりの一端を知ることができます。

二　アジアに開かれた南都

1、東南院経蔵の「竹櫃」

今度は二に入ります。これまで私も南都経蔵の中身は奈良時代以来の伝統的な教学を反映して、いわば伝統を墨守した、世代の古い文献ばかりが残っているのではないかと漠然と考えておりました。ところが先ほど紹介した東南院の経蔵の中身を見て、その考え方を変更せざるを得ませんでした。注目したいのは、「東南院経蔵目録」の「唐」の部分です。唐の部は実は竹の櫃七合に入っていた。「竹」といういかにも中国チックな名称が付けられております。全てで九十七部あって、数えますと九十六巻・二二五帖とあります。それほど多くはないように思いますが、その名を見ると仰天するような内容です。

唐：後魏恵光花厳義記四巻、観音義疏二帖（智者説、灌頂記）、清観音経疏一帖（智者説、頂法師記）、唐宗密円覚経大疏抄十三巻、同盂蘭梵疏一帖、道宣霊感伝二帖、同浄心誡観一帖、湛然法花不二門一帖、同始終心要一帖、新羅元暁無量寿経宗要一帖、同（因明）入証理論疏一帖

北宋天台関係典籍：知礼十不二門指要鈔二帖、観音玄義記二帖、観音玄義科一帖、観音義疏記二帖、観音義疏記科一帖、遵式往生浄土決題行願二門一帖、智円観音経疏闡義抄二帖、般若心経疏一帖、般若心経疏科一帖、般若心経疏詒謀鈔一帖、阿弥陀経疏一帖、阿弥陀経疏科一帖

北宋律・浄土：元照盂蘭梵経疏新記一帖、盂蘭梵経疏科一帖、仏制比丘六物図一帖、六物図科一帖、円義大師師道遵式（慈雲遵式とは別人）金剛般若経助深記三帖

北宋伝記：賛寧大宋高僧伝三十巻（第廿二欠）、戒珠浄土往生伝三帖

禅籍：永明延寿万善同帰集三帖、智覚禅師注心誡四帖（第二欠）、神清北山録十巻（恵宝注）、道原景徳伝灯録十五帖、続灯録十一帖、南山浮惣《ママ》寺本和尚語録上帖、瑞光語録□（円）照語録一帖、仏照禅師語録一帖、妙智禅師語録一帖、惟首大蔵経綱目指要録八帖、常坦祖門心印集二帖、海照仏祖同風集三帖、大修山大円禅師警策一帖、無住禅師法要一帖など

遼僧撰述仏書：覚苑演密抄十巻、志実梵網通理抄四巻、思孝菩提心戒儀三巻

高麗関係：円宗文類二十二帖

いずれも唐・北宋・南宋・遼・新羅・高麗の僧侶の章疏・伝記・語録です。北宋であれば、知礼、遵式、智円といった人たちです。浄土に関する新しい文献や元照の律関係の文献も入っています。それから先ほど見ました賛寧の『大宋高僧伝』―これは宗性が参照したものでしょうか―、戒珠撰の『新修浄土往生伝』もあります。

禅籍の関係のものが、これもまた多く、本当に驚かざるを得ないのです。『妙智禅師語録』というのは、かの俊乗房重源が東大寺再建の大勧進となる以前、渡宋して阿育王山の舎利殿再建に従事しますが、その時に交流したであろう阿育王山の住持従廓というお坊さんの語録です。この語録は現在、

逸書ですが、重源と関係の深い東南院に所在していたのは大変興味深い事実です。このように東南院に関係した人々を通じて、南都と東アジアとの行き来の中でもたらされた文物が東南院経庫に入っていたと思われます。遼僧撰述の仏書の一部、覚苑、志実、思孝の著述は、後述する東南院覚樹が入手に努めた高麗の義天版で入ってきたのでしょう。高麗義天撰の『円宗分類』の名も見えます。

2、大宰府貿易と南都

さて東アジア諸国で書写・刊行された仏書の原本が、東南院経蔵にに入っている。つまり東南院経蔵は南都伝統教学と大陸の新傾向を併せ持った新しい仏書を収める経蔵であったといえましょう。では遣唐使が派遣されなくなった時期に、こうした仏書がどのようにして入ってきたのでしょうか。九世紀以降、中国に渡った南都僧をまとめてみますと、

・延暦二十三年（八〇四） 最澄・空海入唐。興福寺霊仙、経典漢訳・内供奉僧
・承和五年（八三八） 元興寺常暁・円行入唐。霊仙弟子より大元帥法・仏像・儀軌、仏舎利・梵夾授与。
・承和九年（八四二） 大安寺恵運入唐。山階安祥寺を開く新しい密教伝来。
・貞観四年（八六二） 東大寺真如親王、宗叡・恵萼ほか南都諸寺僧ら六十人入唐。
・延長五年（九二七） 寛建・寛輔・澄覚・長安・超会ら十一名渡航。寛建は、上陸後建州で死去。長興年中（九三〇〜三）に澄覚らは入京（汴京）し五台山巡礼。鳳翔・長安・洛陽に（奝然入唐記）。長興三年、寛輔が洛京敬愛寺にて金剛界諸尊別壇図を書写（参天台五台山記）。
・永観元年（九八三） 東大寺東南院奝然入宋。寛和二年（九八六）年に帰国。勅版一切経（開宝蔵、五千三百余巻）下賜、優填王第三伝栴檀釋迦像（清涼寺現蔵）制作。愛宕山を中国五台山に擬す。「達磨宗」を伝来（三僧記類聚）。
・永延二年（九八八） 奝然弟子僧東南院嘉因入宋。五台山文殊菩薩供養し、「新訳経論等」輸入を企図。

となります。

数十年間隔で南都から度々僧侶が渡航していることが確認されます。平安中期においても南都と中国の関係が完全に途切れていたわけではないのです。そのことを押さえた上で、南都経蔵というものの中身を見なければいけないと思います。

3、高麗義天版輸入と二人の南都僧

それから三番目になりますが、かつて高麗義天版の日本への伝来を調べたことがあります。そこで南都仏教の「重み」というものを改めて実感しました。義天版については、十一世紀末から十二世紀初頭の高麗の義天という僧侶―この方は高麗国王の王子でもあります―が、北宋に行きまして、数多くの仏典を購入したり写したりして帰国し、目録を作って刊行しました。その目録が新編諸宗教蔵総録いわゆる「義天録」といわれ、刊行された版本は、高麗続蔵経、いわゆる「義天版」と呼ばれています。実は義天版には、北宋のみならず当時高麗を支配していた大遼から下賜された契丹大蔵経を復刻したものがあり、また義天は日本の僧侶に手紙を出して章疏を収集するという形で北東アジア諸国と交流していました。義天は、北東アジアに蓄積された仏教の章疏をまとめて刊行したという訳です。全ての章疏を総合しようという試みが完遂されたかどうかという点は、実は明かではありません。

　南北に分裂した中国とそれぞれに関係を持ち、日本とも交易を通じて関係を保っていた高麗ならではの一大事業といえる義天版の刊行ですが、高麗・中国においては早くも散逸し、その原本が残っているのは日本だけです。東大寺の『華厳経随疏演義抄』四十巻と大東急記念文庫の貞元新訳『華厳経疏』一巻に二種の、紛れもない義天版の刊本がございます。それだけではなく、刊本から筆写したと思われる古写本も加えますと全部で八種の義天版とそれに類するものが日本に残っております。

　かつて義天版の輸入と、日本における伝播の過程を考察した折に、院政期の二人の南都僧に注目しました。一人が東大寺東南院の覚樹、もう一人が興福寺浄名院の円憲というお坊さんです。東南院の覚樹は、中世仏教史では著名な学者として知られ、特に三論・倶舎の教学を復興した人物です。この人は『三論祖師伝』を参看しますと、北宋の「崇梵大師」と書簡・仏舎利の贈与などの交流があったとされます。「崇梵大師」は、入宋僧成尋の『参天台五台山記』によれば太平興国寺訳経僧院の僧侶でして、『三論祖師伝』の記述が事実であれば、覚樹を通じて東南院に北宋の文物がもたらされていた可能性があります。

　さらに覚樹は、北宋だけでなく、高麗にも目を向けておりました。

　高山寺蔵『秘密教相鈔』巻第八の追筆には「演密鈔覚苑師作也東南院僧都覚樹請来也、十帖文也」とあり、義天版として刊行された大遼・覚苑撰『毘盧遮那神変経演密鈔』が東南院覚樹請来のものと記されているのです。

高麗からの聖教輸入を図った事実は、次の史料に記述されています。東大寺所蔵『弘賛法華伝』の奥書を御覧ください。

（上巻・本奥書）

弘賛法華伝者宋人荘永・蘇景、依予之勧、且自高麗国、所奉渡聖教百余巻内也、依一本書為恐散失、勧俊源法師、先令書写一本矣、就中蘇景等帰朝之間、於壱岐嶋、遇海賊乱起、此伝上五巻入海中少湿損、雖然海賊等、或為宋人被害或及嶋引被搦取、敢无散失物云々、宋人等云、偏依聖教之威力也云々、

保安元年七月五日於大宰府記之、大法師覚樹

此書本奥有此日記

（下巻・本奥書）

大日本国保安元年七月八日於大宰府勧俊源法師書写畢、宋人蘇景自高麗国奉渡聖教之中、有此法華伝、仍為留多本所令書写也、羊僧覚樹記之、

此書本奥在此日記

本書は大遼・天慶五年（一一一五）に高麗で開版された印本を覚樹が書写したものの転写本です。この保安元年（一一二〇）の覚樹本奥書によれば、「本書は覚樹の勧めを受けた宋人の荘永・蘇景が、高麗国から渡した聖教百余巻の内のひとつで、蘇景らが高麗から日本に帰国する際、途中の壱岐嶋で海賊に遭遇し、上巻の五巻が海中に入り若干湿損したものの、海賊を撃退し、失う物が無かった」とあります。

義天版そのものではありませんが、義天版と同じ時期に高麗で開版されたものを、大宰府にいた東大寺僧覚樹が宋商を通じて購入したということが分かるような資料です。数にして百余巻の聖教が高麗から覚樹のもとにもたらされていた。おそらくこの中には義天版も含まれていたのでしょう。院政期に大陸の聖教が南都にもたらされた様相が知られる貴重な事例です。

さらにもう一人注目したい僧侶が、興福寺浄名院の円憲です。円憲は承保二年（一〇七五）に興福寺維摩会の竪者にもなった学侶でありながら、粋な洒落者と言いますか唐国の文化に心酔した風流人という形で音楽史では知られた人物です。次の史料を御覧ください。

『教訓抄』第二

興福寺僧円憲得業ト申ケル人ハ、僧ノミナリケレドモ、管絃ノ道ニ無双ナリケレバ天下ニユルサレタリケリ。春朝ニハ、住房〈浄明院〉（ママ）ノマガキノ竹ニ向テ、此曲ヲ吹給ケレバ、ウグヒス来リアツマリテ笛音トヲナジヤウニ囀侍ケル。マシテカラ（唐）国ノ事ハ、サコソハ侍ケメト、ヲモシロク侍リ。

『體源鈔』（永正九年撰）八本（上）「琴」条

或記ニ云ク、浄名院ノ得業〈円憲〉我朝ニ琴ノ曲絶タル事ヲナケキテヒトリ鎮西ニヲモムク、経信卿マデ此国ニ琴ハアリケリトゾ、其後タエタリケルヲ、万里ノナミヲシノキテ鎮西ニ下向シテ、唐人ニ付テ琴ノ曲ヲ習伝ヘテ、年月ヲヘテ南都ニカヘリ来テ、浄名院ニシテ琴引ンタメニ地ヲヒキ石ヲタテ、池ヲホリ木ヲウヘ（中略）カノ得業アラマシゴト漢家ノ風情ナルベシ、地形アヒカナヒテ琴ヲ弾ゼシ地ナリ、（中略）禅定殿下ノ仰ニ云ク、円憲ト云シモノハ経信ノ卿ニアヒクシテ鎮西ニ下向シテ唐人ニ琴ヲ習タリシナリ。

「管絃ノ道ニ無双」な興福寺円憲が、「琴」の楽曲が絶えたということを嘆いて、一人で鎮西に向い、そこで鎮西にいる宋の人間から曲を伝えられて、南都の住坊浄名院でそれを演奏したということです。そのときに浄名院を中国風に作り変えて演奏したとあり、念の入った様子がうかがえます。

さて時代の下る資料ではありますが、『體源鈔』には、円憲が大宰権帥源経信の鎮西下向の伴をして鎮西に下り、唐人から琴を習ったという注目すべき記述があります。源経信は日本史の方面では、この時期の大宰府貿易の中心人物ということでよく知られている人です。円憲は、大宰府貿易の担い手となった大宰府長官のつてがあり、宋人とも交流ができたのでしょう。

さて、円憲が義天版を輸入したことを直接に示す史料は残念ながら残ってはおりません。ですが、私は、次の史料から、円憲が義天版を輸入した可能性が高いと考えております。

基撰阿弥陀経通賛疏（流布本）奥書

件書等〈予〉以嘉保二年孟冬下旬、西府郎（即カ）会宋人柳裕、伝語高麗王子義天、誂求極楽要書阿弥陀行願相応経典章疏等、其後折（柳）裕守約、以永長二年〈丁丑〉三月二十三日以同五月二十三日家時（亥）、興福寺浄名院到来懇誠相〈丁丑〉（衍カ）送自義天所伝得弥陀極楽書等十三部二十巻、則素自征、仍以彼本己（已）重新写、善種不朽、宿心爰成、欲為自他法界往生極楽之因縁矣、

流布本の基撰『阿弥陀経通賛疏』の奥書です。これによれば、嘉保二年に「予」を称する人物が大宰府で宋人柳裕に会い、高麗の義天に伝言して、極楽要書阿弥陀行願にかんする経典章疏を求めたという事が記されています。史料解釈の詳細は別に論じましたので省略しますが、経信の下向時期から類推した円憲の大宰府滞在時期、「予」なる人物が、前述の興福寺浄名院と関係があることなどを考慮しますと、「予」なる

人物は円憲その人であると類推されるのです。つまり興福寺の学侶が、やはり大宰府において高麗貿易を通じて高麗からの聖教輸入を図っていたことになるわけです。

この南都の二大寺たる東大寺および興福寺の僧侶が、大宰府に自ら足を運び、宋商を通じて大陸の聖教を入手していた。この時期、史料上は入宋僧が確認は出来ないのですが、文物の交流は想像以上に活発だったと強調したいのです。

三　新渡聖教とその受容

最後に実際に院政期に新渡した聖教にどのようなものがあるのか、という点に触れたいと思います。取り上げたいのは、東大寺に残っております写本の『新修浄土往生伝』下巻です。これは著名な北宋時代の往生伝でありまして、北宋王古が撰述した三巻のものでございます。

この往生伝は北宋の元豊七年（一〇八四）に王古が撰述し、崇寧元年（一一〇二）に杭州で開版されたということが刊記から分かっております。中身は戒珠撰『浄土往生伝』を増補したもので、一一五名の伝記があります。北宋時代に遡る八名が入る、新しい時代の往生伝です。

上中下三巻からなる本書は、中巻が現存しません。ただ諸書に引用された佚文が知られており、特に浄土教史上、著名な「善導伝」が引かれていることで有名です。法然は『選択本願念仏集』に道綽三罪説を、『類聚五祖伝』に中巻善導・善導伝を引用し、証真は『法華三大部私記』で巻下の永明延寿伝を引用しているという次第です。

さて本書の古写本は二本知られております。一つは大治三年（一一二八）から同五年にかけて書写されたものが国会図書館に入っております。同館の貴重書解題には記載がありながら、従来ほとんど注目されていなかったようですが、高山寺に伝来した本です。高山寺以前の所蔵が不明なのは残念ですが、こうした大陸の新往生伝が、刊行後三十年もしないうちに、もう既に日本に渡ってきて、僧侶の目に触れているというわけです。

またもう一本の東大寺に伝わった下巻は、別の意味で注目すべき写本です。東大寺本の書誌を次に記しておきます。

『新修浄土往生伝』一帖
平安時代保元三年写　折本装　楮紙打紙　塗板原表紙
（二一八・四糎×一一六・二糎）本文紙背に続く　押界（界高二四・五糎、界幅一・八糎）墨点（振仮名・送仮名）
朱点（ヲコト点）　墨書註記　一頁九行・一行一八字

二八・四糎×一六・二糎　二三折（一五紙）
（外題）新修往生伝〈下〉（裏板表紙も同）
（首題）新修浄［　］
（尾題）新修浄土往生伝下
（奥書）「杭州仁和県候潮門外界奉／三宝弟子守越州助教凌大中弟大正大順興家／眷等意者、為／先考九評事生平帰依繋念／西方阿弥陀仏属紘之際、如所期七日観毫光微／笑正念而逝、／華蔵義公和尚目撃証明、又当開浄土伝板、謹／捨浄財、成此縁、用伸追薦荘厳、仍願見開読誦／者及一切衆生咸帰極楽之邦、速証菩提之道、／時崇寧元年六月望日　謹題／銭塘西湖妙慧院住持伝法賜紫釈文義勧縁」（以上、本刊記）
「保元三年六月十七日巳刻於東大寺北院書了、／同月十九日一交点了、　弁昭〇《自》手書了、／願共諸衆生往生安楽国乃至修終時奉見弥陀仏、」
（備考）首題後に標目あり

奥書からわかるように東大寺本は、保元三年（一一五八）に東大寺北院で弁昭という人が書写したもので、国会図書館本に次いで古い院政期写本です。写真をお目に掛けますので、その形状にご注目ください。装訂は折本です。それから板表紙が付けられています。日本で板表紙と言うと近世以降という常識があるので、当初の装訂は巻子装で板表紙は後補と、私も最初はそう思ったのですが、実は見ていくとこの折り本の折れ山部分には押界がありません。押界は折られた状態で付けられています。すなわちこの本は当初から折本であり、また表紙外題と尾題の筆跡は同筆と判断されます。繰り返しますが、この本は保元三年当時から板表紙の折本であったのです。

日本における折本装の始まりがいつであるのかということは、なかなか定説を見ず、少なくとも十二世紀末には遺品が残っていることはわかっております。すでに宋版では南宋の一切経に折本の体裁がありますので、中国からの影響を受けて日本でも折本が取り入れられたことは推測がついております。また板表紙についても、東大寺に伝わる南宋紹興五年（一一三五）福州刊の『夾科華厳経』も折本装で漆塗厚板原表紙がついておりますので、南宋時代には板表紙があったことはわかります。

これを念頭におくと、東大寺本の『新修浄土往生伝』巻下は、内容はもとより、板表紙といい折本という装訂といい、この装訂こそが、当時の南宋で流行していた形式をそのまま真似たものではなかったかと思われるのです。通常、南宋仏教の仏典・典籍類の影響は、十三世紀の入宋僧を待たねばならないと考えられています。一一五八年という早い時期に、こうした新しい中国の典籍が、大陸的な様式に乗っ取って南都東大寺で実際に作られている。文字が伝える情報・思想だけではなくて形さえも取り入れつつある南都のあり方も想像されるわけです。

仏教史では善導伝の受容の様相から注目され、また書誌学においても注目すべき遺品であるこの書が、説話の世界ではどのような形で考えることができるのか、私にはわかりませんが、宋時代の往生伝の受容という点から考えると一考の余地は残されているのではないかと思います。

最後に取って付けたような話なので恐縮ですが、この往生伝の最後に、刊行題記との間に、『浄土経論章疏録』いわば北宋までの浄土教所依要書目録がついています。

最初は浄土教にかんする経典が並んでおりまして、次に天台智者大師以降と、北宋時代の章疏が書き連ねられています。善導、賛寧、永明延寿撰万全同帰集・浄土懺儀・往生浄土決疑行願二門、智円撰阿弥陀経疏・西資鈔、某撰西方念仏三昧集があります。注目したいのは、これらと並んで「源信禅師浄土集二巻」というものがあるのです。安藤俊雄さんがかつて「恵心僧都と四明知礼」という論文で、遵式の『往生浄土決疑行願二門』に出てくる「源信禅師浄土集二巻」というのは、源信の『往生要集』ではないかという指摘をされています。書名しかわからないので、その具体の中身の考証が出来ず残念ですが、このリストに挙がっている「源信禅師浄土集二巻」も源信の『往生要集』ではないかということも考えられるのです。名前は若干異なるのですが、珍海が『決定往生集』の中で、「源信禅師往生集」という名で実際に『往生要集』を引いております。

従来、源信が北宋に送った『往生要集』は、送った当初は宋仏教界でも一定の評価は受けたものの、十一世紀終わりには天台山においては全く忘れられた本になっていたと言われております。成尋の『参天台五台山記』熙寧五年（一〇七二）十月二十五日条に、成尋が文慧に「往生要集三帖」を借したところ、「二人（文慧・梵才）共（源信行状や行辿との書簡を）見感、可写留由各示之、始自国清寺、諸州諸寺往生要集不流布由聞之、大略務州（行辿）請納不流布歟、于日本所聞全以相違」とあるのが根拠です。

そうは言っても、このように北宋の往生伝の浄土関係目録に載せられているとなると、『往生要集』の宋における伝播についても再考する必要があるのではないかとも思われます。

とりとめのない話になりましたが、まとめます。南都が、奈良時代からの伝統と、各時代における大陸の革新的な内容をもつ新しさとを重層的に持ち合わせている場であること。その辺が恐らく天台や真言等とも違う特徴を持っているといえましょう。鎌倉時代になりますと、禅律の新しい仏教が日本に入ってきます。南都では、こうした新しい動き―特に禅宗―を排斥するかに見えますが、貞慶をはじめとして、戒律興行をスローガンに積極的に、南宋仏教の新傾向を選択しつつ摂取していきます。その結果が、いわゆる「真言律宗」の興隆なのです。こうした懐ろのふかさこそが南都仏教の特徴であります。

大雑把に過ぎましたが、説話を生み出す場としての南都を仏教史の立場で概括してみました。御清聴、どうもありがとうございました。

参考文献

安藤俊雄「恵心僧都と四明知礼―趙宋期における日中天台の交流―」大隅和雄・速水侑編『日本名僧論集第四巻　源信』吉川弘文館、一九八三年。

磯水絵「南京の法師数奇者―円憲―」『説話と音楽伝承』和泉書院、二〇〇〇年。

井上光貞「東域伝灯目録より見たる奈良時代僧侶の学問」『史学雑誌』五七編三・四号、一九四八年。

佐藤成順「宋代浄土教の展開―善導観に注目して」『浄土学』四四編、一九八八年。

横内裕人「高麗続蔵経と中世日本」『日本中世の仏教と東アジア』塙書房、二〇〇八年。

「東アジアのなかの南都仏教」『文学』隔月刊第11巻第1号、岩波書店、二〇一〇年。

「権門寺院における宗教テクストの生成と集積」阿部泰郎編『中世文学と隣接諸学2　中世文学と寺院資料・聖教』竹林舎、二〇一〇年。

中世の神祇・神道説と東アジア

◉

船田淳一
［仏教大学・非常勤講師］

1977年生まれ。所属：佛教大学非常勤講師。専門分野：日本中世宗教思想史。主要著書：『神仏と儀礼の中世』（法蔵館、2011年）、『躍動する日本神話』（共著　森話社、2010年）など。

◉ Summary

中世の神祇信仰（神祇説話・神道説など）は、従来、日本国内の問題として完結的に描かれる傾向が強い。近年、説話文学研究においても「東アジア」という視点が重視されつつあるが、いわば〈日本〉なるものを体現していると観念される神祇の場合、「東アジア」という問題は、対外認識・異国観、そしてそこから照射される自国観（三国観を前提とした神国観など）に帰結する。ゆえに神祇という文脈に顕れる「東アジア（異国・自国）」像《イメージ》は、ナショナリズム的に屈折、或いは肥大しているのであり、その独善性が批判的に分析されてきた。

一方で最近、そうした中世的観念といった問題系とは別に、宋代の禅学が日本の中世神道書の成立に極めて重要な思想的影響を及ぼしていた消息が具体的に指摘され始めた。ヒト・モノを介した実態的な対外文化交渉のレベルで、中世神道と「東アジア」を問うべき研究段階が開かれつつある。

よって本報告では、かかる研究史の展開に学びながら、寺院資料や説話を素材に、「入宋」という異国体験を有する僧（及びその周辺の僧）の神祇信仰の分析や、中世の神祇観・神話理解の一面を宋代の思想状況との共時性の裡に捉える試みの提示などを通して、神祇を「東アジア」という領域へ開いてみたいと考えている。

はじめに

最近の古代宗教（思想）史における神祇信仰・神仏習合研究は、大きな成果を挙げつつあり、東アジア（特に中国）との思想的文化的影響関係に注目が集まっている。それは神祇に対する固有信仰論の相対化を促すものである。以下に極く一部のみ紹介すると、いわゆる護法善神・神身離脱の言説の中国起源めぐって、吉田一彦「多度神宮寺と神仏習合―中国の神仏習合思想の受容をめぐって―」▼注(1)や、北條勝貴「東晋期中国江南における〈神仏習合〉言説の成立―日中事例比較の前提として―」▼注(2)がある。また本地垂迹説と中国思想をめぐっては、吉田一彦「垂迹思想の受容と展開―本地垂迹説の成立過程―」▼注(3)があり、神祇・神道の語を中国に探源したものには、吉原浩人「日本古代における「神道」「神祇」の語の受容と展開」▼注(4)がある。そして中国で展開したケガレ観の古代日本社会・神祇信仰への導入に関しても、勝浦令子「女性と穢れ観」▼注(5)や、三橋正「触穢規定と密教経典」▼注(6)に指摘がある。

では中世ではどうであろうか。中世の神祇信仰・神仏習合（神祇説話・神道説など）の研究は、中世文学なかんづく説話研究者によって牽引されてきた部分が大きいが、最近では中世史からの成果もある。▼注(7)そしてそれらは、日本国内の問題として完結的に描かれる傾向が強い。近年、説話文学研究において「東アジア」という視点が重視されつつあるが、いわば〈日本〉なるものを体現していると観念される神祇の場合、「東アジア」という問題は、対外認識・異国観、そしてそこから照射される自国観（仏教的三国世界観を転倒させた神国観など）に帰結する。ゆえに神祇という文脈に顕れる「東アジア（異国・自国）」像《イメージ》は、ナショナリズム的に屈折、或いは肥大しているのであり、その独善性が批判的に分析されてきた。

一方で最近、そうした中世的観念といった問題系とは別に、宋代の禅学が日本の中世神道書の成立に極めて重要な思想的影響を及ぼしていた消息が具体的に指摘され始めた。ヒト・モノを介した実態的な対外文化交渉のレベルで、中世神道と「東アジア」を問うべき研究段階が開かれつつある。

よって本稿では、かかる研究史の展開／転回を受けて、寺院資料や説話を素材に、「入宋」という異国体験を有する僧（及びその周辺の僧）の神祇信仰の考察や、大陸と日本の霊山信仰の共通性の分析、そして中世の神祇観・神話理解の一面を宋代の思想状況と関連づけて捉える試みを通して、神祇を「東アジア」という領域へ開いてみたい。

一　南都仏教復興運動における神祇と宋文化
——重源・貞慶・律衆——

南都仏教復興は神祇信仰との濃密な融合の上に展開した。そうした動きを担った貞慶について、中世説話文学研究の側からの成果が蓄積されており、▼注(8) 歴史学は神国思想のイデオローグとしての貞慶に言及してきた。▼注(9) また貞慶には宋文化の影響が指摘され、彼の側には、入宋僧・重源もいた。貞慶における神祇・神国と異文化は、如何なる関係構造にあるのか。またそれは貞慶の宗教活動を継承した律僧の場合、どうであったろうか。

1、重源の入宋と伊勢参宮

まずは重源の入宋と伊勢参宮の問題を、禅僧の栄西とも関わらせて確認しておきたい。重源は自己の入宋求法という体験に基づき、「独善的唯日本仏教盛栄観」の風潮を批判し大陸仏教を再評価したことが指摘されている。▼注(10) そして重源は宋仏教の導入を通して理念上では天竺へつながろうと試みたのであり、それは南都復興を通した日本の仏法の正統性の回復であり、〈始源への回帰〉に他ならなかった。

その一例として、重源は天竺伝来とされる聖なる菩提樹を、宋より請来した栄西から譲り受けて東大寺に移植したことが、『南無阿弥陀仏作善集』や『東大寺造立供養記』に見えている。なお天竺に渡ることさえ志していた栄西は『興禅護国論』の「大国説話門」で宋仏教の奇特二〇ヶ条を列挙し、天竺・唐土仏教衰退認識を批判するが、同じ箇所で『大般若経』「東北方品」を引いて日本辺土観に反論する点も認められ、▼注(11) 自国と異国をめぐる意識は聊か複雑なものがあったようだ。

次に『東大寺衆徒参詣伊勢大神宮記』▼注(12) 所収の弁暁作「天覚寺御経供養啓白」（文治四年）を見たい。

> 天地開闢之昔、此国未レ有レ主之時、伊弉諾尊忽化、生二日神之精霊一、天岩戸高開、施二清耀之神恩一御之刻、一天忽晴、昼夜之明晴爰分、四海悉澄、帝位之図籍始成、国之為レ国由レ何、君之為レ君誰力、皆答二大神（天照）之霊験一、無レ非二大悲之恵徳一、

天照への大般若経による法楽の表白文だが、日本国と天皇の起源を天岩戸神話と天照大神に求めている点が注目され、▼注(13) 南都復興における神祇と大般若経の比重が窺われる。東大寺僧の伊勢参宮は三回に亘ってなされるが、貞慶もまた第三次参宮に同行している。【天竺―宋《グローバル》↔本朝の神祇《ローカル》】という双方向のベクトルを内包した文化的思想的営為として〈南都復

興〉の運動はあったのである。

また宋から齎された天竺伝来の菩提樹というイメージが、東大寺僧の伊勢参宮を契機に、天竺の婆羅門僧正菩提僊那（奈良時代の大仏開眼導師）による、神宮の聖樹たる三角柏《みづかしわ》の請来説話を生み、『三角柏伝記』など伊勢仙宮院における両部神道書の成立に繋がったとする推論は、誠に興味深い▼注(14)。日宋交流と神祇説話・神道説という問題は重要であろう。

2、貞慶の笠置寺再興における神国と異国
―法華八講／龍華会―

次に貞慶による南都復興運動の一環としての笠置寺再興の問題を、法華八講と十三重塔を対象に見てみたい。そこに神祇・神国が深く関わってくるのである。貞慶の『笠置寺十三重塔供養願文』（建久九年・『讃仏乗抄』所収▼注(15)）には、「訪二異域之煙波一、早写二六百軸之華文一、我所レ憑之尊像舎利以安二置其内一」という一節があり、十三重塔には、唐本大般若経・法華経・心地観経の三部大乗経と、仏舎利三粒の納入が確認される。この宋版大般若経は恐らく、『南無阿弥陀仏作善集』に見えるように、重源が般若台に施入したものだろう。そして「異域」からの請来であることが重要なのであり、『笠置寺十三重塔扉呪願文▼注(16)』にも「訪得二異朝　般若真文一」とある。

異域・異朝などの表現は貞慶の願文・勧進状類に散見するもので、神国の対概念である。

さて『沙門貞慶笠置寺法華八講勧進状』（建久七年・『弥勒如来感応抄』所収▼注(17)）には、次のようにある。

或建二立十三重之塔婆一。所二安置一者則仏舎利尓許粒。大般若・法華・心地観等三部大乗。及二大聖文殊・四天王等形像一也。擬二之霊鷲山般若塔一矣。智行浄侶択二十六口一身心潔斎。一七日如法清浄。転エ読三部一。於二開講一者就二彼本会一。春季加二大般若経一。秋季副二心地観経一。講読称揚問答決択。

十三重塔は仏法の始原たる釈迦の遺骨（舎利）を収めた、天竺の聖跡たる霊鷲山の般若塔に擬されている。法華八講の会場としての十三重塔において、宋版大般若経の存在は無視し得ない重みを有するのである。

前掲の『十三重塔供養願文』には、以下のようにも記されている。

先一国之分斎、爰尋二吾朝之濫觴一者、皆為二天照大神之開闢一、思二一代之摂化一者、莫レ不二釈迦大師之出世一、不レ如レ行レ二聖之方便一、以酬二一国之恩義一、是以塔婆是世尊之墳墓也、

> 般若是神道之上味也、……

天竺の釈迦と本朝の天照が一対に叙述されており、また宋版大般若経と神祇の関係を看取することができる。東大寺僧の伊勢参宮における大般若経供養の延長かと思われる。また建長三年に西園寺実氏が、宋版大般若経の伊勢奉納を企図し、菩提山神宮寺に経蔵を造営したことも参考になる事例だろう。▼注(18)

そして『十三重塔供養願文』には、

> 伏惟、我大日本国者天祖降レ跡、人主布レ政以来、至レ徳要レ道、王化久伝、東作西蚕、民業永継、風化則従レ上而行レ下、下莫レ不レ載二上徳一、産業亦経レ古而及レ今、今莫レ不レ受二古攻一、是以八十余葉之君臣、皆垂二遺美於歴代之月一、六十余洲之人禽、互結二芳縁於同郷之風一……

として、天孫降臨以来の政治・風俗・産業に亘って広く神国日本を讃嘆する文章も綴られ、さらに続けて、

> 磯城金刺之宮釈教伝通之後、推古之御宇、上宮王摂レ政焉、始教二諸悪莫作之道一、天智之明時、大織冠執レ権矣、永開二難思解脱之門一、自レ尓以降継体守文之主、皆守二付属於如来之金言一、佐レ功立レ命之臣、多専二護持於像末之遺教一、善男善女於レ法有レ功之者多則多矣……復道照道慈之儔、弘法伝教之匠、髪珠募レ直忘二身命於両朝之俗一、甘露嘗レ味貽二利益於千代之塵一、至四于如三彼行基菩薩之導二九洲一、覚母新示二応化身一、鑑真和尚之伝二五篇一、天子忝承二戒定一者、蛮夷猶恭二其跡一剃染悉受二其賜一、凡厥八宗三学伝灯写瓶、弘済之道仏智難レ測者、

というように、仏法伝来から語り起こし、聖徳太子、大織冠鎌足、道照・道慈・弘法大師・伝教大師・行基・鑑真の名を連ねて、極めて簡略ながら〈本朝仏法伝灯史〉の如き文脈を構成している。また「仏子受二生於神国一、解二形於釈門一一期之間含レ恩含レ儀…」と、仏法の栄える神国の恩義を受けた僧侶たる貞慶自身へと言及する。

また『僧貞慶敬白文』（建久九年・『弥勒如来感応抄』所収）▼注(19)の末尾には、仏法を「始二此小国一。漸及二塵刹一」とある。日本は形態的には小国でも実質は神国である。後述するが龍華会の願文では日本は大国（宋）を超えると揚言される。辺土の日本は世界に対して、仏法流布の起点として積極的に位置づけられ、舎利信仰を通した仏法の始源である釈迦への思慕は、日本という国土・国家の始源である天照大神の存在と共鳴してゆく。そこに宋版大般若経を納入した十三重塔（天竺般若塔）が屹立する仕組みである。それは天竺を神国日本に再現すると共に、「宋」という要素を取り込む構想に他ならない。

では龍華会についてはどうか。『笠置寺礼堂等修造勧進状』（建仁三年・『弥勒如来感応抄』所収）[20]には、

厳重法会之庭道俗群集之時……舞楽屋皆以狭少。斎会之席陳レ列失レ儀……加二軒廊之数間一以楽所。分二母屋之一方一宛二経蔵一。舞曲之台・聴聞座。一々之儀。各々可レ足

……奉レ請二唐本一切経一将レ始二随分大法会一……

とある。そして『笠置寺龍華会呪願文』（元久元年・『讃仏乗抄』所収）[21]には、

爰有二勝地一。世称二笠置一。奇異瑞像。精霊彰レ眼。誰言二辺土一。殆超二大国一……南有二塔廟一。北有二経蔵一。石像左右。宝前厳麗。舎利是仏。聖教則法……

とあって、『僧貞慶等敬白文』（元久元年・『弥勒如来感応抄』所収）[22]にも同じく、

左排二経蔵一以納二一代聖教一、右峙二塔婆一以安二数粒之舎利一。手捧二其経巻一。首載二彼仏骨一。進二宝前一。

と記される。

貞慶は礼堂を修築して龍華会という儀礼を創始するが、それは笠置寺経蔵の宋版一切経（重源が関与したか？）を用いた一種の「一切経会」であったようだ。弥勒の聖地・笠置を有する日本は、宋（大国）を超越すると揚言されるが、宋版一切経を請来してこそ実現する儀礼である点に、矛盾や屈折を感じずにはいられない。

それはともかく神祇への法楽（「神道之上味」）としての宋版大般若経から、宋版一切経への展開ということが確認されるのであり、大般若経六〇〇巻は一切経の冒頭に当たる。貞慶は一切経に象徴される「宋」を、神国の内部に吸収する意図を秘めており、その意味で重源の宋版大般若経の笠置施入は重要な契機となったろう。また大般若経から一切経そのものへと関心が拡がり、宋版一切経を請来せんとした例は栄西にも通じるのである。[23]

3、貞慶にとっての天竺・宋国と日本（神国）

貞慶は舶来の禅に関心を示し（『勧誘同法記』）、孫弟子の良遍は入宋僧たる円爾弁円に禅を学んでいる（『真心要決』）。また貞慶は泉涌寺僧を南都に招聘し宋代律学の導入を図ってもいる（元休『徹底抄』）。そして美術史の側からも、貞慶周辺の造形作品に宋風の影響が論じられ、重源との交流による宋風の受容が、笠置寺の十三重塔に確認されることや[24]、貞慶の中国仏教への憧憬が指摘されている。[25]

その反面で、貞慶の『中宗報恩講式』（正治二年）[26]は、三国に亘る法相宗の伝灯を讃嘆するものだが、「嗚呼、中天仏生之境、恵日空沈二龍宮之波一、東海神明之国、法雨久灑二馬

台之境一、」（五段）と、天竺仏法衰退／日本（神国）仏法興行の理解を明示する。『神祇講式』（成立年不詳）[注27]にも、「可レ知、神通諸仏定智三乗目足也、如来在世爾、況於二神国一哉、国者神之可レ興国也、生者神之可レ度之生也、」（表白部）とあり、仏の神通は天竺よりも末世の神国日本でこそ顕著であると謳う。天竺や在世正法という理想的な時空すら、貞慶は日本＝神国の観念で相対化してしまうのである。[注28]

鴨長明以降の増補の可能性が高い『発心集』巻八跋文や、鎌倉末〜南北朝初期成立とされる『寝覚記』には、天竺の仏法は衰退したが、本朝は神国ゆえに王法・仏法ともに繁栄するという認識がある。笠置時代の貞慶による天竺仏法衰退／日本（神国）仏法興行という日本国優位の言説は、こうした神祇説話に先駆けるものとなる。[注29]

重源経由で宋文化を受容した貞慶だが、入宋体験を伴わなかったため、仏法の〈始源への回帰〉というベクトルは、むしろ日本国の始源たる天照大神を呼び起こし、「仏法の栄える神国」という「独善的唯日本仏教盛栄観」へと落着したかに見える。それは渡天さえ考えた栄西や明恵との差異と言える。貞慶にとって宋朝が「異域」でしかなかったことは聊か皮肉な結果である。少なくとも「大国」たる宋朝が笠置において克服されたことは、龍華会という儀礼に明らかだと言わねばなるまい。

4、律僧と神祇説話―戒律復興と宋版一切経の請来―

以下では、貞慶の後嗣と言える律僧を検討してゆく。まず中世南都の授戒儀礼と神祇の関係を見定めたい。かつて唐僧鑑真の弟子である法進が作成した東大寺戒壇での授戒の式次第（法進式）や、これに基づく院政期の実範の式次第（実範式）には、神祇を儀礼の空間に勧請する「神分」が含まれるなど日本化が見られる。そして叡尊らの鎌倉期南都律宗は、春日神を「戒律守護神」として重視していた。『唐招提寺解』には、中川実範が春日の霊告により戒律復興に邁進する説話もある。しかし彼らの授戒次第には「神分」の無いことが指摘可能なのだ。叡尊時代の授戒儀礼の実態を窺うことのできる西大寺蔵『授菩薩戒用意聞書』や『授菩薩戒作法』（全五冊）[注30]などには、基本的に「神分」がないのである。

中世南都の戒律復興は、宋代の霊芝元照によって再興された四分律宗が泉涌寺の俊芿によって請来され、これが貞慶の頃に南都にも導入されたことに触発されている。また覚盛・叡尊と共に自誓受戒した有厳は叡尊の弟子（覚如・定舜）と共に入宋し、戒律の典籍（「律三大部」二〇具）を請来している。[注31] 南都律宗は、北宋時代の大陸仏教を規範とし、宋風を看板に掲げた国際的でモダンな宗派であった。[注32]日本的信仰に鑑みて神分の作法が平安期の授戒次第には存在したが、宋代仏教の影響を受けた中世南都の授戒次第は、より戒律の原点に近づけるべく、すなわち〈始源への回帰〉として、神祇の存在を授戒儀礼の場から意識的に省いたものかと推定されるのである。[注33]戒律復興が南都に遅れたため、宋元交代という時期的問題もあってか、宋代仏教と直接の交渉を持たなかった叡山の律僧（戒家）は、授戒儀礼で神分を行い、また戒律の〈力〉の根源を神祇に見出すという極めて特殊日本化した戒学を形成していた。南都との差異として注目されるところである。[注34]

　授戒儀礼の空間からは神祇を省いたと判断される南都律僧だが、先述の如く神祇信仰そのものは篤いのである。そのことを春日神と律院たる白毫寺の縁起説話に確認し、さらに宋版一切経の請来と転読儀礼の問題へと論及する。『南都白毫寺一切経縁起』（以下『一切経縁起』）[注35]には斯くある。

　発レ誓云。夫法不二孤起一要藉レ人而弘。人不二自安一依レ神而住。冀崇二一切経巻一兮。鎮備二尊神之法味一。弥仰二四所《(春日)》霊応一兮。成二就釈教之弘通一。如レ是誓已。

弘長二年のこと、戒律復興僧である戒壇院円照の弟子・道証は、春日社で経典を読誦し、断食を行って祈ったところ夢想を感得し、その結果、宋の商人を通じて宋版一切経を得るも、帰朝の際に船が嵐に遭遇する。船員らは春日神に祈り、その加護により無事に帰還した。そして白毫寺の経蔵に一切経を納め転読儀礼を継続してゆく。これは同寺最大の年中行事となった。その儀礼は春日神への法施であり、春日神の加護のもとに勤修されたのである。さらに『一切経縁起』には、白毫寺の地は本来、春日神の鎮座地で、空海が乞うて「三昧之地」（墓所）と為したとの説話が見える。知られるように白毫寺は庶民の葬送空間であった。[注36]

　西大寺蔵『白毫寺一切経法則発結作法』（書写年代未詳）は転読儀礼の際の次第で、文中に唐土（宋）からの一切経請来を強調している。また「弥増二春日霊光之赫々一」（表白）・「上天下地神祇冥衆来臨影向給覧」（神分）・「為二貴賎霊等皆成仏道一」（神分）・「過去霊等出離生死証大菩提」（諷誦）・「過去諸霊等為レ令三亡晴二菩提月朗一」（四弘）・「南無帰命頂礼諷誦威力、過去霊等往生極楽」（仏名）とも記される。律僧は春日神が守護して齎した一切経によって庶民救済（葬送・供養）を実践したのである。神祇説話を介して庶民の信仰世界にも根付いた宋版一切経の事例が、ここに確認できる。そして引用文に明らかなように、儀礼空間には舶来経典に結縁すべく神祇が降臨するのである。

　こうした宋版一切経の説話は、中世南都律僧の場合以外にも見出せる。例えば『日吉山王利生記』[注37]巻七には、重源が宋人の通事である李宇を通して、宋版一切経（福州東禅寺版）を得るが、その頃、日吉十禅師神が託宣して、一切経の施入を強く所望したという。李宇はその託宣を信じず病となったので、栄西に陳謝の願文を書いてもらい、改めて宋に使いを派遣して、一切経を求める。彼の地で資金不足に陥るも神の加護があり、また風雨の恐れもなく無事に帰朝したという。東大寺における天竺伝来の菩提樹の場合と同様に、南都復興に関わった重源・栄西が登場しており、天台における神祇説話の仕組みにも、南都復興が影響したのではないか。また『八幡宮巡拝記』[注38]巻下・三九話には、文永五年に恐らく鎌倉幕府の援助があったと考えられる宋版一切経が請来され石清水に施入されたという。その際に暴風雨に見舞われるも、八幡神自らが鳩に化身して海路に赴き船を救ったという。翌年、石清水には経蔵も建立された。

諸大社への宋版一切経の施入は、宗像社・東大寺鎮守八幡宮・日吉社（上述）・天野社（仁和寺御室か）・東福寺惣社（九条道家）・鹿島社（笠間時朝・忍性も関与）・石清水八幡宮（鎌倉幕府か・上述）・伊勢内宮（亀山院）などが確認でき（カッコ内は寄進主体）[注39]、そこには在地の有力者や中央の権力者も介在したのである。中世における外来文化の象徴たる宋版一切経が、無事に我が元に齎されることを所望し海路を守護する日本の神祇の姿が、そこにはある。「擬似的汎東アジア性」[注40]への神祇包摂の現象とも見えようか。また鎌倉後期には神祇（八幡）が、宋の先端文化である禅を日本に弘めるべく無学祖元を招請したという説話さえ成立するのである。[注41]

5、小結

ここで簡単に纏めておく。宋文化を導入し、さらに仏法の〈始源への回帰〉として天竺をも志向した重源は、「独善的唯日本仏教盛栄観」を批判しつつも、同時にそうした日本仏教観と不可分にある神祇（特に天照）信仰にも篤かった。貞慶にもこれに相い似た傾向が窺える。貞慶にとって十三重塔は天竺般若塔に等しく、またそれは宋風を摂取したもので、重源請来の宋版大般若経も納入されていた。しかし一方で十三重塔には天照信仰が呼び込まれることで、神国思想へと帰結してゆき、宋版一切経の請来計画に言及する勧進状で、大国（宋）を超える日本さえ揚言されたのである。結果的に貞慶は天竺仏法衰退／神国仏法繁栄という「独善的唯日本仏教盛栄観」の亜種の如き言説へと傾斜していったのである。

戒律復興を開始した貞慶を継承する中世南都律僧は、神祇信仰に篤い反面、戒律における〈始原への回帰〉を志向し宋仏教を重んじて、授戒儀礼から日本の神祇を省いた。だが南都律僧からは宋版一切経と神祇という問題も見えてくる。宋文化への憧れの強い南都律僧が、宋版一切経を請来する際には、春日神の加護あり、転読儀礼が始行され神祇へ懇ろな廻向がなされた。また鎌倉時代には、諸大社に宋版一切経が施入され、日吉社・石清水などの場合、それはドラマチックに説話化された。宋（異国）の文化を纏う神祇と評せようか。

二　「葛城山＝金剛山」説と東アジアの霊山信仰 ―中世神道書『大和葛城宝山記』成立の道程―

それでは続いて、中世南都の霊山信仰を東アジアという射程の裡に捉え、そこからある著名な中世神道書の成立問題へと議論を繋げてみよう。

興福寺の支配下にあった修験の霊山たる葛城山をめぐっては、伊勢神道にも影響を与えた、『大和葛城宝山記』▼注(42)という両部神道書が存在する。最近、中世説話文学研究において「葛城山＝金剛山」説や、院政期以降の南都（熊野含む）霊山縁起の研究が進展している。「大峯縁起（金峯山含む）」「葛城縁起」「一代峯《（笠置山）》縁起」からなり、鎌倉初期には興福寺で編纂されたと考えられる『諸山縁起』▼注(43)の分析がなされ、興福寺による霊山信仰の掌握志向などが指摘された。▼注(44)さて葛城山の縁起と信仰は、どう東アジアの霊山信仰の広がりと連関するのだろうか。

1、葛城縁起と蔵俊―葛城山の仏典的根拠付け―

『諸山縁起』を構成する「葛城縁起」は、むろん『諸山縁起』それ自体の完成以前に存在しているわけであり、院政期まで遡及させることが可能かと判断されるのだが、次の言説に先ずは注目しよう。「日本国葛木山金剛山入二仏記一事」という項目には、以下のように記される。便宜的に分割して、注記を加えつつ引用してゆく。

花厳経第四十五菩薩住処品云、
㋐東北方有レ処、名二清涼山一、従レ昔已来諸菩薩衆於止住、
現有二菩薩一、名二文殊師利一、与二其眷属諸菩薩衆一万人一
倶常在二其中一而演説、
㋑海中有レ処、名二金剛山一、従レ昔已来諸菩薩衆於レ中止住、
現有二菩薩一、名曰二法起一、与二其眷属諸菩薩衆千二百人一
倶常在二其中一而演二説法一

『華厳経』「菩薩住処品」によれば、東北方の清涼山に文殊菩薩が、そして海中（方位不詳）の金剛山に法起菩薩が住するというのである。

㋒故南都菩提院権別当上綱（蔵俊）云、曇無竭法勇菩薩也、高僧伝第三云、釈曇無竭此云二法勇一、八十花厳法起云、六十花厳曇無竭此同菩薩也、即弘二般若一法踊菩薩也、仏説二於東北方品一（大般若経）可レ弘二此経一云、
法勇菩薩住二和国金剛山一弘二般若一也、法勤、法上、法起、法勇、皆是弘二般若一法踊菩薩見、

蔵俊によれば、日本の葛城山すなわち金剛山に法起菩薩が住して、般若の教を説いており、そのことは『大般若経』の「東北方品」からも傍証可能という訳である。

㋓問云、八十花厳、海中有レ処、名二金剛山一云、而海中是広諸山一多、争此文日本国金剛山知哉、答云、
定恵和尚入唐記云、「和尚言、平生有二契約一、談峯勝絶之地、東伊勢高山天照大神守護、西金剛山法起菩薩利生、南金峯山大権薩埵待二慈尊出世一、北大神《みわ》山如来垂迹抜二涼黎民一……後略……」、而大織冠者是毘舎離城之居士浄名薩埵之垂迹、西金剛山之祠、豈非二和国葛木山一哉、其祠尤成レ証、

さらに院政期の偽書「定恵和尚入唐記」を引き、大和国周辺霊山の地理的配置から、『華厳経』に説く法起菩薩の聖地たる海中の金剛山を大和の葛城山であると強調する。「定恵和尚入唐記」は『談峯記』とも称される古態の多武峯縁起で、宮内庁書陵部蔵『春夜神記』所収本には、「……後略……」の部分に「中、談峯者、昔、神仙之霊窟。豈異二唐五岳一……和尚聞二此言一、為レ拝二五台一、入レ唐。」とある。▼注(45) 道教の聖地・五岳（東・西・南・北・中央）と五台山との混同があるかにも見えるが、▼注(46) 天台宗の拠点たる多武峰を日本の五台山と見做す志向である。宋代五台山信仰の影響が如実に窺えよう。日本の五台山たる多武峰の西に、葛城山は位置するわけである。

2、葛城縁起と覚憲『三国伝灯記』
―日本辺土観を克服する大乗国土説―

承安三年（1173）に、蔵俊の弟子で興福寺別当の覚憲が著した『三国伝灯記』▼注(47) には、こうある。

我日本葦原境者、辺土中之辺土、小国中之小国……恨者生二弥離車之境一、隔二拝見於五天竺之聖跡一……南北弘二真宗一、顕密修二仏法一、由レ此毎レ国翫二摩訶衍一、毎レ家求二一仏乗一、応レ謂二日本国是大乗善根之界一、人亦菩薩種姓之類也……故八十花厳菩薩住処品云、海中有レ処、名二金剛山一、従レ昔已来、諸菩薩衆於レ中止住、現有二菩薩一、名曰二法起一、与二其眷属諸菩薩衆千二百人一倶、常在二其中一、而演二説法一云々、金剛山者即我朝葛木山也、

覚憲も八十巻本『華厳経』「菩薩住処品」に基づき法起菩薩

と金剛山＝大和葛城山説を語っている。ただし師・蔵俊や『諸山縁起』の場合と異なり、大和国の在地的な霊山縁起の位相を超えて、日本は辺土ではなく菩薩の住する大乗国土であるという「肯定的国土観」（神国思想ならぬ仏国思想）が表明されており、かかる言説形式は覚憲の弟子・貞慶の五段『舎利講式』にも影響してゆくのである。[注(48)]

3、〈清涼山〉＝中国五台山と〈金剛山〉＝和国葛城山
―入宋僧・奝然をめぐって―

『諸山縁起』の「葛城縁起」に見る如く、『華厳経』「菩薩住処品」は、文殊の聖地たる東北方の清涼山に続けて、法起の聖地たる海中の金剛山について記している。蔵俊はそこに『大般若経』「東北方品」を媒介させることで、漠然とした「海中金剛山」の所在地を日本に同定した形である。天竺の東北方は、他ならぬ日本であり、そうした理解は安居院の唱導テキストや『興禅護国論』他に頻出する。[注(49)]ただし『華厳経』による限り、東北方は文殊の方位であるから、強引な操作ではあるが。

中国では『華厳経』に基づき五台山（三西省）が文殊の浄土たる清涼山に比定され、『広清涼伝』などの利益説話集が編纂された。国内のみならず近隣諸国からも盛んに巡礼者が来訪し、宋代には五台山を含む、中国仏教の四大霊山信仰が興隆する。[注(50)]

葛城山＝金剛山説は、南都における山岳霊場の仏典的聖地化構想に他ならない。その先蹤は、東アジアの宗教センターと評される五台山を摂関期に巡礼した、入宋僧・奝然による平安京西北郊外の山岳霊場・愛宕山の仏典的聖地化構想に求められるのではないだろうか。奝然は東大寺僧であり、衰微した東大寺の復興のため、懇請して五一代別当にも就任する。東大寺の宗教圏内には〈五台山仏教文化〉を受容する土壌があった。[注(51)]そして奝然は、天台の比叡山を日本の五台山と見做すことに対抗し、[注(52)]愛宕山麓の嵯峨に五台山清涼寺を建立するのであり、三学宗・達磨宗[注(53)]を主張し、さらに実現しなかったものの叡山に対抗する大乗戒壇の設立さえを企図したのである。[注(54)]

『華厳経』の聖地・清涼山を本朝に再現せんとした南都僧・奝然の思想的文化的営為は、同じ南都の院政期興福寺における葛城山＝金剛山説の展開に何らかの影響を与えたに相違ないと思われるのである。なお天竺霊鷲山の日本飛来といった、いわゆる「飛来峰説話」や金峯山＝五台山説なども、葛城山＝金剛山説の思想背景として考慮されるべきものである。[注(55)]

4、朝鮮半島の聖地・金剛山

さて中世南都の霊山信仰を東アジアの視座から考えようとする場合、見逃せない事例がある。それは高麗の金剛山《クムガンサン》（現在は韓国・北朝鮮の国境地域）である。古くは皆骨山《ケゴルサン》と呼ばれたが、古来から霊山とされたこの山が『華厳経』の法起菩薩の聖地・金剛山に擬されたのは、十二世紀後半頃とされる。十二世紀における高麗王朝の政治的変動（武臣政権の成立）によって、中央で勢力を失った宗派が地方に展開したことで在地寺院が活性化し、金剛山楡岾寺《ユジョンサ》も一一六八年に大伽藍へと発展したという（『金剛山楡岾寺記』）。また「真表蔵骨碑」（一一九九年）にも、日本と全く同様に『華厳経』「菩薩住処品」を引いて、皆骨山が法起菩薩の金剛山たることが説示されている。同じ頃、この他にも朝鮮半島には『華厳経』に基づき、中国・日本と同様に五台山（江原道平昌郡）があり、▼注(56)また天冠菩薩の住処とされる天冠山（全羅南道長興郡）への信仰も存在したのである。金剛山信仰が広く高麗の世上に流布するのは、十三世紀に入ってからとされる。その背景には高麗における華厳思想の盛行もあるが、元の干渉という国難と、それに伴う護国思想が重視されるのである。▼注(57)

院政期の南都の覚樹（東大寺）・円憲（興福寺）は、太宰府貿易を通じて（つまり直接の人的交流ではなく文物を介して）、北宋仏教のみならず高麗仏教を受容していた。更には中川実範にもそれが窺われる。▼注(58)ただし高麗の金剛山信仰の一般化の時期は、こうした日本による高麗仏教受容の事例を、少しく下ると思われるため、高麗からの何らかの影響を云々することには慎重であるべきだろう。しかしほぼ同時代と言ってよいタイミングで、金剛山信仰が日本と高麗に展開していたことには共時性の問題として注目すべきものがある。

霊山信仰をめぐる言説形態の共通性と差異性など、その詳細な日朝比較考察は今後の課題であるが、日本中世仏教と同時期のアジア他地域（宋・高麗）仏教の研究を、必ずしも直接・間接交渉の実態が無くとも、言説の「構造的」比較によって、そこに通底する心性《マンタリテ》の在り様（さらには文化的思想的共時性）を見出すという柔軟な方法で行なう事も試みられて良いはずである。

5、東アジアの激動と『大和葛城宝山記』の成立

以上のことから、葛城山＝金剛山説は、五台山の問題を含めて、宋における霊山信仰、さらには朝鮮半島における霊山信仰といった「東アジアの霊山信仰」の同時代的な拡がり（共時性）の中に位置づけるべきものと言える。

ここでいよいよ神道書『大和葛城宝山記』（以下『宝山記』）

であるが、これと関係の深い資料として『金剛山縁起』[注59]が存在する。その成立は最古写本である金沢文庫本（釼阿手沢本）の正応二年（1289）の年記が下限となり、鎌倉中期（弘長年間）頃成立と推定されている。[注60]また『宝山記』の成立期については諸説あるも、[注61]菅原長成『贈蒙古国書省牒』との同文箇所が一部認められることからも、[注62]モンゴル襲来という時代相の裡に作成されたものと判断される。[注63]在地霊山の宗教者の目にも、東アジアの国際情勢は確かに映じていたのである。

『宝山記』と『金剛山縁起』を比較した場合、両者の内容・思想の相違として、「モンゴル襲来」という問題に注意するとき、一方は両部神道説に基づく〈神道書〉であり、他方は〈修験霊山縁起〉であるという性格の差異よりも、成立時期の段階の差こそが意味を持つ。

『宝山記』と『金剛山縁起』の思想内容・特色を、極く簡略ではあるが述べておく。『宝山記』では、宇宙の原初神である常住慈悲神王（大梵天王／天御中主神）という習合的神格が、天地開闢時に出現した葦牙《あしかび》の如き始原の霊物＝天瓊玉戈《あめのとほこ》＝金剛杵を、「大日本州の中央」に「国家の心柱《しんのみはしら》」として立てたのだが、それが「神祇峯」「金剛峯」「一乗峯」と名づけられた葛城山なのだという。そしてこの聖山から天地人民・東西南北・日月星辰・山川草木、すなわち現象世界が生じたと説いているのであり、『宝山記』において日本は世界の根源地の位相にあることが分かる。また天照の皇孫瓊々杵（仏教の金剛杵・独鈷のイメージを纏い杵独王と称される）の日本降臨と統治、「百王鎮護の神宣」などの神国思想が顕著である。

一方の『金剛山縁起』であるが、こちらは実在したか疑わしい他文献からの引用が多い。例えば『唐招提寺鑑真記』なるものから、鑑真と葛城の山の神である深沙大将の伝承を引くなどするが、それらは総じて未だ在地寺院的な説話色が比較的強く感じられ、春日神や天照大神も登場するが、『宝山記』の如き日本根源論や神国思想は、明らかに確立途上の段階と判断される。また「葛城縁起」の蔵俊の言説とほぼ同文を引き、『華厳経』『大般若経』をもって葛城山を意義付けるあたりは、院政期以来の伝統的言説の踏襲であり、[注64]また金沢文庫本末尾に付された「三国時代日記」という箇所は、劫初～過去仏～釈迦（中国では周王朝に当たる）～神武天皇・聖徳太子といった、仏生国たる天竺を基準とする年代観・時代観に立脚したものであり、そのようなものが付載された最古写本の存在することは、『金剛山縁起』が日本中心説に立脚する『宝山記』以前に成立したことを思わせるに充分であろう。やはり元寇以前の成立と言える。そうした点から、『宝山記』についての鎌倉中期以前成立説[注65]には従い難いのである。「葛城縁起」『三国伝灯記』『金剛山縁起』は、葛城山を仏典の金剛山に同定する一連の文献である。特に『三国伝灯記』は、日本辺土観を克服し明確に仏国観を対置していた。それは仏教的な三国世界観を前提とした営為である。そこから脱却し日本を宇宙／世界の根源に据える〈神聖国家論〉を獲得した『宝山記』が、一地方霊山たる葛城山において成立し[注66]、また同山が仏典的聖地から「神祇峯」「神祇宝山」などと呼ばれるものへと変成を遂げるには、「モンゴル襲来」という東アジアの国際情勢が大きく作用したと見て過つまい。それはモンゴルの脅威に対する、高麗における金剛山の護国的信仰とも状況的に一脈通じるものとさえ見えてくるのだ。

6、小結

中世神道書『宝山記』のルーツは、院政期の興福寺蔵俊あたりに遡及すると言えるが、葛城山＝金剛山説とその信仰は、南都僧・奝然による中国五台山信仰の日本への移入計画や、高麗の金剛山信仰など、東アジアの霊山信仰の展開と無関係ではないだろう。そして仏典の聖地・霊山として、仏教的な普遍性の中に定位されたことで、辺土観克服の機能を担った葛城山が、神祇信仰とも深く繋がった資料に『金剛山縁起』があるのだが、東アジアを席捲したモンゴル帝国の日本侵攻以後の神国的思想環境の中でこそ、世界の根源としての葛城山（と日本国）を言挙げする、神道書としての『宝山記』が成立したと言うべきである。『宝山記』では法起菩薩は葛城山の主の座を、根源神たる常住慈悲神王に譲り渡し、『華厳経』由来の金剛山の名も、最早さして表面化しないのである。

なお室町期の説話集『三国伝記』（巻一・一八話「熊野権現本縁事」）[注67]には、「五台山ノ文殊示シテ曰ク、扶桑国ニ九品ノ浄刹有リ。中品上生ノ浄土ハ熊野本宮也」とある。いまや五台山は憧憬の的ではなく、日本の霊山を正統化する役割に収まっていることは象徴的である。

三　東アジアにおける〈唯心思想〉の展開と神祇・神道説

1、宋代禅学と中世神道説

度会家行の『類聚神祇本源』に伊勢神道の枢要を表現する「機前」や、或いは「本地の風光」という舶来の禅語があることは知られているが[注68]、小川豊生氏は、先端の宋代禅学が的確な理解のもとに中世神道書に導入されている事実を指摘している。家行の父・度会行忠の『神名秘書』には、『老子道徳経』の引用があり、中国の道家思想の影響を受けているが、行忠が受容した大陸の知と言説は、それに留まらない。行忠の所持していた両部神道書とされる『天地霊覚秘書』には、密教教義の他に宋代の臨済僧・円悟克勤の『円悟心要』や、黄檗希運の説法を裴休が記録した『伝心法要』からの引用が確認され、それが『神名秘書』にも活かされているのである。さらに『神名秘書』が依拠した文献の一つである「漢朝祓起在三月三日上巳」にも、密教教義の他に禅の鍵語が使用されている。実は『天地霊覚秘書』そのものが、『円悟心要』を所持した入宋僧・無本覚心（法灯国師・真言を兼学）から禅の教示を受けた忠行自身によって作成されたかと推測されるのである。▼注(69)

またこうした中世神道書の思想基盤の一角を為す宋朝禅は、「即心是仏」といったタームに象徴される如く心の原理を重視するものである。それは「霊知」「霊覚」「霊性」などとも表現され、▼注(70)華厳教学と禅の融合である「教禅一致」を唱えた思想家である清涼澄観（中国華厳第四祖）・圭峯宗密（同第五祖）・永明延寿らも、「霊知」「霊覚」「霊性」を駆使している。またそれは高麗仏教の名僧・知訥の『修心決』にも確認可能であり、無住の『沙石集』『雑談集』にも共有されている。▼注(71)東アジアにおける〈心〉の思想の展開が見て取れよう。▼注(72)

2、中世神道説と唯心思想—「一心」をめぐって①—

極端に言ってしまえば、大乗仏教の性質は大なり小なり唯心論であり、〈心〉の思想には相違ない。ただしここでは、中国宋代—日本中世という時代の思想問題として、神祇をめぐる信仰・言説を対象に、順を追って考えてゆこう。

始めに一条兼良の『日本書紀纂疏』▼注(73)を引く。

> 根本無明者、是不レ覚二一念一、転為二八識一、各有二能変所変一、故名曰二八岐大蛇一……山河大地明暗色空、皆無明之所変……自レ頭至レ尾、至二最後一即得二一寶劔一、是根本智之喩、蛇尾有レ劔者、無明即法性、以レ劔得レ劔者、始覚同二本覚一也。

本書は宋学の影響の強い日本紀注釈として知られる。ここはスサノヲのオロチ退治の場面である（上第五）。「八岐大蛇」は八識が転じた根本無明（煩悩・迷いの心）であり、「劔」（天叢雲劔）は法性（悟り）の表象と解される。無明・法性／始覚・本覚／善・悪といった二元対立を一如と見る本覚思想が背景に存する。有り体に言うと、衆生の〈心〉の問題として神話を解釈しているのである。これは中世日本紀の一特色としての寓意《アレゴリー》の手法である。

続いて清原宣賢の『日本書紀神代巻抄』▼注(74)を引く。

三界唯一心、心外無別法ト云ヲ以テ、浄穢ノ二ツナイ所ヲ云也。素盞男ノ悪モ、日神ノ善モ、別テハナイト疏（日本書紀纂疏）ニカカレタゾ……。

冒頭は華厳経の「唯心偈」と呼ばれるもの、すなわち「三界唯一心、心外無別法、心仏及衆生、是三無差別」の引用である。世界と存在の根源は「一心」（究極的・本来的心）であり、その意味で衆生と仏も一体という思想である。なおこれは六十巻本華厳経の「三界虚妄、但是一心作」などに基づく中国での創作偈である。▼注(75) 宣賢の所説は、古代神話の唯心思想的理解＝中世神話の基本的性格の一端を示しており、彼は兼良の無明（悪）即法性（善）という理解の背後に華厳唯心偈を想定しているのである。こうした唯心論は天岩戸神話の諸注釈にも顕著に現れる。国家の「聖なる歴史」としての神話の実体性が、唯心論的に解消されていると見ることもできる。▼注(76)

中世末期の日本紀注釈を例に確認した、中世神話の唯心論的性格と本覚思想・華厳唯心偈（殊に「一心」という用語は重要）、それは中世初頭から継続するものである。『中臣祓訓解』（鎌倉以前成立か）▼注(77)の一節を引こう。

円二満善行一。祓二済四恩一。修二懺悔法一。帰二一心理一。仏与无レ異。故即我心衆生心仏心三無二差別一。我意即清浄也。我意即宝乗也。三身三智亦在二一心一。故一躰無二差別一。是神一妙也……宝躰一心。外無二別法一。名二本覚一也……念心是神明之主也。万事者一心作也。

傍線部からは、華厳唯心思想と本覚思想の結合が見て取れよう。

本覚思想文献に「唯心偈」は頻出するのであり、本覚思想の展開には諸段階・諸類型が設定可能だが、特に心の原理を重視する「心性《しんしょう》本覚論」は、「唯心論的自我意識の追求」が主題とされるのである。▼注(78) 最初期の中世神道説から、兼良・宣賢のような室町後期まで、華厳や華厳を摂取している天台本覚による唯心思想は、一面で強く基底的な作用を中世神道の言説形成に及ぼしたと思われるのだ。

宋朝禅の影響が明らかな度会行忠撰かと推測される『天地霊覚秘書』にも、本文に付して「帰命本覚心法身……三十七尊住心城……」の本覚讃という偈文と、先ほどの中国創作の唯心偈ではなく、『華厳経』に確認できる本来の唯心偈の一部である「心工二画師一、画二種々五陰一、一切世界中、莫レ不二従レ心造一」が、同筆の朱細字で並列して注記されている。▼注(79) また「三十七尊、住二心蓮一。念レ之預二利生一、帰レ之■（成か）正覚」という本覚讃をふまえた本文の一節に対し、「三界唯一心、心外无別法、心仏及衆生、是三无差別」という件の唯心偈を、同筆の朱細字で注釈的に記載しているのだ。▼注(80) 本覚讃と唯心偈は一具の文として機能していると見てよい。

さらに伊勢神宮における唯心偈の応用例を瞥見しておく。度会行忠の『古老口実伝』▼注(81)に「諸天子垂跡。諸仏出世。千経万論。帰二一心一而已。作レ大作レ小。作レ有作レ無。作レ浄作レ穢。作レ善作レ悪。是一心作。」とある。「千経万論。帰二一心一而已」は、宋代華厳禅の僧侶として著名な延寿の『宗鏡録』(後述)四八巻に黄檗希運の言葉として引かれた「千経万論。只説二汝之一心一……」▼注(82)に依っており、「是一心作」は、「三界虚妄、但是一心作」の表現を受けたものだろう。度会家行は『神道簡要』の末尾を「万事者一心作。時々奉行而面々不レ怠。」と神官の心得を説いて結ぶ。また『類聚神祇本源』序に「彼天之狭霧国之狭霧、即是本地風光也。天御中主国常立尊、寧非大元至妙哉。至レ如下以二一心一分二三界一。以二一質一配中七代上。……若明二乎天真霊知一。」とみえ、これらも「但是一心作」「三界唯一心」の影響によるもので、特に後者は「本地風光」「霊知」という大陸輸入の禅語と一体で綴られる点に注目したい。

家行の『類聚神祇本源』「天地開闢篇」「釈家」の部には、以下のようにある。

天地霊覚書に曰く「古天地未だ分かれず(後略)……」と。……(中略)……、円悟心要に曰く「天地未だ形《あら》はれず、生仏未だ分かれざるとき、湛然凝寂として万物の本なり」と。円覚経序に曰く「元亨利貞は乾の徳也。一気に於いて始め、常に我が浄なることを楽ふは仏の徳也。一心を専らにして柔を致す。一心を修めて道を成す」と。▼注(83)

『天地霊覚秘書』▼注(84)と『円悟心要』は前述したが、「円覚経序」は、華厳禅の宗密の『円覚経略疏』に付された自序のことである。儒教の徳の根源である「一気」をも、華厳教学における万象の根源としての「一心」に統合している。▼注(85)『天地霊覚秘書』『円悟心要』「円覚経序」は、その禅学的共通性(華厳を含む)をもってここに引かれていると見える。

また戒壇院の律僧で真言・華厳も修めた円照の『無二発心成仏論』も無視できない。

心仏衆生三無二差別一、是大乗義、仏与二衆生一有二二種一、殊心名レ神者、内外典説何有二疑心一……仏心不二衆冥信、依二此義一故、心仏衆生三無二差別一……

本書はモンゴル襲来に際しての伊勢参宮時に述作されたものである。神話の唯心論的解釈、神話のアレゴリー化は、中世神道説を特色づける「心=神」という神内在観(神は衆生の心に内在する)ともパラレルな思想問題なのである。神内在観は、仏性思想の一形態でもあるが、▼注(86)上記の華厳唯心思想の影響も看過し難い。そして『円照上人行状』によれば、彼は宗密の『禅源所詮集都序』を日夜研鑽し、入宋僧の円爾弁円に禅を学んでいるのであり、華厳・禅・真言密教の複合という思想背景があることは、『無二発心成仏論』を読解する際にも念頭に置いておきたい。

ここまで諸事例を通覧した上で、一条兼良『日本書紀纂疏』に立ち戻ろう。

夫一心者、混沌之宮、神明之舎也……且就二出世教一論レ之、則本覚眞性、是萬法所依之體也、不覚一念動者、是妄情之異名、由二此一念一、無明心起……故云、三界唯心、萬法唯識、又云、阿頼耶識、即是眞心、不守二自性一、随二染浄縁一、不レ合而合、能含二一切真俗境界一……猶三本覚真心含二蔵一切真俗教境界一也、及二其開闢一、而為レ天、為レ地、為レ人、為レ物、為二有情一、為二非情一、皆一気之分神理変也、

これは、本書冒頭の天地開闢・万物生成についての注釈である（上第一）。一心・本覚・唯心思想から、心に神が住する（神明之舎）という神内在観に至る諸要素が、神話注釈の始発部分に出揃うのである。中世における神話・神祇の変容と仏教的な〈心〉をめぐる思想運動の達成をここに認めたい。なお「……故云、三界唯心、万法唯識」の語句を、兼良は『楞厳経』から引いたとする。だがそれは『楞厳経』自体には確認できず、……の省略部分も含め、おそらく参照したのは、宗密の華厳禅を継承した宋代の子璿撰『楞厳経義疏注釈』の方である（補注1）。宋代禅家に歓迎された本書は、達磨宗の勝弁が日本に将来しており（補注2）（達磨宗については後述）、室町期には五山禅林でも重視されたのである。ちなみに『宗鏡録』にもこの語句は確認できる。また「阿頼耶識、即是眞心……」の文も、『楞厳経』ではなく『宗鏡録』四七巻に全く同文が存在する。中世の神祇と唯心論をめぐる思想背景の射程は広いのである。

3、「教禅一致」・『宗鏡録』・『平家物語』 ―「一心」をめぐって②―

一心は『華厳経』のみならず、真如＝一心を説き、また本覚というタームの起源としても知られる『大乗起信論』や、如来蔵＝一心を説く如来蔵系の唯識経典である『入楞伽経』などからも導かれ、それらは単純に均質化できない思想史的背景を有する。そのため教義的な内実は一様でないのだが、中世前半期から諸宗に「一心」という熟語で把握される心的原理に対する共通の志向性＝思想運動を確認することができる。▼注(87) 今は特に舶来の教禅一致（禅と華厳）の影響に注目したい。中世神道説や神祇観を特色づける「唯心思想」の裡に

も、その作用を窺うことが可能と思われるのだ。

東福寺開山・円爾弁円の『十宗要道記』▼注(88)には、

真如とは、心に思惟せず自然に境を知り、心に分別せず任運に物を照らす。竪に三世を尽くす霊霊たる一知なり。横に十方に遍満ずる了了たる一心なり。

という一節がある。

禅の真如は霊知であり一心ということになる。ここで円爾の言う一心は、延寿の『宗鏡録』で縦横に展開される一心を受けたもので、その序文に明らかなように『宗鏡録』は、一心を万象を照らす鏡に譬え、諸宗・諸教をそこに集約しようとする。無住も『宗鏡録』を重視し、霊知などの禅語を円爾から継承している。宗鏡とはすなわち「一心」の謂いなのだ。更に円爾は天台本覚思想に禅（≒教禅一致）の一心を結合させていったとされている。▼注(89)入宋僧による華厳・本覚・禅のハイブリッドな東アジア規模の教学形成と評したい所である。なお円爾門下には伊勢神宮・神祇信仰とも関係が深い「安養寺流」が存在する。

さて今暫く、教禅一致・『宗鏡録』・一心について、神祇・神道との関係で考えてみたい。

達磨宗は栄西に先行する本覚思想的な禅宗であり、修行や戒律を否定したとして栄西に批判されているが、宋から叡山に流入した『宗鏡録』の思想に影響を受け成立したという。▼注(90)その達磨宗の文献に『成等正覚論』▼注(91)がある。華厳の唯心思想が基調であり、末尾を「若人欲レ了ニ知三世一切仏一、応レ観ニ法界性一、一切唯心造」と、華厳の「破地獄偈」と呼ばれるタイプの唯心偈で結んでいる。「心性」という語も頻出し、心性本覚論との関係も強い。また『見性成仏論』▼注(92)にも、「菩提を願はむよりは、煩悩菩提は一心なり（と）悟らむことを願うへし。」などの一心の用例や、「宗鏡に云く、……三界は唯心に万諸《（法）》は唯識故に……」など、『宗鏡録』からの引用が多く目立つ。

こうして達磨宗に言及したのは、このグループを通して教禅一致・『宗鏡録』・一心といった議論が、ここで問題にしている中世的神祇信仰の領域に連接してくるからである。そこで延慶本『平家物語』の禅宗問答説話における華厳唯心思想と神祇の問題に注目したい。

俊寛「……それ法門の大綱は、顕教も密教も凡聖不二と談じて、自心の外に仏法もなく神祇もなし。三界唯一心と悟れば、欲界も色界も外にはなく、地獄も傍生も我心より生ず。……さては禅の法門こそ、教外の別伝と申して、言語道断の妙理にて候へ。……当時、法勝寺に卿律師本空とて、入唐の禅僧あり。……無行第一の僧にて候へ。神をも敬わず、仏をも敬わず……熊野権現と申すも夷三郎と申すも、妄心虚妄の幻化……」
康頼「御法門の趣は、華厳宗の法界唯一心かと覚え候ふ。されば不変真如の妙理、真妄同空の所談也。ことあたらしく中々申すに及ばず。次に禅の法門は、……因果撥撫するが故に仏教には非ず……」[注93]

禅と華厳の論理で神祇崇拝が批判され、それに応答がなされる有名な箇所である。唯心論に居直って無行を主張したという本空律師には達磨宗のイメージが投影されており、ここでの禅と華厳の問答が舶来の教禅一致を受けて結構されていることは、牧野和夫氏の論じられた所である。[注94] 華厳・禅の唯心思想は、神祇の外在的実体性の否定としても機能しており、衆生の〈心〉のアレゴリーとしての中世神話とも地続きの思想問題と捉えられよう。なお『源平盛衰記』の当該箇所である巻九「康頼熊野詣」には、神祇について「神明と申すは、権者の神も仏菩薩の化身として仮に下給へる垂迹也。直に本地の風光を尋ねて、出離の道に入給べし。」と、『類聚神祇本源』にも引かれた件の禅語が見えている。

4、小結

中世神道思想と舶来の禅という視点は、小川氏によって提起されているが、ここではそれを、唯心思想を掘り下げる形で問題化してみた。本覚思想が中世神道説の基盤となっていることも先学の研究で周知の所だが、仔細に神道書類を読み込んでゆくと、そこには本覚思想と密接に繋がる華厳唯心思想とその影響も窺えた。

実は本覚思想の形成に宗密の華厳禅が影響しているとの指摘があり、また鎌倉以前成立かと思しき天台本覚思想文献である『五部血脈』の「一念成仏義」には、延寿の言葉の引用が確認できる。[注95] さらに日本天台で成立した、本覚思想の説話化とも言える『心性罪福因縁集』は、二五話中、二三話が華厳唯心偈の一部を含んだ定型句で結ばれるのだが、その撰者は延寿に仮託され、既に『東域伝灯目録』（一〇九四年）に『宗鏡録』ともども書名が記載されている。[注96]

こうした点を勘案するならば、日本中世の唯心思想は、その形成と展開の過程において、やはり宋代の禅・華厳のインパクトを多分に受けていることが推定されるが、本稿では誠に荒削りで不十分な考察に留まってしまった。東アジアの唯心論的思惟傾向の、日本中世的なあり方の一端として神道説や神観念を位置づける試みは、今後深めてゆきたい。

おわりに

ここまで先学の研究に学びつつ、三章に亘って日本中世の神祇信仰を東アジアへと開くための議論を提示してきた。各章ごとの論旨を再度纏め、展望・課題などを付して稿を閉じたい。

「一、南都仏教復興運動における神祇と宋文化」では、宋版大般若経・宋版一切経といった宋の仏教文化を象徴する〈文物《モノ》〉にも注目しながら、神祇信仰・神国観について考察した。重源・貞慶・律僧らの宋（異文化・大陸文化）への憧憬は共通した特性であった。重源をモデルに導かれた、「伝統的・復古主義」と「舶来主義」という一見相反するポリシーの使い分けによって東アジアの時代動向に対応する南都仏教という新像《イメージ》▼注(97)は、〈神祇〉に即して考えたとき、よりその動態がリアルに把握可能と思われる。授戒儀礼の現場から神祇を排除しながらも、神祇を戒律守護神と崇める撞着とも見える律僧の在り方は、正にその先鋭的な事例と位置づけられるのではないか。「神国論者たる貞慶」も、一般論として正しいが、その内実は充分に分析されてきたとは言い難いだろう。寺院の儀礼や、建造物・宋版一切経といったモノに注目する方法で、今後も南都僧達の神祇信仰・神国観の仕組みや多様性を捉えていく必要を感ずる。

「二、「葛城山＝金剛山」説と東アジアの霊山信仰」では、「葛城山＝金剛山」という言説のすぐ周辺に、東アジアに流布した五台山信仰があったこと、そして朝鮮半島における同様の言説と信仰の存在、さらにモンゴル襲来を契機とする「霊山縁起→中世神道書」という見通しなどに論及した。極東日本の霊山信仰を、広く東アジアの霊山信仰との関係性の中へと開いてゆけば、また新たな問題が見えてくる可能性がある。『華厳経』「菩薩住処品」に基づく日本・高麗の金剛山信仰は、「五台山系仏教文化圏」という問題にも包摂できるのではないか。その意味では、『華厳経』「菩薩住処品」の言説に依拠しなくなった『宝山記』は、〈仏法の〉領域から離脱して〈神道〉へとシフトしたと言い得るのである。

「三、東アジアにおける〈唯心思想〉の展開と神祇・神道説」では、中世という時代を貫く神道説・神祇観の唯心論的性質を通覧したが、それを日本仏教の内発的展開の産物としてのみ評価するままでは不十分である。日本中世における唯心論は、緩やかな思想背景の問題として宋代の仏教思想へも連接してゆくのであり、中世の宗教的思考様式として定着した唯心論が室町後期になお健在であったことは、宣賢の神道書における唯心偈引用に照らして納得されよう。また宋朝以降の明代では、儒教の朱子学・陽明学と仏教が相俟って〈心学世界〉を形成しており、かかる大陸思潮の後を追うように、日本近世仏教も「唯心の弥陀」「心外無別法」を基調とした唯心論として完成していったという議論もあって、この際、誠に示唆的である。▼注(98) 東アジアの思想展開を充分に見据えることで、中世神道の「普遍性」を改めて問うてゆくことができよう。

注

(1) 梅村喬編『伊勢湾と古代の東海』（名著出版、一九九六年）所収。
(2) 根本誠二他編『奈良仏教の地方的展開』（岩田書院、二〇〇二年）所収。
(3) 速見侑編『日本社会における神と仏』（吉川弘文館、二〇〇六年）所収。
(4) 日本思想史学会二〇一〇年度大会 パネルセッション「平安時代の神祇と仏教」レジュメ参照。『日本思想史学』（四四号、二〇一二年）にも、報告要旨掲載。
(5) 『仏教史学研究』（五一巻二号、二〇〇九年）所収。
(6) 前注4に同じ。
(7) 平雅行「神仏と中世文化」（『日本史講座4 中世社会の構造』（東京大学出版会、二〇〇四年）、上島享『日本中世社会の形成と王権』（名古屋大学出版会、二〇一〇年）など。
(8) 近本謙介「廃滅からの再生—南都における中世の到来—」（『日本文学』四九巻七号、二〇〇〇年）。
(9) 佐々木馨『中世国家の宗教構造』（吉川弘文館、一九八八年）、鍛代敏雄『神国論の系譜』（法蔵館、二〇〇六年）など。
(10) 横内裕人「東大寺の再生と重源の勧進—法滅の超克—」（『日本中世の仏教と東アジア』塙書房、二〇〇八年）。しかし「三度」も入宋したというのは自称であろうか。
(11) 拙稿「貞慶撰五段『舎利講式』の儀礼世界」（『神仏と儀礼の中世』法蔵館、二〇一一年）。
(12) 『真福寺善本叢刊 第8巻 古文書集1』。
(13) 拙稿「貞慶の笠置寺再興とその宗教構想—霊山の儀礼と神仏—」（『神仏と儀礼の中世』）、同「中世的天岩戸神話に関する覚書—中世宗教思想史における仏教と神祇に関する素描—」（『寺社と民衆』創刊号、二〇〇五年）。
(14) 伊藤聡『中世天照大神信仰の研究』法蔵館、二〇一一年）八六頁。
(15) 『校刊美術史料 寺院編下』。

(16) 前同。
(17) 平岡定海『日本弥勒浄土思想展開史の研究』(大蔵出版、一九七七年)巻末に収録。
(18) 伊藤聡「中世神道の形成と無住」(『無住―研究と資料―』アルム、二〇一一年)。
(19) 前注17。
(20) 前注17。
(21) 前注15。
(22) 前注17。
(23) 日本思想大系『中世禅家の思想』四五六頁。
(24) 瀬谷貴之「貞慶と重源をめぐる美術作品の調査研究―釈迦・舎利信仰と宋風受容を中心に―」(『鹿島美術研究』年報第一八号別冊、二〇〇一年)。
(25) 藤岡譲「解脱房貞慶と興福寺の鎌倉復興」(『学叢』二四号、二〇〇二年)。
(26) ニールス・グュルベルク「解脱房貞慶と後鳥羽院」(『中世文学の展開と仏教』おうふう、二〇〇〇年)。
(27) 岡田荘司「『神祇講式』の基礎的研究」(『大倉山論集』四六輯、二〇〇一年)。
(28) しかし初期の作品である『春日大明神発願文』では、春日神を『華厳経』の五十五善知識に比擬し、神祇＝特殊を仏法＝普遍の内に位置づけている。
(29) 前田雅之「中世説話集の神々」(『国文学―解釈と鑑賞―』六〇巻一二号、一九九五年)。
(30) 蓑輪顕量『中世初期南都戒律復興の研究』(法蔵館、一九九九年)巻末に翻刻あり。
(31) 細川涼一「鎌倉時代の律宗と南宋」(アジア遊学『日本と《宋元》の邂逅』勉誠出版、二〇〇九年五月)。
(32) 横内裕人「久米田寺の唐人」(アジア遊学『東アジアと結ぶモノ・場』勉誠出版、二〇一〇年四月)。
(33) 土橋秀高『戒律の研究』(永田文昌堂、一九八〇年)、松尾剛次『(新版)鎌倉新仏教の成立』(吉川弘文館、一九九八年)、拙稿「南都戒律復興における受戒儀礼と春日信仰の世界」(『神仏と儀礼の中世』)。
(34) 拙稿「叡山律僧の受戒儀礼と山王神」(『神仏と儀礼の中世』)。
(35) 『大和古寺大鑑』7巻所収。
(36) 拙稿「中世死穢説話小考」(『国語国文』八七九号、二〇〇七年)。
(37) 神道大系『日吉』所収。
(38) 古典文庫『中世神仏説話　正』所収。
(39) 宋版輸入の問題については、大塚紀弘「宋版一切経の輸入と受容」（『鎌倉遺文研究』二五号、二〇一〇年）が詳細である。

(40) 上川通夫「一切経と中世の仏教」（『日本中世仏教史料論』吉川弘文館、二〇〇八年）。

(41) 江静「神に招かれた聖人―無学祖元の赴日因縁をめぐって―」（『聖地と聖人の東西』勉誠出版、二〇一一年）。

(42) 日本思想大系『中世神道論』所収。

(43) 日本思想大系『寺社縁起』所収。

(44) 川崎剛志「院政期における大和国の霊山興隆事業と縁起」（『中世文学と寺院資料・聖教』竹林舎、二〇一〇年）。

(45) 川崎剛志「日本国「金剛山」説の流布―院政期、南都を中心に―」（『伝承文学研究』五六号、二〇〇七年）。

(46) 中央の談峯を、五岳の中岳とするなら、それは「嵩山」となるはずで、五台山を巡礼する意味が無く、また五岳や嵩山を巡礼した日本僧については寡聞にして知らず。なお五台山にも東西南北中央の五峰がある。

(47) 横内裕人「東大寺図書館蔵覚憲撰『三国伝灯記』―解題・影印・翻刻―」（『南都仏教』八四号、二〇〇五年）。

(48) 拙稿「貞慶撰五段『舎利講式』の儀礼世界」（『神仏と儀礼の中世』）。

(49) 前同。

(50) 陳継東「仏教民間信仰の諸相」（『新アジア仏教史8・中国Ⅲ 宋元明清―中国文化としての仏教―』佼成出版社、二〇一〇年）。

(51) 朝枝善照「華厳の世紀―五台山仏教文化圏と東大寺―」（『華厳学論集』大蔵出版、一九九七年）他を参照。

(52) 先述のように南都における天台の拠点たる多武峯も、日本の五台山であった。

(53) 中国五台山の華厳教学は禅と結びついたものである。

(54) この問題については小島裕子「五台山憧憬―追想、入宋僧奝然の聖地化構想―」（『仏教と人間社会の研究』永田文昌堂、二〇〇四年）が示唆に富む。また井上一稔「清涼寺釈迦如来像と奝然」（『方法としての仏教文化史―ヒト・モノ・イメージの歴史学―』勉誠出版、二〇一〇年）、中田美繪「五臺山文殊信仰と王権―唐朝代宗期における金閣寺修築の分析を通じて―」（『東方学』一〇七輯、二〇〇九年）他を参照。

(55) 小峯和明「五台山逍遥―東アジアの宗教センター―」（『巡礼記研究』五集、二〇〇八年）。

(56) この五台山信仰は、むろん中国に倣ったものである。

(57) この問題については龍野沙代「皆骨山から金剛山へ―「金剛山」名称誕生と十三世紀の高麗社会―」（『聖地と聖

人の東西』）に詳しい。また松本真輔「伝説と縁起―朝鮮半島に偏在する諸菩薩の様相―」（『漢文文化圏の説話世界』森話社、二〇一〇年）も参照。

(58) 横内裕人「高麗続蔵経と中世日本―院政期の東アジア世界観―」（『日本中世の東アジアと仏教』）・同「東アジアの中の南都仏教」（『文学』二〇一〇年一・二月号）。

(59)『金沢文庫の中世神道資料』所収。

(60) 川崎剛志「『金剛山縁起』の基礎的研究」（『金沢文庫研究』三一七号、二〇〇六年）。

(61) 最古善本は、南北朝期の真福寺蔵本とされる。

(62) それは文永・弘安頃の成立とされる伊勢神道の『御鎮座本紀』にも見える。

(63) 伊藤聡「中世神道と神道灌頂」（奈良国立博物館公開講座二〇〇七年五月一九日レジュメ）。

(64)『宝山記』には蔵俊の言説は見えない。

(65) 鎌田純一『中世伊勢神道の研究』（続群書類従刊行会、一九九八年）。

(66) 両部神道を代表する、かの『天地麗気記』は『宝山記』を参照しており、神道書としての『宝山記』の重要性が窺える。

(67) 中世の文学『三国伝記』。

(68) 東福寺の円爾弁円などが使用したものでもある。

(69) 小川豊生「中世神学のメチエ―『天地霊覚秘書』を読む―」（『「偽書」の生成―中世的思考と表現―』森話社、二〇〇三年）、同「十三世紀神道言説における禅の強度―「中世神学のメチエ」続稿―」（『文学』二〇〇五年一一・一二月号）、同「仏教学と神仏習合」（『漢文文化圏の説話世界』竹林舎、二〇一〇年）。

(70) 仏性の異名としての用例もある。

(71) 前注69「中世神学のメチエ」は、こうした問題を「極東の中世における神仏習合の内実が、東アジア全域との交渉史という局面へと切り開かれていく契機」「日本の神仏をめぐる思考を、東アジア全域へと指し向ける格好のキーワード」と概括しており、本稿は小川論文に多くを学んだ。なお本稿の元となる報告を、説話文学会シンポジウム（二〇一二年六月）において行った直後、『日本思想史講座2 中世』（ぺりかん社、二〇一二年七月）が刊行された。本書には和田有希子「禅林の思想と文化」が収録され、小川氏の成果に論及しており、また同書収録の伊藤聡「神道の形成と中世神話」も、『三角柏伝記』に宋代の道書『道徳真経直解』の一節が引用されていることを指摘する。『道徳真経直解』は、円爾請来という。

(72) また土田健次郎「南北朝期における『太極図説』の受容」(『大倉山論集』四三輯、一九九九年)によれば、『山家要略記』『類聚神祇本源』『瑚璉集』『元元集』『旧事本紀玄義』『古語類要集』といった、天台や伊勢の各種の中世神道書には、北宋の儒学者・周敦頤の『大極図説』も引用されているのであり、やはり中世神道と宋代学知との交渉という問題は、看過できない重要性を有する。

(73) 神道大系『日本書紀注釈　中』所収。

(74) 神道大系『日本書紀注釈　下』所収。

(75) 柳澤正志「日本天台における『華厳経』唯心偈の受容をめぐって」(『天台学報』四六号、二〇〇四年)。

(76) 前注13拙稿「中世的天岩戸神話に関する覚書」に詳述した。

(77) 前注42。

(78) 黒田俊雄「中世における顕密体制の展開」(『同著作集2巻』法蔵館、一九九四年)の一二三頁参照。

(79) 『真福寺善本叢刊 両部神道集』三八六頁。

(80) 同三八七頁。

(81) 大神宮叢書『度会神道大成　上』所収。

(82) 大正新脩大蔵経四八巻四七七上頁。

(83) 日本思想大系『中世神道論』一〇四～五頁の書き下しから引用。

(84) 省略したが、かなり長めに文章が引用されている。

(85) 澄観・宗密の華厳思想と一心については、曺潤鎬「宗密における真理の把捉―「円覚」の理解と関連して―」(『韓国仏教学ＳＥＭＩＮＡＲ』7号、一九九八年)と、馬渕昌也「澄観教学における一心の位置づけをめぐって」(『東アジア仏教研究』三号、二〇〇五年)が詳細。また張文良『澄観 華厳思想の研究―「心」の問題を中心に―』(山喜房佛書林、二〇〇六年)と胡建明『圭峯宗密思想の綜合的研究』(春秋社、二〇一二年)は最新の成果である。

(86) 伊藤聡「中世の神観念」(『日本史小百科 神道』東京堂出版、二〇〇二年・一一頁)。

(87) 前注13拙稿「中世的天岩戸神話に関する覚書」参照。また日本中世の思想文化における「一心」の重要性については、荒木浩「和歌を詠む―中世古今集注釈書の一隅を読む―」(『中世の知と学―〈注釈〉を読む―』森話社、一九九七年)が示唆に富む。

(88) 『禅宗』二一〇号(一九一二年)翻刻から書き下して引用。

(89) これらの問題については、高柳さつき「日本中世禅の見直し―聖一派を中心に―」(『思想』二〇〇四年四月号)や、松波直弘『鎌倉期禅宗思想史の研究―〈日本禅宗〉の形成―』（ぺりかん社、二〇一一年）に詳しい。鎌倉仏教に与えた『宗鏡録』の影響が、最近認識されつつある。

(90) 中尾良信『日本禅宗の伝説と歴史』（吉川弘文館、二〇〇五年）。

(91) 『金沢文庫資料全書　禅籍篇』所収。

(92) 前同。

(93) 『延慶本平家物語全注釈　第一末』の釈文より、形を改めて引用。

(94) 一例として牧野和夫「延慶本『平家物語』の一側面」（『文芸研究』三六号、一九七七年）・同「延慶本『平家物語』と達磨宗―頼瑜周辺の二・三―」（『実践国文学』五八号、二〇〇〇年）などを参照。

(95) 末木文美士「本覚思想における心の原理」（『鎌倉仏教形成論』法蔵館、一九九八年）。ただし出典未詳の引用であり、延寿仮託言説の可能性もあるが、延寿と教禅一致が注目されていたことには違いなかろう。

(96) 吉原浩人「院政期における〈本覚讃〉の受容をめぐって―『心性罪福因縁集』と大江匡房の文業を中心に―」（『神仏習合思想の展開』汲古書院、一九九六年）。

(97) 前注58横内裕人「東アジアの中の南都仏教」。

(98) 大桑斉「東アジア世界と日本近世仏教」（『日本仏教の射程』人文書院、二〇〇三年）などを参照。

（補注1） また兼良は本書上第一に「圭峯云」として三ヶ所、宗密『原人論』を引いている。

（補注2） 林敏「日本における『首楞厳経』の展開」（『印度学仏教学研究』一二〇号、二〇一二年）。

2nd Session

▼質疑応答

近本　これから暫くは私の方で司会を担当させていただきます。充実した三つのご報告がありましたので、いま余計なことはなしにしまして、すぐにコメンテーターのお二人の方からお話をいただきます。今回のコメンテーターのお二方には、パネリストのご報告もふまえながら、ご自身の研究内容からもそれを補う内容のコメントをしていただきたいという、難題をお願いしております。

最初にスティーヴン・G・ネルソンさんからコメントをいただき、そこで出た問題について、必要に応じて、パネリストの方との若干のやりとりをさせていただきます。続いて本井さんのコメントに移らせていただきます。それではネルソンさん、よろしくお願いいたします。

ネルソン　今の三つの発表のような時間的な広がり、空間的な広がりのある発表はなかなかないだろうと思いました。これにコメントする資格があるとは思っておりませんで、自分の専門であります日本の音楽史、ひいては唐を中心とした東洋音楽史の方に、話題をちょっと引っ張っていきます。多少我田引水的なコメントになってしまうことをお許しいただければと思います。

近本謙介

1964年生まれ。所属：筑波大学　専門分野：日本中世説話文学、日本中世宗教文芸。主要編著書：『日光天海蔵 直談因縁集―翻刻と索引』（和泉書院、1998年）、『春日権現験記絵　注解』（神戸説話研究会編、和泉書院、2005年）、「南都復興の継承と展開―慶政の勧進をめぐる二つの霊託―」（『文学』11巻1号、2010年）など。

スティーヴン・G・ネルソン氏コメント「音楽を書き記すこと」

1、P.3808『長興四年中興殿應聖節講経文』紙背、いわゆる『敦煌琵琶譜』

ネルソン　それではまず敦煌から出発していきます。敦煌には琵琶の有名な楽譜があります。これが荒見さんがご著書の中で取り上げられております、P.3808という『長興四年中興殿應聖節講経文』の紙背にあります。

まずこの琵琶の楽譜ですが、日本に伝わっている以下の三楽譜、日本の正倉院に天平年間の『天平琵琶譜』と言われるもの、そして貞保親王が著した『南宮琵琶譜』と言われるもの、陽明文庫に現存しています五絃琵琶のための『五絃譜』が、音楽的には実は繋がってこないものなのですが、その三楽譜と全く同じ記譜体系になっています。もちろん大本は唐であるということになります。この楽譜が発見されて、中国の方でも大変研究が盛んです。

資料の方にはいろいろと書いておきましたが、中国におけるこの史料の研究は実は解決を見ていないと思っています。というのは中国の殆どの研究者は、日本における琵琶の楽譜

レジュメより

1．P.3808『長興四年中興殿應聖節講経文』紙背、いわゆる『敦煌琵琶譜』

◇　ネルソンのノート（“Issues in the interpretation of notation for East Asian lutes (*pipa/biwa*) as preserved in scores of the eighth to twelfth centuries”『日本音楽史研究』8（上野学園大学日本音楽史研究所年報）に基づく）。

20 世紀初頭に敦煌の莫高窟から発見され、現在 Paris 国立図書館 Pelliot Collection に所蔵されている写本（P.3808）。唐五代の琵琶譜。別称：『敦煌楽譜』『敦煌曲譜』。もと 3 巻だったのが、『長興四年中興殿應聖節講経文』書写のために貼り合わせられて巻子一軸となり、琵琶譜が紙背。この原状から考えられるように、総数 25 の楽曲の琵琶譜は、筆跡と調絃法により 3 つの曲群に分かれる。奥書などを欠くが、表面に長興 4 年（933）の記載があることから、楽譜はそれ以前に書写されたことになる。唐がすでに滅亡した 907 年より後の五代期に相当するが、唐代末期の演奏伝承を伝えるものと考えられ、小さな楽器編成の伴奏による歌曲の琵琶伴奏譜と思われる。研究は、林謙三 1955 ／ 1969 の中国語訳（1957）が出てから、中国で盛んに研究されるようになり、特に 80 年代以降には研究論文や訳譜は膨大な数に及んでいる。代表的な論文集には饒宗頤編『敦煌琵琶譜』（新文豊出版公司、1990 年）、饒宗頤編『敦煌琵琶譜論文集』（新文豊出版公司、1991 年）、陳應時『敦煌楽譜解譯辯證』（上海音楽学院出版社、2005 年）がある。中国におけるこうした研究の積み重ねは一応の結果を見ているものの、今なお論争の的となっているのは、リズムの解釈と第 1 曲群の調絃である。特に前者に関していえば、譜字の右側付点を、何らかの方法で拍子を表わすものと見なして訳譜の作業を行っている者がほとんどだが、これは日本に伝わる他の琵琶古楽譜との比較検討を怠り、なおかつ日本における雅楽の演奏伝承を無視した結果の誤った解釈であると考える。

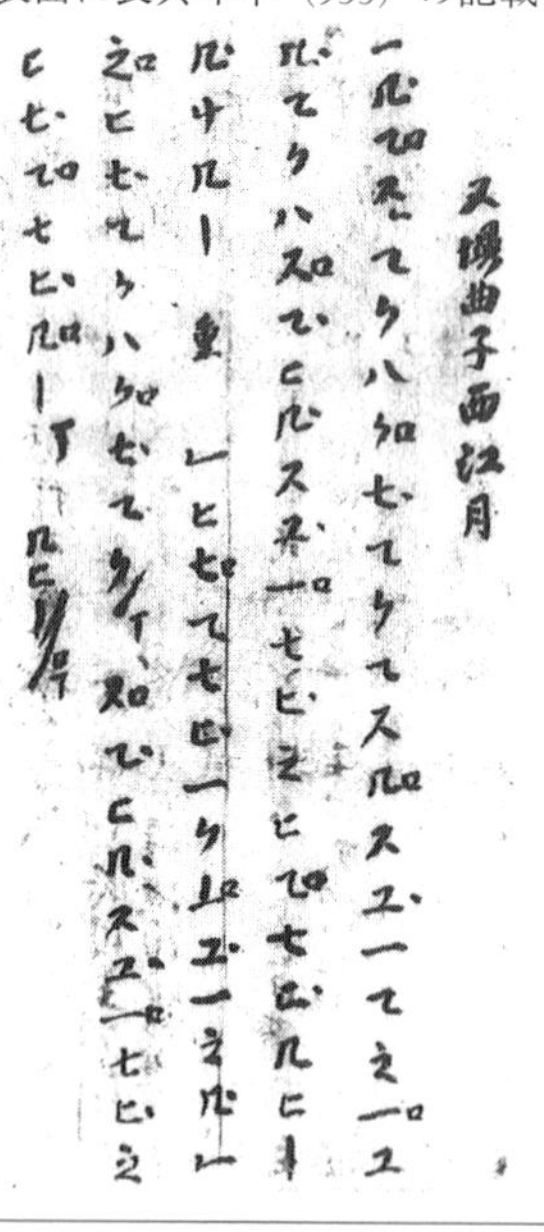

（右写真は第 2 曲群の《（又慢曲子）西江月》）

のあり方自体を無視していますし、共通の記譜体系であることに気づいておりません。しかも日本には唐楽の生きた演奏伝承というのがずっと続いているということも意識していないので、楽譜の解釈に大きな間違いを犯してしまっているのです。中国ではもうちょっと国際的な視点を持った研究が必要でしょう。

「音楽を書き記すこと」というのが私の勝手につけたテーマなのですが、ここで言いたいことは、旋律が中心の音楽というのは実は楽器であれば比較的簡単に書くことができます。琵琶の絃とフレットの交差するところに名前をつけまして、これを私たちは「譜字」と言っていますが、二〇個の譜字で縦書きで書いていきまして、そこに補助記号としてリズムだとか奏法に関するものを書き足

スティーヴン・G・ネルソン
1956年生まれ。所属：法政大学　専門分野：日本音楽史学（特に平安・鎌倉時代）。主要編著書：「藤原孝道草『式法則用意条々』における講式の音楽構成法」（福島和夫編『中世音楽史論叢』和泉書院、2001年）、「文字譜の歴史　—中国から日本へ—」（2008年国際シンポジウム報告書『仏教声楽に聴く漢字音　—梵唄に古韻を探る—』二松学舎大学21世紀COEプログラム「日本漢文学研究の世界的拠点の構築」、2009年）。「蘇る平安の音」（神野藤昭夫・多忠輝監修『越境する雅楽文化』、書肆フローラ、2009年）など。

していけば、ある程度の精度で楽譜を書き記すことができます。私も実はこの楽譜を解読しろと言われたらできます。今年のうちに論文が出ますが、五線譜に訳したものもつきます。ご高評のほどよろしくお願いします（笑）。

2、奈良・平安初期の史料にみられる、角筆による節博士

ネルソン　次は私がちょっと驚いたことですが、数年前に東大寺で開かれたシンポジウムで、奈良時代の声明の楽譜の報告がされています。この資料の文字のところどころに、ちょっとした斜線や波線、波状線のものなど、いろいろと出ているのですが、これが原本では角筆で書かれております。写真を撮っても全く見えませんので、文字を起こしてトレースしたものを書き足していくということしかできないだろうと思います。これが結局『華厳経』の勉強をして来た、審祥という僧侶のおかげで伝わったものだろうと思います。とにかく奈良時代にはまとまった形の、角筆による声明の譜が存在します。

声明の譜というふうに言っているのですけれども、実は次々頁に掲げましたが、右側の方が小林氏がA型としているもので、新羅あるいは高麗に見られる角筆の梵唄の譜と同じ形です。そして左の方がB型としているもので、むしろ日本

レジュメより

２．奈良・平安初期の史料にみられる、角筆による節博士

◇　小林芳規「はじめに」より（「奈良時代の角筆訓点から観た華厳経の講説」『東大寺創設前後』（ザ・グレイトブッダ・シンポジウム論集第2号）奈良：東大寺　に基づく）。

日本において、『華厳経』が初めて講説されたのは、天平12年（740）で、講師は奈良の大安寺僧審祥であった。審祥は、新羅学生と称され、新羅で華厳を学び、帰朝後、最初の講師として『華厳経』を講説し、これ以後、延暦8年（789）まで50年間、引続きつねにこの『華厳経』講説が続行されたと、凝然が説いている。

審祥が『華厳経』をどのように講説したかつまびらかではないが、講説が続行された8世紀後半には、当時の『華厳経』やその注釈書の『華厳刊定記』が東大寺を中心に伝存していて、それに角筆による、訓点の仮名や符号が加点されていることが発見されて、当時の講説の一面を具体的に知ることが出来るようになった。その加点の内容が大谷大学蔵『判比量論』（新羅の元暁撰述で、8世紀前半の新羅の角筆加点がある）の加点方式に通ずることから、新羅の影響を受けたことが考えられる。

又、日本では800年頃（平安時代初頭期）になると、毛筆で白書や朱書による仮名やヲコト点などの訓点を経巻に書入れることが始まるが、書写された年代の明らかな文献は、いずれも華厳経関係書である。（中略）これは、新羅において華厳を学んだ審祥が、日本で初めて華厳経を講説し、その講説が引続き行われたことと関係があると考えられる。

本稿は、このことを新たに発見された角筆加点資料に拠って説いたものである。

ここに、「角筆」というのは、昔の筆記具で、象牙や木や竹の一端を筆先の形に削り、その先端を紙の面に押し当てて凹みをつけて、文字や絵などを書いた用具である。毛筆で書くのと異なり、墨の黒い色や朱書、白書などのような色が着かないので、角筆の文字や絵などは目立ちにくく、今まで見逃されてきたものである。

「角筆訓点」とは、経典などの漢文を読解する際に、仮名文字や注解の語句やヲコト・返点などの符号を、直接に経巻に角筆により凹みとして書入れたものである。

角筆で文字などを書入れた古文献は、40年ほど前に第一号が日本で発見されて以来、時代の上では、奈良時代以前から大正時代までにわたり、地域では日本全国47都道府県のすべての県から、今日までに3300点余りが発見されている。中国大陸でも2000年前の漢代の木簡をはじめ、敦煌文献などから発見されて、東アジアにおける角筆の源が中国大陸にあることがわかってきた。

2000年7月の韓国の調査で、朝鮮半島からも、11世紀の初雕高麗版を中心に、7世紀末から19世紀までの古文献に角筆訓点の書入れが発見された。その後も発見が続いている。（以下、『華厳経』、その注釈書である『華厳刊定記』、その他数点の奈良・平安初期の角筆史料について述べる中で、角筆による節博士を2型、つまり節博士の線が漢字の右下から起筆し右の方に延びる、朝鮮半島の新羅・高麗時代の角筆史料に見られるタイプに近いもの（A型）と、概ね四声点から筆記し漢字の右側または左側の行間に施されるもの（B型）とに分ける。B型の特徴は10世紀以降の天台宗・真言宗で用いられる節博士に通じるが、時代が遡り8世紀に用いられたことが判明した。）

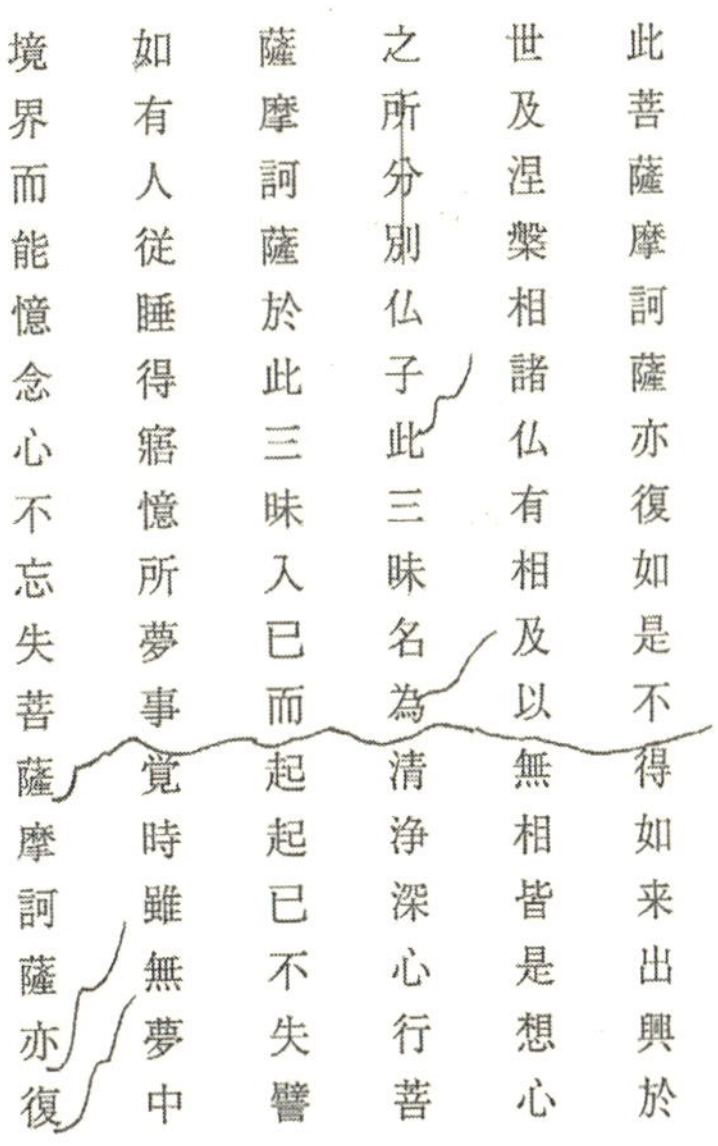
此菩薩摩訶薩亦復如是不得如来出興於
世及涅槃相諸仏有相及以無相皆是想心
之所分別仏子此三昧名為清浄深心行菩
薩摩訶薩於此三昧入已而起起已不失譬
如有人従睡得寤憶所夢事覚時雖無夢中
境界而能憶念心不忘失菩薩摩訶薩亦復

角筆の節博士（A型）

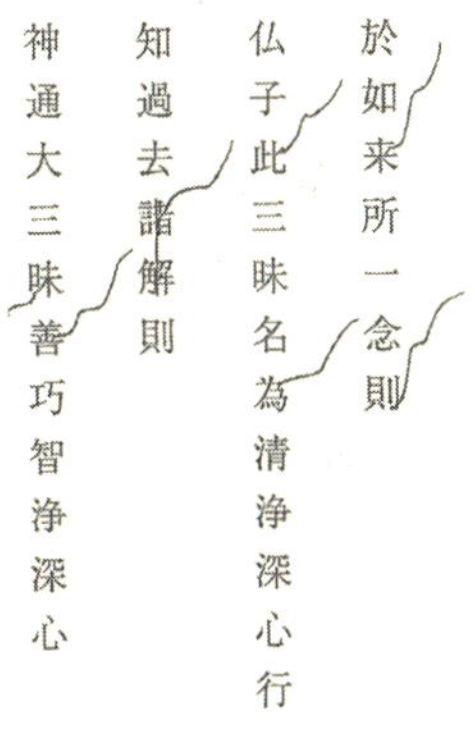
於如来所一念則
仏子此三昧名為清浄深心行
知過去諸解則
神通大三昧善巧智浄深心

角筆の節博士（B型）

の方で後に重要になってくる四声点から文字の左右両方に線が書かれるという書き方になっていて、A・B二系統に分けられています。これから声明の研究者が、もっとこの辺を意識しなければいけないのですけれども、とにかく音楽史においてはかなり大きな驚きでした。これまでは十世紀が一番古いのではないかと言われていたわけですから、一気に奈良あるいは新羅まで遡っていくという、大発見です。

それで「音楽を書き記すこと」というテーマで言いたいのは、全員が歌う音楽というものも実はかなり楽譜化されやすいのです。みんなで歌わなければいけないわけです。合わせなければいけないので、合わせる目安のようなものがなければいけないわけです。そこでいろいろな工夫をするのですが、この線が果たしてどういう意味なのか、今となっては解読するのは非常に難しいことではあるのですけれど、儀礼の中における音楽をきれいに合わせていくためには、どうしても必要なものだったのだろうと思います。

3、講式の楽譜化

次に講式の話をちょっとさせていただきます。講式の読誦法というのが私の研究テーマの一つなのですけれども、私がよく文学の研究者に聞かれることがあります。「講式はいつ

レジュメより

3. 講式の楽譜化

◇　ネルソン 2001:222-223（「藤原孝道草『式法則用意条々』における講式の音楽構成法」福島和夫『中世音楽史論叢』215-277、大阪：和泉書院（日本史研究叢刊 13））。

講式の式文がどう読誦されていたか、その音楽的な特徴について音楽研究の中でこの数十年少しずつ明らかになってきた。現行の講式は宗派ごとに読誦法が異なり、複雑なあり方となっているが、共通の概念として挙げられるのはまず音域設定と関連する用語、「初重」「二重」「三重」やその他、特定の宗派独自のもの（「中音」「沓」「冠」など）である。「初重」「二重」「三重」はそれぞれ音域の低・中・高の音域と、その音域の曲節を表し、「初重」はその基本をなす。これらに加えて、もう一つの基礎概念としては「甲」対「乙」がある。様々な用法をもつ用語であるが、講式の場合には甲（あるいは甲様）は音階の宮音を基礎音とする旋律様式（旋法）で、対する乙（あるいは乙様）は徴音を基礎音とする旋律様式（旋法）を指す。こうした二種類の用語が組み合わされることが多い。例えば、新義真言宗の声明における講式では「甲二重」といった使い方があって、音域と旋律様式が規定され、曲節が指定されることになる。

ところで、宗派ごとに固有の音楽様式をもつようになる以前（それがいつのことであるかについて、十分に検討する必要がある）の講式には、「甲式」と「乙式」という、二つの読誦法があった。甲式では初重と三重とが甲様、二重が乙様で、逆に乙式では初重と三重とが乙様、二重が甲様、ということになる。これを図解すると次のようになる。

	《初重》	《二重》	《三重》
甲式	甲	乙	甲
乙式	乙	甲	乙

これはすなわち、初重と三重とが同じ旋律様式で、同じ旋律構成音を、低高オクターヴ違いの音域で用いていたことを意味する。

こうした音楽構成要素を表示するために、講式の式文を記した写本や版本では「初重」「二重」「三重」「甲」「乙」やその組み合わせの他に、例えば合点やタレカギ（⌐、𝈥）、丸印（○、●）といった記号が用いられる例もある。史料調査が未だ不十分な現段階でも鎌倉後期から南北朝にかけての例も知られており、「楽譜なし」とされてきた写本を注意深く調査すれば、場合によっては例えば角筆などを用いた、より古い例も判明するかもしれない。実は講式の「楽譜化」は各宗派固有の読誦法の確立と密接な関係にあると思われるので、以下に述べるように、読誦法がまだかなり即興性を帯びていた頃には「楽譜」なるものの存在を期待すること自体が誤った考え方なのである。そしてある特定の写本に音楽構成要素の表示がないからといって、それが法会の場での読誦に用いられなかったという証拠にはもちろんならない。

頃音楽になりましたか」というものです。「いや、最初から音楽ですよ」と答えます。つまり楽譜に書かれることと音楽であることは、違うのだということを言っておきたいのです。これが例えば唱導等ともちょっと関係してくるのですが、一人の人間が自分の裁量で以て即興的にやる音楽というのは、実は書き表せないのです。旋律が定まってこなければ書きようがありません。結局江戸期の板本に見られるような非常に細かい楽譜というのが講式の場合にできてくるのは案外遅くて、それぞれの宗派の中に固定化して古典化した後、やっと楽譜が書かれるようになるわけです。ですから初期の時代の楽譜を期待すること自体が間違いなのです。

講式の方では「初重」「二重」「三重」、あるいは「下音」「中音」「上音」といった専門用語が組み合わされて、そして詞章の右側にちょっとした庵点、合点のようなものがあるのですけれども、こういうもので一応旋律様式と音域を指定しています。そしてそれぞれの文字一つ一つの横に、声明の節博士がついているのですけれども、非常に細かい記譜体系になっています。最初にできたのが、このタレカギのようなもの、合点のようなもの、あるいは「甲」とか「乙」、「二重」とか「三重」とか「初重」という専門用語を組み合わせたような言い方です。それしかない楽譜もありますし、鎌倉時代に遡ってみますと、タレカギや朱点、黒点等しかないような資料もあるのです。ここで皆さんに注文です。たとえ博士がなくても、実は楽譜である可能性があるので、線がないからといって「楽譜なし」と書かないでください。タレカギあるいは合点といったものがあるだけでも、楽譜と認めてください。あるいはせめて「合点あり」というのを、しっかり目録等に入れていただきたいと思います。そうでないと私たち音楽の研究者は、重要な写本を見逃してしまうことになるわけです。

4、方磬（方響）の再伝来、津守氏と源経信

それで最後に、これは昨日横内さんの資料を見たときにはっとしたところがありまして、追加した内容についてお話します。実は今日何の話をすれば良いかと考えていたときに、直前まで捨ててしまっていた話題なのですが、せっかくだから、お話させていただきたいと思います。

「院政期における物や人の交流」というものが、今回のテーマの一つになっていたと思うのですけれども、ここでは方磬という楽器が、院政期もしくは院政期の直前に、再伝来したという話です。方磬という楽器は非常に珍しく、一応『信西古楽図』と呼ばれる、信西のものではないのですけれども、この方磬の絵をお見せします（次々頁）。本来は方角の「方」

レジュメより

4. 方磬（方響）の再伝来、津守氏と源経信

方響　ホウキョウ　呉・漢音＋漢音（ハウキヤウ）。拼音 fāng-xiǎng。
方磬　ホウキョウ　呉・漢音＋呉音（ハウキヤウ）。漢音ならホウケイ（ハウケイ）。拼音 fāng-qìng。

日本の資料では、古代においては中国の用法に従って「方響」という表記が多かったが、平安時代後期以降は方磬が用いられるようになった。上下 2 段の木枠に長方形の金属板を格段 8 枚ずつかけた打楽器で、唐代で初めて作られて宴饗楽で用いられた。正倉院に 9 枚の鉄板が伝世することからわかるように奈良時代までに日本に伝えられたが、後に途絶えて、平安時代後期か院政期になって北宋との貿易の中で改めて伝来したと思われる。日本への再伝来は、北宋の「魏奇」（？）なる人物から住吉神主津守氏へ伝えられたとおぼしき伝承がある（Nelson 2003、南谷 2007 参照）。

参考：『津守氏古系図』（住吉大社権宮司津守通秀氏所蔵、保坂 1984 による）、
『楽臣類聚』（上野学園大学日本音楽史研究所蔵、窪家旧蔵楽書類。窪光逸、1671 年筆）

39 代神主　國基 ── 広基（40 代神主）── 俊基（41 代神主）
國基 ── 有基 ── 宗基 ── 女（周防局）
有基 ── 女（白幕前）
國基 ── 宣基 ── 盛宣（42 代神主）── 國盛（43 代神主）── 長盛（44 代神主）
國盛 ── 長基
後白河院北面

◆國基（1023-1102）
◆有基（　？ -1135）
系図　「方磬初師異朝人魏奇弟子、箏上手、小倉供奉院禅弟子、保延元年月日卒」
類聚　「日向守従五上、従五下國基子、箏上手、方磬師異朝人、謌人」
◆女子（白幕前）
系図　「日向守有基女、従五下國基孫、太政大臣師長公備後守季通等之師」
類聚　「箏上手、太政大臣師長備後守季通等師、方磬上手、号白幕」
◆女子（周防局）
系図　「周防、箏上手、夕霧師也」
類聚　「従五下宗基女、日向守有基孫女、箏上手、方磬師」
◆長基
系図　（未検討）
類聚　「従五上、従五上國盛子、従五下盛宣孫、笛方磬上手、後白河院北面」

津守氏への伝承以前、日本における方磬の演奏伝承がどうであったか。史料は極めて少ない。
◇『師記』（源経信〔1016-97〕の日記。部分的にしか伝わらない）　寛治 2 年（1088）8 月 6 日「六日己卯　召使来云。明日行幸卯時也。可参者。答承由畢。笙師時元来云。源大納言被仰云。院仰也。方磬可献也。即仰付時元云。件方磬有大町亭。争赴向可取献者。申消息一通亮云国宗了。後聞。有明日試楽云々。左府以下多被参院。予依無召不参。」
笙師時元とは豊原時元。翌日 7 日、大極殿で白河院臨幸のもとで行われた相撲御覧の史料（『後二条師通記』『師記』『中右記』）に方磬への言及はない。

・ネルソン、スティーヴン・G．2003「描かれた楽　―日本伝統音楽の歴史的研究における音楽図像学の有用性をめぐって―」『第 25 回文化財の保存および修復に関する国際研究集会　―日本の楽器―　新しい楽器学へむけて』104-122（和文）24-41（英文）　東京：東京文化財研究所
・保坂都 1984『津守家の歌人群』東京：武蔵野書院
・南谷美保 2007「住吉大社と雅楽　―その演奏環境に関する歴史的考察―」『四天王寺国際仏教大学紀要』44: 397-426

『年中行事絵巻』内宴の巻の方磬

『信西古楽図』の方磬の図

に、「磬」というのが正しい書き方ですけれども、日本ではほぼ統一して「方磬」の表記が一般的になっています。

例の『年中行事絵巻』の内宴の巻に、実際にこの楽器が描かれておりまして（上図左）、これが絵空事ではないかと長いこと考えられていたわけです。つまり保元の時代にこの楽器が演奏されているわけがない、というふうに考えられていたわけです。というのは、正倉院に楽器の部分である、鉄の板が九枚程残っているのですけれども、その後の演奏伝承が全く途絶えてしまったからです。しかし実際にいろいろなことを調べてみると、そうではないことが見えてくるのです。住吉の津守家の人たちが、実は方磬打ちだったという記録がいろいろと出て参ります。レジュメには津守家の系図だとか、あるいは上野学園大学日本音楽史研究所にあります『楽臣類聚』という史料に書いてある項目を持って参りましたが、とにかく数代に渡って方磬を伝授していたのです。実際に方磬を手に入れて、逆にこれを宮廷にとり入っていくための一つの道具にしていったのではないか、とさえ思うようなところがあります。

それではいつ頃その再伝来があったのかという話になりますが、楽書『體源抄』の中に、実際に一〇八五年に魏奇という宋の人がやって来て伝えた、というちょっと怪しい記録があります。しかし、それを裏付けるものが『師記』の中に出て参ります。一〇八八年ですけれども、これは相撲の節の前日に、源経信のところに笙吹きの時元というのがやってきまして「院の仰せなのだけれど、明日の相撲の節にきちんと方磬を出しなさいよ」と経信に言うのです。経信は「いや、残念ながら楽器が大町の亭にあるので、どうやって楽器を持ってきてそれを奉ることができるのだろうか」というような趣旨のことを言います。大町がどこなのか現時点では分かっていないのですが、遠いところなのだろうと思います。

これで結局注目すべきことは、当時の要人で詩歌管絃でも有名で、しかも仕事上宋人とのかかわり合いもあって津守家とも交流のある経信が、既に方磬を持っていたということで、ちょっと驚くべきことなのです。これが保元の年代まで伝承が続いていきまして、宮中にも楽器があったというのも、非常に面白いところだなと思います。その後の伝承について、やはり途絶えていきます。楽器だけが残って、中世の寺院の方にあったという記録は多少残っていますが、演奏伝承は大体院政期で終わってしまうのです。

近本　ネルソンさん、ありがとうございました。コメントとしてではなく、発表としてゆっくり伺いたい内容でしたが、時間のこともありますので、敦煌と関わる問題と、楽器や音楽、さらには源経信に関する問題について、荒見さん・横内さんの順にご発言いただければと思います。

荒見　打ち合わせにない話が随分出てきて、困ったなと思っているのですけれども、まず今写真に提示していただいたのは、敦煌本 Pelliot Collection P.3808 の裏面ですね。表面はおっしゃったように『長興四年中興殿應聖節講経文』です。尾題が確か『仁王般若経抄』だったと思いますが、その講経文の裏側に譜面が書いてあるらしいということで、非常に注目されました。あれはきっと講経文の韻文部分をうたうときの譜面に違いないということは、早期のうちに確かに言われていたのですが、それが明らかに間違いだと言われるようになって、ここ二十年くらいにはなろうかと思います。未だにそれを踏襲されている方もいるようです。また先ほどの譜面を琵琶譜として解読されている方が実際にいらっしゃるのですけれども、まだいろいろな方の共同の研究が必要なのだなということを改めて知りました。どうもありがとうございました。

お礼を言うだけでは能がないので、ちょっとアドリブの部分ですけれども、敦煌の講唱体変文、われわれは変文と呼んでおりますけれども、十世紀頃に作られた散文あり韻文ありという文体の中で、韻文がどういうふうに歌われていたのかというのは、われわれにとってもやはり最大の関心事です。それを平仄を捉えて研究された方で橘千早さんという方が、『日本中国学会報』の論文集に載せておられます。またそれはそれを参照していただければと思うのですが、また平仄の問題と別のところで気がついたことが幾つかありますのでお話しておきます。

まず一つには、上海図書館に『歓喜国王縁』という写本がありまます。その『歓喜国王縁』という写本には、ネルソンさんのおっしゃるタレカギがしっかりと朱書で残されていいます。それから恐らく韻文をうたうための、これはどのようにうたったのかは分からないのですけれども、「側」と「断」が残されているというのが、われわれの方ではちょっとそれ以上は進んでいないのですが、そのような資料が残っているということをお話しておきたいと思います。

それからまた同じ写本に「観世音菩薩仏子」という注記が韻文の下のところに書いてあるものが多いのですけれども、これはどうも調べてみると五会念仏のものと一致するようです。唐代、特に敦煌ですと、『浄土五会念仏誦経観行儀』はもう九世紀写本が見られるのですが、十世紀になると飛躍的に流行するのです。これがもともと『浄土五会念仏誦経観行儀』等に載っている文から書き換えて、違った文体になってそれがうたわれ、非常によく流行していたらしいのです。それと同じ識語が、やはり変文の韻文の下についているということが、最近分かってきています。実際にそれがどういうふうに分かったのかというのは、音痴な私には提示する資料もないのですが。

ネルソン　先ほどの『敦煌琵琶譜』の話で端折ってしまいましたけれど、あれが日本の唐楽の伝承の基になっている、唐の宴饗楽でもなければ、もちろん仏教の音楽でもなくて、むしろ宋詞に繋がっていく琵琶、もしくは非常に小さな楽器編成の歌曲の伴奏譜であるというふうに考えているのです。中国の方でもそうですね。

荒見　おっしゃるとおりで、ここ十年くらいは中国の学会ではほぼそのように言われています。そう見ない方もあるというふうに先ほど言いましたけれども、最近の若い人たちはネルソンさんのおっしゃるような考えの方が多いと思います。

横内　短い時間であるにもかかわらず、示唆をたくさんいただきまして、本当に嬉しく思っております。「三講式の楽譜化」というところで「全員が歌う音楽というのは楽譜に記しやすい。個人の即興曲は楽譜にできない」というお話があって、なるほどと改めて思った次第です。そうなると一体唱導というのはどういうものなのか、書かれた唱導というのはどのように解するべきなのかと思います。

それから四の方磬にかんしてなのですけれども、私の関心はお経のことばかりしかなかったのですが、こういった楽器、それから楽器の背景にある楽曲の演奏方法といったものが、セットで学ばれているということがあるだろうというふうに思います。そういうものは一旦は、この院政期のある時期にそういう関心を持って積極的に受容された痕跡を見出すのですが、それがまた断絶するということの意味も合わせて、興味が尽きません。

さらに『師記』の記事ですが、ここで院の仰せで方磬を持って来いということは、白河院がそれを知っていたということでもありますので、その辺りの消息も今後知りたいと思いました。ありがとうございました。

近本　既に話題に出ている中では、経信にしましても、横内さんのお話の永超にしましても、説話世界のスターのような人たちでもあるわけですが、それが資料学という側面からどんな面を持ち合わせているか、ということについても話題は広がっているように思います。

それでは続きまして、本井さんにコメントをお願いします。

本井牧子氏コメント

本井　本日は、海を隔てて遠く位置する南都と敦煌とがどんどんとつながっていくのが見えてくるようなご発表続きで、いろいろと示唆をいただいております。ここからは私の関心の範囲でコメントをさせていただきますが、そのときに何も具体的なものがないというのも少し話しにくいかと思いましたので、私自身が現在関心を寄せている、仏典から譬喩因縁譚を抜き書きして類従した資料を枕のようにして、少しずつお話しさせていただきたいと思います。こういった譬喩因縁譚を集成した資料を何と呼ぶかということにかんしては、もう少し検討が必要かとは思いますが、ここでは便宜的に「仏教類書」と呼んでおきたいと思います。仏教の類書というと、『経律異相』や『法苑珠林』、『諸経要集』といったものが、譬喩因縁譚、説話を多く含むものとしてよく知られていますが、それに加えて、先ほどの荒見さんのご発表のなかでも触れられていました『金蔵論』という仏教類書についても視野に入れておきたいと思います。この『金蔵論』は、中国の北朝末期、六世紀に編まれた書物で、これもやはり仏典から譬喩因縁譚を抄出して集成したものです。テーマごとに類従しているという意味で、類書と呼べるものではあるのですけれ

本井牧子

1971年生まれ。所属：筑波大学。専門分野：仏典と仏教説話　室町時代物語。主要編著書：『金蔵論　本文と研究』（宮井里佳氏との共編著、臨川書店、2011年）など。

ども、唱導の場ということをかなり意識して、唱導に特化したかたちで因縁譚を集成しているという意味で、百科事典的な性格の強い『経律異相』や『法苑珠林』等の仏教類書とは、少し毛色の違うものだと考えております。この『金蔵論』についてては少し前に本にまとめましたので、くわしくはそちらをご参照いただきたいのですが（『金蔵論　本文と研究』臨川書店、二〇一一年、宮井里佳・本井牧子共編著）、本セッションのテーマ「説話と資料学、学問注釈―敦煌、南都、神祇」のかなりの部分にかかわる資料であると考えられますので、適宜引き合いにだしながら、コメントさせていただきたいと思います。

1、敦煌写本と日本古写本

本井　まずは、『金蔵論』の古写本が敦煌と日本とに残っていたというところからはじめさせていただきたいと思います。『金蔵論』の古写本としては、大谷大学博物館所蔵の法隆寺旧蔵本と、興福寺所蔵本（国宝『日本霊異記』の背面）とが知られていましたが、これはいずれも法隆寺、興福寺という、南都の寺院ゆかりのものでした。それから、正倉院文書からは、奈良朝の一切経のなかに『金蔵論』が含まれていたこともわかります。一方で、中国では散逸してしまったと長いあいだ信じられていたのですが、それが敦煌写本のなかに残っているのを発見なさったのが、ほかでもない、こちらの荒見さんでいらっしゃいます。『金蔵論』は敦煌写本と、南都の経蔵に由来する古写本というかたちで現代にまで伝えられているわけです。

そこで、まずこの敦煌写本と日本古写本という視点から、少し隣接の諸学問領域にも目配りをしていきたいということで、ごく最近の研究集会等をみてみたいと思います。まず、来月になりますが、「敦煌写本と日本古写本」というテーマを正面から取り上げようという国際ワークショップが開催される予定です（京都大学人文科学研究所「中国中世写本研究」班 国際ワークショップ「敦煌写本と日本古写本」、平成二十四年七月七日、於京都大学）。その趣意文の冒頭のところに「敦煌写本と日本古写本という二つの文献群は、唐代の写本文化を今日に伝える貴重な同時代資料として重要なことは言うまでもなく、ともに長い研究の歴史を有する」（高田時雄氏による趣意文）とあります。敦煌に残っていたもの、そして日本に残っているものが、失われてしまった中原の文化を照射するものとして、長いこと注目を集めてきたわけですけれども、それらの研究成果が積み重なった今、あらためてそれを並べてみてみようという動きが、仏教学や漢籍の研究の最先端のところであるわけです。

本日、荒見さんには敦煌写本の方のお話をしていただきましたが、日本古写本の方については、その土台のひとつとなっているのは、横内さんのお話にもありました奈良朝の写経群だといえるかと思います。それが南都の経蔵に納められていた、しかもその当時の最高峰のものが納められていたということは、あらためて意識してもよいかと思います。奈良朝の写経にかんしては、よく石田茂作氏の目録が引かれますけれども（『奈良朝現在一切経疏目録』、『写経より見たる奈良朝仏教の研究』東洋文庫叢書一一、東洋文庫、一九三〇年）、現在はこれに加えて正倉院文書の研究の成果というのも、具体的に取り入れてゆくことができるのではないかと思います。おりしも栄原永遠男氏の『正倉院文書入門』（角川学芸出版、二〇一一年）という本が出ました。全くの門外漢にとっては大変にありがたい入門書で、こういったものを道案内に、奈良朝の経蔵に含まれるテキストのありかたを、資料の側からみていくことも可能になっています。

たとえば、正倉院文書の研究では、横内さんのご発表にも出てまいりました五月一日経の実際の書写の様子というのがかなり分かってきています。それは『開元釈経録』の入蔵録を基本としながらも、そこに含まれない別生経や偽疑経、録外経、章疏といったものを含む一切経の集大成であったことが明らかになっていて、しかも、それが官大寺における一切経疏の講説、転読を支えるものであったという、正倉院文書研究からの指摘というのは、重要であると思います（山下有美『正倉院文書と写経所の研究』第三章「勅旨写一切経について　第二節　五月一日経の位置づけ」、吉川弘文館、一九九九年）。特に説話文学との関係でいいますと、偽疑経や章疏集伝記の部分というのは、まさに唱導を根底から支える資料になっているのではないかと思います。先ほどお話した仏教類書などは、この章疏集伝記に含まれるものが多いわけですが、その書写状況を見ますと、例えば『金蔵論』を指すと考えられる「衆経要集」は、五月一日経においては、『経律異相』や『諸経要集』といった『開元釈経録』の入蔵録に入っているものよりも先に書写されていることがわかります。『経律異相』や『諸経要集』は見つからなくて書写できないとされている段階、『法苑珠林』にいたっては書名すらあがっていない段階に、『金蔵論』は書写されているので、わりと早い段階で日本に入ってきて書写されていたようなのです。しかもそれが複数の一切経に入っていて、勘経、つまり校合をしているというようなこともわかってきます。

『金蔵論』敦煌本は七、八世紀、唐代の写本と考えられていますが、それと重なる時期に、南都でもやはりそれが書写されている、それはもちろんモノとしての一切経の一部という意味が大きいものではありますが、荒見さんのご研究にもあるような敦煌での『金蔵論』の利用状況とあわせて考えてみますと、もう少し違う側面がみえてくるようにも思います。

2、唱導の「底本」と「因縁集」

本井　ということで、敦煌の方に話を移していきます。荒見さんとは『金蔵論』がご縁となって、その後いろいろとご教授いただいているわけですが、ここ二年ほどは東アジア宗教文献国際研究集会という研究集会の開催を通じて、中国の方の敦煌学の動向等もいろいろと教えていただいております。昨年度の研究集会は荒見さんのところで開かせていただきましたが、そのなかで、中国でも唱導の「底本」、事前に用意する手びかえのようなものに注目が集まってきているという何剣平さんのご発表がありました（何剣平「南北朝時代における唱導文学の底本とその来源」、第二回東アジア宗教文献国際研究集会「唱導、講経と文学」、平成二十四年三月十七日、於広島大学。『第二回東アジア宗教文献国際研究集会「唱導、講経と文学」報告書』（広島大学敦煌学プロジェクト研究センター編、二〇一三年三月）に収録）。何さんのご発表では、『続高僧伝』などの記述をもとに、唱導の「底本」の参考資料となったものとして、世俗の書籍などとともに、荒見さんのご発表にあった『仏説諸経雑縁喩因由記』のように「仏教経論を抄出・略出して、自ら講唱の底本を編纂製したもの」や「仏教類書」があり、さらには「碑誌」、碑文等があるということを指摘されました。仏教類書の方は、たとえば講経の場における因縁譚等のソースとなるもので、碑文の方は、法会を荘厳するための、対句などを駆使した美しいことば、「麗詞」の表現基盤としてあるということかと思います。少し横道にそれますが、この「麗詞」、美文の方についていては、これもつい先日のことですが、東方学者会議で日中の願文がとりあげられていたことなども思い出されます（第五十七回国際東方学者会議 シンポジウム・「日中『願文』の比較」、平成二十四年五月二十五日、於日本教育会館）。日中の願文の比較によって、共通点や相違点があきらかになってきているのと同時に、願文というものにかんする考え方自体が、日本と中国とでかなり差があるといった非常に大きな問題も浮かび上がってきているということで、口語で語られる説話の部分とはまた違った、美文の部分にかんしても、敦煌のものをはじめとする中国のものと、日本のものとをあらためて並べてみて、広い視野から検討する段階に入っているといえるかと思います。

ここで話を唱導の「底本」の参考資料としての仏教類書の方に話をもどしていきます。敦煌写本のなかには、『金蔵論』をはじめ、『法苑珠林』、『諸経要集』といった仏教類書が少なからず残っていますが、なかにはそれらを縮約したり、抄出、再構成したりしている写本もありますし、携帯に便利な小ぶりの冊子状のものなどもあって、実際に使われていたことがうかがわれます。こういうものに書きとどめられた譬喩因縁譚が、講経などにおける「譬喩」「因縁」として使われたであろうということは、敦煌学の方ではかなり早くから指摘されていたわけですけれども、近年の資料公開や、それにともなう研究の進展などもあって、その具体的な様相というものがずいぶんわかってきています。たとえば、これも東アジア宗教文献国際研究集会でのご発表になりますが、朱鳳玉さんのご発表などは、その意味で大変に注目されるものかと思います（朱鳳玉「羽一五三V『妙法蓮華経講経文』残巻考論―兼論講経文中因縁譬喩の運用」、前掲『第二回東アジア宗教文献国際研究集会「唱導、講経と文学」報告書』）。朱さんの御報告は、敦煌写本にかんしては最後の未公開コレクションとして公開が待たれていた敦煌秘笈というコレクションが公刊され始めたことを受けて（『杏雨書屋蔵敦煌秘笈』、武田科学振興財団杏雨書屋編、二〇〇九年〜）、それをいち早く取り入れて成果を公になさっているものです。あらたに公刊された『法華経』の講経文の中に、鹿の王様が身重の鹿の身がわりになるという、鹿野苑の由来として有名な釈迦の本生譚が引かれていることに着目して、それが、まさに今日の荒見さんのご発表にあった、俗講のなかで「縁喩」を説くといったことに当たるのであるというご指摘だったかと思います。講経の文脈の中での「縁喩」「因由」、譬喩因縁というものの具体的なありかたが浮かび上がってきたわけです。

それは日本の経典注釈、講経、さらには直談などにおいての「因縁」のありかたと通じるものがあると思います。ご存じのとおり、この鹿の王の本生譚は、日本でも頻繁に引かれるもので、時代は降りますが、たとえば『直談因縁集』では『法華経』注釈の文脈のなかでの「因縁」としてこの話が引かれています（『直談因縁集』化城喩品下 三—三二）。『三国伝記』ですと、「尺迦因位事」とあって、仏の本生譚として位置づけられていますが（巻十二 第十 鹿野薗鹿王事 尺迦因位事）、『三国伝記』が法華経直談の世界と密接に関わるものであるという御指摘なども考え合わせますと（小林直樹「『三国伝記』の成立基盤—法華直談の世界との交渉—」、『国語国文』五八—四、一九八九年四月。後に『中世説話集とその基盤』、二〇〇四年、和泉書院）、『法華経』経釈の場を経由していることも十分に考えられるわけです。そういう意味で、朱さんの指摘される『法華経』講経文の「縁喩」の例と通じるものと考えられます。それから、この話は、独立した一つの話としてまとめられた説草本としても伝わっています。『鹿野苑物語』という、岡見先生が紹介された有名なものですが（岡見正雄「説教と説話」、『仏教芸術』五十四、一九六四年）、岡見先生は「親子恩愛の説話が父母や愛子の供養の如き種類の法会の際に比喩因縁譚として語られんがための用意のメモ」とされていて、たとえば施主段などで語られた可能性なども考えられるわけですが、これもまた根本のところでは『法華経』経釈などに由来するものであったかもしれません。

このように、日本の経典注釈、講経、直談における「因縁」のありかたと、朱さんの指摘された『法華経』俗講における「縁喩」のありかたというのは、基本的に通じるものと考えられるわけですが、そうすると、今日荒見さんがご紹介くださった『仏説諸経雑縁喩因由記』というのは、経典注釈、講経の場に供するために「縁喩」、「因由」を集成した唱導のための「底本」であって、日本でいうところの「因縁集」などとパラレルなものと考えることもできるかもしれません。このことは、「諸経」のさまざまな「縁喩」「因由」を「記」したものであるという題記からもわかりますが、説話の末尾に「其由如是」といったことばが添えられて、それが「因由」として機能するものであることが示されていることからもうかがえます。さらに、「如是字中便説弥勒」「我聞之中便説末生鴛鴦」といったように、「如是」や「我聞」という経典の文句に即した、入文解釈に近いかたちをもつ部分もあって、経典の注釈や講経との密接な結びつきを示しているようにみえます。

なお、『仏説諸経雑縁喩因由記』に収められた因縁譚には『金蔵論』と共通するものが多いことも付け加えておきたいと思います。荒見さんが示されたように、『金蔵論』とは表現のレベルで相違する部分も多いので、直接関係をいえるものではありませんが、『金蔵論』におさめられた話が、講経の場で引かれる、ある意味定番であったこと、そして、『因由記』がそういった定番の「因縁」を集成した仏教類書などを介してそれらを取り込んでいる可能性もあるということは指摘しておきたいと思います。さらに付け加えますと、『金蔵論』などにみられる因縁譚は、敦煌の変文とも題材を共有することが多いということもあらためて注目されることかと思います。「因由」「縁喩」としての機能をもつ変文ということも、もう少し検討されてよいのではないかと考えております。

ここまで「因縁」の使われ方、機能に注目してみてまいりましたが、少し表現の方にも目をむけておきたいと思います。荒見さんがご発表のなかでご紹介くださった微妙比丘尼（蓮華比丘尼）の話などは、『金沢文庫本仏教説話集』にも収められていて、実際に法会の場で使われたであろう痕跡を残しています。法会唱導の場においては、経典に由来する物語が和文化されて語られるわけですが、その際には経典にはみられない要素、たとえば心情表現や会話といったものがプラスされたりする、そういった語り方が、口語の文体で和らげて語るという因由記の語り方と、表現の向かう方向としては重なるところもあるのではないかと思います。昨日の第一セッションにおいても、和文化の問題について荒木浩さんの御指摘があったかと思いますが、『三宝絵』、『今昔物語集』、『打聞集』をはじめとする説話集におさめられた説話の和文化を考える上でも、『因由記』をはじめ、講唱体、変文などの表現というのはあらためて検討する必要があるのではないかと思います。荒見さんには、こういった表現の問題、経典からの書き換えの問題について、心情表現がプラスされたり、会話がプラスされたりといった日本の説話集にみられるような書き換えと通じる部分があるのかといった点などについて、もう少し教えていただければありがたく思います。

なお、このように大変に興味深く重要な資料である『仏説諸経雑縁喩因由記』ですが、この資料については荒見さんが翻刻・紹介してくださっているものとあわせて、国際敦煌プロジェクト（IDP）［http://idp.afc.ryukoku.ac.jp/］の方で公開されている画像もみることができることもご紹介しておきます。

3、朝鮮半島における仏典刊行と唱導

本井　最後に付け足しのようになってしまいますが、朝鮮半島における仏典刊行と唱導ということについてひとこと述べて、コメントを閉じさせていただこうと思います。今日横内さんが高麗の義天版のお話をなさいましたけれども、義天版の刊行にあたって日本で底本を探すということがあったとおっしゃっていました。それと同じようなことが、朝鮮版の『釈氏源流』という十七世紀に出た本の場合にもあったことがわかっています（小峯和明「東アジアの仏伝をたどる―比較説話学の起点―」、『文学』六―六、二〇〇五年、岩波書店・「東アジアの仏伝をたどる 補説」、『説話・伝承の脱領域』二〇〇八年、岩田書院）。この場合にも、朝鮮半島でみつからない本を日本で探させて、それを元に刊行したということが序文に書かれています。日本になら資料が残っているだろうという認識があったことがわかって興味深いのですが、同時に、仏伝故事を集成した『釈氏源流』のように、章疏集伝記もしくはさらにその外側にあるようなものが、朝鮮半島で思いのほか多く刊行されているということにも注目しておきたいと思います。その中には『金蔵論』も入っていて、高麗大蔵経再雕本と同時期の十三世紀に刊行されたものが残っています。最初にご紹介した本では、この高麗版も翻刻紹介したのですが、この本の刊行後もつぎつぎに新出本の情報が寄せられていまして、かなり広く読まれていたらしいことがわかってきています。さらに、これは本当に偶然なのですが、天理図書館に所蔵される『釈氏源流』朝鮮版に『金蔵論』からの抜き書きが書き込まれているのを見つけました（拙論「東アジアにおける『金蔵論』―朝鮮版『釈氏源流』にみられる書入を端緒として―」、前掲『第二回東アジア宗教文献国際研究集会「唱導、講経と文学」報告書』）。『金蔵論』が朝鮮半島では『釈氏源流』刊行の十七世紀まで読まれていたことを示す例ですが、この書入は、布施や造仏、それから音楽を供養することなどにかんする「因縁」として、唱導の場での利用ということを意識して書き込まれているようなのです。朝鮮半島においても、『釈氏源流』や『金蔵論』のような仏教類書といった唱導とかかわる資料が流布しており、しかも実際に使用されていたということを指摘しておきたいと思い

ます。

以上、大変駆け足ではありましたが、敦煌写本、日本古写経、さらに、わずかではありますが朝鮮半島の刊本といった資料に言及するかたちでコメントさせていただきました。これらの資料というのは、宋代以降の刊本一切経の周縁に位置する資料群ということもできるかもしれません。そういった資料のなかに、東アジアの広い範囲で共有された資料があること、そしてそれが唱導の場を支えるものとして機能していたことを認識した上で、あらためて東アジアにおける、あるいはそれぞれの地域における宗教文芸というものを考える段階がきているということを指摘して、コメントを終わらせていただきます。

近本　ここまでの議論をさらに具体的に展開させていただくコメントをいただき、ありがとうございました。荒見さんの敦煌文献のお話に対して、それらの日本への流入の問題もさることながら、日本そのものの方から東アジアを見据えたときに、どのようなことが浮かび上がってくるであろうかという問題提起がなされたように思います。よろしければ荒見さんの方からまずお答えいただいて、その後に横内さんや舩田さんの方から、義天版の問題を含めて、朝鮮半島の問題といった観点からのご発言があれば、続いていただきたいと思います。まず荒見さんお願いします。

荒見　ありがとうございます。本井さんには、ここ数年来ずっといろいろ敦煌のことも含めて教えていただくことばかりです。ここで一つ宣伝も兼ねてなのですが、本井さんのご発言の中に「第二回東アジア宗教文献国際研究集会」の資料集があるのですが、これは会議のときに作った本で、まだ簡単に見られるような状態にはなっていないのですが、今修訂作業を進めていて、七月中くらいに原稿が揃えば皆さんのところにお届けできると思います。（編集部注＝本井氏のコメントで引かれている通り、『第二回東アジア宗教文献国際研究集会「唱導、講経と文学」報告書』（広島大学敦煌学プロジェクト研究センター編、二〇一三年三月）として既に刊行されています）

この会議の趣旨は、中国の先生方で、変文研究や中国の仏教儀礼の研究の先生方を、全部で八人と韓国の先生を一人、それから本当に内内だったのですけれども日本の中世研究の先生方をお呼びして、通訳を入れてギッチリ議論をする場を作ろうということでした。何とか日本の学会と中国の学会の結びあわせをしよう、というお見合いのようなことをして、その後で別に私を通さずに皆さんでそれぞれにいろいろとしてお会いしているようで、お見合いとしては成功したのかなと思っています。ちょっと寂しかったりもするのですが（笑）。

そういうようなことをやっているわけですが、私たちからすると、日本の説話研究の資料や日本の資料を出していただいて、本当に目から鱗という部分がすごく多いと思います。先ほどの音楽の件もありましたけれども、やはり大勢で議論することがいかに大事なのかということを、最近感じております。

先ほどの資料で、敦煌本の「其由如是」、「因由」という表記から日本の「説草」、「因縁」集とパラレルになっているのではという本井さんのご指摘は全く同感です。こういうものは敦煌文献の講経文、唱導資料の中には多く見られるものでして、非常に関連性はあり連続性が見られるような気がいたします。それから書き換えの中で、これは九、十世紀くらいに経典から書き換えられ、それ以前のものというのはなかなか敦煌のものでは見られないので、今のところ見つかっていないというふうに申し上げています。九世紀の書き換えの中で、やはり心情表現であるとか、会話というのはかなり増やされているというふうに思います。

近本　ありがとうございました。本井さんもご自身で詳しくはおっしゃりませんでしたけれども、宣伝を兼ねてというのがありましたので一言だけ付け加えさせていただきますと、ご発言にあった「東アジア宗教文献国際研究集会」というのは、荒見さんに中心になっていただきながら、本井さんと私もお手伝いをさせていただいて、東アジアの宗教文献を綜合的に見直していくことを趣旨として始めたものです。第一回の研究集会を筑波大学で開催し、翌年の第二回を広島大学で開催させていただいて、第三回についても計画済みです。（編集部注＝第三回東アジア宗教文献国際研究集会はテーマ：「冥界と唱導（冥界與唱導）」として、（二〇一三年三月十六日（土）・十七日（日）に明海大学にて開催されました）

このような研究集会の場を通して、唱導ということについて、中国の側の研究と日本の研究が擦り合わされている、まさにお見合いは大体済んでいるという点は極めて重要なステップであるのですが、一方では、やはりそこでの唱導に対する考え方の相異や、非常に異質な部分というものも顕在化してきているように思えています。こうした問題については、これから、唱導研究に関わる皆さんにもご協力いただきながら、両者の間を埋めたり、お互いが刺激しあって相互の研究に役立てる方向に進んでいければというふうに思っております。

それでは横内さんか舩田さんの方で、何かあればお願いします。

横内　コメントありがとうございました。私は敦煌写本のことは全く存じません。ただこの敦煌写本と日本の写本が、共通の貴重な同時代資料であるということの意味、重さというものを改めて知ることができました。方向は二つあって、失われた中原文化を知るという共通性の部分と、それから今近本さんがおっしゃいましたけれども、地域のそれぞれの独自性を踏まえた上で、では何が出てくるのかということを考えていく段階に入ったのかなということが分かりまして、大変勉強になりました。この点にかんしては、今後の展開ということでいろいろなワークショップ等で勉強して行くと思いますので、それに私も、自分の立場で関わってみたいと思います。

それから本井さんの三番目の「朝鮮半島における仏典刊行と唱導」ということで、日本とのかかわりということをご指摘いただきました。『釈氏源流』刊行をめぐる日朝の交流についても全然知りませんでした。日本で蓄積してきたものを、東アジア全体で見ると一体どういうふうに見えるのか、日本の経蔵は東アジアの共通の図書館のような役割を持っていたのかともいえます。義天の例に加えて、十世紀に呉越の国王が天台の章疏を探して使僧を日本に派遣しています。東アジアの広がりの中で日本の寺院経蔵を見直して、調査を地道に進めていくことが大事なのかなというふうに感じました。ありがとうございました。

千本　それではフロアーの人はいっぱい質問をしたいと、先ほどから手ぐすねを引かれていると思います。お一人、お二人、まずここで中間的に質問をお受けしたいと思います。

磯水絵　二松学舎大学の磯でございます。今日は本当に示唆に富む話を皆さまからいただきまして、ありがとうございました。横内さんと舩田さんに質問というか、意見を言わせていただきます。

先ほど横内さんのご発表で、興福寺浄名院の円憲の話が出て参りましたけれども、このときにこれだけで、「かかわる二人の南都僧」と言ってしまって良いのか、というのが疑問でございました。

私はこの円憲につきましては、自分が『院政期音楽説話の研究』（和泉書院、二〇〇三年）の方に逸話・伝承等をまとめさせていただいております。そこで彼が「明暹譜」に比肩する「円憲譜」という楽譜を残しているくらいの音楽僧であることは確認しておりますけれども、今のような形でそこまで言い切ってしまって良いのか、というのが疑問で、この二つの資料・証拠からではちょっと不安でございます。なお福島和夫さんにも言及がございますし、やはり説話の方の主人公としても、『宇治拾遺物語』や『古事談』に出てくる人ですから、私たちはもっと掘り下げてやっていかなければいけないのではないかというふうに思いました。

それにかかわりまして、舩田さんの方の資料にも言及されていたわけですが、私が申し上げたいのは、やはりここで一口に言えば、「仏教をやるなら音楽をやれ」ということです。詩歌管絃の一つずつを取り出してやっている時代ではもうない、ということを、今ここでも皆さんがおっしゃっていると思います。文化研究の中で一番遅れているのが、私は音楽分野の記録・次第、伝承の究明だと思います。それについて解釈しておっしゃらないから、ここでも中途半端なことになるのではないかなと、正直思いました。

舩田さんご自身のご意見ではないようなのですが、資料にあった、「鴨長明以降の増補の可能性が高い『発心集』」というのは誰が決めたことですか。こういうことについては、もう少し慎重なご意見がいただきたかったと思います。また今日のお話以前に、三会《さんえ》の研究がなくても良いのでしょうか。興福寺の、例えば常楽会とか、今日出てきた以前の三会の研究がなくて、ここで話が出てくることに、私は大変疑問を感じております。

常楽会について言うならば、そこで例えば二日目でしたか、熱田明神の関係で法華会が出て参りますよね。今はもうそれはないわけですけれども、それを考えたときに『中世日本記』とそこまで先に言ってしまって良いのでしょうか。それでは興福寺のこれは新しいのだ、という方向で、私は考えたくなってしまうのですけれども、その辺はどのようにお考えになりますか。

千本　それでは横内さんと舩田さんから、お一言ずつでお願いいたします。

横内　ありがとうございます。これは既に書いた論文で考証しているわけですが、そこで磯さんのご論文から学ばせていただきまして、ありがとうございました。この『阿弥陀経通賛疏』の奥書と、それから『體源鈔』に出てくる説話的な文章、この二つをいかに整合性を持って理解できるか、できない可能性も考えても良いのではないかというご指摘だと思います。おっしゃる通りではあるのですけれども、そこで『阿弥陀経通賛疏』に書かれている某僧の滞在時期が、経信と円憲の在府時期と重なっております。

さらに興福寺浄名院に取り寄せたときは永長五年の五月二十三日の段階でありますけれども、そのときにはもう既に某僧は大宰府から興福寺浄名院に戻っているのです。これ程の符号は見逃せません。その浄名院という場所のことを考えますと、この時期に他に浄名院を称する人物を当たってみましたが、該当する人物が出てきません。これが蓋然性が高いという指摘に過ぎませんが、やはり音楽を通じて北宋の文化に関心を持っていた人が、同じ形で仏書も得たのではないかというふうに捉えたいところです。ただし資料が足りないのは確かにおっしゃる通りだと思いますので、それは課題にしておきたいと思います。

舩田　すみません、『発心集』の問題はちゃんと考えます。それから先ほど熱田明神の話なのですけれども、それは確か常楽会を聴聞しようと思って南都に来たら、南都が帝釈天と梵天によって結界されて神祇が入れなかったという、あのお話でよろしいですね。

今回話のスタートを重源というか南都復興の話を始めてしまって、それ以前のことを全く見なかったのはある意味手落ちで、ご指摘を受け止めます。もう少しそういった部分を遡って考えたいと思います。時間がなくて手短な返答で失礼しました。

千本　第二セクションのコーディネートは、近本さんの方で積極的にやってくださいました。その近本さんの方から、一旦こういうふうな、という別の角度からの、まとめではないのですが、このような視覚で考えてみたいというレジュメをご用意していただいておりますので、そちらを少し聞いてください。お願いいたします。

近本　ありがとうございます。それでは中間的に少しだけ発言させていただいて、フロアーの方に戻して、まとめに入っていただくという形で進めさせて頂きます。

近本謙介氏
「入宋僧を介した典籍の伝播と文芸の展開」

1、貞慶と俊芿—南都律と北京律の交渉と展開—

近本　パネリスト・コメンテーターの方々からお話しいただいたさまざまな問題について、まだ資料もいただいていないうちに、シンポジウムにおけるコーディネーターからの中間的まとめをさせていただくにあたり、何か具体的な事例がないと話しにくいだろうと思い、自分なりにいくつか考えた点を資料として挙げておきました。ここまでにお話しいただいたものと関わる点も出てきているように思いますので、そうした観点から少し発言させていただきます。ここまでの話題の展開との関連上、あらかたまとめ的なことの一つになろうと思うのは、典籍と人の交流が何を作っていくかということを考えていくこと、それが説話と資料学の重要な問題になっ

レジュメより

「入宋僧を介した典籍の伝播と文芸の展開」

1、貞慶と俊芿―南都律と北京律の交渉と展開―

〔関連略年譜〕

・建仁一年（一二〇一）貞慶「海竜王寺勧進状」を草す。
・建暦一年（一二一一）俊芿（一一六六～一二二七）宋より帰国。
　貞慶、俊芿将来の『四分律行事鈔資持記』等を南都に持ち帰らせる。
・建暦二年（一二一二）興福寺内に貞慶や覚真により律学の道場として常喜院が建立される。
・建保六年（一二一八）泉涌寺開創。
・嘉禄三年（一二二七）俊芿病悩の際に九条道家、讃岐国二村郷内水田五十余町を泉涌寺の寺用に充てるため施入。（『泉涌寺不可棄法師伝』）
・貞永一年（一二三二）『海竜王寺制条々』「可殊好勧学事」
　中興以来隠遁之人多以栖息。以戒律為本宗、以法華為兼学之儀。

＊俊芿が宋からもたらした戒律関係の典籍を介した南都律と北京律の結びつき
＊叡尊の海竜王寺における律学。海竜王寺への泉涌寺第二世定舜の招請（『感身学生記』）
　　↓
　南都律と北京律との交渉の継続

てくるだろうということは、おおよそ焦点化されてきていると思います。

例えばここで入宋僧ということをテーマとして掲げましたけれども、この問題も既に今日の議論の中で多くの事例が取り上げられておりました。そしてそれらの事例が、そのまま多くの典籍の伝播等と連動することも了解されましたし、舩田さんがおっしゃったように、その問題を律の問題から捉え直すことも大切になってきます。特に横内さんの方で問題提起していただいたような、南都が非常に開かれた世界としてあったという点ですが、それはそのまま、諸宗の交流というような問題とも関わっているわけでありまして、問題として出していただいた永超の活動等も、まさにそれを物語るものとして非常に印象深いものだと思います。

同時に、その時期が寛治年間であるということ等は、周りの情勢に目を移しますと、白河院の金峯山への参詣等が、ちょうど同じ時期に行われておりますし、この時期の一切経書写や埋経の問題とも連動させて考えていかなければならない点に関する問題提起からは、経典を収める経蔵の問題が浮かび上がってきます。そうした問題は、諸宗の交流ということで言うと、既に話題に出てきているさまざまな場との関わりにもつながります。光明山寺や禅林寺という場が挙がっていましたが、そういう場に関わる僧侶たち、それからそこに蓄積された典籍（その中には義天版との関わりも出て参りますけれども）、殊に中川成身院本の存在等も、実範との関わりの観点から見通したときには、諸宗が交わるかたちで形成された場ということを考えさせます。

ここで、諸宗交流の問題に少し付け加える意味で、話題を加えますと、遁世僧の問題を同時に考えておくべきではないかと思います。これは、先ほど磯さんから問題提起があった、三会というようないわゆる正統的な儀礼の場をまず踏まえておくべきであるという問題とも矛盾しません。三会を経るような学僧たちの世界は当然問題にしないといけないわけですが、そういう者たちの中には、途中から、遁世という形を取って別の形で世と交わり始めるという事例が数多く認められます。舩田さんが取り上げられた貞慶等はまさにそういう事例ですし、それが実質的な遁世を意味しないことも共有されているかと思います。そういう点も併せ考えなければならないと思います。

話題と関わる点にしぼって、かいつまんでお話しますけれど、その貞慶が律の観点からは、南都の律の建て直しのために、北京律と結びました。これは舩田さんの資料の中にもあるわけですが、それが俊芿という入宋僧との交流であるわけです。特に南都においては、治承の回禄後は、律の関係の書物も決定的に不足していたと思われますので、それを補うためにも入宋僧との連携は、必須でした。俊芿によって持ち帰られた書物は必需であったと思われるわけで、こういったところが南都律と北京律との結びつきというものをもたらして参ります。

こうした問題が、さらにその後ろの時期へと続いていくということも非常に重要です。先ほど叡尊のこと等も少し話題が出ていましたが、例えばここでは海竜王寺という場を挙げておきました。白毫寺が南都の春日と隣接した律の場のひとつであるとすれば、海竜王寺は、まさに遁世僧たちをも巻き込んだ、諸宗兼学の律の場であったわけです。こうした場が、後々まで俊芿の泉涌寺の後を襲う定舜ですとか、西大寺真言律宗の叡尊などの修学の場にもなっていくということになります。こういう形で、南都律と北京律の交渉は継続されていきます。

2、貞慶から慶政へ―律と貞慶の法類を介した系脈―

近本　この律を介した人の交流のという点では、説話文学と関わりの深い部分では、貞慶と慶政との問題にもつながって参ります。建長四年（一二五二）に泉涌寺版『四分律刪繁補

レジュメより

2、貞慶から慶政へ―律と貞慶の法類を介した系脈―

〔関連略年譜・続〕
・建長四年（一二五二）泉涌寺版『四分律刪繁補闕行事鈔』三巻
　十二帖開板。上巻は「法華山寺証月上人」（慶政）の喜捨による。
「九条家本諸寺縁起集」（慶政と関わる多くの典籍）
　『泉涌寺殿堂房寮式目』（慶政写）
　『海竜王寺縁起』
　『振鈴寺縁起』（慶政写）紙背「讃岐国二村郷文書相伝并解脱
　上人所存事」
　（仁治二年（一二四一）の「戒如下知状」）。
　　この文書（戒如→尊遍・親康）によれば、讃岐国二村郷の所領は、かつて貞慶が興福寺五重塔領とするために立券荘号したもの。それが後に泉涌寺に施入された。（この所領をめぐる素性は『興福寺別当次第』紙背「尊遍申状案」からも確認できる）。この所領の授受に関わった戒如・尊遍ともに貞慶の高弟。これらのやり取りに使われた文書を慶政は入手できる立場にあった。貞慶の後継と慶政とに結ばれた紐帯の確認。
『金堂本仏修治記』（慶政記筆）に合綴される「笠置寺異相等事」
『諸山縁起』（慶政所持本）
＊慶政は北京律と深い結びつきを有しており、それは九条家を介した貞慶とその法類との紐帯につながるものである。貞慶・慶政の汎宗派的あり方と遁世との関わり。

闕行事鈔』の開版に慶政が携わっていることからも、慶政にとっても泉涌寺は非常に縁の深い場であったわけです。そうした点は慶政とも関わりの深い「九条家本諸寺縁起集」からも、たくさんの泉涌寺や海竜王寺関連の事例を見出せる点から問題が広がっていきます。それらのなかでも、『振鈴寺縁起』紙背をめぐる問題は、今回のテーマである書物と人を介した結びつきの点からも、泉涌寺の問題と貞慶・慶政との系脈を考える上で是非取り上げておきたいものとして準備致しました。昨日の鷹巣さん風に言えば、「ここは大変面白いのですけれども」、本セクションに与えられた時間は残り少なくなっており、コーディネーターの立場もありますので、この点については、ここでは話題提供にとどめ、別に論じさせていただくと言うことでお許しいただきたいと存じます。

3、慶政の書写活動と典籍の伝播
―結縁と往生の文学史再考に向けて―

近本　こうした典籍と経蔵の問題を、説話の領域から捉え直したときに、ここに取り上げた慶政の書写活動と典籍の伝播の観点からは、横内さんのお話にもありましたように、「往生伝」への関心の深さがクローズアップされてきます。これは慶政自身が「往生伝」の重要な書写者であることとも深い次元で結びついていると思われます。これは、中国往生伝の輸入の問題とも関わってくる問題です。今日は直接的にはそこを取り上げられませんでしたが、横内さんも注目しておられる東大寺東南院の蔵書の様相を知ることができる真福寺蔵『東南院御前聖教目録』からも浄土往生の問題を考えることはできます。なぜこういうことを資料としてあらかじめ入れておこうと思ったかと申しますと、私たちの考えようとしている説話との関わりにおいて、往生の問題は資料学の立場からも問いなおすべき時期に至っているのではないかという思いがあるからです。先ほど問題提起として遁世の問題にも言及しましたが、往生を遁世の問題と併せ考えてきたことは、まさに説話研究の歴史といっても過言ではないでしょう。

そうした歴史を踏まえつつ、進展してきた説話と資料学の領域から、往生と遁世の問題をどういう方向へと広げ深めていくのかという点は、現在の説話研究では大変重要な課題になってきているのではないでしょうか。そのときのテーマの一つとして、遁世とその周辺の問題をさまざまな観点から再評価することが重要な作業であると考えています。今日のお話では、南都における「伝統と革新の重層構造」について横内さんがおっしゃり、船田さんは奝然と五台山の関係について言及なさいました。そうし問題を鎌倉以降についてどう考えていくかという時間軸、いわば縦軸の問題にも結びついているように思われます。

鎌倉時代も深まり、この往生と遁世の問題を、諸宗にわたる問題として、非常にクリアに描こうとしたものが、無住『沙石集』ではないかということで、最後に栄西の往生話を掲げておきました。無住は栄西の京都での往生説を取っているわけですけれども、栄西が最終的に「遁世門」として、あえて京都に戻って往生する点をどのように語らせているかというと、「遁世聖を、世間に賤しく思ひ合ひて候ふ時、往生して京童部に見せ候はんとて」という形で、上洛して実際に往生して見せるわけです。往生して見せるということこそが、遁世の非常に雄弁な意義を表すものであるとすれば、その両者をめぐる意識は密接に結びついています。それらを結びつける根本として菩提心のあることを無住は強調していますし、菩提心をめぐる典籍・言説は多く、また中世の作品の多くがそこに重きを置いている点も、従来よりも深い次元で問いなおす必要があるでしょう。こうした問題は、例えば、慶政の典籍蒐集と「往生伝」を含む書写活動、自らの遁世、入宋の問題など多岐にわたる部分と切り結ぶ側面を有するものと思われます。説話集が収載する説話群における、諸宗を超えた遁世と往生のあり方に対する向き合い方なども、その延長線

レジュメより

3、慶政の書写活動と典籍の伝播
―結縁と往生の文学史再考に向けて―

真福寺蔵『続本朝往生伝』奥書

建保第七載三長第一月中旬第七夜、於西峯方丈草庵写之了、此則為自励シ忠志一、令ムカ他発信心一ヲ、唯願ハ此ノ伝結縁ノ人、各留マテ半座ニ乗テ花葉一、待マチ我閻浮ノ結縁人一、願以此功徳、臨欲命終時、必得弥陀迎、往生安楽国、砂門慶政記

（恵心別伝記事略）

建長五年癸丑十二月六日、於西峯草庵書写了、乗忍四十二

＊建保七年（一二一九）

建長五年（一二五三）

・真福寺善本叢刊〈第二期〉第七巻『往生伝集』（二〇〇四年、臨川書店）所収、山崎誠氏「真福寺文庫蔵往生伝解題」参照。「大福田寺→慈恩寺の回路の上に、前掲の書目どもが見えるのである。往生伝の書名は見あたらぬものの、慶政の「閑居友」に酷似した「閑居心師抄上中下」三巻が見えることは創造力を刺激して止まない。「閑居友」脱稿後も往生伝類を蒐集していることは、「閑居心師抄」三巻の可能性を示唆してはいないだろうか」として、慶政の散佚著作の可能性についても言及する。

真福寺蔵『往生浄土伝』

・上巻奥書

建長六年甲寅二月十六日、於法花山寺書写了、一交了、乗忍四十三

・下巻奥書

写本云、嘉禄三年十月十六日書写了、見賢思等之志也

建長六年甲寅三月十日、書写了、四十三乗忍

＊建長六年（一二五四）

・真福寺善本叢刊〈第二期〉第六巻『伝記験記集』（二〇〇四年、臨川書店）所収、山崎誠氏解題参照。「本書の55恵猛66明安両伝は慶政の「閑居友」に引用されている。他の往生伝類とともに真福寺に齎された経路もほぼ同じと推定しているので（第七巻『往生伝集』解題参照）、紙幅の関係でここでは敢えて再述しない。」

真福寺蔵『東南院御前聖教目録』（唐　竹櫃　第五）

浄土往生伝三帖　戒珠

＊東大寺東南院聖珍法親王から真福寺信瑜への譲渡・伝播。

『沙石集』巻十末（栄西往生話）

さて、かの僧正、鎌倉の大臣殿に暇を申して、「京に上りて、臨終仕らん」と申し給ひければ、「御年たけて、御上洛煩はしくも侍り。いづくにても御臨終あれかし」と、仰せられけれども、「遁世聖を、世間に賤しく思ひ合ひて候ふ時、往生して京童部に見せ候はん」とて、上洛して、六月晦日の説戒に、最後の説戒の由ありけり。

＊近本「遁世と兼学・研修―無住における汎宗派的思考をめぐって―」（小島孝之監修『無住　研究と資料』所収、二〇一一年、あるむ）参照。

上に定位できるものではないでしょうか。

説話研究との関わりを若干意識した方向に話を展開させてきましたけれども、問題提起の一つとして、あるいは中間的に話題を広げる一つの補助線というくらいに考えていただければ結構かと思います。それでは千本さんにお戻しして、フロアーの方からご意見をいただきたいと思います。

千本　統一見解というわけではありませんが、コーディネーター側からの一つの中間のまとめでした。若干時間を延長させていただいて、フロアーの方からまだほとんどご発言がありませんので、是非いただきたいと思います。

阿部泰郎　簡単なコメントをさせていただきたいと思います。いま、近本さんが資料学のさまざまな問題を皆さんの報告から抽出されて、一つの方向性を「遁世」というキーワードで示されました。私は別の位相・角度から、今日の資料学のパネルの方向性について、課題を提起したいと思います。

その一つはネルソンさんがコメントされた音楽や、磯さんの発言にも提起されたことで、これは昨日のセッションでも出ましたが「声」の問題、ひいては「身体」の問題になると思います。

例えば仏教儀礼、これは唱導・講経のような営みにかかわって、経典から聖教テクストの生産にかかわる現場の儀礼の世界において、非常に重要なフィールドになってくる問題です。こういった儀礼実践のフィールドの面で、是非とも資料学のさまざまな成果を捉えていくべきではないでしょうか。これがいま一つの説話研究の大きな課題、探究すべき主題として展開してゆくでしょう。

それはここに参加されている皆さんの多くがかかわっている課題でもあり、例えば国立歴史民俗博物館の松尾恒一さんを中心とする儀礼学研究という方向での共同研究などにも繋がってきていまして、それぞれの成果が位置づけられるということになると期待しております。これからの一つの重要なフィールドだと思います。

もう一つの重要なフィールドは、先ほど千本さんの研究史の総括の中には漏れていたのですが、中世文学会の五十周年と同じときに、説話文学会大会で行われた一切経と経蔵、そして聖教と宝蔵を巡るシンポジウムが、名古屋大学で行われました。特にここで扱われた一切経は、まさに日本仏教を大きく貫き、また説話をも生み出す場であると思いますけれども、これは敦煌の蔵経洞の文献を念頭に置いていただければイメージし易いと思います。敦煌文献は今世界に散らばっていますけれども、本来は或る時点で封印された仏教の東西交流の遺産である経蔵に発するものであり、そこに一旦集約されたものが今われわれが国際的な研究を展開する場になっているということが参照されてよいでしょう。すでに明らかなように、日本の場合はその経蔵が東大寺を始めとして南都・北嶺から日本中に広がって存在しており、それこそ国土自体が経蔵化されてくるような運動が展開した一切経の宝庫です。

そういう過程の中で、先ほどの仏教儀礼ともかかわって、さまざまなフィールドが認識されてくるでしょう。その大きな拠点が、横内さんが取り上げ、また多くの方々が参照された東大寺東南院の経蔵であります。実はこの東南院経蔵の一部が真福寺大須文庫に伝来しているのです。そしてその目録も伝わっており、それがわれわれの重要な手がかりとなり、指標になっていくのです。そして今大須観音に残されたその文庫のそれぞれは、舩田さんの報告されたような中世宗教の諸問題、神道、禅、修験にかかわった横断的な宗教テクスト、ひいては栄西から無住に至るテクストが真福寺には存在しており、更に断簡からも続々と再発見されています。

今、真福寺善本叢刊の成果は一応のまとまりを見ましたけれども、その次の段階として禅と密教にかかわる境界的な領域を発掘すべく、栄西、無住を含め、さらに未知のテクストも視野に入れた研究が今行われています。恐らく今日のそれぞれのご発表は、みんなそうしたテクストのフィールドに繋がってくるでしょう。この宗教テクストのフィールドを、つまりは経蔵という場ですけれども、それを今後は是非正面から捉えられるべきだというのが、私からのコメントです。

千本　ありがとうございました。阿部さんのご発言は、もうほとんどまとめの言葉なのですけれども（笑）、もうお一方だけ時間が取れます。お願いいたします。

林雅彦　パネラーのお三方ではなくて、コメンテーターの本井さんが最後に朝鮮半島のお話をしてくださったのですが、実は過去に朝鮮版の『釈氏源流』にかかわるものに興味がありまして、それで絵画と『釈氏源流』の関係というのが、韓国の場合は相当あるのです。それからどうもそれを遡っていくと、先ほど『釈氏源流』は日本から朝鮮半島に入ったものだと言っていましたが、その前に中国のものがあって、それが広くアジアの漢字文化圏に影響を与えました。一九五〇年以降だと思うのですが、タイで出されたある寺院の釈迦一代記の中に解説も付いているものがあります。それらを見ると中国語と英語とタイ語で書いてあるのですが、タイ語はかなりいい加減で、英語もそうではなく、中国語はすごく詳しいという専門の方のお話を伺ったことがあります。タイの現代においても、中国で作られた『釈氏源流』の基になったようなものは、大きく影響を与えています。そうするとそこには絵画と書籍との関係、さらにはそこをお参りする人々との問題というのも入っていて、是非今後そういう面も研究してもらいたいと思います。

千本　どうもありがとうございました、この辺りで閉じて参りたいと思います。先ほど休み時間に阿部泰郎さんに二〇〇五年に名古屋大学でやった説話文学会平成十七年度大会シンポジウムを忘れたのかと怒られましたので、ちゃんとご説明しておきます（笑）。「経蔵と文庫の世界　一切経・聖教・宝蔵」と題しまして、国際仏教学大学院大学の落合俊典氏、東大の史料編纂所の田島公氏、そして国文学研究資料館の山崎誠氏のご発表でありました。

もうひとつ、私のイメージで残っておりますのはいまから四年前の二〇〇八年に善通寺で行われました、説話文学会の例会「善通寺の経典・聖教」でございます。実はこの後、国文学研究資料館の方で落合博志さんが中心になられまして、21年度の成果公開報告別冊「総本山善通寺聖教・典籍目録稿」が刊行されております。また国文学研究資料館では、善通寺古典籍デジタル画像も全資料ウェブ公開されています。これで善通寺のほとんど全ての聖教が私たちの机上のパソコンの上で、見ることが可能になったのです。これはすごいことであって、敦煌の史料も今私たちの目に触れるようになりましたが、中国の方にもこうして日本の寺院のデジタル資料を全て、インターネットを通して研究していただけるのです。

こんなふうに資料が広く公開されるようになって、つぎにやはり大事なのは「この資料にはこんな価値があるんだ」ということを、例えばこのシンポジウムのような形で研究しているわれわれが、それぞれの研究の視点から位置づけていく、現時点での状況を世界に向けて報告し、みんなで共有していくということが一番大事なのだと思うのです。

それをやるのが学会というものであって、始めに申しましたように説話文学会は、資料学や学問・注釈研究の分野で、当初は必ずしも先頭に立っていたわけではないのですけれども、この間五十年を経て今はこうした資料学の中心として、今後やっていかなければいけないのではないでしょうか。

この十二月には韓国で例会が予定されています。まさに東アジアに今後私たちがいろいろな係累を頼って運動していくといいますか、学問の広がりを学会として進めていく。ちょうど五十年経ってそういうことをやっていく所へ来たのだということを、皆さんと確認したいと思います。

以上で第二セッションを終えます。ありがとうございました。

3rd
Session

説話と地域、歴史叙述
―転換期の言説と社会―

［司会］小峯和明、鈴木　彰

［発表］黒田　智、佐倉由泰、神田千里

［コメンテーター］樋口大祐、張　龍妹

16世紀に入り、日本社会は大きな転換期を迎えた。中央権力の弱体化や全国的な戦乱による地域文化の拡充、西洋とのあらたな文化衝撃や東アジアを取り巻く国際情勢の変動といった諸条件が重なることで、既存のあらゆる認識や価値観が大きくゆらぎ、た えずその再編を余儀なくされ続けたのである。そうした動きは、とりわけ人間の存在認識をはじめ、歴史認識や中央と周縁にかかわる根幹の世界認識を更新させ、あらたな文化創造をうながした。本シンポジウムでは、16世紀社会において、さまざまな位相で文化が越境をはたし、変容しながら各地域で新たに意義づけられていく動態と、その言説に注目することで、転換期の文化環境を多面的に読み解き、これからの説話研究の可能性を探ってみたい。それはおのずから、説話研究において「地域」という概念と自覚的に向き合うことの意義を再考したり、見過ごされてきた歴史叙述のかたちを発見したりすることにもつながるものと思われるのである。

鈴木　第三セッションのテーマは「説話と地域、歴史叙述」で、サブタイトルとして「転換期の言説と社会」を掲げました。五十周年記念大会の企画として、三つのシンポジウムを企画しましたが、最後に「地域」「歴史叙述」をテーマにしてみたいと思います。本大会の案内に含めておきました「五十周年記念シンポジウムに寄せて」という小峯さんの文章の中にある一節から、私の話を始めさせていただきます。

そこには、「ジャンルとしての説話から、ディスクールとしての説話への転換」とあります。この一文は、「学問・注釈、唱導、中世神話、寺社縁起、絵解き、口頭伝承、言談、偽書、キリシタン、琉球、朝鮮等々、思いつくまま近年にいたるまで焦点になったテーマをあげてみれば、その動向は顕著であり、それらすべてに説話が中心的な問題群としてかかわっていることが明らかになりました」と続けられています。

私はこの部分を、三つのシンポジウム全てにかかわる象徴的な言葉として受け止めています。ここに列挙されているキーワードは、そこから派生するさまざまな個別テーマの多様な展開を示唆するものといえるでしょう。現在、それらにかかわる研究動向を包括的に見渡そうとすると、説話研究が対象とする領域が近年ますます拡大・拡張しているという実感を、誰もが抱くことになるのではないでしょうか。

そして、これらのテーマと向き合うときには、いずれの場合でも、個々の説話や言説が意味を発揮する場や環境、地域社会のありようへの理解が必要となります。こうした点への留意なくして、説話研究は成り立ちえなくなったとさえいえるかもしれません。

たとえば、特に八十年代以降のことでしたが、日本史や美術史の研究等とも相まって、日本のかたち、日本という枠組みをどのように把握すべきかという問題が、さまざまな角度から検討され続けてきました。文学研究においては――古典文学研究の場合は特にそうですが――、都を中心に物事を考え、価値を見定めるという発想に陥りがちです。しかしそれだけで「日本文化」は把握できるのでしょうか。都を中心とした文化論が自明視されてきたこと、それ自体を問い直し、日本文化のとらえかたを再構成していくという営みが始められたわけで、そうした波は説話研究の現場にも押し寄せてきたのでした。もちろん、説話研究の側からもそうした営みの意義を発信し続けてきました。こうした動向が、「説話と地域、歴史叙述」をめぐる研究の現状を作り出してきたことを、今ここであらためて確認しておきたいと思います。

奥州や蝦夷といった〈北〉からのまなざしや、琉球を始めとする〈南〉からのまなざしはその代表的なものでした。そ

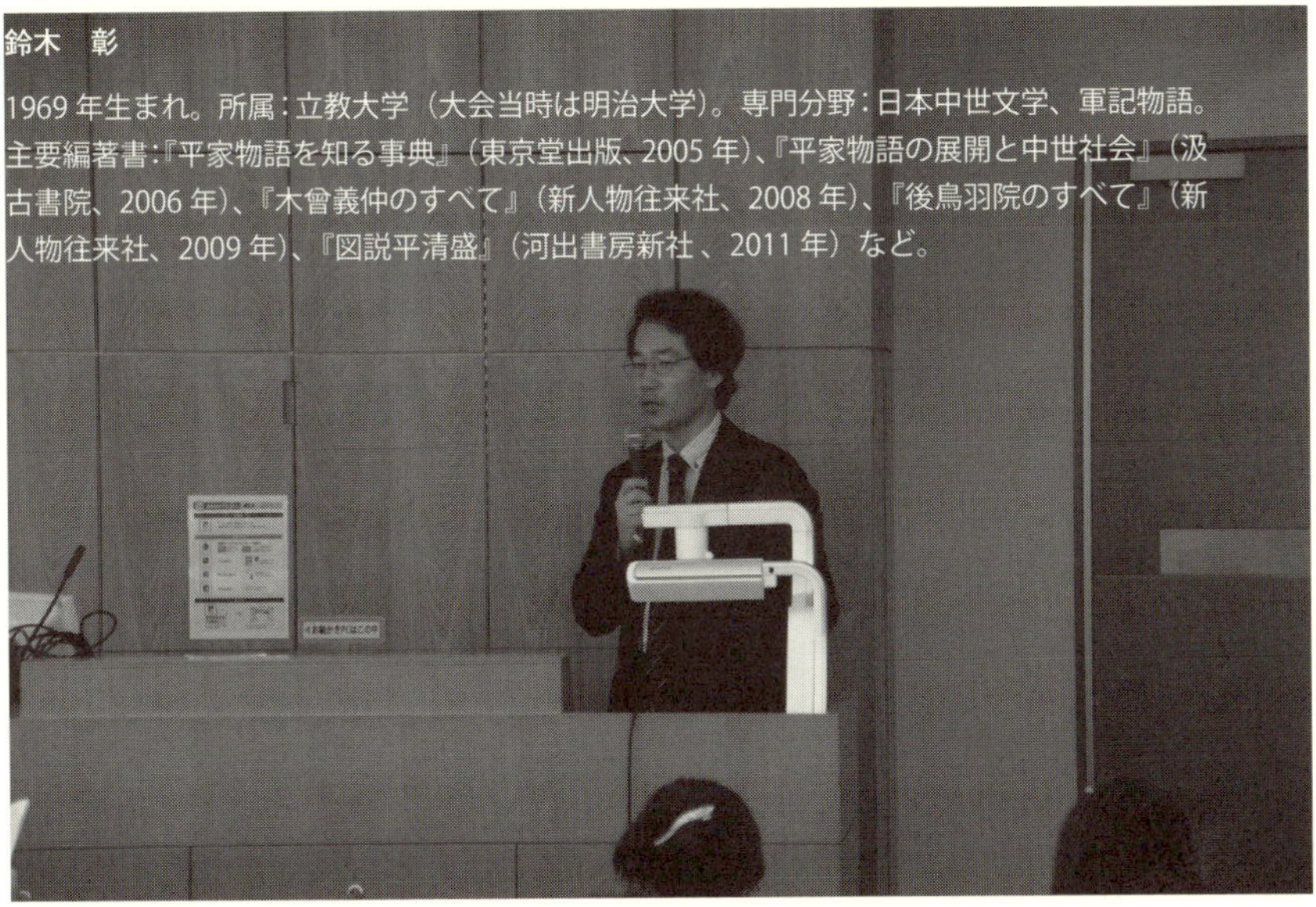

鈴木　彰

1969年生まれ。所属：立教大学（大会当時は明治大学）。専門分野：日本中世文学、軍記物語。
主要編著書：『平家物語を知る事典』（東京堂出版、2005年）、『平家物語の展開と中世社会』（汲古書院、2006年）、『木曾義仲のすべて』（新人物往来社、2008年）、『後鳥羽院のすべて』（新人物往来社、2009年）、『図説平清盛』（河出書房新社、2011年）など。

れらは日本なるものに対する私たちの既成の認識に再編成を促すものとして迫ってきました。あるいはまた、最近では説話文学会の例会でも企画テーマとして扱われましたが、東アジア、漢文文化圏といった観点からも日本なるものが相対化され、そしてそれにまつわるさまざまな関係性が問い直されるという運動が続いています。こうした潮流の中で、私たちは説話研究を通して日本の姿かたちと向き合うためのいくつもの観点を手にしてきたのでした。

ここまで、「地域」という観点にかかわる事柄を述べてきましたが、このシンポジウムのもう一つの課題である「歴史叙述」という観点とのかかわりについて、もう少し述べておきたいと思います。

私たちは現在、歴史をものがたる言説やその表現方法・思考方法がかつてじつに多様に存在し、機能していたことを把握しつつあります。その過程で注目されたものとして、たとえば安藤氏に代表される北の系図・系譜認識があげられます。これを視野に収めることで、敗者に自らの由緒・起源を求めるという、地域的特性を背負った歴史叙述のありかたが焦点化されました。また、現在でも過去でもなく、未来を書くという歴史叙述をめぐる力学が、未来記という概念を掲げることで対象化されました。さらには、血脈や相承などと表現される秘説伝授の条件や作法の記録なども必然的に歴史性を帯びており、歴史叙述としての側面を内在しています。こうした側面は、歌枕・名所をめぐる価値観や、いくさと権力、功績を意義づける軍記などにも認められます。特定の地域や環境で生み出された言説や説話は、時間や空間を隔てて後の時代に受容されるとき、おのずからある種の歴史性を帯びていくことになるわけです。

さらに、たとえば絵画というメディアであっても、その絵画が内在する歴史語りの声、言い換えれば歴史叙述としての絵画という観点が発見されることもあったわけです。和歌の世界でも同様です。

こういった状況を俯瞰してみると、私たちは説話研究を続けながら、その一面で確実に、地域と結びついた歴史叙述がかつていかに多様性を持っていたのかということを体験してきたのだろうと思います。そうした問題を今回はテーマにしてみたいというわけです。

ただし、一口に「地域と歴史叙述」と言っても、非常に幅が広い、欲張ったテーマです。今回のシンポジウム一度だけでは覆いきれない程の視野が求められます。そこで、議論を焦点化する必要があると考え、あえて十六世紀という時期を取りあげることにしました。この時代は一般に転換期と言われます。歴史状況、社会状況としては、中世から近世へ、戦国の世から幕藩体制期へ、あるいは戦乱の時代から平和な時代へという形で、転換を伴いつつ移行していく時期ととらえられています。この時期の言説とそれを生み出す動向を、周知の型に当てはめることを目的にするのではなく、みつめ直してみたいと思います。十六世紀の社会を舞台として、いかなる言説が交わされ、意味づけられていたのか、その現場に光を当てることになります。

これまでの説話文学会では、十六世紀という時期そのものが意識的に取り上げられたことがありません。また、将来的には、これに続く近世における説話問題も、多様な文脈から改めて考えてみなければならないでしょう。これらのことは、この一年間の例会を続ける中でも、折々に今後の課題として浮上してきました。そうした流れも踏まえて、私たちの問題意識の射程を少しでも先へと及ぼしたいという意図で、この「地域と歴史叙述」という枠組みが設けられていることを、あらかじめご理解いただきたいと思っています。

今回お話しいただく講師は三人の方々です。ご承知の通り、今回お願いしている講師の方々は、すでに多くのご著書・ご論文を刊行されています。最初に黒田智さんにお話しいただきますが、黒田さんには、シンポジウムの各発表要旨に付されたプロフィール欄にも書かれているように、『中世肖像の文化史』（ぺりかん社、二〇〇七年）や『なぜ対馬は円く描かれたのか　国境と聖域の日本史』（朝日新聞出版、二〇〇九年）等の著作があります。これらで論じられているのは、まさしく地域に根ざした文化史であり、中世以来の人々の心性史にかかわる諸問題です。また、専門分野である絵画資料論、歴史図像学において黒田さんが実践してこられた試みは、じつはつねに歴史叙述なるものの質を解き明かす指向をもってきたと私は考えています。

お二人目は佐倉由泰さんにお願いしております。佐倉さんは『軍記物語の機構』（汲古書院、二〇一一年）というご著書を近時刊行されました。ご承知の方も多いと思いますが、この本の中では、『将門記』から室町期の軍記に至るまで、非常に幅広くいわゆる軍記あるいは軍記物語と言われている作品群を扱い、個々の物語に組み込まれているさまざまな仕組み・からくり・機構というものを明らかにされました。その中には、信州という地域を浮かび上がらせた『大塔物語』にかんするご論などもあります。説話と軍記を分ける必要もないのかもしれませんが、しかしどこかでその違いについて考えてもみたい。また、いくさ・戦争にかんする表現を抜きにして、歴史叙述や地域の姿は把握できません。そういったテーマを抱えられている佐倉さんに今回お話しいただこうと考えました。

そして三人目として、神田千里さんにお話しいただきます。神田さんは、『一向一揆と真宗信仰』（吉川弘文館、一九九一年）ほか、戦国時代の宗教文化史にかんするじつに多くの、充実したご著書を出版されています。一向一揆やキリシタンにかんする問題、島原天草の乱にかんする問題など、いくさと宗教そして戦国期を結ぶときに、神田さんのご著書は極めて示唆に富み、私自身もいつも多くの刺激を与えていただいています。

こうしたお三方をお招きしてこのシンポジウムは計画されました。それではまず、黒田さんからお話しいただきます。よろしくお願いいたします。

水の神の変貌

◉

黒田　智

［金沢大学］

1970年生まれ。所属：金沢大学。専門分野：日本中近世文化史、歴史図像学。主要著書：『中世肖像の文化史』（ぺりかん社、2007年）、『なぜ対馬は円く描かれたのか　国境と聖域の日本史』（朝日新聞出版、2009年）、『藤原鎌足、時空をかける―変身と再生の日本史』（吉川弘文館、2011年）など。

◉ Summary

16世紀の列島では、群雄割拠する戦国大名から名もない民衆にいたるまで、自力救済を前提とする私的実力があふれ、いたるところで私戦がくり広げられていた。人びとは、みずからの領域や権益や名誉を維持するために戦争暴力を保持し、しばしば軍事行動を発動した。それゆえに、16世紀は戦勝神が一挙的な勃興をみせた時代でもあった。日々の私闘にあけくれる過酷な「正義なき社会」を生きる日本人たちが、戦争に際して絶対的なよりどころとするとともに、戦争暴力を制御し、平和を創生しうる神仏＝ビッグブラザーを希求したからにほかならない。軍神（いくさがみ）とは何か。それは、どのようにして中世日本社会に登場し、戦争から平和へとむかう近世社会にどのような変貌をとげていったのか。近江安孫子荘、京都羅城門、甲斐清水寺、大隅永徳寺、肥後池辺寺……。16世紀の列島各地にあらわれた勝軍地蔵という和製の軍神を手がかりに、軍神信仰の歴史的道程をたどってみることにしたい。

はじめに

金沢大学の黒田です。

十六世紀という世紀は、ご存じの通り、室町幕府が弱体化し、戦国大名が群雄割拠する戦国乱世から、信長・秀吉・家康とつづく統一権力が確立し、泰平の世へと移行した転換期です。それは、政治のみならず、経済、文化をふくめた大きな民族史的転換点であったと考えられています。

統一政権が樹立される以前のこの世紀の大半を通じて、列島の各地で自力救済を前提とする私的実力があふれ、いたるところで私戦、私闘がくり広げられていました。それは、割拠する戦国大名だけでなく、名もない民衆たちのくらす村落においても変わるところがありません。人びとは、みずからの領域や権益や名誉を維持するために戦争暴力を保持し、しばしば軍事行動を発動していました。それゆえに、十六世紀は戦勝の神、軍神（いくさがみ）が一挙的な勃興をみせた時代でもありました。

軍神とは、日々の私闘にあけくれる過酷な「正義なき社会」を生きる日本人たちが、戦争に際して絶対的なよりどころとするとともに、戦争暴力を制御し、平和を創生しうる神仏を希求した結果にほかなりません。では、軍神は、なぜ絶対的な正当性をもち、人びとのよりどころとなりえたのでしょうか。それは、どのような淵源をもち、いかにして中世日本社会に登場し、戦争から平和へとむかう近世社会にあってどのような変貌をとげていったのでしょうか。十六世紀に列島各地に爆発的に広がった勝軍地蔵という和製の軍神を手がかりに、軍神の歴史的道程をたどってみるというのが本報告の目的です。

一　勝軍地蔵信仰の歴史

ところで、私は、全国各地に残る勝軍地蔵像と関連史料の調査・収集作業をすすめ、これまで四五〇点あまりの作例を把握しています。いまだ十分なものではありませんが、これらにより、約八〇〇年間にわたる勝軍地蔵信仰の歴史は、おおざっぱにいって、AからFまでの六つの段階に分けることができると考えています。

A　十三世紀《勝軍地蔵信仰の生成》
B　十四世紀《蓮華三昧経の成立と足利氏の勝軍地蔵信仰》
C　十五世紀《甲冑像の誕生と地蔵縁起の増産》
D　十六世紀《騎馬像の誕生と愛宕信仰の伝播》

E　十八世紀《防火神（火伏せの神）としての流布》

F　二〇世紀《近代戦争における戦勝神としての再浮上》

まず、A、十三世紀に清水寺や多武峯を中心にはじめて勝軍地蔵が登場し、その信仰の土壌が生成されます。やがてB、十四世紀にかけて、蓮華三昧経という儀軌が整備され、西園寺家による宋の文物の招来や、足利氏の信仰など、京都や鎌倉を中心に信仰が伝播してゆきます。このころには、さまざまな勝軍地蔵の造像が行われていたと推測されますが、足利歴代将軍が東寺で修した勝軍地蔵法の本尊、〔図a〕のように、やや細長いボディをもつ地蔵立像をもって勝軍地蔵と呼んでいた可能性が高そうです。

Cの十五世紀後半になると、〔史料1〕にみるように、九代将軍足利義尚によってはじめて勝軍地蔵像に冑・剣・幡といった武装がほどこされ、軍神としての像容を形成していったことがわかっています。地蔵縁起など、地蔵信仰の広まりのなかで、応仁・文明の乱からDの十六世紀の戦国乱世に入ると、こうした勝軍地蔵信仰が室町将軍周辺からしだいに地方の、より広範の大名・武士層に受容されてゆくようになります。

図a・東寺所蔵「地蔵菩薩立像」（東寺宝物館図録『東寺の仏像』より）

〔史料1〕『鹿苑日録』長享元年（一四八七）九月三〇日条

九月晦日（中略）大仏司来、詣殿裏、謀勝軍地蔵冑装粧之事、僧曰、昔著天冠胸前有瓔珞、雖然昨日府君在坂本陣、命大館少弼送十貫文、彫造之、其書中可副冑云爾、如何、予蓮華三昧経曰、勝軍地蔵者、首戴冑、身著鎧、腰帯鎌、佩太刀、負弓箭、左手標幡、右手執剣、臨軍陣無向敵、譬如秋草靡風、（中略）如此、則今改冠作冑、於理不妨、矧府君命不可違者耶、

十月廿七日、人事往来、勝軍地蔵冑剣幡光装飾成矣、

十六世紀は、勝軍地蔵像が騎馬像へと大きく変容をとげた時期でもあります。この甲冑騎馬像の誕生をもって、勝軍地蔵の図像変容は一定の完成をみることになります。〔図b〕の絵画は長谷川等伯が上洛する前後のころ、十六世紀半ば

ころの制作と考えられ、〔図c〕も武田信玄が夫人の三条家を通じて京都の七条仏師に発注したものと考えると、ほぼ同じころの造像と考えられます。こうして十六世紀半ばに甲冑騎馬像へと図像を変貌させた勝軍地蔵は、愛宕修験のネットワークにものっかって、合戦に勝利をもたらす軍神として全国各地で爆発的に信仰されていった様子が文献史料や伝承からわかります。

図b・石川県七尾美術館所蔵　長谷川信春筆「愛宕権現像」

図c・山梨市市川清水寺所蔵　七条仏師康清作「勝軍地蔵木像」（萩原哉氏撮影）

ところが、一六〇〇年の関ヶ原合戦と徳川家康の江戸開府によって泰平の世となると、勝軍地蔵はしだいに軍神としての性格を弱めてゆくことになります。とりわけ十七世紀末から十八世紀初頭に都市災害として火事が社会的な問題となると、勝軍地蔵はEの火伏せの神、防火神としてあらたな性格を付与されて、城下町や町家、村々にまで広がってゆきます。

こうして、いったん忘れられかけていたはずの軍神としての勝軍地蔵が、再登板をはたすのが日露戦争ころからだと思われます。勝軍地蔵は、F、近代戦争における戦勝神となり、日露戦争、日中戦争、アジア・太平洋戦争に際して各地で戦勝祈願が行われ、少なからぬ勝軍地蔵が新たに作られたことが現存例からうかがわれます。

二　矢取地蔵というスケープゴート
―受苦・贖罪としての「矢負い」―

以上のような、八〇〇年あまりの歴史をもつ和製のお地蔵さま、勝軍地蔵は、いったいどこからやってきたのでしょうか。それは、何を根拠にして戦争における勝利を保証する神仏たりえたのでしょうか。

軍神としての地蔵の姿を伝える古い事例のひとつに、矢負い・矢取り地蔵があります。なかでももっとも早いのが、十二世紀成立の〔史料2〕の『今昔物語集』にみえます。近江国蚊野村の検非違使平諸道の父が合戦中に矢がつきたところ、小僧が矢を拾って諸道の父に与えたため、勝利することができた。氏寺に帰ってみると、地蔵菩薩の背中に矢が刺さっていて、小僧が地蔵の化身であったことがわかったというストーリーです。この地に伝えられた矢負地蔵譚は、あとで紹介する〔史料7〕の『矢取地蔵縁起絵巻』のほか、『地蔵菩薩三国霊験記』、『淡海温故録』、『淡海木間攫』、『江左三郡録』にとり上げられてゆきます。

〔史料2〕『今昔物語集』巻一七―三「地蔵菩薩変小僧形受箭語」

地蔵菩薩、變小僧形受箭語第三

今昔、近江ノ国、依智ノ郡、賀野ノ村ニ一ノ旧寺有リ。其ノ寺ニ地蔵菩薩ノ像在マス。其ノ寺ハ、検非違左衛門ノ尉平ノ諸道ガ先祖ノ氏寺也。彼ノ諸道ガ父ハ、極メテ武キ者ニテゾ有リケル。然レバ、常ニ合戦ヲ以テ業トス。而ル間、敵ヲ責メテ討ガ為メニ員ノ随兵ヲ率シテ既ニ戦カフ間、胡録ノ箭、皆、射尽シテ、可為キ方モ无カリケルニ、心ノ内ニ「我ガ氏寺ノ三宝、地蔵菩薩、我ヲ助ケ給ヘ」ト念ジ奉ル程ニ、俄カニ戦ノ庭ニ一人ノ小僧出来テ、箭ヲ拾ヒ取テ、諸道ガ父ニ与フ。此レ、不慮ノ外ノ事也ト云ヘドモ、其ノ箭ヲ取テ射戦フ程ニ、見レバ、其ノ箭拾フ小僧ノ背ニ箭、被射立ヌ。其ノ後、小僧、忽ニ不見エズ成ヌ。「小僧、逃ヌルナメリ」ト思テ、如此ク戦フ間、諸道ガ父、本意ノ如ク敵ヲ罸シ得ツレバ、戦ニ勝ヌル事ヲ喜テ家ニ返ヌ。「此ノ箭拾フ小僧、尚、誰人ノ従者ゾ。亦、何ヨリ来レル者」ト不知ズシテ東西ヲ令尋ルニ、更ニ知タリト云フ人无シ。「我ニ箭ヲ拾ヒテ令得ツル程ニ、背ニ箭ヲ被射立ヌレバ、若シ死ニヤシヌラ

図d・仏心寺所蔵「地蔵菩薩立像」（愛荘町立歴史文化博物館『愛荘町歴史文化資料集第２集　平成二十年度 春季展示会 愛荘町新指定文化財展』2008 より）。

ム」ト哀ニ糸惜シク思フト云ヘドモ、不尋得シテ止ヌ。其ノ後、諸道ガ父ノ、氏寺ニ詣デ、地蔵菩薩ヲ見奉ツルニ、背ニ箭一筋被射立タリ。諸道ガ父、此レヲ見テ、「然レバ、戦ノ庭ニシテ箭ヲ拾ヒテ我レニ令得シ小僧ハ、早ウ、此ノ地蔵菩薩ノ、我ヲ助ケムトテ変化シ給ヒケル也ケリ」ト思フニ、哀ニ悲クテ、泣々ク礼拝シ奉ツル事无限シ。其ノ辺ノ上中下ノ人、此ノ事ヲ見聞テ、泣キ悲ムデ不貴奉ヌハ无シ。実ニ、此ヲ思フニ、極メテ貴ク悲キ事也。地蔵菩薩、利生方便ノ為ニ悪人ノ中ニ交ハリテ、念ジ奉レル人ノ故ニ毒ノ箭ヲ身ニ受ケ給フ事、既ニ如此シ。況ヤ、後世ノ事、心ヲ至シテ念ジ奉ラバ、疑ヒ无キ事也トナム語リ伝ヘタルトヤ。

それればかりではなく、〔史料3〕の『源平闘諍録』では、千葉成胤や平将門の説話としても登場し、しかもここでは地蔵ではなく妙見菩薩の霊験譚となっています。また江戸時代になると、〔史料4〕の足利直義の説話としても採録され、〔史料5〕〔史料6〕では、狩人の発心譚となって伝えられています。

〔史料3〕『源平闘諍録』巻五

于時加曽利ノ冠者成胤祖母死去之間、雖レ為リト二同孫一依レ為タルニ二養子一、父祖共雖三参ニ向スト上総国エ一、留二千葉館一ニ有二葬送之営一。彼祖母者秩父太郎太夫重弘之中娘ト聞シ。然程ニ親正之軍兵出二来結城浜一ニ之由人申ケレハ者、成胤聞レ此急キ進二人ヲ上総エ一、「雖可相二待父祖ヲ一、見テ二敵於目ノ前一ニ不二懸出一者、乍我身一非人一豈為勇士ノ道一乎トテ。」俄ニ相具七騎ヲ向ケリ二千余騎一ニソ。成胤進出テ申ケル者、「柏原ノ天皇ノ后胤平親王将門ニハ十代ノ末葉千葉ノ小太郎成胤、少年罷二成トテ、十七歳一ニ」打二払四角八方ヲ一懸二破蜘手十文字一ニ、馳出タリ遙ナル沖一。雖レ然親正者多勢ナリ、成胤ハ無勢ナル間、両国ノ堺河ニ被レ迫タル二着一。雖然ト有二僮ナル童一。敵カ射ル箭ヲ受取シカハ中ニ一不レ当シテ二成胤及ヒ軍兵等モ一、違ヘテ二左右一ニ移スレ時ヲ一程ニ、両国ノ介之軍兵如二雲霞一馳来。（中略）又右兵衛ノ佐言玉フニ「侍共可承一。今度千葉小太郎成胤之初軍ニ懸レ先ヲ事難レ有、可レ有二勲功之賞一。頼朝若打二随日本国ヲ一、以二千葉ニハ北南ヲ一可レ奉三寄二進妙見大菩薩一ニ。抑妙見大菩薩云何シテ、千葉ニハ被二玉ケル崇敬ヲ一乎。又御本リ体ハ御二座何ノ仏菩薩一ニテ。」常胤畏テ申ケルハ「此妙見大菩薩ト申ハ人王六十一代朱雀御門ノ御宇、承平五年〈乙未〉八月上旬之比、相馬小次郎将門与上総介良兼、伯父甥不快之間、於テ二常陸ノ国一企二合戦ヲ一程、良兼多勢ナリ将門ハ無勢也。自二常陸ノ国一被三迫二着蚕ノ飼河ノ畔一ニ。将門欲スルニレ渡レ河ヲ、無レ橋無シテレ船。思労之処、俄ニ小童出来テ告クレ渡ントレ瀬。将門聞テレ此打渡飼河一ヲ、打二越豊田郡一、隔レ河ヲ闘程ニ、将門矢種尽ケル時者、彼ノ童拾二取落矢一ヲ与ヘ将門一ニ、射ケリ之一。亦将門及レ疲レニ之時、童捕テ二将門之弓一ヲ、矯テ十ノ矢一ヲ射ニレ敵ヲ。一モ無ニケリ二空箭。見テレ此良兼非二只事一ニ、天御計也ト乍思一引二退ク彼ノ所一ヲ。将門遂ニ得レ勝ヲ、突二跪童ノ前ニ掻合袖一ヲ申ケル者『抑君ハ何ナル人御ニ座ンヤ乎ト。』奉レ問。彼ノ童答テ云ク『吾レハ、是妙見大菩薩也。自レ昔至レ今ニ有下云レ守二心武ク慈悲深重正直ナル者一ヲ誓上。汝ハ正直ク武剛ナルガ故ニ、吾為護レ汝ヲ所二来臨一スル也。（後略）』」

図e・浄光明寺所蔵「地蔵菩薩立像」（栃木県立博物館特別図録『足利尊氏』より）

〔史料4〕『延命地蔵菩薩直談抄』巻三―六三　鎌倉矢拾

地蔵之縁

ムカシ鎌倉慈恩院ニ地蔵尊ノ立像アリ、是ヲ矢拾地蔵ト云フ、相ヒ伝フ源直義ノ守リ本尊ナリ、直義一戦ノ時分、矢種尽ケルニ小僧一人走来テ発捨タル矢ドモ拾ヒ直義ニ捧カル、怪ク思ヒ守リノ地蔵ヲ見ケレバ、矢一筋錫杖ニ持添フトナリ、今モ錫杖ハ斡ナリ〈鎌倉志四巻ニ見ユ〉

〔史料5〕『阿波国名所図会』文化九年（一八一二）刊

霊鷲山鶴林寺　勝浦郡にあり。弘法大師の遺跡にして、桓武帝の勅願所なり。当寺の濫觴は、大師霊夢を感じこの山に登りたまふに、林中光をてらし、異香薫ず。大師仰ぎ見たまへば、古木の枝に一鶴翼をのびて覆ひ、一鶴来れば一鶴去り、かはるがはる守れり。光輝これより発す。大師あやしみよくよく見たまへば、仏像あり。やがてとりおろしたまふに、金像の地蔵菩薩なり。大師永生をはかり、その樹をきり、長三尺の地蔵尊をつくり、彼の霊像を納め、伽藍をたて安置して鶴林寺と称し、山勢天竺の霊鷲山の面振あればとて、今もなお霊鷲山となづけたまふ。その後、近江の狩人猪を射て逐ひ来るに、血ながれて本尊の厨子に入りければ、あやしく思ひ扉をひらき見れば、本尊の御胸に矢あたりて血汐に染めたまふ。狩人これを拝し、発心して身終るまで本尊に奉事すとなり。今なほ二王門の下に猟師塚あり。山上に大師の旧跡所々にあり。山下に勝浦川あり。

〔史料6〕**岩本寺奥の院矢負地蔵の伝説**

岩本寺大師堂が奥の院の矢負い地蔵堂を兼ねている。その昔、この地に信心深い猟師がいた。獲物が見つからず、これ以上の殺生は無益と思い自分の胸をその矢で射た。妻に起こされ、傍らを見ると矢の刺さったお地蔵様が倒れていた。身代わりとなった地蔵菩薩をこの寺に手厚く祀った。

どうやら、これらの矢負い・矢取り地蔵譚は、軍神としての地蔵の早い例であるとともに、妙見菩薩などのさまざまな戦勝の神仏の霊験譚と交錯しながら、現在にいたるまで広く語り継がれていったもののようです。

そして、これら身に矢傷を負った「矢負い」の神仏が戦争を勝利に導くという信仰は、神仏が願主の身代わりに「矢負い」というペナルティを受ける、いわば受苦や贖罪という論理によって担保されていたことがわかります。

三　水争いと軍神

こうした矢負い・矢取りの神仏の正体をうかがわせる手がかりが、〔史料7〕以降の史料になります。〔史料7〕の『矢取地蔵縁起絵巻』は、〔史料1〕とほぼ同様の説話を享徳二年、一四五三年になって絵巻物として制作したものです。近江国安孫子荘が隣郷の押立保と宇曽川をはさんで合戦となり、金臺寺の矢取地蔵が矢を拾って安孫子側を勝利に導いたとされています。その合戦の原因は、後半の傍線部に「用水争論の時、合戦に討ち勝つ」と書かれているように、宇曽川の水利権でした。このとき係争課題となった用水とは、宇曽川から引水する銭取湯とよばれる用水のことです。のちの史料になりますが、〔史料9〕には、延宝七年、一六七九年に「銭取湯と申すは、地蔵菩薩の御慈悲なり」とされていますし、〔史料10〕でも、一七九六年には「水守の地蔵」とよばれています。矢取地蔵とは、おそらく銭取湯開削のシンボルであり、銭取湯水を維持管理する水守の地蔵でした。『矢取地蔵縁起絵巻』と同じ年に同じ人物鞍智高春によって書かれた〔史料8〕の『秦川山観音縁起』が、密蔵坊という僧が大龍と化す物語、すなわち水神の説話であることも、水の神としての矢取地蔵の性格と無関係ではないように思われます。

〔史料7〕『矢取地蔵縁起絵巻』享徳二年（一四五三）（滋賀県愛荘町安孫子氏所蔵）

江州安孫子庄内金臺寺矢取地蔵縁起

近江国愛智郡安孫子庄に古寺あり、地蔵を安置せり、検非違使平諸道か氏寺也、諸道が父武勇をこのむ、ある時、隣郷推立乃保より敵数百人よせて討んとしけり、諸道か父の方には身にしたしき者六人ありける、城の前に川をへだてたりければ、やがてもかけいらず、矢をもて射合ける程に、諸道が方に矢を射つくしてせんかたなかりければ、氏寺の地蔵菩薩を念じたてまつりける程に、俄に小法師矢庭にまじりて矢をひろひて諸道が父にとらせけり、その矢むなしからずして、おもひのごとくに敵を討おハりぬ、よろこびに氏寺へまいりたりけるに、あづかりの僧上蓮といふもののかたりけるハ、昨日のた丶かひに出させ給しかバ、御祈のために此堂にまいりて、花香をまいらせてあからさまに出侍し間に、地蔵のうせ給しかバ、盗人のしわざにかと、近辺をたづね侍しに、夕がたになりてもとのごとく地蔵をすゑたてまつる也、いかなる事かありけむ、御かをに黒羽矢をいたてたてまつる也と申せバ、いな盗人のしわざにもあらず、昨日た丶かひの庭に矢をひろふ僧ありき、敵の黒羽の矢をかほにあたりぬとみし程にかきけつやうにしてうせにし、此菩薩の化身にこそとなくなくかかりしかバ、これをきく人、随喜のなみだをながしたり、

其後、岩蔵山に御堂をたて、此地蔵を安置したてまつる、いまの金臺寺これ也、隣郷推立保に用水争論の時、合戦に討勝、いまに無相違事、此地蔵の威徳による事、以世かくれなし、矢をひろひて、御方にくばりたまひしによつて箭とりの地蔵共申也、

図f･安孫子家所蔵『矢取地蔵縁起絵巻』部分（愛荘町立歴史文化博物館『愛荘町歴史文化資料集第２集　平成二十年度 春季展示会 愛荘町新指定文化財展』2008 より）。

〔史料8〕『秦川山観音縁起』享徳二年（一四五三）（安孫子文書）

秦川山観世音菩薩ト云ハ、人皇八十代高倉院御宇ニ当テ、松尾寺蜜増坊ト云僧、慢心ニテ邪道ニ隔リ、大龍ト成テ、秦川山之渕ニ入、人民を悩シ、諸人迷惑ス、同松尾寺光蓮法印加持祈祷〆封シこめ、観世音菩薩ト成し給ふ也、仍テ今ニ秦川山観世菩薩と申也、

享徳二年　　源高春

壬申八月　　書之

〔史料9〕延宝七年（一六七九）一一月「年貢取立帳之写」（押立神社文書）

乍恐以書付御願奉申上候

抑安孫子之庄内銭取湯水と申ハ、往古岩倉山金胎寺地蔵菩薩之御慈悲也、然ル処ニ百三十余年以前ニ、北蚊野村ち延宝七年己未年、安孫子之庄内秦川山へ出入申度由被申上、則拾五石之御年貢上納仕可申由、御願上申候ニ付、依之七郷之□面共、同年二月十一日ニ御年寄上□、右之趣仁仰付候ニ付、七郷之役人共、尋意之御返事之義不申上候而、御□を願申候（中略）

延宝七年己未年　　七郷役人共

御奉行様

〔史料10〕寛政八年（一七九六）「岩倉村庄屋長兵衛願書」（安孫子文書）

当村地蔵堂之義、御尋ニ付申上候趣、往古自長左衛門、平左衛門、長兵衛、長右衛門、玄信、此五六人之内之支配ニ而、平左衛門、長左衛門両人御守いたし候、其外村方自少も構不申候、抑此矢取地蔵と申者、往昔検非違使平諸道公之守リ本尊也、或時諸道用水争論ニ而危き御難之時、此本尊に祈誓し奉れバ、不思義也、化僧あらわれ出、矢をひろひ、諸道ニあたへたまへバ、忽身方の利勝となり、安孫子之庄之用水于今滞轉なし、其自矢取地蔵共、又水守之地蔵共申なり、

つまり、矢負地蔵とは、実は水と深い関わりをもつ水の神であったと考えられます。ほかにも、京都羅城門近くにある矢負地蔵堂の説話は、東寺空海と西寺守敏の祈雨争いに端を発したもので、ここでも雨乞いという水との関連性がうかがわれるのです。すでに、中前正志氏が明らかにしているように、〔史料11〕の『太平記』では、軍茶利と大威徳が放った鏑矢が空を飛び交う神戦のかたちをとるだけで、地蔵が登場することはありません。地蔵がはじめて登場するのが〔史料12〕の一六八一年であることを考えると、十六世紀から十七

世紀前半ころまでには祈雨争いの説話が、矢負い地蔵の物語をとり込んでいったと推測されます。

さらに、〔史料3〕に挙げた妙見菩薩が、橋も船もない小貝川で、平将門の渡河を助けたように、水と深い関係をもつのは矢負・矢取地蔵のみならず、中世に登場したさまざまな軍神についてもあてはまるかもしれません。たとえば、すでに橋本章彦氏が指摘しているように、鞍馬寺の毘沙門天もまた、水の神たる龍蛇を退治する物語を色濃くつむいでいます。

勝軍地蔵もまた例外ではありません。京都清水寺では、十四世紀初頭の〔史料13〕、『元亨釈書』に勝敵毘沙門とセットで矢取地蔵譚が語られているからです。

〔史料11〕『太平記』巻一二「神泉苑の事」

守敏尚腹ヲ立テ、サラバ弘法大師ヲ奉調伏思テ、西寺ニ引籠リ、三角ノ壇ヲ構ヘ本尊ヲ北向ニ立テ、軍荼利夜叉ノ法ヲゾ被行ケル。大師此由ヲ聞給テ、則東寺ニ炉壇ヲ構ヘ大威徳明王ノ法ヲ修シ給フ。両人何レモ徳行薫修ノ尊宿也シカバ、二尊ノ射給ケル流鏑矢空中ニ合テ中ニ落ル事、鳴休隙モ無リケリ。爰ニ大師、守敏ヲ油断サセント思召テ、俄ニ御入滅ノ由ヲ被披露ケレバ、緇素流悲歎泪、貴賤呑哀慟声。守敏聞之、「法威成就シヌ。」ト成悦則被破壇ケリ。此時守敏俄ニ目クレ鼻血垂テ、身心被悩乱ケルガ、仏壇ノ前ニ倒伏テ遂無墓成ニケリ。「呪詛諸毒薬還著於本人」ト説給フ金言、誠ニ験有テ、不思議ナリシ効験也。

〔史料12〕『近畿歴覧記』東寺往還　延宝九年（一六八一）成立

鳥羽大路ニ出テ山崎道トノ堺ニ、矢負ノ地蔵堂アリ。矢負ノ事、相伝ハ、守敏常ニ弘法ヲソネミ、或夜入堂ノ刻、竊ニ窺之以矢射之、于時其矢不中弘法、此ノ地蔵中間ニ立チ隔テ玉ヒ、此ノ矢ヲ負シト也。然レドモ俗伝不足信事也。

〔史料13〕『元亨釈書』延鎮伝

釈延鎮、報恩法師之徒也、居清水寺、与坂将軍田村遇、因為親友、将軍奉救伐奥州逆賊高丸、語鎮曰、吾承皇詔征夷賊、若不仮法力争不辱命、公其加意焉、鎮諾、高丸已陥駿州、次清見関、聞将軍出師、退保奥州、官師与賊交鋒、官軍矢尽、于時小比丘及小男子拾矢与将軍、将軍異之、已而将軍親射高丸而斃於神楽崗、献首帝城、将軍先詣鎮曰、因師護念射誅逆寇、不知師之所修何法哉、鎮曰、我法中有勝軍地蔵、勝敵毘沙門、我造二像供修耳、将軍便説二人拾矢事、乃入殿見像、矢疵刀痕被其体、又泥土

塗脚也、将軍大驚奏事、帝加敬焉、

四　水の神としての勝軍地蔵

加えて、十六世紀に爆発的にあらわれる勝軍地蔵の事例をみてみると、洪水などの水害、日照り、雨乞いといった水と深い関わりをもつ土地にまつられている例を数多く見つけだすことができます。ここではそのすべてを紹介することはできないので、四つほどみてみることにしましょう。

ひとつ目は、鹿児島県大隅国国分荘にあった永徳寺という寺院です。ほかに史料がないのですが、〔史料14〕によれば、ここは昔から洪水の害が頻発する土地で、多くの人びとは溺れ、伽藍も傾いていたところ、いずこからかあらわれた地蔵菩薩が水難を除いてくれた。慶長九年に島津義久が邸宅を造営してにぎわいをとり戻したものの、地蔵は風雨にさらされたままだったので、慶長一三年になって一人の瞽女が勝軍地蔵をまつる地蔵堂を再興したとされています。戦国大名島津氏の当主義久は、若いころから勝軍地蔵の夢をみるなど、十六世紀半ば以降、島津領国内で勝軍地蔵が急速に流布していきました。おそらく永徳寺も、一人の瞽女によるものというより、こうした島津氏の信仰を背景にまつられていたものと考えられます。

〔史料14〕慶長一三年（一六〇八）「隅州国分荘永徳寺地蔵堂再興幹縁文」（文之玄昌『南浦文集』所収）

聞昔、隅州国分庄者、諸大菩薩之古道場也、相傳、此地昔年有二洪水之害一、人皆作レ魚矣、丁斯時也、此大菩薩亦面貌枯而流入レ大海、諸大伽藍亦梁棟傾斜而化レ鳥有去矣、及二其水之涸一也、一地蔵薩埵不レ知下自二何地何山一而来上、幸淂レ解二脱水之難一、止二於是処一居民之レ有其志者、即構二一宇之茅堂一、安二置薩埵一因寺名レ永徳、有二一比丘一、修二香火業一、比丘去来、堂宇至レ今、壊在レ民村、是亦居民孽遺者之所レ口傳也、未レ知是否尓未、経二其歳月一者、不レ知二幾百回一矣、

慶長辛丑之夏、島津華冑龍伯尊君相レ攸、欲レ営二華第於此地一、至二於甲辰冬之仲一、華第落成矣、諸士大夫之侍従者殆乎千人、野人之懐レ恵而移レ家者倍レ焉、然後、国分為二一都会之地一矣、於レ是乎、上行下效、百廃具興、有二神宇之復レ旧者一、有二仏廬之斬レ新者一、輪奥之美、壮麗奪レ目矣、独地蔵菩埵堂宇、蕭然依レ旧不レ蔽レ風レ日、尊体亦有若レ無矣、爰有二瞽者正寿院一者、欲三再造二薩埵之堂宇一有レ興其志而無レ其力、若非二檀度之助一、争遂二

其夙志一乎、於レ是肩レ嚢手レ杖、徧扣二十方檀度之門一、古之所謂細流聚而成レ巨海、土壌積成レ太山、若然則土木之功亦寸累レ尺、緇積レ銖者、何願不レ成矣、

夫以、地蔵薩埵者、閻魔国十代冥王之主君、而以二大悲願一為レ内、以二忿怒相一為レ外矣、按蓮華三昧経、地蔵有二六種之名一、第一檀陀地蔵、第二宝玉地蔵、第三宝印地蔵、第四持地々地蔵、第五除蓋障地蔵、第六日光地蔵、蓋一体分身、而導二地獄餓鬼畜生修羅人天之六道一也、衆生在世、有二無量罪業一、及二其新寂一也、薩埵判二在世造悪之軽重一斗二秤欺誰人一、且復、懸以二浄玻璃鏡一、照二彼衆生心内罪悪一、想夫薩埵之慈心、令三一切衆生遠二其罪悪一、是故、現二忿怒相一道レ之斉レ之、因称二将軍地蔵閻魔王一、王赫斯怒、爰整二諸衆生一以遏二諸悪業一以篤二人間祐一以対二于瞻部州一、此閻魔王之勇也、今閻魔王一怒、以安二人間諸衆一、然則勝軍之号不レ虚設者乎、其功勛之所レ及豈復可レ言説乎哉、（中略）

慶長十三年戊申三月廿四日　瞽者正寿院敬白

ふたつ目に、甲斐の戦国大名、武田信玄の念持仏とされる、京都七条仏師康清の手になる勝軍地蔵像は、現在、〔図g〕の甲府市円光院と〔図c〕の山梨市市川清水寺の二つがあります。このうち、清水寺のある市川では、〔史料15〕のように、江戸時代にたびたび雨乞いの祈祷が修されていました。また寺の近くにある小さな滝壺に観音木像を投げ込む雨乞いの習俗が最近まで続けられていたとも聞いています。

〔史料15〕文久二年（一八六二）七月二五日「雨乞成就に付き報謝仏事執行許可願」（市川区有文書）

乍恐以書付奉願上候

当御支配所山梨郡市川村清水寺住持頼智并檀家村役人一同奉申上候、右清水寺本尊千住観音者行基作仏ニ而、悉感応利益有之、既ニ当六月中日照打続、雨乞祈祷仕候処、潤雨も有之候次第ニ付、天下泰平・五穀成就并右雨乞念願成就礼拝として、来ル閏八月六日より十日迄日数五日之間、大般若并百座護摩修行仕度、依而者隣村より参詣も可有之与奉存候間、何卒格別之以　御慈悲、願之趣御聞済被成下置度、偏奉願上候、以上、

文久二戌年七月廿五日　当御支配所　山梨郡市川村

清水寺　住　持　頼智　印

檀家惣代　武右衛門　印

村役人惣代　名主代兼長百姓

友右衛門　印
百姓代　喜兵衛
甲府　御役所

図g・円光院所蔵「勝軍地蔵・刀八毘沙門天像」（萩原哉氏撮影）

三つ目に、肥後熊本の池辺寺所蔵の勝軍地蔵像、〔図h〕は、日露戦争のころにつくられたものですが、〔史料16〕によれば、この地の愛宕社は加藤清正の再興とされ、実際に〔史料17〕から十七世紀初頭にさかのぼることがわかります。この付近には、古代の人工池、味生池がありましたが、近世の干拓で水田となりました。人工池を作れるぐらいですから、この地域は雨が降れば井芹川が氾濫して洪水をおこし、あるいは満潮時には有明海の潮水が逆流して水浸しになるという低湿地でした。また逆に、〔史料18〕の『池辺寺縁起絵巻』をみると、雨乞いの縁起譚が載せられていて、江戸時代に数度、雨乞いをした記録も確認できます。

〔史料16〕文政九年（一八二六）『飽田郡池田手永寺社本末御改ニ付寺院間数改帳』

右愛宕社之儀者、建久年中、大友左近将監義直霊夢感得
之、依　奏聞、山城国愛宕山権現此地ニ勧請有之、一国
一社之霊廟ト崇之、尓来大友家・菊池両代之崇敬不斜之
処、天正年中兵乱之砌、社壇悉及破却、其後慶長六年《(一六〇一)》、
清正公宇土御陣御祈願依成就、社頭御再興被仰付候旨趣、
御厨子裏書付尓今御座候、其後寛永十年《(一六三三)》十二月、
妙解院《(忠利)》様御代、猶又新社頭建立被仰付候、
御奉書并切紙御状尓今所持仕候、
真源院《(光尚)》様御代者、一入御信仰厚、毎月
御代参被指立　御太刀御奉納等も有之、御祈祷執行度々
被仰付

御奉書尓今所持仕候、
妙応院様《（綱利）》
霊雲院様《（宣紀）》御両代共、依願　御国中勧化御免被仰付社頭修覆仕候処、其後大風之砌、及破損数年纔之仮屋ニ神体安置仕置仕候処、天明六午年《（一七八六）》托鉢ト助施ヲ以右之通建置申候、

〔史料17〕池上神社石灯籠銘

寛永十六年《（一六三九）》陽月《（一〇月）》吉辰　愛宕奉寄進燈籠　施主立石助兵衛尉惟宗政賀

〔史料18〕『池辺寺縁起絵巻』文化元年（一八〇四）

七つには快珍祈雨
承暦年中、天下大にひでりす。当寺主職快珍和尚に詔ありて雨を祈らしむ。七日を期として鈴独鈷をもって修法す。則大に雨ふる事三日にしてやむ。四海みな霑ひ朝野挙てよろこび師と霊物との妙を感ず。此時帝大に叡感ありて勅して詫摩郡を以てながく寺領に賜ふ。其後、雨を祈るに感応あらずといふ事なし。これ七つの不思議也。

最後に、高知県と徳島県の県境にある東洋町の成川観音堂に、〔図j〕のような勝軍地蔵像がまつられています。〔史料19〕によれば、かつてこの地にあった密蔵院は、もともと勝

図i・池辺寺旧蔵「愛宕地蔵像」（萩原哉氏撮影）

図h・池辺寺旧蔵「勝軍地蔵像」（萩原哉氏撮影）

軍地蔵を本尊とする地蔵寺と称し、長宗我部時代にさかのぼるとされています。また観音をまつる池山寺は、この谷の奥の大池のほとりにありましたが、〔史料20〕から、宝永五年、一七〇八年の洪水で山崩れを引き起こして谷が埋まり、大池を崩落させたため、現在の地に移転したものといいます。

以上のように、十六世紀に登場する勝軍地蔵という軍神が水と深い関わりをもつ土地にあらわれ、水の神としての性格をもっていたことがおぼろげながらうかがい知れると思います。

〔史料19〕宝永七年（一七一〇）正月「成川観音堂再建記」

当山之観音者、行基菩薩之御作也、上古　詔于　聖武皇帝行基而諸国令安置霊仏其一也、伝聞往昔真砂瀬堂ヶ尾置座其土地不協　仏意故哉、一夜池山飛来当郷領主惟宗氏朝臣造立堂宇而長仏目於耀于池山近里遠境之、貴賤僧俗男女重拝趨之禮矣、于時宝永五〈戊子〉六月、洪水漏出而、山崩谷埋而、池山因茲野根郷浦諸氏悲危而移於成川堂山地建立、三間四面之堂宇以仏威日々新矣、寔枯木花開□永之誓約可疑乎、敬白、

宝永七〈辛卯〉年正月十八日　別当和泉

抽象丹誠喜捨衆左記

一、銀子百目

時郡司　明神唯右衛門尹信

福富次郎左衛門（後略）

図j・成川観音堂所蔵「勝軍地蔵像」（萩原哉氏撮影）

〔史料20〕『南路志』

金剛山密蔵院〈真言宗東寺末〉

寺記云、開基不知、宝永七寅年回録。且寺地之儀先年ハ成川村之上ミ中川と申処に有之処、右火災之節自只今之処江引移候。且以前ハ地蔵寺と唱申処、逢難殊ニ東寺同末ニ右寺号有之訳以改申候。将又先国守元親公御代ニは寺領被下置候由、地検帳等ニ記御座候。本尊将軍地蔵（中略）

十一面観音堂〈アミタ堂山〉脇立〈勢至観音・正観音〉

縁起云、当山之観音者行基菩薩之御作也。上古聖武皇帝、行基ニ詔而諸国令安置霊仏、其一也。伝聞、往昔真砂瀬堂カ尾置座、其土地不協仏意故哉、一夜飛来当郷、領主惟宗氏朝臣造立堂宇、而長仏日耀于池山、近里遠境之貴賤僧俗重拝趨之礼矣。于時宝永五戊子（一七〇八）六月、洪水涌出山崩谷埋而池山之霊場既危、雖然仏光新而尤何煩矣。因茲野根郷諸民悲危而移於成川堂山池、建立三間四面之堂宇云々。寛永七辛卯正月十八日別当和泉

十六世紀は、自力救済の私闘が繰り広げられる一方、土木灌漑技術と治水技術が進化した時代でもありました。十六世紀末の太閤検地という達成は、こうした高度な治水や灌漑にささえられ、やがて十七世紀以降の近世的な大規模新田開発を準備してゆくことになります。この灌漑・治水技術の進化とフェーデ・私闘の恒常化。このふたつの交差する地点に軍神が誕生するのです。水の神は、水とともに生きる日常が水をめぐる争い、非日常に発展したとき、軍神へと変貌をとげます。勝軍地蔵は、はじめてその姿をあらわした十三世紀から、ほかならぬ十六世紀というピークへ向けて、軍事的性質をしだいに強めて、いわば時限的に立ちあらわれた軍神だったと考えられます。

五　水の神から軍神、火伏せの神へ

そして、戦国乱世から天下泰平へ。戦争から平和へと移ろうと、勝軍地蔵は、軍神的性格は影をひそめ、防火神というまったく新しい役割を請け負って再浮上をはたすことになります。甲冑騎馬像、甲冑立像へ展開した像容はそのままに、いわば別の顔をもつ神仏へとさらなる変貌をとげたのです。しかし、この変貌は、iターンではなくuターン、一種の「揺りもどし」として理解すべきでしょう。そこには、「火を伏せる」という、勝軍地蔵が本来もっていた水の神の片鱗を垣間見ることができるからです。

以上で、私の報告を終わります。ありがとうございました。

『天正記』の機構と十六世紀末の文化・社会の動態

◉

佐倉由泰
［東北大学］

1961年生まれ。所属：東北大学。専門分野：日本中世文学。主要著書・論文等：『軍記物語の機構』（汲古書院、2011年）、「リテラシーの動態を捉える文学史は可能か」（『文学・語学』第200号、2011年）、「『平家物語』における祝祭的表象」（鈴木則郎編『平家物語 〈伝統〉の受容と再創造』〈おうふう、2011年〉所収）など。

◉ Summary

大村由己が記した『天正記』と総称される著述群は、歴史の理法、権威の由来、神仏の加護、天道による賞罰、人物や地域の固有性、倫理と教訓の重要性、事件の因果、敗者の鎮魂ということのいずれについても述べながら、いずれにも深く立ち入ろうとはしない。不思議なほど奥行きと陰影を欠いた奇妙に開放的で非情な記述となっている。そこでは、明るい開放感と冷淡な非情とが対立せずに、むしろ支え合って共存しており、対句、列叙等を駆使した漢文表現をもって、出来事の表層を整え、華やがせ、寿祝性を滑り込ませる、したたかな表現の機構がこの奇妙な共存を可能にしている。こうした『天正記』の機構、特質は、16 世紀末の文化、社会の動態とも共振し連動している。豊臣政権は、世の「無事」を指向し、華々しく「無事」を荘厳しつつ、無惨で深刻な事件を次々と引き起こした。本報告は、『天正記』の記述を 16 世紀末の社会言説と捉える中で、その内実と意味を明らかにすることを目的とする。それは、普遍なるものを求めて競合と統合を繰り返した 16 世紀という時代の文化の帰趨を捉える試みでもある。

一　問題の所在

大村由己が天正年間の豊臣秀吉の事績を記した、『天正記』と総称されるテキスト群は、日本の十六世紀という時代の動態とその帰趨を考える上で多くの示唆や着想を与えてくれます。『天正記』の諸テキストの記述は、十七世紀の小瀬甫庵の『太閤記』等、秀吉をめぐるさまざまな記述に、典拠として取り込まれましたが、このテキスト群自体が、十六世紀に特徴的な言説として、私たちの前に残されています。それは読めば読むほど、奇妙な印象を与えるものです。記述は奥行き、陰影を大きく欠きながら、独特の華やぎと寿祝性を具え、不思議な開放感に溢れています。平板でありながら、いいえ、平板であるがゆえに、華々しく生き生きと躍動する世界が広がっています。それは、小瀬甫庵の『太閤記』にも、太田牛一の『大閤さまぐんきのうち』にも、『平家物語』、『太平記』等の中世軍記物語にもないものです。十六世紀の後にも先にもないような歴史叙述となっています。

そうした『天正記』のあり方は、豊臣政権の性格や十六世紀という時代の動態とかかわるものです。『天正記』は、秀吉の御伽衆とも言われる大村由己▼注(1)が、秀吉のために、豊臣政権のために記した政治言説で、その執筆は豊臣政権の崩壊後でも、その確立後でもありません。豊臣政権樹立の動態をその渦中で記したものです。『天正記』の記述の機構を問うことは、豊臣政権の政治の機構と十六世紀の文化、社会の動態を考えることに他なりません。本報告における関心の所在は、まず『天正記』という不思議な記述の、その不思議さの内実を捉えることにありますが、そのためにこの記述の機構、特質を明らかにすることは、おのずと豊臣政権と十六世紀という時代を考えることにつながります。文学研究の方法に徹して、『天正記』というテキストの言説のしくみ、機構を発見的に考究し、十六世紀の文化、社会、政治を新たに展望するところに、本報告の目的があります。

その際、『天正記』というテキスト群の生成、流通のあり方にも注意を払う必要があります。『天正記』に属する複数のテキストを収める古い写本では、「豊臣記」や「秀吉事記」という名を持つものはあっても、「天正記」の名を持つものは現存しません。「天正記」の名は、大村由己と親交のあった山科言経の日記『言経卿記』の中に登場するとともに、大村由己の『天正記』をふまえた後人の編纂物である版本の題として現れたものです。大村由己の『天正記』については、その先駆的な研究をなした桑田忠親氏が現存する八つのテキストと現存しない四つのテキストをこの名で総称しました。▼注(2)

桑田氏によって『天正記』と総称されたテキスト群は次のとおりです（なお、各テキストの題名については、諸本において異なるが、主に依拠する金沢市立玉川図書館近世史料館蔵加越能文庫『豊臣記（由己日記）』や参看テキスト等の標題に従って呼称を定めた）。

①「播州御征伐之事」── 天正六年（一五七八）三月から天正八年（一五八〇）一月に起こった三木合戦の顚末を記す。加越能文庫『豊臣記』に「播州御征伐之事」の名で所収。国立公文書館蔵内閣文庫『三木征伐記』所収の「播州御征伐之事」および同じく内閣文庫の『別所惟任征伐記』所収の「播州御征伐之事」等を参看。

②「惟任退治」── 天正十年（一五八二）の備中高松城の戦い、本能寺の変、山崎の戦いについて記す。加越能文庫『豊臣記』には無題にて所収。国立公文書館蔵内閣文庫『三木征伐記』所収の「惟任退治」および同じく内閣文庫の『別所惟任征伐記』所収の「惟任退治」等を参看。

③「柴田退治」── 天正十一年（一五八三）の羽柴秀吉と柴田勝家との戦いについて記す。加越能文庫『豊臣記』には無題にて所収。国立公文書館蔵内閣文庫『柴田退治記』（内題は「柴田退治」）および同じく内閣文庫の『秀吉三戦記』所収の「柴田退治」等を参看。

④「紀州御発向之事」── 天正十三年（一五八五）の紀州の根来衆、雑賀衆への攻撃について記す。加越能文庫『豊臣記』に「紀州御発向之事」の題名で所収。国立公文書館蔵内閣文庫『秀吉三戦記』所収の「紀州御発向之事」等を参看。

⑤「四国御発向并北国御動座事」── 天正十三年（一五八五）の四国への攻撃と北陸への攻撃について記す。加越能文庫『豊臣記』に「四国御発向并北国御動座事」の題名で所収。続群書類従所収「四国御発向并北国御動座事」を参看。

⑥「任官之記」── 天正十年（一五八二）から天正十三年（一五八五）までの秀吉の任官について記す。加越能文庫『豊臣記』には無題にて所収。続群書類従所収「任官之記」を参看。

⑦「聚楽行幸記」── 天正十六年（一五八八）の、後陽成天皇の聚楽第行幸について記す。加越能文庫『豊臣記』には収められていない。桑田忠親校注、戦国史料叢書『太閤史料集』（人物往来社、一九六五年二月）に拠る。群書類従「聚楽第行幸記」を参看。

⑧「小田原御陣」── 天正十八年（一五九〇）の小田原攻めについて記す。加越能文庫『豊臣記』には収められていない。戦国史料叢書『太閤史料集』（前掲）に拠る。

加えて、山科言経の日記『言経卿記』に、「金銀之記（金賦之記）」、「大政所平癒記」、「御産之巻」、「西国征伐之巻」の名が見られるが、現存しない。なお、小瀬甫庵『太閤記』の巻第七「金賦之事」の「京童見物して興さめつゝ云やうは、活潑々地なる事かな、古今に傑出し給へる君なりとて、感じあへりき」といった記述は「金銀之記（金賦之記）」に拠るか（『太閤記』の本文は新日本古典文学大系本〈岩波書店〉に拠る）。

本報告で主に依拠する金沢市立玉川図書館近世史料館蔵加越能文庫『豊臣記』（題僉には「由己日記」とも小書きされている）が収めるのは①から⑥までの書に留まります。この六篇を揃って収める現存本としては、他に国立国会図書館蔵内閣文庫『秀吉事記』等もありますが、それはわずかです。①と②は一揃いのことが多いものの、この六つのテキストは、⑦、⑧と同様に多くが単独で流通したようです。生成の順に一つ一つが単独に流布するとともに、時には、連作と意識され、相応のまとまりを具えて流通したものと考えられます。私も、桑田氏の見解に従って、①から⑧までのテキストと、現存しない四つのテキストを合わせて「天正記」と称することとしますが、中でも①〜⑥のテキストを今回の考察の主たる検討対象とします。

この六つのテキストは、和文を基調とする⑦、⑧とは異なる真名表記テキスト、いわゆる和製漢文のテキストですが、寿祝性を具えた短篇群で、連作性を帯びていることから、その結構は判官物、曽我物のような連作的な幸若舞曲に似通っています。これらが『太閤記』等のように長編化しなかったことは、個別に流通することで、伝本として留まりづらくなる結果をもたらしましたが、同時に、都合のよくないことには口をつぐむという意味も持ったようです。この六つのテキストは、連作性を具えるとは言っても、③の「柴田退治」と④の「紀州御発向之事」の間には、一年以上の記事の空白があり、天正十二年（一五八四）のことは何も記されていません。この天正十二年は、秀吉と徳川家康、織田信雄との戦いがあった年です。『天正記』はこの戦いに一切言及していません。小牧、長久手で秀吉が苦戦したことも、秀吉方の将、池田恒興、森長可が戦死したこともなかったことにされています。秀吉と家康との対立の一切が隠蔽されています。翌天正十三年に秀吉に攻撃される紀州の根来衆、雑賀衆も、四国の長宗我部元親も、越中の佐々成政も、秀吉と対抗し、家康と信雄に味方した人々ですが、④の「紀州御発向之事」も、⑤の「四国御発向并北国御動座事」も、そうした事情に言及することはありません。それぞれ、秀吉に従おうとしないよからぬ者が個別に攻められ屈服したということになっています。『天正記』は、連作性を具える中で、事実隠蔽を図りながら、各テキストがそれぞれに完結した寿祝性を具えて、短篇として散らばり、すばやく流通しました。

このようにすばやい流通が図られたことは、『天正記』の記述の本質を根源的に規定し、その表記のあり方までも決定づけたのではないでしょうか。『天正記』の①〜⑥が真名表記テキストであったことは、相応の公的格式と信憑性を保とうという意図をうかがわせますが、同時に、事件をその直後に書き記すという執筆の速さを確保すること、または、そうした速さを装うことを狙ったものと考えられます。⑦の「聚楽行幸記」を見ても、『言経卿記』等に見られる活動等からしても、大村由己が達意の和文を書くだけの力量を具えていたと考えて間違いありません。そのような人物が、あえて真名表記テキストを記したのは、その執筆上の速さに期するところがあったものと考えられます。もちろん、真名表記をなすには、しかるべきリテラシーを要しますが、それがあれば、対句構文を駆使し、基本的に、返り点なし、振り仮名なし、送り仮名なしで漢語だけを書き連ねることで、いち早い執筆と、それにまつわるスピード感の演出が可能になります。『天正記』の真名表記テキストは、広く流通しながらも、流通し引用される過程で訓読文に切り替わることで、そのままの表記、文体で残存することは稀であったと推察されます。『天正記』は、テキスト生成の速さとそれにかかわるスピード感を得るために、テキストとしての維持力を失い、姿を変えて文化の土壌に溶け込んだことになります。長く強固に残存することよりも、すばやく広く流通することが求められたのです。そうした価値観は、これから述べる『天正記』の記述内容とも符合します。『天正記』は人と物の循環に大きな価値を置いています。

二　交通、流通の広域化、活性化のための戦い

『天正記』は、秀吉による「動座」と「普請」と礼典の記録です▼注(3)が、そこでは、秀吉の行動が人の往来と物の流通を広域化させ、活性化させるものとして正当化され、讃えられています。『天正記』の最初に位置する「播州御征伐之事」は、播磨の三木城での別所長治と羽柴秀吉との戦いの顛末を記していますが、その中で最も讃えられている秀吉の事績は、戦後の三木城下に繁栄をもたらしたことです。それはこのテキストの結尾に次のように記されています（引用は、加越能文庫『豊臣記』に拠るが、その際、他の参看テキストによって表記等を改めたところがある。また、漢字の表記を通行の字

体に変えたり、通行の返り点の表記に合わせて、レ点を一二点に変えたりする等の変更も施した。併記する訓読文は、桑田忠親校注『太閤史料集』〈前掲〉の訓読等を参看しつつ、私に行った）。

仍秀吉三木移リ二城郭ニ一、清レ地、疏《サラヘ》レ堀、改レ家、此先退散スル引二直人民一、呼二出町人一、門前成レ市。当国之大名不レ及レ云、但州、備州之諸侍、任二着到之旨一可レ有二在城一之旨厳重之間、人々構二屋敷一、双レ門、不レ経レ日、立ツ二数千間之家一。皆人所驚耳目也。或人曰、秀吉有十徳。

君有忠心　臣有賞罰
軍有武勇　民有慈悲
行有政道　意有正直
内有智福　外有威光
聴有金言　見有奇特

是誠人間抜群之主、仰而可仰。将軍家長久繁栄之基也。祝々弥重。

　于時天正八年正月晦日　由己誌之

（仍って、秀吉、三木の城郭に移り、地を清め、堀を疏へ、家を改め、此の先退散する人民を引き直し、町人を呼び出だし、門前市を成す。当国の大名は云ふに及ばず、但州、備州の諸侍、着到の旨に任せ、在城有るべき旨、厳重なる間、人々屋敷を構へ、門を双《なら》べ、日を経ずして数千間の家を立つ。皆人耳目を驚かす所なり。或人曰く、秀吉十徳有り。

君に忠心有り　臣に賞罰有り
軍に武勇有り　民に慈悲有り
行に政道有り　意に正直有り
内に智福有り　外に威光有り
聴くに金言有り　見るに奇特有り

是れ誠に人間抜群の主、仰ぎて仰ぐべし。将軍家長久繁栄の基なり。祝々弥重。

　時に天正八年正月晦日　由己之を誌す）

ここに現れる秀吉の「十徳」の記述は、幸若舞曲「三木」等にも引用されているように、相応に流布したものですが、この「十徳」を具現するものとして語られているのが「門前市を成す」三木城下の繁栄です。「日を経ずして数千間の家を立つ。皆人耳目を驚かす所なり」と称されてもいるように、即時に出現したこの三木城下の繁栄という一事をもって、秀吉の戦闘行為は正当化されており、三木城が秀吉の兵糧攻めによって、凄惨な飢餓に追い込まれ、多くの人が餓死したことも非難されてはいません。むしろ、秀吉の兵糧攻めは、次に挙げる記述のように、その封鎖の完璧さを表し、秀吉の智略を讃えるものとなっています。

同十月七日又被レ寄《ルニ》二付城《ヲ》一、南《ハ》八幡山、西《ハ》平田、北《ハ》長屋、東《ハ》大塚、城《ヘノ》近《サハ》五六町、築地高一丈余、上《ニハ》二重塀入《ニ》レ石《ヲ》、模雁《モカリ》、昇楯《カイタテ》高結《イ》、重々築《ニ》レ柵、川面《ニハ》伏《フセ》二蛇籠《ジャゴヲ》一、梁杭《ヤナクイ》打、掻《カキ》レ楗《シカラミヲ》、橋《ノ》上《ニ》居レ番、巴巻水《ノ》底《マテモ》、人之通用《イヲ》心《ス》。裡《ニハ》大名小名、陣屋《ヲハ》宿作《リニ》立《サセ》、通《ニ》二小路一、辻々切レ門、不レ依二昼夜一撰レ人通《シケリ》。暗夜成《ニレハ》、町々篝《カヾリ》火灯明唯如二白昼一。秀吉、近習之人々六時分《ニテ》、三十人番屋々々《ニ》名字《ヲ》書付、付城之主人《ニハ》判形居《スヘサセ》廻《マハサレタリ》。若油断之輩不レ依二上下《ニ》一成敗《シ》、重者懸《カケハリツケニ》レ磔、軽者誅殺《ス》。人々掉レ舌恐《ケリ》。城内旧穀悉尽《クキ》、已餓死《スル》者数千人、初食《イ》二糠《ヌカ》蒭《ワラヲ》一、中比食二牛馬鶏犬一、後刺《サイテ》二人之肉《シヽムラヲ》一食事無レ限

(同じき十月七日、又、付城《つけじろ》を寄せらるるに、南は八幡山、西は平田、北は長屋、東は大塚、城への近さは五六町、築地の高さは一丈余り、上には二重塀に石を入れ、模雁、昇楯高く結ひ、重々に柵を築き、川の面には蛇籠を伏せ、梁杭を打ち、楗を掻き、橋の上に番を居《す》ゑ、巴《うづ》巻く水の底までも、人の通ひを用心す。裡には大名小名、陣屋をば宿作りに立てさせ、小路を通し、辻々に門を切り、昼夜に依らず、人を撰びて通しけり。暗夜に成れば、町々の篝火、灯明は唯白昼の如し。秀吉、近習の人々を六時に分け、三十人の番屋番屋に名字を書き付け、付城の主人には判形を居ゑさせ廻されたり。若し油断の輩は上下に依らず成敗し、重き者は磔に懸け、軽き者は誅殺す。人々舌を掉《ふる》つて恐れけり。城内、旧穀悉く尽き、已に餓死する者数千人、初めは糠蒭を食ひ、中比は牛馬鶏犬を食ひ、後には人の肉を刺いて食ふ事限り無し）

ここには、「城内、旧穀悉く尽き、已に餓死する者数千人、初めは糠蒭を食ひ、中比は牛馬鶏犬を食ひ、後には人の肉を刺いて食ふ事限り無し」とあるように、三木城内の悲惨な状況も捉えられています。しかしながら、そうした飢餓をもたらす徹底した人と物の遮断は批判されず、むしろその徹底ぶりが讃えられています。しかも、その遮断、封鎖のすぐ外には、包囲する軍兵が住まう陣屋が立ち並び、小路が設けられ、小路と小路が交叉する辻には門が構えられ、その一帯には夜も篝火、灯明が燈され白昼のように明るかったというのです。人と物の集まる町の出現です。秀吉は、盛んな交通、流通の只中に我が身を置く一方で、敵をその交通、流通の埒外に置

き、孤立させ、窮乏させ、降伏させます。秀吉の常套手段です。そして、戦いが終わり、封鎖から解放されると、そこは即座に交通、流通の中枢へと変貌し、繁栄を極めます。秀吉の戦闘行為は、そうした繁栄をもたらすものとして正当化されているのです。「播州御征伐之事」では、凄惨な窮乏に苛まれていた三木が、戦いの直後に、播磨はもとより、但馬、備前をも含めた広域の交通、流通の要地へと一変します。徹底した閉塞と、徹底した開放。三木城をめぐるこの閉塞と開放のそれぞれが秀吉の力量を表象するとともに、その落差が秀吉の徳を顕すものとして讃えられています。同様の記述は、「惟任退治」の備中高松城の水攻めの場面や、「紀州御発向之事」の紀州大田城の水攻めの場面にも現れます。▼注(4)

『天正記』の秀吉は、交通、流通の中心に身を置き、それを広域化、活性化させる存在として正当化されています。交通力、流通力を発動する中枢として讃えられています。そこには領土的野心は語られません。攻略する地の産物や生産力にも関心がないようです。敵への怒りや恨みもほとんど記されていません。戦闘状況に終止符を打ち、解放と繁栄をもたらし、交通と流通を盛んにするものとして、秀吉の戦いは描かれています。『天正記』はルサンチマンなき軍記です。そこに記されるのは、滅ぼし奪うための戦いではなく、交通と流通を回復し活性化し広域化するための戦いです。▼注(5)

『天正記』の記述内容は、テキストの流通のあり方そのままに、変転、流動を本質としています。「播州御征伐之事」の結尾でその繁栄が寿がれた三木の地も、他の『天正記』のテキストではもはや言及されません。播州の中心も、知らぬ間に、この三木から姫路に移っています。「柴田退治」は、次の記述のように、秀吉が、四月の柴田勝家との決戦を前にした天正十一年（一五八三）の年始を、姫路で過ごしたことを語っています。

（前略）十二月廿九日去至テ二山崎之城一ニ、即於二彼地一有リ二越年一。従二元日一趣二播州姫地一、二日三日之間、諸国之大名小名連レ袂続レ踵テ、車馬門前成レ市。朝向テ二礼者一ニ尽シ二親愛一ヲ、夕ニハ対二近習一説二政道一。天下之工夫昼夜不レ遑

〈前略〉十二月廿九日去つて山崎の城に至り、即ち彼の地に於いて越年有り。元日より播州姫地に趣き、二日三日の間、諸国の大名、小名、袂を連ね、踵を続《（つ）》ぎて、車馬門前市を成す。朝には礼者に向かひて親愛を尽くし、夕には近習に対して政道を説く。天下の工夫、昼夜に遑《（いとま）》あらず）

ここでの秀吉は、「門前市を成す」往来と流通の中心に位置することをもって、柴田勝家を凌ぐ存在として正当化されています。重要なのは、秀吉が交通と流通の中心であることです。中心となる場所がどこであるかは問われません。秀吉が人と物を集める中枢でありさえすれば、その場所はどこでも構わないのです。『天正記』も、豊臣政権も、都と鄙、中心と周縁といった固定的な支配、統治の構図を必要としていないようです。

三　繁栄と無常

『天正記』は、人と物が移り動くことを認識の前提として、繁栄、栄華を讃美しています。その繁栄は、世界の変転、流動の上に成り立っているだけに、束の間の栄華であっても、空しいもの、いたずらなものとして否定してはいません。婆娑羅《ばさら》に関心を向けつつもこれを強く非難するような『太平記』等とは価値観を異にしています。次に挙げる「惟任退治」の冒頭の記述でも、世の無常を語り出しながら、これに続いて、安土城における織田信長の繁栄を絶讃しています。

夫熟観《スルニ》二世間之栄衰一、南山之春花《ノハ》逆風散《シ》レ之、東嶺之秋月《ハ》狂雲蔵《スヲ》レ之。千歳松《モ》不レ免二斧斤之《ノ》厄一、萬代亀豈無《シャ》二刳《コ》焦之憂一哉。槿花之栄、胡蝶之夢、何羨《ヲカ》何悲乎《シャ》。抑贈大相国平朝臣信長棟二梁于天下《ニ》一、塩二梅《タルコト》于国家一歳久《シ》。此先於二江州安土山一構二城郭一、以《ヲ》大石裹《ム》レ山、東西甍、南北之台、金殿紫閣連天上之雲、玉楼粉牆輝湖水之波。其地之勝絶不可等言而已。忝奉始二上皇《ヲ》一日々立《ニ》二勅使一。月卿雲客対《ヲ》レ床、百官諸侯連《ヌ》レ座《ヲ》。可謂九重城闕《ノ》今在《リト》レ茲《ニ》。三管領其外諸国之主人無《ト》下不《モ》二稽首一者上。或集《ニ》二数百連之《モトノ》鷹《ニ》一山野成二狩場之遊一、或競《ヘテ》二千萬騎之馬一京洛為《ニ》二馬場之興一。朝《ニハ》行下挙レ直錯二諸枉一之政道上、夕《ニハ》入二翠帳紅閨一専《トス》二三千人寵愛一。夜々遊宴、日々徳行、楽有レ余。彼驪山宮之栄花、上陽殿之楽遊、寧可過之乎

（夫れ熟《つらつ》ら世間の栄衰を観ずるに、南山の春の花は逆風之を散らし、東嶺の秋の月は狂雲之を蔵《かく》す。千歳の松も斧斤《ふきん》の厄を免れず、万代の亀も豈刳焦の憂無からんや。槿花の栄、胡蝶の夢、何をか羨み、何をか悲しまんや。抑も、贈大相国平朝臣信長公、天下に棟梁として国家に塩梅たること歳久し。此より前、江州安土山に於いて城郭を構へ、大石を以て山を裹む。東西の甍、南北の台、金殿紫閣、天上の雲に連なり、玉楼粉牆、湖水の波に輝く。其の地の勝絶、等言すべからざるのみ。忝くも、上

皇を始め奉り、日々に勅使を立つ。月卿雲客床に対《むか》ひ、百官諸侯座を連ぬ。謂ふべし、九重の城闕、今茲《ここ》に在りと。三管領其の外の諸国の主人、稽首せざる者無し。或いは数百連の鷹を集めて山野に狩場の遊を成し、或いは千万騎の馬を競へて京洛に馬場の興を為す。朝には直きを挙げ、諸枉を錯する政道を行ひ、夕には翠帳紅閨に入りて、三千人の寵愛を専らにす。夜々の遊宴、日々の徳行、楽しみ余り有り。彼の驪山宮の栄花、上陽殿の楽遊も、寧《なん》ぞ之に過ぐべけんや）

天上の雲に連なり、琵琶湖の湖水にその姿を映す安土城の壮観を描き、「朝には直きを挙げ、諸枉を錯する政道を行ひ、夕には翠帳紅閨に入りて、三千人の寵愛を専らにす。夜々の遊宴、日々の徳行、楽しみ余り有り」と述べるように、楽しき遊宴は容認され、栄華はその華やぎのままに讃えられています。その後、信長は、明智光秀の謀叛によって討たれ、安土城も、明智軍と羽柴軍との戦闘の中で火を放たれ、焦土と化し、「惟任退治」にも、「寔暁風残月、荒涼寂寞之消息《アリサマ》、往日歌舞遊宴之時、何人思《ヒ》レ之、誰人量《ンヤ》レ之乎（寔《まこと》に暁風残月、荒涼寂寞の消息、往日、歌舞遊宴の時、何人か之を思ひ、誰人か之を量らんや）」と、その変転を慨嘆する記述も現れますが、こうした無常の理を持ち込んでも、繁栄、栄華をもてはやす姿勢をいささかも変えないのが『天正記』の記述です。

それは、「惟任退治記」の結尾に現れる信長の葬儀の場面に顕著です。秀吉は、天正十年（一五八二）六月に明智光秀を討った後、信長の葬儀を執り行いたいという強い願いを抱き続けながら、織田家の一族、重臣たちに憚って実行に移せずにいましたが、「昨友今日怨讎、昨華今日《ノ》塵埃、有誰期《ン》二来日一乎（昨友は今日の怨讎、昨華は今日の塵埃、誰か有つて来日を期せんや）」、「今不《ンバ》二相勤一之、千変萬化不レ可レ量之（今之を相勤めずんば、千変萬化、之を量るべからず）」と、無常の世であるからこそ、機会を先送りせずに葬儀を挙行することを決意したといいます。天正十年十月のことです。こうして無常の認識に促され、執り行われた信長の葬儀は次のように記されています。

就中十五日御葬礼之作法所驚レ目也。先棺槨《ハ》以金紗金襴裹之、軒之瓔珞、欄干之擬《ギ》宝珠皆鏤《ム》二金銀一。八角之柱尽《シ》二丹青《ヲ》一、八面之間採二色御紋桐并引両筋一。以二沈香一彫二刻《シテ》仏像《ヲ》一、奉レ納二棺槨之中一者也。彼蓮台野《ノハ》縦横広大也。四門之幕《ハ》白綾、白段子。方百二十間之中有《ニ》二火屋一。如法経堂造作也。捴廻《リニ》結レ埒《ヲ》、羽柴小一郎秀長警固大将《トシテ》従二大徳寺一千五百間之間、警固《ノ》之武士三萬計守二護《シテ》路之左右一、弓、箙《ヤナクイ》、鑓、鉄砲立続《ク》。葬礼場《ニハ》秀吉分国之徒党《ハ》不レ及レ云、合躰之侍悉馳集《ル》。其外見物貴賤如雲霞。御輿前轅《ハ》池田小新舁レ之、後轅《ハ》羽柴御次丸舁レ之、御位牌《ハ》相公第八男御長丸、御太刀《ハ》秀吉持レ之。彼不動国行也。両行《ニ》相連《ル》者三千余人、皆烏帽子藤衣《ヲ》着《スル》者也。始二五岳一洛中洛外之禅律八宗九宗之僧侶不レ知二幾千萬一。其宗々《ノ》調二威儀一、叉《シャ》手、問訊、集会、行道。五色之天蓋輝レ日、一様之幢幡翻《ハ》レ風。沈水之煙《ハ》如雲、燈明之光似レ星。供具、盛物、亀足、造華作二七宝荘厳一。寔九品浄土、五百羅漢、三千仏弟子如レ在二目前一矣

（就中、十五日の御葬礼の作法目を驚かす所なり。先づ棺槨は金紗金襴を以つて之を裹み、軒の瓔珞、欄干の擬宝珠、皆金銀を鏤む。八角の柱、丹青を尽くし。八面の間、御紋の桐并びに引両の筋を採色す。沈香を以つて仏像を雕刻して棺槨の中に納め奉る者なり。彼の蓮台野、縦横広大なり。四門の幕は、白綾、白段子なり。方百二十間の中に火屋有り。如法に経堂の造作なり。捻廻りに埒《らち》を結ひ、羽柴小一郎秀長、警固の大将として、大徳寺より千五百間の間、警固の武士三萬計《ばか》り、路の左右を守護し、弓、箙、鑓、鉄砲立て続く。葬礼の場には、秀吉の分国の徒党は云ふに及ばず、合躰の侍悉く馳せ集まる。其の外の見物の貴賤、雲霞の如し。御輿の前轅《ながえ》は、池田小新、之を舁き、後轅は、羽柴御次丸、之を舁く。御位牌は、相公の第八男御長丸、御太刀は、秀吉、之を持つ。彼の不動国行なり。両行に相連ぬる者三千余人、皆烏帽子、藤衣を着る者なり。五岳を始め、洛中洛外の禅律、八宗九宗の僧侶、幾千萬と知らず。其の宗々、威儀を調へ、叉手し、問訊し、集会し、行道す。五色の天蓋、日に輝き、一様の幢幡、風に翻る。沈水の煙は雲の如く、燈明の光は星に似たり。供具、盛物、亀足、造華、七宝荘厳を作す。寔に、九品浄土、五百羅漢、三千の仏弟子、目前に在るが如し）

信長の葬儀はまさに華美壮麗を極め、しめやかな葬送の地、蓮台野は、人と物と光彩が溢れ返り、「見物の貴賤」が「雲霞」のように集まる繁華の巷と化します。そして、「惟任退治」は、その結尾で、こうした壮麗を証として、葬儀に至るまでの秀吉の事績を、「秀吉於二備中表一不《ンハ》下専《ニシ》二武勇一運中籌策上者、争速退二治《シ》惟任一、達二本意一行《ンヤ》二此孝養一哉。是誠秀吉一世之冥加、末代之亀鏡也《ナリ》。仍紀置《シク》所、萬代弥重」（秀吉、備中表に於いて武勇を専らにし籌策を運《めぐ》らさずんば、争《いかで》か速やかに惟任を

退治し、本意を達し此の孝養を行はんや。是れ誠に秀吉一世の冥加、末代の亀鏡なり。仍つて紀《しる》し置く所、萬代弥重なり)と絶讃し寿いでいます(ただし、この結尾の一文を持たない本もある)。

『天正記』は、一瞬のものであれ、華やぎを重んじますが、その華やぎは、人と物の移り動きの中に現れるものです。そうした変転、流動のうちに浮かび上がる華やかさに価値を置く以上、滅びに至る信長の一時の栄華も、安土城の一場の壮観も、そのまま讃美されています。『天正記』は、華やぎを現前させる営みには意味を見出しますが、繁栄を維持し、永続させることに対しては関心を向けていません。ただし、『天正記』の秀吉が、人と物を動かし、動座、普請、礼典に華美、荘厳を尽くしながらも、自らがその歓楽を享受することがないことには注意を向けてもよさそうです。先に挙げた、天正十一年(一五八三)の年始を秀吉が姫路で過ごしたことを語る「柴田退治」の記述にも、「朝には礼者に向かひて親愛を尽くし、夕には近習に対して政道を説く。天下の工夫、昼夜に遑あらず」とあります。また、「柴田退治」の、柴田勝家との決戦を準備する場面にも、「秀吉亦至二長浜一引キ、屢雖レ在二帷幄中ニ一賦二心於萬方ニ一夜半寝夙興、其謹不レ浅(秀吉、亦、長浜に至りて引き、屢《しばしば》帷幄の中に在りと雖も、心を萬方に賦《くば》り、夜半に寝、夙《つと》に興《お》き、其の謹み浅からず)」という記述が現れ、秀吉の謹直さを強調しています。そこが、統治に尽力しつつも歓楽も極めたとされる信長とは異なります。『天正記』の秀吉は、「風雅」、「茶湯」を楽しむことはあっても、「夕には翠帳紅閨に入りて、三千人の寵愛を専らにす」という「遊宴」とは無縁の人とされています。

四 意味を生成する時間

このようにストイックに謹直に繁華と殷賑を現出する『天正記』の秀吉の行動には、時間に意味生成を担わせるという側面が強く認められます。信長の葬儀も時宜を生かして挙行されました。戦いでも、時間が重要な意味を担います。繰り返される兵糧攻め、水攻めといった包囲戦はまさにそれです。場の特性に応じて手段を異にしつつも、おしなべて敵の城を孤立させて封鎖し、外界との往来、流通を遮断した後は、時間にその解決を委ねています。

また、無制限の時間の累積を図る攻囲戦とは正反対に、秀吉の行動が迅速を極める中で、驚くべき時間の縮減が重要な意味を担う場面もあります。「惟任退治」では、秀吉が明智光秀と戦うために備中高松城から帰還する、いわゆる「中国大返し」が次のように記されています。

従二毛利家一懇望任二条々一五ケ国并人質誓詞請取、先毛利家之陣《ヲ》払《ハラハセ》、秀吉《ハ》心閑《ニ》持成、六月六日未刻、備中表《ヲ》引、備前国沼之《ノ》城至《ニル》。七日《ニハ》大雨疾風数ケ所大河《ノ》凌二洪水一至二姫地《ニ》一二十里計其日着陣《ス》。諸卒雖レ不二相揃一、九日立二姫地一昼夜之堺無《モク》、人馬息《ニヲモ》不レ休《メ》至二尼崎一

（毛利家より懇望せる条々に任せ、五ケ国并びに人質の誓詞を請け取り、先づ毛利家の陣を払はせ、秀吉は心閑かに持て成し、六月六日未刻、備中表を引き、備前国沼の城に至る。七日には、大雨疾風、数ケ所の大河の洪水を凌ぎ、姫地に至ること、二十里計り、其の日に着陣す。諸卒相揃はざると雖も、九日姫地を立ち、昼夜の堺も無く、人馬の息をも休めず尼崎に至る）

わずか四日で、備中高松城のある今の岡山市西部から尼崎に軍を動かしたという、この記述の真偽はともかく、六月七日の「大雨疾風」、「数ケ所の大河の洪水」を冒しての二十里ばかり（約八〇キロ）の行軍に特徴的なこの記述は、秀吉の行動の速さを語ろうとする諸言説の起源に近い位置にあるものと考えられます。同様に、柴田勝家との賤ケ岳の合戦の前にも、秀吉は一夜で美濃の大垣から北近江の木本《きのもと》に至る行軍をなしたといいます。次に挙げるのは、それを語る「柴田退治」の記述です。

今也《ヤ》乗《シテ》レ勝《ニ》出張《ス》。不レ成《ル》レ屯以前切懸《ニ》可二打果一事在二掌中一。天下之雌雄此節《ノ》也、飛龍《ト》添《ニテ》レ鞭走《ヲシム》。軍卒之面々逸馬双《テ》レ蹄《ヲ》続而前《テム》。樽井、関原、藤川早路《ヲ》逸足而過《テルニ》、伊吹山之麓《ニテハ》乗レ馬殺《シ》、歩兵切《テ》レ息死者多《シ》。巳夕日西傾《ニクンハ》、則魯陽戈手《カノヲモ》可レ債《キツ》者也。小谷宿而《ノニ》及《シテハ》二夜陰一。大柿《ヲ》申《ノ》刻《ニ》立《チ》、戌刻木《ニ》本着陣《ニス》。三十六町路十三里《ヲ》二時半時懸着《ニ》事《ルコト》古今希有働也《ナリ》。依レ之相随無《テ》レ運レ粮。人馬察《シテ》二飢疲《ンコトヲ》一、終道《ミチスカラ》村々里々以《ニ》二飛脚一触遣《ス》。秀吉今夜之曙可レ及二一戦一之条家一間《ヨリ》八木一升宛炊《テシ》成レ餉《ト》、木本《ニ》可二持来一。其恩賞《ハ》不レ忘可二相計一由方々告送之間、或二里三里、或五里六里運レ之。特《コトニ》長浜《ハ》秀吉旧居之地也。依レ之鼎鐺《ナヘニ》容二五合陣一之輩亦《モ》贈レ之。野人懐《モク》レ恵《ニ》之故也。於二木本一諸卒悉直《スレヲ》レ疲。秀吉智計《ノ》利《トキコト》如レ此。誠所《ニ》レ不レ及二凡慮一也

（今や勝《かつ》に乗じて出張す。「屯を成さざる以前に切り懸かり打ち果たすべき事、掌の中《うち》に在り。天下の雌雄、此の節なり」と、飛龍に鞭を添へて走らしむ。軍卒の面々、逸馬蹄を双《なら》べて続いて前《すす》む。樽井、関原、藤川、早路逸

足にて過ぐるに、伊吹山の麓にては馬を乗り殺し、歩兵息を切りて死する者多し。已に夕日西に傾く則《とき》んば魯陽が戈の手をも債《か》つつべき者なり。小谷の宿にしては夜陰に及ぶ。大柿を申の刻に立ち、戌の刻に木本に着陣す。三十六町路、十三里を二時半時に懸け着くる事、古今希有の働きなり。之に依つて相随ひて粮を運ぶこと無し。人馬の飢ゑ疲れんことを察して、終道村々里々に飛脚を以て触れ遣す。「秀吉、今夜の曙、一戦に及ぶべき条、家一間より八木《はちぼく》一升宛《づつ》炊《かし》いで餉と成し、木本に持て来るべし。其の恩賞は忘れず相計ふべき」由、方々告げ送る間、或いは二里三里、或いは五里六里、之を運ぶ。特に長浜は秀吉旧居の地なり。之に依つて鼎鐺《かなへなべ》に五合を陣に容るる輩も亦之を贈る。野人も恵みに懐く故なり。木本に於いて諸卒悉く疲れを直す。秀吉智計の利きこと此くの如し。誠に凡慮の及ばざる所なり）

ここでは、秀吉が、わずか二時半《ふたときはん》、五時間で、街道を三十六町、野山を十三里、合わせて約四十六キロを行軍したことを、「古今希有の働き」と讃美するとともに、そうした中でこそ兵糧の手配を怠らない機転のよさを「誠に凡慮の及ばざる所なり」と絶讃しています。物の流通に重きを置く『天正記』は、人の身体を支える物の循環にも注視を怠りません。「紀州御発向之事」にも、「捴別師之疲《ツカル、》事依レ難《キニ》レ運《ヒ》レ粮也。然《モ》内府取《ルニ》レ国《ヲ》人々懐《ナツクコト》事第一諸勢遣《ニス》二兵粮《ヲ》一故也。古今無レ様《タメシ》次第也。殊《ニ》今度須《ス》磨、明石、兵庫、西海宮《ノミヤ》、尼崎《カ》、堺津《ノ》、其外所々舟《ノニテ》兵粮運《ヲヒ》、増田《マシタ》仁右衛門兵粮《ヲ》奉行《トシテ》紀湊《ノニ》置《キ》之、一日八木千俵、大豆百俵相渡者也（捴別師《いくさ》の疲るる事、粮の運び難きに依つてなり。然れども、内府国を取るに、人々の懐く事、第一に諸勢に兵粮を遣す故なり。古今様無き次第なり。殊に今度須磨、明石、兵庫、西海宮、尼崎、堺の津、其の外所々の舟にて兵粮を運び、増田仁右衛門を兵粮奉行として紀の湊に之を置き、一日八木千俵、大豆百俵相渡す者なり）」と、兵糧のたいせつさを認識し、時機を逸することなくそれを確保する秀吉を絶讃する同様の記述が現れます。そして、「柴田退治」では、先述のとおりの時間をめぐる創意、尽力によって、秀吉が、四月二十一日の賤ケ岳の合戦で柴田勝家に勝利したとされています。続いて四月二十三日、秀吉は、「成二千急萬速之攻一（千急萬速の攻めを成）」して北庄城に攻めかかり、翌四月二十四日には柴田勝家を自害させたといいます。「柴田退治」のこうした一連の記述は、秀吉の行動の速さを強調する記述となっており、この戦いの論功行賞でも、後世「賤ケ岳七本槍」とも称される近習の功をすぐさま賞したことが記され、これについては、「軍書曰賞レ功不踰時是也（軍書に曰ふ、功を賞するに時を踰《こ》えずとは是なり）」いう讃辞さえも登場します。

『天正記』にとって、時間が重要な意味を担うことは、各テキストが出来事の直後に書かれたことを示す（あるいはそれを装う）結尾の日付を有することにも現れています。しかも、先述のとおり、真名表記であることが生成の速さを示し、またそれを演出してもいます。「任官之記」では、秀吉が、天正十年（一五八二）十月三日に従五位下左近衛権少将に任じられたこと、天正十一年（一五八三）五月二十二日に従四位下参議に叙されたことを記していますが、いずれも事実ではありません。▼注(6)明智光秀を討ったこと、柴田勝家、織田信孝を討ったことを、朝廷が格別に賞したかのように演出する、もっともらしい捏造に外なりません。『天正記』は、豊臣政権がなした日付の操作と事実の創出をそのまま忠実に事実として記しているのです。時間、タイミングこそが意味を生成する、そのからくりは、豊臣政権の政治言説においても、きわめて重要であったようです。

五　境界なき空間

このように『天正記』では、時間が意味生成の契機として重視され、注意深く扱われていますが、その一方で、空間は過剰な意味を担わない、均質なものとして捉えられています。そこでは、空間はまず、高下、高い低いに分節され、秀吉の統治者としてのまなざしを表象する俯瞰的な視点も組み込まれています。「柴田退治」では、その冒頭で、「抑羽柴筑前守秀吉者天正十年十月十五日相二勤将軍御葬礼一以来、帝都之坤《ヒツジサルノスミ》角山崎《ノ》上《ニ》拵二一城《ヲ》一直二下《シ》五畿内一相二鎮生民《ヲ》一（抑《そもそ》も、羽柴筑前守秀吉は、天正十年十月十五日、将軍御葬礼を相勤めてより以来、帝都の坤の角、山崎の上に一城を拵へ、五畿内を直下《みおろ》し、生民を相鎮む）」と、新しく普請した山崎の城から五畿内を見下ろしたこと（実際にそれが可能であるとは考えられないが）が述べられています。さらに、「柴田退治」では、その結尾に、これまた新たに普請を始めた大坂城からの俯瞰的なまなざしを交えた、次のような記述が登場します。

> 秀吉者於二河内国大坂一定二城郭一。彼地五畿内中央而《ニシテ》東《ハ》
> 大和西《ハ》接津南《ハ》和泉北《ハ》山城四方広大而《ニシテ》中《ニ》巋《キ》然《タル》山岳也。廻
> レ麓大河《ハ》淀川之末《ニ》大和川流合《テ》其水即入レ海《ニ》。大船小船日々

着岸《スル》事不知幾千萬艘。平安城《ヘハ》十余里、南方《ハ》平陸《ニシテ》而天王寺、住吉、堺津三里余、皆町、店《テン》屋、辻、小路立続為《スル》二大坂之山下一也。（中略）

唯今所レ成大坂之普請者《ハ》先天守之《ノ》土台也。其高《サ》莫大而《ニシテ》四方八角如二白壁翠屏一。良匠以二縄墨一雖レ運《スト》二斧斤一不《シ》レ過レ焉。三十余ケ国之人数近国遠郷《ニ》打散《リ》陸地舟路《ヨリ》大石小石集来者群蟻《ノ》似レ入レ垤《ガテツニ》。寔古今奇絶之大功也《ナリ》。皆人驚二耳目一而已。諸国城持之《ノ》衆大名小名悉在大坂也。人々構《ヘ》二築地一連レ簷双二門戸一事《トシ》二奇麗一尽《ス》二荘厳《ヲ》一者也。此先争《イ》レ権《ヲ》妬《ム》レ威《ヲ》輩如《ク》レ意《ノ》令《メ》二退治《セ》一為《タルコト》二秀吉一人之天下一快哉々々。是併所レ致二武勇智計《ノ》一也。寔国家太平此時也。仍忝今上皇帝叡感不レ斜。為《メニ》レ之無《カ》下不二早朝《玉ハ》一日上。接家清華始諸卿百官并三管領四職其外所々国司各来往《シテ》無下不二随逐一人上。風雅之興、茶湯之会、日々楽遊不レ遑二枚挙《スルニ》一。弥於《ハ》下専《ニシ》二政道一撫上二育人民一者、非《ンヤ》二千秋長久之濫觴一乎。至祝萬幸

于時天正十一年十一月吉辰　由己謹誌之

（秀吉は河内国大坂に於いて城郭を定む。彼の地は五畿内の中央にして、東は大和、西は摂津、南は和泉、北は山城、四方広大にして、中に巋然たる山岳なり。麓を廻る大河は淀川の末、大和川流れ合ひて、其の水即ち海に入る。大船小船、日々着岸する事、幾千萬艘と知らず。平安城へは十余里、南方平陸にして、天王寺、住吉、堺津へ三里余り、皆町、店屋、辻、小路立て続け、大坂の山下とするなり。（中略）

唯今成す所の大坂の普請は、先づ天守の土台なり。其の高さ莫大にして、四方八角、白壁翠屏の如し。良匠、縄墨を以て斧斤《ふきん》を運《めぐ》らすと雖も焉《これ》には過ぎじ。三十余ケ国の人数、近国遠郷に打ち散り、陸地、舟路より大石、小石集め来たる者、群蟻の垤に入るが似《ごと》し。寔に古今奇絶の大功なり。皆人耳目を驚かすのみ。諸国城持の衆、大名、小名悉く大坂に在るなり。人々築地を構へ、簷《のき》を連ね、門戸を双《なら》べ、奇麗を事とし、荘厳を尽くす者なり。此の先、権を争ひ、威を妬む輩、意の如く退治せしめ、秀吉一人の天下たること、快きかな、快きかな。是れ併《しかしなが》ら武勇智計の致す所なり。寔に国家太平、此の時なり。仍つて、忝くも、今上皇帝叡感斜ならず。之の為に早朝《あさまつりごと》をし玉はざる日無し。接家、清華を始め、諸卿、百官、并びに、三管領四職、其の外、所々の国司、各来往し、随逐《ずいちく》せざる人無し。風雅の興、茶湯の会、日々の楽遊、枚挙するに遑あらず。弥《いよい》よ政道を専らにし、人民を撫育するに於いては、千秋長久の濫觴に非ずや。至祝萬幸。

時に天正十一年十一月吉辰　由己謹んで之を誌す）

「彼の地は五畿内の中央にして、東は大和、西は接津、南は和泉、北は山城、四方広大にして、中に巋然たる山岳なり」と、大坂城の築かれる地を五畿内の中央に聳える高みと捉える記述や、「三十余ケ国の人数、近国遠郷に打ち散り、陸地、舟路より大石、小石集め来たる者、群蟻の垤に入るが似し」という俯瞰的表現、「寔に古今奇絶の大功なり」という讃辞、さらには、「秀吉一人の天下たること、快きかな、快きかな」、「寔に国家太平、此の時なり」、「至祝萬幸」といった寿ぎの言葉が何とも印象的です。往来、流通を広域化し、活性化し、その中心に位置することをもって、天下は秀吉一人のものになったとされています。また、この前には、東国の徳川家康と北条氏、北国の長尾景勝、西国の毛利輝元がそれぞれ秀吉に「輻湊《ふくそう》」することで、秀吉が天下を掌握するに及んだということも記されていますが、先述のとおり、翌年の天正十二年に、秀吉と家康が戦闘を起こすことなどを勘案すれば、この記述には大きな問題があります。が、「輻湊」という語が、人と物の一箇所への集中を意味することを考え合わせるならば、『天正記』が往来と流通を重要視する姿勢はまさに一貫しています。こうした「柴田退治」の結尾の記述に現出するのは、人と物の滞りのない移動を可能にする世界です。それは均質になめらかに広がっています。

この「柴田退治」には、秀吉の軍が伊勢国に攻め入り、滝川一益の築いた要害を事もなく突破したことを示す、「彼三筋之路何《ハレモ》節所《ニシテ》、前軍皆取《ル》二越度一地也《ナリ》。近年又瀧川究《メ》二普請《ヲ》一所々構二置要害一者也。誠哉猛勢無《ニシト》二節所一（彼の三筋の路は何れも節所にして、前軍皆越度を取る地なり。近年又瀧川普請を究め、所々に要害を構へ置く者なり。誠なるかな、猛勢に節所無しと）」という記述も登場しますが、ここに見られる「誠なるかな、猛勢に節所無しと」という言葉には、空間の均質性を重んじ、「節所」（難所）のような、往来、流通を妨げる特別な場があることを認めない『天正記』と豊臣政権の意識、価値観が端的に現れています。そこに、もしも、往来、流通を滞らせる者が現れたならば、その妨害者は特別な悪と目されることになります。次の「紀州御発向之事」の記述にはそれが顕著です。

然河向《ニノイ》小雑賀大田《ニ》ト云在所有《アリ》之。土民百姓住居之地也。随《テ》二国次《ナミニ》一如《シ》レ此。全無《ク》レ科之由以《テ》レ理侘言申之間免レ之。然従《ニ》二所々一彼在所《ニ》北集《ニケル》悪党等往還之陣夫荷物以下奪取《イリ》之狼藉旨達《スル》二上聞《シ》一、上大怒《ニルコト》尤甚《シ》。諸陣俄廻《ニシ》レ触悉《ヲ》可打果御諚也

（然るに河の向かい小雑賀に大田と云ふ在所、之有り。

士民百姓住居の地なり。「国次に随ひて此くの如し。全く科無き」由、理を以て侘言申す間、之を免す。然るに所々より彼の在所に北げ集まる悪党等、往還の陣夫、荷物以下、之を奪ひ取り、狼藉する旨、上聞に達し、上大いに怒ること、尤も甚し。諸陣に俄に触れを廻らし、悉く打ち果たすべき御諚なり）

これは、天正十三年（一五八五）の根来への攻撃が一旦終結した後に、大田の地で紛争が起こったことを語る記述ですが、往来と流通を妨害する者を「悪党等」と呼び、秀吉がその行為に激しい怒りを向けたとしています。秀吉の怒りを語ろうとしない『天正記』にあっては異例の記述です。それほど、『天正記』と豊臣政権にとって、人と物のなめらかな移り動きはたいせつに守るべきものであったようです。そのことは、次に挙げる「四国御発向并北国御動座事」の結尾の記述にも現れています。

以上十七ケ国《ノ》知行《ヲ》渡《シ》弁《シ》二大綱一入《リ》二麁細《ニ》一三ケ月之内《ニ》相究《ル》者也。寔非《スンハ》二天才一者、争《カ》制《ヤ》レ之。玄哉《カナ》、妙哉。此先数十《キ》ケ国遂《ルニ》二検地《ヲ》一、昔之《ノ》所務帳過《ニ》二一倍《ニ》一。当年亦《モ》踏二分田地一、士民百姓不レ構《カマヘ》レ私《ヲ》、又如《ク》レ不レ及二飢寒《ニ》一勘二弁《シ》之《ヲ》一、以五畿七道《ノ》図帳《ヲ》作《ツ》二一枚《ノ》鏡《ト》一照《ス》二覧之《ヲ》一。乔《モ》人王十三代成務天皇六年始《テ》分《ツ》二国堺《ヲ》一。其後人王四十五代聖武朝《ノ》、行基菩薩以二三十余年之労《ヲ》一定二田地之方境《ヲ》一。爾来雖有増減多少無レ改レ之者、今也《イマヤ》殿下所レ作碁盤如《ク》レ盛《ルカ》レ目《ヲ》、自他無《ク》二入組一限《テ》レ縄打《ツ》レ之《ヲ》。故国無《ニ》二堺目之相論一、民無二甲乙訴訟一。於諸国之寺社領者、尋《ネ》二仏神之由緒《ヲ》一、可用者用《イ》レ之、可レ捨者《ハ》捨《ツ》レ之《ヲ》。然《ニ》五山十刹《サツ》会下叢林其外霊地名山者、修二理《シ》伽藍《ヲ》一遺《ス》二旧規一者也。就中専《トシ》二禁中之事《ヲ》一仰《キ》二公卿《ヲ》一憐《ミ》二諸臣《ヲ》一、依《テ》二其器量《ニ》一加二増《ス》領知《ヲ》一。殊天下定《ル》二勧善懲悪之法度一間、至《マテ》二遠国遠島《ニ》一無二山賊海賊之難一。若無実之族於レ在レ之者、不レ依二貴賤一行《ル》二其罪《ニ》一、公家、武家、地下商人《ニ》至《ルマテ》止《メ》二諸役一被二破座《ヲ》一。依《テ》レ之悦《フ》者多悲《ク》者少《シ》。弥重平均之時、何《レノ》世何《レノ》所《ニカ》比《セン》レ之《ヲ》。萬歳長久仰《ク》之《ノ》者雖《トモ》レ膏《アフラサスト》二演説之唇《ニ》一不レ可レ尽之《ヲ》。仍紀《スル》大海之一滴而已《ノミ》

天正十三年十月吉日

（以上十七ケ国の知行を渡し、大綱を弁じ、麁細《そさい》に入り、三ケ月の内に相究むる者なり。寔に天才に非ずんば、争《いかで》か之を制せんや。玄なるかな、妙なるかな。此の先数十ケ国の検地を遂ぐるに、昔の所務帳の一倍に過ぐ。当年も亦田地を踏み分け、士民百姓、私を構へず、又飢寒に及ばざるが如く、之を勘弁し、以て五畿七道の図帳

を一枚の鏡と作し、之を照覧す。忝くも人王十三代成務天皇六年、始めて国堺を分かつ。其の後、人王四十五代聖武の朝、行基菩薩、三十余年の労を以て田地の方境を定む。爾来、増減多少有りと雖も、之を改むること無き者、今や殿下の作《な》す所、碁盤に目を盛るが如し。入り組み無く、縄を限つて之を打つ。故に国に堺目の相論無く、民に甲乙の訴訟無し。諸国の寺社領に於いては、仏神の由緒を尋ね、用ゐるべき者は之を用ゐ、捨つべき者は之を捨つ。然るに、五山十刹、会下叢林、其の外の霊地名山は、伽藍を修理し、旧規を遺す者なり。就中《なかんづく》、禁中の事を専らとし、公卿を仰ぎ、諸臣を憐み、其の器量に依つて領知を加増す。殊に天下に勧善懲悪の法度を定むる間、遠国遠島《おんごくおんとう》に至るまで山賊、海賊の難無し。若し無実の族、之れ在るに於いては貴賤に依らず、其の罪に行ひ、公家、武家、地下の商人に至るまで、諸役を止め、破座をせらる。之に依つて悦ぶ者多く、悲しむ者少し。弥重平均の時、何れの世、何れの所にか之を比せん。萬歳長久、之を仰ぐ者の演説の唇に膏すと雖も、之を尽くすべからず。仍つて、大海の一滴を紀するのみ。

天正十三年十月吉日）

ここでも、秀吉による平和が寿がれる中で、「遠国遠島に至るまで山賊、海賊の難無し」ということがことさらに強調されています。求められているのは、往来、流通を滞らせる境界や妨害者のいない均質で平穏な空間です。「五畿七道の図帳を一枚の鏡と作し、之を照覧す」という記述も見られます。「今や殿下の作す所、碁盤に目を盛るが如し。入り組み無く、縄を限つて之を打つ。故に国に堺目の相論無く、民に甲乙の訴訟無し」とも記されています。なめらかに人と物が移り動く、争いのない広々とした均質な世界、これこそが『天正記』と豊臣政権が理想とするものでした（それはあくまでも秀吉を中心とした、秀吉にとって都合のよい空間に他ならないが）。そうした中で、自らが領する土地とその歴史の固有性を重んじ、従来の地域のネットワークを保とうとする者があったとしたら、お伽草子『伊吹童子』に登場する伊吹童子の父、伊吹弥三郎のようにうとまれかねません。豊臣政権は、普遍性の獲得をめざす中で、空間の固有性を排し、境界の支配権、占有権を除こうとしたものと考えられます。

六　本地物への接近

このように、日本を、なめらかに人と物が移り動ける、境目の争いのない世界とすべく、平和を強制してきた秀吉▼注(7)は関白に任ぜられます。それを記す「任官之記」には、「猿楽之《ノ》半不レ計急雨降而《テ》嘈《サウ》々《タリ》。落レ軒滴《ハ》如レ瀑、走レ庭水《ハ》似レ海。上下伺候之《ノ》徒雨脚打レ頭不レ能レ掩レ袂《ヲ》。流水浸《トモ》レ腰不レ得レ直レ膝《ヲ》。謹而《テ》成二見物一数刻俄《ニ》又雲立直夕日映二松間《ニ》一涼風入二梧葉一。皆人得《タリ》二快気《ヲ》一。酒宴時過《テ》、猿楽事終《ル》（猿楽の半ば、計らざるに急雨降りて嘈々たり。軒を落つる滴は瀑《(たき)》の如く、庭を走る水は海に似たり。上下伺候の徒、雨脚頭を打つとも、袂を掩ふこと能はず。流水腰を浸せども、膝を直すことを得ず。謹みて見物を成すこと数刻、俄に又雲立ち直り、夕日松間に映じて、涼風梧葉に入る。皆人快気を得たり。酒宴時過ぎて、猿楽事終はる）」と、秀吉の関白任官を祝う場での演能の最中に、これを台無しにするような激しい雨が降ったことを記してしまっています。他の歴史叙述であれば、神仏や天の意向を危ぶんでもよさそうなところですが、そこに「俄に又雲立ち直り、夕日松間に映じて、涼風梧葉に入る。皆人快気を得たり」という記述が現れています。『天正記』は、演能中の豪雨のことなど、ものともしません。神仏や天に対する畏怖の念も示されません。さらに、「任官之記」の結尾は次のような記述になっています。

右外美誉芳名不レ可二数尽一。屢見《ニ》二殿下儀刑一、唯大形非二善人一。善業之宿因、天神地祇化現出世振《ニャ》二威名一哉。算《ルニ》二誕生年月一丁酉二月六日吉辰也。周易本卦当二復六四一。其辞曰復《コト》其《レ》見二天地之心一乎。註曰大富《ニテ》有《タモツ》二萬物《ヲ》一。雷《ノ》如動《ニキ》風《ノ》如《クニ》行。又曰履《フムコト》得《タリ》二其位一。相二叶此辞一者乎哉。尋二其素生一祖父祖母侍二禁闈一。萩中納言申哉《ニャ》。今之《ノ》大政所殿二一歳秋依二或讒言一被処遠流、尾州飛保村雲ト云所卜二謫居一送二春秋一矣。又老者物語《ニ》村雲在所而都人有二一首《ノ》詠一。読人不レ知也

なかめやるみやこの月にむら雲のかかるすまゐもうき世なりけり

彼《ノ》中納言歌哉《ニャ》。大政所殿幼年有二上洛一禁中《ノ》傍宮仕給《フ》事両三年有二下国一。無レ程一子誕生。今殿下是也。従二孩子一奇怪之《ノ》事多之《シ》。如何様《サマ》非《スハ》二王氏一者、争《テカ》得《ヤ》二此俊傑一乎。往時《ムカシ》右大将源朝臣頼朝雖執天下権柄其位不レ及二大臣《ニ》一。又平朝臣清盛公任二大政大臣一。是為二王氏之謂一乎。最《モ》可二比量一。（中略）
今又改姓可レ成二五姓一此時。於レ是菊亭右大臣貫生有職、胡公《カ》中庸得二其器量一。依之遂二相談一、謹奉《テ》二奏問一。所レ希賜二天長地久之姓一、得二萬民快楽一不二亦悦一哉。珎重々々。謹而《テ》記之《ス》。

天正十三年八月吉日

（右の外の美誉芳名、数を尽くすべからず。屢《しばしば》殿下の儀刑を見るに、唯大形《おおかた》の善人に非ず。善業の宿因に、天神地祇の化現出世して威名を振るふにや。誕生の年月を算《かぞ》ふるに、丁酉二月六日吉辰なり。周易の本卦、復の六四に当たれり。其の辞に曰く、「復すること、其れ天地の心を見るか」。註に曰く、「大いに富みて萬物を有つ。雷の如くに動き、風の如くに行く」。又曰く、「履むこと、其の位を得たり」と。此の辞に相叶ふ者をや。其の素生を尋ぬるに、祖父、祖母、禁闈に侍す。萩の中納言と申すにや。今の大政所殿、二歳の秋、或る讒言に依つて、遠流に処せられ、尾州飛保村雲と云ふ所に謫居を卜して春秋を送る。又、老者の物語に、村雲の在所にして、都人一首の詠有り。読人知らざるなり。

ながめやるみやこの月にむら雲のかかるすまゐもうき世なりけり

彼の中納言の歌にや。大政所殿、幼年にして上洛有り。禁中の傍に宮仕へし給ふ事両三年にして下国有り。程無く一子誕生す。今の殿下是なり。孩子より奇怪の事、之多し。如何様《いかさま》、王氏に非ずんば、争《いかで》か此の俊傑を得んや。往時、右大将源朝臣頼朝、天下の権柄を執ると雖も、其の位、大臣に及ばず。又、平朝臣清盛公、大政大臣に任ず。是れ王氏たるの謂はれか。最も比量すべし。（中略）今又、姓を改めて五姓と成すべきは此の時なり。是に於いて、菊亭右大臣、賈生が有職、胡公が中庸、其の器量を得たり。之に依つて、相談を遂げ、謹んで奏問を奉る。希ふ所、天長地久の姓を賜り、萬民の快楽を得ること、亦悦ばしからずや。弥重々々。謹んで之を記す。

天正十三年八月吉日）

ここには、「屢殿下の儀刑を見るに、唯大形の善人に非ず。善業の宿因に、天神地祇の化現出世して威名を振るふにや」という記述が見られます。秀吉に対する神の加護を疑っていないだけではなく、秀吉自身を「天神地祇」の「化現」とまで考えています。しかも、この「任官之記」の結尾の記述では、秀吉の祖父が萩の中納言という、罪無くして配所の月を見た人であったことを語るばかりか、秀吉が帝の子であることまでもほのめかされています。まさにお伽草子の世界です。お伽草子の『一寸法師』は、その結尾で、主人公の父が堀河の中納言の子、母が伏見の少将の子であることを明かしています。『ものくさ太郎』▼注(8)も、その結尾で、太郎が、仁明天皇の孫、二位の中将の子であることを語っています。「任官之記」の結尾はこれらと同様です。しかも、このお伽草子そのものの結構をもとに歴史への言及にふみ込んで、源頼朝は大臣になれなかったが、平清盛は「王氏」、すなわち王家の出自であるために太政大臣になれたとまで述べています。ここには、清盛を白河院の皇子であるとする言説も意識されていますが、『天正記』は、そうした次元さえも超えて、お伽草子さながらの歴史叙述という性格を具えています。

それは何とも他愛のない言説のように思われますが、そうした言説を流通させようと図るところに、『天正記』と豊臣政権の決定的な本質があるのだと思います。奥行きと陰影を欠きながら、独特の明るさ、華やぎを具えています。同時に、その言説は、或る絶対的帰着点を用意しています。流離譚を交えた貴種であることへの言及は、『ものくさ太郎』の主人公が、おたがの明神としてあらわれ、まつられたというように、本地物への接近を示しています。そして、事実、秀吉は、死後、豊国大明神としてあらわれ、まつられることになります。大村由己も、『天正記』もあずかり知らぬことながら、そうした本地物的結構への助走は既に天正年間に始まっていたと見るべきでしょう。実際に、「任官之記」には早くも秀吉を「天神地祇」の「化現」と見る意識が現れています。

七　おわりに

これまで、『天正記』の十六世紀末の社会言説としての性格を考えてきましたが、そこに、地域の固有性や地域間の固有のネットワークを認めず、排除しようとする意識が現れることは看過できません。広域的でなめらかな交通、流通が過剰に求められるところでは、世界の均質化が過度に意識されて、地域の歴史、文化、ネットワークの固有性は夾雑物と見なされることになります。豊臣政権にとって、交通、流通の広域化、活性化の追求は、空間の固有性、独自性の軽視、排除と不可分のものでした。そのような過剰な志向の行き着く先に起こったのが朝鮮への侵攻です。『天正記』に特徴的に現れる空間認識と志向は、日本を均質と捉えるのに留まらず、日本、朝鮮、明までも境界のない均質な世界と見なすまでに肥大化してしまうものであったと考えられます。

つまり、より広く、よりなめらかな往来と流通を求め、明るさと開放感と活力に満ち溢れたものが、その属性ゆえに、甚大な死と恐怖と悲しみをもたらしたことになります。『天正記』と総称されるテキスト群の言説は、そうした広く明るくなめらかで闊達なものが持つ、怖ろしさというものを、私たちに教えてくれているのかも知れません。

注

（1）大村由己を「御伽衆」と捉える見解については、桑田忠親『大名と御伽衆』（青磁社、一九四二年四月）等を参照。また、大村由己の旺盛な文化活動を考える上で、奥田勲「常磐松文庫蔵『狭衣下紐』中臣祐範奥書本（付）大村由己年譜」（『実践女子大学文芸資料研究所年報』第一五号、一九九六年三月）は大いに参考になり、たいへん有意義である。

（2）桑田忠親『豊太閤 伝記 物語の研究』（中文館書店、一九四〇年五月）、桑田忠親校注、戦国史料叢書『太閤史料集』（人物往来社、一九六五年二月）等を参照。また、『天正記』の内容を理解する上で、古典遺産の会『戦国軍記事典 天下統一篇』（和泉書院、二〇一一年一二月）の『天正記とその諸テキストについての解説はたいへん有益である。加えて、近時、大村由己の『天正記』をふまえつつ十七世紀に編纂された版本についての考究が盛んに進められており、次のような成果が示されている。

・天正記を読む会「国立公文書館蔵　古活字版『天正記』第一」（『国史学研究〈龍谷大学国史学研究会〉』第三二号、二〇〇九年三月）
・天正記を読む会「古活字版『天正記』第一の読み下し改訂文と註解」（『国史学研究〈龍谷大学国史学研究会〉第三三号、二〇一〇年三月）
・天正記を読む会「国立公文書館蔵　古活字版『天正記』第二」（『国史学研究〈龍谷大学国史学研究会〉』第三三号、二〇一〇年三月）
・天正記を読む会「古活字版『天正記』第二の改訂文と註解」（『国史学研究〈龍谷大学国史学研究会〉』第三四号、二〇一一年三月）
・天正記を読む会「国立公文書館蔵　古活字版『天正記』第三」（『国史学研究〈龍谷大学国史学研究会〉』第三四号、二〇一一年三月）
・天正記を読む会「古活字版『天正記』第三の改訂文と註解」（『国史学研究〈龍谷大学国史学研究会〉』第三五号、二〇一二年三月）
・天正記を読む会「慶應義塾図書館蔵　古活字版『天正記』第四」（『国史学研究〈龍谷大学国史学研究会〉』第三五号、二〇一二年三月）
・追手門学院大学アジア学科編『秀吉伝説序説と『天正軍記』』（和泉書院、二〇一二年四月）

（3）この問題にかかわって、秀吉が動座と普請と礼典を重んじたこととその意味については、山室恭子『黄金太閤』（中公新書、一九九二年一一月）における指摘から多くを学び、貴重な示唆を得た。

（4）「紀州御発向之事」の紀州大田城の水攻めの場面では、「屢《シバ〳〵》雖レ在《リト》二御営《ニ》一風流如此。其後五岳名僧《ノ》伝二聞之《テヲ》一、以見《ル》レ和二高韻《ヲ》一。誠一時之雅興也。又新立《ニ》二坐敷《ヲ》一、旦暮延《キ》二雅客《ヲ》一茶湯会《ノ》不可遑《アル》二枚《マイ》挙《スルニ》一。然彼大田堤《ヘ》毎日有《リ》二御動坐一（屢御営に在りと雖も、風流此くの如し。其の後、五岳の名僧、之を伝へ聞いて、以て高韻を和せらる。誠に一時の雅興なり。又新たに坐敷を立て、旦暮雅客を延き、茶の湯の会、枚挙に遑あるべからず。然れば、彼の大田堤に毎日御動坐有り）」というように、秀吉が、城を囲むその外で、詩歌や茶の湯といった遊楽を華やかに優雅に催したことを賞讃的に語る記述まで登場する。

（5）このような『天正記』の記述の特質は、池上裕子『織豊政権と江戸幕府』（講談社〈日本の歴史〉二〇〇二年一月。二〇〇九年九月に講談社学術文庫の一冊として再刊）が提示した、織豊政権から江戸幕府の成立に至る時代の政治理解にも重なる。流通の重視ということをこの時代の政権の統治構想の柱と捉える池上氏の見解は説得力があり、学ぶことが多い。

（6）三鬼清一郎「織田・豊臣政権と官職制」（『別冊文芸・天皇制』〈河出書房新社、一九九〇年一一月〉所収）等参照。

（7）豊臣政権に平和を強制する性格を見出す理解は、藤木久志『豊臣平和令と戦国社会』（東京大学出版会、一九八五年五月）等に学んだ。藤木氏が提起した「豊臣平和令」、「惣無事令」については、近時、適用の内容、時期、範囲等が見直され、その法令としての実体性を疑問視する見解が次々と示されており、その見解には首肯すべき点が多いが、平和（「惣無事」）の強制を豊臣政権の本質と捉える藤木氏の見方それ自体はきわめて的確で有意義なものであり続けていると、私は考える。

（8）質疑応答の記録にもあるとおり、質疑応答の席上、徳田和夫氏より、報告時に私が「ものくさ太郎」ならぬ「ものぐさ太郎」と述べたとの御指摘をいただいたが、当日用意していた原稿の記述をもとに、ここは「ものくさ太郎」と表記することにした。お伽草子のテキストの呼称として、この「ものくさ太郎」が正しいというのは、徳田氏の御指摘のとおりであり、今後は言い誤ることなどのないよう、いっそう留意したい。

【付記】

本報告を行うに当たり、資料を調査するたいせつな機会を与えてくださった金沢市立玉川図書館近世史料館、国立公文書館、国立国会図書館と、シンポジウムの席上、およびその前後に貴重な御教示をいただいた方々に、この場を借りて、御礼申し上げたい。

また、本報告は、日本学術振興会の科学研究費補助金による基盤研究（C）「古代から中世に至る真名表記テキストに関する表現と知の系脈についての研究」の成果の一部である。

信仰譚・奇跡譚からみたキリシタン信仰

◉

神田千里
［東洋大学］

1949年生まれ。所属：東洋大学。専門分野：日本中世史、宗教社会史。主要著書：『一向一揆と真宗信仰』（吉川弘文館、1991年）、『信長と石山合戦―中世の信仰と一揆―』（吉川弘文館、1995年）、『一向一揆と戦国社会』（吉川弘文館、1998年）、『島原の乱 キリシタン信仰と武装蜂起』（中公新書、2005年）、『宗教で読む戦国時代』（講談社、2010年）など。

◉ Summary

16世紀にもたらされたキリスト教は、従来と大きく異なる信仰・価値観を日本社会にもたらし、反発する場合はもちろん受容する場合でも日本人は重大な緊張関係に直面したといえよう。このような緊張関係の下での受容過程をみると、宣教師が持ち込んだ、在来信仰を「欺瞞」「虚偽」として否定する新たな観念のみならず、従来のそれもまた受容の枠組みになっていたと考えられる。既にキリシタンが戦場での守りに十字架を用いたり、聖水を治病に用いたりする信仰習俗が日本の従来のそれと酷似していることが指摘されている。さらにキリシタンが神聖視する十字架が奇跡を起し、不敬を働いた者に冥罰を与えるといった信仰譚が語られていること、死に臨んだキリシタンの行動が従来の臨終行儀と似ていること、信徒の間で取沙汰される「悪魔」が狐と見なされていること等々に注目したい。こうした信仰の特徴を検討し、日本人独特の受容過程の一端に迫っていきたい。

はじめに

神田でございます。よろしくお願いいたします。お手元に配布いたしましたレジュメにしたがってお話をさせていただきます。

1、対立するキリスト教と在来宗教

従来の研究では、キリシタンの思想あるいはその信仰、心性を考える上で、イエズス会の発行した文献を利用してきました。▼注(1) レジュメにあげたような、『日本のカテキズモ』を始めとするさまざまな教義書です。こういうものが使われてきたことの背景には、キリシタンの信仰は、在来の日本にはない、在来信仰と決定的に対立するものであるという見方が前提にあったと考えられます。ですから、決定的に異なる信仰の表現としてイエズス会の教義書が妥当である、という文脈で扱われてきたように思われます。

2、イエズス会と信徒との区別

そこで一方、それではイエズス会の宣教師とキリシタンとは一体か否かが問題となります。こうした教義書を扱っている限り、どうしてもキリシタンは宣教師の側と同じ心性で動いていたというふうになるのかと思います。ただ実際問題としては、やはりそこに差異があったと私は考えるわけです。

レジュメにスイスのルツェルンの事例を挙げました。これは私がたまたま知ることができた、武蔵大学の踊共二氏のご研究▼注(2)によるものです。十六世紀のルツェルンは、カトリック改革—対抗宗教改革とも言いますけれども——の拠点でした。十六世紀から十七世紀にかけて、イエズス会が、市参事会員のレンヴァント・ツィザードによって招致され、神学院が建てられ、カトリックの立場からの宗派化に尽力がなされたところです。

そのツィザードの記録によりますと、周辺の農民たちは教会に行きながらも、その信仰は単にカトリックのもののみではなく、前キリスト教的な民間信仰が存続していたということが分かります。例えば「死者の軍勢」です。これは北欧神話の神オーディンの率いる軍勢とされているものです。この「死者の軍勢」が現に存在すると信じられていました。それからもちろん占いが盛んでしたし、龍や蛇を幸運・豊穣あるいは富や健康と結びつける俗信もありました。日本の宇賀神と若干似ておりますけれども、そういうものが盛んでした。病気が治るにも、龍の石と称されるものに効能があるとされていて、ツィザード自身薬剤師だったわけですが、薬剤師と

レジュメより

はじめに

1、対立するキリスト教と在来宗教

◎イエズス会文献の利用；『日本のカテキズモ』『どちりいなきりしたん』『サントスの御作業』『コンテンツスムンヂ』『妙貞問答』など（信徒側の作成：『天地始之事』）（紙谷1986、米井1998）。

◎キリスト教と在来宗教の対立を前提；キリシタンの信仰は在来の日本的信仰とは異なる。

2、イエズス会と信徒との区別

◎宣教師とキリシタンは一体か？；ヨーロッパにおいても教会と信徒との差異は存在。

◎ルツェルン（スイス）の事例；農民の間では前キリスト教的な民間信仰が存続。「死者の軍隊」の存在、占いの盛行、幸運・豊穣・健康を呼ぶ龍や蛇の信仰（踊 2007）。

◎ヨーロッパ民衆も「異教徒」同前；「対抗宗教改革は、既に存在しているものを守り、純化するという（宗教改革に比べて）より単純な仕事にみえるが、実際に直面する困難はいうまでもなく厳しいものだった。なぜならカトリック改革者はプロテスタントらが提起した改革と同等に革命的な改革に関わっていたからである。（カトリック改革の）初期の宣教師たちは、ヨーロッパのカトリック世界の大部分が未だ異教徒であると、速やかに結論を下していた」（Kamen,2000,p57）

3、在来信仰との連続性

◎信仰習俗の連続性；（岡田 1942）。

⑴戦場の習俗；戦場へ「守り」を携帯、神仏の名、聖句の旗指物。⑵治病の習俗；聖水の「医療」。

◎在来信仰の観念の存続；地域（日本）固有の受容が想定可能。

〈参考文献〉

紙谷威広「人と神をへだてる天狗」同『キリシタンの神話的世界』東京堂出版、1986 年
米井力也『キリシタンの文学―殉教を促す声―』平凡社、1998 年
踊共二「スイス山岳農民の宗教世界―レンヴァント・ツィザードの民俗誌から―」『武蔵大学総合研究所紀要』17、2007 年
Henry kamen,"Early Modern European Society," Routledge, London&New York, 2000.
岡田章雄「信仰習俗の意義」（『キリシタン信仰と習俗』＜岡田章雄著作集一＞思文閣出版、1983 年、初出 1942 年

して大変関心を示して、これがペストに効くと信じていたこともあります。

簡単に言うと、キリスト教の考え方・観念と前キリスト教の信仰とが混在し一体化していたということです。これはルツェルンのみならず、ヨーロッパ各地にかなり頻繁に見られたということも指摘されています。「対抗宗教改革は、（宗教改革に比べて）、既に存在しているものを守り、純化するというより単純な仕事にみえるが、実際に直面する困難はいうまでもないほど厳しいものだった。何故ならカトリック改革者はプロテスタントらが提起した改革と同等に革命的な改革に関わっていたからである。（カトリック改革の）初期の宣教師たちは、ヨーロッパのカトリック世界の大部分が未だ異教徒であると、速やかに結論を下していた」▼注（3）という見解もあります。

3、在来信仰との連続性

要するにヨーロッパのカトリック教徒自体が、必ずしも宗派的に整った形でキリスト教を受容していたとは言えないのです。そう考えますと、十六世紀にイエズス会の宣教師が日本にやってきて、神仏を信じていた日本人に向かってキリスト教を布教するということと、どこか通底する事情があるように思われます。事実、キリシタンは在来信仰と必ずしも切れていなくて連続しているのだという研究があります。

レジュメにあげました岡田章雄氏のご研究[▼注(4)]です。岡田氏によりますと、例えば戦場での信仰習俗がそれに当たるものです。戦さに出て行く日本の武士たちは、本尊や曼荼羅をお守りとして携帯していました。それから神仏の名を記したり、教義的な字句を記したものを旗指物にするという習俗がありました。本尊を携帯したり、曼荼羅を首に掛けたりという行動は軍記物によく出て参りますし、旗指物にしても上杉謙信が毘沙門天にちなんだ旗指物を作り、あるいは徳川家康が「厭離穢土、欣求浄土」という字句を旗指物に書いていたということとは、よく知られています。

それと同じようにキリシタンの武士たちも、多くは十字架の旗指物を持って、ロザリオやコンダツ（数珠）をお守りに持ち戦場に向かったのです。キリシタンの軍隊の旗というと、誰でも最初に思い浮かぶのが島原の乱の旗ですけれども、あの旗にもポルトガル語で聖句が書かれてあります。そういう面で非常によく似ているのです。

それから病気を治すという習俗についても、聖水という、洗礼に使った水を用いた医療が圧倒的な頻度で行われています。イエズス会は豊後府内に病院を作ったということが言われておりますけれども、病院で治すことよりも、むしろ聖水を与えてそのご利益に与るという治療の方が、殆どの場合普通に行われておりました。中世の日本でも、例えば弘法大師の真筆を濯いだ水を飲むと、病気が治るとされていたこととよく似ています。

こうしてみると、キリシタンの中にも在来信仰の観念は存続していたのだと考えられます。新しい信仰の流入により、従来の在来信仰の枠組みが簡単に消滅したり、解体されたりしたわけでなくて、むしろその枠組みを通してキリスト教が受容されていくという過程を、日本の場合は想定できるのではないでしょうか。日本という地域独自の受容を想定することが可能だろうと思うわけです。以下そういう日本人の信仰のあり方を、イエズス会の出版物ではなくて宣教師が現場から書いた報告書を中心に考えていきたいと思います。

一　十字架にみるキリシタン信仰

1、十字架の利益と祟り

最初は十字架です。十字架は利益をもたらす、あるいは十字架に不敬を働く者に祟りを与えるとキリシタンの間では信じられておりました。宣教師の報告書には、大村純忠に関する戦場での奇跡が記されています。聖フランシスコの日の戦闘で、天に十字架が出現して戦に勝つことができたというものです。純忠自身が、十字架と荊冠を胸に描いて、宣教師のトルレスから与えられた十字架の旗を掲げて勝利することができた、ということも報告されています。

それから疾病における奇跡です。例えば五島列島で家畜の大量死が発生した折に、キリシタンたちは牛の首に十字架を吊るしたり、額に十字架を書いたりしたために、彼らの家畜だけが死を免れたというような報告があります。またコスメ・デ・トルレス――ザビエルの後に布教の中心になった人です――が建てた十字架には特別な利益があって、キリシタンらが遠方から参詣して来て、参詣によって病気が治った人がいると報告され、その噂を聞いて異教徒の一部も、病気を治すために参詣したとも書かれています。

それから十字架を倒した異教徒が、難に遭って死んでしまった例が報告されています。十字架を守っているキリシタンを殺害して、十字架を切り倒したところ、その後不慮の事故に遭って死んでしまったということが書かれているわけです。

2、神の宿る十字架

そういう利益や祟りの中心である十字架が、どういうふうに観念されていたかということですけれども、それを物語る史料として一五八四年一月二日のルイス・フロイスの書翰があります。「下地方の或る在所に善良で篤信のキリシタンが一人いた。彼は聖像を持っていなかったので、家の中では一葉の紙に描いた十字架の前に跪いて常に祈りを捧げるのが習慣であった。或る日のこと、すでに日没後であったが、祈りを続けていた時に十字架の周囲に一つの星が突然現われ、家全体を明るくするほどの光を放ち、この（現象）は十五分間続いた。彼はこの奇異な出来事に驚き、在所の隣人をことごとく呼び集め、六十名以上の者が強い光を放って十字架の周囲を巡る星を目撃した。一同はこれによっていっそう信仰を堅くし、同所に大きい教会を建て、祭壇に黒い墨で（描いた）かの十字架を置くことに決めた。」（松田毅一監訳『十六・七世紀イエズス会日本報告集』第Ⅲ期六・一七七頁、一部改変、

レジュメより

一　十字架にみるキリシタン信仰

1、十字架の利益と祟り

◎大村純忠に関する奇跡；聖フランシスコの日の戦闘で天に十字架が出現。十字架の旗を掲げて勝利（1564年或る身分高きポルトガル人書翰（『報告集』Ⅲ二・227～228頁））
◎十字架による疫病からの保護；家畜を疫病による大量死から守った十字架（1567年10月26日ジョアン・バウティスタ書翰（『報告集』Ⅲ三・249頁））
◎コスメ・デ・トルレスの建てた十字架の利益；治病など現世利益を求めてキリシタンらが遠方から参詣（1582年10月31日ルイス・フロイス書翰（『報告集』Ⅲ六・97頁））
◎十字架を切り倒した異教徒の遭難；十字架を切り倒した異教徒が、不慮の事故で仲間に殺害される（1577年10月27日ミゲル・ヴァズ書翰（『報告集』Ⅲ五・15～16頁））

2、神の宿る十字架

1584年1月2日ルイス・フロイス書翰「当地方［下地方］の或る在所に善良で篤信のキリシタンが一人いた。彼は聖像を持っていなかったので、家の中では一葉の紙に描いた十字架の前に跪いて常に祈りを捧げるのが習慣であった。或る日のこと、すでに日没後であったが、祈りを続けていた時に十字架の周囲に一つの星が突然現われ、家全体を明るくするほどの光を放ち、この（現象）は十五分間続いた。彼はこの奇異な出来事に驚き、在所の隣人をことごとく呼び集め、六十名以上の者が強い光を放って十字架の周囲を巡る星を目撃した。一同はこれによっていっそう信仰を堅くし、同所に大きい教会を建て、祭壇に黒い墨で（描いた）かの十字架を置くことに決めた。」（1583年度日本年報、CEV Ⅱ ff.80-80v.『報告集』Ⅲ六・177頁、一部改変）
〔比較〕『実悟記』二八「蓮如上人御存生の砌、越前国豊原寺の麓に、ゝ申在所に、志の人蓮如上人御筆の名号を所持す。然るに不慮の火事に屋を焼侍れば、名号も焼たり。……あまりのかなしさに、焼たりける名号の灰を箱に入置たりしに、一夜にその灰三尊まで阿弥陀如来の金仏となる。各これを不思議と見奉て、このまゝ安置せんもいかゞとおもひて、持て上りて蓮如上人へ上、件の子細申上て、彼ノ三尊あまりに不思議の由申上たりしに、御覧ぜられて、是は不思議にあらず、仏の御名なれば、焼て仏となるは更に不思議にあらず、凡夫の仏に成こそ不思議なれ、……」（『行実』四四三、155～156頁）

3、神判の具としての十字架

1582年10月31日ルイス・フロイス書翰「……平戸において注目すべきことが起こった。キリシタンたちは平素、十字架を大いに崇敬しているのであるが、図らずも七、八人の純朴な農夫の間で一人の所持品が紛失したのである。一同そのまま集まり、「この一件では誰が盗んだかの証人がなく、また互いに誓いを求めあうことも好ましくないので、十字架の脚からごく小さな断片を取って水につけ、一同がこれを飲むのが良い、なぜならデウスはその聖なる十字架の功徳によって、この犯罪について無実の者を示し給うから」と言ったのである。不思議なことに、全員が水を飲んだ後まもなく、突然彼らの一人が、残りの者らの面前で水腫患者のように脹れ上がった。このような明白な徴候のため彼は己の罪を隠すことができず、白状し、悔いて許しを求めた。その（腹）の脹れた人を、その仲間たちが平戸のセバスティアン・ゴンサルヴェス師のもとへ見せに来たので、司祭は同人と面会した。」（CEV Ⅱ f.53v.『報告集』Ⅲ六・97～98頁、一部改変）〔比較〕阿弥陀画像の連判起請文（右図・本尊を利用した起請文→）

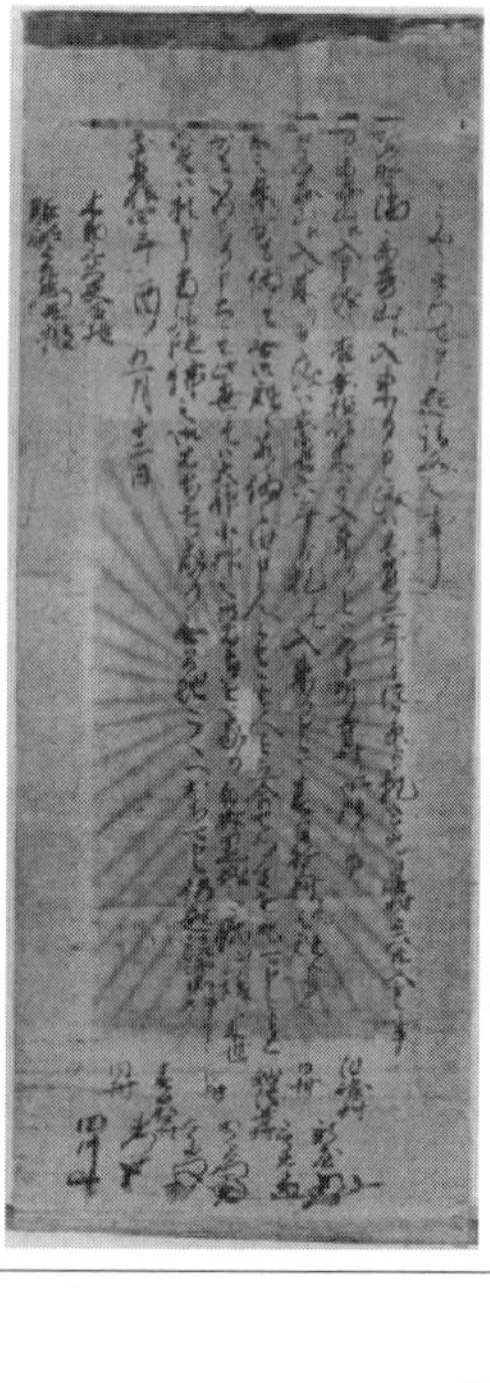

以下『報告集』Ⅲ六・一七七頁、一部改変の如く略記）とあります。

簡単に言うと、人間の手で書いたものであっても、十字架はそこに神様が宿るようなご利益を持つのだということであります。ところがそれによく似た伝承が、真宗本願寺派にありまして、「実悟記」という蓮如の事跡を書いたものです。蓮如自筆の「南無阿弥陀仏」と書かれた名号を持っていた人が、不慮の火事でそれを焼いてしまいました。それで「あまりの悲しさに、焼たりける名号の灰を」箱に入れておいたところその灰が、一晩で阿弥陀仏の金仏になってしまったのです。驚いた信者がこれを蓮如の許に持っていたところ、彼は「これは不思議でも何でもない。仏の名前は仏なのだから、それが仏になったって別に不思議ではない。むしろ凡夫が仏に成るのが不思議である」（「実悟記」二八、稲葉昌丸編『蓮如上人行実』四四三、一五五～六頁）と、すかさず蓮如は真宗の教義を説いたわけであります。

3、神判の具としての十字架

ここに見えるのは、人の手で書いたものであっても、超自然的な本質を宿しているのだという発想です。その発想が十字架に対しても、真宗の名号に対しても見られることに、まず注目したいわけです。そう思ってみますと、次に十字架が神判、ないし真実であることを誓約する起請の道具として使われていることが注目されます。一五八二年一〇月三一日のフロイスの書翰です。七、八人の農夫の間で物が紛失するという事件が起こりました。犯人が誰か、それを探すのにどうすればよいかを決める段になって「十字架の脚からごく小さな断片を取って水につけ、一同がこれを飲むのが良い、なぜならデウスはその聖なる十字架の功徳によって、この犯罪について無実の者を示し給うから」ということになり、「不思議なことに、全員が水を飲んだ後まもなく、突然彼らの一人が、残りの者らの面前で水腫患者のように膨れ上がった。このような明白な徴候のため彼は己の罪を隠すことができず、白状し、悔いて許しを求めた。」（『報告集』Ⅲ六・九七～九八頁）とあります。

社会的に必要とされた誓約の保証を支える信仰対象として、十字架が用いられていることが分かります。これは日本の中世で行われた、神仏に誓う起請文を書くという行為そのものと言っても良いと思います。誓約の対象とするのは、今の場合は十字架ですけれども、実は阿弥陀仏の画像もまたそのように使われていたことを示すのが、御手元の「本尊を利用した起請文」という図です（右頁。福井県編・発行『福井県史』資料編六、一九八七年、口絵より引用転載）。

この紙面の表に書いてあるのは、村と村の間で取り交わされた誓約書ですけれども、その裏側に書いてあるのが、四十八本の後光を放っている阿弥陀如来の絵であります。これは恐らく、信仰の対象として仏壇に掛けられていたはずのものですが、これがやはり起請文に使われているのです。要するに神判の具として、やはり日本人の本尊も、たまたま事例は真宗に偏っておりますけれども、同じように使われているということが分ります。したがってキリシタンの考えていた十字架も、やはりキリスト教伝来以前の伝統的な信仰の枠組みによって考えられていた可能性があります。

二　臨終を迎えるキリシタン

1、死の自覚と救済の期待

次に第二点目「臨終を迎えるキリシタン」という点に進みます。これはキリシタンが死を迎えるときに、どういう作法を行ったのか、あるいはどうしようとしたのかということです。通常は死を迎えるに当たってキリシタンの信徒は、司祭に告白をしないと救済はあり得ないというのが、キリスト教の原則でした。ところが司祭は来られなかった。そしてその時にどうなったかを示す史料が、一五八〇年九月一日のジョアン・フランシスコの書翰です。ジョアン・フランシスコが、病人が死にかけているから来てくれと言われて、行こうとしたのだけれど間に合わず、死んでしまったのです。その死んでしまったキリシタンの傍にいた者たちが語ったところによると、「彼の病いが幾分よくなった時、はからずも脈が弱くなり、彼は時が至ったのを認めたので、床から起き上がると聖画像の前に跪き、このような状態に至らしめたことを我らの主（なるデウス）に感謝して止まず、また、キリシタンらがこの時彼らの習慣に従って彼を手助けするために集まると、いとも穏やかに彼らに向かって、安堵することを請い、子供の時に洗礼を受けているので心配するには及ばず、デウスに救われることを信じているといった。彼は一人の婦人を呼び寄せると、彼が借りていたものをその持ち主に返すことを命じ、こうして頭を上げ、絶えずデウスへの賛辞を口にしながら死んだ」（『報告集』Ⅲ五・二八二頁）と記されています。

2、在来宗教における死の自覚・救済の期待

繰り返しになりますが、キリスト教の臨終行儀としては、死に臨んで司祭への告白・告解が不可欠であります。ところがこれができない場合、聖画像の前に跪いて、デウスへの感

レジュメより

二　臨終を迎えるキリシタン

1、死の自覚と救済の期待

1580年9月1日ジョアン・フランシスコ書翰「……私は一病人の告白を聴くため招きを受けた。私は非常に急いだが、病人はすでに死んでおり、彼の側でその死に呆気にとられたキリシタンたちを見出した。彼らが語るところによれば、彼の病いが幾分よくなった時、はからずも脈が弱くなり、彼は時が至ったのを認めたので、床から起き上がると聖画像の前に跪き、このような状態に至らしめたことを我らの主（なるデウス）に感謝して止まず、また、キリシタンらがこの時彼らの習慣に従って彼を手助けするため集まると、いとも穏やかに彼らに向かって、安堵することを請い、子供の時に洗礼を受けているので心配するに及ばず、デウスに救われることを信じていると言った。彼は一人の婦人を呼び寄せると、彼が借りていたものをその持ち主に返すことを命じ、こうして頭を上げ、絶えずデウスへの賛辞を口にしながら死んだ。」（『報告集』Ⅲ五・282頁）

2、在来宗教における死の自覚・救済の期待

◎死期の自覚・死の準備；「八幡田中前社務芳清法印（五十一歳）俄円寂云々、当時前社務融清法印嫡子也、権別当生清（十四歳）之父也、……後聞、於厠突胸、用薬平喩、其後於仏前念仏閇眼云々、精進及十年、終夜称名連々事也、臨終正念大往生之由、人称之、」（『建内記』嘉吉三年五月三日条）

信仰告白・死後の指示；「奥御所不例、於于今者無憑躰云々、仍向本満寺、関白［尚通］并女中衆被罷向、当宗旨儀信心堅固躰、没後事等種々被云置、如此意得、雖知者学生難有事也、歎中悦謂之歟、及晩帰宅、」（『後法興院記』明応五年三月五日条）

謝を捧げたのです。それから自分は救済を確信していると言って、死後のことを遺言したということが書かれています。それとそっくりのことが、実は十五世紀の日本側の史料にありまして、一つが『建内記』（嘉吉三年五月三日条）であります。これは八幡宮の神官であります田中芳清法印が亡くなった時の記事で、厠にいるときに発作を得て、一時持ち直してから仏前に行って、そのまま念仏を唱えて亡くなっていったということが書かれています。もう一点は『後法興院政家記』（明応五年三月五日条）ですが、記主近衛政家の娘が亡くなる時、家族に向かって、「自分は当宗旨――これは日蓮宗ですが――については非常に信心堅固である」と告白して、死んだ後のことを種々言い置きました。「いかなる知者・学生と雖も滅多にないことである」と近衛政家は喜んで記しています。これらの点を考慮すると、司祭への告解という以外の形でも、キリシタンたちが自分の臨終を、在来信仰に近い形で迎えたことが分かります。

三　「悪魔」と狐

三番目の「『悪魔』と狐」という論点は、「悪魔」は天狗であると、イエズス会の教義書や何かでは、先行研究で明らか

レジュメより

三 「悪魔」と狐

1、悪魔は「天狗」

・「(『天地始之事』は―引用者)天狗という両義的な概念を悪魔にあてはめたことによって、旧約聖書とは異質な雰囲気をただよわせる「神話」となってしまった」(紙谷 1986、65 頁)

・「キリスト教の悪魔を日本の「天狗」と同一視」(米井 1998、76 〜 77 頁、初出 1996 年)

・「キリシタン版の翻訳に携わった日本人は……古典や仏教などにもおそらく精通していたと思われる。……悪魔は「天狗」と翻訳された」(筒井 2007、45 頁)

2、「悪魔」と「狐」

1565 年 1 月 20 日ルイス・フロイス書翰「悪魔はまた別の山では、天国へ行きたいと望み、そこへ行き、その示現を待っていた者たちに、いつも非常な輝きとともに姿を顕していたので、その(現れた)幻影は(悪魔とは)別のものであると思い込み、悪魔がその言葉で打ち明けているとは思わず、その後ろを付いていったが、悪魔は山中の、非常に深い穴に飛び込み、付いて来た者を飛び込ませ、かくして地獄へ連れて行った。この欺瞞は以下のようにして露顕した。ある老人がこのような意図で行こうとするのを、その息子が父への愛に動かされて、行かないように懇願したのだが、(父は)悪魔にたぶらかされており……その場所に行った。息子はこっそりと、弓矢を手に父の跡をつけて後から行った。悪魔が老人の前に輝きと共に人間の姿で現れ、……後にいた息子はその人間の姿に対して矢をつがえて射たところ、雌狐を傷つけた。その若者は血の跡を追跡し始め、ある甚だ深い穴に至ったが、そこにはたくさんの、悪魔があの(人間の)姿で欺いた人々の骸骨があった」(BAC Cartas do Japão vol.3 154v.、『報告集』Ⅲ二、308 頁)

にされたように訳[注(5)]されていることに関してです。教義書のレベルでは確かにそうなっていたとしても、キリシタンの信者の次元でどうなっていたかというと、そればかりではなくて、狐としても認識され、観念されることがあったということであります(一五六五年二月二〇日ルイス・フロイス書翰、『報告集』第Ⅲ期二、三〇八頁)。これは読んでいただくことにして次に参ります。

四 「純朴」な師匠

四番目の「『純朴』な師匠」という論点です。日本のキリシタンたちが信仰を得るときにポイントになったのは何か、という問題について、非常に興味深い手がかりを提供する史料があります。フランシスコ・カブラルの一五七四年五月三一日の書翰です。

「これらの取るに足りない(zinhos)キリシタンらに我らの主デウスがいかに働きかけているかを実際に見ると、今日キリシタンになった者が、明日には祈り(の言葉)もまだ知らずに、他人を改宗させようとするので、一方で私は非常に慰められると共に、他方では非常に当惑している。非常に慰められる、というのは、まるで我らの主デウスが伝えているかのように、昨日異教と偶像崇拝から引き離された、哀れむべく貧しい(pobrezinhos)、身分の低い(umildes)、純朴な(simpres)キリシタンらが、今日には聖なる洗礼の恩寵により、デウスの偉大さを説く者となっているのを見るからであり、このことから受ける慰めは小さなものではない。というのはそこに、日本の人々に対する、我らの主デウスの贈り物と熟慮とが、私たちには明らかに見えるからであり、教会の囲いの中へと彼らを導く司祭も修道士もない欠陥が、これら純朴な貧民を彼の福音の説教者とすることで補われている（からである）。ないし Uonmina のマリア一人、というのは、宮野のカタリナ一人、ないし Uonmina のマリア一人、ないし、これらの取るに足りない純朴なキリシタンらのうちの誰彼の、粗野で練り上げられていない言葉をもって、頑なな、一人あるいは多数の異教徒の心を動かすのに十分であるのを見、（一方）私は、多くの練り上げられた、効果的な道理をもってしても、うまく行った時で（さえ）（異教徒は）よい事柄だと言うが、最初と同じ異教の、頑なな心のまま戻っていくのを見るからである。」(Jap.Sin.7II f.212v.〔参考〕前掲『十六・七世紀イエズス会日本報告集』第Ⅲ期四・二三九～二四〇頁）とあります。

日本人がキリシタンになっていくのは、宣教師の非常に整った教義の説明を聞くからではなくて、学問のなさそうな身分の低い人々の実践を見るからなっていくのだ、ということが宣教師の口から語られているわけであります。これと同じようなことが、これも真宗本願寺派のものですが、蓮如の逸話として記されたものの中に見えます。

「聖教読みの仏法を申たてたることはなく候。尼入道の類の、尊とや、ありがたやと申され候を聞きては人が信を取る、と前々住上人（蓮如）仰られ候由に候」とあります。「何も知らねども仏の加備力の故に、尼・入道などの喜ばるゝを聞きては、人が信をとるなり。聖教を読めども名聞が先にたちて心に仏法なき故に、人の信用なきなり。」とあります（「実悟旧記」二九、前掲『蓮如上人行実』一九二、七八頁）。

人間が信仰に入るのは、教義を聞くから、あるいは仏法・聖教の知識を得るからではなくて、簡単に言うと尼入道の類の信仰実践が力を発揮するのだ、ということです。先ほどのカブラルの言っている、キリシタンに入信する起因とも同じです。そして仏教に関して、学問とは違う、信仰という要素があって、これこそが人に働きかけるのだという考え方が、日本ではかなり伝統的にあることは、国文学の皆さまの方がよくご存知だと思います。

例えば鎌倉時代の『沙石集』には、救済は必ずしも経典の知識によるではなく、例えば無知・無学な篤信者、正直者や「鳴呼の者」が、最終的には救済を得るのだということが説かれております。教義ではなくて、純朴で無名な信者の信仰実践を尊重するという日本人の観念が、キリスト教受容においても機能していると考えられます。

以上、挙げて参りました事例から見ただけなのですけれども、こういう事例に関して、それは日本人が創った日本化されたキリスト教に過ぎない、日本では、キリスト教も所詮はそういう形でしか受容されなかったのだ、という見方をする向きもあるかと思います。ただその場合に、冒頭で申しましたスイスのルツェルンの事例を考えていただきたいわけです。この十六世紀という時代には、ヨーロッパでも地域の民間信仰とイエズス会の宗派化されたキリスト教とが混在しているという状況があったわけです。

ですから日本をみる場合も、日本での実態に対置して、何か理想的なキリスト教の受容を一方の極に想定し、キリスト教と無縁な日本化された信仰があったと見るのではなく、日本の地域独自のキリスト教受容が、ヨーロッパ諸地域と並んで存在したと想定する方が、むしろこの場合妥当ではないかと私には思われるわけです。そういうふうに考えますと日本の実態も、日本という枠を超えて、十六世紀という時代の、広域にわたるキリスト教の問題に触れるものとして捉えることもできるのではないかと私は考えております。どうもご清聴ありがとうございました。

注

(1) こうした研究として、管見の限り、紙谷威広「人と神をへだてる天狗」同『キリシタンの神話的世界』東京堂出版、一九八六年、米井力也『キリシタンの文学—殉教を促す声—』平凡社、一九九八年、筒井早苗「『サントスのご作業』における「天狗」」『金城学院大学キリスト教文化研究所紀要』一〇、二〇〇七年、等があげられる。

(2) 踊共二「スイス山岳農民の宗教世界—レンヴァント・ツィザードの民俗誌から」『武蔵大学総合研究所紀要』一七、二〇〇七年。

(3) Henry Kamen, "Early Modern European Society" ,Routledge, London&New York, 2000, p57.

(4) 岡田章雄「信仰習俗の意義」(『キリシタン信仰と習俗』〈岡田章雄著作集二〉思文閣出版、一九八三年、初出一九四二年)。

(5) 注(1)前掲論文。

張 龍妹
樋口大祐
佐倉由泰
小峯和明
鈴木 彰

3rd Session

▼質疑応答

小峯　それでは後半に移ります。お疲れのことと思います。皆さんにお疲れの表情がありありとうかがえます（笑）。私も多分そうであろうと思いますが、ただいま5時を過ぎておりまして、普通の学会が終わる時間です。終わらないのが説話文学会でして（笑）、これからもうひと踏ん張りいきたいと思いますので、よろしくお付き合いください。

三人の方にお話いただきました。簡単にまとめますと、黒田さんは勝軍地蔵という仏像に注目されて、信仰によって時代によって変転していく姿を非常にクリアーに捉えていただきました。佐倉さんは、『天正記』という歴史叙述を取り上げ、従来とは異なる秀吉像を捉えた一種の寿ぎのテキストとし、同時代のお伽草子にも繋がるような面も取り出されたかと思います。最後に神田さんは、キリシタン信仰に焦点を当てて、特に一向宗と対比させながら、布教側から見た信者のありよう、日本化に帰結するけれどもそれは西洋においても同じような問題が生まれていただろう、というような形でご報告をいただきました。

個人的には時代状況や文化環境によって信仰の在り方が変り、それに応じて造形やイメージが変わることが、物語などの再生変成に対応すること、空間の均質化と時間の速度これは叙述の速度とも対応することが興味深かったです。

小峯和明

1947年生まれ。所属：立教大学。専門分野：日本中世文学、東アジアの比較説話。主要著書：『今昔物語集の形成と構造』（笠間書院、1985年）、『説話の森 天狗・盗賊・異形の道化』（大修館書店、1991年、岩波現代文庫、2001年）、『説話の声　中世世界の語り・うた・笑い』（新曜社、2000年）、『『野馬台詩』の謎 歴史叙述としての未来記』（岩波書店、2003年）、『院政期文学論』（笠間書院、2006年）、『中世日本の予言書』（岩波新書、2007年）、『中世法会文芸論』（笠間書院、2009　）など。

このセッションは、最初に鈴木さんが説明しましたように、大変欲張ったテーマになっておりまして、「地域と歴史叙述」という、要するに全部を対象としようとして、時間と空間をいっぺんに盛り込んだわけで、特に十六世紀に焦点を当てたのは、従来問題になっていた「中心と周辺・周縁」の中でも、殊に中心が相対化された時代であって、それが次の新たな中心の創造に向かっていくという、まさに過渡期としての時代だったからです。俗に言う戦国時代という呼称に当たり、歴史学でも非常に注目されていますし、ドラマ化や小説もよく作られる時代なのですが、こと文学史にかかわると空白の時代に近いわけです。十六世紀の文学と言っても、どういうものが挙げられるのか、誰でも知っているポピュラーなものはあまりないです。後の時代にカノン化された、有名な古典がない。その辺の時代を専攻している人には申し訳ありませんが、一般的にはそういうイメージです。私はこの時代を「叢生の文学」と名づけています（『文学』特集「十六世紀の文学」、二〇一二年九・一〇月号）。

その一方でキリシタンがやって来て、西洋との繋がりができるわけで、グローバルな世界観が一気に入ってくる時代として特筆されます。しかしながら国文学の世界では、このキリシタンにかんする研究はまだ非常に手薄でありまして、唯一と言えるキリシタン文学研究者の米井力也氏が亡くなってからは、殆ど専門家がいない状態が続いています。そういう意味でも、十六世紀の文学をどのように捉え返すのかという問題が背景にあります。

ちなみにキリシタンをテーマに取り上げた学会としては、これも立教で主催した仏教文学会が唯一で、二〇〇〇年のことでした。ですからもう十二年前なのですが、それくらいで、まとまって取り上げられたことは非常に少ないです。そういう意味でも今回神田さんに取り上げていただいたのは、昨日のシラネさんの聖人伝の問題ともあわせて、本当に有意義であったと思います。

第二セッションでも東アジアが注目されていたわけですが、問題の趨勢がそこに向かっていくことは明らかだと思いますし、特に東アジアにおける漢字・漢文文化圏の問題があります。最近、金文京さんや中村春作さんの研究のように「訓読」が注目されているわけですけれども、漢文文化圏で重視したいのは、共通語としての説話です。「説話」という漢語は、現代語でも中国語で普通に話をするという意味で使っておりますが、中国の唐代辺りには専門語として「説話人」という話芸の専門家がいたように、話芸を意味する語彙としてあったわけです。さらには朝鮮やベトナムでも、「説話」の漢字文献の用例が出てきます。

韓国では、研究においても説話はテクニカルタームとして定着しておりまして、あまり日本側は意識していませんが、現在日本と韓国が説話研究を共有しているといえます。中国でも少しずつそういう動向が見え始めているように思います。「共通語としての説話」から、「共通語としての説話研究」というのが、これからの動きではないかと思います。

それと合わせて昨日シラネさんが、「世界文学への視界」について講演されました。東アジアを論じることは、世界文学へと向いていくことで、それも単に一方向の受容論ではなくて、双方向から捉え返していく方向性が、自ずと今後の方法論になっていくだろうと思います。

例えばシラネさんが取り上げられた、キリスト教の聖人伝ですが、シラネさんは聖人伝と寺社縁起との対比をおっしゃいましたけれども、やはり直接的には日本の「往生伝」や「高僧伝」と対比できるものであります。しかも聖人伝には、有名な事例ですけれども、インドからの仏伝が入り込んでいるのです。釈迦の伝記が、「サンバルランとサンジョサハツ伝」に入っていて、例の「月のねずみ」の話にも繋がっていきますが、その聖人伝はキリシタンが日本に持ってきて、島原半島の加津佐でローマ字本で出版するわけです。ですからまさしく双方向の見方もできるということを補足しておきます。

お二人のコメンテーターをお招きしておりますので、ご紹介します。まず樋口大祐さんです。樋口さんはもうご紹介するまでもないと思いますが、『「乱世」のエクリチュール―転形期の人と文化』（森話社、二〇〇九年）や最近では『変貌する清盛―『平家物語』を書きかえる』（吉川弘文館、二〇一一年）を刊行されており、まさしく十六世紀を中心に中世全般に渡っての軍記・歴史叙述を扱っておられます。キリシタンや琉球文学にかんしても書いておられ、東アジアにわたる広い視野をもっておられます。

それから北京の日本学研究センターの張龍妹さんです。私の知る限りでは、中国における日本古典研究の第一人者と言ってよいと思います。『源氏物語の救済』（風間書房、二〇〇〇年）という論文集がありまして、女性だけに与えられる関根慶子賞を受賞されております。それから最近は『剪灯新話』という明代の志怪小説を、東アジアレベルで研究されています。『剪灯新話』はご承知の通り、朝鮮でも日本でもベトナムでも新たに作りかえられており、さらに日本では絵巻も作られています。そういう広がりのある、東アジア文学にまたがる分野も研究されておりますし、最近では私も紹介したことがありますが、特に『聖母行實』という、中国で漢訳された聖母マリア伝の研究もされておりまして、『源氏』だけに終わらない研究の広がりを持たれています。さらには数年前に、『今昔物語集』の翻訳を、本朝部に限りますが二冊本で出されました（挿図本、人民文学出版社、二〇〇八年）。脚注もついていて、非常に信頼の置ける中国語訳を出されております。ということで、まずは樋口さんからコメントをいただきたいと思います。

樋口大祐氏コメント

樋口　樋口大祐です。よろしくお願い申し上げます。

最初に、私自身、十六世紀の文学について若干考えていることがありますので、その関心のあり方を少しご説明させていただきます。そしてそれに基づき、お三方のご発表について二、三質問させていただければと思います。

まず、十六世紀というのは非常に扱いにくい時代であるという認識が一般的にあるかと思います（その意味で、説話文学会の五十周年でこれを取り上げるのは、やはり画期的なことであろうと思います）。私は『平家物語』や『太平記』を研究してきましたけれども、一般的に十六世紀には『平家物語』や『太平記』のような骨太の歴史叙述が生まれえなかったというイメージが支配的であり、そのことが十六世紀に対する関心の薄さに繋がったのだろうと思います。しかしそのイメージはある種の予断というか、我々の認識上の一定の視差から導き出された結論ではないかと思います。

簡単に言うと、『平家物語』にしても『太平記』にしても、国民国家形成以前の「日本」イメージ、言い換えると昨日も何度も言及された「公武」の枠組み—権門体制ないし朝廷プラス幕府で構成される公武二重政権体制の枠組み—が存在しているという前提のもとで、それが揺るがされたり修復されたりする出来事群を記述しており、最終的にはそれが回復される形で、国民国家以前の、近代以前の日本の枠組みを再確認するような機能を持った歴史叙述であるということです。国民国家の形成においては、それ以前に存在した王権の「伝統」が再活用されるものですが、我々が現在生きている社会はその再活用によって形成された国民国家の延長線上に位置しています。従って、公武二重体制の存在を前提とする歴史叙述は、我々のナショナル・アイデンティティを揺るがすものではなく、より強化する側面を持つという意味で、そもそも非常に安定的な享受を期待できるテクスト群なのです。

十五世紀中葉の応仁の乱以降は、権門体制、公武二重政権体制の枠組みがかなり崩れてきます。秀吉以後あるいは十七世紀になりますと、天下統一を大団円とする新たな物語による俯瞰的な視点が成立しますが、その間の時期は「日本」を分割不可分の一つの単位とする安定的な視点を持ちえない時期であるところが、十六世紀のはらむ大きなテーマだと思います。我々が十六世紀に対して、『平家物語』や『太平記』のような骨太の歴史叙述がないことを残念なこととして語るとき、我々は無意識のうちに、「日本」という枠組みを自明視した上での物言いをしているのです。その意味で、十六世紀を扱うことはむしろ我々の認識のあり方自体を相対化する契機になるのではないか、というふうに私は考えています。

十六世紀には「地域」が自立していく傾向があり、室町幕府の守護大名の系譜をひくものもかなり多いのですが、政治的主体としての「領域国家」があちこちに生まれてきます。さらに、特に畿内において、寺内町や港町の中に、一定程度の政治的交渉能力を持つような自律的主体が生まれてくるのです。そういう主体同士が、京都の朝廷や幕府を通すことなく、頭越しにお互いに交渉して、事件を作っていき、その事件・出来事が他に波及して世の中を動かしていく、ということが十六世紀には同時多発的に起こります。それらの出来事を、例えば京都の視点から過不足なく叙述することはできない。そしてそのことは十六世紀に生きていた人々自身にもよ

樋口大祐

1968年生まれ。所属：神戸大学。専門分野：日本中世文学 東アジア比較文学。主要編著書：『「乱世」のエクリチュール―転形期の人と文化』（森話社、2009年）、『変貌する清盛―『平家物語』を書きかえる』（吉川弘文館、2011年）など。

く分かっていたと思います。それが俯瞰的な展望を持った歴史叙述が作られなかった要因ではないかと思います。

　例えば、『細川両家記』というテクストがあります。これは一五〇四年頃の細川政元政権の末期から、一五七〇年の野田・福島における信長と三好三人衆の合戦までを叙述したものです。最初は室町幕府の管領・細川政元の奇妙な振舞いと後継者争いの話から始まるのですが、天皇はもちろん足利将軍家も非常に影が薄いのです。将軍が京都から追い出されても、それが記述にならないほどです。逆に、恐らく著者の出身地であろう、摂津の尼崎や大阪湾対岸の港町・堺に関する説話が少なからずあります。細川が二つに分かれて争う話で始まりながら、その枠組みがどんどんずれていき、途中から三好長慶とその兄弟たちの話になり、かつ三好とは別に堺や尼崎のような都市が政治的主体として描かれていくのです。

　三好一族の家記としての性格も見られますが、それにしては彼等の出身地である阿波に対する意識が希薄です。恐らく著者の関心は十六世紀前半の畿内港町を中心とする「世界」の歴史（そこでは三好長慶も大きな存在感を持った）を記述することにあったのでしょうが、それは既存の軍記ジャンルや文体では記述しきれないものだったのでしょう。その意味で『細川両家記』は既存のジャンル意識や文体による縛りと、現実に起きているさまざまな出来事群との落差を垣間見させてくれるテクストであるということが出来ます。この落差の存在を、研究者がどうその研究に組み入れていくのかということを考えないと、十六世紀の研究は先に進まないのではないかと思います。

十六世紀の前半には列島社会の多元化が進行しますが、単に多元化するだけではなくて多元的になった地域同士がクロスオーヴァーする場合もあります。人も移動します。と同時に、神田さんがご著書で論じておられる「天道思想」のように、多元化した世界を覆う一元的な枠組みも希求されていて、それが秀吉の時代あたりから表面化してくるのです。多元化のベクトルと一元化のベクトルが互いに絡み合いつつ、最終的に一元化のベクトルの方が権力や言葉・文字を得て前面に出てくるのです。多元化のベクトルの方はむしろ地下に潜り、抑圧・忘却されたさまざまな出来事や人物の説話が、換骨奪胎される形で十七世紀以降、さまざまな歴史叙述（例えば『太平記秘伝理尽鈔』もその一つ）の中に散りばめられていくことになります。それらを我々はどれだけ掘り起こすことができるのか、我々自身の眼差し・視点がとても試されるテーマだという気がします。

特に御伽衆と言われるような人々は、繰返される権力闘争の中で何度も帰属を変え、否応なしにシステム間の移動を強いられた人々であり、そのことを通して複眼的な視点を養う面があったと思います。しかし彼等の経験や認識がテクストとしてどれほど残っているかということは、また別問題です。その辺りをどう考えるべきかということもテーマになりうるでしょう。とは言え、それもまたあくまでも現在の時代に生きる我々自身の問題関心に過ぎないのであって、当時の人々がそれぞれの有限性の中で生きていたということと、我々の視座の間には非常に大きな距離があると思います。我々は例えば、「この時代に東国や九州にこんなテクストがあった」ということを、後知恵的に知ることが出来るけれども、当時の人は必ずしもそうではなかったわけです。それを考えると、十六世紀の問題とは、最終的には我々がなぜ十六世紀を扱うのか、という我々自身のモチベーションの問題に跳ね返ってくるのではないかと思います。

以上の事柄を踏まえた上で、三人の皆様方のご報告に対する、質問に移らせていただきたいと思います。

黒田さんのご報告は最後にご本人がまとめられたように、正義なき社会におけるフェーデ・私闘と新田開発の交差点に、この軍神が位置している（ある意味で時限的な神であった）という点が大きな論点だと思います。もともとは水の神であったが、社会的な文脈において軍神としての効用が必要とされた段階があり、それが十六世紀半ば頃のいろいろな事例に現れてくる、しかし十七世紀にはまた違った形になっていく、というお話で、非常に鮮明なご発表だったと思います。質問として二点お伺いしたいと思います。一点目はその軍神の信仰が、日本列島のかなり離れた地点で同時的に成長しているということは、何かそれを流布する担い手がいたのかどうかという問題です。あるいは修験的な集団かもしれませんが、既存のネットワークを使って移動する人が担い手であったのかもしれません。と同時に受け皿の問題もあって、新田開発と繋がる享受のされ方をしたとすれば、それは誰もが享受したのではなくて、領域国家なり地域権力なりと関係のあるところで享受されたということが推測されます。逆にそういう条件が整っていないところでは、享受されなかったということかもしれず、そのあたりの事情を詳しく教えていただければ幸甚です。

また、これは本筋から外れるかもしれませんが、正義なき社会ということを最初におっしゃいましたが、（これは日本史に疎い者としての質問ですが）、正義なき社会においても戦争の際にはその都度ある程度正当性を捏造して、人々を動員しなければならなかったとすれば、その都度やはり正義は（少なくとも）偽装されたのではないでしょうか。そのことと軍神はどう関わるのかというのが二点目の質問です。

二番目の、佐倉さんのご発表にかんする質問に移ります。これも目の覚めるようなご発表で、（やや場違いな喩ですが）中上健次の小説『千年の愉楽』を想起させるような、愉楽に満ちたご発表だったと思います。特に秀吉の支配下において「輻輳」という言葉が頻出し、次々と「門前市を成す」状況が生まれるというご指摘は、大村由己がメディア戦略を通して、いわば秀吉と共に「移動する公共圏」ともいうべきものを創出した、ということを明示していただいたと思います。

質問の一つ目は、これは大村由己の個性に由来することなのか、それとも秀吉の意向を汲んで大村由己がそれを実現したということなのでしょうか。大村由己は御伽衆だと思うのですが、御伽衆の持っているかもしれない屈折のようなものがあまり見られないというところは、どういうふうに考えれば良いのでしょうか。第二点目は、最後におっしゃった、本地物に繋がっていくような貴種流離譚的要素と、壮大な流通を実現する者として賛美されるという方向性は、やはり本質的には相容れないところもあるはずではないか（市場経済は諸共同体間のはざまより生じることを考慮すれば）という気がするのですが、それがどういうバランスで共存しているのかというところが、質問というよりも非常に考えさせられることだったと思います。最後に「まがまがしさ」ということをおっしゃいましたけれども、やはり一元化の持つ「まがまがしさ」というか、十六世紀の文学史において天下統一、元和堰武、文運隆昌という方向性を肯定する以前に、地下に潜る声の存在を考える必要があることを改めて強く思いました。

三番目の、神田さんのご報告も興味深かったです。昨日、ハルオ・シラネさんが「黄金伝説」の話をされましたが、キリスト教以前のヨーロッパにも在来信仰の枠組みがあり、その在来宗教がキリスト教化される際に働く物語的な想像力があります。同時代の日本にも同じようなものがあってそれがぶつかるのがこの時代の接触空間のあり方だと思います。その中で、在来信仰の枠組みが、名前を変えただけで残るということももちろんあると思うのですが、やはり何か不可逆的に変化した部分（そのときは強く意識しなかったけれども、後々になって決定的な違いを生み出すような）もあり得たのではないでしょうか。今回神田さんがお出しになった例は、大体一五八〇年代くらいまでの時代の例だと思うのですけれども、一五八七年の秀吉による宣教師追放令以後になってくると、信仰もまた命がけの行為になると思います。その辺りでキリスト教経験が、不可逆的な経験として定着する可能性があったのかどうかということを、お伺いしたいと思います。

また、二つの信仰共同体のはざまで動く、例えばキリスト教に理解はあるけれども信仰はしないというような人々がイエズス会士の書翰等にも出てきますが、彼等異教徒による歓待、つまりキリスト教徒でない人がキリスト教徒を厚遇し、便宜を図ってくれるという現象に対して、いろんな説話が残されていると思います。その辺りの、信仰を異にする異教徒同士のつきあい方の理想形について、双方の立場の人々が何か意識していたのかどうか、ということについて知りたいと思いました。すみません、長くなりましたが以上です。よろしくお願い申し上げます。

小峯　質問の印象が薄れないうちに、先にお一人ずつお答えいただきます。

黒田　三つありました。一つ目の流布の担い手ということでありますけれども、いろいろな段階があると思っていて、最初に比較的早い時期に出てくるのが、例えば、足利義満の近臣が薩摩に下って勝軍地蔵を伝えたというものです。最初は、足利氏なり、京都周辺の人物が、伝播の担い手になっていると思われます。もちろん十六世紀に入ってくると、ごく一般に言われるように、戦乱の中で地方にさまざまな文化が伝播していくという状況があります。例えば、同じ鹿児島ですけれども、『上井覚兼日記』等を見てみると、近衛前久が薩摩に下向するという事態が起こったりするわけで、文化的な地方伝播というのは一般にあって、そういうものが勝軍地蔵信仰の担い手になっていることももちろんあるでしょう。

それから、やはり十六世紀に大きいのは、おっしゃられていた通りで修験が絡んでいるだろうと思っています。これも同じように『上井覚兼日記』を見てみると、愛宕の長床衆のように、頻繁に鹿児島と京都の間を往復している聖が見えてきます。ただ日本全域で同じようなレベルで、愛宕修験の動きが見えるかというと、なかなかうまく掴めないのが現実のところでその辺についてはまだ課題かと思っています。

ちょっとかかわってくるかと思いますが、二つ目の受け皿の問題についてです。十六世紀の各村々に見えてくるような、そういう新田開発の状況というものが、一つの受け皿になっているのではないかという話を今日はしましたけれども、もちろんそれだけではないとは思っています。というのは、四五〇点と言いましたけれども、私が把握している限りの勝軍地蔵の現存例が、決して均一な形では広がっていなくて、山陽・山陰地方では非常に少なくて、九州に濃密に残っていたり、あるいは北関東に多いという状況が何となく見えています。もちろん畿内近国はそれなりにあるのですけれども、そういうまだらな状況がどうやって生まれてくるのかということが、いまひとつ私にもよく分からずに実はいます。

ただどうもそれぞれの地域で、それぞれ固有の形で受容していった事情がありそうで、それこそ多元的な受け入れの仕方をしているように見えます。例えば、同じ島津でも、貴久から義久のころに島津氏が薩摩・大隅両国を押さえていく、島津領国が確立してくる過程で、起請文言の中に、霧島大明神や大隅八幡といった薩摩の固有の神が入ってきます。それはやはり領国経営の中で、領国内の固有の神というものを整備していくという過程があって、そういう一連の運動の中で、島津領国の中に勝軍地蔵が受容されてくるという経緯がありそうです。四国を見てみると、弘法大師信仰と非常に密接にかかわっていて、「空海が作った」とか「空海ゆかりの勝軍地蔵」という形で伝承されているものが多かったりします。ちょっと地域によってその辺の温度差はあって、これもやはり個別の問題の中でいろいろクリアしていかなければいけないのかということを考えております。

三つ目に、正義が偽装される、何らかの正義があるだろうという点です。その通りだと思うのですが、私が言いたかったのは、現代も同じだと思うのですが、誰もが信じられる理念や神が、戦国期にはないのではないかということです。それぞれの領域、例えば村なり戦国時代の領国のようなものが、それぞれの小さな正義を抱えていて、それぞれの小さな正義同士が戦いあってしまうという状況が生まれているのだろうと思います。その中で小さな正義の本質的な部分が何なのか、ということが私は一番気になっているところではありますけれども、その中の一つが軍神であったりするのでしょう。それは今日お話した通りで、突如として十六世紀に登場してくるのものではなくて、それ以前のいわば日常の、とても人々の近くにあった神格化されたような存在が読み換えられてゆく。ある程度の融通性を持って、非常に交換可能な融通性のある世界の中で、軍神に読み替えられているというふうにして登場してくるのではないかということを思っています。

佐倉　二つ御質問をいただきました。まず『天正記』の内容について、それは、大村由己の個性なのか、秀吉側の要請なのか、ということですが、あえて最初に言ってしまうと、多分両方の擦り合わせたところで成り立っていたというふうに思っています。大村由己が秀吉の意図のままに、秀吉をひたすら寿祝している、それが露骨に見えたらその宣伝効果はないと思います。相対的にやはり自立性は必要です。大村由己が梅庵という名前でたびたび登場する、山科言経の『言経卿記』を読むと、意外と秀吉があまり出てこないのです。言経と大村由己、あるいは紹巴たちとの交流のことや、和歌会をはじめとする催しが由己の邸などで盛んに開かれたことが書かれています。そういう文人ネットワークの中に由己はいるのです。それと同時に秀吉の要請も受けているというところから考えて行くと、やはり相対的な自立性を持っているということはまずはあると思います。

その辺りのところに関しては、よく御用の書き手のものだという形で、貶められているような評を『天正記』について見るのだけれど、私はそれだから面白いのだというふうに思っているところもあります。大村由己は、『言経卿記』の、天正十六年（一五八八）十二月二十九日条によると秀吉に怒られたようなのです。言経が大村由己の邸に行くと外出していて、秀吉のところにいるというのです。「此中無出頭。今夜御赦免也云々（此の中《うち》出頭なし。今夜御赦免なりと云々《うんぬん》）」とあって、近頃は秀吉のところに行っていない、しかし今夜御赦免があってようやく出て行けたというのです。このようなことがあるので、例えば千宗易の問題とか、あるいは甥の秀次があいう殺され方をしているとか、身近にある人ほど危険な状況にあるような中で、いろいろな力学が働く中に由己はいた、ということを考える必要があると思っています。

それからもう一つの貴種流離譚と、秀吉政権あるいは『天正記』が流動というものを重視して行くあり方との関係という問題についてです。答えにくいところもあるのですが、貴種流離譚というのは基本的に非常にステレオタイプ化された話型です。ですから、秀吉も『天正記』も、ひたすら流動に次ぐ流動を重ねて行くのだけれども、常に強固なステレオタイプを作り上げて行くという問題、流通しつつある原型的な帰着点を常に持ち合わせて行くという、ある種の強度、強さというものがあります。これを私は讃えて言っているわけではなくて、恐ろしいものだなと思って言っていますが、止まることなく移動しつつも、ある強度を持った枠組みを備えてしまっているという問題は、私は見落としてはいけないと思っています。以上です。

神田　二点あったと思います。一つは改宗した後も、伝統的な宗教的観念の枠組みが残っているだけなのかどうか、改宗について、何か決定的に加わったものがあるかどうかということなのですが、これは非常に難しい問題で、結論から言うとよくは分からないのです。われわれがこういう問題を考えるときの素材というのは、宣教師の報告書しかないので、宣教師の書き方からすれば、彼らがキリスト教に改宗したというのは、異教から脱却したという極めて革命的なことであるというふうに見えるのです。信者の側からすると、新たな教えの師匠にめぐり合ったということだけかもしれないのです。これは何とも言えません。もう一つ逆の事例も幾つか知られていまして、例えばもともとキリシタンだった不干ハビアンが、今度は棄教して逆にキリスト教を批判します。そうなったときに彼は何か別のものを獲得したかというと、それも何とも言えないのです。そういったことを考えますと、ちょっと簡単にはお答えできません。

それからもう一つ、キリスト教に理解のある異教徒をイエズス会がどう扱ったかということですけれども、これは世俗の生活の次元では迫害を加える人間でない限りは、イエズス会の方もそれに順応して動いていたということが知られています。ただそういう人間を、決して信徒と同等には扱いません。例えば改宗したけれども、自分が神を信じているということを公言しないというのは、神への奉仕として非常に不適切である、必ず公言して自分が持っている元の信仰の対象である仏像等は、人目で分かるように破壊しなければいけないのだという指導は、非常に積極的にしています。その原則はイエズス会の中では、非常に厳格だったということが知られています。そういう意味では、中間というものは原則的にはあり得ないものだったのではないかと私は考えております。

樋口　どうもありがとうございました。

小峯　それでは張龍妹さんの方からお願いします。

張龍妹氏コメント

張　北京日本学研究センターから参りました、張龍妹です。私自身は説話の専門ではなくて、また十六世紀の日本文学についても本当に疎いです。私自身の関心から、昨日・今日の午後の部と関連することをコメントというよりは、質問をさせていただきたいと思います。今日は仏教とキリシタンの関係の発表があったのですが、キリシタンと仏教の受容における教義の問題がどうなっているのかということです。

黒田さんのレジメの中に清水寺のことが書いてありまして、清水寺の縁起の中に田村麻呂の政治戦争のために十一面観音と共に、地蔵と毘沙門天が祭られた、供養されたとありました。毘沙門天が戦争にかかわるということは、中国人としても理解できるのですが、地蔵が戦争とかかわるものというのは、私には理解できないのです。毘沙門天は中国の話の中にも、町が敵に攻められて、中国の敵はほとんど北から来るので、その北門の神様として毘沙門天が現れて、敵を撃退したという話は出てきます。

でも地蔵にかんしては、中国では基本的に経典と同じというか、地獄から母親を救済する目連の話と関連してしまうのです。後は九華山の地蔵道場の信仰、その両方が特徴ではないかと思います。しかし日本の話になると、今日伺った話の、矢取あるいは矢負地蔵の話のようなものは、『今昔』の巻十七の話が最初かと思われるのです。今昔巻十七第三話平諸道の父親の話等は、そこには今日黒田さんが「正義なき社会」とかという言葉があるのですけれども、その戦いには正義というものがないでしょう。あるいは説話自体が正義というものを問題にしないのか。どちらが正しいのか、どちらが悪いのか、ということがなくて、ただ地蔵にお願いすれば助けてくれたというのですから、そうしたら敵の方も地蔵にお願いすれば同じように現れてくるのかな、というふうにまず疑問に思ってしまうのです。

それがさらに水の争いの話になると、まさにそうです。だからどちらを見方にするのでしょうか。ただ信仰していればそれで良いのかということになるのでしょうか。どうしてそんなことに疑問を持ってしまうかというと、キリシタンの受容とも関連してしまうのです。中国における観音の受容、観音が子授かりの観音様になったのは中国の儒教の影響の下で変容されたものかと思われるのですけれども、キリシタンが

張　龍妹（チャン・ロンメイ）

1964年生まれ。所属：北京外国語大学日本学研究センター。専門分野：『源氏物語』を中心とする平安文学。主要編著書：『源氏物語の救済』（風間書房、2000年）、『日本文学』（高等教育出版社、2008年）、『世界語境中的源氏物語』（人民文学出版社、2004年）、『日本古典文学大辞典』（人民文学出版社、2005年）、『今昔物語集　本朝部』（挿図本、人民文学出版社、2008年）など。

中国で受容されたときに、まず聖母マリアが子授かりの観音と間違えられて受容されたケースがあります。

しかし『聖母行實』の中に、同じように聖母が子授かりの観音様のように祈願する人々に子どもを与えたりするのですけれども、中国的な儒教思想では、その子供は一家の跡継ぎとして繁栄していかなければならないことなのです。しかし、『聖母行實』の中ではそうではなくて、むしろ母親が明らかにこれから修行者として教会に出すことを約束して、その子を育てるのです。そしてその子が自分の誕生の経緯を知ると、その母親が約束通り出家させるのです。だから一家の跡を継ぐというような、儒教的な要素は全く見られません。そういうところから中国では少なくともキリシタンの受容と、仏教の観音の受容に違いが見られるのではないかと思います。

日本の場合、地蔵の話と比べると、キリシタンは『聖母行實』には一〇〇くらいの聖母の霊験談が詰まっているのですけれども、それを読む限りでは皆最終的には聖母に助けられるのですけれども、しかし一旦懺悔するのです。悪いことをしたら懺悔をして、やっと聖母に助けられるのです。しかし今日の地蔵の話を伺うと、そういう経緯はないのです。悪いことをしても、良いことをしても、教義に違反するかどうかは別として、地蔵にお願いをすれば良いのです。そういうような違いがあるのではないかと思いました。それが実は昨日の荒木さんの話の中に、羅睺羅の話が出てきたのですけれども、そういうところも教養とかかわりますので、文体、漢文脈と和文脈だけのことではないように私は思います。

三人の方々への質問です。

まず黒田さんには、矢取地蔵のような話は、お話の中では東アジアの地域にない話とおっしゃったのですが、私も実は中国の事例はないのか調べたのですが、見つかりませんでした。そういう日本における矢取地蔵のような信仰が、地蔵さんに限ることとなのかどうかを教えていただければと思います。

神田さんにかんしましては、十字架の霊験譚もあったのですが、実は『聖母行實』の中に、先ほどの毘沙門天の話と同じように町が攻められて、そして聖母が助けて敵を負かしたという話が出てくるのです。同じように正義の側に立っての話だと思うのですけれども、ここに挙げられている大村純忠の話などがどういうものなのでしょうか、あるいは中国におけるキリシタンの受容と同じように、キリシタンの教義を変更しないで受容されているのではないかということを、教えていただければと思います。

最後に佐倉さんのお話ですけれども、私は恥ずかしいことに『天正記』という作品自体を知らなくて、北京日本学研究センターの書架で探しても見つかりませんで、予備知識が一切なかったのです。今日お話を伺って、漢文でかかれていることが気になりました。漢文でこのようなどちらかというと平和というか、理想的な世の中を荘厳しているということが、のちの朝鮮出兵等と関係があるのでしょうか。なぜかと言うと、朝鮮出兵は漢文で理屈付けられているのではないかと言いたいのですが、つまり中華思想と関連があるかどうかです。漢文で書かれること自体が、中華思想の表れと考えれば、朝鮮出兵はどちらかと言うと正義戦争のように受け止めることができるのではないかという質問です。

小峯　それではまた順番にお願いいします。

黒田　地蔵に限る問題かどうかというご質問でした。日本に軍神と呼ばれる神々があって、妙見菩薩であるとか、八幡神であるとか、摩利支天とか毘沙門天とかが、私の見ている限りでも中国や朝鮮には出てこなくて、日本独特の日本化というか和様化した形で出てくるのが、面白いところではあると思っています。

両方が地蔵に祈ると、地蔵同士で戦ってしまうというご質問もありました。多分私もこの辺はよく分かっていないのですけれども、中世的な神軍の形は蒙古合戦等によく出てくるように、自分がある神仏に祈ると敵も別の神仏に祈って、神同士が空中戦をしてくれるというイメージがあります。『太平記』の祈雨合戦の話も、空海と守敏が別々の神々を勧請して、それぞれが放った矢が空を飛び交うという関係だと思うのです。こういう神軍の形が、一つはあるのだろうと思っているのです。

まさに正義はないのだと思っていて、そここそが肝心なところだと思います。それぞれが、それぞれの神を掲げるというところに特徴がありそうです。『与願金剛地蔵菩薩秘記』のなかでは、日本は勝軍地蔵を祀っている、中国は鬼神地蔵を祀っていて、天竺は破軍地蔵を祀っている。このなかで勝軍地蔵が最も強いのだ、という書き方をしているところがあります。やはりそれぞれが掲げる神というものがあって、日本でも独自の神を祭っているということを、日本人の側が勝軍地蔵を作り上げるときには認識しているように見えるのです。あまり答えになっていませんが、そういうことです。

それからもう一つ、近江の国の安孫子荘というところで、先ほど申し上げましたように、安孫子荘と押立保という二つの村落が用水争論を起こしていくのですが、面白いことに安孫子荘側は興福寺領で、春日社が荘内に祭られているのです。それに対して押立保は山門領で、日吉社系の神社が幾つかあって、押立神社の祭神が火の神なのです。火と水の戦いというような形で、きれいに構図ができあがっています。どういうふうにしてこういう構図ができあがっているのか、よく分かりませんけれども、それぞれがそれぞれの神々を掲げて戦うという構図があるということが、どうも事例としては見えてくるのです。

佐倉　中華思想と文体との関係ですけれども、結論から言ってしまうと多分関係はないかなと思います。もしかしたら論理的には繋がるかもしれないですけれども、一言で言ってしまうと大村由己があの文体を選んで書いたのは、公儀の文体を狙っていたからです。それは日本という領域に一応限られてはいるけれども、公は公であり、公儀なのだというような政令とかさまざまなものにおいて出される文体として、提出されたものというふうに考えています。ただ『天正記』の文体を和製漢文と言いましたけれども、私が実際に読んで期待が裏切られたのは、往来物に出てくる言語だとかに回収されないのです。だから往来物にないような、大漢和にも出てこないような難しい言葉が結構使われているのです。だから大村由己という人は多分、正格の漢文ももしかしたら書けたかも知れないし、和文も書けたかも知れないし、そして和製漢文を操れたという、恐るべき人物ではないかというふうに、私は考えています。
これまで私が取り上げて考えてきた和製漢文というのは、『将門記』や『尾張国郡司百姓等解文』や『仲文章』や『大塔物語』であるとか『文正記』ですが、これは大体往来物や、辞書の中にある不思議な字を使うという、こういう言い方をすると書いた人たちに失礼なのですけれども、他の文体を自在に操れる人が書いた和製漢文ではないのです。和製漢文に特化して長けている人が書いた、和製漢文なのです。そういうものとの違いというのは、やはり慎重に見なければいけないと思うのですが、そのことも含めてやはり公儀の文体というふうに考えたいと思っています。

神田　最初の方ですけれども、大村純忠が果たして正義であったかということです。これは妙な言い方なのですが、正義は始めから前提されているわけです。なぜかと言うと、書いているのはイエズス会の宣教師で、しかも大村純忠はキリシタンでありますから、何をやっても最初から正しいわけです。ですから奇瑞が現れて神様が助けてくれるということを、書いている人間が疑っていないわけですから、ここのところでそういう問題は生じていないということなのです。
それからもう一つ、教義の変更についてです。ちょっと伺っていて分からなかったのだけれども、日本人がキリスト教を受容する際に自ずから教義が変更されるようなことがあったかということでしょうか。

張　そうですね。仏教みたいにそのような教義が、具体的に言うと地蔵さんの話のように、そのようなことがあったかということです。

神田　はい。信仰の次元についてはよく分からないのですが、一つはカトリックの場合は結婚に非常に強い信仰上の縛りがあります。例えば離婚する、ということは許されません。そういう人間が洗礼を受けるときに、離婚を解消しないと洗礼が受けられないというのが本来は原則なのです。ただそれを日本に適用すると、キリシタンになれる人間がいなくなってしまいます。例えば大友宗麟は、洗礼を受けたいと言ったところで三度目の結婚をしていますから、これを適用しようと言ったって無理なわけです。そこで教義上何とかならないのか、ということで、その解釈の問題をイエズス会はローマ教会に伺いを立てて、法学者の意見も徴していることがありますから、そういうレベルで日本の習慣に合わせて幾つかの変更・修正を加えていたということは、十分考えられます。
それからこれは直接の私の専門ではないのかもしれませんが、両方ともお地蔵さんに祈ったらどちらが勝つのかという問題です。そういうことは実は日本人も、おかしいと思っていたらしい形跡があります。近世の初めに『醒睡笑』という笑い話がありますが、その中に越前の朝倉貞景と一向一揆との戦いが取り上げられています。朝倉貞景が両方とも八幡大菩薩に祈って戦さをしたはずなのに、われわれは勝った、一向宗は負けた、一体どうなっているのだ、と質問したらば、一答えた坊さんが「朝倉家には勝利をもたらした。一向宗には極楽往生をもたらしたのだ。」というのがあります。そういう笑い話があるように、おかしいという疑いは、当時の日本人も多分持っていたと思います。

それでお答えになるかどうかは分からないのですが、もう一つ、戦争、それも戦国大名同士の戦争は、両方に言い分があってどちらが正しいのか分からないわけです。その正義が一方からだけ見て本当に分かるものかという疑いは、日本人はどうも早くから持っているのです。正しいけれども負けるものもあれば、誤っているけれども勝つものもいる、というふうなことが、軍記や何かにはよく出ています。

一つの主張が正義であるかどうかは、最終的にはある種の摂理によって判定が下るものであるけれども、その判定内容を予め知ることは、人間の知恵では出来ない、と当時の人々は思っていたのではないかという印象を受けます。

お答えになっているかはよく分からないのですが、正義かどうかというのは当時のレベルで議論していても、なかなか難しかったのは確かだろうと思います。そういうときに、両方祈ってどうして片一方だけが勝つのだ、という疑いを持っていた人間もいたということは、分かっていただけると思います。それをどう処理したかというところは、ちょっと私は分かりません。ということで、あまりお答えになっていないと思いますが以上です。

張　正義という言葉を使ったのは黒田さん、そのお言葉を借りてのことなのですが、私が言いたいのは正義というよりも教義です。教義に反するのですね。だから戦争自体が教義に反することですし、それを聞きたかったのです。

小峯　一通りコメントをいただきまして正義がキィワードになっているようですが、言いかえれば正統性のことで説話にはイデオロギーの問題が深くかかわるという議論になると思います。ここからは、会場に質疑を回します。会場の方々からご意見・ご質問をいただければと思います。お名前とどの方にご質問かも、最初におっしゃってください。

佐伯真一　まだ刊行されていないのですけれども、私は最近、軍神のことを論文に書いたので、質問は黒田さんにさせていただきます。今の議論に少しだけ接続して申しますと、兵法書等を見ますと、軍神というのは戦の前には摩利支天と不動明王と八幡大菩薩と春日大明神と四天王と何々と何々と何々に祈れ、と神仏の名がずらーっと列挙してあるし、上杉謙信なんかも願文にさまざまな神仏の名をずらーっと並べるのです。ですから軍神の関係の信仰というのは、ほとんど正義も教義も何もないのです。兵法書的なものによっては、例えば刀が折れてしまったときにはこの神様に祈れとか、火の中で困ったらこの神様に祈って雨を降らせるとか、神様というよりもドラえもんの道具みたいなことが書いてあるようなものもあります。そういう非常にプラグマティックと言いますか、実用的なものになっている場合があるということです。ですから両方で五つも六つもの神様に祈っていたら、当然バッティングが幾つも生じているはずです。軍神という問題については、そういう正義や教義という問題と分けて考えるべき局面があるだろうと思います。ただ今日のお話が全部そうだとは思いませんが。

ちょっと話を変えますが、質問としては、今日十六世紀というテーマが全体に設定されていますし、黒田さんの資料の最初の方に「転換点としての十六世紀」というところで、「戦勝神の一挙的勃興」というような捉え方がされており、それは大変面白く伺いました。その軍神ということの一般で言いますと、例えば『梁塵秘抄』に「関より東」と「関より西」の軍神がずらっと並んでいます。あれは私は十六世紀の軍神とは分けて考えた方が良いと思っているのですが、「軍神」はもうその時代にはいるわけです。また、『日本古典偽書叢刊』に入っている『兵法秘術一巻書』という変な本があるのですが、それが先ほど申し上げた「雨が降ったらこの神様……」のようなことが書いてあるのです。あれが鎌倉時代くらいにはもうできているのです。軍神一般論で言うと、十二～三世紀、十四世紀くらいには軍神と称するものが、ぞろぞろとあっちにもこっちにもいるらしいのです。

今日のお話の勝軍地蔵の件でも、〔史料13〕あたりを見ていると、十三～四世紀で十分軍神であるかのようにも見えなくはない気がするのです。ですから果たしてこれは本当に十六世紀の問題と限定できるのだろうか、ということをお伺いしたいと思います。

黒田　最初の地蔵対地蔵の話に通じますけれども、全く同感です。勝軍地蔵をいろいろと調べていてちょっと思ったのは、どこでも祭られているということです。私たちがイメージするのは、川中島では武田信玄が不動明王で、上杉謙信が毘沙門天だというドラマでよく見るイメージですが、あれは完全に嘘です。信玄も毘沙門を祀っているし、信玄も勝軍地蔵に祈り、上杉謙信の春日山城にもしっかり愛宕社があるのです。

そういう意味では、少なくとも十六世紀の戦国大名にとっての軍神というのは、神々の総力戦になっており、何でも使えるものは使ってしまおうというのが、基本的な発想なのかなというのは、同じように思っていました。だからこそ今日ちょっと見ましたけれども、矢取のような説話が妙見のものになったり、地蔵のものになったりと交錯してくる。非常にその意味ではごった煮になっている、融通性のある神々の世界ができあがってくるということなのだと思っています。

それから二つ目のお話ですけれども、これもおっしゃる通りで、

『承久三年四年日次記』承久三年（一二二一）五月条

廿八日、辛亥、清水寺住侶等奉造立供養勝軍地蔵勝敵毘沙門、以聖覚法印為導師、被遣主典代俊職、願文草大蔵卿為長卿、清書前宮内権少輔行能、

というのが実は歴史上勝軍地蔵が登場する最初の史料でして、承久三年五月というのはその直後の六月に入ってから、承久の乱が起こって宇治川で合戦が起こるのです。その直前に恐らく後鳥羽上皇が清水寺に命じて戦勝祈祷をしているのです。これが「勝軍地蔵」と出てくる最初の史料だと言われています。私も段階というものを考えていて、勝軍地蔵が最初に誕生してくる契機というふうにした、十三世紀から十四世紀初頭にかけての時期に、蒙古合戦を機にしていわゆる神軍がそれこそ総力戦の形で行われます。その中で数々の軍神が勃興してくるという段階があるだろうと思っています。

ただ殊に、勝軍地蔵に関して言うと、中央ではなく地方にある程度の地域的な広がりを持って流布していくのが十六世紀で、そういう意味で「勝軍地蔵の一挙的な勃興」という言い方をしたということです。十五世紀の段階でもやはり段階があると思いますし、幾つかの段階を設定しながら十六世紀というものを考えたい、ということの中で意図したところです。

佐伯　よく分かりました。ただ似たようなことは、古くから別の神様の問題として起きている可能性もあるかと思ったということです。以上です。

小峯　はい、それでは前田さん。

前田雅之　お三人にお聞きしたいのですけれども、最初に樋口さんがおっしゃった「多元化と一元化」については、セントリカルな方向とローカルな方向の二つの方向があります。そのように考えると勝軍地蔵で言っている「正義なき時代」というのは、ある種の権門体制でも公武一体体制でもよいですが、公的秩序がなくなったというときに、ローカルな世界で新たな公共圏を作っているのでしょうか。

それからもう一つの『天正記』の発表をされた佐倉さんの場合は、既にローカルな方向性が終わってセントリカルな方向性になったときに、公儀の文体を使うというのは、やはりある種の統一化という形の過程において、そういう文体を用いた軍記がでてきたのでしょうか。

そうしたときに神田さんの一向宗とキリシタンという問題で、非常に私も前から似ているなと思っていたのですが、キリシタンは絶対教義で弾圧されたのではないと前から確信していました。そういうローカルとセントリカルの間くらいのところに、ちょうど一向宗なりキリシタンなりというものが食い込んでくる余地のようなものが、当時の時代状況としてたまたまとしてもあったのでしょうか。また十六世紀といっても、文亀・永正から慶長の手前までで全然違うと思いますけれども、その辺のところで「多元化と一元化」という非常に面白い問題が出て、これがどういうふうに絡んでくるのかというのが気になります。

他方、石井紫郎氏が言っている、日本の歴史が基本的に自力救済から他力救済に向かうときのセントリカルな動きとか。あともう一つちょうど佐倉さんが『天正記』が出た頃に、ちょうど応仁の乱の後の後土御門による古典復興がずっとその後下火になっていきながら、また今度、幽斎、紹巴、中院通勝辺りの古典復興が出てきます。こういうものとどこかで、全然文体も違うし世界も違うけれども、何らかの文化的な背景として一致しているところがあるのでしょうか。雑駁な感想のようなものですみません。

小峯　答えられる範囲でお願いします。

神田　難しいのでちゃんとお答えできるかどうか分からないのですが、一向宗とキリシタンが多元化とどう絡むかということについては、結論から言うと多元化への方向はよく分からないと思います。ただ多元化が絡む部分があるとすると、例えば秀吉が伴天連追放令を出す直前に、キリシタンは九州から出るなというようなことを言うわけです。そういう意味である種の住み分けのようなことを、秀吉も構想していたというところから見ると、一元化だけに向かっていくのではなくて、その下でのローカリティーの確立みたいなものというのは同時進行的にあって、それが例えば加賀では真宗が盛んだというローカルな現象が、江戸時代にも起こっていることと関係はありそうであると思います。それ以上はちょっと申し上げられないので、お許しいただきたいと思います。

佐倉　ちょっと問題をずらすのですけれども、「多元化と一元化」というかなり難しい問題なのですが、境界という問題で考えてみます。例えば、樋口大祐さんは『「乱世」のエクリチュール―転形期の人と文化』の中で、多重所属ということを言っておられますよね。いわゆる多重所属というのは、どちらにも所属できて、どちらのネットワークも形成できる第三項みたいな存在と考えて行くことができます。そういうようなものが、いわば消去されて行くようなのが一元化というふうに考えて行くことができるわけです。

私は、伊吹弥三郎の話をしたのですけれども、弥三郎にもきちんとそれなりの正当性を持って祭る神がいて、利権も持っていて街道に来る者から物を奪い取るのです。海賊、山賊と言われるものもそうなのです。そういうなめらかな流通を邪魔する者たちを、悪と名づけて一元化して行くという問題は、多分戦国の諸大名はもうやってしまっているのです。たとえば、武田信玄も多分しているということがあるでしょう。その上で注目したいのが、いわゆる境界での利権という問題です。境界というのは例えば川を渡るときに渡し料を取るとか、国の境を越えるときに何か物を取るという、関所のような問題もそうなのですが、そういうようなことで利権を得るということを認めて行かないという問題です。その問題がやはり私には引っかかっているので、そういう問題として考えて行きたいのです。

ただ、そうは言っても、表現ができ上がるには、やはり相応のリテラシーの充実がないと、どんなに事実があっても表現ができないので、それはやはり由己自身に具わっていたということで考えて行きたいと思います。後土御門院の古典復興の問題等に関しては、またこれから考えて行きたいと思います。

黒田 同じような話になってしまうと思いますが、国民国家が誕生してくる中で、太閤検地以降にできてくるような日本全土を覆っていく石高制のもとで、一種均一化された世界というものがある一方で、各種の特産物やいろいろなローカルな世界は残っていて、徳川幕府という統一政権の下で幕藩体制が一方で維持されているというのは、一種ローカルな部分が担保されつつ近世社会というのが生まれてくるという問題とかかわっているような気がします。

小峯 では徳田さん、先にどうぞ。

徳田和夫 自分自身のいろいろな問題意識と繋がっていて、たくさん伺いたいことがあるのですが、遠慮してちょっとだけお話いたします。

佐倉さんは、「お伽草子の『ものぐさ太郎』」とおっしゃったのですか。そこでご注意いただきたいのは、『ものくさ太郎』と『ものぐさ太郎』とは、分けて扱っていくべきだということです。お伽草子のそれを指す場合は『ものくさ太郎』でして、ものくさしから出来た呼称です。『ものぐさ太郎』は口承文芸、民間説話における昔話名あるいは伝説名です。ですから、あいまいな使用だと、お伽草子が曲解されてしまいますので、どうか御配慮下さい。

伺いたいことは、あとの水の問題とも絡むのですが、まず『天正記』の梅庵由己の方法、つまり文体は、私はこう考えます。

例えば「諸人群参」「雲霞の如し」や「門前に市を成す」というような表現は、当時の室町後期の公家日記を読んでおりますと幾度も登場してくるのです。それは祭礼の賑わいの美辞です。特に風流の行列などを見たときの感想によく出てきます。風流は都に限ったことではなくて近郊まで広がっていて、その祭礼は非常に華美化していました。庶民はいろいろな仮装や扮装をし、歌い囃しています。そうした世相と『天正記』の文体は軌を同じくしているのではないでしょうか。『天正記』の描写の特異性は、もっと広げて客観的に捉えるべきだろうと思いました。

また、幸若舞曲に『三木』がありますが、視点を変えると、三木合戦における水攻めのような物語については、史実によって物語化した『別所記』という作品があります。『別所長治記』とも言います。それが物語っていることと、『天正記』において秀吉が兵粮を贈ったことを賛美するような記述に仕立て上げていくのは、相対的なものであろうと思います。三木市の法界寺では、三木合戦図の絵解きが行われています。あれは当然ながら、三木氏一族の鎮魂のための絵解きです。その台本自体は、遡りますと、当然、別所氏讃嘆のテキストの影響を受けています。『別所記』はそれに当たります。そうした『天正記』の周辺的な文芸の意識と方法も照らし合わせていくべきです。

『天正記』についてお教えくださったことは大変ありがたいのですが、では別な文芸空間では秀吉をどのように描いていたのでしょうか。言い換えると、『天正記』にアプローチするとき、他にどのような方法があるのでしょうか。

立ったついでに黒田さんにも伺いたいのです。それは勝軍地蔵のことで、これと水の神との関係の背景に、風神・雷神の信仰とその言い立てのようなものが習合しているでしょうか。それは室町後期の、先ほどから盛んに出てまいります「多元化」の問題、いろいろな信仰・宗教が離れたりくっついたりすることと多分絡んでくるのでしょう。お話を伺っていて見えてこないのは、いわゆる勝軍地蔵なるものが特に十六世紀にできたとお書きになっていますが、なぜ騎馬像のかたちを取るようになったかということです。

その理由は、戦の神だから戦場で馬に乗るように表したということでしょうか。あるいは水の神が変容していき、ここには風神・雷神と結びついてきますが、龍神の面影のようなものの流れがあるのでしょうか。京都では西山時雨という言葉が古くからあります。西山の方から黒雲が沸いてきて、それが風によってなのでしょう、大山崎の方に流れていくのだそうです。途中で一時の雨を降らす。山崎のあたりは、きれいな水が沸くといわれています。ここには愛宕山の火伏信仰もからんでいるようです。資料の『近畿歴覧記』や『雍州府志』に見える山崎とは、その地を指すものでしょうか。

ついでにもう一つ、神田さんのご発表も面白く伺いましたが、引用された資料に見える狐の話を省略してしまったのは残念です。はぐらかされた感じです。宣教師たちが狐をどう見ていたかという興味深い問題でもありますが、これは民間説話で言えば隠れ里説話に近似しています。お伽草子で言えば『狐の草紙』の世界と大変近いということです。特にお答えくださらなくても結構ですが、十六世紀における説話伝承に興味ある者には大変注目されます。

小峯　いろいろ多岐にわたりますが、順番にどうぞ。

佐倉　風流の問題であるとか鎮魂の問題とか、多分そういうモチーフで比べていくと、『天正記』と共通するものは限りなくあると思うのです。私は要旨の方に書いたのですけれども、『天正記』にはほどほどにそういうモチーフというものが散りばめられているのです。風流の要素、あるいは鎮魂の要素もあります。しかしながらそのいずれも、混合的に深化して行かないのです。ちょっとさっき神田さんと話した時に「ブリコラージュ」という言葉も出たのですけれども、次々と貼り付けられて行くようなその配合の仕方、そういうあり方自体が私はこの問題だと思っています。ただ御指摘は確かだと思いますので、いろいろ考えてみる必要はあると思っておりますけれども、一応そのように考えて今回発表するに至ったのです。

もう一点の御質問については、時間の都合もありそうですので、機会があれば、後ほどお答えすることにします。

黒田　それでは急ぎめに。風神・雷神との関係はよく分からないです。ただし『清水寺縁起絵巻』で坂上田村麻呂譚の話の中に、最初は老婆の姿になった毘沙門と勝軍地蔵が出てきて、次に水神と雷神が出てきたような記憶がありますので、もしかしたら関係するかもしれません。

それから騎馬像の問題ですけれども、龍神が大いに関係するというのは私も同じようなことを考えています。安孫子荘の矢取地蔵のすぐ近くに犬瀧明神社という、狩人がいたら犬の首が飛んで龍に噛み付いたという龍神の伝承があって、密蔵坊の秦川山観音の問題も龍なので、龍神とのかかわりで騎馬像が描かれたというのは、一つの筋かなと私は考えています。ただし図像学的に言うと、十四世紀以来登場してくるような、騎馬肖像画の問題があると思うし、毘沙門との関係で言うと当然仏神の乗り物という問題が必要になってくるはずで、地蔵が何に乗るのかという問題として発案されてくるような気もしています。以上です。

神田　省略しましたのは時間の関係でありまして別に企んだわけではありません。それでついでに補足させていただきますと、背景に恐らく日本のフォーク・ロアのようなものがあり、それを踏まえているだろうと私も思うのですが、ただフロイスが書いた時期が京都に来た直後なので、日本のフォーク・ロアをどこまで知っていたのか、どれだけ確かな知識があったのかというのはよく分かりません。しかしそういうものが恐らく信徒の間にあってこれが記されたであろうということは間違いないことなので、考えてみたいと思います。ありがとうございました。

小峯　兵藤さん。

兵藤裕己　佐倉さんのご発表は、構想が大きくていろいろなことを考えさせられました。例えば人それぞれの個別性・固有性みたいなものを容認するのが近代ですけれども、同時に人間というものを徹底的にモノ化して数量化して扱うのも近代の特徴ですね。ですから近代には、前近代の戦争では到底あり得なかったような途方もないホロコーストも可能になるわけです。十六世紀の戦争でも、織田信長はそれに近いことをやったわけですが、おそらくそれが、信長が同時代の戦国大名たちの中から突出できた理由なのでしょう。そういうことを考えると、佐倉さんがおっしゃった『天正記』からうかがえる秀吉の権力のあり方というのが興味深いですね。太閤検地は、中世的な国土の構成とそれに規定された支配のあり方を根こそぎ変えてしまうような新たな空間の創出だったのでしょう。そういう均質化された時空間を前提にして、近世の統一権力は形成されてくるのだということを、佐倉さんのご発表から改めて気づかされました。

ただその場合、樋口さんが最初におっしゃっていたように、そういう均質な空間が、一旦できてしまうと、その一方で、どうしてもその均質な空間に回収されない部分、余剰物みたいなものが出てきます。その余剰物がアンダーグラウンドな世界にもぐり込んだり、一定の場所にくくり出されたりして、かつて廣末保さんが問題にした都市の悪場所、あるいは中世まで身分としての輪郭が曖昧だった被差別民の問題がくっきりと形をとってきたりします。排除と差別、あるいは悪場所の問題などが、近世的な空間、それと連動する近世的な権力のあり方と不可分のかたちで出てくるのでしょう。

そこで、黒田さんに質問したいのですが、京都の出入り口に京の七口というのがあって、そこにはお地蔵さんが祭られています。あのお地蔵さんは、外からやって来る邪悪な霊魂を成仏・得脱させて祓い鎮めるという、道祖神的な力が期待されて、七口という境界の地に祭られているわけです。そういう境界鎮護の賽の神としての地蔵ということを考えるときに、京都の東を守護している神として、東山の花頂山に将軍塚というものがあります。京都の西大路には、大将軍という地名が残っていますが、あの辺にも将軍の神を祭るお堂があったようです。境界を守護する将軍塚とか将軍堂は、例えば韓国でも、村の入り口にしばしば「なんとか将軍」という神が祭られていて、これは道教の系譜を引く神様のようなんですが、東アジア的な広がりを持つ境界の神のようです。

この将軍神の問題を、地蔵の問題とからめて先駆的に論じたのが、柳田國男の『石神問答』です。石神、シャクジンを論じるなかで、柳田は、将軍神つまりショウグンジンの問題を論じ、さらに音曲・芸能の徒の神であるシュクジン（宿神）の問題にも言及しています。わたしは以前、このシュク神の問題に、ショウグウ太子（上宮太子）信仰の問題をからめていくつかの文章を書いたことがありますが、柳田の『石神問答』では、賽の神、道祖神、宿神、将軍神、地蔵などが一連の問題系として論じられるわけです。そういう問題ともからめて、「将軍神」と「地蔵」、あるいは「勝軍地蔵」の問題もあるのだと思うのですが、どうでしょうか。『石神問答』では「勝軍地蔵」についても、柳田國男と山中共古とが、その往復書簡のなかで、考証を展開していますけれど……。

黒田　柳田が言っていることも重々知っています。浅学にして京都七口に地蔵がいつから置かれているか、それから賽の神としての勝軍地蔵像というものが、どこまで淵源を辿れるかということがあって、史料的には今のところはあまりありません。

兵藤裕己　『源平盛衰記』巻六に西光が、京の七口に地蔵菩薩を祀ったという有名な話がありますが……。

黒田　そうですか。中世に完全に遡ってくるわけですね。分かりました。ちょっと考えなければいけないと思います。もう一つお聞きしていて思ったのは、勝軍のもちろん音の問題が一つはあっていろいろ言っていると思いますけれども、勝軍地蔵が登場するところに征夷大将軍が出てきます。坂上田村麻呂然りですし、多武峯の話で言うと鎌倉幕府六代将軍の宗尊親王との関係が出てきたりもします。もちろん足利将軍も含めて、征夷大将軍の信仰として勝軍地蔵という神が祭られているということも、どうもありそうです。ちょっといろいろな可能性を検討してみないといけないな、ということを改めて思いました。ありがとうございます。

小峯　それでは日下さんで打ち止めです。

日下力　いろいろとたくさんの方が質問をなさっていますから、私はもう質問する時間がないだろうと思っていたのですが回ってきたようです。幾つか質問させていただきます。まず勝軍の話が出ましたので、そこからです。今兵藤さんがおっしゃったように坂上田村麻呂の将軍と勝軍とは、語呂合わせで繋がっていくのだろうということはまず想像されたのですけれども、それは『元亨釈書』を見ると見えてますよね。その線はよろしいですよね。

なおかつ張さんがおっしゃった、地蔵さんと戦争がどうして結びつくのかというのは、私は非常に大きな問題だと思います。本当は相反するはずのものだと私も思うのですが、ただやはり戦争というのはどこかで救いを求めるものだと思うのです。だから死んだ人が救われなければいけません。どこの国でもそうだろうと思います。キリストの場合は、ガブリエルが天から降りてきて救ってきてくれたりします。そうしますと、地蔵と戦争とが結びつくというのは、死者を視野に入れたときに本質的に結びついてきたのではないでしょうか。

観音様というのは、清水寺で観音から地蔵に変わっていくのはご存知でしょうか。清水寺は千手観音ですよね。ところが子安観音というものがあります。子安観音がいつの間にか、子安地蔵に変わっていってしまいます。同じ慈悲を主としている仏様が、観音から地蔵に変わっていきます。やはり慈悲なのです。そうすると今度は戦いと地蔵とが結びついて、地蔵は慈悲の仏様ですから戦争がなくなるというと、火を消す地蔵になったりなんかするのです。その慈悲の精神と言いましょうか、その流れを想定するのが良いのではないかというふうな印象を持ちました。観音信仰との関係をお考えいただきたいということです。

そして観音ということで、神田さんにお聞きしたいことがあるのですけれども、マリア観音がありますよね。マリアは海難を救いますよね。観音様もやはり海難を救う力を持っています。それはご存知だったでしょうか。実はマリア・観音という結びつきは、多分海難を救う力を持つもの同士が結びついたのではないか、と私は思っています。宣教師たちは海を渡ってきますから、日本に無事着いたときにマリアを祈り感謝した、日本人は同じように観音様を祈る。それがうまく結びついたのではないかと考えているのですが、どうなのでしょうか。

それから『天正記』のところですけれども、大変面白く聞きました。そして私は最近西欧の本を読んでいるものですから、つい思い出したのは『ガリア戦記』なのです。よく似ている。勝者の記録なのです。やはり都合の良いところを報告します。カエサルは、それによってどんどん出世していく。自分の戦争を書いて報告して自分が出世していく、という史的展開と密着した歴史記述なのです。そして西欧の人たちは、歴史と文学とを明確に分けて考えていて、歴史を記述するときはホメロスと違うものを書いているという意識がはっきりしている。ヘロドトスにしましても歴史を書くときは、ホメロスとは違うのだということを意識します。だから彼らの書く戦争の中には涙が出てきません。物語が出てこないのです。

それは『天正記』もそうだと思います。それはやはり勝者が現在進行形の中で歴史を肯定的に書いているから、そういうふうになっているのでしょう。それは世界的に同じものではないでしょうか。戦争に勝ったときの歴史記述というのは、そうなっていくのではないかと私は思ったわけです。これについてどのようなお考えがあるのか、お聞かせいただければありがたいと思います。長くなったかもしれませんが、よろしくお願いいたします。

黒田　簡単にお答えいたします。最初の勝軍と征夷大将軍の関係はおっしゃるとおりで、勝軍地蔵信仰は征夷大将軍という官職自体が一種の武家の頂点というイメージを作り上げていくものとリンクしながらできるのだろうと思っています。地蔵が慰霊の目的で軍神になっていくというお話ですけれども、ちょっと検討してみなければいけないなと思いましたので、ありがたいご指摘です。

ただ一つだけ清水寺の問題ですけれども、十一面観音の脇侍に地蔵と毘沙門が立っている清水様は、どうも独自に展開しているようです。いわゆる単体で作られていく勝軍地蔵とは別に、毘沙門とセットで祭られてくる勝軍地蔵のタイプというのが、各地にどうもありそうです。多くの場合それは騎馬に乗らずに、立像形式の勝軍地蔵像であるのです。だから図像の問題も含めて、清水型の勝軍地蔵信仰というものが別途流布していくのではないか、と考えています。

神田　マリア観音ですけれども、存じませんでした。どうもありがとうございます。ただ当時の宣教師の報告書に出てくるマリアは、戦闘の場でもイエスとマリアの名前を唱えるというふうなことで出て参りますので、もちろん海難も関係あると思うのですが、それが海難に結びついてくる過程については、今後調べてみたいと存じます。どうもありがとうございました。

佐倉　勝者の歴史叙述ということでのお話しだったと思いますけれども、『天正記』の不思議さというのは、勝った者に都合の良い記述をしていることはもう間違いないのですけれども、そこにある種の透明さの装いというものが仕組まれているところにあります。東夷、西戎、南蛮、北狄というような表現は出てきますけれども、基本的に敗れた側を貶めるようなことはあまり書きません。別所長治に対しても、相応にきちんと悼んでいます。柴田勝家に対しても同じで、きちんと書いているし、最期の場面では、これは文人ネットワークの問題ともかかわるのですが、中村文荷斎という勝家に近侍する文人の活躍が描かれています。恨みの対象や憎しみの対象とか善悪の構図が固定するのではなくて、記述内容全体が、非常に理念的に和やかな交流をもたらすもの、言わば公みたいなところに帰着していくのです。それがちょっと他の書とは違うのです。

先ほど、徳田さんの質問にお答えできなかったことにもかかわりますが、そこが他書の秀吉についての記述と異なるところです。『大閤さまぐんきのうち』は、豊臣秀次をひどく悪く書いたりするように、悪を作り出していきます。『太閤記』は秀吉をほめたたえながら、やはり豊臣家は滅びるのだから悪いのだというところに持って行きます。それがないところが『天正記』の不思議さであり、そこに『天正記』のまがまがしさがあるのかも知れません。

小峯　マリアに関していえば、フランスのマルセイユの港の入口の山上に大きな教会があり、まさに海難から救うマリア信仰の殿堂のようです。日下さんのいわれるように観音と同じだと思いましたし、張龍妹さんが指摘されるように『聖母行実』には軍神としてのマリアも登場しますので、より視野をひろげてみていく必要があると思います。

これで一通り質疑いただきましたが、今回のこの「地域」というテーマにかんしていえば、東アジアというグローバルな観点と日本の中央に対する各地域への視点との二重性を意識しています。もはや「地方」ではなく、「地域」という呼称によるべきで、特に後者の地域の説話学で啓発的な仕事をされている方がいらして、是非発言していただきたいと思います。東北の方を中心に小町伝説を始め地域の資料世界を開拓されている、錦仁さんに、全然根回しもしていないのですが、何か一言お願いしたいと思います。

錦仁　それでは少し申します。昨日の研究発表、今日のシンポジウムは、とても充実していたと思います。戦後すでに六十年を越えましたが、これまでの研究史を問い直す鋭い眼がどの報告者にもコメンテーターにもあって、〈研究〉の概念・方法もさることながら、〈文学〉の概念も根底から考え直すべき時代に入った、と感じました。というより、今まさに進行中なのだと実感しました。

私の場合を申しますと、和歌は日本の始源から今日へと続いてきたということになっていますから、研究の眼は、どうしても直線的な傾向を帯びてしまいます。京都や江戸などの地域に限定して、その中の貴族や武士・僧侶階級などに研究者の眼が集中してしまう。それで正しいのですが、少し相対化する眼をもちたいと思いまして、和歌を日本全土において考える、つまり中心を離れた地域において和歌はいかなる役目をはたしてきたのか、という問題を追究してきました。自信はありませんが、シンポジウムを聴いておりまして、それほど的外れな試みではないかもしれない、と安堵しました。

そこで、少し述べます。黒田さんは、地域の中で説話ができあがってゆく経緯を明らかになさって、とても興味深く思いました。ただ、それがどんな効果を地域の人々に与えたのか。その説話は思想をはらむから価値があるだけでなく、為政者にとって意味のある説話なのか、それとも為政者を取り巻く多くの人々の説話になっているのか、これもよく検討してみたいと思います。でないと、説話の生まれた〈場〉、生みだした〈場〉の抱える問題が見えにくくなるような気がします。

佐倉さんのお話もとても面白く、刺激的でした。『天正記』を、部分に注目するのではなく、〈機構〉というのでしょうか、全体的・包括的に捉えて正しく評価するにはどうしたらよいか、そのための新しい視点と方法を実践なさったと思います。創りあげられた説話が階層を超えて〈公的な言説〉として流布していく、ということですね。ならば次に、その後の文学や説話にどんな影響を与えていったか、具体的に検証してみる必要がありそうです。十六世紀を、説話が階層を超えて変化・展開していく時代として見る観点から、さらに研究を進めていかれるのではないか、と期待いたします。

総じて、作者論・作品論・主題論・ジャンル論というのがほぼ崩壊して、それらを解体し、中央と地域を相対化する日本的な視野をもって、さらにアジアという大きな視野へ問題を投げ入れて、そして、そこからまた戻って捉え直す、という複眼的な眼と方法と実践がいよいよ必要になってきたな、と思いました。国文学は、歴史、思想史、宗教史、絵画史、民俗・伝承などとの関連なしに存在しえないようです。今回のシンポジウムでそういうことを痛切に学びました。

小峯 適格に包括的にまとめていただきありがとうございました。大分暗くなってきましたが、七時には終わりたいと思います。何せ会場校役でもありますので、この教室は実は幾らでも大丈夫なのです。いつもは「もう時間です」という決まり文句を口実にして閉めますけれども、その心配はありません（笑）。

この第三セッションについては特にまとめる必要はないと思いますが、というか、五十年目になってようやく十六世紀が問題の対象になってきたということで次のステップが拓かれたといってよいと思います。主に歴史叙述を中心に文化の一元化と多元化をはじめ、神仏の思想と信仰が決して一義的ではなく多面的に変動していく面など議論が多角的に進んで、世界をあらわす説話の宇宙が浮かび上がってきたと思います。特に信仰が説話をはぐくみ、その説話がまた信仰をうながすという円環運動が様々な媒体とからみあっていくさまが浮き彫りにされたと思います。

最後にこの五十周年にかんしてちょっと一言だけコメントさせていただきます。

今朝四時半に目が覚めまして、はたと一〇〇年前の説話研究とは何だったのかと思いつきまして、それで急いで調べましたら、要するにまさしく近代の説話学の始まりの時点なのでした。ですから説話研究は一〇〇年になる、ということに思い当たりました。

先ほど名前が出ておりました柳田國男をはじめ、南方熊楠、高木敏雄、芳賀矢一といった面々が、特に『今昔物語集』に特化していくわけですけれども、それぞれかかわりあって動き出すあの辺りから始まったのだなと思います。

かつての説話研究の第一人者西尾光一氏がいみじくも指摘されておりますが、近代の説話分野は神話学から始まるのです。西洋の神話学が導入され、たとえば高木敏雄と姉崎正治が論争をやるように比較神話学が比較説話学に及ぶのですね。特に柳田國男と南方熊楠の一〇〇通くらいの往復書簡が注目されます。平凡社ライブラリーの二冊本が出ていますけれども、この過程で柳田が主宰して高木敏雄が編集をやっていた『郷土研究』という日本民俗学の記念碑になる雑誌で、高木が『今昔物語集』について何か書きませんか、と呼びかけ、それに答えて熊楠も『今昔物語集』について書くわけですが、そのうち編集方針を巡って柳田と熊楠も対立するようになって、「『郷土研究』の記者に与うる書」という熊楠の手紙を『郷土研究』に載せてしまうのです。

その文章の中に、「説話学」という用語が出てきます。つまり『郷土研究』の雑誌のあり方を巡って、経済問題が重要だとか何とか言ったのに対する反駁で、熊楠は「説話学」という言葉を使って、「例えば自分が書いた『今昔物語集』の研究が、それだ」という言い方をするわけです。『今昔物語集』の研究こそが説話学だという宣言を、熊楠がしたようなものなのです。この書簡は、大正四年（一九一四年）で、柳田と熊楠は明治末から書簡を交わしますので、ほぼ一〇〇年前です。

そこの書簡においてさらには、Encyclopedia Britannica、有名なブリタニカですが、これを熊楠が引いて、一が信念・風俗、二が譚説・言辞、三は巧技とあり、この譚説・言辞のところでNarrative Sayingとして北欧のサーガ、メルヘン、Fable、神話といった、現在の説話の範疇、あるいは口承文芸に入る問題を、辞書から熊楠が引いているのです。これは一種の説話のカタログ化や枠組み化を、西洋から受け入れて試みたということではないでしょうか。そういうかたちで、説話に対する関心の高まりや研究が始まったといえ、この百年前に出発点を見定めることができるように思います。

当初は世界文学としての『今昔物語集』が意識されていたはずで、芳賀矢一が国文学の枠組みを作る一方で、『攷証今昔物語集』（富山房）という『今昔』研究の出発点になった大きい仕事をまとめます。これは『今昔』を世界に開く意義があったと思います。しかも同時代に芥川龍之介が『今昔』を使って小説を書きますので、その時期が一つのエポックになっています。

しかし、その後は、柳田が一国民俗学に封じ込めていくように、『今昔物語集』も国文学の中に封じ込められていくという過程を辿るのではないかと思います。これもちょうど一〇〇年になる『遠野物語』は柳田國男がまとめた説話集と言えますが、あの序文で『今昔物語集』のことを引いているのも象徴的です。ちなみに芳賀の『攷証今昔』を細かくチェックして一々批判して説話のあらたなひろがりを展開したのが熊楠でした。熊楠所蔵の『攷証今昔』には沢山の書き込みがあり、それが今の我々の眼の前に提示されています。それが公になったのが一〇〇年後だったわけで、それをどういかすかはまさにこれからの課題といえます。

説話文学会も民俗学的な面と国文学的な面とにだんだん分かれていきましたが、学会が五十年たって再び百年前の原点に立ち帰るというか、東アジアをはじめ世界文学を指向する総合的な地点に戻ってきたように思います。

五十周年に当たって、さらなる五十年前を見直して、そこからまた遡って考え直していったらどうでしょうか。そして今度はさらなる五十年後を見すえたらどうなるでしょうか。逆に説話研究の一〇〇年後というのはあるのでしょうか。この後の五十年後はどうなのでしょうか。失礼ですが、私も含めてこの場でどの程度の方が生きているかは分かりませんけれども、私は予言書の研究はやりましたが、五十年後を予言することはできませんし、未来は分からないのですけれども、とにかく五十年後にも生き残る研究をやりたいという、そこに尽きると思います。

今回いろいろな問題が出てつくづく思ったのは、説話をキーにしたからこういうふうにできるわけで、説話が全てを含み込む、説話自体が一つの宇宙のようなもので、いろいろな形で問題を包容し展開し得る、説話の力学というものを今回のシンポジウムで体感することができました。現代の人文学の知と学を結集した地平の問いかけそのものに、まさしく説話が生きているということを改めて思いました。

ということでこれでお開きにしたいと思います。どうもありがとうございました。お疲れさまでした。

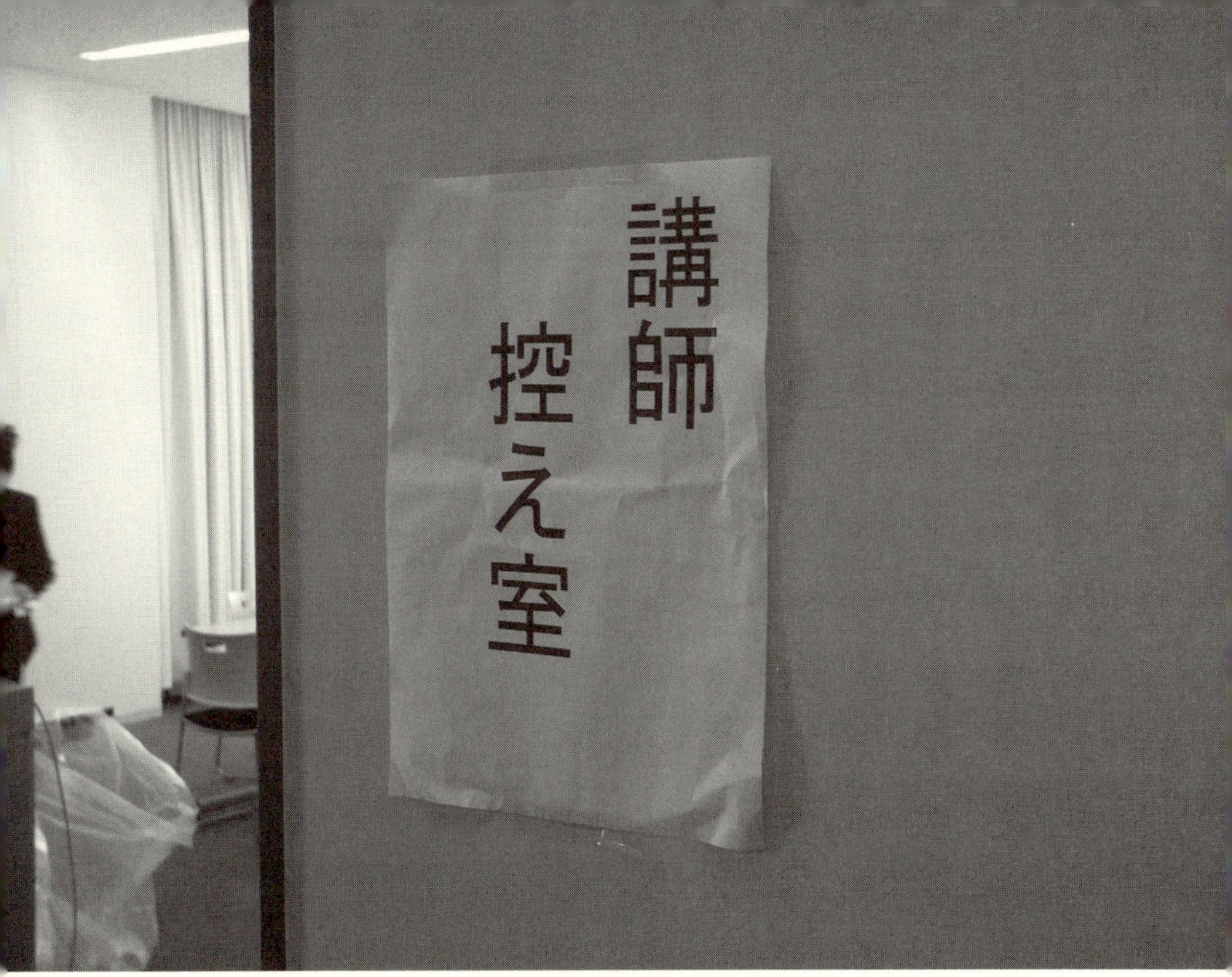
講師控え室

Ⅱ

説話文学会五十周年に寄せて

［エッセイ］

益田勝実先生のこと
──説話文学会五十周年を寿ぐ

土方洋一

1954年生まれ。所属：青山学院大学。専門分野：平安時代物語文学、物語論と物語の言説分析。主要編著書：『古典を勉強する意味ってあるんですか?』(青簡舎、2012年)、『物語のレッスン』(青簡舎、2010年)、『日記の声域─平安朝の一人称言説─』(右文書院、2007年)、『物語史の解析学』(風間書房、2004年)、『源氏物語のテクスト生成論』(笠間書院、2000年)など。

説話文学会の会員諸氏にはよく知られた論文だと思いますが、益田勝実先生の「鳩屋の鈴─ひとつの伝説の滅びかた─」(三谷栄一・国東文麿・久保田淳編『論纂説話と説話文学』(一九七九年、笠間書院刊)所収)という論文をはじめて読んだ時の感動は、今でも忘れられません。

これはなぜか、ちくま学芸文庫版の『益田勝実の仕事』に収録されていないのですが、石清水八幡宮に伝わっていた「鳩屋の鈴」と呼ばれる秘宝にまつわる伝承を『石清水文書之二』(『大日本古文書』家わけ第四)から見出して、その消長を追った論文です。村上天皇の御宇、宮中で飼われていた「鳩屋」という名鷹が、故郷の陸奥で母鷹が鷲のために殺されたのを知り、故郷へ飛び帰って、母鷹を殺した鷲に復讐をするという話です。狩りの時にその鷹が付けていた鈴が八幡宮に伝わっており、上皇などの行幸の際には閲覧に供され、その由来が語られたものと考えられるのです。

しかし、今日では、石清水八幡宮の関係者にもこの伝承のことを知るものはいないといいます。保延年間に火災にあった時、奇跡的に焼け残ったことでさらに神秘性を増した鈴も、建武五年の火災の折についに焼失し、以後この伝承も忘れ去られていったようなのです。

こうした有名でもなく説話集に収録されてもいないため、いまは失われてしまった伝説の滅びていった様を跡づけるという目のつけどころが実に新鮮で、こうした研究もありうるのかと、若き日の私は興奮したものでした。

この論文に接する少し前、学部の三年生か四年生の時(あるいはその両方)、私は益田先生の講義を受講した経験がありました。後に学会などでお目にかかった際には、「先生」と呼びかけると、「先生って呼ばないでよお」と益田先生はその呼称で呼ばれることを拒否なさるのでしたが、かつて学生として講義を受講し、かつ敬意を抱くに至った方に対してだけは「先生」とお呼びするという私なりの原則に従い、お叱りを覚悟で、この文章の中でも「先生」とお呼びすることにします。

今となってはもうその講義の細部は思い出せませんが、明るく爽やかな口調の中に、「今、自分は何か大切なものに触れているぞ」と感じさせる迫力があって、一生懸命ノートをとったものです。先生の「ほうたらね」(そうしたらね)という山口弁が新鮮でした。

私は益田先生の論文をできるだけ読むように務めるようになり、そして「鳩屋の鈴」に出会ったのです。

その後、学会に参加するようになり、尊敬する益田先生と直接話をする機会に恵まれるようになりました。ここでも忘れられない体験があります。

都立大学で学会があり、懇親会に出席した後の帰りの電車で、益田先生と二人きりになるという僥倖に恵まれたのです。先に下車されるまで、せいぜい二十分ぐらいの間でしたが、先生はずっと話し続けてくださり、私は相づちを打ちながら殆ど先生のお話を聴いているばかりでした。電車の中ですから、別に学問的な話ではなく、主に人物月旦だったと記憶していますが、この時にも、後々のためになる大切な話をうかがったという実感が残りました。

どなたもご存じのように、益田先生は座談の名手でしたが、今考えれば、たとえ電車の中での雑談であっても、先生が私のような若輩者に対してお話になるときには、何かを伝えておこうという教育的配慮のようなものが常に働いていたような気がしてなりません。

益田勝実先生の風貌といえば、あの輝かしいおつむりがすぐに思い浮かびます。これについても、後に同僚となった林巨樹氏から面白い話を聞いています。お二人はほぼ同年代なのですが(終戦直後の混乱期、一、二年の学年の違いなどはあってなきがごときものだったようです)、戦争が終わって大学へ戻ってきた頃、はじめて出会った時に、向こうから歩いてくる益田先生を見て、そのおつむりに目をやり、てっきり教員だと思った林氏は、帽子を脱いで礼をしてしまったのだそうです。してみると、あのおつむりは、若い頃からのことだったようです。

林巨樹氏ももう亡くなられてしまったので、こんなその場限りの笑い話も、誰かが書き残しておかなければならないような使命感を感じます。強引に付会すれば、この「消え去っていくのは惜しい」「誰かが書き残しておかなければ」という感覚は、説話の記録にも通じる心の動きかもしれません。

「鳩屋の鈴」に話を戻すと、この論文の中で益田先生は、人・処・物などとともどもに伝承される伝説には、広く人の口から口へと語り広げられていく〈横の伝承〉型のものと、それと深い関わりを持つ人たちが代々語り伝えていく〈縦の伝承〉型のものとがあると述べています。「鳩屋の鈴」は典型的な〈縦の伝承〉型の話なのですが、こうした狭い特定のコンミューンを説話伝承圏とし、そこだけで尊びあがめられてひめやかに語り伝えられる伝承の生き続ける力は、決して脆弱なものではないとも述べています。「(伝承の)型を受け入れず、新しい型をも確立していない、「鳩屋の鈴」のような伝説は、記念物を失えば滅ぶだけなのか」。生きのびてゆく伝承と、滅び去る伝承とを分けるものは何なのか、そうした重要な問題提起とともに、この論は閉じられています(注)。

明治末期以降の古典文学研究は、それぞれの作品がどのジャンルに属するものであるのかを前提とし、そのジャンルにおける研究のスタイルを掘り下げることで発展してきました。そうした動向の中で、ジャンルごとの研究者の棲み分けのような傾向も、近年では際立ってきています。

私は説話に関してはついに素人で、近年の研究動向などにもうといのですが、近来の説話研究は、説話集の研究に狭く限定されることなく、様々な文献資料を包摂する可能性に眼を向けつつあるように感じています。そこでは、歴史研究や社会学研究との境界もすでに曖昧になりつつあり、噂や都市伝説の研究も説話研究の一つのあり方として容認されるような雰囲気が生まれつつあるようです(若い学生諸君などは、そうしたアプローチに強い関心を示します)。

文学のジャンル区分は、遠くギリシャ・ローマ時代に起源を持ちつつ、現代の古典文学研究においては、むしろ研究の方法と研究者の棲み分けのための領域確定として機能してきました。しかるに、近年の説話研究を遠目に眺めていると、そうしたかつては常識であったジャンル区分がそろそろ耐用年数を過ぎつつあることを感じます。ジャンル横断的な研究というか、ジャンル別的な発想そのものを無効とするような研究に、これからの大きな可能性が開かれているような印象を持ちます。ただ、その際に警戒すべきは、あまりに些末な細部の考証に終始してしまい、情報を共有していない多くの人々に対して閉ざされた世界に自閉してしまうことではないでしょうか。

　名著、『説話文学と絵巻』に代表される益田勝実先生の説話研究に私が感動したのは、それが個々の話についての考察であることを超えて、伝承はどのようにして生まれるのか、ことばによって語り伝えられる話の背景にあるもの、即ち人々のどのような心が、思いが、どんなふうに伝承を支えてきたのか、という根元的な問いかけが、常にそこに感じられたからなのだと思います。古人はどのように考え、それをことばに表そうと格闘してきたのか。そのことを現代において問い直すことに、どのような意味があるのか。どんなテクストを対象にしている場合にも、益田先生の思考と文章は常に、こうした問題意識によって貫かれていました。

　ひと・ことば・記憶に関する学としての説話研究、そうしたものに深く測鉛を下ろし、思索を続けようとする若い研究者が、益田勝実の思いのこもったバトンを受けついでいってくれることを願わずにはいられません。

（注）　この論文の中では触れられていませんが、『大和物語』や『袋草紙』に見える「ならのみかど」の愛鷹「いはて」の逃亡にまつわる和歌説話と、「鳩屋の鈴」の伝承との関わりがずっと気になっています。

説話文学研究者への注文
——お笑い好きな仏典電子化担当者の立場から

石井公成

1950年生まれ。所属：駒澤大学。専門分野：東アジアの仏教とその周辺。主要編著書：『華厳思想の研究』（春秋社、1996年）、『漢字文化圏への広がり（新アジア仏教史10　朝鮮半島・ベトナム）』（佼成出版社、2011年）など。

説話文学研究というのは、南方熊楠のような文章を書くことだと思っていた。熊楠で入門したからだ。

大学浪人当時、私は予備校に出かけるようなふりをしてぶらぶらしていたが、何しろ金が無く、映画を見たり博物館へ行ったりすることは、たまにしか出来なかった。そのため、最も長い時間を過ごしたのは、中野区立図書館や上野の文化会館の図書室などだった。そうしたところで南方熊楠全集を読んだり、名人たちの謡曲のレコードを聴いたりしていたのだ。平凡社の熊楠全集が出る前のことゆえ、読んでいたのは、一九五一年から五二年にかけて刊行された紙質の悪い乾元社の十二巻版だ。

熊楠の文章は、とにかく面白かった。姉が大学で民俗研究会に入り、柳田國男全集を揃えていたため、こちらは対抗上、一冊二百数十円で手に入った折口信夫全集の古本をばらで少しづつ買い込み、古本では手が届かなかった熊楠全集については、図書館で読んでいたのだ。その頃の印象が強いため、説話文学研究というと、今でも熊楠が書いたような国際的で面白いものが標準であるかのような気分が続いている。自分自身、外国語音痴でとうてい無理であるものの、熊楠のような幅の広い研究を理想としてきた。

その目で『説話文学研究』を見ると、研究の進展に驚かされると同時に、やや物足りない点もいくつか目につく。その一つは、笑話や性に関する記述を乱発する熊楠と違い、笑い、それも性的で猥雑な笑いに着目した論文が少ないことだ。『説話文学研究』のこの三十年ほどのバックナンバーのうち、「笑」という語を含む論文は、田中徳定の「書評 小峯和明著『説話の声—中世説話の語り・うた・笑い』」（『説話文学研究』三十六号、二〇〇一年六月）ただ一篇しかない。「滑稽」「冗談」「洒落」「ユーモア」などの語を含む論文はゼロだ。例外であることの『説話の声』の中で「笑う声―笑話の位相」という斬新かつ有益な論文を書いている小峯和明が、南方熊楠を高く評価し、熊楠に関する研究に力を入れているのは偶然ではなかろう。

むろん、笑いに触れている論文は多少ある。あるいは、そうした点を前面に打ち出すには遠慮があるのかもしれない。しかし、説話文学の背景となった説教は、まさに笑いと涙の世界ではないか。笑わせ、はらはらさせ、泣かせて、「有りがたや」というところに持って行くのが説教師の腕だろう。「有りがたや」は飾り物であって、その前の笑いや涙の部分が主となっている説教や説話もたくさんあったはずだ。そうした場合の笑いは、古代や中世、いや近世になっても、かなり猥雑な部分を含んでいたに違いない。

それだけに、その小峯のもとで研究をまとめた韓国の若手研究者、琴榮辰が、艶笑譚をかなり含む笑話研究の専門書、『東アジア笑話比較研究』(勉誠出版、二〇一二年)を刊行したことは、非常に喜ばしい。こうした研究が盛んになれば、従来の説話に対する見方も少しづつ変わってくるものと思われる。

このような卑俗な笑いと関連して必要となるのが、説話文学と芸能史を結びつける研究だろう。たとえば、二〇〇八年七月刊行の『説話文学研究』第四十三号に掲載されている、阿部泰郎・生駒哲郎・奥健夫・稲垣泰一の諸氏による「『生身』をめぐる思想・造型と説話」シンポジウムの報告がその一例だ。この報告は、中世における「生身」信仰に関する有益な問題提起であって、教えられることが非常に多かった。ただ、特定の仏像が「生身」と信じられ、人間のような言動をすると信じられた風潮について検討するのであれば、人間が仏像に扮してみせる笑いの芸能についても考慮する価値があるだろう。

仏像を真似た文献上の最初の例は、私が知る限りでは、『三国遺事』「憬興遇聖」に見える新羅の説話だ。国師となった憬興が精神疲労で病んでしまった際、尼がやってきて十一の顔つきで十一通りの滑稽な舞をやって笑わせたため、病気が治ったが、尼は隣の寺に消えていき、十一面観音の図像の前にその杖が置かれていた、とする観音化身伝説である。これなどは、写実的な十一面観音が制作されるようになったのと並行し、寺院での余興として十一面観音の真似をやってみせて笑わせる下級僧尼、あるいはそうした芸をやる半僧半俗の芸能者が存在していたことを推測させるものだ。

そうした物真似は、日本中世での「生身」信仰とも関わっていたと思われる。鎌倉期の仏像は、中国の仏像・仏画の影響により、筋肉まで含めてより人体に似せるようになっていったようだが、仏像が人間らしい言動をするという「生身」の信仰が進むにつれ、その「もどき」として、人間が仏像の様子をそっくり真似ておりながら失敗して笑われる、という芸能も発達していったらしい。

つまり、生身ならではの仏像の有りがたさが喧伝されるのと並行して、法会の後で行われる寺院の酒宴などで、芸達者な下級僧などが、仏像の様子を見事に真似てみせながら、つい動いてしまってボロを出して笑われる、という芸をやるようになったのだろう。迎講で人が中に入って前に進む形の阿弥陀仏像が用いられたのは、浄土信仰の昂揚のためではあるにせよ、仏像の中に入った人間の振る舞い方次第では、浄土往生を願う厳粛な迎講は、仏像ぬいぐるみによるお笑い芸能大会となってしまう。

また、狂言では、「仁王」や「金津地蔵」を初めとして、困窮した者や性悪な詐欺師などが仏像に化けてお供えや金品をかすめとろうとし、失敗して笑いを招くという演目がいくつもある。これは、寺院の下級僧や半僧半俗の芸能者たちのそうした物真似芸を、舞台に仕立てたものと考えられる。つまり、生身信仰の進展と、宗教的権威を笑う世俗化の動きは、必ずしも矛盾せず、時には同時に成立するのだ。

説話文学研究では、個々の説話について論じる場合は、「仏教説話色が濃いかどうか」「教化の意識が強いか、世俗的か」といった基準で判断しがちだ。しかし、教訓が示されていなかったり、仏教用語が少なかったりすれば、一般的には世俗化が進んでいると言えようが、「仏教用語がたくさん用いられていれば信仰の盛んさを示す」とは言えないのではないか。笑いのネタを仏教に求める場合は、仏教用語をむしろ乱発していても不思議でない。真面目な説法が描かれた説話であったとしても、演じ方によっては、笑い話として受け取らせることができるからだ。この点は、ジャズにおいては、ジャズ風な演奏かどうかという点だけが重要であって、どの曲をとりあげるかは関係ないことと似ていよう。

個々の説話文学の性格は様々であって、説教の台本であるとは限らないが、説教との関係の中で生まれ育ったことは間違いない。その説教は、早くから芸能化しがちであった以上、説話文学について考える際は、芸能との関係に常に注意すべきであると思われる。説話からそうした背景を見いだすためには、自らも何らかの芸能を素人なりに演じる経験が必要かもしれない。説話文学研究会の入会資格にそれをかかげたらどうだろう？

最後に、もう一つ注文をつけよう。それは、電子仏典が十分活用されていない点だ。最近の説話文学研究の進展がめざましいのは、SAT（大蔵経テキストデータベース研究会）や台湾のCBETA（中華電子仏典協会）その他による電子化された仏典の公開があればこそだろう。ただ、SATの一員として最初期から多くの仲間たちとともに苦労して電子テキストをインターネット上で公開して来た者、CBETAが電子テキストを公開できるよう大蔵出版社に働きかけたり、台湾まで行ってCBETAと協議したりしたこともある者としては、不安・不満を覚えざるを得ない場合が少なくない。

たとえば、論文で、「これこれの言葉は何々経に出る」といった指摘で終わるような記述をしている場合がそれだ。重要なのは、典拠である経典が、その当時はどのように評価され、どのように解釈されていたのか、直接の引用なのか孫引きなのかなのだが、そうした点がはっきりしない論文が多い。言葉は一致していても、そんな経典を引くはずがないと思われる経典をあげていたり、今日の学問的評価に基づいてその経典について記述していたりする場合が目立つのである。

また、柔軟に検索する習慣がないと、ほんの僅かでも漢字が違っていたり、取意の部分を交えていたりする場合は検索できない。その結果、「この言葉は他には見えない」などと簡単に書いてしまう場合がある。たとえば、SATでは「非情成仏」の語は、日本の仏教文献にしか見えない。しかし、「非情草木成仏」なら、一例ながら宋の『四明尊者教行録』に見える。さらに、「無情成仏」の場合は、中国仏教文献にもかなり見えるほか、少し違った形、つまり、「無情不成仏」「無情有成仏義」「無情無成仏義」「無情不能起行無成仏義」「有情無情有性無性斉成仏道」「無情悉成仏矣」「該有情無情。総令成仏去」などの形ならいくつも見られるのだ。

またSATやCBETAの底本は、大正蔵や続蔵経だ。つまり、高麗大蔵経などに基づいた近代の校訂テキストを電子化したものだ。このテキストの形で古代・中世に流布していた保証はない。

柔軟な検索をするには、正規表現（regular expression）などの知識が必要となるほか、経典や仏教文献をざっと読んでおいて、「こんな表現もしていたな」と何となく思い出せるようにしておくことが望ましい。検索を十分使いこなすには、当然ながら、本文を読んでおく必要があるのだ。その点でも、我々は、大蔵経に親しんでいた熊楠のような昔の幅広い学者の姿勢を学ぶべきなのだろう。なお、これは自戒の言葉でもある。

エッセイ●説話文学会五十周年に寄せて

版本／検索／東アジア
——説話研究への提言

染谷智幸

1957年生まれ。所属：茨城キリスト教大学。専門分野：日本近世文学・文化、日韓比較文学・文化。主要編著書：『西鶴小説論—対照的構造と「東アジア」への視界』（翰林書房、2005年）。『冒険 淫風 怪異』（笠間書院、2012年）、大輪靖宏編『江戸文学の冒険』（翰林書房、2007年）、染谷智幸・鄭炳説編『韓国の古典小説』（ぺりかん社、2008年）、諏訪春雄・広嶋進・染谷智幸編『西鶴と浮世草子研究　第四号　特集［性愛］』（笠間書院、2010年）など。

稿者の専門分野は、日本近世文学（西鶴を中心にした浮世草子）と日韓比較文学（とくに古典小説）である。この二つの立場から、現在の説話研究に向けて、いささか思うところを述べてみたい。

日本近世文学研究の立場から

夙に竹村信治氏を始め多くの説話研究者が指摘しているように（「説話研究の現在」『国文学・解釈と教材の研究』学燈社、一九九五年）、説話は「文化事象間の多元的な関係とその動態を映し出す言語事象として新たな位置を占め」るものであり「閉じた一領域ではなく、〈知〉の考察へと開かれた窓、しかもとりわけ可能性に満ちた窓」である。そしてそのWindow（窓）を通してのWind（風）は現在に至っても弱まっていない。

そうした説話研究の脱領域性に鑑みた時、近世研究の立場からとりわけ関心が持たれるのは、説話がメディアをどう横断していったのか、とりわけ近世に花開いた版本の世界とどう関わったのかである。たとえば私の主たる研究対象である井原西鶴の小説では、西鶴が版本の特性を先取りして、先鋭的な書物作りに邁進していた様相が指摘できる（この点は、中嶋隆『西鶴と元禄メディア』［新版、笠間書院、二〇一一年］に詳しい）。特に、作品の外題、内題、目録、章題などに様々な工夫が見られ、それも意匠というレベルを越えて、いわゆるインデクス（索引）としての機能を強く持ち始めたのが特徴である。

左頁に掲出した①は『西鶴諸国はなし』（貞享二［一六八五］年刊）の目録である。本作は「西鶴諸国はなし」（外題）の他に目録題「大下馬」目録副題「近年諸国咄」と三つの名前を持っている。この点に関しては、本作が「大下馬」→「近年諸国咄」→「西鶴諸国はなし」という経過をもとに成立したという、いわゆる成立論として論じられることが多いが、最終的に三

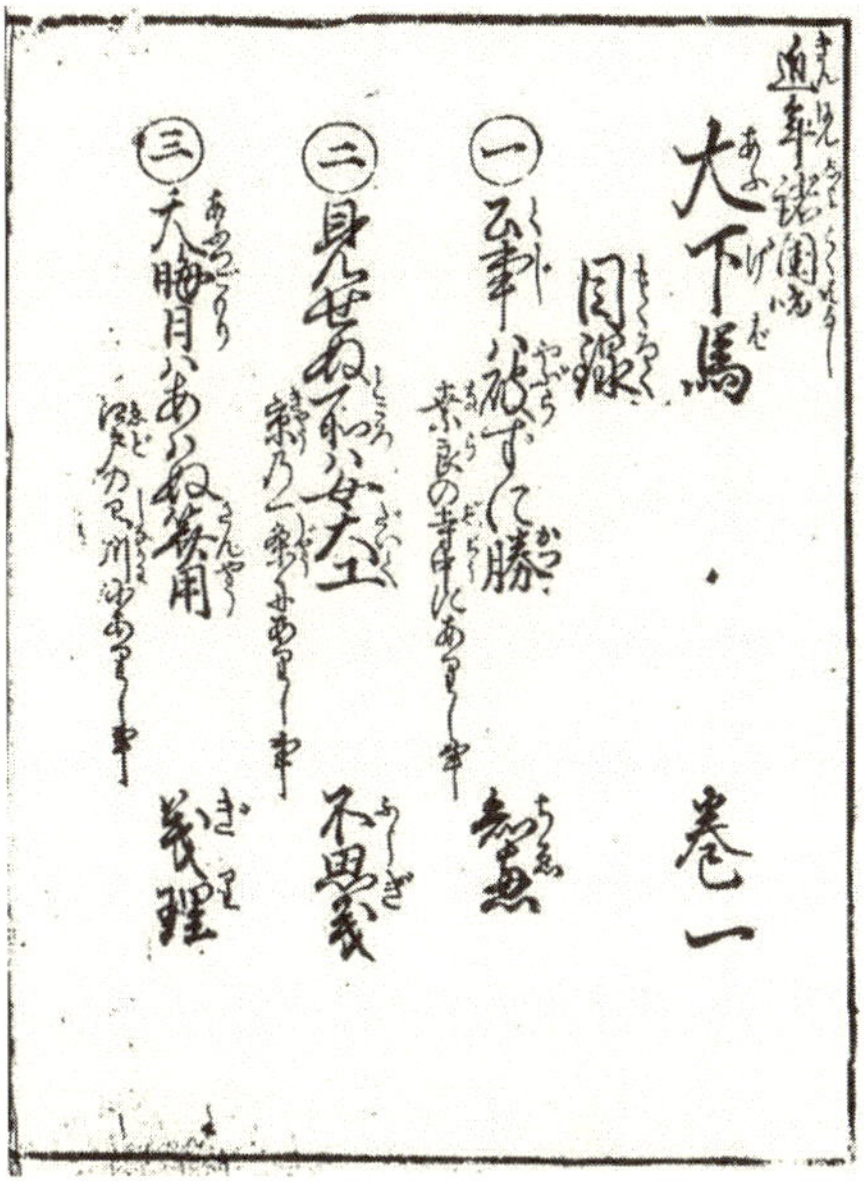

①『西鶴諸国はなし』（貞享二［一六八五］年刊）巻一目録

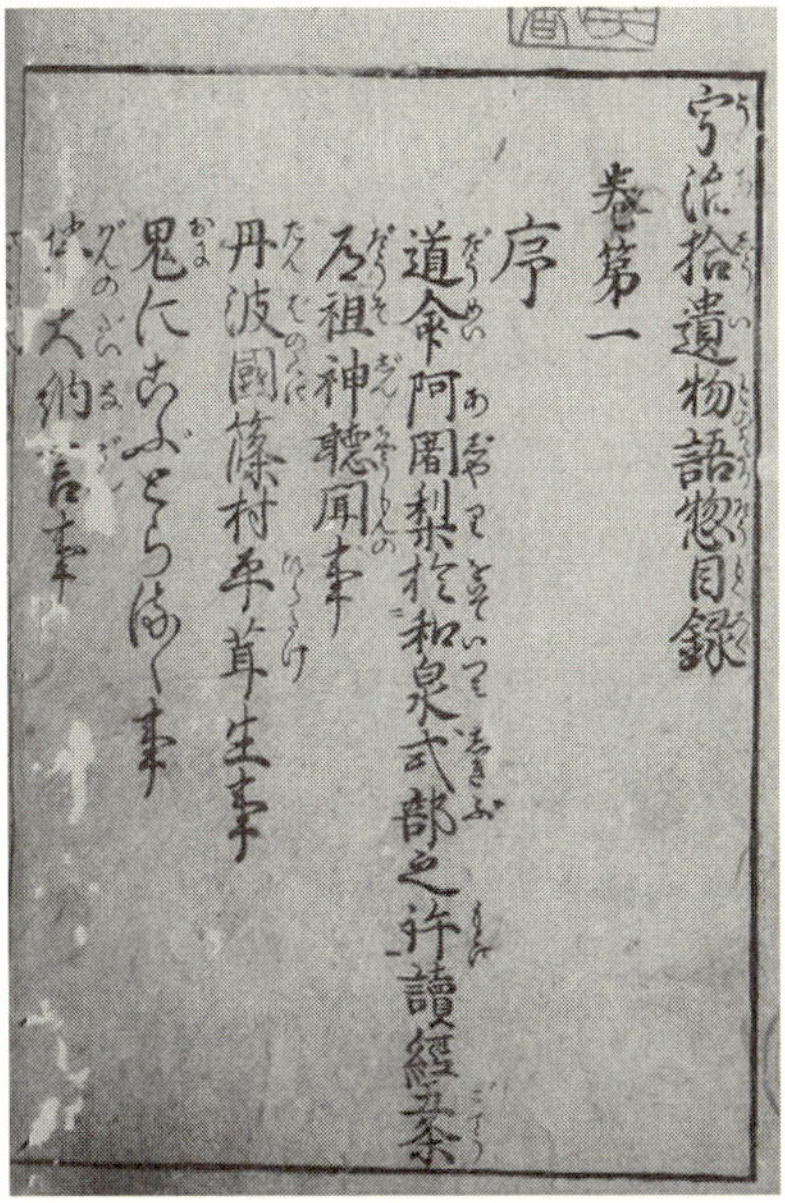

②万治二年版『宇治拾遺物語』「惣目録」

者併存の形を取っていることからも分かるように、敢えて並べることで、三者三様の多彩さを表現したものだと言うことも出来る。それは凝った目録の有り様とも連動している。たとえば目録の中に章題が並ぶが、特徴的なのはその下に「知恵」「不思義」「義理」といった一語で、話の内容が表現されていることである。読者は章題に加えて、この標語を見て興味のある内容の話から、またはそうした話だけを選んで読むことが可能となる。当に検索・索引としての役割を持っているのである。

　こうした版本の目録が持つ性格を基にして説話に注目する時、『西鶴諸国はなし』の出版よりも三十年近く前、万治二（一六五九）年に京都の林和泉掾方から出版された『宇治拾遺物語』が極めて面白い対象として浮上してくる。

　上掲②と次頁の③、④は万治二年版『宇治拾遺物語』の「惣目録」「巻第一目録」「巻一の四」の冒頭である。ここで注目すべき点は二つ。一つ目は、目録の数字と各章の数字である。共に丸に漢数字の陰刻で合わせてある（次頁の③④）。西鶴の『諸国はなし』ほどではないにしても、かなり凝った意匠である（次頁の⑤⑥参照）。もう一つは、②の「惣目録」である。目録は各巻に備えてあるのだから、それを見れば済む気もするが、それだけでは作品全体を見渡すことができな

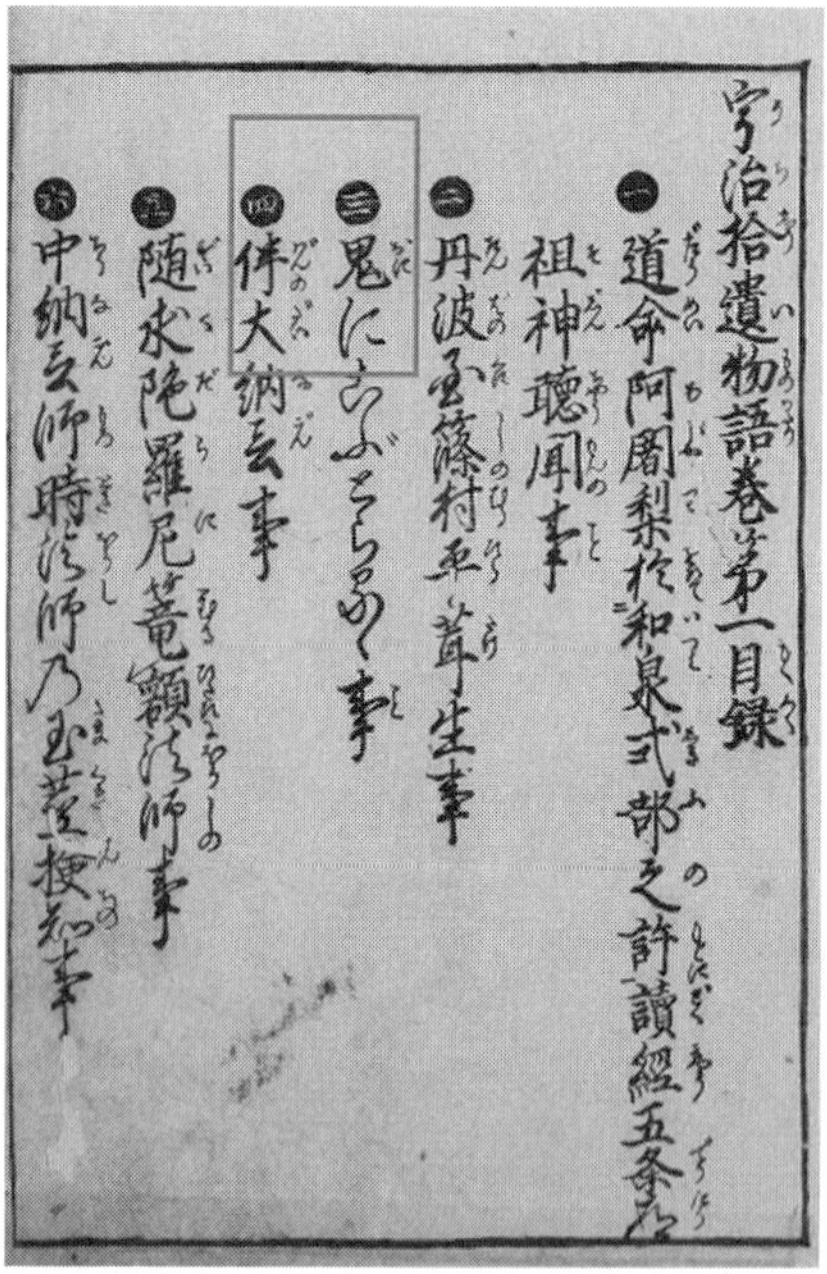

③万治二年版『宇治拾遺物語』「巻第一目録」

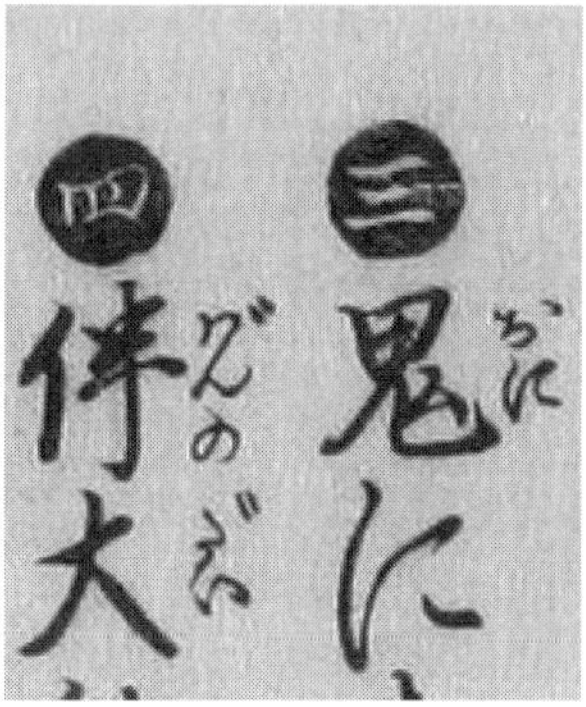

⑤　右③の拡大（一部）

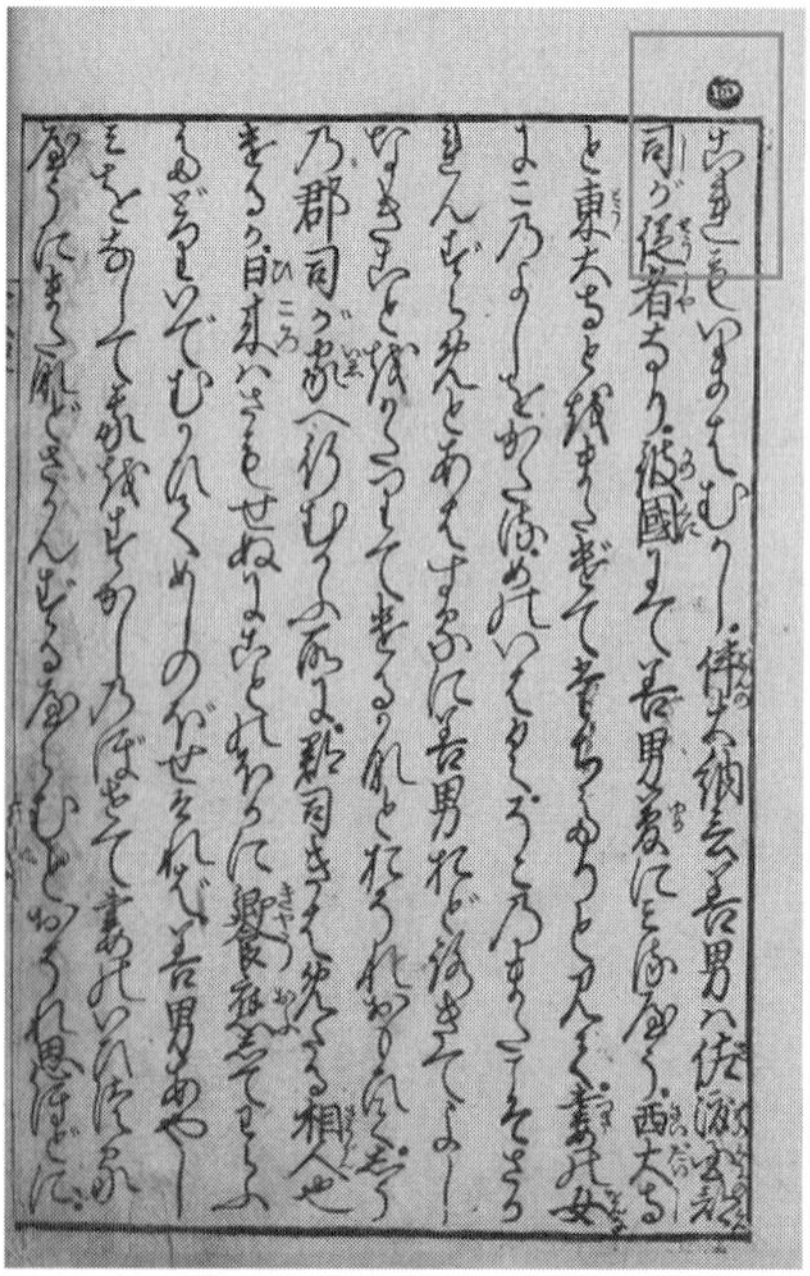

④万治二年版『宇治拾遺物語』「巻一の四」

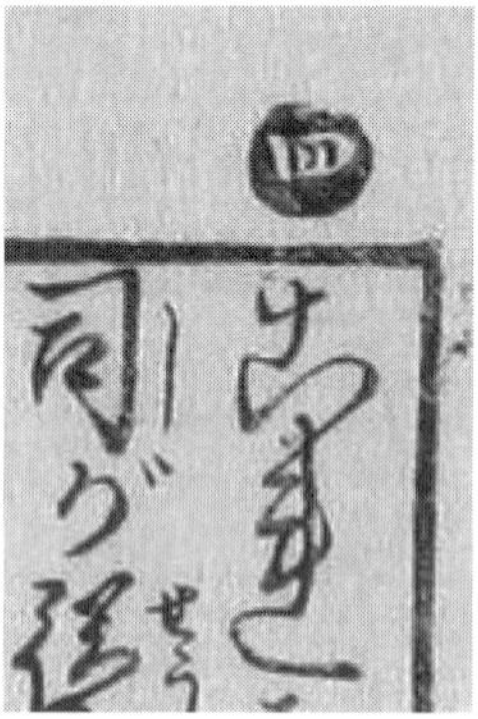

⑥　右④の拡大（一部）

い。恐らく、惣目録を配置することによって、まずは作品全体を俯瞰してもらい、その中から自分の興味に合った説話を選択してもらう。その次に各巻の目録に飛んで、その説話を捜し、番号に沿ってお目当ての説話に至る、そんな読者の誘導を意図してあったのではないか。いずれにしても、かなり手の込んだ仕掛けが施されていたということになる。こうした総目録（惣目録）は、近世前期の版本に散見されるものであるが、▼注(1) 目録とは別個に総目録を立てる形式はあまり見られるものではない。▼注(2) つまり、この万治版『宇治拾遺物語』のスタイルはかなり珍しいものであると言って良い。

何故こうした意匠が施されたのか、ここからは私の勝手な推測になるけれど、この版本の目録・章題などの検索・索引性は、じつは説話という形式とたいへん相性の良いものでは無かったろうか。言うまでもなく、説話集は題材中心主義で前後の話の連関は薄い。読者の興味によって、どの話からでも説話の世界に入ってゆける。これが物語や小説とは決定的に違うところである。物語・小説には話の流れや作品内の時間があり、それを無視できないのである。つまり、この説話の持つ融通無碍な在り方が、版本の持っている自由な開放性と上手く浸透し合うのではないだろうか。それが、万治という早い時期に、惣目録→各巻目録→説話という検索・索引性を凝らした版本『宇治拾遺物語』が登場してきた理由ではなかったろうか。

もし、こうした推測が正しいのであれば、近世の版本史・出版史に説話がどのように浸透したのかを一度洗い直してみる必要があるだろう。従来、管見によれば、説話研究は口承と書承という区分けに立脚する場合が多く、出版に関してあまり踏み込んだ研究が為されていたとは言い難いようだ。しかし、上述のように出版と説話の相性が物語や小説よりも格段に良いとすれば、これは説話研究のみならず、出版研究においても重要な視座になる可能性がある。

さらに言えば、この問題はメディア研究においても重要な視座になろう。マクルーハン（『グーテンベルグの銀河系』）流に言えば、説話は冷たい（クール、低密度、参与する余地が多い）メディアであり、物語・小説は熱い（ホット、高密度、参与する余地の少ない）メディアである。版本をこのクール、ホットで区分け出来ないが、活字（木活字）はホットであり、整版はクールであるとは言える。とすれば、整版のクールさと説話のクールさが上手く結びついたのが、万治二年版『宇治拾遺物語』であったということになる。

日韓比較文学研究の立場から

李在銑氏の著書に『韓国文学はどこから来たのか』（二〇〇五年、白帝社、原題『韓国文学主題論』〔西江大学校出版部、一九八九年〕）がある。韓国の文学を「グロテスク」「変身」「悪」「なぞなぞ」と言った視点から論じた極めてユニークな書物である。該書の帯で川村湊氏も絶賛しているように、韓国文学の一般的な評論に見られるような堅苦しい物言いではなく、多彩で柔らかい視点から論じられているのが特徴である。

なぜ韓国文学研究が常に肩肘張った堅苦しい姿勢から論じられるのか。それは韓国文学に書承と口承で階層的な差があるからである。あくまでも一般的な区分けと断った上での話だが、高麗時代から朝鮮時代を通して書物を読み書きできたのは一部の上層階級、しかも男性に限られていた。王宮に集まった政治家たちや、地方で科挙を目指す生員たち、いわゆる両班階級である。それ以外の階層にも読み書きができる人々は居て、ハングルなどを使っていたが、正式な文書は全て漢文であったので、そうしたハングル文書はほとんど残らなかった。

よって、書かれて残ったものを題材にし、韓国文学を考えれば、勢いそれは両班たちの思想・文学世界になり、そこには儒学、特に朱子学が色濃く投影されたものになってしまうのである。

ところが書承ではなく口承で伝わったと思われるものを見る時、そうした両班世界とは全く違った世界が息づいていたことを教えてくれる。その幾つかが先の李在銑氏の著書に指摘されているが、私も口承の世界の中に、朝鮮の民衆世界が息づいていたことを強く感じる一人である。

たとえば二〇〇八年に日本の北九州で見つかった朝鮮時代の淫談稗説『紀伊齋常談』（現、大韓民国ソウル大学校奎章閣蔵本／写本一冊袋綴／本文、三十一丁、各丁十行、全三十一話）に「咬陽物之刑」（陽物ヲ咬ムノ刑）という話がある。これは科挙を壮元及第（最高得点合格）できるほどの詩文の実力を持った生員（科挙の受験資格を有する者）の話である。彼は詩文に優れた能力を見せたが、世事にはからっきし疎く、世間的な常識も知らなかった。この生員がひょんなことから府使（地方長官）になったが、庶民の訴えを処理できずに右往左往する話である。以下はその一部である。

生員が府使として到着した翌日、一人の常民が訴えて言った。「私が育てた官家の牛が昨夜死にました。いったいどうしたら宜しいでしょうか」と。生員は怒って、「お前の牛が死んだことと私にどんな関係があるのか」

と言った。妻は中堂に居てこれを聞き、生員を呼んで言った。「人民を治める立場の人間は、民に対しての言行を慎まなければなりません。民の訴えがありましたらきちんと調べなければなりませんのに、どうしてあんなに軽々しく答えてしまわれたのですか」。夫は「それならどうしたら良いのか」と言った。妻は、「これからは私が教えた通りにやればよいでしょう。まず、先に訴えた民を呼んで、官家の牛は死んだが、頭と革と足を官家へ差し出し、残った肉を売って子牛を買って育てなさい」と言えばよいでしょう。そこで生員は出て、民を招いて言った。「お前が先ほど訴えたことは何だったか」。民はまた最初と同じ言葉を生員に訴えた。「私はさっきお前のことばをじっくりと聞けず、また訴えの内容を吟味することができないので怒ったのだ。今改めて聞き判断を下す。官家の牛は死んだが、頭と革と足を官家へ差し出し、残った肉を売って子牛を買って育てなさい」。民は判決に納得した様子でその場を出て行った。すこしたってからまた一人が来て訴えた。「隣に住む何某に私の母が殺されました」と。生員は「それならば、頭と革と足を官家に収めて、それ以外の余った肉で子牛を買って母の代わりに育てなさい」と言った。

いわゆる裁判説話（訴事口碑）であり、そのパロディである。恐らく口承として伝わった笑話が、近代になってテキスト化されたものであろう。なお、この手の話は他でも流布していて、中には最後の生員が常民に買えと言ったものを「子牛」でなく「若い娘」とするのもある（『韓国の民話』雄山閣）。興味深い点は二つ。一つは、こうした母の肉を売るなどという話は、儒学を重んじる両班世界では絶対に流布しないことである。もう一つは、生員が世事に疎いのに対して、妻が世事に万端通じていることである。これは愚かな夫を対照化するための方途でもあろうが、また、他のアジアの女性たちと同じく朝鮮庶民の女性たちも逞しかった。と同時に、こうした庶民、特に商売に通じる者たちは、様々な世間智に通じていた可能性がある。たとえば一八七四年に出版されたフランス人、シャルル・ダレの『朝鮮教会史』に、朝鮮の褓負商（行商人）についての記述がある。これによれば、褓負商は朝鮮全土にネットワークを張り巡らし、強靭な倫理観と組織力を持ち、様々な世間智に通じていたとされる。

こうした背景を見れば、本話は両班世界の知識と庶民一般や世間の知識が完全に乖離していたことを風刺したものであった可能性が高い。もっと強く言えば、両班の時代はもう終わりを告げていたという朝鮮時代後期の様相を炙り出したとも言えよう。朝鮮時代の説話や口碑を洗い直すことで、朝鮮時代の文学・文化史の叙述は、ひょっとして大きく変わるのではないか、そう期待させるものが、ここにはある。そしてさらに、そうした朝鮮の説話や口碑の世界と、中国や日本の説話・口碑世界との繋がりを探ってみる必要がある。

たとえば、今取り上げた裁判説話（訴事口碑）は、中国の『棠陰比事』（桂萬榮）を淵源として広がりを見せている。これらを東アジア全体の視点から洗い直せば、書承では、鎖国・海禁で対立した歴史叙述も、説話・口碑といった口承世界では、別個の様相を浮かび上がらせるかも知れない。そのためにも、日韓や東アジアの説話・口碑研究は極めて重要である。従来、日本における東アジアの説話研究では、日中の比較が多かったようだが、[注(3)] 今後は朝鮮（韓国）はもちろん、東南アジアの越南・クメール・タイ、そしてフィリピン以南の島嶼国等も踏まえて説話・口碑の研究を広げる必要があるだろう。

注

（1）管見によれば、こうした総目録（惣目録）は『伽婢子』『狗張子』『怪談全書』などの怪談・怪異物に多いが、いずれも総目録のみで、各巻に目録を置かない。

（2）これも管見の限りだが、『新著聞集』（『続著聞集』の改題本）が総目録と各巻目録を同時に持っており注目される。『続』『新』共に言うまでもなく『古今著聞集』を意識しており説話集であるからである。しかし『新著聞集』の版本は寛延二年（一七四九）の刊行でかなり遅く、形式も『宇治拾遺物語』とは異なる。なお、『宇治拾遺物語』の古本系統である陽明文庫蔵本（写本）に総目録がついている。万治版はこれを襲ったものか。ただし陽明本には各巻の目録はない。

（3）たとえば、説話と説話文学の会編『説話論集』では13、14集で「中国と日本の説話」をテーマとしているが、朝鮮（韓国）は取り上げられていない。

＊影印は、①『西鶴諸国はなし』東京大学霞亭文庫蔵本、②〜⑥『宇治拾遺物語』早稲田大学図書館蔵本を使用した。

和歌を超えて、時代を超えて

錦　仁

1947年生まれ。所属：新潟大学。専門分野：中古・中世文学。主要編著書：『中世和歌の研究』（桜楓社、1991年）、『浮遊する小野小町』（笠間書院、2001年）、『東北の地獄絵』（三弥井書店、2003年）、『小町伝説の誕生』（角川書店、2004年）、『金葉集／詞花集』（明治書院、2006年）、『なぜ和歌（うた）を詠むのか―菅江真澄の旅と地誌』（笠間書院、2011年）、『聖なる声―和歌にひそむ力』（三弥井書店、2011年、編著）、『都市歴史博覧―都市文化のなりたち・しくみ・たのしみ』（笠間書院、2011年、編著）『中世詩歌の本質と連関（中世文学と隣接諸学）』（竹林舎、2012年、編著）、『宣教使　堀秀成―だれも書かなかった明治』（三弥井書店、2012年）など。

日本論としての国文学

和歌研究者のNさんが近寄ってきて、「錦さん、なぜ和歌を詠むのか、結論は出ましたか」と言う。親しい間柄なので思わず笑ったが、軽い皮肉を含んでいる。拙著『なぜ和歌《うた》を詠むのか―菅江真澄の旅と地誌』（二〇一一年三月十五日、笠間書院）をからかったのである。穿《うが》った感じの書名だったかもしれないが、それなりの理由があった。

真澄（一七五四〜一八二九）は生涯、膨大な量の和歌を詠んだが、まったく評価されていない。よく読んでみると下手な歌人だとは思えない。優美な詞づかいの中に柔らかい感性がほの見えて、わるくないな、と思える歌が多い。そう思う人は多いはずだ。

しかし、柳田國男はたった一首、しかも飛びっきり下手くそな、儀礼的な歌をつかまえて、真澄の歌には一首たりとも感心するような歌はない、と断じた。これは柳田一流の戦略であったろう。真澄の旅日記や地誌は、歴史資料に記されない地方の農民たちの生活を事細かに記録しているという。そうした真澄の著作を民俗学の先蹤として高く評価しようとすると、その反対側にあると言えなくもない貴族的なもの、都的なもの、すなわち和歌を詠みながら旅をし地方の農民の生活を記録したという、真澄のその部分が目障りになったのではないか。

真澄が和歌を詠まなかったら、より純粋な農民生活の記録になるわけで、民俗学の始まりを告げるものとして高く評価できる。真澄を知らぬ人に民俗学とは何かを具体的にイメージさせられる。そのための戦略ではなかったか。

和歌を残してくれなければよかった。なぜあんなに多量の和歌を詠み残したのか。なぜ和歌を詠みながら農民生活を見て歩いたのか。以後、これが真澄に対する民俗学側の一般的な理解となり、真澄の和歌を論じる人はあらわれなかった。一方、国文学側では、真澄の著作は民俗学の第一級資料ということで研究の対象にしなかった。民俗学、国文学と分離して言挙げする必要はないが、真澄の和歌を論じること、真澄を歌人として見ることは両者ともほとんどなかったのである。

真澄の旅日記・地誌を考えるとき、なぜ和歌を詠みながら農民の生活を記録したのか、を問わなければならない。これは和歌の根源の問題であり、必須の課題である。答えをいえば、そもそも江戸時代において、本居宣長をもちだすまでもなく、和歌と民俗は離反し対立するものではなかった（講演「和歌と民俗―菅江真澄『いなのなかみち』の方法」伝承文学研究会、二〇一二年九月一日、於・学習院女子大学）。民俗学は和歌を詠む真澄を嫌ったが、和歌の研究者はなぜ真澄を無視するのか。真澄の存在を知らないわけではあるまい。こういう歌人も和歌研究の視野に入れてよいのに、闇の向こうに追いやって近寄らない。私に近寄って愚問を呈するより、真澄に近寄って素直に疑問を呈してみるべきだ。真摯な答えが聞こえてくるだろう。

付け足せば、私は拙著のほかに『都市歴史博覧―都市文化のなりたち・しくみ・楽しみ』（二〇一一年十一月、笠間書院）に収めた「藩主の巡覧記―仙台藩主と秋田藩主」においても、藩主がなぜ旅をしながら和歌を詠んだのか、答えを明快に出している。藩主の領内巡覧は「養老律令」の戸令に規定された国守のそれを踏襲している。和歌を詠みながら巡覧するのは、神代以来の歴史をもつという和歌を詠み、それゆえに神から与えられた領地を治める国主たる資格を有することを示すのである。小さな天皇を模倣しているといってもよい。藩主が領内巡覧記を書く背後に、松平定信の治世思想があったことも付け加えておこう。

江戸時代の地方藩主とそれを支える文人藩士たちの和歌活動を見てゆくと、その淵源に『古今集』・仮名序の和歌思想へ回帰し、それを継承しようとする意識が色濃く流れている。それればかりではない。『万葉集』への回帰とその継承の意識も同じくらい色濃い。『万葉集』を評価したのは院政期の源俊頼であり、それを尊敬したのは古今集主義者の藤原俊成であり定家であった。そして、かれらを尊敬したのが全国の藩主であり、かれらに和歌の指導をした都の堂上歌人であった。国学者たちの和歌と思想もそうであった。

『万葉集』への評価と『古今集』および仮名序の和歌思想への評価は、必ずしも対立・矛盾するものではない。むしろ大きな思想の流れとなって後世へと継承され、藩主たちの和歌活動を支援し形成した（「和歌者我国風俗也」―藩主の和歌思想」

〈『説話文学研究』〉第四十七号、二〇一二年七月）。

というわけで、平安和歌や中世和歌の専門家の目が、こうした江戸時代の、地方へと広がってゆく和歌の実態と本質の解明にぜひとも必要なのである。

さらに言えば、全国に広まった獅子踊り（ささら踊り）の由来を記す縁起書には、『古今集』の仮名序や中世の歌論書さらに経典が引用されているものがある。地方の農民が自分で書いたものではあるまい。都の寺院の僧侶などの書いた縁起書が芸能の移入に伴って持ち込まれたと思われる。それらの地方芸能文書には、斑足王《はんそくおう》説話を詳しく記すものや蚩尤《しゆう》説話のかなり古い形をとどめるものが記されている。これも中央の知識人の書いたものだろう（「東日本の在地と芸能—風流獅子踊りと修験文書」〈『在地伝承の世界【東日本】』一九九九年一月、三弥井書店〉、「伝播する和歌」〈『和歌の力』二〇〇五年十月、岩波書店〉など。ほかに「伝承資料集成」というタイトルでこの種の文書を大学の紀要に翻刻し解説する作業を続けてきた）。

ちなみに、『平家物語』（延慶本）の清盛堕地獄説話の源泉を示す「冥途蘇生記」（温泉寺本）が山形の小さな寺院にあり、室町期の御伽草子「八ツあたのし大」が同じく山形の山深い農家にあるし、地方は説話資料に事欠かない（『東北の地獄絵』二〇〇三年七月、三弥井書店）。さらに加えると、鳥海山の裾野に番楽という民俗芸能がある。そのうちの一つ「蕨折《わらびおり》」は複式夢幻能に似た構成で、人間の愛欲をえぐりだす。演目には平家・曾我ものもあり、実に多様だ。小野小町、和泉式部、源義経の伝説もそうだが、地方に根付いたものに日本の古典が多い。資料発掘はまだまだ続く。

こうした、和歌および和歌思想などが地方へと伝播・浸透してゆくありさまは、あたかも本歌取りのようなものであり、それと同質の精神的作業といえるだろう。〈襲ね〉といってもいい。〈写し〉〈移り〉といってもいい。単なる模倣というべきでなく、日本文化形成の特質を示している。そうやって日本の文化伝統が裾野を広くし、高く、深く形成されてきたのである。『伊勢物語』の第十四段にあるような都人の東国蔑視そのままに今もなお都の和歌にのみ心を向けてばかりいられない。それではなにも変わらない。

真澄に返れば、歌枕を考えるとき真澄の著作はなくてはならないものだ。豊富な資料を内包している。大正年間に青森県の歌人たちが天皇の行幸に際し、地域の歌枕と新しく設定した名所を詠んで献上した小冊も、そのための資料に入れてよい。真澄はアイヌ語で五七五七七のウタを詠み、それと同じ語順で同じ意味の和歌を詠んでいる。意味のない遊びのように見えるが、その奥に、和歌のあるところすなわち日本、というほどの深い思想が秘められている(『なぜ和歌を詠むのか—真澄の旅と地誌』)。また、『百人一首』の藤原清輔の歌は、貧苦を生きる農民を励ます道歌として教えられ浸透した。和歌研究者はこういうことにも目を向けるべきだ(「藤原清輔「ながらへば」の歌の解釈をめぐって—衰退史観・尚古思想」〈『百人一首万華鏡』二〇〇五年一月、思文閣出版〉)。

その昔、国文学者は沖縄に行った。いまも行くが、それと性質が違うとしても、沖縄以外のところも国文学の内的エリアに加えてよいのではないか。和歌の研究者が高度な文化を築き上げた都に目を向けるのは当然であるが、日本という国土の隅々に和歌の文化が浸透し花開いていたことを忘れてはならない。江戸時代が終わってまだ間もない明治十五年、秋田の能代に高名な国学者・堀秀成がやってきて、『源氏物語』に通暁している伊東さち子という無名の女性と会った。彼女は秀成の箒木巻の講義に接し、別れのときに「雨夜の品定め」をふまえた和歌を詠んで、秀成と贈答した。その歌を秀成はたいそう褒めている。山形の小さな温泉町では『古今集』の会読をしている三人の男たちに巡り逢った。こうしたことを知ると、日本はつくづく和歌に覆われ包まれた国であったと思う。

というわけで私は、「それじゃ、Nさん、なぜ和歌を詠むのか、を考えることなく御子左家や六条藤家の歌人たちの和歌を考えてきたのですか。あなたは、どんな答えが出たのですか」と聞いた。そう言ってNさんと私は、いつもの親しさで爆笑したのであった。

ジャンルを超えて、時代を超えて

和歌の研究者には、新たに着手すべきことがたくさんあるのではないか。その一端を述べてみたのだが、そうしたヒントはすでに二十五年も前、小峯和明の「院政期文学史の構想」(『国文学解釈と鑑賞』一九八八年三月号)に示された提言が与えてくれる。「輪切り」の文学史研究である。

いかにして院政期文学史は可能であろうか。まず否定すべきは発端—隆盛—衰退という一般的な発展史観もしくは衰頽史観である。単線的な因果関係で編年式に作品を並べる通時的・系譜的な文学史では真の文学の動きはとらえにくいであろう。むしろジャンルの枠をはずした共時の横のつらなりから院政期の文学の時空をまるごととらえる、いわば輪切りにした断面の文学史を指向したいと思う。(傍線筆者。以下同)

同じような提言は、同じ号で三角洋一も述べている。「私はたとえば一〇七〇、八〇年代、一一二〇年代、一一八〇年代を輪切りにした文化状況の俯瞰を、しばしば思い立ってはノートしており、いつの日か、斎藤清衛『南北朝時代文学史』（復刊、古川書房、昭47）のごとき視界を得たいものだ、と思っている」と述べ、「院政期という時代はまた、横断的にながめてみないと見えてこないものがある、そういう時代であると思うからである」（「日記・物語」）と結んでいる。

　和歌はそもそも歴史を内包し、それをおのずと体現するものとして存続してきたのだから、「共時の横のつらなり」を見るだけでは本質をとらえられない。ジャンルを超えることはもちろん、時代をも超えてみる必要がある。時代を遠く隔てて、なにが否定され、なにが継承され、説話文学をはじめ横のいかなるジャンルと関連して新たな創造を生みだしているのか、を見つめるべきだ。対象をある時代に限定し、その中の歌人に焦点を当てて、実証の限界まで突き詰めて追究する和歌研究はすこぶる有効だが、それと併行して、そういう方法と実践から離れた新しい追究を試みたいものだ。恐れずにいえば、和歌研究者は和歌を和歌からしか考えない傾向が強い。垣根を越えようとしない。

　ここでふと思う。震災後のことである。小学生が津波に呑まれて多くの命を喪った石巻市の大川小学校に、マイクロバスがやってくる。十数人の僧侶が降りてきて、慰霊碑の前でしばらく読経をする。それが終わると慰霊碑の前に集まって記念写真を撮って帰って行く。歌人の佐藤通雅が個人雑誌『路上』（一二四号、二〇一二年十一月）に報告している。子どもの死を悲しんだかと思うと、一転してその行為を誇る。でなければ写真など撮らない。

　この行為は、国文学に限らず論文や評論を書く私たちの心理構造とどこか似ていないか。作品の内容はきわめて深刻で悲しいのに、それを理解したかに見えて、心の痛みもなく離れて、実証と称する論文をものする。対象・事件を論じていながら、実は遠のいたところに論文が成立する。それがその人の業績となって積み重なる。学問の非情さ、いやらしさ。この日本の大地で起こった大災害に心の奥底ではなんのこだわりもなく都の和歌を、そして原発や政治を論じているのではないだろうか。私たち一人ひとりが問うべき課題である。

　都に花開いた和歌を尊ぶが、日本という大地に広まり各地に根付いた和歌とその思想には目もくれない。国文学というわりにはコクがない。隣接分野である民俗学・考古学・日本史学に携わる人々の震災に対する取り組み方とずいぶん異なる。今後の和歌研究や説話研究を考えるとき、脳裏の片隅に入れてよいことだろう。

　おのれはなにを見て、なにを考え、なにを発言するか。要するに、思想の問題だ。その答えは、さまざまでよい。

エッセイ●説話文学会五十周年に寄せて

聖教に関連する文学研究の今後に向けて

ブライアン・ルパート

1962年生まれ。所属：イリノイ大学（准教授）。専門分野：日本宗教史。主要著書：『灰の中の宝珠―日本中世前期の仏舎利とパワー』（ハーバード大学出版会、2000年）、など。

説話文学会の創立以来、説話などの文学の研究は様々な意味で進んできた。とりわけ説話集を編集した無住のような僧侶の著作についての研究や、唱導関係では表白などにおける文学の検討が多くなされてきた。しかし抄物などの聖教における説話や文学面の研究はまだ少ないのが現状である。もちろん、阿部泰郎氏と調査団は仁和寺や真福寺で聖教と文学について幅広く、深く調査し、その成果や今後の課題について既に発表しておられる（阿部など、『中世文学』五十六号、二〇一一年、阿部編『中世文学と寺院資料・聖教』竹林舎、二〇一〇年）。ここでは、あまり知られていない鎌倉時代後期の表白・願文集と中期の抄物を一例づつ取り上げ、聖教における文学面での研究を勧めてみたいと思う。

表白の研究はいうまでもなく安居院流の唱導に対する研究とともに大きく進展してきた。しかし、『東草集』のような中世真言系の表白集は、現状では研究の対象になっていないといえるであろう。『東草集』には根来寺の学僧の頼豪（一二八二～一三六〇）作の願文や表白や雑文が含まれ、根来寺や頼瑜（一二二六～一三〇四）関係の文脈について様々な研究をすすめることができそうである。さらに、その文学面の考察すすめていけば、仏教の文献と「文学」という範疇は崩れてしまうであろう。

例えば、『東草集』は『続真言宗全書』第三十一巻「表白祭文部」に含められているが、そのジャンルは実はもっと多く複雑である。第一巻は願文、第二巻に諷誦文、第三・四巻は表白上下、第五巻は知識文と縁起文、第六巻は人磨影供祭文や月次和歌の序や置文（寺家ノ法式）など「雑」として掲載し、一目で分かりにくい形になっている。つまり、説話などを含める宗教パフォーマンス・儀礼のジャンルや直接に文学の伝承・伝統・生産につながるものも入っているが、寺院の法制的文書なども含められている。ジャンルを考えると、『東草集』を補足するものとして寛永八年に付け加えられた僧侶と思われる署名のない後書きにおいて「抄」として捉えられていることが理解できる。つまり、「自用」のものは確かに少ないが、他の抄物と同じく複数の種類の文献が「類聚」されているのである。さらに後書きには「莫及他人之披覧」（他人に見せないように）と書かれている（『続真言宗全書』第三十一巻一五三頁下段）。

内容面をもう少し考えていこう。『東草集』には安居院流の唱導の様に報恩に関連する言説が多く見えるのである。とりわけ表白に、高祖大師（空海）などの先徳に対する報恩講の場に見えるが、多くの隣接する語りにおいても連想される。祖師に限らず、複数の先徳に対して報恩講が行われたことは知られているし、様々な経典関連の譬えがみえる（一〇三頁下段―一〇四頁上段など）。よく知られる畜類（羊、鳥、雀、亀、虫など）の「知恩報恩」行為と人間の比較（三巻、一〇四頁下段、一一三頁上段）の説話では新たに唱導の場における報恩言説が披露されることが示されている。

又他に『覚禅鈔』・『参語集』などの図像書や抄物には文学的な面はもちろん頻繁に見えるが、ほぼ研究されていない。ここでは、膨大な『覚禅鈔』の説話の分析は行わないが、『参語集』を少し考えてみたいと思う。『参語集』には様々な文学・パフォーマンスに関連した物語や言説がみえるが、文学者による研究は藤井佐美氏による「覚書」ぐらいである（「行遍口伝『参語集』覚書」、『唱導文学研究　第六集』、二〇〇八年）。

では、まず仁和寺・東寺の行遍（一一八一～一二六四）の『参語集』（鷲尾順敬遍『国文東方佛教叢書　随筆部』、東方書院、一九二六年）の構成を見て何が分かるであろうか。

第一巻、「古今凡聖物語等　浅略」では中国・インド・日本の僧尼についての話であるが、その中では「往生」などのエピソードが欠けている。役行者や仁和寺の法親王などを含めて皇室かそれに近い立場にある僧のことを物語ると同時に興福寺や真言宗小野流の僧を描いている。さらに鳥羽院の御出家を語っているのだが、どうやら聖徳太子の話は出てこない。（聖徳太子は第二巻の「蘇莫者舞事」の関係でしか出てこないのである。）

第二巻は「内外之雑談口伝等　深秘上」として「外物語部」と「内物語部」に分かれる。「外物語部」として日本書紀・律令格式などの記録や文書だけでなく、宮廷・皇室関係の歌・舞・神楽のパフォーマンスを描く項目が含められている。しかもその宮廷文化における舞などについては東アジアの語りも取り入れられ、宮廷中心の言説として賀殿舞の太宗皇帝に由来する話（「一、賀殿舞事」）が含められているといえるであろう。外物語の最後の項目として「一、神楽事」には、神楽は主知の天照大神の天岩戸に始まることなどが語られるが、真言神道的（本地垂迹・和光同塵思想的）な説明として、「天下の昏夜」を「無明の長夜の我等」に描き、天岩戸から出るのは大日如来であり、天児屋根命を春日大明神だけでなく、春日の四所明神を四仏とするので大日如来とあわせて「仍ち五仏の示現也と云々」という結語で終わっている。「内物語部」には様々の寺社・仏教的な話がみえるが、ここで指摘したいのは法会・儀礼における誦・嘆徳・唄・伽陀・声明・螺などの音声関係のものが多いことである。つまり、「内」の「雑談」「口伝」として寺院儀礼における音声的・叙唱的な面が概念化され、重んじられていたということであろう。

さらに第三巻は「仏事並教相物語等　深秘下」における「仏事」の中で、とりわけ唱導関係のパフォーマンスが位置づけられている。仁和寺における仏名会や理趣・阿弥陀などの「三昧」に関してはそれぞれの儀礼作法の由来があげられ、例えば理趣三昧会での過去帳を読むことは光孝天皇の時代に始められたということが指摘されている。「仏事次第事」の項目から表白などが語られているが、「諷誦文事」は具体的にその作法やパフォーマンスを描いている。特に曼荼羅供などにおいて「堂達」の唱導における役割がクローズアップされている。後半に「教相」の中で「色葉因縁事」などにおいて奈良時代の波羅門僧正や行基菩薩がその由来に関連していることが語られている。「吉慶漢語五段事」では声明のひとつを詳細に説明するために経典などにおけるその根拠である説話が語られている。

第四巻「修法物語等　秘中深秘」の始まりには仏供に使われる具・食物や仏布施について語られているが、その後御加持についての話が続き、後半に至って「阿闍梨修法次第事」で特に詳細に灌頂の次第が語られる。しかし説話や物語などの文学的な面は殆ど見えないのである。

それでは、第五巻「事相密談事　秘々中深秘」には文学的な面は見えてこないのか。まず、初めの項目である「四度並灌頂加行事」のすぐ後に多くの項目として真言僧の作である次第や抄物があげられている。次第は特に弘法大師に由来するとされているが、覚印・心覚・兼意というような仁和寺関係の広沢流の僧だけでなく小野流の名僧である仁海・成尊の抄物についての項目に物語が見える。

さらに「六字護摩灰嚢事」に指摘される修法から、安産というテーマが数項目見える。その中の物語には特に女院（皇室）の安産のエピソードが多くあり院政期の宮中とのつながりが伺える。行遍は若いころに勧修寺の栄然に受法したことがよく知られているが、ここでは小野流である勧修寺僧の寛信（一〇八四～一一五三）の『小野類秘鈔』「身」「意」の巻にみえる安産・ジェンダー関係の言説に影響を与えられたかどうか分かりにくい。ただ、『参語集』第五巻に勧修寺流の話に寛信の孫弟子である高山寺の明恵（一一七三～一二三二）の詳細な口伝（「同一蓮月事」）が含められているので行遍やその周辺僧と高山寺における勧修寺流などの文学・思想・儀礼上の検討の余地があると思う。

上述二つの翻刻された例を少し分析するだけでも説話文学研究の進展を理解しながら、今後の研究の方向性もある程度分かることが出来ると思う。江戸時代に『参語集』が書写されたとき、奥書に「口伝」と記されていたが、その構成における「物語」などの項目の名前や範疇化という点から説話・文学の面を検討する可能性が見えてくる。またその項目名を見れば、次第に「秘密化」していったということがわかる。つまり最終巻の「秘々中深秘」とそれぞれの巻を比較・分析すると、重要であると考えられていたのは次第・作法（第四巻）よりは院政文化に由来する安産関係の物語などであると思われる。

中世の説話文学を考えるとき、それは江戸若しくは近・現代における「ジャンル」の境界・区別を超越していたことを念頭におくことが大切であろう。とりわけ中世の寺院は文学の文庫やサロン――いわゆる雑談や保存の場――であったことを理解しなければいけないのである。『今昔物語集』など直接に説話文学例と思われるものだけではなく、さらに寺院の聖教・コレクションも含めて幅広く含め検討し、表白などの法会・唱導のパフォーマンス的テクストや抄物・口伝を視野に入れることで、中世説話文学の宇宙やその境界がよりはっきりと見えてくるのではないであろうか。

（追記）

執筆にあたり、ご教示を賜った近本謙介氏やジャメンツ・マイケル氏に深甚なる謝意を表したい。

人文学アーカイヴス・リサーチ・ネットワーク構想の夢

阿部泰郎

1953年生まれ。所属：名古屋大学大学院文学研究科教授。専門分野：中世宗教文芸、宗教テクスト学研究。主要著書：『湯屋の皇后』『聖者の推参』『中世日本の宗教テクスト体系』（名古屋大学出版会）、など。

夢みた場との邂逅

少年の頃、旅の途上でいつか見た夢のような場所に出逢うことがあった。行きあたった寺社や御堂には、古えの信仰の残り香が漂い、嘗て祭祀芸能が営まれていたであろう痕跡や道具が積み上げられた廃墟も、今なお生きた信心の舞台として参詣する人々の猥雑なまでの喧騒に満ちた霊場もあった。それら〈聖なるもの〉の場については、その意味を託されて書かれたものこそ、解釈されることを待ち望み、或いは嘗て読まれることにおいて、その場を構成するものをはたらかせる役割を担ったこと、更には祀られる尊像、ひいては伽藍社頭の空間のすべてが、そこに響く祭儀の声や繰りひろげられる所作と共に、曼荼羅の如く〈聖なるもの〉の世界を織りなすテクストであること、総じてテクストこそは、その世界を解き明かす鍵であることを、これも少年の頃に通い始めた金沢文庫で学芸員たちから教えられた。

その頃初めて訪れた奈良の、元興寺極楽坊に隣りあう町屋の一隅を住処としたのは、大学院入学の時である。夢中に智光が赴いた浄土と仏の姿を掌《たなごころ》に図した曼荼羅を、縁起説話と共に伝承する市中の霊場は、古代の国家寺院から中世に念仏道場へと変貌し、聖《ヒジリ》による納骨と作善、そして芸能者による勧進興行が営まれる無縁の公庭となった。その一画で、一旦は廃棄されたその遺物群を保存、復原する調査研究から、中世の宗教世界が甦った（五来重『元興寺極楽坊庶民信仰資料の研究』一九七六）。木下密運氏と水野正好先生に導かれて、この、中世仏教民俗の世界を今に伝える遺産のアーカイヴス化に端を発した元興寺文化財研究所において、中世の宗教空間の諸課題を調査研究することを任務として学ぶことができたのは、夢のように贅沢な幸いだった。

以降、畿内の社寺や文庫への採訪と遍歴を重ね、その果てに辿りついたのは、御室法親王、とりわけ後白河院皇子守覚の見果てぬ夢の結晶というべき、仁和寺御経蔵に秘蔵される『密要肝心鈔』という聖教群であり、これを補完する儀礼書『紺表紙小双紙』などの宗教テクストのアーカイヴであった（『守覚法親王の儀礼世界』一九九五、『守覚法親王と仁和寺御流の文献学的研究』一九九八）。それは一切経や章疏の基盤のうえに築かれた院政期の王権における顕密仏教の法儀遂行に必須な、美麗な図像を含む高度な水準の宗教遺産そのものであった。元興寺の庶民信仰資料とは対照的な、この格別な一箇の宗教テクスト体系の全体を、復原的に再構成するという稀有な経験は（御経蔵それ自体に目録が備わっていたからこそ可能となったのだが）、悉皆調査によってひとつの世界の扉を開く、既に幾多の先達が追求し成し遂げていた調査研究の道を自らも確かめることであった。そして、文学研究者がこれら寺社資料の調査研究に率先して取り組む主体となるべきことは、伊藤正義先生と共に参入した西教寺正教蔵を対象とする悉皆調査から発展した、国文学研究資料館の文献収集事業を通して、これに参加した研究者に共有された志と言ってよい。その経験はまた、叡山麓の坂本という、清流のせせらぎが里坊の穴太積の石垣を洗う、中世の夢がいまだに息づいている場で育まれたのである。

学界における学術研究の段階

名古屋大学へ移ってから、やはり資料館の文献収集事業として行われていた真福寺大須文庫の調査研究に参加することになった。中心となった小峯和明・山崎誠両氏に協力してのその成果は、『真福寺善本叢刊』（第一期・第二期全24巻、一九九八～二〇一一）として結実し、新出資料を含めた多くの貴重な文献が学界に提供されている。それを支えるため計画し採択された科研「中世寺院の知的体系の研究」（二〇〇〇～〇七）、更に文学研究科が企て、採用された21世紀COE、後継のグローバルCOEによるテクスト学研究拠点形成（二〇〇二～二〇一一）のための基盤研究ともなって、人文学の普遍的な課題を探究する夢の一翼を担うことになった。その過程で、筆者自身の研究も、大須文庫を主な調査フィールドとしながら、更に範囲を拡げて、中世の「宗教テクスト」という研究概念をテーマに掲げるに至る。それは、たとえば断片化したテクストから一箇の世界や思想を甦らせる基礎作業に始まり、目録を水先案内としつつ、密教という領域に代表される、儀礼を媒ちとして、そこに詠まれた歌の声に誘《いざな》われながら、神祇を祀りあらわし、図像に表象される中世の〈聖なるもの〉の諸相を統合する座標を探ろうとする、人文学諸分野（仏教学、歴史学、人類学、民俗学、文学、神道史学、美術史学など）の研究者との綜合的な国際研究集会の開催に至った（名古屋大学ＧＣＯＥ第四回国際研究集会報告書『日本における宗教テクストの諸位相と統辞法』二〇〇九）。

こうした研究活動の水準を更に高度化するべく計画し採択された科研課題「中世宗教テクストの総合的研究―寺院経蔵聖教と儀礼図像の統合」（二〇一〇〜）は、もはや文献調査の次元に留まらず、唱導や法会との関連から儀礼芸能に及び、また絵本や絵巻、密教図像から大画面説話画までを包摂して綜合的に中世の宗教空間を捉え、考察するための研究枠組を提案している。そのために、儀礼については国立歴史民俗博物館の共同研究「中世における儀礼テクストの総合的研究」と連動し、図像については学習院大学（佐野みどり代表）の科研「大画面仏教説話画の総合研究」との連携によって、その多元的な研究が各専門分野での本格的かつ基盤的な調査研究の高度化と協同して行われている。加えて、対象とする人文学遺産というべき豊かな世界を理念化する方法論について、「宗教遺産学」の構築を目指す京都大学（上島享代表）の科研共同研究に参加するなど、他の大型研究との提携により、それぞれの研究の成果を相乗的に発展させることが期されている。こうした、分野や研究機関を越えた研究者間の相互連携という研究形態が自ずとなされるようになった動向は、つい近年のことである。

社会と地域への研究成果還元

名古屋に赴くと同時に愛知県史編纂事業に参加を求められ、宮治昭氏（龍谷ミュージアム館長）の許で文化財部会において『典籍』篇一巻の担当を委ねられた。そこで提案した構想は、大須文庫を含む県内の主要な文庫の成立・変遷とその蔵書の世界を最新の成果にもとづいて紹介しつつ、それらが織り成す歴史とその価値を、書物そのものに語らせるという夢であった。その一環として取り組んだのは猿投神社の聖教典籍の悉皆調査とその目録化である（豊田史料叢書『猿投神社聖教典籍目録』二〇〇五）。やがて編まれるべき『典籍』の一冊は、古代は七寺一切経の調査研究に取り組む国際仏教学大学院大学の落合俊典教授、近代は西尾市岩瀬文庫の悉皆記述目録データベース作成に取り組みながら、市民の為の〝古書のミュージアム〟への再生を成し遂げた同僚の塩村耕教授らと協同して（徳川美術館・蓬左文庫はもちろんのこと）、更に広汎な諸文庫とその蔵書を網羅し、自ずからなる文庫と書物の文化史を示そうとする企てである。

このうち、大須文庫については、文化財としての管理を担う名古屋市博物館に筆者が協力し、その整理保存ひいて一括重文指定を目標に、所有する大須観音宝生院の意向と将来構想の許で前述の調査研究が進められていた。その活動は、科研を基盤として共同研究の分担者と連携研究者を中心に「真福寺大須文庫調査研究会」の設立（二〇一〇～）に至り、一種の法人化を実現し、既に研究者の認識や学界の範囲を超えた、広汎な成果やデータの共有を目指し、市民社会に還元することも使命のひとつである。このパーティーに託した夢は、名古屋市博物館が開催し、名古屋大学文学研究科と共催した「大須観音展」（二〇一二～一三）においてひとまず実を結んだ。その企画から実施と広報活動に至る全てを博物館の学芸員と協同して提案・実行する、その最大の成果は筆者が監修をつとめた図録『大須観音』の制作であった。この一冊をはじめとして、子供向けガイドブックから市民講座、講演会、シンポジウム、ひいてはＴＶ報道取材や新聞文化欄執筆まで、およそ考えられる成果公開のアイデアは全て試みられた。それも、かねてからの研究成果の社会発信と共有という夢の実現でもあるのだった。

学会へのフィードバック

大学における教育と一体化した調査研究と、対象となる人文遺産の所蔵—伝承者および保存管理に従事する担い手が協同して、その成果を社会と共有するという活動の成果は、研究者のギルドである学界とその単位組織である各学会にもフィードバックされて、将来の人文遺産に何かしら携わることを期待される次世代の専門家や理解者を育成する素地を、少しでも培っておかなくてはならない。それならば、関連諸学会において、ただ研究成果を誇るのではなく、そこから導き出された人文学全般に通ずる普遍的な課題の提示や調査研究の未来への意義を問いかけるメッセージを発信することが、絶えずなされるべきだろう（筆者は、末木文美士氏に依頼されて『日本思想史学』に「魂の書物の発見をめざして」という一文を草した）。その一端は、中世文学会50周年記念シンポジウム「資料学—学問・注釈をめぐる」（二〇〇五）、説話文学会平成17年度大会シンポジウム「経蔵と文庫の世界—一切経・聖教・宝蔵」（二〇〇五）、中世文学会平成22年度春季大会シンポジウム「寺院資料調査研究と中世文学研究」（二〇一〇）などで、筆者が関わった人文遺産としてのアーカイヴス調査研究に従事した経験を元に、この過程で関わった諸分野の研究者やさまざまな立場から、その成果を普遍化する試みがなされている。しかし、これら折角の報告や発言は、殆どがそれぞれの学術誌に掲載されるばかりで、市販された『中世文学研究は日本文化を解明できるか』（笠間書院、二〇〇六）以外は学界内部で流通するだけの言説に終始している。そこに留まっているばかりでは社会に対して何も発信しないに等しく、状況を進展させることはできない。

超領域調査研究の連携と国際的交流へ

人文学においては、もはや、細分化された学術分野の内部で完結し、学界の仲間内でのみ評価される研究は、ブレイク・スルーに至るような発展を期すのは難しい。嘗ての「学際」が古びて聞こえるほど、既成の学問範疇を超えた領域複合ないし領域融合と称すべき研究が、最先端の成果を挙げている。それは当然ながら各分野の伝統的ディシプリンに蓄えられた知識と技法に立脚しているが、なお、それらを越境統合しようとする批判的な対話精神の賜物であろう。大須文庫にその典型をみる中世宗教テクストのフィールドでは、各自の専門分野でそれぞれすぐれた業績を挙げられた研究者が領域を超えたところで活躍する。歴史学は無論のこと、およそ仏教学のあらゆる分野の専門家がその解読と位置付けに必要不可欠で、すぐれた専門研究者の参加如何で仏教史上の発見が生ずる状況である（末木文美士編『栄西集』中世禅籍叢刊1、二〇一三）。その事情は神道史学においても顕著であり、何より度会行忠による伊勢神道書の著作が自筆本の確認により明らかになった、岡田莊司氏による調査研究（真福寺善本叢刊『伊勢神道集』二〇〇五、「中世神仏文化の点と線―真福寺の神道書と伊勢神道」『神道宗教』二〇二、二〇〇六）は画期的な研究史上の出来事であった。その全ての過程で、米田真理子氏、牧野淳司氏、原克昭氏ら若い文学研究者たちが大きな役割を果たしたこともまた銘記される。

高山寺調査団のように、寺院資料を専ら扱う研究者集団の中心は、かつて訓点資料を専門とする国語学研究者であった。その多大な達成と蓄積のうえに、今は、たとえば後藤昭雄氏と落合俊典氏を中心とする金剛寺一切経と聖教の調査の如く、漢文学を含む日本文学研究者が諸分野の人文学研究者と連携し、全体として協同して取り組むべき宝庫が、これら経蔵文庫というアーカイヴスなのである。前述のように、その解明には各分野のスペシャリストが求められるが、同時に個別の知見を綜合し人文学全体の見地から展望するジェネラリストもまた必要なのである。大須文庫の損じほどけて断簡となった紙片の束からは何が出てくるか予測もつかない。それを見極め適切な担当者に検討を委ねる「目利き」でなければ、それは単なる一覧表のデータの中に埋もれてしまうだろう。実際、その中には凡ゆる種類の宗教テクストが含まれており、荒神祭文のような修験や陰陽師の儀礼テクストから古浄瑠璃正本まで見いだされるのである。

寺院文献に限らず、一次資料やフィールドに立脚した〝日本研究〟は、現在、まさしく国際化している。欧米と中韓を中心に、海外のすぐれた日本研究者が、最新の資料や知見にもとづいて、先端的な成果を挙げている。それらの研究は、特に欧米の研究者に顕著な傾向として理論的思考に鍛えられ、また意識的に文化比較の方法を用いて対象を普遍的な人文学の俎上に乗せる。むしろ、そうした方法論を試みる格好のフィールドとして〝日本〟は立ちあらわれる。その点で近年のインパクトのある研究は、宗教、儀礼芸能、文学と美術にまたがる領域で次々と登場している（一例を挙げれば、コロンビア大学日本宗教研究所においてベルナール・フォール教授が主催した国際研究集会〔二〇〇七〜一一〕は、中世神道、修験道、陰陽道、仏教美術、仏教芸能について内外から一線の研究者を集めたが、特に米国の若手研究者たちが挑戦的な議論を展開して刺激的であった。更にハーバード大学の阿部龍一教授の許で、近本謙介氏が共同で開催した国際研究集会「日本仏教の領域複合的解明の試み—宗派性の超克」は、テーマそのものが超領域的であり、国内学会では容易に実現できない諸分野の先端研究と米国の若手研究者の斬新で意欲的な研究がぶつかり合う、今後の国際的研究連携の可能性を示唆する機会であった）。

人文学アーカイヴス・リサーチ・ネットワークの創案

こうした我々にとってのフィールドワークである調査研究の唯一無二の拠り所である人文遺産、それは、あらかじめ登録され検索番号を付された資料として存在するばかりではない。幸いにも現在に伝えられ、あらゆる知の探究の前に開かれた先人の文化の営みの所産であり、それは書物文献であるのみか、ひとつの世界を構成する諸次元のテクストが複合しつつ豊かな体系をつくりあげている。たとえば、東大寺二月堂修二会の如きがそれである。天平の昔から絶えることなく伝承され、しかも時代の変化を刻み込んで蓄えているこの法会は、生身の観音を本尊として祀る建築空間から聖典、縁起、記録文書まで多くの位相のテクストと、何よりその〈聖なる宗教空間〉を生気付ける練行衆をめぐる人々の儀礼の営みにおいてこそ成り立つ、今も生きた宗教テクストの創出され、はたらく場である。すなわち全体が、有形無形の宗教文化遺産そのものであり、その運動の流れが「歴史」として立ちあらわれる。ここに現象し、なお示し続けている世界は、その所産として厖大な遺産を生じ、その蓄積ごと伝承され、更にはそれを種子とした新たな文化創造の契機となり、研究を含めたテクストを派生し続けている。それは、ただ古いものが化石化して保存されるのでなく、絶えず更新され、また一旦消滅したと思われたものが復活再生しながら継承されていく、ダイナミズムに満ちた空間である。つまり、そこから想い描かれる人文学遺産としてのアーカイヴスとは、標本のような死物の収蔵庫ではなく、今なお、そして未来にわたって、読まれ、解釈され、発見され、なお創造をうながすような運動を生き続ける機構として在らしめられるもの、といえよう。

そのような可能性を秘めた人文遺産は、日本に限りなく遍在する。それは「文庫」と称す図書館や大学の資史料室、博物館や美術館、公私の研究所、社会教育機関だけではない。これまで述べてきた寺社に伝来する経蔵宝蔵から民間の個人所有の許で保管される（時に一括して古文書と称される）資料群まで、散逸し巷間に流通して再びコレクションされたものも含めて、あらゆる形態で存在するこれらのアーカイヴスが、等しく価値を認められよう。奥三河の山村に伝承される祭祀芸能である花祭を担う花太夫の家に伝えられる祭文はじめ各種宗教テクストや文書を、花祭の映像記録と共に一括して悉皆調査する「花祭アーカイヴス」を立ち上げたのも、同僚の佐々木重洋氏と共に花祭の保存・継承の為のプロジェクトを地域の伝承者の方々と一緒に取り組んでいる活動の一環である（文化庁による「文化遺産を活かした調査研究・地域活性化事業」）。それを通して、祭りと共に大切に伝えられてきたその宗教的基盤であり歴史の記憶そのものでもあるアーカイヴスを、我々が調査研究を介して積極的に価値を認め、記録して未来の解釈に資す為に整理保存をサポートしようと取り組んでいる（松山由布子「テクストに見る花太夫の活動」『説話・伝承学』20、二〇一二）。こうした、至るところに存在する我々の人文遺産を発見し、それをアーカイヴスとなす役割とは、およそ、すべての人文学の調査研究に携わる者の責務ではないだろうか。

空前の大災害となった東日本大震災は、無数のアーカイヴスを押し流し、消滅させた。しかしなお、その復原や再生に取り組んでいる多くの人々が居り、そのはたらきの許で我々の記憶が護られ継承されていることを、忘れないでおこう（その一例として国立歴史民俗博物館による『東日本大震災と気仙沼の生活文化　図録と活動報告』二〇一三、を紹介しよう）。それは、既に一九九五年の阪神淡路大震災において研究者たちの自発的なボランティア活動を介して自覚された運動であった。災害に限らず、戦争や失火など、遺産を滅ぼそうとする敵は至るところに潜んでいる。何よりも人間と、その社会の無関心こそが最大の敵である。先祖や古えの人々が創りだした文化遺産を破壊する張本は人間自らにほかならないとは大いなる皮肉であるが、その反省を前提として、ここで、かねてから想い描いているひとつの夢を語りたい。

未来へ人類の文化遺産を継承する、人文学の任務というべき不断の運動を含めた、価値を明らめ解釈に及ぶ記録化のための調査・研究がアーカイヴス化であるとすれば、ここにいう人文学アーカイヴスは至るところに現前する、いま、ここに在る我らの課題である。但し、このような対象を見いだし、それに取り組む研究者たちは、前述の如き多種多様な組織の中にあり、立場や状況に束縛されて、その制約の中で研究費など資金の獲得も含めて苦闘している。大学の中でも、教育と研究の狭間で、こうした営みは積極的に評価されにくく、ほとんどボランティア的な認識に留まっている。こうした隔たりと制約を超えて、既知・未知のアーカイヴスを我々人文学研究者が調査・研究（リサーチ）を通して保全し、ひいては社会・市民に共有され、等しく価値を認められ、未来へ受け継がれる知の共同体が希い望まれる。

そのために、アーカイヴスの調査・研究に従事する、とくに若い、未来の人文学を担う世代のための、ゆるやかなネットワークと、それを支え、活動を助成し、その成果や情報を共有するフォーラム、ひいては社会に発信、公開し、海外の若い研究者たちとその調査・研究そのものを介して交流できるような、また海外のアーカイヴス活動とその達成を学び、自由に貢献できるような、そうしたシステムを創りだしたい。上述した既成の諸研究やそれを推進する機関のプロジェクトにおいて始まっている連携を、更に一層相乗し、進展させる、全く新しい発想でのセンターができないだろうか。それは大きな建物や支援組織を殆ど必要としない、柔軟な繋がりとして運営されてよい。必要と進展に応じて姿を変えるような、また新たな発見や常ならぬ事態に直面して連携し即応できるような、見えないけれど確かに役割を果たす機関を、人文学アーカイブス・リサーチ・ネットワークとして設立してはどうだろうか。そのとき、未来の説話文学会は、こうした運動を支えるネットワークの一環となってくれるだろうか。具体的には、まず足許の、目前のアーカイヴスの調査・研究から始まり、いま始動した連携を実質的に深めていくしかないのであるが、その夢だけは持ち続けていきたい。

일문학회
울 국제학술대회
포지엄
조 - 동아시아의『금석이야기집』
(토) 오전 9:30-오후 8:00
기념관 / 형남공학관
日本說話文學會，崇實大學校 日語日本學科
대학교, 同志社大学

III

説話文学会ソウル例会の記録

［韓国日語日文学会共催］

2012.12.15　於・崇実大学校

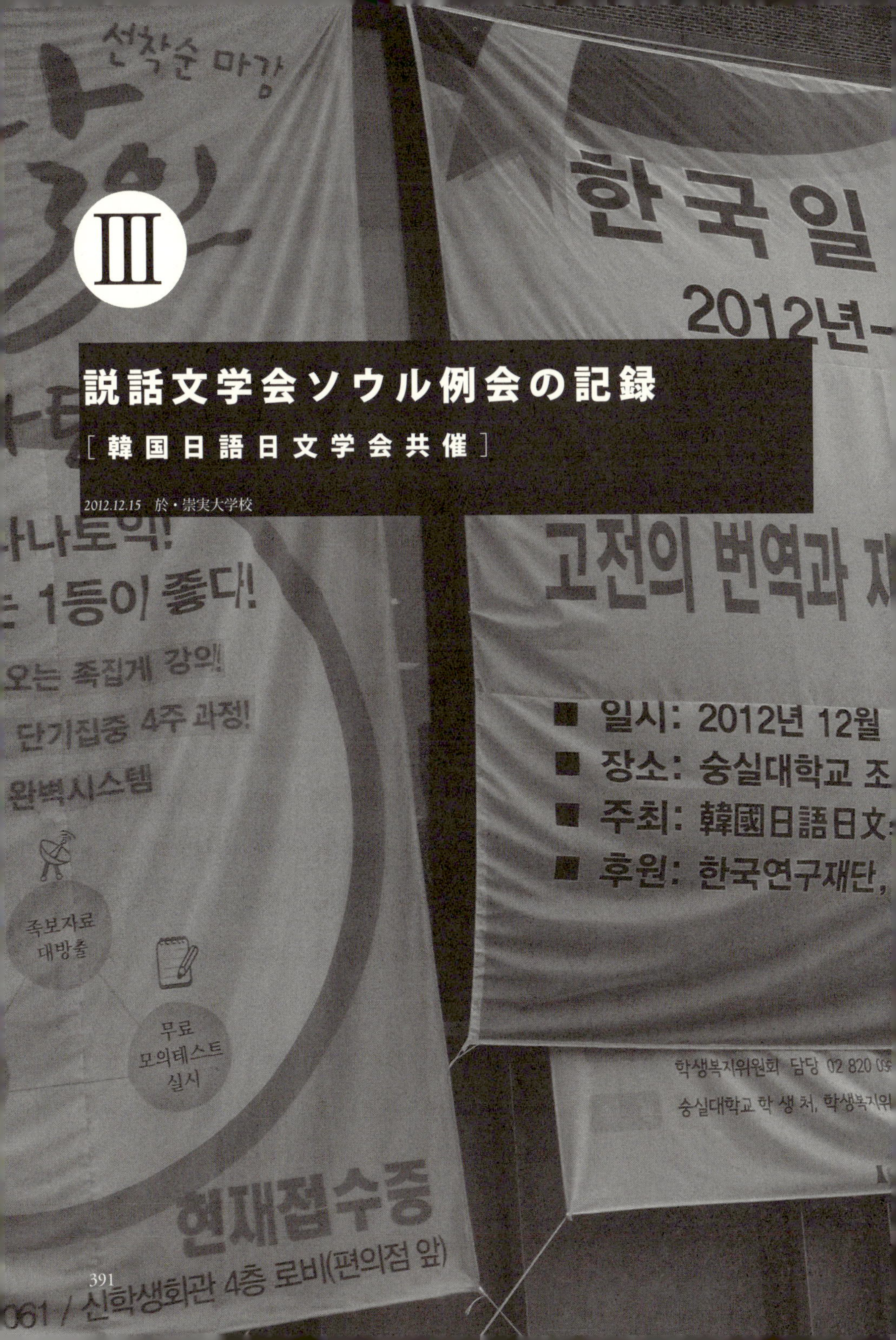

全体シンポジウム

説話文学会ソウル例会

［韓国日語日文学会共催］

古典の翻訳と再創造

――東アジアの今昔物語集

［司会］文　明載、千本英史
［発表］小峯和明、張　龍妹、
グエン・ティ・オワイン、李　市埈
［コメンテーター］金　忠永、李　龍美

趣意文

説話文学会ソウル学会シンポジウムのために

小峯和明

『今昔物語集』の外国語への翻訳は、欧米ではすでに数年前に全巻の英訳本が出ており、抜粋に限れば最近のシラネ・ハルオ氏のものをはじめ複数あり、フランス語訳もかつての日本学の泰斗ベルナール・フランク氏による抄訳がありますし、ドイツ語もやはり抄訳が六〇年代に出ています。近年、アジアでも急速に翻訳が進展し、中国語訳は三種類も出され、全訳も公刊されました。なかでも北京日本学研究センターの張龍妹氏の担当された翻訳は本朝部に限られるものの、簡略な脚注も施され、学術的に最も信頼のおける業績といえます。そしてさらには、現在、ハノイの漢喃研究院のグエン・ティ・オワイン氏によるベトナム語訳とソウルの崇実大学の李市埈氏を中心とする韓国語訳との二つの翻訳が、これも本朝部に限られますが、ほぼ同時並行で進んでおり、いずれも来年には刊行される見通しとのことです。

これらが実現すれば東アジアの漢字漢文文化圏における翻訳がほぼ出そろうことになり、『今昔物語集』研究があらたなステージを迎えるであろうことは必定と思われます。韓国もベトナムも、前近代においては漢文文化圏にあったわけで、東アジアの共有圏に位置づけうる意義を担っていると考えられます。

申すまでもなく、『今昔物語集』は説話を通して当時の全世界を掌握し、あらわそうとした世界文学とみなせるもので、今日のアジア世界に深くかかわっています。もはや『今昔物語集』を説話文学の最高峰といった次元の、日本だけの内向きのジャンルや作品としてのみとらえることはできないでしょう。『今昔物語集』が東アジアにおいていかなる意義や位置を持つのか、正面から考究されるべき時期に来ているのではないでしょうか。近年、各方面から論究される東アジア論からみても、『今昔物語集』は恰好の対象となるはずです。

こうした問題群を前提に、説話文学会五十周年記念事業の一環として、『今昔物語集』翻訳を推進された張龍妹、グエン・ティ・オワインのお二人をお招きし、今回の学会幹事役をも担われている李市埈との三氏を中心に、ひろく東アジアの古典の翻訳と再創造の課題にかかわる『今昔物語集』の翻訳について議論の場がもてればと思います。

翻訳論はややもすると、翻訳作業の困難さをはじめ、技術的なレベルに話題が陥りがちになりますが、ここではあくまで古典の再創造としての翻訳の可能性や文化の翻訳に根ざした東アジア論など、より問題提起的な議論を展開できればと考えます。『今昔物語集』自体、和漢内外の依拠資料をみずからの文体に翻訳しているわけで、〈翻訳文学〉の典型ともいえるものです。『今昔物語集』による翻訳と、翻訳された『今昔物語集』とがどうクロスするのか、先に公刊されました、小峯和明編『東アジアの今昔物語集　翻訳・変成・予言』(勉誠出版、二〇一二年)でも問題になりましたが、さらなる研究の深化(進化)をめざして、東アジア学の俎上に乗せられるよう、論の進展を期したいと考えます。

実り多い議論の場となりますよう、よろしくご参集いただければ幸いです。

参考：張龍妹・校注『今昔物語集』中国・人民文学出版社、二〇〇八年。

古典の翻訳と再創造

—東アジアの『今昔物語集』—

◉

小峯和明
［立教大学］

1947年生まれ。所属：立教大学。専門分野：日本中世文学、東アジアの比較説話。主要編著書：『今昔物語集の形成と構造』（笠間書院、1985年）、『説話の森　天狗・盗賊・異形の道化』（大修館書店、1991年、岩波現代文庫、2001年）、『説話の声　中世世界の語り・うた・笑い』（新曜社、2000年）、『『野馬台詩』の謎　歴史叙述としての未来記』（岩波書店、2003年）、『院政期文学論』（笠間書院、2006年）、『中世法会文芸論』（笠間書院、2009年）など。

二〇一二年は、日本の説話文学会のちょうど創設五十周年ということで、六月に立教大学で記念大会のシンポジウムを行いました。この学会では例年十二月は東京外の各地で例会をやっておりますが、今回は五十周年にあわせ、海外にこれからどんどん出ていかなければいけないということで、韓国で日語日文学会に混ぜていただくかたちで開催させていただくことになりました。崔在喆会長、会場校の李市埈さんほか関係の方々にはいろいろお世話になりました。ありがとうございました。

私の報告は、タイトルは非常に大きいのですが、時間も限られていますので、かいつまんでお話せざるを得ないので、翻訳の話から即いきたいと思います。

一　世界で訳される『今昔物語集』

現在、刊行されている『今昔物語集』の翻訳は意外に多くありまして、まず中国語は、このあと登場します張龍妹さんの「本朝部」の翻訳をはじめ、全訳も出ております（下段【資料1】参照）。英語訳はここでは四つしか挙げていませんが、他にも抜粋を含めるともっとたくさんあります。④のように全訳も出ております。それからフランス語訳はかつてのベル

【資料1】世界で訳されている『今昔物語集』

A. 中国語訳
①張龍妹校注　人民文学出版社　2008年　本朝部・全
②北京編訳社　新星出版社　2006年　本朝部・全
③金偉・呉彦訳　万巻出版公司　2006年　全訳

B. 英語訳
④ Yoshiko Dykstra：The Konjaku Tales　関西外国語大学出版　1986～2003年　全訳
⑤ Marian Ury：Tales of Times Now Past　University of California Press　1979年　62話
⑥ Robert Brower：The Konjyaku Monogatarisyu:An Historical and Critical Introduction with Translation of Seventy Tales　University of Michigan　1952年　本朝部・71話
⑦ Haruo Shirane：The Demon at Agi Bridge and Other Japanese Tales　Columbia University Press 2011年　19話

C. フランス語訳
⑧ Bernard Frank：Histoires qui sont maintenant du passe Paris:Gallimard　1968年　58話

D. ドイツ語訳
⑨ Horst Hammitsc：Erzahlungen des alten Japan aus dem Konjaku monogatari. Trans. IngridSchuste and Klaus Muller,Stuttgart,Reclam　1965年　22話
17-26,20-11,20-15,20-18,22-4,23-17,23-18,24-9,24-57,25-2,26-10,27-8,27-16,27-44,28-20,28-28,28-33,29-11,29-36,29-38,30-11,30-13

E. 韓国語訳
⑩文明載　J&C　2006年　22話
⑪李市埈・金泰光　本朝部・全（未刊）

F. ベトナム語訳
⑫グエン・ティ・オワイン　本朝部・全（未刊）

A 中国語訳①張龍妹

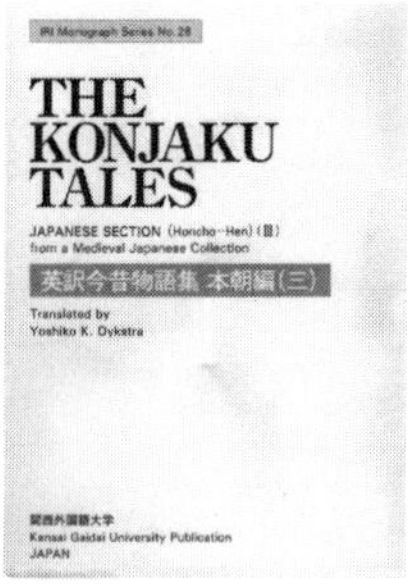

B 英語訳④ Yoshiko Dykstra

B 英語訳⑦ Haruo Shirane

C フランス語訳⑧ Bernard Frank

D ドイツ語訳⑨ Horst Hammitsc

ナール・フランクさんの抄訳が出ておりますが、先ほどソウルに滞在中のフランスのエステルさんにうかがいましたところ、エライユという日本史専攻の方の部分訳も出ているそうで、複数あるようです。ドイツ語に関しても、最近わかったのですけれども、六十年代に抜粋が出ておりまして、これ以外にもまだあるようですね。ですから、欧米圏でもいろいろ出ていることがわかります。

そして現在進行中の韓国語訳は、このあと登場します李市埈さんと金泰光さんの共同作業で進められています。また、あとで登場します、グエン・ティ・オワイン氏さんを中心とするベトナム語訳も進んでおります。ということで、東アジアのかつての漢文文化圏における翻訳も出そろいつつあるということで、宣伝の意味も兼ねて本の表紙だけ紹介しておきます。『今昔』の内容にふさわしくないようなカバーもありますが。ごく最近、ニューヨークのコロンビア大学のシラネ・ハルオさんが、抜粋で訳したものは（上図⑦）、タイトルは「The Demon at Agi Bridge」で、『今昔』の安義橋の鬼の話がタイトルになっております。

二　翻訳から浮かび上がる研究・解釈の問題

【資料 2】巻二九第一八「羅城門登上層見死人盗人語」 羅生門の話

盗人、此レヲ見ルニ、心モ得ネバ、「此レハ若シ**鬼**ニヤ有ラム」ト思テ怖シケレドモ、「若シ**死人**ニテモゾ有ケル。恐シテ試ム」ト思テ、和ラ戸ヲ開テ、刀ヲ抜テ、「己ハ、己ハ」ト云テ、

①張龍妹校注　人民文学出版社　2008 年

賊人看了莫名其妙、心想莫非是**妖怪**、不禁毛骨慄然、又一想也許是**死人的魂**霊、待我吓她一下、就軽々推開門、抜出刀来赴過去喝道：”你是什麼人？”

④ Yoshiko Dykstra：The Konjaku Tales　関西外国語大学出版　1986 ～ 2003 年

Seeing this,the frightened man thought,” This may be a **demon**.” Then he reflected,” Yet she could just be the **spirit** of a dead person.I will frighten her snd see.” He opened the door drew his sword,and dashed at her,shouting,” You demon!”

⑦ Haruo Shirane：The Demon at Agi Bridge and Other Japanese Tales Columbia University Press 2011 年

The thief could make no sense of what he saw. “Could it the **ogre**? “he thought,terror coming over him. “But maybe it`s only a **ghost**. I `ll try giving it a scare! “Stealthily,he opened the door to the inner room,drew his sword,and,shouting “You—you there! “ rushed in.

※①④⑦の数字は【資料 1】の翻訳書の番号である。

翻訳の問題をいろいろ見ていくと、今までの研究や解釈上の問題が、改めて浮かび上がってくることを感じます。

まず芥川龍之介が小説にした有名な『羅生門』の話を例にします。巻二九第一八「羅城門登上層見死人盗人語」です。盗人が門の上に登って行って、老婆と死体を見つける場面です。【資料 2】をご覧下さい。ここの文章を見ますと、盗人が老婆たちを見て不審に思って、「此レハ若シ鬼ニヤ有ラム」ト」思い、怖ろしいけれども「若シ死ニシ人ニテモゾ有リケル」、脅してみようと、刀を抜いて老婆を脅す場面です。

①の龍妹さんの訳ですと、「鬼ニヤ有ラム」の「鬼」を「妖怪」としています。それから「死ニシ人ニテモゾ有リケル」は「死人的霊魂」、「霊魂」ですね。英訳も似たような感じで、全訳の④では「demon」になったり、「the spirit of a dead person」になったりする。⑦のシラネさんの訳でも「ogre（鬼）」、後で「ghost」になってますね。

しかし、改めて本文を見直すとそういう訳でいいのかという疑問がでてきます。まず「鬼ニヤ有ラム」は、一般の注釈では羅生門に鬼がいる伝承がよく知られていたから、鬼と思ったのだろうという解釈ですけれども、しかし、もし鬼がいると思ったら、男は本当に門の二階に登るんだろうか、恐ろしくて登れなかったのではないかとむしろ考えられるわけ

です。『今昔物語集』では、異様なものに遭遇したときに、「鬼ニヤ有ラム」と思うパターンがあり、「鬼」という名前をつけて了解しようとするわけで、ここでも発想の定型の一環としてあったのではないかと思います。ですから羅生門の鬼伝承とは無縁のものだったのではないか、と考えられます。

もう一つは「若シ死ニシ人ニテモゾ有リケル、恐シテ試ム」というところです。これも非常に変な文章でして、これに関しては、『新古典大系』で森正人さんが注をつけていますが、「死人と思ってなぜ脅すのだろう」としている。『新全集』の現代語訳をみても、「すでに死んだものの霊かもしれぬ」と訳しています。しかし、死人と死霊はあきらかに違うので、そうなると原文ではちょっと解釈しにくいことになります。これは『新古典』の注のように、「若シ人ニテモゾ有リケル」が原文で、「人だと思ったから脅してみよう」とみれば分かりやすいです。「死」の字の「し」がだぶってしまった衍字だったのかもしれませんし、とにかくそのあたりを誤認してこういう解釈になったのだろうと思うのです。ですから「死霊」と訳すのは検討する必要があると思います。

このように細部の翻訳にこだわることで本質的な問題がみえてきます。

三　イメージの翻訳へ

さらに羅生門という門に関していえば、これは以前本に書いたことがあるのですが、この門は建築学上、非常に問題がありました。二階が吹き抜けになっていて、横長で奥行きがない建物ですから、まともに風に煽られたら弱いわけですね。現に七九四年に京都に都が移ってから、二十年後くらいに壊れてしまったんですね。その時には再建されるのですが、また百数十年後には倒れてしまう。以後建て直されることはありませんでした。藤原道長が法成寺をつくるときに門の礎石を持ち去ったのがけしからんと非難する記録（『小右記』）もあるほどです。

そういう背景をみてみると、この話は門がないからこそできた話だろうと私は考えています。門はないけれども門に対する都の内と外を分ける境界の意識は残る、そういう記憶だけが残っていて、この話はつくられたのだと思うのです。門の上が死体置き場になっていたことは、歴史上の事実のように扱われますが、この『今昔』の話以外にはそういうことを伝える例はないわけでして、やはり平安京という都市空間の幻想としてこの話が作られて、その失われた門を物語によって回復し、都市の光と闇を描き出そうとした話として解釈できるだろう、と考えています。

さらに翻訳という問題を言葉の問題だけではなくて、〈イメージの翻訳〉として考えていきたいと思います。羅生門とはいったいどんなものだったのか。あるいは盗人や老婆の姿、装束はどうだったのか。そういう視覚文化からの読みかえや読み直しが必要で、立体的に把握する「翻訳」ですね。特に海外への翻訳ということを考えれば、言葉の壁を超えるイメージがこれから益々重要な意味を持ってくるだろうと考えられます。

地図（下図参照）では、下の丸印が羅生門で、平面図ではよく指示されていますが、立体的に考えていこうとする場合、まず絵画資料の、なんといっても絵巻が重要な資料となるわけです。さしあたっては十二世紀の有名な『伴大納言絵巻』に、ちょうど羅生門に相対する北側の朱雀門のイメージがみられます（下図参照）。それから京都の文化博物館では復元の模型が作られている。最近ではコンピューターグラフィックですね、CGによる復元がずいぶん進んできて、かなり具体的なイメージができるようになっている。こういうものを翻訳としてもっと利用していいのではないかと考えます。ついでにいうと、有名な黒澤明の映画「羅生門」にセットがあります。でも先に申しましたように、建築学上は横倒しになるはずな

平安京図

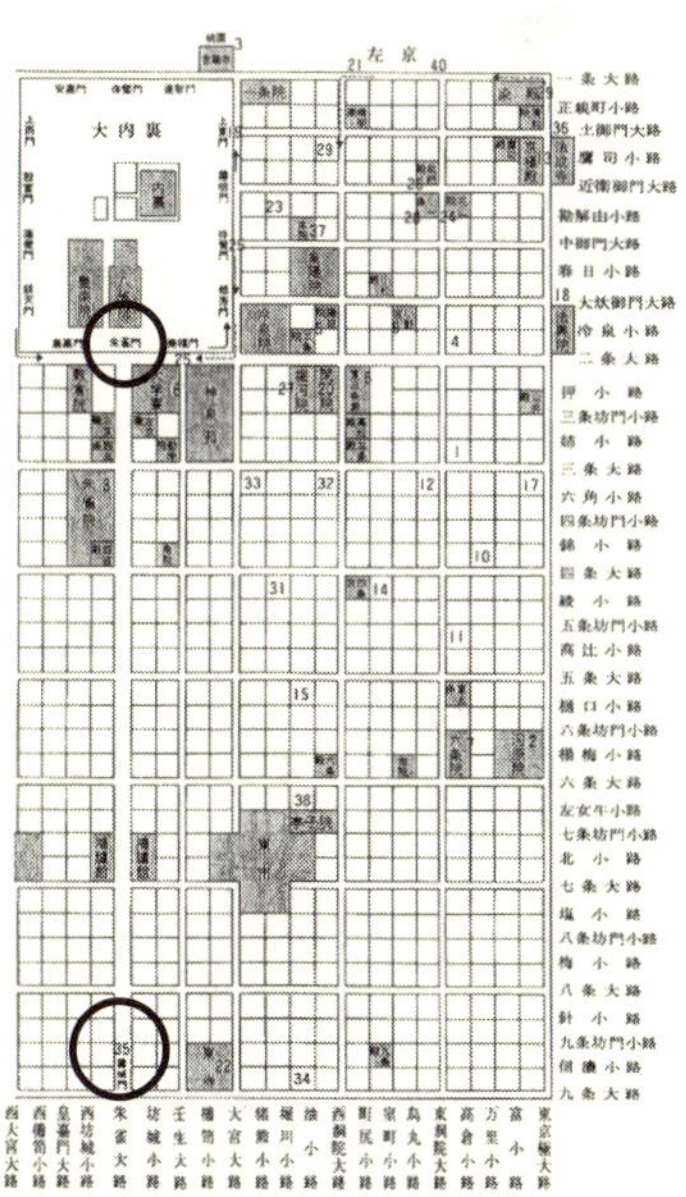

平安京（東の京・左京）・条坊図
[上の丸が朱雀門、下の丸が羅生門]

『伴大納言絵巻』の朱雀門　12世紀（出光美術館蔵）

羅生門のＣＧ復元

羅生門の復元模型

映画：黒澤明「羅生門」のセット

京都文化博物館蔵：羅生門の模型

現在の羅生門跡

ので、余計なことですけれども、こういう崩れ方は多分ないだろうと思います。現在の羅生門の跡はこんな公園になっているということですね（以上右頁参照）。

四　翻訳文学としての『今昔物語集』―翻訳の現場

次に、『今昔物語集』自体、翻訳文学としての意義をもっているわけで、その面から考えてみたいと思います。『今昔物語集』が先行する様々な文献資料に基づいて、自ら独自のスタイルに語り変えていることは通説になっておりますが、「翻訳」という言葉自体が、そもそも仏教の経典のサンスクリット語（梵語）を中国語に翻訳する漢訳が本義であるということです。『今昔』の用例をはじめ（「玄奘三蔵、大般若経ヲ**翻訳**シ給フ」（巻七・一））、当時の用例をみると、ほとんどそういう例になっております（『本朝続文粋』巻一一「羅什三蔵讃」に「**翻訳**華偈、講説草堂」藤原敦光）。翻訳の現場の実態を考えた場合、どういうイメージができるかということです。

経典の翻訳は梵文から漢文への変換で、これは中国の『仏祖統記』を始め、資料がいろいろ残っておりまして、最近の金文京さんの『漢文と東アジア―訓読の文化圏』（岩波新書、二〇一〇年）などにも、詳しく検討されております。訳経はかなり細かい分担作業が行われており、まずサンスクリット語を読み上げて、それを漢訳して、本文をチェックして、それを筆録してまた検討する。中国語の対句が生きるように表現を整理するなど、かなり大がかりな分担作業です。僧侶と官吏とが共同作業で行っていたこともわかっております。これを具体的に絵画で示したのが、鎌倉末期の有名な『玄奘三蔵絵』です（次頁図参照）。

昨年、奈良の国立博物館でも全巻展示されまして、私は三回通って全部見ました。大変素晴らしい絵巻で、訳経を大勢で分担作業している画面があります。描き分けがはっきりしているのは、内側に坊さんがいて、経典を読み上げ、外側で官吏と坊さんが混じっていろいろ筆録している、共同作業の姿が描かれています。他にも玄奘が読み上げているのを周りで書き取っている、ちょっとスタイルが違う例もあります。やはり『今昔物語集』の翻訳も、こういう訳経の現場と完全に合致するとは限らないにしても、かなり類比的にみることができるだろうと思います。

そこで非常に意味をもってくるのが『今昔』の文体でして、従来国語学では、「片仮名宣命書き」という言い方をしていますが、宣命というものの持つイメージがありますので、こ

『玄奘三蔵絵』巻十、14C。長安・弘福寺での訳経。内側の僧侶が訳文を読み上げ、外側の官吏と僧が筆録。（藤田美術館蔵）

同・巻八

同・巻十一、大般若経の翻訳

ういう言い方はもうやめた方がいいのではないかと考え、「片仮名小書き体」という言い方を提唱したいと思います。

要するに漢字に対して片仮名を小さく書くスタイルです。京都大学にある『今昔』の一番古い写本の鈴鹿本ですが、これは京大に入ってから国宝になって、閲覧が難しくなってしまいましたけれど、今はインターネットで見られます。漢字に対して片仮名を小さく書くスタイルですね（次頁図参照）。これがどういうスタイルかというと、早く書ける速記体のものです。片仮名を小さく、筆先でちょちょっと書くことをイメージすれば、想像つきますが、早く書ける速記のスタイルであり、なおかつ慣れれば早く読めるわけですね。今からみると不安定な表記ですが、速記速読のスタイルとして、江戸時代まで綿々と続きます。ですから資料を読み上げ翻訳して、それを筆録するという分業に最もかなっていることがうかがえますし、訓読語が基調になっていることも分かります。

それから、今年亡くなられた本田義憲先生が言われました「複数性を帯びた単数的な意志」とい

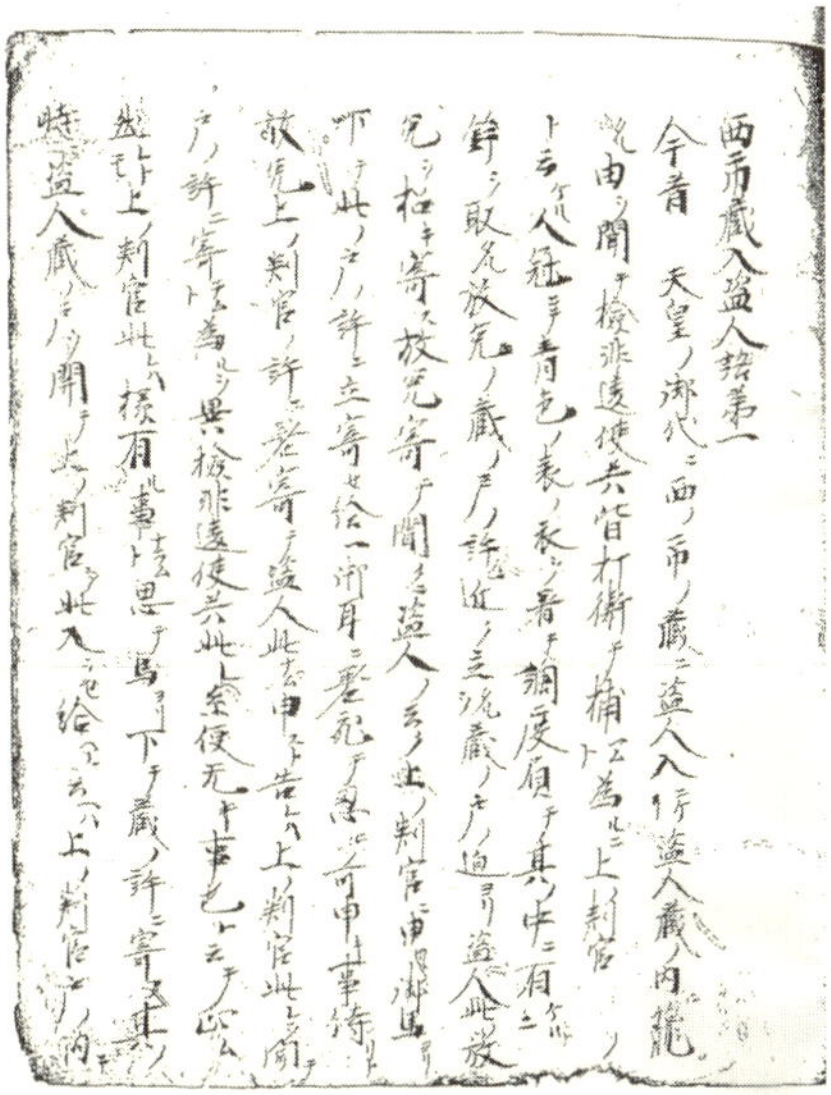
西市蔵入盗人語第一

鈴鹿本『今昔物語集』巻29巻頭

う『今昔』の編集にもつながってきます（「今昔物語集の誕生」『今昔物語集一』新潮古典集成・解説、一九七八年）。こういう分業なるが故に本田説は想像しやすいのではないかと考えられます。

このような片仮名小書きのスタイルですぐ思い当たるのは、いわゆる法会の説教などで使われる「説草」という資料です。小型の方形に近い枡形本で、懐に入るような小さい本です。

『今昔物語集』に限りませんが、古典はこういう具体的な本来あった形から見ていく必要があり、メディア学としての書誌学が重要な意義を持っていると思います。

五　翻訳の具体相―〈漢〉と〈和〉の交差

翻訳の具体的な問題ですが、『今昔』が見た資料がどんなテキストでどう訳したのかということで、たとえば「震旦部」の巻七の十一話をあげます。契丹・遼で編まれた『三宝感応要略録』をもとに訳しています。

又、羌胡**冠**ノ辺、京城亦因**皇**変ノ内ニ、仁王経二巻ヲ出シテ、（『今昔』巻七第十一）

又、羌胡**寇**辺、京城又因**星**変、内出仁王経二巻、（『三宝感応要略録』中巻第五九、慶安版、観智院本）→尊経閣本は『今昔』に同じ　金剛寺本・欠

全然訳せていないことが分かります。訳せないまま書いてしまっている箇所になります。なぜこうなったかというと、典拠の『三宝感応要略録』を見ると、「冠」の字が違うわけですね。『今昔』は「冠」になっていますが、『三宝感応要略録』は「寇」（こう）になっています。「こう」は「倭寇」とか「元寇」とかいう「こう」。それから『今昔』は天皇の「皇」の「皇変」になっていますが、『三宝感応要略録』は「星変」ですね。だからこういう文字遣いが違うために意味不明のまま訓読で

きなかったということです。現在残っている『三宝感応要略録』の伝本によりますと、観智院本とか慶安版本は正しいですが、尊経閣本は実は『今昔』と同じなんですね。ですから、尊経閣本のようなテキストを『今昔』は見ていて訓読できなかったということがわかるわけです。

それとは別の例で今度は『今昔』と『宇治拾遺物語』と同じ話を比べていくと、かなり近い親戚関係にあって、共通するおもとがあったことは明らかです。そこではまたずれが生じています。やはり「震旦部」の荘子をめぐる話題です。

我レハ此レ、河伯神ノ使トシテ**高麗**ニ行ク也。我レハ**東ノ海ノ神**ノ波ノ神也。(略)今三日ヲ経テ、□□ト云フ所へ行ニ遊バムガ為ニ、我レ行ムトス。(『今昔』巻十第十一「荘子請□□粟語」)

我は河伯神の使に、**がうこ**(江湖)へ行也。(略)我、今二三日ありて、**がうこ**もとといふ所に、遊びしに行かんとす。(『宇治拾遺物語』第一九六「後之千金事」)

→「がうこ」の「こ」の字母が「古」、「らい」と誤読、併せて「東の海の神」から高麗を想起したのでは?「高麗」を意識する表現主体の対外認識を示す。

『宇治拾遺物語』を見ると、「河伯神の使にがうこ(江湖)へ行也」とあります。荘子の話題ですから舞台は当然中国ですよね。ところがなんと『今昔』では、「河伯神ノ使トシテ高麗ニ行ク」というんですね。高麗まで行っちゃうとこれは大変な距離があるわけで、ちょっと考えにくいです。その理由としては、「がうこ」の「こ」の字の写本の字母、即ち万葉仮名の「古」をくずした字が、上の十と下の口がちょっと空くと、「らい」という仮名のように見えてしまう、それでこれを「こうらい」と読んでしまった。そういう機械的な誤読があったと思います。それと同時にやはり『今昔』は高麗という異国をそれだけ意識していた対外的な認識の問題がある。それをより現すのは、ここで「東ノ海ノ神ノ波ノ神也」とわざわざ付け加えているところです。これは『宇治拾遺』にはない表現です。「高麗」と読んだ結果、「東海の神」という存在を連想してくるわけですね。今回読み直してみて、私も含めて今までこの「東ノ海ノ神」をちゃんとマークした解釈がなかったことに気づきました。語り手には何かこの東海神の具体的なイメージがあったのかもしれません。『今昔』が対外認識を強く持っていることを非常によく表した例ではないかと思います。

六　南方熊楠の書き込みメモからモチーフの翻訳へ
―中国類書・志怪小説との比較研究へ

もう一つの問題として南方熊楠のメモに注目します（以下次頁図、及び資料③参照のこと）。

この人は近代日本の博物学の祖として非常に有名ですけれども、『今昔』の研究もやっていまして、様々な書物にいろんな書き込みをしております。熊楠の資料はそっくり和歌山県田辺市の南方熊楠顕彰館や白浜の熊楠記念館に残っております。

こういう書き込みのメモを見ると、それらが従来の『今昔』や説話研究では全く抜け落ちていたことがわかってきます。つまり中国の志怪小説の類、あるいはもっと様々なものがありますが、ここでは、中国の類書の志怪小説類だけを挙げましたけれども、例えば、『太平広記』を熊楠が昭和になってから手に入れて、読んで書き込みをします。そこで『今昔』の話をずいぶん連想しているわけですね。ここの話は、夜中に柱から子どもの手がでてきて人を招くというもので、今まで同類話は指摘されていませんでした。ところが熊楠は今から数十年も前に『太平広記』に似たモチーフがあると指摘していたわけです。欄外などに書き込みをしています。

あるいは芳賀矢一の『攷証今昔物語集』に熊楠が書き込んだメモをみると、『太平広記』の本文を抜き出しています。一方、『太平広記』のテキストには逆に、『今昔』にこういう話があると、両方の資料に双方向的にメモを加えています。『太平広記』を手に入れたのは、昭和に入ってからですので、昭和十六年（一九一四）に亡くなるまでこういう読書メモを続けていたことがわかります。このメモによって従来、十分見えていなかった中国の説話と比較できる視点が拓かれてくるわけで、小児の手が手招きする怪異のモチーフを東アジアのスケールで見ることができるといえます。

似たような例は宋代の志怪小説集の『夷堅志』にもあります。『攷証今昔』には『夷堅志』と書き、『夷堅志』には『今昔』と書いている例ですね。こちらは人が板に変じた話で、『今昔』では鬼が板に変化して人を殺したという話とのモチーフのかさなりが注目されます。いずれも今まで同類話が指摘されていなかったもので、あらたな展望が開かれ、東アジアのモチーフの翻訳として意義をもつと思います。

ということで、こういう熊楠の書き込みのメモをもとに、また新たな読みを展開することができるのではないかということであります。今回、時間の都合で省略せざるをえませんが、これもひろく東アジア説話の翻訳モチーフの問題として

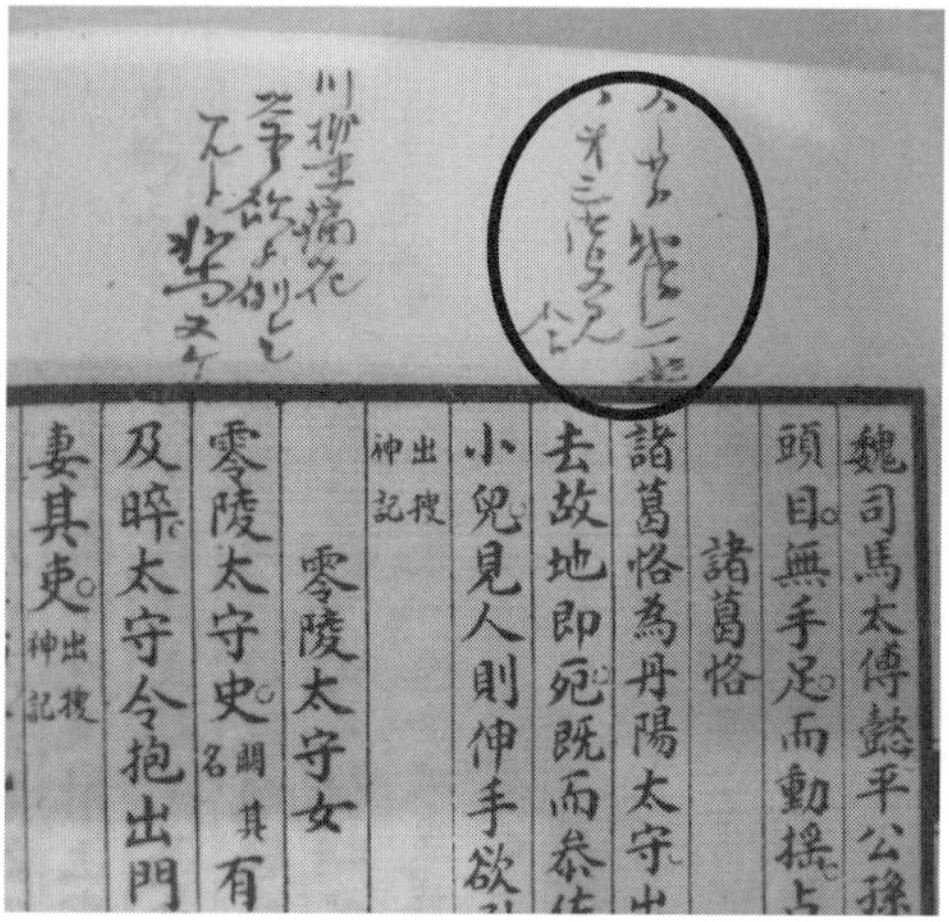

『太平広記』の熊楠の書き込み。『今昔物語集』の話を指示している。【資料 3】「双方向的なメモの例 1」参照。

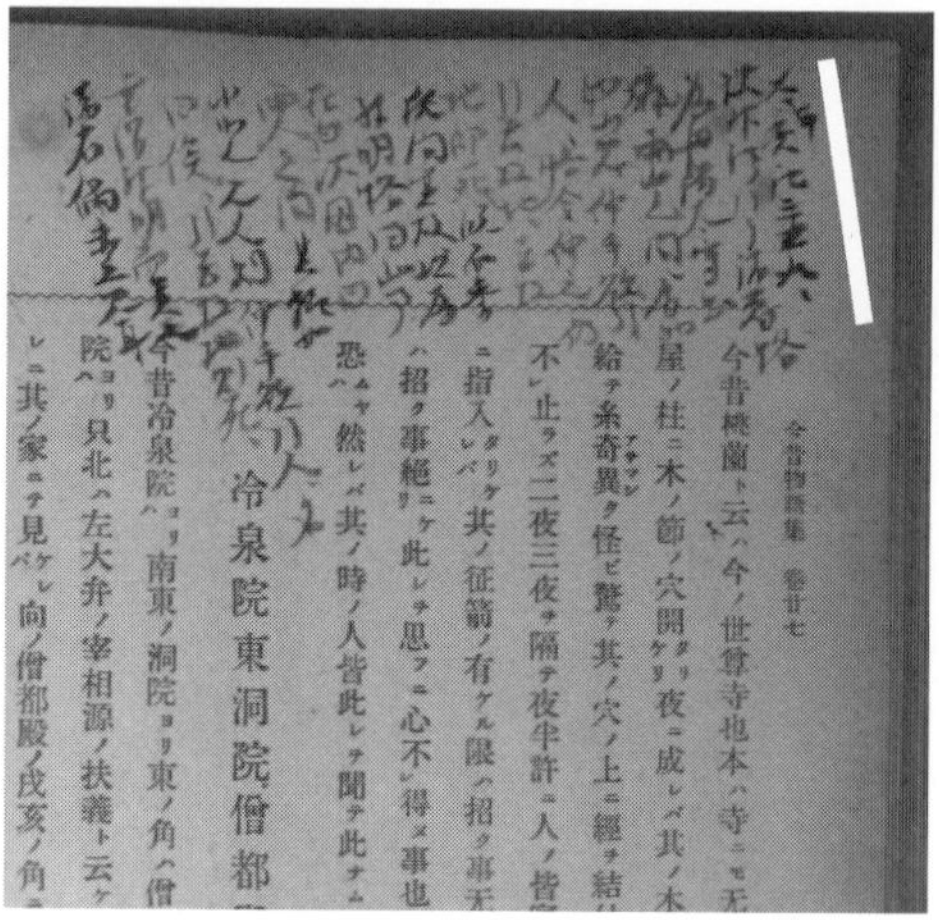

『攷証今昔物語集』の熊楠の書き込み。『太平広記』の本文を抜き出している。【資料 3】「双方向的なメモの例 1」参照。

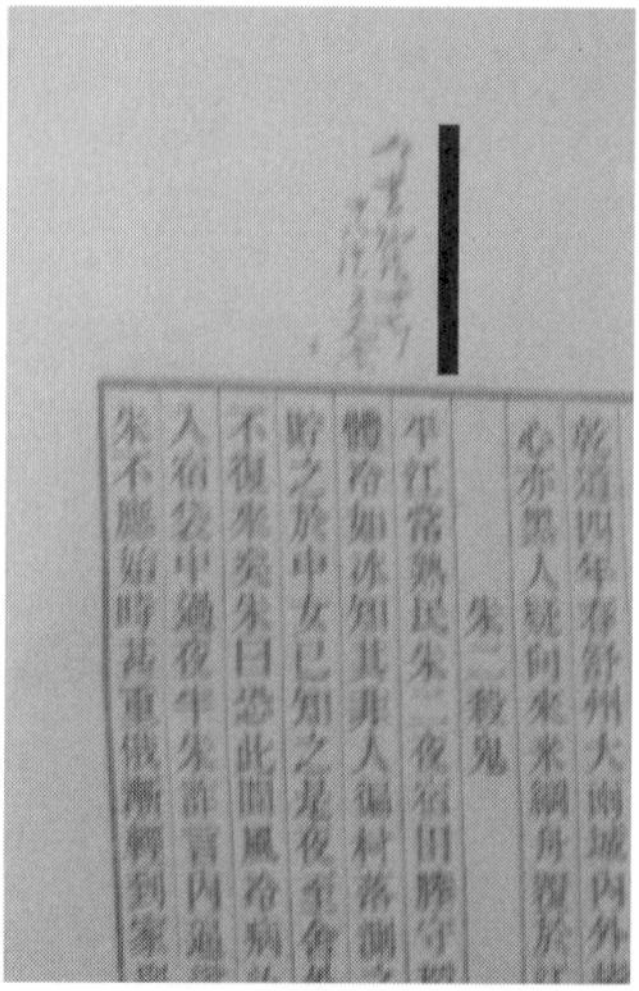

『夷堅志』の熊楠の書き込み。『今昔物語集』の話を指示している。【資料 3】「双方向的なメモの例 2」参照。

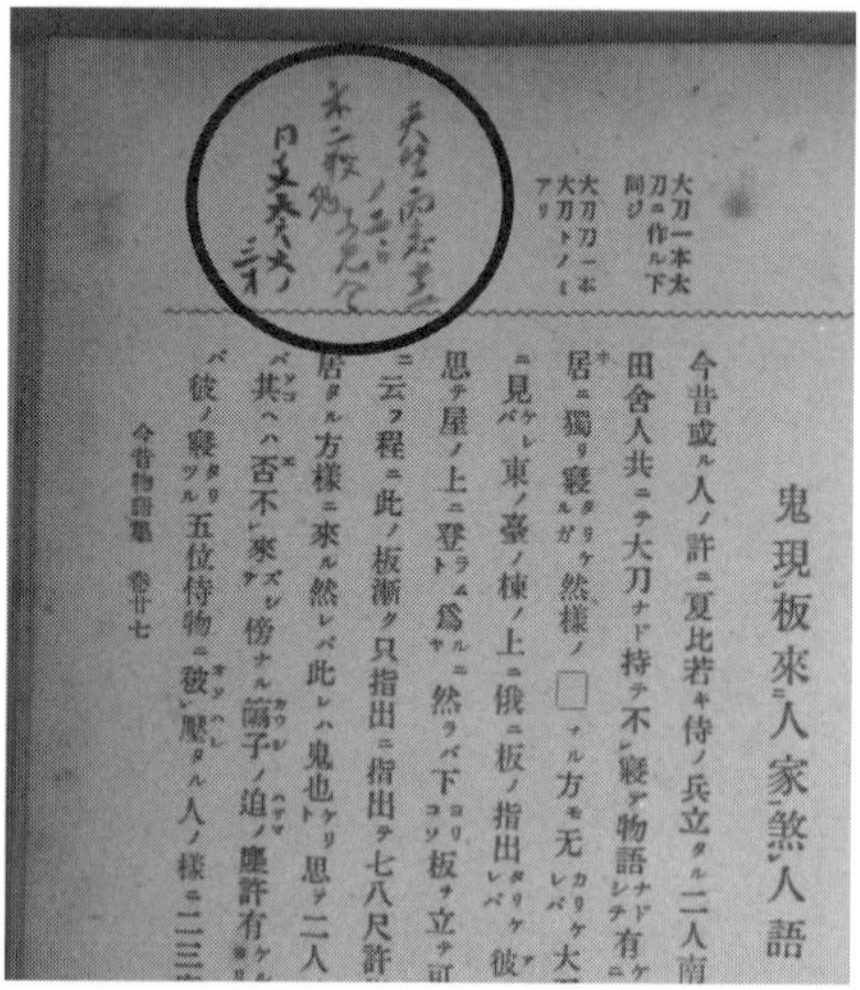

『攷証今昔物語集』の熊楠の書き込み。『夷堅志』の話を指示している。【資料 3】「双方向的なメモの例 2」参照。

【資料3】南方熊楠の蔵書の書き込みにみる同類話の群れ

○熊楠所蔵刊本『太平広記』にみる書き込み　→高陽論文より

・是ハ後半ハ仏説前半ハ今昔ノ国司カ難題ヲ出シテ人ノ妻ヲホメシ事ニ似タリ（巻八三・呉堪）
・今昔物語　千一夜譚（巻一三八・王智興）
・今昔物語　高向公輔ガ事ニ似タリ（巻一六十・灌園嬰女）
・今昔二十ノ七　染殿后為天狗ニ嬈乱語　東明観道士　此ニ今昔物語十ノ三四ニ聖人犯后被国王咎為天狗語（巻二八五・北山道者）
・今昔物語十ノ十八　霍大将軍ノ話（巻二九一・宛若）
・宇治拾遺八章　金取出シタル事　易ノ占シテ　大般涅槃経典七可見合　晋書九十五　芸術列伝　十五オニ見（巻二一六・隗炤）
・今昔物語ニ合ウ（巻三一六・陳蕃）
・今昔物語二七ノ三十一（巻三一九・荻仁傑）
・今昔物語二七ノ第三語ニ可見合（巻三五九・諸葛恪）
・今昔物語　二七ノ四三　平秀武値産女語ニ似シ（巻三六八・僧太瓊）

○熊楠所蔵刊本『夷堅志』にみる書き込み

・今昔物語二四ノ十八可見合　削樹皮呪之候樹後生皮合而死（丁志一・挑気法）
・今昔物語二四ノ十八語　此書丁志一ノ四葉表　挑氣法（支庚二・藍供奉）
・古今著聞集　　大井子カ此ヲタシナメシ如シ（丁志八・鼎州汲婦）
・今昔物語　行房室之事（十九・玉女喜神術）
・今昔物語十三ノ十二語　長楽寺僧於山見入定尼条　仙ニナリカヽリシモノ世間ニ出テ病死セシ事（支乙巻六・茅君山隠士）
・今昔物語二七ノ十八語可見合（丙志一二・朱二殺鬼）
・京娘　今昔物語京乃ニ似タリ　死衆女ト契リ別レテカナシミ病死セシ男（三志巳四・暨彦穎女子）

○双方向的なメモの例1：

『太平広記』巻三五九「諸葛恪」→熊楠のメモ「今昔物語二七ノ第三語ニ可見合」
『攷証今昔物語集』のメモ「太平広記三五九ニ捜神記ヲ引ク（原文引用・略）」
　『太平広記』本文
　諸葛恪為丹陽守。出猟両山之間、有物如小児、伸手欲引人。恪令伸之。仍引去故地。去故地即死。既而恭佐問其数、以為神明。恪曰、此事在白沢図内。曰、両山之間、其精如小児。見人則伸手欲引人。名曰傒。引去故地則死、無謂神明而異之。諸君偶未之見耳。出捜神記
　『今昔物語集』巻二七第三「桃園柱穴指出児手、招人語」
　夜ニ成レバ、其ノ木ノ節ノ穴ヨリ小サキ児ノ手ヲ指出テ、人ヲ招ク事ナム有ケル。
　　＊『捜神記』巻一五・妖怪篇六「諸葛恪」には別の話題（『新輯捜神記』中華書局）

○双方向的なメモの例2：

『夷堅丙志』巻一二「朱二殺鬼」→熊楠のメモ「今昔物語二七ノ十八語可見合」

『攷証今昔物語集』のメモ「夷堅丙志十二ノ二ウ可見合　朱二殺鬼　同支癸六ノ三オ」

　『夷堅志』本文
　（略）乃入宿袋中。過夜半、朱詐言内逼、遂起、負袋於肩以行。女号呼求出、朱不応。始時甚重、俄漸軽、到家挙火視之、已化為杉板。取斧砕之、流血不止。明夜、叩門索命、久乃已。

　『今昔物語集』巻二七第一八「鬼、現板来人家殺人語」

　此ノ板、漸ク只指出ニ指出テ、七八尺許指出ヌ。
　　→児の手招きや板に変化する怪異、従来知られず　＝読みの多層化
　　→『夷堅志』『太平広記』など志怪小説、類書との対応＝東アジアからの読み直し
　　→『攷証今昔物語集』の熊楠メモ：同類話群の更新
　　→話型、モチーフ、話素への着眼　従来の出典論的な読みを異化　東アジア共有の説話圏を掘り下げる基礎作業

【参考文献】

高陽「南方熊楠の比較説話をめぐる書き込み—『太平広記』、『夷堅志』と『今昔物語集』とのかかわりを中心に」『南方熊楠とアジア』アジア遊学・勉誠出版 2011 年
同「南方熊楠の書き込みに関する研究—『太平広記』を中心に」『熊楠ワークス』40 号　南方熊楠顕彰館 2012 年
小峯「南方熊楠の今昔物語集—説話学の階梯」『熊楠研究』南方熊楠資料研究会　1～8 号　1999～2006 年

展開できるだろうと考えています。

七　東アジアの共通語としての「説話」

これは私の『説話の森』を李市埈さんが韓国語に訳してくださったものですが、こういう研究の双方向の翻訳も重要だと思います。私はこの本を最初にみたとき、『伴大納言絵巻』の有名な応天門の炎上ですが、この本自体が燃えてしまうのではないかという印象を持ちました（笑）。

最後に「説話」について少しだけ触れておきます。一番古い日本の用例は本田先生が指摘された円珍の『授決集』にみる「唐人説話」ですが、名古屋の真福寺の写本では片仮名で「モノガタリ」と訓がついています。「説話」は「モノガタリ」だとまさしく翻訳しているわけですね（下図）。左頁は韓国の仏教系の東国大学の図書館にある『説話中出』という写本です。『経律異相』（上段）、『太平広記』（下段）、『捜神記』（下段）とか様々な説話系の経典や類書を抜き出したものがあります。ベトナムでも「松柏説話」（次々頁）があります。これは松柏の樹下で出会った二人の交友と出世の詩作をめぐる短編の話題をさします。

今後ますます東アジアから説話を見ていく必要があり、「説話」が東アジアの共通語としてあったことが研究のよりどころとなるだろうと思います。まだお話したいことは沢山ありますが、一応ここで打ち切らせていただきます。どうもありがとうございました。

小峯和明『説話の森』李市埈・韓国語訳 2009 年　翰林大学出版部

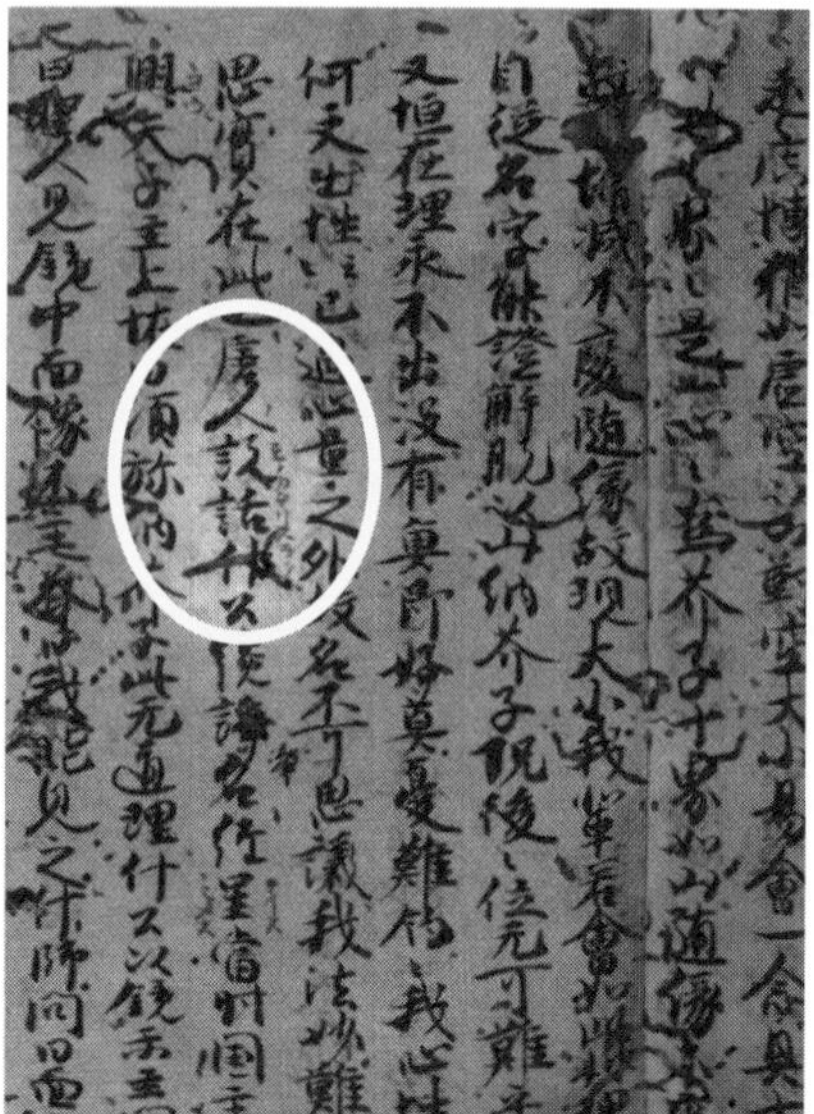
真福寺蔵、円珍『授決集』「唐人説話」

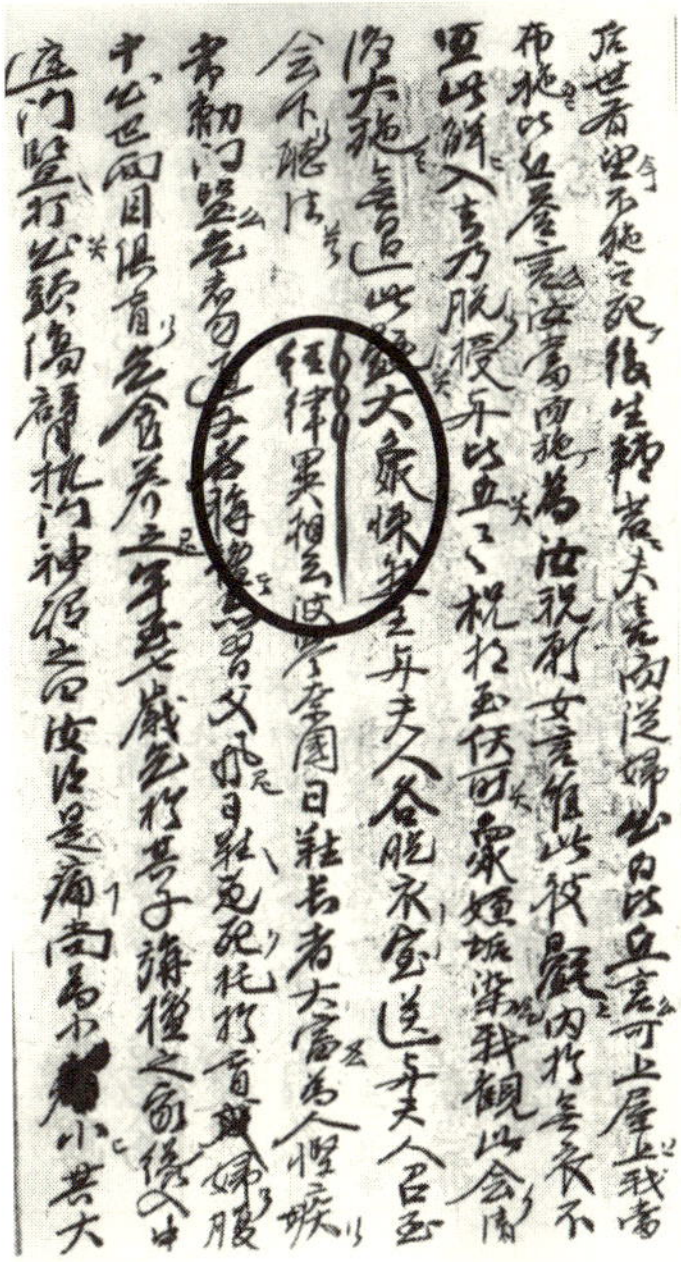

『説話中出』『経律異相』の抜き書き

東国大学図書館蔵『説話中出』

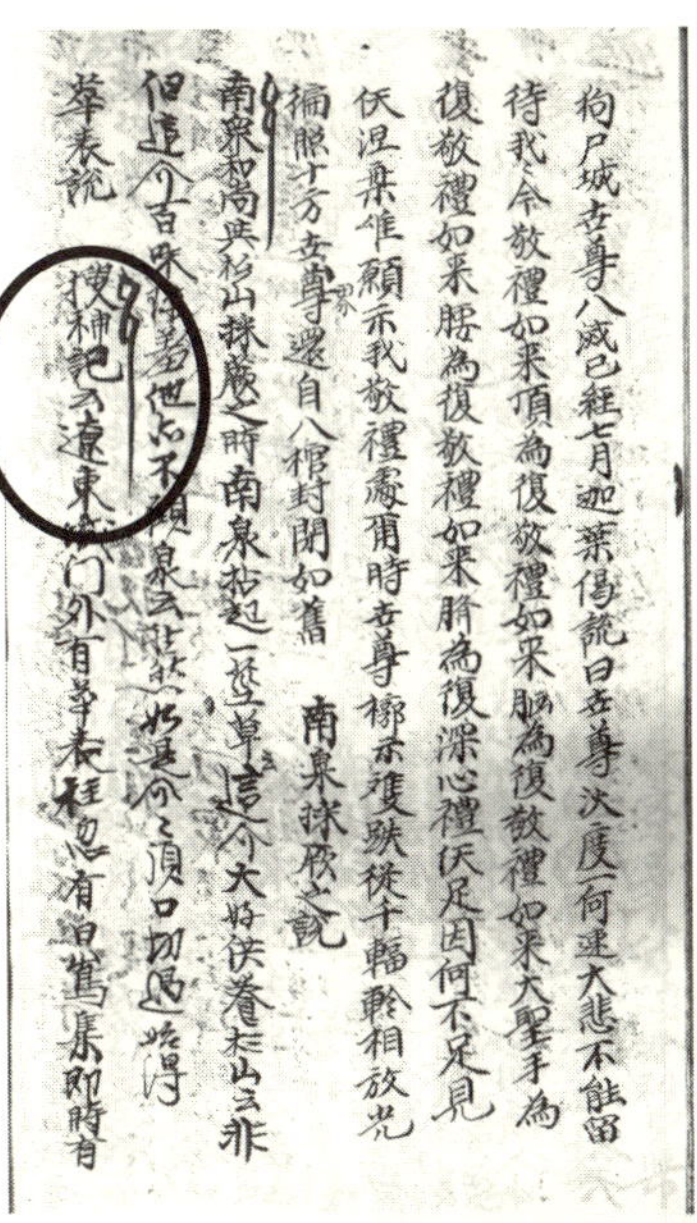

同 『捜神記』の抜き書き

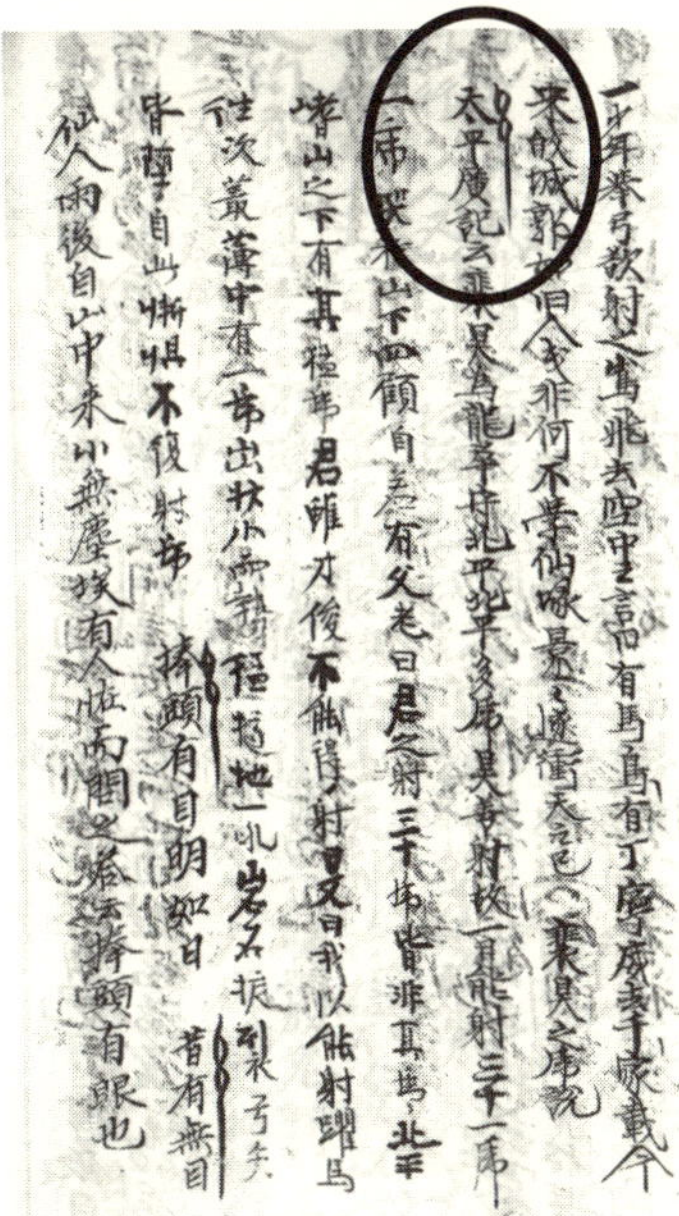

同 『太平広記』の抜き書き

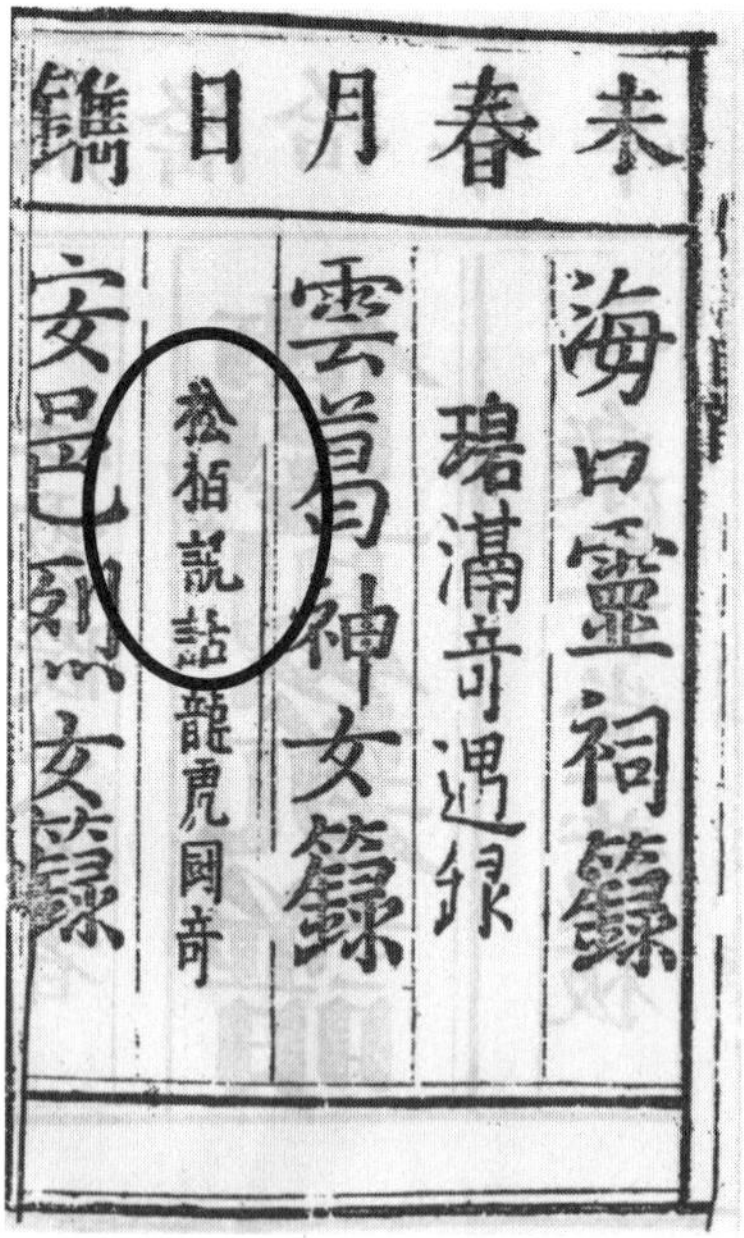

同・見返しに「松柏説話」

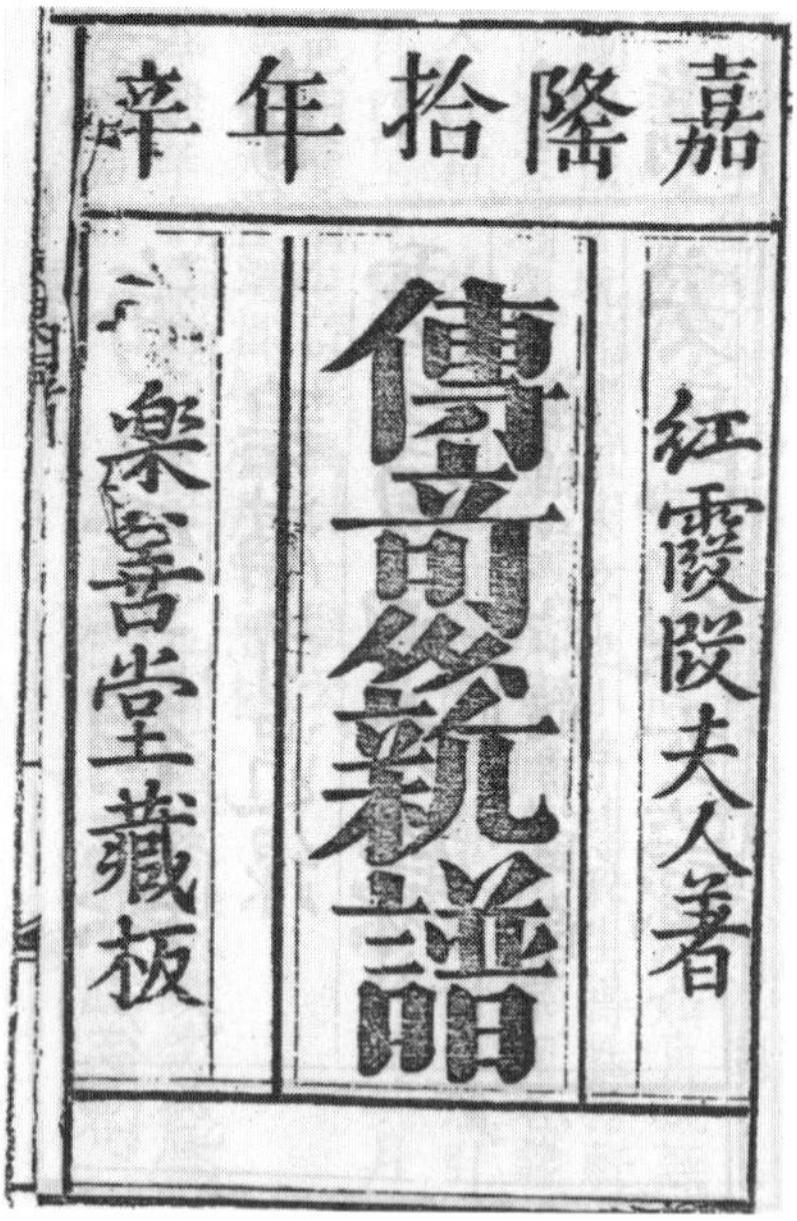

ベトナム・漢喃研究院蔵『伝奇新譜』

中国における日本古典文学の翻訳と研究
―『今昔物語集』を中心に―

◉

張　龍妹
［北京外国語大学日本学研究センター］

1964年生まれ。所属：北京外国語大学日本学研究センター。主要著書・論文等：『源氏物語』を中心とする平安文学。主要編著書：『源氏物語の救済』（風間書房、2000年）、『日本文学』（高等教育出版社、2008年）、『世界語境中的源氏物語』（人民文学出版社、2004年）、『日本古典文学大辞典』（人民文学出版社、2005年）、『今昔物語集　本朝部』（挿図本、人民文学出版社、2008年）など。

◉ Summary

本発表ではまず、中国における日本古典文学作品の翻訳を概観した上で、『今昔物語集』本朝部の翻訳からみた中日の文化的相違を指摘し、古典翻訳の意味について考える。

中国における日本古典文学の翻訳は 1960 年代に企画されていたが、まもなく文化大革命が発生したため、殆ど出版されることはなかった。『源氏物語』は 1960 年代半ばにすでに翻訳が完成されていたが、80 年代の初めにようやく出版された。『今昔』も同じ頃に翻訳されていたものの、仏教信仰という封建時代の糟粕が主な内容であるため、21 世紀に入ってからようやく出版されることとなった。ほかの日本古典も殆ど対外開放政策が実施される 80 年代以降に翻訳されたものである。本発表ではこのような日本古典の翻訳の現状と出版事情について紹介する。

また筆者は『今昔』本朝部の翻訳に際し、さまざまな問題に直面したが、今回は巻十九第五話の「六宮姫君夫出家語」にみえる「手枕の隙間の風も寒かりき身はならはしのものにざりける」という歌における「手枕」の翻訳や、巻十三第一話第二話にみえる「仙人」「聖人」の翻訳、乃至巻二十八にみえる「嗚呼」話における笑いの訳出を例に、中日の文化的相違を見ていくことにしたい。

最後に、中国語訳『源氏物語』による中国の源氏研究を反面教師に、古典翻訳の意味について考えてみる。

一　中国における日本古典文学の翻訳

中国における日本古典文学の翻訳は二十世紀の一九六〇年代に企画されていたが、まもなく文化大革命が発生したため、殆ど出版されることはなかった。『源氏物語』は一九六〇年代半ばにすでに翻訳が完成されていたが、八〇年代の初めにようやく出版された。『今昔』も同じ頃に翻訳されていたものの、仏教信仰という封建時代の糟粕が主な内容であるため、二十一世紀に入ってからようやく出版されるようになった。ほかの日本古典も殆ど対外開放政策が実施される一九八〇年代以降に翻訳されたものである。

1、中国語訳された主な作品

作品名	訳者	出版社	出版年	版数
古事記	周作人	人民文学出版社	一九六三年	1
		国際文化出版公司	一九九〇年	1
		中国対外翻訳出版公司	二〇〇一年	1
	邹有恒・吕元明	人民文学出版社	一九七九年	1
万葉集	楊烈	湖南人民出版社	一九八四年	1
	趙楽甡	訳林出版社	二〇〇二年	1
	金偉・呉彦	人民文学出版社	二〇〇八年	1
	趙楽甡	訳林出版社	二〇〇九年	2
万葉集精選	銭稲孫	中国友誼出版公司	一九九二年	1
	銭稲孫	上海書店出版社	二〇一二年	2
万葉集選	李芒	人民文学出版社	一九九八年	1
古今和歌集	楊烈	復旦大学出版社	一九八三年	1
日本古代歌謡集	金伟・吴彦	春風文芸出版社	二〇〇一年	1
日本古典和歌百人一首	李濯凡	首都師範大学出版社	一九九四年	1
小倉百人一首	劉徳潤	外研社	二〇〇七年	1
王朝女性日記	林嵐・鄭民欽	河北教育出版社	二〇〇二年	1
落窪物語（伊勢物語　竹取物語を含む）	豊子愷	人民文学出版社	一九八四年	1
落窪物語	豊子愷	上海訳文出版社	二〇一一年	1
伊勢物語	豊子愷	上海訳文出版社	二〇一一年	1
竹取物語図典	唐月梅	上海三联書店	二〇〇五年	1
伊勢物語図典	唐月梅	上海三联書店	二〇〇五年	1
平家物語	周作人・申非	人民文学出版社	一九八四年	1
平家物語前半のみ	周作人	中国対外翻译出版公司	二〇〇一年	1
平家物語	申非	北京燕山出版社	二〇〇〇年	1
	王玉华	雲南人民出版社	二〇〇二年	1
	王新禧	上海译文出版社	二〇一一年	1
平家物語図典	申非	上海三联書店	二〇〇五年	1
源氏物語	豊子愷	人民文学出版社	一九八〇～二〇〇八年	多数
	殷志俊	遠方出版社	一九九六年	1
	夏元清	延辺人民出版社	二〇〇一年	1
		吉林摄影出版社	二〇〇二年	1
	黄锋华	内蒙古少年儿童出版社	二〇〇一年	1
	張之键	内蒙古人民出版社	二〇〇一年	1
	梁春	雲南人民出版社	二〇〇二年	1

	鄭民欽	北京燕山出版社	二〇〇六年	2
			二〇一一年	
	姚継中	深圳報業集团出版社	二〇〇六年	1
		江蘇人民出版社	二〇一一年	1
	陈涛	北方妇女儿童出版社	二〇〇九年	1
	王烜	中国华侨出版社	二〇一〇年	1
	林文月	訳林出版社	二〇一一年	1
	喬红伟	北方文芸出版社	二〇一二年	1
源氏物語図典	葉渭渠	上海三联書店	二〇〇五年	1
全彩图解源氏物語	康景成	陕西师范大学出版社	二〇〇八年	1
源氏物語全訳彩插绝美版	康景成	陕西师范大学出版社	二〇一二年	1
今昔物語集　全訳	金伟・吴彦	万卷出版公司	二〇〇六年	1
今昔物語集　本朝部	周作人校	新星出版社	二〇〇六年	1
	張龍妹校	人民文学出版社	二〇〇八年	1
日本民間伝奇	白艶霞	外研社	二〇〇七年	1
今昔・宇治拾遺抜粋	林暁			
近松門左衛門・井原西鶴選集	銭稲孫	人民文学出版社	一九八七年	1
近松門左衛門選集　井原西鶴選集		上海書店出版社	二〇一二年	1
好色一代男	王启元・李正倫	中国電影出版社	一九九四年	2
			二〇〇四年	
		漓江出版社	一九九六年	1
	章浩明	遠方出版社	二〇〇一年	1
好色一代女	劉丕坤・張鼎衡	訳林出版社	一九九四年	1
	王启元・李正倫	漓江出版社	一九九六年	1
		中国電影出版社	二〇〇四年	1

	孟祥明	内蒙古人民出版社	一九九八年	2
			二〇〇一年	
	丁宇	九州出版社	二〇〇〇年	2
			二〇〇一年	
	章浩明	遠方出版社	二〇〇一年	1
	高健	内蒙古人民出版社	二〇〇一年	1
	蒋旭京	内蒙古人民出版社	二〇〇一年	1
	陳慶陽	遠方出版社	二〇〇一年	1
好色五人女	王向遠	上海訳文出版社	一九九〇年	1
	孟祥明	内蒙古人民出版社	一九九八年	2
			二〇〇一年	
	王丘明	九州出版社	二〇〇〇年	2
			二〇〇一年	
	高健	内蒙古人民出版社	二〇〇一	1
	章浩明	遠方出版社	二〇〇一年	1
	趙江寧	遠方出版社	二〇〇一年	1
好色一代男　好色一代女　好色五人女	孟祥明	内蒙古人民出版社	一九九八年	2
			二〇〇一年	
	章浩明等	九州出版社	二〇〇〇年	2
			二〇〇一年	
	高健	内蒙古人民出版社	二〇〇一年	1
	徐燕朝等	遠方出版社	二〇〇一年	1
好色一代男　好色一代女	蒋旭京	内蒙古人民出版社	二〇〇一年	1
雨月物語	劉牛	福建少年儿童出版社	一九八六年	1
	閻小妹	人民文学出版社	一九九〇年	1
	申非	農村読物出版社	一九九六年	1
春雨物語	王新禧	新世界出版社	二〇一〇年	1
雨月物語　春雨物語	王新禧	新世界出版社	二〇一〇年	1
南総里見八犬伝（一）	李树果	南開大学出版社	一九九二年	1

南総里見八犬伝（二）	李树果	南開大学出版社	一九九二年	1
浮世床	周作人	人民文学出版社	一九八九年	1
		中国対外翻译出版公司	二〇〇一年	1
浮世風呂	周作人	中国対外翻译出版公司	二〇〇一年	1
浮世風呂　浮世床	周作人	人民文学出版社	一九五八年	1
枕草子→『日本古代随筆』	周作人	人民文学出版社	一九八八年	1
			一九九八年	
		中国対外翻译出版公司	二〇〇〇年	2
			二〇〇一年	
	于雷	河北教育出版社	二〇〇二年	1
	田歓	湖南人民出版社	二〇一二年	1
枕草子図典	于雷	上海三联書店	二〇〇五年	1
徒然草（『日本古代随筆』所収）	周作人	人民文学出版社	一九八八年	2
			一九九八年	
	李均洋	河北教育出版社	二〇〇二年	1
		法律出版社	二〇一二年	1
	文東	中国长安出版社	二〇〇九年	1
	田華偉	湖南人民出版社	二〇一二年	1
徒然草　方丈記	李均洋	河北教育出版社	二〇〇二年	1
		法律出版社	二〇一二年	1
	王新禧译	長江文芸出版社	二〇一一年	1
日本狂言選	周作人	人民文学出版社	一九五五年	1
		国際文化出版公司	一九九一年	1
		中国対外翻译出版公司	二〇〇一年	1
	申非	人民文学出版社	一九八〇年	1
日本謡曲狂言選	申非	人民文学出版社	一九八五年	1
風姿花伝	王冬蘭	中国社会科学出版社	一九九九年	1
奥の細道	鄭民欽	河北教育出版社	二〇〇二年	1
	閻小妹・陳力衛	陝西人民出版社	二〇〇四年	1
松尾芭蕉散文	陳岩	訳林出版社	二〇一一年	1
	陳徳文	作家出版社	二〇〇八年	1
日本古典俳句選	林林	湖南人民出版社	一九八三年	1
		人民文学出版社	二〇〇五年	1
	檀可	花山文芸出版社	一九八八年	1
文鏡秘府論	王利器	中国社会科学出版社	一九八三年	1
和漢朗詠集	宋再新	三東文芸出版社	一九九五年	1

2、中国語訳の出版事情

冒頭に述べたように、日本古典文学の翻訳は二十世紀の一九六〇年代に人民文学出版社より企画されるようになった。銭稲孫・周作人などいわゆる思想的に問題のある旧い時代の知識人たちを中心とした組織北京編訳局が結成され、人民文学出版社の文潔若氏がその仕事の具体的な担当者となり、「日本文学叢書」の翻訳出版が企画された。この叢書は現在でも刊行され続けており、上表にみえる当該社出版ものは全部「日本文学叢書」に入っている作品である。

上表で分かることは、まず、「日本文学叢書」の中にある、鄒有恒・呂元明訳『古事記』、閻小妹訳『雨月物語』、金偉・呉彦訳『万葉集』以外は、すべて銭稲孫・周作人・豊子愷たちの残した仕事だということである。彼らは一九八〇年代以降に再評価されたため、その翻訳も売れるようになり、さまざまな形で再出版されることになった。二〇一一年、上海訳文出版社から出版された豊子愷の『落窪物語』と『伊勢物語』は一九八四年の同氏訳『落窪物語（伊勢物語、竹取物語を含む）』を分割したものである。また北京編訳局の十名程度の人が翻訳し周作人が校正した『今昔』は、文潔若氏が長年保存していたが、その原稿を現代文学館に寄贈したところ、持ち出されて新星出版社から出版されることになった。こういったことが典型的な例といえよう。またそればかりでなく、『源氏物語図典』をはじめとする上海三联書店から出している「図典シリーズ」の本文は、ほとんど銭稲孫・周作人・豊子愷の翻訳によっている。

次に、翻訳が『源氏物語』と好色物に集中していることも分かる。『源氏』は多くの出版社が出している「世界文学名著シリーズ」の日本唯一の代表作であるため、上表だけでも十四の出版社から出されている。訳者も十二人に数えられる。それだけの人が『源氏』の翻訳ができるとは、なんと微笑ましいことかと自慢したいほどであるが、実は、豊子愷と林文月は別として、日本文学関係で存在が知られているのは、鄭民欽・姚継中の両氏だけである。

好色物の翻訳が出版されるようになったのは二十世紀一九九〇年代以降である。その出版社のうち、漓江出版社、訳林出版社、上海訳文出版社の三社が日本文学の翻訳を多く出している出版社であるが、他は主に遠方出版社と内蒙古人民出版社に集中していることが分かる。たとえば、内蒙古人民出版社は『好色一代女』を四回も出しているが、二〇〇一年には孟祥明、高健と蔣旭京の訳をそれぞれ出している。同じ年に孟祥明と高健訳の『好色五人女』をもそれぞれ出版している。同じ内蒙古にある遠方出版社も、二〇〇一年に章浩明と陳慶陽が訳した『好色一代女』をそれぞれ出版したうえ、章浩明と趙江寧が訳した『好色五人女』もそれぞれ出版している。異なる訳者による同じ作品を同年に出版するとは、とても正気な出版社のやることではないと思われるが、この遠方出版社は、実は最初に豊子愷訳以外の『源氏』を出した出版社でもある。いまでもその訳者殷志俊は虚構の人物とされている。ちなみにその訳文が豊子愷訳の焼き直しでしかないことを、筆者はかつて論じたことがある。[注(1)]

二　『今昔』翻訳に見られる中日の文化的相違

1、「手枕」と「枕臂」・「曲肱」

巻十九第五話の「六宮姫君夫出家語」であるが、「朱雀門の前の西の曲殿」に隠れていた六宮姫君が「手枕の隙間の風も寒かりき身はならはしのものにざりける」という歌を詠み、それを耳にした夫がまさに自分の探している妻であることに気付く場面がある。この歌についての翻訳であるが、それぞれ以下のような訳となっている。

①　往日枕臂小憩
　　猶嫌門縫的涼風
　　如今這寒酸的日子
　　也能習以為常
金偉・呉彦訳

②　曲肱代枕臥
　　寒風穿戸過
　　此身已経慣
　　往中莫躊躇
北京編訳局訳　周作人校

③　思往昔、曲肱代枕臥、猶嫌隙風寒。
　　想今朝、孤苦眠荒宅、経年亦不驚。
北京編訳局訳　張龍妹校注

「手枕」の語義について多言を要しないと思うが、『万葉集』一六六三番歌「沫雪の庭に降りしき寒き夜を手枕纏まかず独りかも寝む」、二五七八番歌「朝寝髪われは梳らじ愛しき君が手枕触れてしものを」に見られるように、男女共寝の行為である。当該歌では「手枕の隙間の風も寒かりき」とあるので、明らかに自分が経験した過去を回想していることになり、手枕の隙間風も寒く思われた過去と朱雀門の空家に身を寄せる現在とを比較し、「身はならはしのもの」なのだと結論づけている。①は「往日枕臂小憩」と訳していて、「往日」とあることから、過去と現在を対照的に捉えているが、「枕臂小憩」となると、自分の腕を枕に転寝をする意味になり、共寝の妖艶さが無くなってしまった。②の訳では隙間風が寒いことをも現在のこととととらえているため、一首が現在の境遇を嘆いていることになる。

①と②で「手枕」をそれぞれ「枕臂」と「曲肱」に訳出されている。実は中国の古典世界では、「枕臂」・「曲肱」はともに世俗的な煩いから解放された悠々自適な生活を送る意味をもつ。「曲肱」の最初の用例は『論語・述而』に見える。

　　飯疏食飲水、曲肱而枕之、楽亦在其中矣。

「疏食を食い水を飲み、肱を曲げて之を枕とす。楽しみ亦其の中に在り」とあるように、「曲肱」は清貧に甘んじる孤高な儒者の生活態度を象徴する言葉である。一方、「枕臂」にも「曲肱」に共通したイメージがある。白居易の『酔眠詩』では、

　　放杯書案上、枕臂火炉前。
　　老愛尋思睡、慵便取次眠。

杯を書案の上に置き、暖炉の前に臂を枕にして寝るなどと歌っている。年をとってから何をやるにも慵い思いで、辺り

かまわず仮寝をするという老耄の生活ぶりを描いているが、社会的な拘束からすっかり解き放たれて、身心ともに自由自在であることの現れである。▼注(2)

「手枕」のような表現は唐代伝奇にありそうだと思って調べたが、「枕臂」・「曲肱」のような熟語は見出せず、わずか『遊仙窟』に主人公が十娘との別れに際し、「相思枕」を形見に十娘に残す場面の描写を発見した。

　喚奴曲琴取相思枕留与十娘以為記念。因詠曰：
　南国傳椰子、東家賦石榴。
　聊将代左腕、長夜枕渠頭。

「相思枕」を自分の左腕の代わりに、長夜あなたの枕としたいという。そこから「枕腕」というような表現も考えられるが、それはなんと書道の作法の一つになる。▼注(3)

私が校注したときに、「枕腕」は書道の専門用語であり、「枕臂」と「曲肱」は意味が似通っているし、また原訳をなるべく生かす方針でもあったため、「手枕」の訳語としては「曲肱」を選び、主に往昔と現在の対照を強調するにとどめた。

そのころはまだデーターベースが十分に利用できなかったので、出版されてから調べると、なんと、「枕臂」には「手枕」と同じ意味合いの用法があったのである。

『全宋詞』呂勝己の『瑞鶴仙』（暮春有感）に、

　嘆韶光漸改、年華荏苒、旧歓如昨。
　追憶凭肩盟誓、枕臂私言、尽成離索。

肩を凭れての誓い、手枕の睦言を追憶し、すべてが索漠たるものになってしまったと。明らかに「枕臂」は「凭肩」と対偶関係を成し、また「私言」を修飾する表現である。再版するようなことがあったら、まずこの箇所を訂正しなければならないが、それとは別に、「手枕」の訳語一つで、詩と詞の違いを改めて知らされた。

2、笑えない「嗚呼」話

巻二十八は「嗚呼」話が集中する巻である。笑いを訳出することがもっとも大事であるが、中にはたとえば第八話「木寺基僧依物咎付異名語」は、「木」の「こ」と「き」の発音の違いがあることに由来する笑いである。それは中国語では表現不可能であるため、注を施すことで対応した。▼注(4) とっさにではないが、説明でまだそのおもしろさがわかる話である。しかし、次の第九話「禅林寺上座助泥欠破子語」は、内容も表現も中国語に置き換えることができるのに、笑えない話になってしまう。

原文の面白さは、助泥が最初は破子の半分も用意すると大言壮語を言っておきながら、当日は一つも用意できなかった

にもかかわらず得意げに現れ、言葉巧みに言い逃れたところにあるが、

僧正「何ぞ」と問給へば、助泥、「其の事に候ふ。破子五つ否借り不得候ぬ也」としたり顔に申す。僧正、「然て」と宣へば、音を少し短に成して、「今五は入物の不候ぬ也」と申す。僧正、「然て今五つは」と問給へば、助泥音を極く窃にわななかして、「其れは掻断て忘れ候にけり」と申せば、……

「破子五つ否借り不得候ぬ也」、「今五は入物の不候ぬ也」という言葉の面白さよりは、傍線を施した箇所が示しているように、僧正の詰問に従って、「したり顔に申す」から、「音を少し短に成して」、「音を極く窃にわななかして」へと変化する描写が面白い。これは演技を伴うものならば、さぞ笑ってしまうが、黙読では、さほど面白さが伝わらないように思われる。というのは、中国のこの類の笑い話は描写が簡潔で、発話に面白さが現れている。たとえば、『世説新話』任誕第二十三に見える劉公栄の話であるが、

劉公栄与人飲酒、雑穢非類。人或譏之、答曰：勝公栄者、不可不与飲。不如公栄者、亦不可不与飲。是公栄輩者、又不可不与飲。故終日共飲而酔。

劉公栄が飲酒の友を、自分より勝る者、自分に及ばない者、自分と同輩の者とに分け、それぞれと「不可不与飲」であるため、自分が終日酔い痴れていると、「不可不与飲」を「亦」、「又」と強調することで飲酒の理由をもっともらしく語っているところが面白いのである。それが同じ『世説新話』簡傲第二十四では、

王戎弱冠詣阮籍、時劉公栄在坐。阮謂王曰：偶有二斗美酒、当与君共飲、彼公栄者無預焉。二人交觴酬酢、公栄遂不得一杯、而言語談戯三人無異。或有問之者、阮答曰：勝公栄者、不可不与飲酒。不如公栄者、不可不与飲酒。唯公栄、不可与飲酒。

前引の劉公栄の発言の真似をして、公栄に勝る者も公栄に及ばない者とも「不可不与飲酒」とし、その虚をついて、ただ公栄自身とは共に飲むべからず、という言葉遊びに発展している。

それから、助泥の話でもう一つ笑えない原因は事の重大さへの心配である。同じ酒が好きな李白には多くの逸話が残っている。其の中に、『旧唐書・李白伝』に見える内容であるが、

日与飲徒酔於酒肆。玄宗度曲、欲造楽府新詞、亟召白。白已臥於酒肆矣。召入、以水洒面、即令秉筆、頃之成十余章、帝頗嘉之。嘗沉酔殿上、引足令高力士脱靴、由是斥去。　巻百九十下

酔い痴れていたときに、高力士に靴を脱がせるような衝動的な行動があっても、皇帝の命令に従って見事に詞章を完成する。この話が明・馮夢龍の『警世通言』巻九「李謫仙酔草吓蛮書」では、楊国忠に墨を磨らせ、高力士に靴を脱がせて、誰もが読めない渤海の国書を読み解き、国威を宣揚する返事をしたため話として改編された。それ以降、さらに楊貴妃に墨を磨らせ、高力士に靴を脱がせて、「清平調」三首を書いたという伝説が生まれた。[▼注(5)] いずれの場合でも、役目を見事に果たしているのである。

助泥の話を読みながら、ついつい残りの十五荷をどうすればいいのかを、僧正の身になって心配してしまう。

三　仏教用語としての「聖」と「仙」

『今昔』には高僧を「聖」「聖人」と称している例が数多く見出される。その代わりに、儒教的では聖人であるはずの孔子については「聖」と呼んでいない。日本で「聖」と呼ばれる最初の人物は恐らく聖徳太子であろう。『今昔』巻十一第一話は「本朝に聖徳太子と申す聖御けり」から始まっている。さまざまな事績が語られるなかに、もっとも異様に思われるのは片岡山での飢人との出会いである。『今昔』では、話はその飢人が尸解仙であることを発見することで終わるが、『日本書紀』では「聖の聖を知ること、其れ実なるかも」と時人が言ったとし、『日本霊異記』では「聖人は聖を知り、凡人は知らず。凡人の肉眼には賤しき人と見え、聖人の通眼には隠身と見ゆ」と語っている。要するに、この飢人説話はあくまでも聖徳太子を「聖」であることを証明するための話である。しかし、ここの「聖」には、儒仏道三教のイメージを融合しているように見受けられる。飢人に歌を詠みかけ、御衣を掛けてあげるのは仁徳の君主であり、慈悲深い仏者であるが、飢人が死んで尸解仙と化し、その正体を聖徳太子が見抜いていたところでは、道教的な色彩が帯びてしまう。『聖徳太子伝暦・上』では、太子自身が尸解登仙したことが語られている。

それから、巻十三第一話「修行僧義睿値大峰持経仙語」と第二話「籠葛川僧値比良山持経仙」には、題目ですでに「持経仙」とあるように、持経僧を「聖人」と呼んだり、「仙人」と呼んだりしている。

中国の仏教関係の辞典で「尸解」、「尸解仙」という項目を見出すことができなかった。「聖人」について、「Ārya の訳語で、聖者聖人を言う。凡夫の反対の呼称。大小乗の見道以上で、断惑証理の人を謂う」とある。[▼注(6)] 日本で出版された仏教辞典では、岩波『仏教辞典』第二版に「尸解仙」についての解釈が見られ、「道教の伝来に伴って」日本に入ったと説明し、『日本書紀』の日本武尊から『続古事談』の楊貴妃の話を紹介している。「聖」について、当該辞書は以下のように解釈している。

語源は「日知り」で、太陽の光が世界の隅々まで照らすように、この世のことをすべて知る意に由来し、聖帝・聖人など徳行すぐれた知識に通じた人に対する尊称から、僧侶にも用いられるようになり、特に平安中期以降、大寺院の高僧とは別な名僧に対する称となった。険しい山岳で特殊な霊力を得た呪験者、人里離れて住む隠遁者、造像写経など修善の業を市民に勧誘する僧などが尊敬の対象となり、はじめ清行禅師、菩薩などと呼ばれていたものが、次第に〈聖〉となり、〈仙〉〈聖人〉〈上人〉も同義に用いられるようになった。……

それから、法蔵館『新版　仏教学辞典』では、「聖」を「半僧半俗の民間宗教者の総称」と解説している。

以上の辞書類の解釈から見えることは、中国の仏教辞典で「尸解」、「尸解仙」を項目として立てていないことから、すでにそれを仏教以外のものとする認識が見られよう。日本でも、わずか岩波『仏教辞典』第二版に解釈があり、それも道教伝来に伴って入ってきたものと明言している。「聖」「聖人」については、中国の仏教辞典ではあくまでも梵語の訳語として用いていると説明している。それが現在の中国では「聖」「聖人」はすでに仏教と関わらない言葉になっていることとも関係する。そのかわりに、日本では、古来の「日知り」、中国的な聖帝・聖人、在野の名僧のイメージが融合し、独自の展開を見せているようである。

しかし、『今昔』では、わずか聖徳太子に「日知り」、中国的な聖帝・聖人のイメージが確認されるものの、孔子をさえ「聖人」とは呼ばず、そのかわり大寺院の高僧も「聖」と称している。要するに、『今昔』の聖像は、儒教的なイメージを払拭した、Ārya の訳語としての聖者聖人と、半僧半俗の民間宗教者のイメージを併せ持ったもののように思われる。

儒者を「聖」として認められないところに『今昔』の編者の主張があろうが、「仙」も梵語 Ṛsi の訳語であるため、▼注(7) 漢訳仏典などには「仙」・「仙人」、「聖」・「聖人」が多用されていた。梁・釈慧『高僧伝』には高僧を「仙」と称したり、「聖」・「聖人」と呼んだりしている。▼注(8) その巻九「神異・上」の「晋鄴中竺仏図澄」の話では、図澄が百十七歳で亡くなったとき、錫杖と鉢を棺に入れて彼を埋葬したが、後に「開棺唯得鉢杖、不復見屍」とあるように、まさに「尸解仙」になったことを描いている。現に「仙」「聖」を仏教概念の訳語として使われていたように、既存の儒教・道教の用語を用いて表現しなければならなかったため、儒仏道の用語が混在しているように読めるのはむしろ当然である。

校注をはじめた当初は儒教的な聖人を「聖人」とはせず、僧を「聖人」としているところが中国の読者の反感を買うのではと思って、その類の表現を全部「高僧」ぐらいにしようと考えた。しかし、古代の仏教用語としての「聖」「仙」も確実に使われていたことを思い、「聖」、「仙」を「聖人」・「聖僧」、「仙人」などにした。それが現在の中国人の古代の仏教用語としての「聖」「仙」の再認識ともなろう。

四　翻訳による古典研究の落とし穴

『源氏』が中国の「世界文学名著シリーズ」などに入選されているため、各大学の比較文学専攻の学生に知られている。そのため、大陸で発表されている『源氏』関係の論文の大多数はこの比較文学出身者によるもので、翻訳された『源氏』によって書かれたものである。その中には想像を絶するような誤読も見出される。

たとえば、病床に臥す柏木と女三宮の贈答歌であるが、

（柏木）「今はとて燃えむ煙もむすぼほれ　絶えぬ思ひの
　なほや残らむ」
（女三宮）「残らむとあるは、
　立ち添ひて消えやしなまし憂き事を思ひ乱る
　る煙くらべに後るべうやは」

豊子愷訳は以下のようである。

（柏木）身経火化煙長在
　心被情迷。
（女三宮）来書有「愛永存」之語、須知
　君身経火化、我苦似熬煎。
　両煙成一気、消入暮雲天。
　我不会比你後死吧！

柏木の歌にある「残らむ」を「愛永存」と訳し、女三宮もまた同じ言葉で受けているところから、柏木と女三宮は相思相愛の仲で、光源氏はまさに権力にものを言わせて二人の仲を裂いた悪人に比せられる。そこから柏木と女三宮を中国の梁山伯と祝英台の悲恋物語として読み、光源氏を家父長社会の代表と見て批判する論文が生まれる。そこまで誤読されると、翻訳による古典研究は不毛の地のように思われる。

しかし、一方では『源氏』のように広範な読者を有することはこの上なく好もしいことである。文潔若氏の依頼を受け

て、北京編訳局の訳した『今昔』を校注したのは、ほかならぬ多くの中国の説話研究者の目に触れ、比較研究に生かしてほしいためであった。現在のところ、まだ『今昔』の中国語訳で書いた論文を見出していないが、たとえば前節で触れたような「仙」「聖」のような問題に関しては、とても予想がつかないような論文が書かれてしまいそうで、心配でならないのである。

注

(1)「中国における源氏物語の翻訳と研究」伊井春樹編『海外における源氏物語の世界』風間書房、二〇〇四年六月。

(2)他に、宋・宋赤敦の『樵歌』所収の「菩薩蛮」に「九九是重阳。重阳菊散芳。出門何处去。对面誰相語。枕臂卧南窗。銅炉柏子香」など多数の用例が見出される。

(3)たとえば明・張紳『書法通釈』に「写字有枕腕、以左手腕枕右手腕」とある。

(4)この箇所について、「庭院里的树木在日文中表记为「木立」、读作「こだち」(古多知)。而中算读作了「きだち」(几多知)、故而被基僧取笑。下文木寺的〝木〟、基僧之〝基〟、均读作「き」(几)、如改读作「こ」、便与〝小〟字谐音、故可以作为〝小寺的小僧〟讲了。此处用了字音作为调笑之资、故不能如文直译。」という注をつけた。しかし、恐らく文学修士出身の編集者にも分からなかったため、その注は出版の時は削除されてしまった。

(5)たとえば、尤小剛監督の『楊貴妃秘史』など。

(6)丁福保著『佛学大辞典』に「梵、阿离野 Ārya、译言圣者圣人。对于凡夫之称。谓大小乘见道以上、断惑证理之人也。涅槃经十一曰:〝以何等故、名佛菩萨为圣人耶?如是等人有圣法故。常观诸法性空寂故。以是义故名圣人、有圣戒故复名圣人。有圣定慧故、故名圣人。有七圣财、所谓信、戒、惭、愧、多闻、智慧、舍离、故名圣人。有七圣觉故、故名圣人。〟金刚经曰:〝一切圣人皆以无为法而有差别。〟」とある。

(7)丁福保著『佛学大辞典』に「梵语曰哩始、R!s!i 长寿不死之称、总名行者。佛为长寿不死、故亦名仙。十二礼曰:〝阿弥陀仙两足尊。〟梵语杂名曰:〝仙哩始。〟名义集上曰:〝般若灯论云:声闻菩萨等亦名仙、佛于中最尊上、故名大仙。〟」とある。

(8)たとえば、巻十二「亡身」に見える「释僧群」には、「古老相伝云、是群仙人所宅。群仙飲水不飢、因絶粒」と見え、巻九「神異・上」の「竺佛圖澄」に「吾有悪意向聖人、聖人捨吾去矣」とある。

ベトナムにおける日本文学の翻訳・出版・研究

—『今昔物語集』を中心に—

◉

グエン・ティ・オワイン
［ベトナム漢喃研究院］

所属：ベトナム漢喃研究院。専門分野：日本古典文学、東アジア比較文学。主要著書・論文等：『日本霊異記』（ベトナム語訳）、論文に「漢字・字喃研究院所蔵文献—現状と課題」（『文学』2005年、11・12月号）、「ベトナムの漢文説話における鬼神について—『今昔物語集』『捜神記』との比較」（『東アジアの今昔物語集—翻訳・編成・予言』勉誠出版、2012年）、「漢字・字喃研究院所蔵文献における「偽書」—『嶺南摭怪』『介軒詩集』と碑文を中心に」（『「偽」なるものの「射程」』アジア遊学161、勉誠出版、2013年）など。

◉ Summary

ベトナムにおける日本古典文学の翻訳や出版、研究については、すでにいくつかの論文があるが、翻訳の研究事情と課題についてはまだ十分に言及されていなかった。本稿では先行研究者の業績を参考にして、今まで自身の日本古典文学の翻訳・出版・研究過程で得られた体験を提示し、それらに関する現状と課題を取り上げ、幾つかの提案をしたい。具体的には以下の通りである。まず、ベトナムにおける翻訳・出版事情について 1970 年代から 1995 年まで、主に英語やフランス語などから翻訳された『雨月物語』『源氏物語』『平家物語』などについて紹介し、2010 年まで、日本語の原著から直接翻訳された『日本霊異記』『百人一首』についても紹介する。次にベトナムでの日本古典文学研究の現状について概括して、外国語から翻訳した書物を対象として研究すること、古典文学の教育などの課題を取り上げて論じる。最後は『今昔物語集』の翻訳問題、特に文化、歴史に関する翻訳問題について論じ、本書における漢字・訓読などの言語学的側面から考察して、ベトナム語に翻訳した時に役に立つ訓読方法を明らかにする。また、『今昔物語集』の出版の意義や役割について、ベトナムでの日本古典文学作品として欠かせないばかりでなく、東アジアにおいても大きな意味を持つことを明らかにしたい。

はじめに

ベトナムでは一九六〇年代から九五年までに、『雨月物語』、『源氏物語』『平家物語』などの日本古典文学が、主に英語、フランス語、中国語などから翻訳されてきた。近・現代文学では『羅生門』、『鉄道員』など多くの小説が翻訳・出版されてきた。その内、英語からベトナム語に翻訳したものと、日本語の原著から翻訳されたものとを比較すると、前者の方が多く、しかもその翻訳は間違ったところも多々ある。しかし二〇一〇年までには『日本霊異記』、『百人一首』など、日本語の原著から直接翻訳されたものも見られるようになってきた。

日本文学の翻訳・出版が全国的に展開されてきているのと同時に、日本古典文学研究も発展してきている。近年、日本文学研究は新たな局面に入り、発表される論文も毎年増加している。日本文学の教育も各大学で重視されるようになってきた。日本文学専攻を設けた大学もあり、文学研究を志す者も生まれて来ている。とはいえ日本語の原著から翻訳・研究を進めている人はまだ少ないのが現状である。

ベトナムにおける日本文学の翻訳、出版、研究についてはすでに幾つかの論文があるが、研究事情と課題についてはいまだ十分に言及されているとはいえない。

本稿では先行研究者の業績を参考にして、今まで自身の日本文学の翻訳・出版・研究過程で得られた体験を提示しながら、現状と課題を検討し、幾つかの提案もしていきたい。また『今昔物語集』の翻訳問題、中でも文化、歴史に関する翻訳問題などについて論じ、本作品の漢字・訓読などを言語学的側面から考察し、ベトナム語に翻訳した時に役に立つ訓読方法を明らかしていく。また『今昔物語集』がベトナムにおいて日本古典文学として欠かせない作品であることを明らかにし、東アジアにおける『今昔物語集』の意義を述べてみたい。

一　ベトナムにおける日本文学の翻訳・出版について

1、先行研究

二〇〇三年、ハ・ヴァン・ルオン (Hà Văn Lưỡng) 氏の「ベトナムにおける日本文学の翻訳と研究」が『東北アジア研究』という雑誌に発表された。ベトナムにおける日本文学翻訳・出版事情について概括したものである。この論文には、翻訳者と出版社の情報が詳細には記されていないが、ベトナムにおける日本の翻訳・出版事情について初めて紹介したのはこの論文であった。

二〇〇五年には、リュ・ティ・テュイ（Lưu Thị Thủy）氏により「最近のベトナムにおける日本文学翻訳について」という論文が発表された。氏が調査したベトナムにおける日本文学翻訳について概括しているが、ベトナムにおける日本文学翻訳史についての言及はない。

二〇〇六年には、在ベトナム日本国大使館によって、「日本書籍のベトナム語での翻訳出版状況」という調査が行われ、報告書が刊行された。これによりベトナム語での日本文学書籍がハノイにある中央出版文化社によって発行されたものであることがわかった。この報告書では、一九七五年以前、ホーチミン市を中心としたベトナム南部では、日本文学の翻訳・出版した書籍はあまり出版されていないとされているが、それは時間・人手などが足りず、大規模な調査を行うことができなかったからではないかと推測される。

二〇一〇年、『立命言語文化研究』二十一巻三号に、チャン・ティ・チュン・トアン（Trần Thị Chung Toàn）（ハノイ大学、日本学科）の「ベトナムにおける日本文学の翻訳・出版・教育・研究」という論文が発表された。この論文は、ベトナムにおける翻訳・出版・研究・教育について概括するが、最初に取り上げたハ・ヴァン・ルオン氏の論文よりも詳細に書かれており、ハノイ大学の日本学部で日本文学教育の項目なども紹介されている。しかしベトナムにおける日本文学の翻訳・出版書籍の目録は、この段階でもまだ作成されていなかった。

二〇一一年にホーチミン市国家大学、社会科学大学、文学・言語学部で行われた国際シンポジウムの紀要にゴ・チャ・ミ（Ngô Trà Mi）氏の「ベトナムにおける日本文学の翻訳・出版書籍目録」と「ベトナムにおける日本文学研究目録」が発表された。ベトナム語で書かれた目録なので、作者の名前と作品のタイトルが日本語でどう書くかわからないものも多いが、ここには未確認の情報も多数含まれている。この「ベトナムにおける日本文学の翻訳・出版目録」はベトナムで最初の日本文学研究の目録であるといえよう。

2、翻訳・出版史について概括

外国語からベトナム語に翻訳することは昔から行われていた。ベトナムでは十一世紀から二十世紀の初めまで、漢字・チューノムが採用され、漢文・漢字教育を全国的に行なっていた。官僚を選抜するために行った科挙制度、民衆が子弟のために造った学堂、教科書、試験制度、待遇制度など、封建王朝における漢文教育体制が作られたのである。そして「詩書五経」『史記』『漢書』などを中国から輸入した。十三世紀に入ると、チューノムを表記文字として採用したため、中国から輸入した『論語』、『孟子』などの「詩書五経」、『唐詩』、『史記』など多くの漢籍がチューノムに翻訳されることになった。『詩経』を初めてノム字（ベトナム語）に翻訳したのは、胡朝の胡季犛（一三三六～一四〇七）という王である。黎王朝に入ると「詩書五経」は科挙試験の教科書とされ、ノム字で継続し翻訳された。十九世紀の初期には漢字・ノム字の代わりに、国語（クオック・グー）が採用され、多くの中国文学作品がベトナムの国語に翻訳された。統計によると、一九〇六年から一九六八年までベトナム語に翻訳された中国文学作品は三六〇にのぼる。

一方、日本文学の翻訳・出版であるが、二十世紀初頭、「日本に学ぶ」という精神で「東遊運動」が行われ、ベトナムの青年が三百人ほど日本に渡った。民族運動家であるファン・チャウ・チン（Phan Châu Trinh）が「文明開化」を求めフランスへ渡る途中、日本に立ち寄り、「東遊運動」のリーダーであるファン・ボイ・チャウ（Phan Bội Châu）や中国の梁啓超（一八七三～一九二九）と会った。そのファン・チャウ・チンは一九一三年頃、中国の梁啓超によって漢文に翻訳された日本の政治小説『佳人之奇遇』（柴四郎）をベトナム語に書き直したことがある。これはベトナムで一番最初に紹介された日本文学作品だと言えよう。

その後、六十年代まで五十年間ほど日本文学作品はベトナムに殆ど紹介されなかったとされるが、一九〇一年サイゴンに、そして一九〇二年にはハノイにも設けられたフランス極東学院の図書館が所蔵している文献を見ていくと、その中に日本の書籍もある。例えば、芳賀矢一の『謡曲二百番』、畠山健の『古文ものがたり』、今泉定介の『竹取物語講義』などである。この時期に、松本信弘など日本人の専門家がフランス極東学院に招待されベトナムに来て、極東学院の担当者と東洋学のフランス人と相談し、日本の貴重な本を購入したのではないだろうか。日本が東洋戦争で、ベトナムの北部に来たのは一九四〇年九月であるが、滞在は一ヶ月間しかないので、日本語の教育の普及には至らなかった。当時、日本に関する機関と極東学院の図書館で勤務している人は自分で日本語を勉強していた。日本語ができる人がまず、極東学院の図書館で仕事をしていて、松本氏など極東学院の図書館に来た日本人と交流したのである。その当時、日本語の教育を受けたグエン・ティ・キム（Nguyễn Thị Kim）が「日本書籍目録」を作った。これが最初にベトナム語で書かれたベトナムにおける日本文学の目録である。

一九〇六年から一九三〇年まで、サイゴンでは、中国の小説が翻訳されていたのとともに、日本文学の翻訳・出版も少ないながらも行われた。ホーチミン市社会科学大学、文学部で教えているNguyễn Nam氏によると、二十世紀のはじめにファン・チャウ・チン（Phan Châu Trinh）ファン・ボイ・チャウ（Phan Bội Châu）によって紹介していた日本思想と日本の小説以外、二十（一九二十）、三十（一九三十）、四十（一九四十）の三つの階段に日本文化、文学がBulletin de la Société d, enseignement du Tonkin（『北埼智知会紀要』）と『東西』、『中立』、『中北新聞』という雑誌に散らばって紹介された。一九五〇年にはベトナム南部で初めて日本のドラマが紹介された。これが日本文学がベトナムの社会に浸透する媒介となったといえよう。ベトナムで早くに翻訳されていた日本文学作品は、芥川龍之介の『藪の中』であったが、ベトナムでは黒澤明監督の『羅生門』から取材して、「物悲しい草」という芝居が作られた。「藪の中」は英語、フランス語、ロシア語から翻訳したものである。

一九五四年にベトナムは一時、戦争が治まり平和な時期が訪れたが、ジュネーヴ停戦協定により、南北に分かれ、それぞれが独立した制度を採って進展していくことになるが、外国から翻訳される文学も南北に分かれることになる。北部では一九七五年まで中国を始め、フランス、旧ソ連、東ドイツ・東欧州諸国とは長年の関係があり、幅広くかつ盛んに交流を行った。当時、中国語、フランス語、ロシア語などの資料や文学作品が翻訳されていたが、日本文学を翻訳したことはなかった。

一九七五年以前の南部では日本の作品が北部よりも多く翻訳された。末に掲げた【資料1】のように、一九七五年まで、南部では、例えば、安部公房（一九二四～一九九三）の『砂の女』、大佛次郎（一八九七～一九七三）の『帰郷』など、日本文学を翻訳した作品数は一八点である（ちなみにホーチミン市社会科学大学文学部の教員ゴ・チャ・ミ（Ngô Trà Mi）さんに電話して、彼女が作った「ベトナムにおける日本文学の翻訳目録」の中にある一九七五年までにサイゴンで翻訳・出版した日本文学作品は現在まだ閲覧することができるとのことであった）。出版社は文学出版社、「カオ・テョム」(Cảo Thơm)、「チン・バイ」（Trình Bày）、「タク・ファム・モイ」（Tác phẩm mới）などである。

統計によると、一九六五年から二〇一二年まで日本文学を翻訳した作品数は全部で一二二点である。一番多い時期は一九九一年から二〇一二年までである。

一九一〇～一九五〇：日本文学を翻訳した書籍はなし。

一九六五～一九六九：七点

一九七〇〜一九八〇：十二点
一九八一〜一九九〇：十六点
一九九一〜二〇〇〇：十二点
二〇〇一〜二〇一〇：五十一点
二〇一一〜二〇一二：十一点

夏目漱石、川端康成、三島由紀夫、村上春樹など日本近・現代作者の短編小説がよく翻訳された。川端康成の作品を翻訳したタイトル数は一九点であり、インターネットでダウンロードできる数は二九点である。

インターネットでダウンロードできる資料の中に一番多かったのも川端康成である。依然として、英語、フランス語、ロシア語、中国語から翻訳・出版したものが多かった。最近、日本に住んでいるベトナム人によって、「www.erct.com」というホームページで、日本文学作品の翻訳が多数紹介されている。例えば、Nguyễn Nam Trân 氏は一九六〇年代ごろ日本へ留学し、現在東京に住んでいるが、彼が多く翻訳したのは芥川龍之介の作品であった。

日本古典文学の翻訳・出版のことを見ていこう。【資料1】の中から取り出してみると、以下の通りである。景戒の『日本霊異記』、紫式部の『源氏物語』、藤原定家が撰じた『百人一首』、『平家物語』、無住禅師の『沙石集』、井原西鶴の『好色五人女』、松尾芭蕉を紹介した『芭蕉と俳句』、上田秋成の『雨月物語』、夏目漱石の『こころ』の九点である。

よく知られていることだが、一九九四年にニャト・チエウ（Nhật Chiêu）氏によって翻訳された『芭蕉と俳句』は、ベトナムで日本語から翻訳された最初の作品である。次は筆者による翻訳の『日本霊異記』である。二〇一〇年にチャン・ティ・チュン・トアン（Trần Thị Chung Toàn）氏によって翻訳されたのは藤原定家の『百人一首』である。翻訳者はよく知っている人なので、日本語から翻訳されたと確認できるが、他の翻訳者の中で誰が直接日本語から翻訳したか、まだ不明である。

3、翻訳の課題

上述のように、ベトナムでは日本語の原著からの翻訳が非常に少ない。いろいろ原因があるが、まず日本語は難しく、日本語の文章講読も困難であるのが原因である。また翻訳作業は時間がかかるし、職業としては翻訳より通訳の方が有利なのも原因にあげられるかも知れない。結果、翻訳者がまだ少ないのが現状である。

また、翻訳作業は日本語ができるだけで簡単に出来るものではない。翻訳作業が十分にできる条件には、翻訳者が日本語が上手だということに加え、ベトナム文学の知識や教養も求められる。ベトナム語そのものも上手でないと十分に翻訳できない。最も難しいのは古典の翻訳であろう。古典文学、特に中国の古典文学知識がないと十分に翻訳できないのである。

二　ベトナムにおける日本文学研究について

先に述べたように、一九五〇年に南部でいち早く翻訳された日本文学作品は芥川龍之介の「藪の中」という短編小説である。一九六五年には日本人の Sei Kubota 氏による「日本現代文学事情」という論文が『文学雑誌』に発表された。日本文学の翻訳・出版は、一九六九年に南部で開始され、一九七五年以後、北部、中部に広がり、全国に展開し、同様に日本文学研究も拡がっていく。作者と作品の紹介だけではなく、「日本の伝統的な文学におけるエロース要素」、「俳句と芭蕉についての若干考察」など学術的な論文も見られるようになった。

1、出版されたタイトル数と雑誌に掲載された論文数

統計によると、一九六五年から二〇一一年まで教育出版社、労働出版社、青年出版社、社会科学出版などで出版した日本文学に関するタイトル数は二一点である。ハノイの社会科学院にある文学研究所の『文学雑誌』（現在、『文学研究』となった）、『東北研究雑誌』、『現在と知識』（南部）、『ソンフオン雑誌』（中部）などの雑誌に掲載された論文は七一点であり、数多く掲載された時期は一九九一年から二〇一〇年までである。具体的には以下の通りである。

一九六五～一九六九：六点
一九七〇～一九八〇：二点
一九八一～一九九〇：三点
一九九一～二〇〇〇：三二点
二〇〇一～二〇一〇：四四点
二〇一一～二〇一二：六点

全ての日本文学研究の書物・論文を収集したわけではなく（目録だけ作成した）、また全部を読んだわけではないので、これらが学術的な論文かどうかの確認はできないが、『文学雑誌』に掲載された論文は学術的なもので、日本文学研究に大きな役割を果たしたと理解・認識されているものである。また日・越の比較文学研究の論文が多く掲載される雑誌は『漢喃雑誌』である。もちろん、その中には単なる読後感としての文章、作家、作品に対する解説、紹介、評論なども見られる。

2、日本文学に関する国際シンポジウムで発表された論文

一九九八年の日本文学に関する国際シンポジウムで発表された論文は四点であるが、(チャン・ティ・チュン・トアン氏(Trần thị Chung Toàn)の論文の参照)、二〇一一年十二月にホーチミン市国家大学、社会科学大学、文学・言語学部が主催した国際シンポジウムで発表された論文は五三点であった。一九九一年から二〇一〇年まで、日本文学は数多く翻訳・出版されたのと同時に、日本文学研究も発展してきており、毎年発表される論文も増加しているといえよう。

3、日本文学の研究者と今後の課題

現在、依然として英語、フランス語、中国語などから日本文学を研究する者は多い。いままで述べたように、日本近・現代文学が数多く翻訳・出版され、同時に近・現代の研究が発展し、毎年、若い研究者と日本文学に関する論文が増加してきた。日本文学のシンポジウムによく参加しているフェ大学のハ・ヴァン・ルオン(Hà Văn Lưỡng)氏は、三十年間ずっと日本の近世文学研究をすすめている。発表された論文は二五点以上で、現在ベトナムでベトナム人が発表したもののうち、一位を占めるのは同氏ではないかと思われる。彼はロシアに留学し、ロシアで日本文学を専攻した。帰国後、ずっと日本文学の研究をすすめているが、日本語はできないし、日本へ行ったこともない。また社会科学院の文学研究所で日本文学研究をしているグオン・ヴィエト・ハ(Khương Việt Hà)氏とハノイ師範大学、文学部で日本文学を教えているグエン・ティ・マイ・リエン(Nguyễn Thị Mai Liên)氏も英語から日本文学を研究している。

ホーチミン市国家大学、社会科学大学、文学・言語学科が現在、日本文学研究の中心地である。その学科で日本文学を志す若い人は、日本語を勉強しながら研究をすすめている。日本に留学する若い教員も見られる。二〇〇八年に初めて日本語で行われた国際シンポジウムでの日本文学に関する論文数と比べると、二〇一一年に同学科が主催した国際シンポジウムで発表した論文数は十倍にも増加した。もちろんこの学科は文学学科であるから、全国から日本文学の研究者を集めることができたというのもあるし、国際交流基金の援助を受けて行われた国際シンポジウムなので参加者が多かったということもある。

しかし、この文学科で日本文学を研究している者の中のトップといえるドアン・レ・ザイン(Đoàn Lê Giang)、ニャト・チエウ(Nhật Chiêu)氏は何年も前から日本文学を教えながら研究しているので、その学科を卒業して日本文学の研究を

志す多くの若物たちを輩出するに至ったが、一方他の大学へ目を向けると、ハノイ大学、国家大学の外国語大学の東洋文化・言語学科では、日本文学の教育科目を設けていても、その研究は敬遠されているように見える。また、社会科学院の中に東北研究センターがあるが、ここには日本文学を研究する人がいない。社会科学大学東洋学部の日本語学科では日本文学を教えながら研究する教員は一人しかいない。そういった状況も一方にある。

チャン・ティ・チュン・トアン（Trần thị Chung Toàn）氏は、ベトナムにおける日本文学研究の問題点として、外国語大学の日本語学科で日本文学を教える教員がほとんど日本文学・ベトナム文学の教育をしてないということや、日本文学講師として授業を担当するための専門的知識や研究方法がまだ十分に備わっていない、ということを指摘する。日本文学の専門家としての知識が十分ではないことも多く、教員たちの相互交流もできていないため、なかなか解決できない問題も多いのかも知れない。

先月、立教大学の小峯和明氏がハノイ大学ではじめて『今昔物語集』を中心にして日本文学についての講演されたが、学生の日本語がまだ十分ではないため、筆者は授業の内容をよく把握してもらうために、資料をベトナム語に翻訳して配布し、授業の際にも通訳をした。ベトナム人の日本文学研究者たちともっと協力していかないと、日本文学教育も効果的な成果を得られないであろうと小峯氏は指摘された。

三 『今昔物語集』の翻訳について

1、作品の紹介と翻訳の意味

『今昔物語集』は十二世紀の前半、平安末期の院政期に形成された大著である。およそ一一二〇年前後と推定されている。編者は明らかではないが、全体が三十一巻に分かたれ、そのうち巻八・十八・二十一の三巻が欠けている。『今昔物語集』の中心は仏教説話で、世俗説話も全体の三分の一以上を占め、古代社会の各層の生活を生き生きと描いている。広く見れば、神話・昔話（民俗）・伝説・世間話・歌語りなどを含め、さらに伝記・寺社縁起・記録のものを含んでいる。文章は漢字と片仮名による宣命書きで、訓読文体と和文体を巧みに混用している。『源氏物語』や『平家物語』などに比べると、古典としての権威の確立は遅れた。『今昔物語集』は文学にとどまらず、歴史や宗教、民俗、美術など、様々な分野から注目される大著である。

筆者は二〇〇五年に日本に渡る前に、本書を少し読んでみたが、仏教の色合いが濃い作品で、あまり面白くないと考えていた。日本に来て、小峯和明氏が編集した『今昔物語集を学ぶ人のために』に紹介された話を読んでみると、自分の考えが間違っていたと分かるようになった。説話は人物の内面を深く描くということではなく、作者が詳細に人間や対象を観察していることによって、高い文学性をもつのであった。

また、『今昔物語集』はベトナムの漢文説話と比べてみると共通するところが多い。例えば、「木」、「夢」、「往生」、「異類」などはいずれも世界で共通であり、ことに中国の説話、伝承を色濃く反映するモチーフといえるだろう。日本古典文学とベトナム古典文学がインドの仏教、中国という共通の根から、それぞれの歴史条件や風土条件に適した発展を遂げて行ったことが分かる。そういった面から、日本語ができないベトナム人にとって、『今昔物語集』の翻訳は日本文学や文化を知るために不可欠の作品と言える。

筆者は一九九九年に『日本霊異記』のベトナム語訳をし、交流基金の支援を受け公刊した。『日本霊異記』の影響を受けた日本説話の最大の作品である『今昔物語集』をベトナム語に翻訳するのは今回はじめてで、世界文学としての『今昔物語集』の真価が益々問われる大きな契機となることは間違いないし、同時にこの翻訳によって日本の文学・文化の理解に貢献することが大いに期待される。

2、『今昔物語集』の翻訳の問題点について

『今昔物語集』を翻訳するのは簡単ではない。漢字に熟練した作者が書いた作品ではないかと考えている。また、『日本霊異記』や『法華験記』に依拠した話も見られるので、漢文表現に近い文章が少なくない。「仮借」、「漢文訓読」、「遊び漢字」、漢文の「逆順」など、漢文によく出てくる現象も見られる。例えば、

巻二十五第一

原文：将門常陸下総ノ国ニ住シテ弓箭ヲ以テ身ノ荘トシテ、多ノ猛キ兵ヲ集テ伴トシテ合戦ヲ以業トス。

新日本古典文学大系、『今昔物語集』四には「荘」を仮借の漢字と注釈しないが「弓箭」を「弓矢で装備して、武芸を身上として」と注釈している。筆者は「荘」を「装」に借音するかと考える。注釈の「装備」を意味しているのと同じである。また、「訓読」と「漢字」結びの「遊び漢字」現象も出現する。例えば、

巻二十第二

原文：座主過ギ給テ後、此ノ天狗谷ノ底ヨリ、這ヒ出テ、老法師ノ腰踏ミ破折テ臥セル所ニ寄テ「何ゾ。此度ハ為

得タリヤ」ト問ヘバ、「イデ、穴カマ給へ。痛クナ、給ヒソ」

日本語訳：「座主がいってしまわれて後、日本の天狗は谷底から這い出し、老法師が腰を踏み折られて横たわったているところに近寄り、「いかがでござった。今度はうまくやりおおせなされたか」と尋ねると「いや、お黙りくだされ。ひどいことをいわれるな」。

問題は「穴」という言葉である。訳者の注釈によると、「穴」は感動詞「アナ」の当て字。「カマ」は「カマシ」の語幹で、やかましいの意で、お黙りください、である。また、「痛クナ、給ヒソ」の「ナ…ソ」は呼応して、禁止をあらわす。ひどいことをおっしゃれるな」。

「穴カマ給へ。痛クナノ給ヒソ」をベトナム語に翻訳すると、原文のそのままであらわすことができる。「穴カマ給へ」は「穴に落とさせないでください」の意味である。「穴に落とさせないでください」は「お黙りください」と同じ意味だ（腰を踏み折られたから、穴に落させたことと同じである）。また、「穴」は感動詞の「アナ」に当てるから「遊び字」ではないかと考えられる。「痛クナ給ヒソ」は「痛くするな」の意味を表す。「痛くするな」は「ひどいことをおっしゃられるな」と同じ意味である。

外国語の翻訳者は、日本と中国の古典の知識をもっていないと、正確に理解することはできないのではないか。筆者は一九九九年に『日本霊異記』を現代ベトナム語に翻訳し、博士論文としたが、ここでベトナムの李王朝、陳王朝に成立した漢文説話との比較を試みたことがある。

面白かったのは、両国の漢文説話における漢文表記には「仮借」というか当て字が非常に多いことである。そのあり方が両国の漢文説話の文体の共通性であるとした。朝鮮の漢文小説にもそういう傾向があるようである。中国の仏典、経典にもあるのは当然である。

『今昔物語集』における漢字は、日本で漢字の意味が違う漢字が多いのであるが、正規の漢字もあるし、正規の漢文表現もあるので、現代漢字ができる外国人研究者も理解できるわけである。また、古典の漢文学を研究する者は、原文をそのままに読める。現代日本語訳も付いているから、不明な点があれば現代語訳を参考することができる。しかし、現代日本語だけに頼ると、時には誤解も生ずる恐れがある。特に古典作品の中に「字で遊ぶ」場合に遭遇したら、どう理解したらよいか、しばしば読めなくなることがある。例を挙げて見よう。

巻二十第三十四

原文：浄覚ガ云ク「童部ノ為ニ被殺ムモ同事也。敢ナム。

我レ取テ他人ニ不交ズシテ、子共ノ童部ト吉ク食タラムヲゾ、故別当ハ喜ト思サム」ト云テ。

日本語訳：すると浄覚は「よその子供らに殺されるのも同じことだ。かまわん、おれがつかまえ、水入らずで家の子たちと十分に食べてこそ、亡き別当はお喜びになるだろう」といって。

まず、漢字の意味のことであるが、「不交」の「交」は手渡すの意味ではないかと思う。「交」は漢語大辞典で調べると、「謂一方授与、另一方受取」（漢語大辞典、八百七十七頁）（一方から他方へ送り移す。また、受け取る）とされているので「他人ニ不交ズシテ」は他の人に渡さないで（つまり、食べさせないで）の意に解するのも正解ではないかと思う。

日本語の訳者によると、「他人ニ不交ズシテ」は「他人を交えないの意ともなろう」と主張して、水入らず（中に他人を交えないこと）と翻訳している。現代の日本語の中に「交」は「手渡す」を意味していないが、ベトナム語の語彙の中に「交」は「手渡す」を意味している言葉があるので、もともと日本語の中に「渡す」という意味を持つ「交」があるのではないかと思う。

「他人ニ不交ズシテ」は、他の人に手渡さないの意味とも、他人に食べさせないで、との意ともなると思う。また、「敢」は「かまわない」の意味以外に、無理にするな、挑むの意味をあらわす時もある。

私はこの例を以下のように日本語に翻訳してみた。

「すると浄覚は「よその子供らに殺されるのも同じことだ。無理にするな、おれがつかまえ、他人に手渡さないで、家の子たちと十分に食べてこそ、亡き別当はお喜びになるだろう」といって。

また、本書には漢文表現に近い文章が少なくないと思う。古文を読むとき、漢字の意味をよく考えるのは大切だけではなく、文脈の意味も大事にし、作者の考えとして昇華していくのは、作品を理解する大事な方法の一つである。

一番面白かったのは、本書にベトナム漢文訓読語が見られたということである。ベトナムではノム字で書かれた説話、伝承がほとんどない。今現在、喃字辞典が出版されているが、散文から取り出したことばが少ないので、生活のことばは殆ど出てこない。『今昔物語集』に見られたベトナム漢文訓読語がベトナムの近代以前の漢籍と書籍の中にあるかどうかまだ分からないが、ベトナム村落の老人たちの間ではまだ使っているものがある。『今昔物語集』と共通したベトナム漢文訓読語が、当時の漢字の音韻に関連するためではないかと考えられる。

また、ベトナムと日本は中国の伝奇小説と仏教説話の影響を受けているので、説話の内容だけではなく、漢文も漢字の訓読と共通点がある。

例えば、本書の各説話冒頭の「今昔」という言葉だが、中国語で翻訳する時に、「今昔」を中国語に当てて読むのはできなくて、「従前」と翻訳する。これをベトナム語に翻訳すると、訓読のままで、つまりベトナム語に当てて、「昔今」の逆順で読むことができる。ノム字で書かれた作品の中に「今昔」を「昔今」と逆順して読む言葉があるのだ。

また、「妻夫」（巻十五第二十七）はベトナムの古文献にまだ見られない言葉であるが、ベトナム人が口頭でよく話しているものである。『今昔物語集』に見られるのと同じ言葉、同じ表現といえるのである。（**Vợ chồng thì cũng tròn như cây chò (Ngữ, 85a)**。

また、漢文にある動詞は目的語の前にくるのが当然であるが、日本語の場合は漢文と逆順である。しかし、「疏家」(**Sửa nhà**)（巻二十、第三十四）、「打火」(**Đánh lửa**)（巻十五第二十七）、形容詞の場合、「本性不調」(**Vốn tính chẳng biết điều**)（巻十七第四）のように、ベトナム語の漢文訓読としても読める。数える語の場合、「二三段許ヲ去テ」(**Đi hai ba đoạn**)（巻二十七第三十六）のように、ベトナム語の中にも同じような表現がある。

終わりに

以上、ベトナムにおける日本文学翻訳・出版・研究と『今昔物語集』の翻訳について概括してきたが、関連した問題を解決するためにいくつか提案をしておきたい。

まず日本語を使用する日本文学（古典文学も含む）の翻訳者と研究者の教育が重要である。国際交流基金など日本財団がベトナムの文学を専攻している若い者に日本語教育の機会を与えることが必要である。例えば、社会科学大学の文学部で教えているファン・ヴァン・フン氏（**Phạm Văn Hùng**）の「日本平安時代の作者における女流類型」―『百人一首』を考察」が『文学研究』に掲載されたが、氏は『百人一首』と『日本文学史』など関連資料を講読し、論文を投稿したのである。この論文は好評を博した。日本語教育をする教員に研修機会を与え、人材を育てるのも大事である。

ベトナム国内で日本文学研究のネットワークを作ることも喫緊の課題である。また日本から各大学・研究機関の研究者を招いて、毎年集中授業、シンポジウムなどを行うのも必要だろう。

『今昔物語集』は日本文学研究のためには必須の作品である。しかしながら、この書を原文のまま読むことができる層は一部の専門家に限られるため、日本語ができないベトナムの研究者に門戸を開くためにも、翻訳が必須であると考えている。そのため今後、日本とベトナム、さらにはアジアや世界とのより広い文化交流を推進し、相互の共通理解を深めていくためにも、『今昔物語集』のベトナム語翻訳を企画し、刊行したいと考えている。

外国人翻訳者は、日本や中国の古典の知識を持たないと、正確に文学を理解していくことが困難であると、いままでの研究から痛切に思う。

漢字の意味を考えるだけではなく、文脈の意味をたどり、作者の言わんとすることを解読していくことは作品を理解する初めの一歩である。そしてそれは、漢文文化圏に属しているベトナム漢文の意味に従って『今昔物語集』の意義を解明していく一つの方法だと考えている。

『今昔物語集』の漢字と漢文訓読の表現とベトナムとの類似性をめぐって、筆者の主観的な考え方かもしれないが、科学的評価を出すためにも私個人の能力だけでなく、日本人の専門家の方々のご意見、ご指導をいただけることが大切かと思う。

【1】

【付録】

資料 1: ベトナムにおける日本文学の翻訳出版物書目

1. 芥川龍之介 :『羅生門』、Vũ Minh Thiều 訳、Gió bốn phương（四方の風）出版会社、1997 年
2. 芥川龍之介 :『或る阿呆の一生』、Diễm Châu 訳、文出版会社、Sài Gòn、1996 年
3. 芥川龍之介 :『藪の中』、Tác phẩm mới（新しい作品）出版会社、Hà Nội、1987 年
4. 芥川龍之介 :『短編小説選集』、Lê Văn Viện 訳、Văn học（文学）出版会社、1989 年
5. 芥川龍之介 :『貞節―短編小説選集』、Cung Điền 訳、文学出版会社、2006 年
6. 安部公房 :『砂の女』、Trùng Dương 訳、An Tiêm 出版社、1971 年
7. 安部公房 :『砂の女』、Nguyễn Tuấn Khanh 訳、文学出版会社、1989 年
8. 安部公房 :『他人の顔』、Phạm Mạnh Hùng 訳、Đà Nẵng 出版社、1986 年
9. 有島武郎 :『一房の葡萄』、Đinh Văn Phương 訳、2002 年
10. 有吉佐和子 :『恍惚の人』、Hoàng Hữu Do 訳、Phú Khánh 出版社、1987 年
11. 浅田次郎 :『鉄道員』、Phạm Hữu Lợi 訳、文学出版社、2010 年
12. 『芭蕉と俳句』、Nhật Chiêu 訳と解説、文学出版社、1994 年
13. 松尾芭蕉 :『おくのほそ道』、Vĩnh Sính 訳と解説、世界出版社、1998 年
14. 太宰治 :『人間失格』、Hoàng Long 訳、作者会出版社、2011 年
15. 遠藤周作 :『わたしが棄てた女』、Đoàn Tử Huyến 訳、労働出版社、Hà Nội、1984 年
16. 原田康子 :『挽歌』、Bích Kim 訳、Cảo Thơm 出版社、1968 年
17. 原田康子 :『挽歌』、Mặc Đỗ 訳、Đất mới 出版社、1973 年
18. 東野圭吾 :『秘密』、Uyên Thiểm Trương Thùy Lan 訳、Thoi dai 出版社、2010 年
19. 東野圭吾 :『容疑者 X の献身』、Trương Thùy Lan 訳、Văn hóa 出版社、Sài Gòn 、2009 年
20. 井原西鶴 :『好色五人女』、Phạm Thị Nguyệt 訳、Tien Giang 出版社、1988 年
21. いわさきちひろ :『戦火のなかの子どもたち』、Đoàn Ngọc Cảnh 訳、女性出版社、2008 年
22. 大佛次郎 :『帰郷』、Bùi Ngọc Lâm 訳、Dat song 出版社、Sài Gòn、1973 年
23. 金原ひとみ :『蛇にピアス』、Uyên Thiểm 訳、文学出版社、2009 年
24. 片山恭一 :『ジョン・レノンを信じるな』、Minh Châu Uyên Thẩm 訳、文学作者会出版社、2009 年
25. 川端康成 :『雪国』、Chu Việt 訳、Trình bày 出版社、Sài Gòn、1969 年
26. 川端康成 :『千羽鶴』、Trùng Dương 訳、Song moi 出版社、Sài Gòn、1969 年
27. 川端康成 :『千羽鶴』、Tuấn Minh 訳、出版社、Sài Gòn、1972 年
28. 川端康成 :『千羽鶴』、Nguyễn Tường Minh 訳、Sông Thao 出版社、Sài Gòn、1974 年
29. 川端康成 :『山の音』、Ngô Quý Giang 訳、青年出版社、Hà Nội、1989 年
30. 川端康成 :『古都』、Thái Văn Hiếu 訳、ハイフォン出版社、1988 年
31. 川端康成 :『眠れる美女』、Vũ Đình Phòng 訳、文学出版社、Hà Nội、1990 年
32. 川端康成 :『眠れる美女』、Quế Sơn 訳、時代出版社、2010 年
33. 川端康成 :『日本の美のこころ』、Cao Ngọc Phượng 訳、La Boi 出版社、Sài Gòn、1969 年

【2】

34. 川端康成：『日本の美のこころ』、Đoàn Tử Huyến 訳、ロシア語から訳
35. 川端康成：『伊豆の踊子』、Thái Hà 訳、Tac pham moi 出版社、1969 年
36. 川端康成：『伊豆の踊子』、Huyền Không 訳、Trình bày 出版社、1969 年
37. 川端康成：『片腕』、Nhật Chiêu 訳、文雑誌、2 番号、1988 年
38. 川端康成：『美しさと哀しみと』、Mai Kim Ngọc 訳、文化出版社、Sài Gòn、2009 年
39. 川端康成：『作品選集』、労働出版社と東西文化出版社、2005 年
40. 『平家物語』、社会科学出版社、1989 年
41. 黒柳徹子：『窓ぎわのトットちゃん』、Anh Thư 訳、労働出版社、2008 年
42. 宮沢賢治：『なめとこ山の熊』、Vương Trọng 訳、民族出版社、Hà Nội、1990 年
43. 川上未映子：『乳と卵』、Song Tâm Quyên 訳、女性出版社、2011 年
44. 三島由紀夫：『金閣寺』、Đỗ Khánh Hoan, Nguyễn Tường Minh 訳、An Tiêm 出版社、Sài Gòn、1970 年
45. 三島由紀夫：『銀閣寺』、Lê Lộc 訳 , 青年出版社、1970 年
46. 三島由紀夫：『真夏の死』、Tân Linh 訳、Phu sa 出版社、Sài Gòn、1969 年
47. 三島由紀夫：『午後の曳航』、Đỗ Khánh Hoan, Nguyễn Tường Minh 訳、Sông Thao 出版社、Sài Gòn、1971 年
48. 三島由紀夫：『水音』、Đỗ Khánh Hoan, Nguyễn Tường Minh 訳、Song Thao 出版社、Sài Gòn、1971 年
49. 三島由紀夫：『宴のあと』、Tuyết Sinh 訳、Tre 出版社、Sài Gòn、1974 年
50. 三島由紀夫：『愛の渇き』、Phạm Xuân Thảo 訳、アンザン出版社、1988 年
51. 村上春樹：『カンガルー日和』、Phạm Vũ Thịnh 訳、ダ・ナン出版社、2006 年
52. 村上春樹：『蛍』、Phạm Vũ Thịnh 訳、ダ・ナン出版社、2006 年
53. 村上春樹：『レキシントンの幽霊』、Phạm Vũ Thịnh 訳、ダ・ナン出版社、2007 年
54. 村上春樹：『TV ピープル』、Phạm Vũ Thịnh 訳、ダ・ナン出版社、2006 年
55. 村上春樹：『地震の後で』、Phạm Vũ Thịnh 訳、ダ・ナン出版社、2006 年
56. 村上春樹：『世界の終わりとハードボイルド・ワンダーランド』、Lê Quang 訳、文学出版社、2010 年
57. 村上春樹：『ノルウェイの森』、Hạnh Linh – Hải Thanh 訳、文学出版社、1997 年
58. 村上春樹：『ノルウェイの森』、Trịnh Lữ 訳、文学作者会出版社、2006 年
59. 村上春樹：『国境の南、太陽の西』、Cao Việt Dũng 訳、文学作者会出版社、2007 年
60. 村上春樹：『ねじまき鳥クロニクル』、Trần Tiễn Cao Đăng 訳、文学作者会出版社、2006 年
61. 村上春樹：『スプートニク』、Trần Đĩnh 訳、文学作者会出版社、2008 年
62. 村上春樹：『海辺カフカ』、Dương Tường 訳、文学作者会出版社、2007 年
63. 村上春樹：『ダンス・ダンス・ダンス』、Trần Vân Anh 訳、文学作者会出版社、2011 年
64. 村上春樹：『羊をめぐる冒険』、Minh Hạnh 訳、文学出版社、2011 年
65. 村上龍：『限りなく透明に近いブルー』、Trần Phương Thúy 訳、文学出版社、2008 年

【3】

66. 村上龍:『限りなく透明に近いブルー』、Lê Thị Hồng Nhung 訳、文学出版社、2008 年
67. 村上龍:『69 sixty nine』、Hoàng Long 訳、文学出版社、2009 年
68. 村上龍:『はじめての夜　二度目の夜　最後の夜』、Song Tâm Quyên 訳、文学出版社、2009 年
69. 村上龍:『コインロッカー・ベイビーズ』、Trần Thị Chung Toàn 訳、労働出版社、2010 年
70. 村上龍:『オーディション』、Trần Thanh Bình 訳 , サイゴン文化出版社、2009 年
71. 『源氏物語』、社会科学出版社、1991 年
72. 『沙石集』、Đỗ Đình Đồng 訳、出版社、Sài Gòn、1971 年
73. 中野独人:『電車男』、Trương Thùy Lan 訳、文学作者会出版社、2011 年
74. 夏目漱石:『こころ』、Đỗ Khánh Hoan, Nguyễn Tường Minh 訳、Sài Gòn、1972 年
75. 夏目漱石:『坊ちゃん』、Bùi Thị Oanh 訳、文学作者会出版社、2004 年
76. 夏目漱石:『夢』、An Nhiên 訳、Tre 出版会社、2007 年
77. 大江 健三郎:『飼育』、Diễm Châu 訳、Trinhbay 出版会社、2007 年
78. 大江 健三郎:『個人的な体験』、Lê Ký Thương 訳、文芸出版社、1997 年
79. 小川洋子:『博士の愛した数式』、Lương Việt Dũng 訳
80. 小川洋子:『妊娠カレンダー』、Lương Việt Dũng 訳、文学作者会出版社、2009 年
81. 小川洋子:『ホテル アイリス』Quán trọ hoa Diên Vỹ, Lan Hương 訳、文学出版社、2009 年
82. 島崎藤村:『家』、Hạnh Liêm 訳、民族文化出版社、2008 年
83. 鈴木光司:『リング』、Lương Việt Dũng 訳、文学出版社、2008 年
84. 鈴木光司:『仄暗い水の底から』、Phong Linh 訳、文学出版社、2009 年
85. 鈴木光司:『リング』、Võ Hồng Long 訳、文学出版社、2009 年
86. 竹山道雄:『ビルマの竪琴』、Đỗ Khánh Hoan 訳、創造出版社、Sài Gòn、1971 年
87. 谷崎潤一郎:『痴人の愛』、Nhật Chiêu 訳、文芸新聞、1989 年
88. 谷崎潤一郎:『愛すればこそ』、Triệu Lam Châu 訳、ギア・ビン出版社、1989 年
89. 谷崎潤一郎:『鍵』、Phạm Thị Hoài 訳、女性出版社、1989 年
90. 天藤湘子:『極道な月』、Nguyễn Bảo Trang 訳、女性出版社、2010 年
91. 上田秋成:『雨月物語』、Nguyễn Trọng Địch 訳、文学出版社、1989 年
92. 渡辺淳一:『無影燈』、Cao Xuân Hạo 訳、ギア・ビン出版社、1988 年
93. 綿矢りさ:『蹴りたい背中』、Nguyễn Thanh Vân 訳、ハノイ出版社、2010 年
94. 山田詠美:『ベッドタイムアイズ』、Lương Việt Dũng 訳、文学作家会出版社、2008 年
95. 山田詠美:『ジェシーの背骨』、Thùy Dương Na 訳、サイゴン文化出版社、2008 年
96. 山田詠美:『指の戯れ』、An 訳、文学出版社、2009 年
97. 山田詠美:『風味絶佳』、Hương Vân 訳、文学出版社、2010 年
98. 吉本 ばなな:『キッチン』Trần Thị Chung Toàn 訳、ハノイ国家出版社、2000 年
99. 『百人一首』、Trần Thị Chung Toàn 訳、世界出版社、2010 年
100. 吉本ばなな:『キッチン』、Lương Việt Dũng 訳、作家会出版社、2006 年

101. 吉本ばなな：『TSUGUMI』、Vũ Hoa 訳、ダ・ナン出版社、2007 年
102. 吉本ばなな：『白河夜船』、Trương Thị Mai 訳、サイゴン文化出版社、2008 年
103. 吉本ばなな：『N.P』、Lương Việt Dũng 訳、サイゴン文化出版社、2008 年
104. 吉本ばなな：『とかげ』、Nguyễn Phương Chi 訳、作家会出版社、2006 年
105. 吉本ばなな：『アムリタ』、Trần Quang Huy 訳、作家会出版社、2008 年
106. 湯本香樹実：『夏の庭』、Nguyễn Thanh Hà 訳、文学出版社、2010 年
107. 『日本霊異記』、Nguyễn Thị Oanh 訳、文学出版社、1999 年
108. 村上春樹：『1Q84』、Lục Hương 訳、作家会出版社、2012 年
109. 市川拓司：『世界中が雨だったら』、Mộc Miên 訳、文学出版社、2012 年
110. 江國香織：『落下する夕方』、Đặng Đức Lộc - Nguyễn Thanh Hà 訳、ホーチミン市文芸・文化出版社、2012 年
111. 江國香織：『東京タワー』、Trần Thanh Bình 訳、ホーチミン市文芸・文化出版社、2012 年
112. 江國香織：『きらきらひかる』、ホーチミン市文芸・文化出版社、2011 年
113. 木藤亜也：『1 リットルの涙』、Trần Trọng Đức 訳、ホーチミン市文芸・文化出版社、2011 年

資料 2: インタネットからダウンロード翻訳作品

1. 芥川龍之介：「偸盗」、Cung Điền 訳 ,2004 年
http://www.ert.com/3-Thovan/CungDien/Bondaotac_Tac.htm
2. 芥川龍之介：「河童」、Cung Điền 訳、2005 年
http://www.chimviet.free.fr/vannhat/cungdien/qvcd050.htm
3. 芥川龍之介：「魔術」、Dương Thị Tuyết Minh 訳、2004 ～ 2005 年
http://www.ert.com/2-Thovan/QuynhChi/Bondaotac_Aothuat.htm
4. 芥川龍之介：「女」、Dương Thị Tuyết Minh 訳、2005 年
http://www.ert.com/2-Thovan/QuynhChi/Danba.htm
5. 芥川龍之介：「羅生門」、Dương Thị Tuyết Minh 訳、2005 年
http://www.ert.com/2-Thovan/QuynhChi/LaSinhMon.htm
6. 芥川龍之介：「蜘蛛の糸」、Đinh Văn Phước 訳、2003 年
http://chimviet.free.fr/vannhat/dinhvanphuoc/dvpd052.htm
7. 芥川龍之介：「夢」、Đinh Văn Phước 訳、2005 年
http://chimviet.free.fr/vannhat/dinhvanphuoc/dvpd058.htm
8. 芥川龍之介：「蜜柑」、Đinh Văn Phước 訳、2005 年
http://chimviet.free.fr/vannhat/dinhvanphuoc/dvpd054.htm
9. 芥川龍之介：「仙人」、Đinh Văn Phước 訳、2004 年
http://chimviet.free.fr/vannhat/dinhvanphuoc/dvpd055.htm
10. 芥川龍之介：「トロッコ」、Đinh Văn Phước 訳、2003 年

【5】

http://chimviet.free.fr/vannhat/dinhvanphuoc/dvpd053.htm

11. 芥川龍之介：「点鬼簿」、Lê Ngọc Thảo 訳、2004 年

http://www.ert.com/2-Thovan/LNThao/So_diem_danh.htm

12. 芥川龍之介：「雛」、Lê Ngọc Thảo 訳、2005 年

http://www.ert.com/2-Thovan/LNThao/Con_bach.htm

13. 芥川龍之介：「あばばばば」、Lê Ngọc Thảo 訳、2005 年

http://www.ert.com/2-Thovan/LNThao/Tiec_khieu-vu.htm

14. 芥川龍之介：「舞踏会」、Lê Ngọc Thảo 訳、2005 年

http://www.ert.com/2-Thovan/LNThao/Tiec_khieu_vu.htm

15. 芥川龍之介：「一塊の土」、Lê Ngọc Thảo 訳、2005 年

http://www.ert.com/2-Thovan/LNThao/Cuc_dat.htm

16. 芥川龍之介：「森先生」、Lê Ngọc Thảo 訳、2005 年

http://www.ert.com/2-Thovan/LNThao/Thay Mori.htm

17. 芥川龍之介：「秋」、Nguyễn Ngọc Duyên 訳

http://chimviet.free.fr/vannhat/nnduyen/nndn050.htm

18. 芥川龍之介：「秋山図」、Nguyễn Nam Trân 訳

http://www.chimviet.free.fr/vannhat/namtran/ntd056.htm

19. 芥川龍之介：「芋粥」、Nguyễn Nam Trân 訳、2002 年

http://www.chimviet.free.fr/vannhat/namtran/ntd052.htm

20. 芥川龍之介：「大川の水」、Nguyễn Nam Trân、訳、2003 年

http://www.chimviet.free.fr/vannhat/namtran/ntd054.htm

21. 芥川龍之介：「地獄変」、Nguyễn Nam Trân 訳、2003 年

http://www.chimviet.free.fr/vannhat/namtran/ntd055.htm

22. 芥川龍之介：「手巾」、Nguyễn Nam Trân 訳

http://www.chimviet.free.fr/vannhat/namtran/ntd057.htm

23. 芥川龍之介：「枯野抄」、Nguyễn Nam Trân 訳

http://www.chimviet.free.fr/vannhat/namtran/ntd057.htm

24. 芥川龍之介：「尾生の信」、Nguyễn Nam Trân 訳

http://www.chimviet.free.fr/vannhat/namtran/ntd064.htm

25. 芥川龍之介：「袈裟と盛遠」、Văn Lang Tôn Thất Phương 訳、2004 年

htt://ww.ertc.com/2-Thovan/TTPhuong/Kesa_to_morito.htm

26. 芥川龍之介：「鼠小僧次郎吉」、Văn Lang Tông Thất Phương 訳、2004 年

htt://ww.ertc.com/2-Thovan/Tay_dao_chich_hao_hiep-07252004.htm

27. 芥川龍之介：「藪の中」、Phạm Vũ Thịnh dịch 訳、2004 年

http://www.chimviet.free.fr/vannhat/phamvt/pvtd050.htm

28. 芥川龍之介：「鼻」、Việt Châu 訳、2004 年

http://www.chimviet.free.fr/vannhat/namtran/ntd064.htm

29. 芥川龍之介 : 「蜃気楼」、Phạm vũ Thịnh 訳、2004 年
http://www.erct.com/2-Thovan/VietChau/Cai_mui.htm

30. 太宰治 : 「猿ケ島」、Cung Điển 訳、2006 年
http://www.erct.com/2-Thovan/ CungDien/Doi-khi-Sazuzaka /Noidoi.htm

31. 太宰治 : 「嘘」、Đinh Văn Phước 訳、2006 年
http://www.erct.com/2-Thovan/ DVPhuoc/Noidoi.htm

32. 太宰治 : 「駆け込み訴え」、Lê Ngọc Thảo 訳、2006 年
http://www.erct.com/2-Thovan/ LNThao/Judas.htm

33. 太宰治 : 「故郷」、Nguyễn Ngọc Duyên 訳、2006 年
http://www.erct.com/2-Thovan/ NNDuyen/Co-huong.htm

34. 太宰治 : 「走れメロス」、Văn Lang Tôn Thất Phương 訳、2005 年
http://www.erct.com/2-Thovan/TTPhuong/Melos.htm

35. 太宰治 : 「列車」、Phạm Vũ Thịnh 訳、2005 年
http://chimviet.free.fr/vannhat/phamvt/pvtd057.htm

36. 太宰治 : 「黄金風景」、Phạm Vũ Thịnh 訳、2005 年
http://chimviet.free.fr/vannhat/phamvt/pvtd058.htm

37. 宮沢賢治 : 「注文の多い料理店」、Nguyễn Nam Trân 訳、2006 年
http://chimviet.free.fr/vannhat/namtran/nttd066.htm

38. 宮沢賢治 : 「どんぐりと山猫」、Nguyễn Nam Trân 訳、2006 年
http://chimviet.free.fr/vannhat/NNT/Damhatde.htm

38. 宮沢賢治 : 「土神と狐」、Nguyễn Nam Trân 訳、2006 年
http://ertc .com/2-Tho Van/NNT/Miyazawa-Tho_than_va_con_chon.htm

39. 三島由紀夫 : 「憂国」、Miêng chuyển ngữ、2003 年
http://ertc .com/2-Tho Van/Van_hoc_NB/Uu_quoc-Mishima _yukio.htm

40. 林芙美子 : 「晩菊」、Văn Lang Tôn Thất Phương 訳、2003 年
http://www.erct.com/2-Thovan/TTPhuong/Doa_cuc_muon.htm

41. 川端康成 : 「母の目」、Dương Thị Tuyết Minh 訳、2006 年
http://chimviet.free.fr/vannhat/quanhchi/qychd057.htm

42. 川端康成 : 「写真」、Dương Thị Tuyết Minh 訳、2006 年
http://chimviet.free.fr/vannhat/phamvt/pvtd058.htm

43. 森鷗外 : 「高瀬舟」、Nguyễn Nam Trân 訳、2006 年
http://ertc .com/2-Tho Van/NNT/Thuyen_giai_tu.htm

44. 森鷗外 : 「花子」、Nguyễn Nam Trân 訳、2006 年
http://ertc .com/2-Tho Van/NNT/Hanako.htm

45. 森鷗外 : 「普請中」、Nguyễn Nam Trân 訳、2006 年

http://ertc .com/2-Tho Van/NNT/Dang_trung_tu.htm

46. 谷崎潤一郎 :「蘆刈」、Nguyễn Nam Trân 訳、2005 年
http://chimviet.free.fr/vannhat/namtran/nttd050.htm
47. 谷崎潤一郎 :「刺青」、Nguyễn Nam Trân 訳、2005 年
http://chimviet.free.fr/vannhat/namtran/nttd050.htm
48. 谷崎潤一郎 :「吉野葛」、Nguyễn Nam Trân 訳、2005 年
http://chimviet.free.fr/vannhat/namtran/nttd050.htm
49. 吉田 兼好 :「徒然草」、Nguyễn Nam Trân 訳、2005 年
http://chimviet.free.fr/vannhat/namtran/nttd050.htm

資料 3: ベトナムにおける日本文学研究目録

1.Châm Vũ, Nguyễn Văn Tấn:「俳句と芭蕉についての若干考察」『文学雑誌』(南ベトナム)、90 号、1969 年
2.Dương Ngọc Dũng:『日本文学専論』、総合出版社、ホーチミン市、2008 年
3.Đào Thị Thu Hằng:『日本文化と川端康成』、教育出版社、2007 年
4.Đào Thị Thu Hằng:「大江 健三郎—人類痛感の中にある自分の痛感」『文学雑誌』、4 号、2007 年、85 − 99 頁
5.Đào Thị Thu Hằng:「東と西の流れの川端康成」『文学研究』、7 号、2005 年、89 − 104 頁
6.Đoàn Lê Giang:「日本文化」『東洋文化概要』、ホーチミン市国家大学出版社、2000 年
7.Đoàn Lê Giang:「中国、日本の古典文学理論における大切な『詩大序』と『古今和歌集序』」『詩、研究、理論、評判』、ホーチミン市国家大学出版社、2003 年
8.Đoàn Lê Giang:「日本とベトナムの古典文学における文学観念についての比較研究」『文学雑誌』、9 号、1997 年
9.Đoàn Lê Giang:「芭蕉・グエン　チャイ・グエン　ズ—同調的な詩魂」『文学雑誌』、6 号、2003 年、33 − 42 頁
10.Đoàn Lê Giang:「日本における『翹伝』と『金雲翹伝』」『文学雑誌』、12 号、1999 年、47 − 50 頁
11.Đoàn Lê Giang:「文学という概念の生まれ—ベトナム・中国・日本における新しい文学概念」『文学雑誌』、5 号、1998 年、66 − 70 頁
12.Đoàn Lê Giang:「ベトナムと日本における古典文学概念についての比較研究」『文学雑誌』、9 号、1997 年、52 − 62 頁
13.Đoàn Lê Giang:「小松清の『金雲翹』序について」『文学雑誌』、11 号、2004 年
14.Đoàn Lê Giang:「漢文文化圏の文学における中世時代」『文学研究』、12 号、2006 年
15.Đoàn Lê Giang:「『雨月物語集』の序文と小説の虚構への誓う」『文学研究』、9 号、2009 年
16.Đoàn Lê Giang:「上田秋成の『雨月物語』とグエン・ズの『伝奇漫録』」『文学研究』、1 号 2010 年。

17.Đoàn Lê Giang:「漢文文化圏における近代化文学の道」『文学研究』、7号、2010年
18.Đoàn Lê Giang:「大江健三郎と彼の宇宙文学」『文』、1994年12月
19.Đoàn Lê Giang:「現代のレンズから見た川端の伝統的な美しいもの」、社会科学大学が主催していた川端シンポジウムでの報告書、『文』、103号、2000年、3月
20.Hasebe Heikichi: 長谷部平吉:「個人的な受容角から見た日本の文化と文学」、国家人文、社会科学センター、博士論文、1997年
21.Hà Văn Lưỡng:「ベトナムにおける日本文学の翻訳と研究」 http://wwwthongtinnhatban.net/frt2689.html
22.Hữu Ngọc:『日本の文学園を遊び歩き』、文芸出版社、2006年
23.Hữu Ngọc:『桜と電気製品』、文芸出版社、2006年
24.Hữu Ngọc:「日本文化と感想」『文学雑誌』、4号、1991年
25.John Stevens, Ngân Xuyên:「神聖的な無知」（日本の良寛禅師を中心に）『文学雑誌』、2003年
26.Khương Việt Hà:「二十世紀の日本文学における反自然主義傾向について」『文学雑誌』、8号、2005年
27.Khương Việt Hà:「川端康成の美学」『文学研究』、6号、2006年
28.Lê Thị Hường:「川端康成—美しいものを探る憂愁な旅客」、ソンフオン (Song Huong) 雑誌、154号、2001年
29.Lê Trường Sa:「1945—1950の日本の若干の文芸特徴」『文学』(南)、144号、1972年
30.Lê Từ Hiển:「芭蕉 (1644 ～ 1694) とヒュエン・クアン (Huyen Quang)—秋と出会う、あるいは審美的感識」『文学研究』、7号、2005年
31.Lưu Đức Trung:『川端康成—人生と著作』、教育出版社、1997年
32.Lưu Đức Trung:「有名な日本作者川端康成の小説詩法」『文学雑誌』、9号、1999年
33.Mai Chương Đức:「日本の小説」『文学』（南ベトナム）、90号、1969年、6月
34.Mai Chương Đức:「川端—始めて文学ノベルを受けた日本作者」『文学』（南ベトナム）、144号、1972年、3月
35.Mai Liên:『起源から十九世紀半までの日本文学選』、労働出版社、2010年
36.Nhật Chiêu:『芭蕉と俳句』、教育出版社、2003年
37.Nhật Chiêu:『起源から1868年までの日本文学』、教育出版社、2003年
38.Nhật Chiêu:『鏡にある日本』、教育出版社、1999年
39.Nhật Chiêu:『日本の詩』、教育出版社、2001年
40.Nhật Chiêu:「川端康成の世界—あるいは美しいもの:形と影」『文学雑誌』、3号、2003年
41.Nhật Chiêu:「川端康成と鏡の審美」『日本研究雑誌』、4号、2000年
42.Nhật Chiêu:「『万葉集』—人生の萬道路の和歌」『文学雑誌』、9号、1997年
43.Nhật Chiêu:「大江ー健三郎と空想的な人生」『今日の見識』、155号、1994年
44.Nhật Chiêu:「日本の俳句についての考察」『ソンフオン雑誌』、21号、1986年

【9】

45.:『川端康成の特別な文学雑誌』、サイゴン、1969 年
46.:『文章 6 選集 : 川端康成の読み』、青年出版社、2000 年
47.Nguyễn Nam Trân:「日本文学歴史総観」、教育出版社、2011 年
48.Nguyễn Tuấn Khanh:「俳句の芸術構築」『文学雑誌』、10 号、1999 年
49.Nguyễn Xuân Sanh:「日本の詩についての概観」『新作品』、4 号、1992 年
50.N.I.Konrat:『古代から近代までの日本の文学』ダーナン出版社、1999 年
51.N.I.Konrat:「日本文学の概略」『文学雑誌』、5 号、1997 年
52.Nguyễn Thị Mai Liên:「川端康成―万代に美しいさを探す旅客」『文学研究』、11 号、2005 年
53.Nguyễn Thị Mai Liên:「人間の肖像―川端康成の『哀愁』とニャ・ミンの『戦争の哀愁』における戦争の犠牲者」『1975 年後のベトナム文学―研究と教育』、師範大学出版社、2006 年
54.Nguyễn Thị Mai Liên:「川端康成の小説―独特叙事類型」『叙事学―若干の理論・歴史』、師範大学出版社、2008 年
55.Nguyễn Thị Mai Liên:「日本の平安時代と鎌倉時代の日本文学にある性別的な色の変化」『文学と言語学にある性別』、師範大学出版社、2009 年
56.Nguyễn Thị Mai Liên:「川端康成の著作における芸術的な空間の分極」、「大学での川端康成の教育」というシンポジウム、師範大学、2009 年、12 月
57.Nguyễn Thị Mai Liên:「日本の俳句の特徴」『東北研究』2 号、2010 年
58.Nguyễn Thị Thanh Xuân:『ベトナムにおける日本文学』、ホーチミン市国家大学出、2008 年
59.Nguyễn Thị Oanh:「『伽婢子』、『月物語』と『伝奇漫録』の比較研究」『漢喃雑誌』4 号、1995 年、38 － 49 頁
60.Nguyễn Thị Oanh:「日本における漢字と漢文の受容について」『漢喃紀要』、1997 年、437 － 454 頁
61.Nguyễn Thị Oanh:「『日本霊異記』における伝承要素について」『民間文化雑誌』1 号（61）、2001 年、51 － 56 頁
62.Nguyễn Thị Oanh:「『日本昔話事典』について」『文学研究』10 号（428）、2007 年、73 － 93 頁 63.Nguyễn Thị Oanh:「ベトナムの漢文説話における「雷神退治」というモチーフの比較研究」『漢喃雑誌』6 号、2008 年
64.Nguyễn Thị Oanh:「ベトナムの漢文説話における「鬼退治」のモチーフに関する比較研究」『世界文学の中の日本文学――物語の過去と未来』第 2 回国際日本文学研究集会会議録、人間文化研究機構、国文学研究資料館 2008 年、65 － 81 頁（日本語）
65.Nguyễn Thị Oanh:「ベトナムの習慣と信仰を古典文学に探る」、日文研フォーラム、2012 年（日本語）
66.Nguyễn Thị Oanh:「ベトナムの漢文説話における鬼神について―『今昔物語集』『捜神記』との比較」『東アジアの今昔物語集』、2012 年（日本語）
67.Nguyễn Tuấn Khanh:『日本現代の文学における傑作な筆者』、社会科学出版社、2011 年

68.Nguyễn Tuấn Khanh:「俳句の構築」『文学雑誌』、10 号、1999 年、61 − 67 頁
69.Nguyễn Tuấn Khanh:「明治時代から今日までの日本文学」『通信社会科学』、1998 年
70.Nguyễn Văn Hoàn:「日本における『金雲翹』」『文学雑誌』、5 号、1996 年
71.N.T.Fedorenko:「川端―美しいものを視る」『外国文学』、4 号、1999 年
72.Ôn Thị Mỹ Linh:「大江健三郎の人物肖像を刻む芸術の逆易―『美しさと哀しみと』を中心に」『文学研究』、3 号、2008 年、88 − 97 頁
73.Sei Kubota:「日本現代文学事情」『文学雑誌』、6 号、1965 年、82 − 89 頁
74.T.P.Grigorieva:「東アジア古典文学類型の成就から見た日本の俳句における「禅」」『文学雑誌』、4 号、1999 年
75.Trần Hải Yến:「日本文学の特徴についての概観」『日本研究雑誌』、4 号、1999 年
76.Trần Thị Tố Loan:「村上春樹の『スプートニク』における「多我」性格モチーフ」『外国語文学雑誌』、2010 年、3 月
77.Trịnh Bá Đĩnh:「ロシアにおける日本文学研究階段」『文学雑誌』、11 号、1997 年、83 − 85 頁
78.Uyên Minh:「日本の伝統的な文学におけるエロース要素」『文学雑誌』、90 サイゴン、1969 年、6 月
79.Vĩnh Sính:「石川啄木の和歌について」『文学雑誌』、サイゴン、1990 年
80.Vĩnh Sính:『日・越の文化交流』、文芸出版社、2001 年
81.Vũ Thư Thanh:「川端康成―人生と著作」『文学雑誌』、140 語、サイゴン、1969 年、10 月
82.Nguyễn Thị Mai Liên:『日本文学選集』、労働出版社、2009 年
83.Nguyễn Thị Mai Liên:「明治時代のロマン的な小説の形成と発展」、「日本文学と漢文文化圏の文学の現代化過程」、ホーチミン市、国家大学、社会科学大学が主催さてた国際シンポジウム、2010 年 3 月
84.Nguyễn Nam:「叙事における絶対的な事実－ベトナムで改変された「羅生門」から」、http://khoavanhoc-ngonngu.edu.vn
85.Phạm Văn Hưng:「日本平安時代の作者における女流類型」―『百人一首』を考察」『文学研究』、7 号、2012 年、73 − 84 頁
86.Lưu Thị Thu Thủy:「最近ベトナムにおける日本文学翻訳について」『日本·東北研究』、3 号、2004 年。78 − 79 頁
87.Lưu Thị Thu Thủy:「三浦 哲郎と放浪の火」『日本・東北研究』、1 号、2005 年。45 − 47 頁
88.Lưu Thị Thu Thủy:「村上春樹―生涯と著作」『日本・東北研究』、1 号、2008 年、7 号、61 − 66 頁
89.Lưu Thị Thu Thủy:「マンガ―日本とベトナムの児童への影響」『日本・東北研究』、1 号、2007 年、1 号、66 − 73 頁
90.Lưu Thị Thu Thủy:「ノーベル授賞の大江健三郎」『社会科学通信雑誌』、2008 年、11 号、44 − 49 頁

91.Lưu Thị Thu Thủy:「吉本ばなな―慈愛のこころと精神損傷」『日本・東北研究』、1号、2009年、2号、61 － 65頁

92. 西村さとみ :「「国風文化」の創造」『日本研究論文集、日本社会・文化史』、世界出版社、2010年、39 － 52頁

資料4: 2008年にハノイ大学、外国語大学、人文社会科学大学の三つの大学において開催された国際シンポジウムで発表した論文である。

1.Trần Thị Chung Toàn:「宮本常一民族誌を通してみた日本の女性―『忘れた日本人』及び『日本民俗誌』を中心に―」

2.Lê Huy Bắc:「ベトナムの学校における日本文学教育」

3.Đào Thị Thu Hằng:「ベトナムにおける村上春樹の現象」

4. 中川成美 :「日本文学・文化研究の理論的互換システムの構築にむけて」

資料5: ホーチミン市社会科学大学が主催された「日本とベトナム文学―東アジアの視点から」という国際シンポジウム。2001年11月。日本とベトナムの古典文学論文集。

1. 荒木浩 :「散佚「宇治大納言物語」研究の新展開―『今昔物語集』生成の重要な前史として―」、5 － 16頁。

2. 陳益源 :「ベトナムの『日本見聞録』についての新しい研究」、17 － 23頁。

3.Đoàn Ánh Loan:「「以文会友」―ベトナム・中国・日本との文学交流手段」、29 － 38頁。

4.Hà Văn Lưỡng:「類型から見た日本の伝承における奇異要素―ベトナムとの比較」、39頁。

5. 川口健一 :「グエン・ズと馬琴曲亭―青心才人の『金雲翹伝』から受容と発展」、40 － 44頁。

6. 小松和彦 :「「つくも神」の成立 : 日本の妖怪観の根底には「鬼」がいる」、43 － 58頁。

7.Lê Thị Thanh Tâm:「「物の哀れ」と東アジアの禅詩の鑑賞道」、64 － 79頁。

8.Ngô Trà Mi:「日本の随筆の起源」、81 － 91頁。

9.Nguyễn Anh Dân:「日本とベトナムの説話における変形人物」、93頁。

10.Nguyễn Đình Phức:「大江の維時の『天載佳句』における白居易の詩の編纂について」、95 － 103頁。

11.「和歌―中国の詩の受容と接変」、104頁。

12.Nguyễn Thanh Phong:「『神話記紀』の形態形式と外来宗教哲学色合い」、105 － 112頁。

13.Nguyễn Thanh Phong:「中世時代の東アジアの背景の下にベトナム・日本の外交詩―容貌と特徴」、113 － 126頁。

14.Nguyễn Thị Lam Anh:「中国、ベトナム、日本の古典文学における「伝」、「小説」、「物語」の概念」、127 － 136頁。

15.Nguyễn Thị Mai Liên:「日本の和歌における民族化傾向」、137 － 149頁。

16.Nguyễn Thị Oanh:「ベトナム漢文説話における鬼・妖怪譚について―『今昔物語集』との比較」151 － 166頁。

17.Nguyễn Thị Thanh Xuân:「俳句と六八—若干の考え」、167-173 頁。

18.Nhật Chiêu:「日本の川柳とベトナムの歌謡」、174 － 180 頁。

19.Phạm Thảo Hương Ly:「哀れ—日本の美学範疇」、181 頁。

20.Phan Thị Hồng:「中世におけるベトナムの禅詩と日本の俳句の詩思について」182 頁

20.Phan Thu Vân:「『源氏物語』における中国文化要素と文学意義」、183 － 194 頁。

21.Trần Thị Chung Toàn:「『百人一首』における女性作者」、195 － 212 頁。

한국일어일문학회
2012년-겨울 국제학술대회
심포지엄
NO.1 나나토익!
나는 1등이 좋다!
영어의 달인

韓国における日本古典文学の翻訳の問題をめぐって

—『今昔物語集』を中心に—

◉

李　市埈

［崇実大学校］

1967年生まれ。所属：崇実大学校。専門は日本説話文学。現在は、日韓説話文学の比較を念頭において研究している。主要編著書：『今昔物語集　本朝部の研究』（大河書房、2005年）、翻訳に末木文美士著・李市埈訳『日本仏教史』（プリワイパリ、2005年）、小峯和明著・李市埈訳『日本説話文学の世界』（小花、2009年）など。

◉ Summary

韓国において日本古典の翻訳は2000年代に入って飛躍的に増え、その作品数は50以上にものぼる。本稿では、まず翻訳された作品を紹介し、次に、翻訳の問題を日本語に対するハングル表記、文化の違いから生じた場合とに分けて考察する。表記の問題は主に固有名詞に関してであって、翻訳者によってばらばらである翻訳の現状を踏まえて、より合理的な表記の方法を探っていく。また、同じ漢字文化圏でありながら漢字の意味が日本と韓国で違う事例として、日本の「鬼」と「もののけ」などに対応する韓国の表現について検討していく。

最後に『今昔物語集』の翻訳の意義について触れながら、諸研究者の口伝説話の分類案と文献説話の分類案、そして両者を念頭に置いた分類案の問題点を紹介する。

一 韓国における日本古典文学の翻訳の現況

韓国で翻訳された日本の古典作品の数は五十以上にものぼる。作品別・出版年度順に整理すると、以下【資料1】の通りである。この資料は崔官の「韓国に於ける日本古典文学研究の動向―二〇〇五年から二〇一一年までを中心に―」(『日語日文学研究』二〇一二年十一月)に基づくが、氏が注釈と処理した抜粋本も含め、調査から漏れた本を大幅に増補して作成したことを断っておく。

【資料1】 韓国で翻訳された日本古典文学作品

	原題・(**作家)	翻訳書名	翻訳者	出版年度	出版社	備考
1	源氏物語	①겐지 이야기(源氏物語)	柳呈	1973	乙酉文化社	中古
		②겐지이야기 源氏物語(3―1)(3―2)(3―3)	田溶新	1999	NANAM	
		③겐지 이야기(1)―(10)	金蘭周	2007	한길사	
		④겐지이야기源氏物語	金鐘德	2008	지만지	10%抜粋
2	徒然草	①徒然草	宋肅庚	1975	乙酉文化社	中世、96年改訳
		②도연초徒然草	蔡惠淑	2001	바다出版社	
		③쓰레즈레구사徒然草	金忠永、嚴仁卿	2010	図書出版ムン	
3	日本書紀	①日本書紀	成殷九	1987	고려원	上代
		②完譯 日本書紀	田溶新	1989	一志社	
4	古事記	①古事記(상)	魯成煥	1987	예전사	上代
		①′古事記(상)(중)(하)	魯成煥	1999	예전사	増補版
		①″고사기 譯註古事記	魯成煥	2009	民俗苑	
		②古事記(상)(중)(하)	權五曄	2000	忠南大出版部	
		②′고사기古事記(상)(중)(하)	權五曄、權靜	2007	God' swin	
		③일본신화 고지키古事記	朴昌基	2006	J&C	
		④고사기古事記	姜容慈	2008	지만지	50%抜粋
5	風姿花伝	①노오能의 古典風姿花傳	金學鉉	1991	悦話堂	中世
		②풍자화전	吳鉉烈	2002	翰林大出版部	
		③풍자화전風姿花傳	金忠永	2008	지만지	抜粋
		④풍자화전風姿花傳	金忠永	2012	지만지	
6	風姿花伝、花鏡、至花道、九位、申楽談儀	風姿花傳 외	金孝子	1993	シサ日本語社	中世
7	南方録 古今集仮名序等	南方錄 古今集仮名序 외	朴銓烈、李漢昌	1993	シサ日本語社	近世
8	**松尾芭蕉	마츠오바쇼오의 하이쿠松尾芭蕉の俳句	兪玉姫	1998	民音社	近世、抜粋
9	好色一代男	호색일대남	孫正燮、李朱利愛	1998	현실과 미래사	近世
10	**与謝無村	①하이쿠 열 일곱자로 된 시	崔忠熙	2000	박이정	近世

		'①하이쿠、요사 부손与謝無村의 봄여름가을겨울	崔忠熙	2007	J&C	
11	仮名手本忠臣蔵	①주신구라忠臣蔵	崔官	2001	民音社	近世
		'①47인의 사무라이	崔官	2007	高麗大出版部	改訳
12	義経記	요시츠네	イウヒ（이우희）	2001	文學世界社	中世
13	発心集	일본중세불교설화－발심집（發心集）譯	柳嬉承	2002	佛光出版部	中世、102話の内、57話を抜粋
14	伊勢物語	①伊勢物語이세모노가타리	具廷鎬	2003	J&C	中古
		'①아무도 모를 내 다니는 사랑길（이세모노가타리伊勢物語）	具廷鎬	2005	J&C	改訳
15	枕草子	①마쿠라노소시／침조자 枕草子	鄭順粉	2004	갑인공방	中古
		②마쿠라노소시枕草子	鄭順粉	2012	지만지	12％抜粋
16	五輪書	미야모토 무사시의 오륜서五輪書	アンスキョン（안수경）	2004	사과나무	近世
17	徒然草・方丈記	도연초・호조키	鄭章植	2004	乙酉文化社	中世
18	春色梅児誉美	춘색 매화 달력	崔官	2005	昭明	近世、韓国研究財団學術名著飜譯叢書
19	平家物語	헤이케이야기（1）（2）	吳讚旭	2006	文学과知性社、대산세계문학총서	中世

20	今昔物語集	①『今昔物語集』의 세계	文明載	2006	J&C	中古、22話抜粋▼注（1）
		②금석 이야기집今昔物語集	李市埈、金泰光	2013発刊予定	未定	韓国研究財団學術名著飜譯叢書本朝部（日本）完譯
21	**松尾芭蕉、与謝無村、小林一茶、正岡子規、河東碧梧桐	일본 하이쿠 선집	吳錫崙	2006	책세상	近世、約150話収録
22	曾根崎心中	소네자키 숲의 정사曾根崎心中	崔官	2007	高麗大出版部	近世
23	萬葉集	①만요슈－고대일본을 읽는 백과사전	具廷鎬	2005	살림出版社	上代、抜粋
		②일본인의 사랑의 문화사 만엽집	朴相鉉	2008	J&C	抜粋
		③만엽집萬葉集	高龍煥、姜容慈	2009	지만지	抜粋
		④한국어역 만엽집1（만엽집 권제1・2）、2（만역집 권제3）、3（만역집 권제4）	李妍淑	2012	박이정	
24	風土記	풍토기風土記	姜容慈	2008	지만지	上代、35％抜粋
25	御伽婢子	신비로운 이야기 오토기보코	黃昭淵	2008	江原大出版部	近世

26	百人一首	①100명의 시인과 100편의 노래 百人一首백인일수	林瓚洙	2008	文藝院	中世
		②『하쿠닌잇슈 百人一首』의 작품세계	崔忠熙 外	2011	J&C	
27	**松尾芭蕉（奥の細道、野ざらし紀行、笈の小文）	바쇼의 하이쿠 기행 1（오쿠로 가는 작은 길）, 2（산도화 흩날리는 삿갓은 누구인가）, 3（보이는 것 모두가 꽃이요）	金貞禮	2008	바다出版社	近世
28	遺老説伝	①류큐설화집《유로설전》琉球説話集遺老説傳	金憲宣	2008	보고사	近世
		②유로설전 遺老説傳	金容儀	2010	全南大學校	
29	三宝絵	삼보에 三宝絵（上卷）	金泰光	2008	J&C	中古
30	雨月物語	우게쓰 이야기 雨月物語	李漢昌	2008	文学과 知性社、대산세계문학총서	近世
31	沙石集	모래와 돌（상）（하）	丁天求	2008	昭明出版	中世
32	歎異抄	탄이초 歎異抄	吳英恩	2008	지만지	中世
33	**小林一茶	밤에 핀 벚꽃－고바야시잇사 小林一茶 하이쿠 선집	崔忠熙	2008	태학사	近世
34	堤中納言物語	쓰쓰미추나곤모노가타리 堤中納言物語	兪仁淑、朴姸貞、朴恩姬、辛在仁	2008	図書出版ムン	中古
35	神皇正統記	신황정통기 神皇正統記	南基鶴	2008	昭明出版	中世、韓国研究財団學術名著飜譯叢書
36	続日本記	속일본기 續日本紀（1）（2）（3）	李根雨	2009	지만지	中古
37	韓客人相筆話	한객인상필화 韓客人相筆話	許敬震	2009	지만지	近世
38	養生訓	양생훈 養生訓	姜容慈	2009	지만지	近世、50%抜粋
39	日本永代蔵	일본영대장 日本永代蔵	鄭瀅	2009	昭明出版	近世、韓国研究財団學術名著飜譯叢書
40	蜻蛉日記	①청령일기 蜻蛉日記	鄭順粉	2009	지만지	中古
		②아지랑이 같은 내 인생、가게로 일기	李美淑	2011	한길사	
41	春雨物語	하루사메모노가타리 春雨物語	曺榮烈	2009	図書出版門	中古
42	御伽草子集	오토기소시슈 お伽草子集	李容美	2010	J&C	中世
43	落窪物語	오치쿠보 이야기	朴姸貞、朴恩姬、辛在仁、兪仁淑	2010	図書出版門	中古
44	東海道中膝栗毛等	근세 일본의 대중소설가、짓펜샤잇쿠 작품선집	康志賢	2010	昭明出版	近世

45	古今和歌集	①고킨와카슈古今和歌集（상）（하）	具廷鎬	2010	昭明出版	中古
		②고금와카집古今和歌集	崔忠熙	2011	지만지	13%抜粋
46	紀貫之散文集	기노쓰라유키 산문집紀貫之散文集	姜容慈	2010	지만지	中古
47	懐風藻	회풍조懷風藻	高龍煥	2010	지만지	上代
48	うたたね・十六夜日記	우타타네・이자요이 일기	金善花	2010	J&C	中世
49	喫茶養生記	喫茶養生記 註解 끽다양생기 주해	柳建楫	2011	이른 아침	中世
50	紫式部日記	무라사키시키부 일기紫式部日記	鄭順粉	2011	지만지	中古
51	日本霊異記	일본영이기日本靈異記	丁天求	2011	CIR	中古
52	更級日記	사라시나 일기更級日記	鄭順粉	2012	지만지	中古

　植民地時代以来、『万葉集』などが部分的に訳されたことはあるが、日本の古典が本格的に翻訳されるのは二〇〇〇年代に入ってからである。一九七〇年代と一九八〇年代には、わずかに『源氏物語』と『徒然草』、そして『日本書紀』と『古事記』がそれぞれ翻訳されるだけであったが、一九九〇年代には『風姿花伝』を始め4作品の古典が翻訳された。

　二〇〇〇年代に入ると、その数は増加する。31作品の古典が翻訳され、二〇一〇年以降はすでに11作品にものぼっており、今後飛躍的に増えていくことが予想される。古典の翻訳タイトルが近年急増した理由の一つに「지만지 jimaji」という出版社が世界古典の抜粋本を企画し、二〇〇八年から関連書籍を出版したことが挙げられよう。

　時代別に作品を見てみると、上代が5、中古が15、中世が14、近世が18作品となっており、物語、和歌・俳句、日記、随筆から歴史、茶道関連書まで多岐にわたっていることがわかる。同一の作品に対して、完訳と部分訳の区別をせずに複数の研究者が翻訳した例としては、『源氏物語』（4種）、『徒然草』（3種）、『古事記』（6種）、『萬葉集』（4種）、『風姿花伝』（4種）などが挙げられる。それぞれが各ジャンルの代表作品であり、韓国での関心の高さが窺える。

　説話文学はというと『日本霊異記』、『三宝絵』、『今昔物語集』、『歎異抄』、『発心集』、『沙石集』、『遺老説伝』などがあるが、『三宝絵』は上巻だけの翻訳であり、『今昔物語集』は計22話を選んでの部分訳である。参考までに、『今昔物語集』本朝部の全訳は筆者と金泰光氏によって韓国研究財団の學術名著飜譯叢書として今年中に発刊される予定である。説話の本文の翻訳だけではなく、新編古典文学全集（小学館）の注釈などを取り入れたものとなっており、全九巻の日本古典文学の翻訳書では最大のものとなる。

二　翻訳の問題（一）
―日本語に対するハングル表記を中心に―

翻訳の際、最も問題となるのが表記の問題である。特に固有名詞をめぐっては翻訳書ごとに様々なバリエーションが存在する。

例えば、「鴨川」の場合、第一に、「가모 가와 gamo gawa」（すべてを日本語の原音をそのままハングルで表記）、第二に、「가모 강 gamo gang（gangはハングルで川という意味）」（前半は日本語の原音のまま＋後半はハングルで意味を表す）、第三に、「가모　가와　강 gamo gawa gang」（まず、日本語の原音をそのままハングルで表記し、最後にハングルで意味を表す）などがある。その他、用例は少ないが、「압천 apcheon」といって漢字をそのまま韓国式で読んで表記する場合もある。

また、「立山」のように、山を表す場合にも上記の訳し方と同様である。川、山をどのように表記しているか先の【資料1】に取り上げた翻訳書を対象にして調べると以下の通りになる。（※最下段の「今昔」の欄は筆者が採った翻訳方針をあらわす）

【資料2】川、山をどのように表記しているか

	原文	翻訳	対象作品	今昔
1	鴨川	11 가모 가와 gamo gawa	1-①、2-②、2-③、14-①、20-①、23-①、30、31、39、41、51	
		12 가모 강 gamo gang	1-③、1-④、2-③、4-″①、4-′②、4-③、4-④、5-①、6、7、8、9、10-①、10-′①、11-′①、12、15-②、18、19、21、23-①、23-③、23-④、24、25、26-①、26-②、27、30、40-②、44、45-①、45-②、46、47、48	◎
		13 가모　가와 강 gamo gawa gang	8、40-①	
		14 압천 apcheon	1-②、13	
2	立山	21 다테 야마 date yama	1-①、2-②、3-①、4-″①、5-①、5-′④、6、18、28-②、31、34、39、41、42、43、44、51	
		22 다테 산 date san	1-③、1-④、2-①、4-′②、4-③、4-④、7、9、10-①、10-′①、11-′①、12、14-①、15-②、16、19、20-①、21、22、23-①、23-④、23-③、24、25、26-①、26-②、27、28-②、30、31、32、33、34、35、40-②、42、45-①、45-②、46、47、48、50	◎
		23 다테 야마 산 date yama san	18、40-①	
		24 입산 ipsan	1-②、49	

右の【資料2】から、多くの場合、「12 가모 강 gamo gang」「22 다테 야마 date yama」などと、前半は日本語の原音のままハングルで記し、後半はハングルで意味を表すことが多い

と分かる。注目されるのは「鴨川」の場合である。網をかけた三種の翻訳書は「11 가모가와 gamo gawa」と「12 가모 강 gamo gang」の両方を混用しており、韓国語での表記の難しさが分かる良い例である。

続けて、清水寺などの寺の表記の方法を調べていこう。事情は「鴨川」より複雑である。

第一に、「기요미즈 데라 giyomizu dera」（すべてを日本語の原音をそのままハングルで表記）、第二に、「기요미즈 사 giyomizu sa（sa は〝寺〟の韓国式の漢字読み）」（前半は日本語の原音のまま＋後半は韓国式の漢字読）、第三に、「기요미즈데라 절 giyomizudera jeor（jeor は〝寺〟を意味する韓国の固有語）」（まず、日本語の原音をそのままハングルで表記し、最後にハングルで意味を表す）、第四に、「기요미즈 절 giyomizu jeor（まず、日本語の原音をそのままハングルで表記し、最後にハングルで意味を表す）」などがある。

第四番目の表記は、第三番目の場合「데라 dera」と「절 jeor」の意味が重複するのに対して前者を省いた形態である。その他、「청수사 cheongsusa」といって漢字をそのまま韓国式の音で読んで表記する場合が確認できる。その他、通り・殿閣・門・殿閣と人名が同じ場合、年号・官職・天皇の場合、地方名でも様々な表記のバリエーションがあるのが確認できる。

最後に、作品タイトルに関してであるが、多くの場合、漢字だけをそのまま表記するか、漢字を韓国式の音に読むか、日本語の原音をそのままハングルで表記するかである。

例えば、『徒然草』の場合、三種類の翻訳書が出ているが（【資料1】参照）、そのタイトルの表記は各々「徒然草」「도연초（doyeoncho）徒然草」「쓰레즈레구사（sseurejeuregusa）徒然草」となっている。問題は翻訳書を読む読者は、ごくわずかな日本語が得意な人以外には意味が分からないということである。近現代の日本の小説が翻訳される際、固有名詞を除けば元来の意味を踏まえて固有の韓国語に訳されているのと比較すると、対照的である。この点は日本古典の研究者の戦略的な工夫が要求される所であって、例えば、『忠臣蔵』『百人一首』『沙石集』各々に対する翻訳タイトル、『47인의 사무라이（四七人の侍）』『100명의 시인과 100편의 노래（百人の詩人と百首の歌）』『모래와 돌（沙と石）』などは、日本語が分からない読者を念頭に入れた工夫の賜物である▼注(2)。

多くの日本古典の研究者は翻訳に当たって表記の方法に苦労し、その過程で何度も最初の方針を変更するのが日常茶飯事であることは否めないだろう。実際の作業では表記の仕方により多くの時間を費やしている。勿論、各作品の持つ個性が強い場合、例外は認めざるを得ない場合はあっても、今後一般的な事項に関しては学会レベルなどで研究会をもうけてその方針を決めていくことが望ましいだろう。

三　翻訳の問題（二）
—日本の「鬼」と「もののけ」の翻訳を中心に—

日本語の「鬼」と「もののけ」を韓国語ではどう翻訳すべきか。韓国の「귀신 gwisin」の概念に関しては、従来、村山智順の『朝鮮の鬼神』（一九二九）の影響のみ指摘されたが、最近の筆者の調査では薄田斬雲『暗黒なる朝鮮』（一九〇八）、楢木末實『朝鮮の迷信と俗傳』（一九一三）、今村鞆『朝鮮風俗集』（一九一四）で、ほぼ「귀신 gwisin」の概念の輪郭が決まったことが分かった。「귀신 gwisin」の概念には巫俗信仰、儒教、道教、仏教などから取入れられた概念が絡んでいて、その正体を掴むのはとても難しい。

例えば、任東權は「귀신 gwisin」を自然神、動物神、人神、家宅神、疾病神、도깨비 dokebi にわけている。細部の内容を整理すると以下の【資料3】の通りになる。▼注(3)

【資料3】任東權「鬼神論」による鬼神の分類

鬼神の分類	細部の内容
自然神	天神、天體神、山神、水神、火神、巌石神、農業神、方位神
動物神	○動物が死後鬼神となる例　○動物が年を取って他の動物と変わる例　○人に虐待を受けて鬼神となる例　○人の恩恵に報いる例
人神	○寃鬼：無実の罪で死んだ人の霊魂が鬼神となる例　○未命鬼　○孫閣氏：妙齢の処女鬼神　○嶺東神：嶺東할머니 halmeoni（婆の意味）慶尚道地方で伝承される鬼神
家宅神	○帝釋：家主の運命を司る神 ○성주 seongju: 城主、成造、星成主主　○터주 teoju：土主宅神 ○竈王：竈を司る神　○守門神：大門を取り締まる神 ○厠神：便所を担当する鬼神 ○家具鬼：古びた家具が鬼神となったもの
疾病神	○마마 손님 mama sonnim：病鬼、江南から訪れてきた恐ろしい鬼神
도깨비 dokebi	獨脚鬼、魍魎魑魅、虚主などと表記される。『三國遺事』には「鬼衆」とある。

一方、金泰坤は「귀신 gwisin」を悪神系統の鬼神と善神系統の神とに二つに分ける。前者には人死霊、疫神、도깨비 dokebi などが属し、後者には自然神系統の神と人神（英雄神）系統の神などが属しており、細部の内容を整理すると以下の【資料4】の通りである。▼注(4)（但し、日本の「鬼」の比較において関係の少ない善神系統の神の内容の細部は簡単に記した）

【資料4】金泰坤「民間의 鬼神」による鬼神の分類

惡神系統の鬼神	人死霊	客鬼、雑鬼、霊山、喪門、왕신 wangsin（處女鬼）、삼태 samtae 鬼神、몽달 mongdal 鬼神、無嗣神
	疫神	손님 sonnim（痘神：別神、別上神、痘疫之神とも）、牛痘之神
	其他	도깨비 dokebi、精鬼、厲神、隨陪神、호구 hogu 神
善神系統の神	自然神系統の神	天上神系統、地神系統、山神系統、路神系統、水神系統、火神系統、風神系統など
	人神（英雄神）系統の神	王神系統、將軍神系統、大監神系統、佛敎神系統、道敎系統など
	其他	家神、敬迎神など

上述の両氏が分類したように、韓国の「귀신 gwisin」の概念には天神、山神、神明など神格の存在から人死霊、疫神はもちろん家具神、도깨비 dokebi など擬人神的なもの、有形のものまでも含まれていて、とても複雑であることが分かる。

例えば、金蘭周訳『源氏物語』の場合、原文に登場する「もののけ」（但し、形容や熟語などは除外）計52個の用例をすべて「귀신 gwisin（漢字では「鬼神」と表記）」とし、原文に登場する「鬼」（但し、形容や熟語などは除外）計21個の用例をすべて「귀신 gwisin」とし、原文に登場する「鬼神」計〇〇個の用例をすべてを同様に「귀신 gwisin」と訳している。この翻訳方法は前述したように「귀신 gwisin」の意味合いの領域の広さから生じたものであろうが、筆者は、日本の伝統的な文化から成立した元来の意味を完全に翻訳しきれたとは思えない。▼注(5) 始めて翻訳書を読む大抵の韓国人は、「귀신 gwisin」の表現からまず白い喪服の姿で長い髪を垂らして死顔をした女性の幽霊を思い浮かべるであろう。なので翻訳の際、もう少し工夫が必要ではないかと思われる。以下に試案を提示したい。

まず、「もののけ」であるが、病気と関わる場合、正体不明の「もののけ」については▼注(6)「병을 일으키는 귀신（病を起こす鬼神）」に説明を付加して翻訳し、病気と関わって、正体が明かされる場合▼注(7)は「원기 wongi 怨鬼」や「원령 wonryeong 怨霊」に翻訳するのはどうであろうか。他に、用例はごく少ないが、「잡귀 japgwi 雑鬼」に翻訳してもいい例も見いだされる。▼注(8)

次は、「鬼」に関してである。鬼は角をもち、虎の毛皮の褌をまとい、表面に突起のある金棒を持った大男であるイメージから、怨霊の化身、人を食べる恐ろしいものとして目に見えない場合など、そのイメージは社会やその時代によって多様である。筆者は、以下のように二つの翻訳の方法を提示したい。

第一に、日本語の発音通り、そのまま「오니 oni」と表記する場合である。「こぶ取り爺」など民話や絵本に登場する鬼などで、口伝説話によく登場する「鬼」がこれに当たる。[注(9)]韓国では、よくこの種の「鬼」を「도깨비 dokebi」と翻訳しがちであるが、古来の韓国の「도깨비 dokebi」の原型は日本の「鬼」と大分違うので「鬼」を「도깨비 dokebi」と翻訳するのは適切ではない。[注(10)]

第二に、「요괴 yogoe 妖怪」と翻訳する場合である。「鬼一口」「安義橋」など文献説話によく登場し、正体不明か人間に変身するか、人間に致命的な危害を与える。上記の「鬼」の形態ではない場合がこれに当たる。[注(11)]『今昔』巻27などに登場する「鬼」、即ち、姿を現さない例（鬼一口）、全体的な身体の描写がある例（第13話）、「背が高い」など漠然とした輪郭のみ分かる例（第30話）、手などの身体一部のみ現す例（第17話）、人間（女性、男性）や事物（板、油瓶）に変身する例などは、ほとんど「요괴 yogoe 妖怪」と翻訳できよう。

筆者はありとあらゆる意味を含む韓国語の「귀신 gwisin」のみを使っては、正確な翻訳は不可能であると思う。よって、狭義の「귀신 gwisin」の定義を想定したい所であるが、金泰坤のいう「人死霊」と任東權のいう「人神」の範疇が狭義の「귀신 gwisin」にもっとも適切ではないかと判断する。韓国の「人死霊」と「人神」は日本では「幽霊」[注(12)]に該当する。もし、日本の幽霊と韓国のそれとを比較するならば、韓国では「人死霊」と「人神」を研究の対象とするべきであろう。「귀신 gwisin」の概念をめぐって、日韓比較文学を念頭に置き、両国に対応する範疇を図式化すると、以下の通りになる。

●韓国の「귀신 gwisin」

天神、山神、神明などの神格の存在	↔	日本の神など
「人死靈」「人神」（俠義の鬼神）	↔	日本の幽霊
家具神、도깨비 dokebi など	↔	日本の妖怪

四　『今昔物語集』の翻訳の意義——韓国の説話分類を中心に——

『今昔物語集』の翻訳本が紹介されると、韓国の一般の読者は今まで歴史書や映像を通じて漠然としか分からなかった古代日本人の思想と生活を、より生き生きと理解することができるようになるだろう。一方、韓国の説話文学の研究者たちは日本の説話文学の諸形態に接することができ、比較説話文学研究の意欲が高まるであろう。韓国では、すでに中国の『捜神記』『幽明録』などが訳されており、特に『太平広記』

の全訳は韓国の朝鮮時代の野談との比較に大きな刺激を与えている。また、日本では『三國遺事』『青邱野談』の他に近年『新羅殊異伝』『朝鮮民譚集』『於于野譚』などが訳されたり、復刊されたりしている。▼注(13) 韓国での日本説話文学の翻訳は喫緊の課題であり、このような状況で『今昔物語集』の韓国での紹介は日韓だけではなく、東アジアを視野に入れた比較説話研究の可能性を広げる契機となると期待している。

もう一つ、『今昔物語集』の翻訳の意義については、膨大な説話を網羅しながらも、一定の基準をもって説話をきちんと配列した点を取り上げることができる。

例えば、本朝仏法部の構成は「仏法史」(十一1〜十二10)、「三宝霊験」、「仏教教訓(因果応報)」の関連説話が集められており、「三宝霊験」はさらに諸仏霊験(十二11〜24)、諸経霊験(十二25〜十五54)、諸菩薩諸天霊験(十六1〜十七50)に分けられる。説話の比較のためには、何よりも比較の対象になる説話の所在を把握することが大切であるというのは言うまでもない。よって、『今昔物語集』のような組織的な話題別の配列は、日韓の説話の比較を試みる際、完全ではないけれども、目安として研究者にとって便利なものである。

『今昔物語集』ほど話題別にきちんと分類されている例は韓国の説話集では見い出せない。よって、両国のある種の話題の説話を比較しようとするならば、まず、韓国の説話研究者による分類を考慮にいれるのが手っ取り早い方法であろう。以下、主な分類方法を紹介したい。

韓国で本格的に説話の分類▼注(14)を試みた最初の研究者は張徳順である。▼注(15)氏は説話を神話、伝説、民譚で分け、主に話題による分類であるが、対象、形態なども参考して分類している。▼注(16)

【資料5】張徳順『韓國説話文學研究』による説話の分類

神話		1韻文神話	1堂神話　2一般神話
		2散文神話	1創世神話　2英雄神話　3始祖神話　4部落神話　5一般神話
伝説		1自然物(自然伝説)	1陸地　2河海
		2人工物(人文伝説)	1遺跡　2遺物　3寺刹縁起譚
		3補助分類	1人物　2人間行爲　3動物
民譚	A神話的内容	1神の由來	1風神　2漁業神　3山神　4部落神　5서낭 seonang 神　6巫神
		2神の話	1風神　2国神　3福神　4開国神
		3宇宙	1日月　2星
		4地形	1地形　2海　3気象　4大洪水
		5人間	1起源　2形狀
		6植物	1恨みを抱いたまま死んで花になる　2墓から生えた木　3形狀
		7動物	
	B動物譚	1由來	1外貌　2関係　3変身

	2対人間	1友好　2好・害の動物　3加害　4交婚
	3対動物	1走り競べ　2上座争い　3ひどい目に会わせる　4結婚　5相剋　6音
	4想像動物	1龍　2鳳凰　3火竜
		＊補助分類○b1家畜、b2野獣、b3魚、b4鳥、b5虫、b6蛇
C一生譚	1胎夢	1日月星　2動物
	2異胎	1精気　2飲食　3異父（異物父親）　4異母（異物母親）　5子授石
	3出生	1賤生　2多胎児　3異生　4日光生　5有書出生　6冤魂子息　7僧侶の子供　8棄児　9捨てられた子供
	4修業、試練	1武術修業　2修道　3求福路程記　4求薬路程記　5求子旅行　6求婚路程記　7結婚試練　8大膽試験
	5科學 出世	1庶民出世　2神助出世　3詐欺で出世
	6結婚	1好縁　2悲縁　3異交（動物交媾）
	7病老	1名医　2棄老　3おばすて
	8死祭	1祭禮　2死後意志　3二人の父の祭祀　4明堂
	9還生 蘇生	1前生因縁　2畜生還生　3托身蘇生　4借財蘇生　5저승구경　6爲仏還生　7爲仏蘇生　8謫仙
D人間譚	1兄弟、友愛	1友愛　2慾心　3比較　4離合　5義兄弟
	2父と子、孝	1虎と孝子　2犠牲　3規範的孝行　4捨てられた娘の孝誠　5不孝子の改心、中年孝子　6異蹟　7其他

	3夫婦、烈	1望夫石　2貞節を守る烈女　3烈不烈　4多夫烈女　5妻は他人　6娘はだいなし　7女子は大忌
	4継母、妾	1継子いじめ　2継子の死　3目玉を抜く継母
	5情慾	1相避　2私姦　3教訓
	6社会	1偽両班　2賤民は不可　3白丁　4歳時風俗
	7朋友、友情	1友情試験　2貴賤知己
	8競べ	1兄妹の力競べ―ソウル型　2兄妹の力競べ―城作り　3男女力競べ　4夫婦の技競べ
E信仰譚	1風水	1明堂　2斷脈　3防鎮　4～穴、～形　5王都豫言　6ソウル風水説　7名風水
	2占卜	1兩卜の競術　2名卜の死　3破字占　4假卜　5得子占
	3禁忌	1見せるな　2見るな　3振り返るな　4開けるな　5食べるな　6話すな　7塗るな　8飲むな　9突き抜けるな　10捨てるな　11長く飼うな
	4夢	1一場春夢　2夢の來歴　3解夢　4胎夢　5婚夢
	5運命	1延壽　2虎食運を免れる　3運命不可避　4反骨人　5夫婦となる運命　6 99に失敗
	6幸福	1自分の福でいきる　2借福　3求福路程
	7賞罰 恩讐	1報恩　2動物報恩　3僧侶いじめに復讐する　4風水いじめに復讐する　5天罰　6追従者に罰（先賞後罰）

	8仏教	1逐龍建寺　2寺址指定　3爲僧　4引水佛
	9人供（人身供養）	1水神　2怪物　3鐘作り　4土手作り　5埋兒
F英雄譚	1怪物退治	1地下国怪物退治　2悪龍退治　3狐退治　4虎退治　5僧を殺したむかで退治　6悪龍退治　7鬼神退治　8大蛇退治　9三つの不思議な瓶　10トケビ退治　11雷退治
	2赤ん坊将帥の死	1脇の翼　2将帥の弱点
	3武将	1無実な武将
G怪奇譚	1別世界旅行	1別天地　2縄に登り天の国へ　3縄に登り地下の国へ　4虹の橋
	2トケビ	1トケビの來歴　2トケビの性質　3トケビはおかしい　4トケビ夫
	3鬼神	1処女鬼神の復讐　2赴任して死んだ受令　3冤魂の祠堂　4冤魂の子息　5死後の意志　6骨鬼神　7鬼神の種類　8魂の旅
	4遁甲	1動物となった人間　2動物となった動物　3動物となった植物　4人間となった人間　5人間となった動物　6人間となった石　7人間となった植物　8物件となった鬼神　9物件となった動物　10物件となった植物　11物件となった人間　12植物となった人間

	5道術	1縮地法　2禁動物　3動物の言葉がわかる人　4高僧の道術　5符籍の効果　6前生人と同一人　7英雄を救った魚の橋　8英雄を救った水別け　9護国佛　10山の移動　11石汗
	6異常体質	1巨人　2小人　3半人　4王様の耳はロバ耳　5陰長
H笑話	1笑話	1愚か者の話　2怠け　3忘れがち　4ケチ　5おなら　6誤解　7眞假の争い　8動物捕獲　9嘘　10欲張り
	2슬기	1兒智　2犯人探し　3名裁判　4歳自慢
	3淫談	1行爲　2辱説　3姓氏の辱　①破字
J形式譚	1話	
	2詩書	
	3象徴	

右の【資料5】の表には省略したが、例えば、「C一生譚→6結婚→1好縁」にはさらに、①買夢②吉夢③継子の婚姻④柳の葉を浮かべた水⑤信物⑥定婚⑦公主と賤民の結婚⑧仙女との結婚⑨夫婦になる運命⑩神助結婚などの下位分類が施されており、各々の項目に一、二の例話を掲示している。対象とした資料は口伝説話および文献説話であって、「口伝」と「文献」とを分けずに統一的に捉えようとした試みは意義深いと判断されるが、取り扱った資料が限られている点、▼注(17)説話を神話、伝説、民譚と分けて分類するしかなかっ

た点、対象とした資料の一部が特に文献説話所収話の場合、上記の分類から漏れる例がある点など、依然分類の問題点は残っている。

次は、崔仁鶴の分類案であって、氏の『韓国昔話の研究』[注18]における分類の項目と番号を整理すると以下の通りである。

【資料6】崔仁鶴『韓国昔話の研究』による昔話の分類

Ⅰ動物昔話（1—146）	1動物の由来（1—24）	
	2動物の社会（25—54）	
	3植物の由来（55—58）	
	4人と動物（100—146）	a逃竄譚（100—108）
		b愚かな動物（109—116）
		c動物報恩（117—129）
		d化物譚（130—146）
Ⅱ本格昔話（200—483）	5異類聟（200—204）	
	6異類女房（205—213）	
	7異常誕生（214—219）	
	8婚姻・致富（220—256）	
	9呪寶（257—283）	
	10怪物退治（284—292）	
	11人と信仰（300—384）	a異郷世界（300—307）
		b死と人生（308—325）
		c神（霊魂）と人間（326—346）
		d風水譚（347—355）
		e占卜譚（356—371）
		f呪術譚（372—384）
	12孝行譚（385—413）	a親孝行（385—408）
		b烈女（409—413）
	13運命の期待（414—438）	
	14葛藤（450—483）	a親子間（450—456）
		b兄弟間（457—474）
		c隣人（475—483）
Ⅲ笑話（500—697）	15愚か者譚（500—568）	a愚かな村（500—505）
		b愚か聟（夫）（506—517）
		c愚か嫁（嫁）（518—526）
		d愚か者（527—568）
	16巧智譚（569—667）	a知恵者（569—594）
		b才致者（595—6030
		c言葉の才能（604—626）
		d名裁判（627—637）

		e 業較べ（638—646）
		f 和尚と小僧（647—667）
	17狡猾者譚（668—697）	a 奸邪者 668—686）
		b 誇張譚（687—697）
Ⅳ形式譚（700—711）	18形式譚（700—711）	
Ⅴ神話的昔話（720—742）	19神話的昔話（720—742）	
Ⅵ其他（補流）（750—766）	20其他（750—766）	

崔仁鶴が取り扱った資料は高橋亨『朝鮮の物語集附俚諺』（一九一〇）をはじめ、氏が自ら集めた『朝鮮昔話百選』（一九七四）にいたるまでの間に出版された35冊を対象にしており、その話数は3002話にのぼる。外国との昔話の比較を念頭に置き、766項目の韓国民話のタイプを設定した意義は大きく、日韓昔話の比較研究の礎石を築いたと評価できよう。但し、氏の取り扱った資料は二十世紀初頭以後採集された昔話、主に口伝説話が中心であって、文献説話は取入れていない。

次は曺喜雄の分類案▼注(19)であるが、氏は第1次的分類として五つの項目に分け、さらに26個の項目にわけて第2次的分類としている。

【資料7】曺喜雄『韓国説話の類型的研究』による説話の分類

Ⅰ動（物）譚	1起源譚 2智略譚 3痴愚譚 4競争譚
Ⅱ神異譚	5起源譚 6變身譚 7應報譚 8超人譚
	9運命譚（豫言譚）
	10呪宝譚
Ⅲ一般譚	11起源譚 12教訓譚 13出身譚 14艶情譚
Ⅳ笑話	15起源譚 16風月譚（語戯譚） 17智略譚
	18痴愚譚 19誇張譚
	20偶幸譚 21捕獲譚 22淫褻譚
Ⅴ形式譚	23語戯譚 24無限譚 25短型譚 26反復譚（連鎖譚）

曺喜雄氏の分類案の特徴は第一に、神話、伝説、民譚を区別しなかった点、第二に、口伝説話と文献説話をすべて考慮に入れた点であって、氏はこれまでの分類が民譚重視である点を問題点として指摘し、より積極的に伝説、逸話、野談を取入れての分類案が必要であると主張した。但し、大まかな大きな分類案を出したものの、どの項目にどのような口伝説話と文献説話が属しているのかについては具体的に示していない▼注(20)。

説話15,107編、民謡6,187編、巫歌376編を収録した韓国最大の口伝説話集は『韓国口碑文学大系』82巻（一九八一～一九八八）であって、趙東一を中心に収録話の分類案が提出されている▼注(21)。収録話の構造や主題を上位概念から下位概念まできちんと体系化しており、分類案としてはもっとも優れた成果と

11 行實	111 君臣	1111 賢君譚　1112 暗君譚　1113 忠臣譚　1114 奸臣譚
	112 父子	1121 嚴父譚　1122 賢母譚　1123 孝子譚　1124 孝婦譚　1125 不孝譚
	113 夫婦	1131 賢婦譚　1132 烈女譚　1133 湯夫譚　1134 淫婦譚　1135 妬婦譚
	114 主奴	1141 忠僕譚　1142 忠婢譚　1143 叛奴譚
	115 其他	1151 友愛譚　1152 信義譚　1153 惡漢譚　1154 僞善譚
12 性情	121 仁・不仁	1211 寬容譚　1212 厚人譚　1213 悍人譚　1214 吝嗇譚
	122 義・不義	1221 剛直譚　1222 淸貧譚　1223 豪俠譚　1224 小人譚　1225 貪慾譚
	123 禮・非禮	1231 謙讓譚　1232 勤愼譚　1233 嚴威譚　1234 驕慢譚　1235 浮華譚 1236 好色譚　1237 勤實譚
	124 智・無智	1241 智略譚　1242 愚人譚　1243 誣罔譚
	125 勇・怯	1251 勇力譚　1252 膽大譚　1253 怯弱譚
	126 其他	1261 風流譚　1262 大食譚　1263 奇人譚　1264 兇人譚　1265 美人譚
13 才藝	131 文	1311 名官譚　1312 碩學譚　1313 文人譚
	132 武	1321 名將譚　1322 名弓譚　1323 武藝譚
	133 技	1331 名醫譚　1332 名妓譚　1333 棋才譚
	134 藝	1341 名筆譚　1342 名畵工譚　1343 名唱譚　1344 名樂工譚 1345 優人譚　1346 名鑑識譚
	135 其他	1351 奇盜譚　1352 奇乞人譚　1353 假名人譚
14 法術	141 儒學	1411 巨儒譚　1412 處士譚
	142 佛敎	1421 高僧譚　1422 異僧譚　1423 居士譚
	143 仙敎	1431 眞人譚　1432 仙人譚　1433 仙女譚　1434 方士譚
	144 民間信仰	1441 名風譚　1442 名卜譚　1443 名巫譚
	145 其他	1451 知人譚　1452 豫知譚　1453 異人譚　1454 神童譚
15 異物	151 鬼神	1511 神靈譚　1512 神人譚　1513 疫神譚　1514 魂靈譚　1515 鬼物譚
	152 怪物	1521 巨人譚　1522 怪物譚
	153 動物	1531 異虎譚　1532 神龍譚　1533 義狗譚　1534 名馬譚 1535 動物譚（其他）
	154 事物	1541 奇寶譚　1542 名堂譚　1543 事物譚（其他）

【資料 8】徐大錫『朝鮮朝文獻說話輯要（Ⅰ）（Ⅱ）』による説話の分類―【1 人物譚】

いえる。が、口伝説話とその構造と内容が違う文献説話の場合、その分類案に漏れる場合が多いという問題点は依然と解消されていない。

文献説話だけを対象とした分類案の中で注目すべき業績は、徐大錫の『朝鮮朝文獻說話輯要（Ⅰ）（Ⅱ）』である。[注22]巻（Ⅰ）は『於于野談』『溪西野談』『青邱野談』『東野彙輯』の4種の文献説話を対象にして粗筋の整理と分類を行っており、巻（Ⅱ）は『記聞叢話』『梅翁閑錄』『天倪錄』『錦溪筆談』『東稗洛誦』『靑野談藪』『此山筆談』の7種の文献説話を対象にして粗筋の整理と分類を行っている。徐大錫氏の分類案を細部の分類まで全て記すと上の【資料8】の通りである。

徐大錫氏の分類案【資料8】の特徴は文献説話の題材に注目して、大きく人物（1人物譚）と事件（2事件譚）の二つに分け、各々下位分類を試み、説話としての結句を持たない論評などは雑話類に取り扱っている点である。説話集の収録話の全てを分類案に基づいて体系化している点において、文献説話の實状をよく反映した提案であるといえよう。

21 勝負	211 國家	2111 戰爭譚　2112 外交譚　2113 政爭譚　2114 反正譚　2115 反逆譚
	212 社會	2121 科擧譚　2122 訟事譚　2123 推奴譚　2124 討伐譚
	213 個人	2131 爭鬪譚　2132 競爭譚　2133 報讎譚　2134 模倣譚
	214 其他	2141 懲治譚　2142 退治譚
22 善惡	221 善行	2211 救人譚　2212 援助譚　2213 中媒譚　2214 解寃譚　2215 和解譚　2216 修養譚　2217 改過譚　2218 報恩譚
	222 惡行	2221 害人譚　2222 離間譚　2223 薄待譚　2224 背反譚
23 禍福	231 發福	2311 致富譚　2312 致仕譚　2313 及第譚　2314 免賤譚　2315 得孫譚　2316 長壽譚　2317 避禍譚
	232 殃禍	2321 亡身譚　2322 敗家譚　2323 落榜譚　2324 得罪譚　2325 失意譚　2326 苦行譚　2327 罹災譚　2328 逢辱譚
24 離合	241 結合	2411 成婚譚　2412 娶妾譚　2413 改嫁譚　2414 戀愛譚　2415 私通譚　2416 結縁譚　2417 交遊譚　2418 結義譚
	242 離散	2421 離別譚　2422 絶縁譚　2423 出家譚　2424 流浪譚
	243 離合	2431 父子離合譚　2432 男女離合譚　2433 離合譚(其他)
25 笑事	251 戲弄	2511 詐欺譚　2512 譏弄譚　2513 作戲譚　2514 諷刺譚
	252 愚行	2521 痴愚譚　2522 淫猥譚　2523 誤解譚　2524 失手譚
	253 其他	2531 誇張譚　2532 語辯譚　2533 語戲譚
26 怪事	261 異界	2611 天界譚　2612 仙界譚　2613 冥府譚　2614 水府譚　2615 異鄉譚
	262 生死	2621 運命譚　2622 招魂譚　2623 夢遊譚　2624 還生譚　2625 冥婚譚　2626 怪疾譚
	263 其他	2631 變身譚　2632 異交譚　2633 夢遊譚　2634 夢兆譚
31 史話・逸話	311 詩話　312 史層　313 人物片話　314 雜事(其他)	
32 雜識	321 風俗　322 制度　323 由來　324 雜識(其他)	
33 論評	331 時評　332 史評　333 人物評　334 詩評　335 雜評	

【資料8】徐大錫『朝鮮朝文獻說話輯要(Ⅰ)(Ⅱ)』による説話の分類―【2 事件譚】

最後に注目すべき分類案は次頁に掲げた【資料9】、金鉉龍の『韓国文献説話』▼注(23)で、『三國史記』『三國遺事』『高麗史』『帝王韻紀』『大覺國師文集』『海東高僧傳』『破閑集』などの計254説話集、約3千5百から4千余話の文献説話を対象にして分類を試みた。一部が対象から除外されてはいるが、対象とした文献説話は最大であって、類話を調べるには最も便利である。7巻全体を17項目に、さらに、各項目には5〜6個の小項目を設けている。

他に、中国、韓国の仏教説話を話題別に集めて粗筋を記るし分類を行っている韓定燮の『仏教説話大事典下〈霊験説話〉』がある。仏教説話という特定の主題を取り扱っている点で注目すべきではあるが、出典が正確ではなく、分類の基準が曖昧であるところが難点である。

五　おわりに

韓国において日本古典の翻訳は二〇〇〇年代に入って飛躍的に増え、その作品数は五十以上にものぼる。

本稿では、まず翻訳された作品を紹介し、次は、翻訳の問題を日本語に対するハングル表記、文化の違いから生じた場合とに分けて考察した。表記の問題は主に固有名詞に関してであって、寺、山、川、建物、官職名など翻訳者によってばらばらである翻訳の現状を踏まえて、より合理的な表記の方法を探ってみた。

また、同じ漢字文化圏でありながら漢字の意味が日本と韓国で違う事例として、日本の「鬼」と「もののけ」などに対応する韓国の表現について検討した。

最後に『今昔物語集』の翻訳の意義について触れながら、諸研究者の口伝説話の分類案と文献説話の分類案、そして両者を念頭に置いた分類案の問題点を紹介した。

口伝説話は主題と話型が重んじられるに対して、文献説話は題材が中心となる傾向がある。文献説話と口伝説話はそれぞれに内在するため、両者を同じレベルと基準で分類するのはそもそも不可能に近いかも知れない。が、多くの資料を発掘し各々の分類を完全なものに完成していく一方、両者を総合的に捉えようとする姿勢は、今後益々必要になるのではないかと思われる。

1. 品性	1) 廉潔 2) 寛大 3) 賢良 4) 飲酒 5) 横暴 6) 横暴
2. 智慧	1) 知人 2) 鑑識 3) 總明 4) 謀計 5) 技能
3. 立身	1) 科擧 2) 君恩 3) 事君 4) 勇氣 5) 交際
4. 處世	1) 孝友 2) 處理 3) 盜賊 4) 奴僕 5) 隱逸
5. 婦人	1) 婦徳 2) 烈節 3) 變心 4) 智明 5) 義氣
6. 家庭	1) 夫婦 2) 情慾 3) 妬婦 4) 妾室 5) 侍婢
7. 愛情	1) 情感 2) 結縁 3) 私通 4) 淫婦 5) 奪婦
8. 妓女	1) 純情 2) 明敏 3) 守廳 4) 相奪 5) 逸話
9. 佛敎	1) 信佛 2) 佛僧 3) 異僧 4) 靈驗 5) 佛寺
10. 鬼神	1) 鬼魂 2) 再生 3) 寃鬼 4) 妖鬼 5) 神靈
11. 巫覡	1) 占卜 2) 淫祠 3) 詛呪 4) 巫事 5) 妖巫
12. 道仙	1) 神仙 2) 道術 3) 幻術 4) 道敎 5) 花郎
13. 神異	1) 靈異 2) 異人 3) 風水 4) 運數 5) 怪異
14. 夢事	1) 夢驗 2) 指示 3) 象徵 4) 解夢 5) 夢詩
15. 動物	1) 獸類 2) 水族 3) 鳥類 4) 報應 5) 愛戀
16. 諧謔	1) 譏諷 2) 淫談 3) 欺諱 4) 奇行 5) 戲諧
17. 其他	1) 破字 2) 讖謠 3) 習俗 4) 歌樂 5) 來歷

【資料9】金鉉龍の『韓国文献説話』による説話の分類

注

（1）巻一（1・2・3・4・5・6・7・8）巻三（30）巻五（13・25・32）巻六（1）巻九（1）巻十（9・11）巻十一（1・2）巻十五（39）巻二十四（29・39・40）。

（2）日本文学作品に対するこのような工夫は、崔在喆『日本文學의 理解』（民音社、一九九五）巻末の「日本文學史年表」の作品名を参考にされたい。

（3）任東權「鬼神論」『語文論集 第10集』中央大學校 國語國文學會、一九七五。

（4）金泰坤「民間의 鬼神」『韓國思想의 源泉』博英社、一九七六、pp.99—122。

（5）小峯和明監修『今昔物語集と日本の神と仏』青春新書、二〇一二。

（6）例えば、『源氏物語』5「若紫」（大徳、御物の怪など加はれるさまにおはしましけるを、今宵はなほ静かに加持などまゐりて)、35「若菜」(下)(御物の怪など言ひて出で来るもなし。なやみたまふさま、そこはかと見えず、ただ日にそへて弱りたまふさまにのみ見ゆれば)など。

(7)例えば、『源氏物語』36「柏木」(後夜の御加持に、御物の怪出で来て、「かうぞあるよ。いとかしこう取り返しつと、一人をば思したりしが、いとねたかりしかば、このわたりに、さりげなくてなむ、日ごろさぶらひつる。今は帰りなむ」とて)、53「手習」(何やうのもののかく人をまどはしたるぞと、ありさまばかり言はせまほしうて、弟子の阿闍梨とりどりに加持したまふ。月ごろ、いささかも現はれざりつる物の怪調ぜられて、(物の怪)「おのれは、ここまで参で来て、かく調ぜられたてまつるべき身にもあらず。」)など。

(8)例えば、『源氏物語』37「横笛」(悩ましげにこそ見ゆれ。今めかしき御ありさまのほどにあくがれたまうて、夜深き御月愛でに、格子も上げられたれば、例の物の怪の入り来たるなめり、37「横笛」(いと若くをかしき顔して、かこちたまへば、うち笑ひて、(夕霧)、「あやしの、物の怪のしるべや。まろ格子上げずは、道なくて、げにえ入り来ざらまし。あまたの人の親になりたまふままに、思ひいたり深くものをこそのたまひなりにたれ」)など。

(9)『源氏物語』には該当する用例無し。

(10)金鍾大『民譚과 信仰을 통해 본 도깨비의 世界』(國學資料院、一九九四)参照。

(11)例えば、『源氏物語』4「夕顔」(南殿の鬼のなにがしの大臣おびやかしける例を思し出でて、心強く)、52「蜻蛉」(鬼や食ひつらん、狐めくものやとりもて去ぬらん、いと昔物語のあやしきものの事のたとひにか、さやうなることも言ふなりし)、53「手習」(顔を見んとするに、昔ありけむ目も鼻もなかりけん女鬼にやあらんとむくつけきを、頼もしういかきさまを人に見せむと思ひて、衣をひき脱がせんとすれば、うつぶして声立つばかり泣く。)

(12)幽霊の定義は諏訪春雄の説に従う。『日本の幽霊』(岩波新書、一九八八)参照。妖怪の範疇に幽霊を入れる説もあるが、本稿では幽霊と妖怪を別の範疇として取り扱う。

(13)野崎充彦編訳注『青邱野談』東洋文庫、二〇〇〇。小峯和明、増尾伸一朗編訳『新羅殊異傳 散逸した朝鮮説話集』平凡社、二〇一一。孫晋泰(著)、増尾伸一郎(解題)『朝鮮民譚集』勉誠出版、二〇〇九。梅山秀幸訳『於于野譚』作品社、二〇〇六。

(14)韓国における説話の分類の概観については既に李市埈

「韓国における説話文学の研究の現況」『説話文学研究45号』(二〇一二)で触れた。

(15)張徳順の分類の以前に孫晉泰(『朝鮮民譚集』郷土文化研究社、一九三四)、韓国文化人類学会(韓国民族資料分類表、一九六七)、柳增善、成炳禧(『慶北地方の民話研究』安東教育大學、一九六九)の分類案があったが、収集した資料の不足によって試案に止まっている。

(16)張德順『韓國説話文學研究』ソウル大学校出版部、一九七〇。

(17)対象とした資料は以下の通り。a説話集類(『伝説の朝鮮』『朝鮮童話大集』『朝鮮民譚集』『韓國民間傳説集』『話は話(이야기는이야기)』『팥이 paji 令監』『濟州道説話集』『韓國の傳來笑話』)。b古文献類(『三國史記』『三國遺事』『高麗史』『東國輿地勝覧』『世宗實録地理志』奎章閣 所蔵邑誌所載)。c未発表類。

(18)崔仁鶴『韓国昔話の研究』弘文堂、一九七六。

(19)曺喜雄『韓国説話の類型的研究』韓国研究院、一九八三。

(20)『韓国説話の類型的研究』では動物譚、笑譚、形式譚の分類を試み、『韓国説話の類型的研究』の増補改訂版『韓国説話の類型』(一潮閣、一九九六)では前の動物譚を補足し、新しく神異譚の分類を試みている。

(21)趙東一『韓国説話類型分類集』韓国口碑文学大系別冊付録(Ⅰ)、韓国精神文化研究院、一九八九。

(22)徐大錫『朝鮮朝文獻説話輯要(Ⅰ)(Ⅱ)』集文堂、一九九一。

(23)金鉉龍『韓国文献説話 1~7』建国大学出版部、一九九八~二〇〇〇。

(24)韓定燮編著『仏教説話大事典下〈霊験説話〉』이화文化社、一九九一。氏が参考にしている資料は、1大藏經類、2歴史物類(①三國遺事②高麗史③李朝實錄④大東野乘⑤韓國史⑥各種高僧傳⑦傳燈錄)、3其他(①各道誌②韓國地名辭典③韓國寺刹史料集④朝鮮の鬼神⑤各種靈驗説話a新羅殊異傳b佛心と修行功德c靈驗錄d佛敎靈驗説話e續編靈驗説話f佛敎説話文學研究⑥各種傳説a韓國佛敎伝説99b韓國の話c毗曇説話d慵齊叢話⑦韓國の古典文學⑧歴史大辭典⑨韓國の民俗⑩韓國佛敎全書⑪佛敎學論文集⑫東國思想 等)、4雑誌新聞などであるが、出典が不明確である。説話の分類は1紀異篇 2愚智篇 3孝善篇 4護國篇 5報恩篇 6見性篇 7自在篇 8舍利篇 9布敎篇 10傳説篇 11加被篇 12功德篇 13信仰篇となっている。

▼質疑応答

千本 どうもありがとうございました。お二人、コメンテーターを予定しております。まず、高麗大学の教授でいらっしゃいます、金忠永さんからお願いいたします。

金忠永 高麗大学の金です。よろしくお願いします。皆さんのご発表を興味深くうかがいました。時間は大丈夫でしょうか（笑）。できるだけ短く述べたいと思います。『今昔物語集』で、例えば、「鬼」とか「河」、「山」を、韓国語やそれぞれの国の言葉に翻訳するとき、どういう問題があるのかという、その悩みが発表のポイントではなかったかと思いました。

『今昔物語集』や『源氏物語』など散文作品の翻訳にはこういう問題もあるということがわかったのですが、やはりいちばんの問題は韻文ではないかと思います。これは私だけではなく日本古典文学を翻訳する際の、一般的に感じられる悩みだと思います。特に和歌の場合は定められた音数律があります。それにあわせて翻訳するときはどうすべきかという問題と、表現技巧の、たとえば掛詞や、枕詞ですね。それらをどうすべきかというのは、翻訳の場合やはり避けて通れない問題だと思います。

『今昔物語集』の発表の場で、韻文は言ってみれば枠外の話になるかもしれませんけども、日本古典の翻訳についての学会発表の場で、しかもせっかく日本、中国、ベトナムから研究者たちがいらっしゃっているのですから、『今昔物語集』の問題もいろいろ勉強になりましたと、それくらいは言えるのですけども、せっかくですから、この場では解答を出すことはできないとは思いますが、問題提起として皆さんにご意見やコメントをお願いしたいと思います。

千本 ありがとうございました。続いて明知専門大学日本語科副教授の李龍美さんにお願いいたします。

李龍美 はじめまして、明知専門大学の李と申します。日本中世小説及び語り物を対象にしており、なかでも主に物語に現れる女性と子供の姿や位相などについて研究しています。今日は、皆さまの大変貴重なお話をありがとうございます。勉強になりました。時間の関係もございますので（笑）、一つだけ質問させていただきます。

先ほど、李市埈さんは『源氏物語』に登場する「物の怪」という言葉は韓国語で「鬼神」とか「怨鬼」、「怨霊」などと翻訳することができるとおっしゃいました。ところがこれらの韓国語は「物の怪」のうち死霊を表すことはできますが、生霊のイメージまではカバーできないのではないかと思うのですが、どうでしょうか。といいますのも、韓国で「物の怪」と言えばもともと死霊だけを指すものであって、生霊の概念は含まれていないからです。ここで質問なんですが、こういった文化の相違による翻訳のずれをどう解決したらいいのか、皆様方のご意見を聞かせていただきたいです。

実は私、今『御伽婢子』という作品を翻訳しているんですが、この本の中の「鬼」という言葉を韓国語でどう訳したらいいのか、ずいぶん迷っております。場合によっては「鬼神」や「夜叉」、あるいは「あの世の使者」と訳したり「幽霊」と訳したり、とにかく「鬼」を「鬼神」とだけ訳しては片付けられないわけです。それで、中国の張さんにお伺いしたいんですけど、先ほど「物の怪」と「鬼」は中国語で「妖怪」に翻訳なさったそうですが、その際に、文化のズレによる翻訳の問題点はなかったでしょうか。もし、あったとすれば、それをどういうふうに解決していきましたか。では、よろしくお願いします。

千本　はい、ありがとうございます。今それぞれ一点ずつ出していただきました、韻文の問題と、「鬼」関係の問題です。そのことについて自分はこんなふうに処理した、あるいはこんな問題があるというご提言をいただいて、最後に小峯さんにまとめていただこうと思います。大変申し訳ないですが手短にお願いいたします。

張　ご質問ありがとうございます。まず韻文の問題ですけども、和歌の翻訳は大事な問題です。ですが、和歌の音数にはこだわっていません。発表の中に提示した翻訳の例も、漢詩としての形を備えるようにしましたが、別に音数にはこだわりませんでした。基本的には一首の和歌を七言二句にするか、掛詞などを言い換えて五言絶句に訳します。贈答歌の場合は、贈歌を七言二句、返歌も七言二句に訳し、全体が漢詩の七言絶句のような形に整えます。

あと、「物の怪」についてです。「鬼」は死者の霊魂を意味し、日本語の「鬼」とだいぶ意味が違うように思います。また中国語としては二文字が落ち着きがいいので、死者の霊魂の意味で使う場合でも「鬼魂」と二文字で表現します。中国古代の神獣「辟邪」、神話の英雄「刑天」、冥府の使者「牛頭」「馬面」ないし仏教の悪鬼「夜叉」などが一括して「鬼怪」と称されます。「鬼」と「妖怪」の「怪」の二文字をあてます。「物の怪」も「もの」は本来は正体不明のもので、「鬼」をあててもいいかと思いますから、「鬼怪」に訳したりしています。

千本　はい、ではオワインさん。

オワイン　ベトナムでの「鬼」は、よく使われる言葉は「鬼神」です。多分韓国と同じだと思います。「鬼神」という言葉は『捜神記』の中によく出てきます。ですが、「妖怪」も『捜神記』の中や、漢籍の中にも見られます。例えば、十一世紀から十三世紀までに成立したと思われる『嶺南摭怪』の中に「妖怪」という言葉がみられます。昔のベトナムの「妖怪」という言葉は、まず人間ではない形ですね。『御伽草子』の「鬼」はちょっと違う形ですよね。「鬼」はまず顔が赤くて、角がある。牛とか馬の頭の鬼が、地獄の鬼と言われています。だから翻訳するときにはどんな話の「鬼」の描写なのか、それぞれ判断して行います。

千本　それでは最後に小峯さんお願いします。

小峯　これだけ盛り上がりましたので、来年ぜひ「鬼」のテーマでシンポジウムをやるといいのではないかと思います（笑）。以前、張龍妹さんの北京の日本学研究センターに行って、そこの学生と鬼の話をしていたらやはり通じないんですよね。おかしいなと思ったら、結局、「鬼」の概念が全く違っていたことに気が付きました。

ですから、翻訳というのは、やはりできないんですよね。翻訳は不能だという絶望的なところから始めるしかないのではないかと思います。つまり完璧に翻訳できると思ってはいけないのではないでしょうか。それは幻想にすぎず、むしろ翻訳という行為をテコにして言わば創る、文章を置きかえ、変換するのではなく、こしらえ、作ってしまう、まさしく再創造ですよね。翻訳とは再創造である、というところに落ち着けるしかないのではないかと思います。

それから、和歌に関しては『今昔物語集』にも和歌はいっぱい出てきます。韻律の問題は非常に重要であろうと思います。その際にはやはり自国の詩の形式に直すのがいいのではないかと考えております。以上です。

千本　ありがとうございました。小峯さんがいちばんはじめに言われた、翻訳ということ自体が解釈行為なんだということが、翻訳をやってらっしゃる三人の各国の方々によって、その苦しみと、また一方、その解釈の喜びというものも含めて共有できたのではないかと思います。一つの作品を通して、相互の文化をお互いに照らし合わせていく、そういう場として文学というのはまだまだ力があるということを確認したというところで、シンポジウムを閉じさせていただきます。ありがとうございました。

제 8 발표장
(12 330호)
日本説話文学会와
共同 진행
-한일 설화문학 발표회-
説話文学会
会場
12330
강의실
12330
강의실
한국일어일문학회
2012년 겨울 국제학술대회
- 발표논문집 -

ラウンドテーブル

説話文学会ソウル例会

［韓国日語日文学会共催］

日韓比較研究の諸問題

［司会］竹村信治

［発表］松本真輔・染谷智幸

金　鍾徳・増尾伸一郎

本ラウンドテーブルは、全体シンポジウムでの議論を引き取り、それを説話の日韓比較研究の今後に向けて深めていこうとするものです。ここでの議論を意義あるものとするためには、比較という方法そのものをめぐる問題、そこにおいて求められる視座、日韓比較文学研究の現況、説話をめぐる日韓比較研究の歴史など、共有しておくべき課題も多くあります。そして何より、日・韓相互の、特に日本人の韓国（朝鮮）についての理解も深められたものとなっていることが必要でしょう。

そこでまず、それぞれの課題について多くの精緻な示唆に富む論考を提供しておられる松本真輔、染谷智幸、金鍾徳、増尾伸一郎の4氏にご報告をお願いし、それを前提として全体シンポジウムでの議論を参会者とともに掘り下げていくこととしました。

2008年12月刊行の染谷智幸・鄭炳説両氏編『韓国の古典小説』（ぺりかん社）に序を寄せた安宇植氏は、西岡健治氏の発言をうけて「敗戦後の日本では韓国古典文学の研究者が姿を消してしまったのである。」と述べ、同上書の出版が「韓国の古典文学に関心を持つ読者の裾野をいっそう広げるよすがになること」への期待を寄せています。そうした期待に応ずるように、近年、増尾氏解説復刻『朝鮮民譚集』（勉誠出版、2009年10月）、小峯和明・増尾両氏編訳『新羅殊異伝』（平凡社　東洋文庫、2011年6月）などの資料提示、また、白承鐘氏著・松本真輔氏訳『鄭鑑録—朝鮮王朝を揺るがす予言の書—』（勉誠出版、2011年10月）、染谷氏『冒険・淫風・怪異—東アジア古典小説の世界—』（笠間書院、2012年6月）、小峯氏監修・琴榮辰氏著『東アジア笑話比較研究』（勉誠出版、2012年7月）などの出版が相次いでいます。さらに、張籌根氏『韓国の民間信仰』の復刊（興山舎、2010年12月）、権寧珉氏編著・田尻浩幸氏訳『韓国近現代文学事典』（明石書店、2012年8月）なども、「韓国の古典文学」の位相をうかがう上で貴重なレファレンス・ブックとなるでしょう。個人的な体験としていえば、徐禎完・増尾両氏編『植民地朝鮮と帝国日本—民族・都市・文化—』（勉誠出版、2010年12月）に寄せられた諸論考は、韓国における文化研究の水準の高さを、そして植民地時代の「半島」の人々の思惟の深さを教えるものとして衝撃的でした。それは岩波文庫『朝鮮短編小説選（上下）』の読後感と等しいものでもありましたが、こうしたテキスト群、研究成果を共有しつつ、朝鮮半島への眼差しを整え、「説話」を当面のテーマとして相互理解を深め広げていくことができればと思います。

その際、心に留めておきたいことは、「比較」をどこに向けて行うのかということです。差異を明らかにするためなのか、差異を乗り越えていくためなのか。参会者の期待が後者であることを願い、障壁の一つ一つが明らかになり協働への展望がわずかでも開かれる、そうしたラウンドテーブルを目指したいと思います。

竹村　それではラウンドテーブルをはじめたいと思います。司会進行を務めます竹村です。よろしくお願いいたします。このラウンドテーブルは全体シンポジウムを受けて、議論のテーマを決めていこうということになっています。先ほど、小峯さんの全体シンポのまとめのご発言の中に「翻訳は不能である」といったことへの言及がありました。そうなりますと翻訳が不能な中、比較、日韓比較研究をめぐる諸問題を考えていくという、翻訳が不能なものをどう比較していくのか、ということが今日のラウンドテーブルのテーマになりそうなんですが、そのことを考えていく上で、その比較という方法そのものをどんなふうに考えていくのか、あるいは、転換させていくのか、そのあたりが議論の中心になろうかと思います。

今日は、松本さん、それから染谷さん、金鍾徳さん、増尾さん、四人の方に講師をお願いしております。この順番でご発表をお願いしようと思っています。通常、こういうシンポジウムの場合には、発表に対する、それぞれ相互のコメントというのを別の時間にもうけますが、時間があまりございませんので、最初、松本さんにご発表いただき、そのあと、松本さんのご発表について染谷さんから簡単なコメントをお願いし、次の金さんには松本さん染谷さんの発表について簡単なコメントをお願いするという形で、発表の前に前の発表者へのコメントをいただくという手順で進めていきます。全員のご発表が終わった後に、会場からもご意見をいただく、そんな形で進めていこうと思います。よろしくお願いいたします。それでは、最初に松本さんからご発表いただきます。

日韓比較研究の諸問題

松本真輔

［要旨］比較研究のオーソドックスな手法として典拠探しがあるのだが、日中比較に比して日韓比較はここに難しさがある。現存する資料間で書承関係にまで還元できる事例というのはそう多いわけではなく、起源探しにこだわるとモチーフ論的な内容になってしまうケースが少なくないからだ。それでも起源探しには関心がもたれることが多いのだが、今度は逆にそこにたどり着かない部分が等閑視されてしまうという問題が生じてしまう。こうした点をどう克服していくかが日韓比較研究の一つの課題となるだろう。

松本　では、時間があまりございませんので、さっそく発表

1969年生まれ。所属：慶熙大学校　専門分野：説話文学・日韓比較文学。主要著書・論文等：著書に『聖徳太子伝と合戦譚』（勉誠出版、2007年）。訳書に『『鄭鑑録』朝鮮王朝を揺るがす予言の書』（勉誠出版、2011年）、共著に、小峯和明編『漢文文化圏の説話世界』（「縁起と伝説」竹林舎、2010年）、藤巻和宏編『聖地と聖人の東西』（「菩薩の化現・現相―中国五台山の文殊菩薩化現信仰と朝鮮王朝世祖代における如来・菩薩の現相―」勉誠出版、2011年）、青山学院大学文学部日本文学科編『日本と〈異国〉の合戦と文学　日本人にとって〈異国〉とは、合戦とは何か』（「古代・中世における仮想敵国としての新羅」笠間書院、2012年）など。

の方に入りたいと思います。まず私、慶熙大学という韓国の大学に勤めております松本真輔と申します。よろしくお願いいたします。今まで私が少し韓国と日本の説話等々を比較しながら論文等書いたことがございますので、その時に自分が考え思いついたことを簡単に述べさせていただきたいというふうに考えております。

1、比較研究の手法と資料の問題

まず一つ目に「比較研究の手法と資料の問題」です。比較研究のオーソドックスな手法といたしましては典拠探しというものがありますけれども、日中比較に比べまして日韓比較の難しさというのはこの典拠探しというところにあると思われます。現存する資料間には書承関係といったものにまで還元できる事例というのは、そう多くはないと思われますので、どうしても比較するといった場合には、モチーフを取り上げまして比較するというようなことになるかと思います。典拠の確定というのは、古典籍を読む上で、非常に重要な作業ではあるわけですけれども、韓国の資料が典拠とされるケースは多くないので、どういうふうにアプローチすべきかというのは、私も含めまして、手探りの状態であるかというふうに思います。

今日の午前中にありましたお三人の小林さんと金英珠さん趙さんの発表に関しましても、やはり典拠という話ではなくて、双方の類話というか似たようなモチーフを持ったものを比較するという形でした。［編集部注・当日の午前中に、小林純子「良弁伝と金庚信伝―弥勒の化身に対する韓日の認識の違いをめぐって―」、金英珠「絵巻「かみよ物語」の成立に関する一考察―謡曲「玉井」との影響関係を中心に―」、趙恩馤「「鹿女夫人」考―「授乳」のモチーフを中心に―」の発表がありました］趙恩馤さんの発表がそうなんですけれども、似たようなモチーフとか共通のものを持ち出す、あるいは中国、あるいはインドに出典があるものが、日本や韓国でどういうふうに変化していったのかという形での研究というのがどうしても中心になってしまうかと思われます。

また、起源探しという問題です。起源探しには関心をもたれることが非常に多いのですけれども、これには逆にそこにたどりつかない部分、というのが無視されてしまうという問題が生じることが多々あるかなというふうに感じています。

韓国の研究では「自分たちが源流になりうる部分」というのに注目が集まっておりますし、実際今日は要旨集があって韓国語で書かれている論文等の発表をみましても、やはり韓国のものを元にしようという研究発表がいくつかあります。こういった起源を探そうという志向性というのが韓国の研究において存在していると。そして日本の場合でも、自分たちの源流となりうる部分、要するに出典を探して見つけていこうというようなことを考えるところに注目が集まりがちになります。けれども、実際、両者で異なる部分も当然あるわけでありまして、こういった違いというのをどう見ていくか、あるいは見えなくなっていくものをどう見ていくかというところも比較研究の問題となるかというふうに思います。

こういった問題は日韓という問題だけではなくて、典拠がある場合であっても、中国のものを比較して見ていく場合においても、影響のある部分というのは注目が集まるわけですが、逆にそうでない部分というのは、見ないというと語弊があるんですけれども、どうしてもやはり見えなくなってしまうようなところがあります。そうすると、比較するということで、どういう問題が生じてくるのかということを少し考える必要があるかなというふうに思っております。

2、『三国遺事』と比較研究

それから二つ目に「『三国遺事』と比較研究」です。『三国遺事』という、韓国で一二八一年頃に一然というお坊さんが編纂した、仏教説話を集めた歴史書があります。一然という人は、無量寺、雲門寺、麟角寺などで活動しました高僧でありまして、この書は単なる史書ではなくて、僧伝や寺刹縁起を含みます仏教的な色彩の濃い内容を持っております。こうした点から、日本の説話集との比較研究の素材となりうる文献と言えます。しかしながら、これまでの研究では、同書の記事に記されております内容というのが、古代あるいは神話の世界に及んでいるために、仏教説話というよりは『古事記』や『日本書紀』との比較研究に関心が集中しています。いわゆる比較神話研究の領域になってしまうわけで、三品彰英等々あるいは孫晋泰の話なんかもそうなんですけれども、こういった研究領域になっておりまして、記紀神話の源流を求める際の重要な資料というふうに使われております。

よく知られている話としましては、天之日矛の話等々が、日本に流れてきたのだということがよく言われております。ただ問題は『三国遺事』の成立年代でありまして、先ほど述べましたように、十三世紀後半くらいというものですので、当然『日本書紀』、『古事記』と書承関係というのは非常に難しいということで、どうしてもそうなるとモチーフ論を持ち出さざるを得ないのです。けれども、このモチーフ論というのが実は非常にやっかいでありまして、ある要素が似ているから起源だという話というのは、やり始めるといくらでも可能になってしまいまして、際限なくこれがもとだということを、あるいは発表者の個人的な志向に終始してしまうという問題があって、聞いている方からしますとそれはどうなんだろう、というような研究になってしまうという憂慮といいますか、そんな状況も少し懸念されるわけであります。

一方、仏教説話という観点から見ていきますと、やはり『三国遺事』と日本の説話には基本的には類話といったものは見出しにくいというところがありまして、典拠探し等々というアプローチは難しくなってまいります。そもそも『三国遺事』は、韓国の説話を集めたものなのですけれども、日本では韓国に関する説話というものがないわけではないんですけれども、中国のものに比べると相当に少ないということで、比較という点でいいますと、どうやっていくかというのは様々に難しい問題があるかというふうに思います。

3、寺刹縁起の比較研究

三つ目に「寺刹縁起の比較研究」というのをとりあげます。これは私が、ちょっとやっていたところで、今までに、「伝説と縁起―朝鮮半島に偏在する諸菩薩の様相」(小峯和明編『漢文文化圏の説話世界』竹林舎、二〇一〇年)、「菩薩の化現・現相―中国五台山の文殊菩薩化現信仰と朝鮮王朝世祖代における如来・菩薩の現相」(藤巻和宏編『聖地と聖人の東西』

勉誠出版、二〇一一年)、「仏教伝来説話と『今昔物語集』の寺院建立説話」(小峯和明編『東アジアの今昔物語集―翻訳・変成・予言』勉誠出版、二〇一二年)などの論文を書いてきました。実は中国もそうなのですが、寺をつくりますと、その寺がどういうふうに出来上がったかという起源説話というのが寺の中でつくられておりまして、寺はもちろんその地域に密着したものではあるのですけれども、こういったものを比較していくことによって、仏教と、それからその起源を語る物語というのがどういうふうにつくりこまれているのかということが比較できるのではないかというふうに思います。

ただこれも先ほどと同じ問題がありまして、結局典拠論等々に展開はできませんので、どうしてもモチーフ研究というかモチーフ比較のような形にならざるを得なくなってしまいます。そうしたときに、さらに複雑な問題というのは、結局似たようなモチーフを拾い始めていくと、事例がひたすら列挙されていくという問題が出てきます。先ほどの趙恩馤さんの発表の時にも、似たようなモチーフであると数限りなく出てくるのだという話が出てきましたが、一遍そういうふうに始めてしまいますと、際限なく並べてしまうという問題が出てくるかと思います。

実は、別のところで話したんですが、韓国と日本の軍記研究の比較で、文禄慶長の役を扱った、金時徳さんなんかがやられている研究があります。これでたとえば日本のものと韓国のものを比較しようというと、金時徳さんではないですけども、別の方の論文を見ていきますと、結局書承関係とかいう話にならないので、同じ事象を二つ並べて、ひたすらばたばた並べて比較していくというような形になりまして、違うとかいうのはわかるんですけども、その先何が見えてくるかというのが非常に悩ましい問題点ということになっています。

4、最後に

説話の比較研究という点で注目されますのは、もう一つ野談(譚)というものです。これは朝鮮時代に数多く、特に後期ですね、数多く編纂された説話集です。説話集という用語が適切かどうかはわかりませんが、先ほどの全体シンポジウムで発表になられました李市埈さんが『説話文学研究』に詳しい目録を紹介されております。近年日本でも『於于野譚』をはじめいくつかのものが翻訳紹介されております。説話を研究していますとこういうものにも目が向くのですけれども、やはりこれも典拠論等々への展開が非常に難しいということがありまして、もし比較研究をするのであれば、どういった方法でやればいいのかということをやはり常に考えていかなければいけない、つまりテーマをどこをどういうふうに設定するのかということです。学問的な研究でいうとやはり典拠を見つけるというのは非常に重要な作業です。そこを飛ばすとなると次に論じていこうとした場合に、論じる人間のセンスといいますか、課題意識というか、問題意識が非常に強く問われることになるだろうというふうに思われます。

　それからちょっとここに書かなかったのですけれども、日本と韓国を今回は比較という形でお話をしましたけれども、結局そうすると中国の問題をどうするのか、というところがどうしても出てきます。趙恩馤さんの発表にもありましたけれども、やはり中国、インドもそうなのですが、もとにあったところからどういうふうに展開していったかという形で各地域の独自性なり共通点みたいなものを探していくということ。あるいは小林さんの発表の弥勒の話、これがどういうふうに展開していったかということでそれぞれの国の様相を見ていくと、非常にいろんなものが見えてくるのではないかというふうに思います。ちょっと早口になってしまいましたけれども、時間の関係でここで切り上げさせていただきます。

　ありがとうございました。

竹村　どうもありがとうございました。日韓の比較研究の方法をめぐるアポリアを非常に明瞭端的に説明していただいたと思います。では次に染谷さんお願いいたします。

日韓比較文学研究から東アジア文学研究へ

染谷智幸

［要旨］夙に柄谷行人が指摘したように（「借景に関する考察」『批評空間Ⅱ17』、大田出版、一九九八年四月）、日本研究における近代以前の中国中心主義と近代以後の西欧中心主義はパラレルであり、そこには朝鮮（韓国）が決定的に抜け落ちている。これを捉え直すためには、日韓比較研究といったスタンスでは駄目で、何故朝鮮（韓国）が日本研究の視野から消されたのかという構造とともに考察する姿勢、すなわち東アジアの中での日韓というスタンスがどうしても必要である。この点について問題提起してみたい。

染谷　染谷と申します。よろしくお願いいたします。

　まず、松本さんのお話についてコメントせよということですが、松本さんのお話をお聞きして、私も同じようなことを常々感じております。あくまでも一般論ですが、日韓や朝鮮を含めた東アジアの文学研究を考える時、あまり細かく比較しても、またルーツを探しても、結局、良く分からないことが多いのではないかと思います。

私が大事に思うのは、そうしたことよりもむしろ、東アジア全体がどのようになっているのかを把握し、それを分析、分類した上で、東アジアという地域の文学にどのような特色があるのかを明らかにすべきではないかと思います。そういうことが将来的にはアジア全体や、ヨーロッパ、アメリカ、イスラムなど、他の地域・世界との比較に繋がっていくのだろうという気がしております。

ですから、私はあまり比較論とか起源論をやりません。特に起源論は、後ほど述べますように本居宣長のような怪しいことになりがちですので。

ただ、この日韓や東アジアをどう捉えるかの方法論も、この研究自体が始まったばかりですから、性急に結論を求めずに広くやってゆくべきだろうとも思っています。

私の今日の発表は「日韓比較文学研究から東アジア文学研究へ」という題です。私の専門は近世小説で、特に説話を研究しているわけではありません。よって今日はお招きいただいたような形なのですが、恐らく説話とは若干違った角度から、この日韓比較研究へのアプローチを期待されているのだと思います。そこで今日は、東アジアに広がった古典小説を例にして私が日頃考えていることを述べさせていただきます。

ちなみに、私はこの説話文学会に参加させていただくのが今日で二度目なのですが、様々な時代や専門を越えて集う雰囲気がとても良いですね。私、一応所属は近世ですが、もう中世も近世もないというふうに思っています。そうした垣根を外して全部一緒にやったらいいのではないかと。たとえば日本文学関連の学会で、時代別に分かれながらも同時に大会を開催することがありますね。私はよく他の時代に行ってしまうのですが、たまに「何で俺の話を聞きにこないんだ」と怒られることがあります。そう言われる気持ちは分かりますが、もうそれぞれの関心をもとに日本文学全体で議論していく時代に入ったのではないかと思います。

そこでまず、小説なのですが、これはすでに様々指摘されていますが、例えば『漢書』(「芸文志」)などの中国の古文献にあるように、由緒正しき話ではなく、巷の取るに足らない話の意味です。ここからスタートしたのが東アジアの小説で、後の四大奇書等へと発展していく。ですからそういう発想で物事を考えていくのが大事ではないか。

1957年生まれ。所属：茨城キリスト教大学。専門分野：日本近世文学・文化、日韓比較文学・文化。主要著書・論文等：著書に『西鶴小説論—対照的構造と「東アジア」への視界』（翰林書房、2005年）、『冒険 淫風 怪異　東アジア古典小説の世界』（笠間書院、2012年）。編著・共著に、青柳まちこ編『文化交流学を拓く』（世界思想社、2003年）、大輪靖宏編『江戸文学の冒険』（翰林書房、2007年）、染谷智幸・鄭炳説編『韓国の古典小説』（ぺりかん社、2008年）、諏訪春雄・広嶋進・染谷智幸編『西鶴と浮世草子研究　第四号　特集［性愛］』（笠間書院、2010年）など。

つまり説話も小説も形式がないということで一致することになります。ご存知の方も多いと思いますが、西洋の小説、ノベルも、由良君美氏などの指摘の通り（『メタフィクションと脱構築』）、ただ「新奇」という意味で形式がないんです。ノベル以前の西洋の詩とか演劇は明確な形を持っていました。かなり厳しい形式とか韻律を持っていましたので、そこから自由になる、あるいは、それをうち壊す意味での小説、ノベルなんですね。ですからこういうことを考えますと、ますます説話と小説というのは同じ範疇に入れて考えていいのではないかというふうに私は思っております。ただし、その中からいわゆる物語性をもった小説がどういうふうに出てくるのか、これは私個人の興味としてはあるところです。

それからもう一つは東アジアの視点なんですけれども、小説は漢文を中心とした東アジア全体に広がっていますから、全体的に考えていくことが今という時代必要なのだろうと思います。すべての境界線を取り払って、今まで使ってきた線引きを全部一旦やめてみて、そこから再スタートするというのが大事なのだろうと思っています。

1、朝鮮の不在

それでは、時間もあまりありませんが、本題に入りたいと思います。まず朝鮮の不在という問題です。日韓比較から東アジア全体を考える道程で、この朝鮮の不在というのがどうしても私の方では気になるところです。

江戸時代の話になりますが、実は江戸時代の日本が対等に国書を交わした国、唯一の正式な外交国は朝鮮のみなんです。中国やオランダというのは通商関係でしかありません。琉球も属領的な関係にありました。この外交の象徴が、慶長十二年（一六〇七）〜文化八年（一八一一）までの十二回にわたる朝鮮通信使であること、これも周知の事柄です。それからよく長崎の出島の話がでるのですけれども、慶応大学の田代和生氏が調べておられるように（『倭館』文春新書、二〇〇二年）、朝鮮の釜山には倭館という主に通商のための日本人町がありました。これは鎖国政策以後、唯一の外国にある日本人町で、広さは十万坪という広大なものです。長崎の出島が四千坪ですから、その二五倍にあたる。つまり、江戸時代の外国との文化交流という視点に立った時、従来は日中関係が主軸でしたが、まずは朝鮮を考えなくてはならない。

この時期の朝鮮に対する日本の姿勢を考えると、本居宣長の漢意（からごころ）、これがいろいろ影響を与えてきたのだと思います。まず最初に注目しなくてはならないのは『鉗狂人』という作品です。これは藤（藤原）貞幹という方が、『衝口発』（一七八一年）という作品を書いて、実は日本にはもともと朝鮮の痕跡がいっぱいあるんだということを言ったのに対してのもので、宣長がこの作品で反論したわけです。そんなことはないと、こいつは狂っているやつだと。本文には「いづこのいかなる人にかあらむ。近きころ衝口発といふ書をあらはして、みだりに大御国のいにしへをいやしめおとして、かくもいともかしこき皇統をさへに、はばかりもなくあらぬすぢに論じ奉れるなど、ひとへに狂人の言也。」とあります。この書が基になって、後に上田秋成と日の神論争が生じることになりますが、とにかく『鉗狂人』という名前自体がすごいわけです。この「狂人」に「鉗」という字、「首かせをする」という意味ですが、相手を狂人と決めつけてそこに首かせをつけないといけない、という題で反論をしている。こういう朝鮮に対する姿勢というものを、やはり日本から、つまりどうしてこうした発想が出てくるのかを考えなければいけないのではないかと思います。

では、次に朝鮮の側から考えていくことにします。私も最近朝鮮の小説をずいぶん読むようになりました。『古典小説作品研究総覧』（曺喜雄編、集文堂〔ソウル〕、二〇〇〇年）というものがありまして、これが朝鮮の小説を読む、あるいは研究する時の基本的な文献になります。そこに朝鮮の古典小説数は八五八作品と書かれているのですけれども、今はもう少し増えているだろうと思います。これらの作品を読んでいきますと、舞台は中国で、文章は漢文、主人公は中国名ということで、中国の作品なのか、朝鮮の作品なのか、わからないのですね。ですから、その辺、非常に曖昧なところがあって、私の研究した『九雲夢』の改題増補本とされる『九雲記』という作品なんかも結局中国人作者説が議論されていたりします。ですから必然的に日朝を比較をしていくと、中国が入ってくることになる。それは日本も同じですけれども。その関連性を丁寧に見てゆくことが大事で、その結果、東アジア全体の問題が浮かび上がってくる。ですから朝鮮小説を研究することは、結局東アジア研究にならざるを得ないのです。

このように日本側からの問題と、韓国側、朝鮮側からの問題というのはまた違いますけれども、朝鮮の重要性ということでは共通してくるのではないかと思います。

2、四大奇書の影響を受けた代表的な東アジア文学作品

とにかく、そうした問題意識を持ちながら、中国、朝鮮、日本、そしてベトナムから様々に考えてみようということです。今興味のあるところは、「四大奇書の影響を受けた代表的な東アジア文学作品」です。これを全部並べてみて読み解いていったら面白いのではないかと思っています。一つ例を申し上げますと『水滸伝』です。

東アジア各国の文学研究を見渡すと、それぞれの国の枠内にとらわれている研究というのはまだまだ多いと思います。その枠の取り外しで、先陣を切っていらっしゃるのではないかと思うのは、趙東一さんです。大変広いというか広すぎてヨーロッパの方まで含めて全世界を論じているので、なかなか追いついていけないところもあるんですけれども、この趙さんがですね、「越南（ベトナム）では『西遊記』が、日本では『水滸伝』がたいへん人気があったのとは違い、韓国では『三國志演義』を始めとする演義類の歴史小説が特に愛好された」（『一つにして多面的な東アジア文学』知識産業社、一九九九年）と仰るんです。基本的に私もそうだと思います。ただし、『三国志演義』に関しては日本でも影響がかなりありますから、その辺のところは、ちょっと考えなければいけないのですが。

次の図（次頁）をご覧下さい。こうした図を作ってみて面白いと思うのは、『水滸伝』の影響を受けた作品というのは確かに日本が多い。韓国では例えば『洪吉童伝』ぐらいで、『水滸伝』は朝鮮にあまり影響を与えていないように見えるのですけども、『水滸伝』に対する批評というのはけっこう多いですね。ここには紹介していませんけれども、朝鮮では洪吉

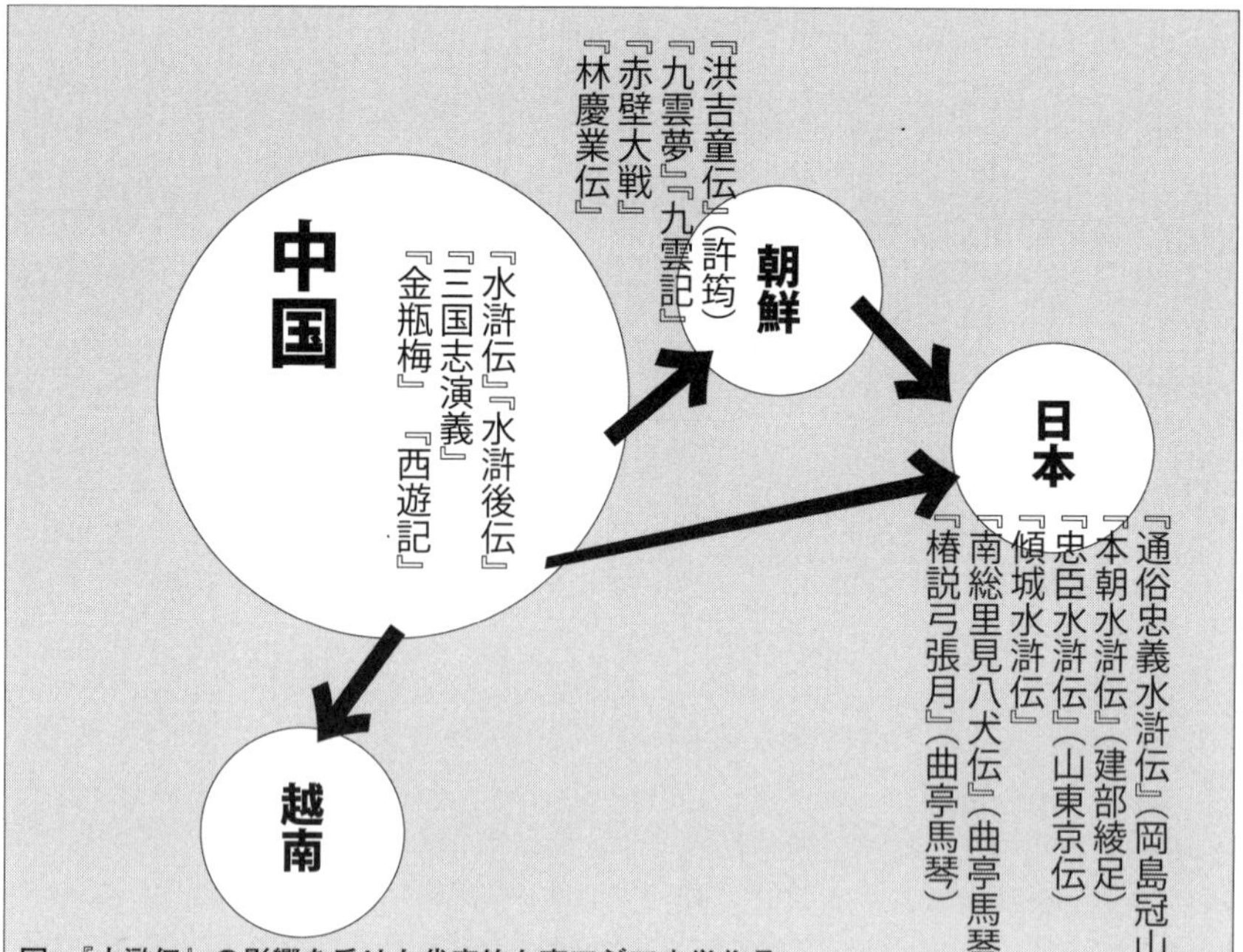

図・『水滸伝』の影響を受けた代表的な東アジア文学作品

同、林巨正、張吉山の乱など、当時政治的な乱が多く、特に妾腹の嫡子でない庶孼（庶子）ですね、そういう人たちの反乱が多かったんです。結論からいうと、それぐらい、実は反乱にピリピリしていたのが朝鮮時代の朝鮮だったのです。語弊があるかもしれませんけども今の中国みたいなものかもしれません。日本では反乱がないわけではないですけれども、もともと江戸時代を統治していた武士というのはご存知のように、『水滸伝』の盗賊みたいなものですね。盗賊が成り上がったようなものですから、あまり武士階層の知識人に危機感みたいなものは無いわけです。物語として『忠臣水滸伝』とか『椿説弓張月』までいろんなものが出ましたが、『水滸伝』関連の作品が出たとしてもそんなに社会的な問題にはならないんです。しかし朝鮮はそうではなかった。かなりの危機感があったのではないかと。こういうことが、実は影響を与えていないということにはならないのではないか。つまり深刻な影響を与えていたからこそ『水滸伝』に連なる作品が書かれなかったのではないかと。こういう見方も私は必要なのではないかと思います。

あともう一つ、これは中国文学研究者の高島俊男氏が『水滸伝の世界』で言ってらっしゃるのですけれども、『水滸伝』には二つの自由があるというんですね。一つは社会を自由につくり直そうという自由。それともう一つは社会の桎梏から離れて自由になる自由。朝鮮の方へはやはり社会をつくり直そうとする自由として『水滸伝』は伝えられているのではないかと。『洪吉童伝』はそうではないかと思います。日本は桎梏から自由になる自由、これは『椿説弓張月』みたいなものですね。こういう見方をしていくと、単なる比較ということではなくて、東アジア全体での広がりみたいなものが考えられるのではないかと思います。

3、『棠陰比事』の影響を受けた代表的な東アジア文学作品（裁判［公案］説話、比事物、訟事［송사］小説）

あまり時間もありませんので、もう一つ取り上げたいのは『棠陰比事』です。これからやろうと思っている話なんですが、いわゆる裁判、東アジアにおける裁判説話です。ここには大変面白い問題があります。裁判というのは絶対記録が必要です。正式な記録は公的なものです。その記録から派生した説話、それから説話から派生したといえるかどうかわかりませんけれども小説、裁判小説というのがあります。この三つが三位一体として展開するのですね。実にこれダイナミックなんです。小説だけが伸びたとか、説話だけとか、記録だけというのではない、それぞれが、実に混然一体となって東アジアに広がっていくというのが、面白いところです。皆さんもご存知かと思いますが日本に『大岡政談』がありますね。例えばこんなお話です。

・『大岡政談』実母継母の後詮議の事

実母と継母が娘の引き取りをめぐり争いとなって奉行所に訴え出た。大岡は「その子を中に置き双方より左右の手をとって引き合うべし。勝った方にその子をとらすべし」と申し渡した。二人の母が娘の手を取り、互いに力を出して白洲で引き合いになる。娘が痛がり泣き出したため、実母が驚いて手を放した。引っ張り勝った継母は「この子は我が子に違いない」と勝ち誇って言ったが、大岡は「誠の母は，娘の痛みを悲しみ思わず手を放したのだ。お前は他人なので、その子の痛みを思わず勝つことのみを考えた」と、その子を実母に渡した。

二人のお母さんがいまして、片方は偽物のお母さんなのです。この二人が子どもを取り合ったときに、大岡が「両方から引っ張ってみろ」といって子供を引っ張らせる。本当のお母さんは子どもが痛いと言ったので手を放す。もう一人はそんなことお構いなしに「勝った」と言って喜ぶんですけれども、大岡は「お前は本当の母親じゃないだろう」と言います。「本当の母だったらば、痛いから、子どもが痛がるようなこ

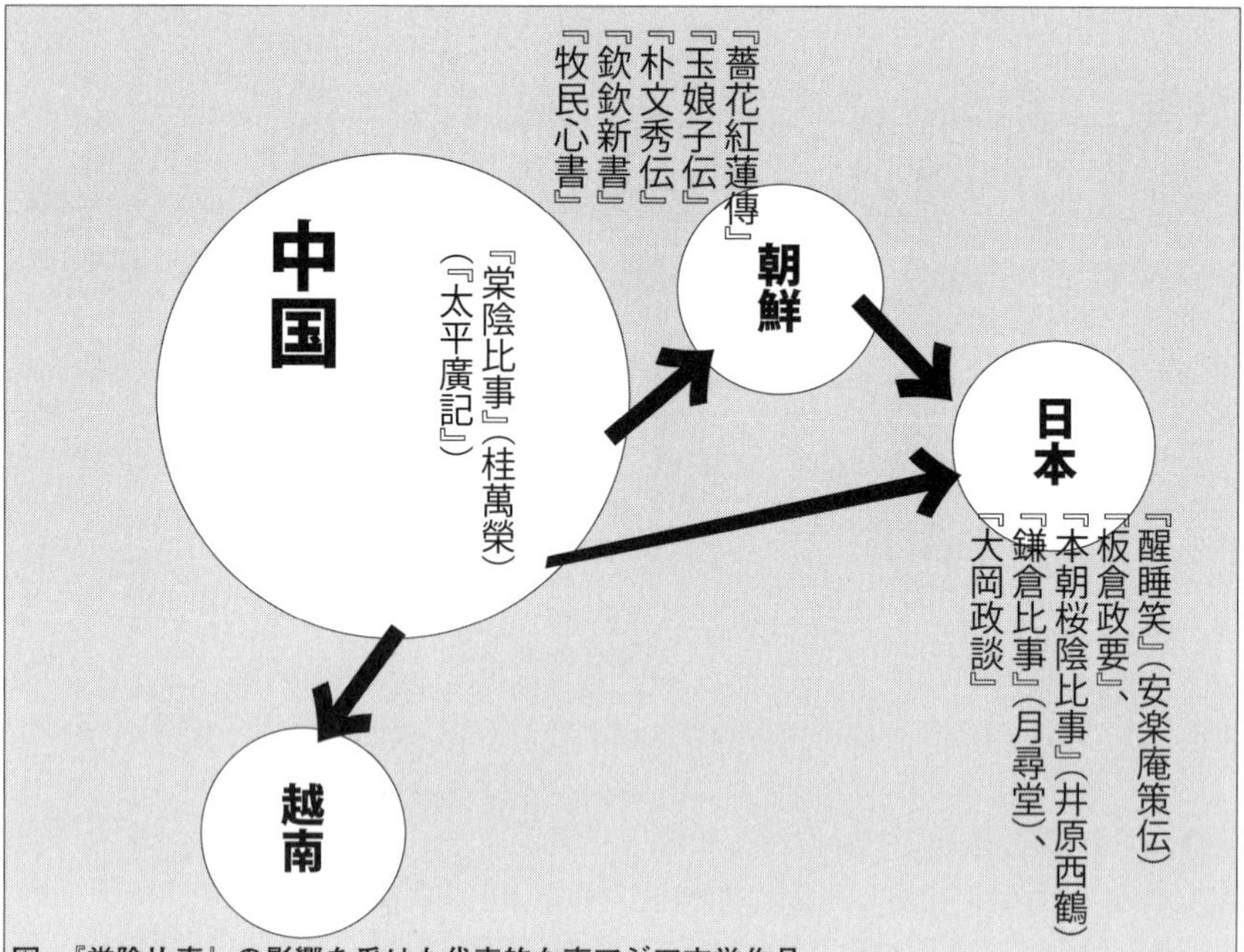

図・『棠陰比事』の影響を受けた代表的な東アジア文学作品

とはしない」と言って、手を放した方を母親と認めたという話です。これは、中国の『棠陰比事』の中に既にあります。そこから『大岡政談』に伝わってきているのですけども、これはやはり朝鮮の方にもあります。

さらに言いますと、これと似た話はジャータカ系の説話（釈迦の前生譚）にも似たような話が出てきたり、それから旧約聖書の方にも似たような話が出てきます。全世界的な話の広がりがあって、これは今日の午前中に小峯和明さんがお話しになっていた月の鼠の話ですね、あれと似たようなところがあります。この『棠陰比事』に関しては、とにかく、裁判というものがもっている様々な要素というものを、朝鮮なり、日本なりが、それぞれの地域性を生かして新しい世界を生み出している。そういった姿が浮かび上がってきます。こうしたことを今後も続けてみたいと思っています。ありがとうございました。

竹村　どうもありがとうございました。似ているとかルーツ探しというそういう方法の限界をどう乗り越えていくのか、それを東アジアへの視野の拡大という形で具体的に示していただきました。それでは、次に金さんお願いいいたします。

東アジア物語文学の比較・対照研究

金　鍾徳

［要旨］十九世紀以来、比較文学研究の視野は地域や言語、文化、境界を横断し、超学際的研究にまで広げられている。韓国での比較文学研究は、白鐵、鄭寅燮の研究以来、趙東一は『韓国文学と世界文学』（一九九一）、『世界文学史の虚実』（一九九六）などの著書で、比較研究の新しい地平を展開している。ところで、日韓比較研究は上代と近代に集中され、中古と中世、近世の研究はあまりなされていないような気がする。最近、韓中日を視野にいれた物語や説話文学を中心に比較研究が盛んになっているが、まだまだ道程は遠いと思われる。ここでは韓国と日本の交流が途絶えがちであった中古、中世を中心に比較・対照の問題点について再考してみたい。

金　はじめまして、韓国外大の金と申します。染谷さんのご発表についてのコメントということですけれども、東アジアの比較研究の中で、韓国が決定的に抜け落ちているという指摘には、全く同感です。ではなぜ抜け落ちているのかということについては、これから解決すべき問題が多いかと思います。染谷さんの問題提起を受けながら、古代文学に現れた世界観、特に『今昔物語集』の世界観や編者の意図、それから日本人の世界観を考えてみたいと思います。

染谷さんや松本さんの発表でも提起された問題ですが、今日比較研究というのは超学際的な研究にまで広がっています。趙東一さんは『韓国文学と世界文学』、『世界文学史の虚実』（一九九六）などの著書で比較文学の新しい地平を展開していますが、韓国と日本の比較研究は上代と近代に集中されているということをまず確認しておきたいと思います。ではなぜ中古や中世がすっぽり抜け落ちているのかということですが、これにはどうも日本文学の世界観とも関わりがあるのではないかと思います。最近、中国と日本を視野に入れた物語や説話文学が盛んに比較研究されているようですけれども、まだまだその道程は遠いかと思います。

ところで、先ほど松本さんは、書承関係のない比較研究は何か根拠がないと指摘されました。しかし、文学というのは何か、という大命題のもとでは、世界文学の比較研究が可能であると思います。例えば、『源氏物語』とオイディプース神話、『落窪物語』と『シンデレラ』、『コンチュイ・パッチュイ』の比較研究もできるのではないでしょうか。いわゆる話型論の中で、継子譚とか貴種流離譚、羽衣伝説、王権譚、再会譚などを比較することによって、それぞれの国の文化あるいは文学の中でその国の人間が考えていた発想なり想像力が浮かび上がってくるのではないかと思います。ですから書承関係がなくても、話型的な研究や民俗学的な方法を取り入れながら、それぞれの国の文学世界が究明できるのではないかと思います。

先ほどのシンポジウムで、小峯さんが翻訳は不可能とおっしゃったのは、それだけ翻訳というものが難しいということを強調した言葉だと思います。しかし、ここで私は「すべてのコミュニケーションは、究極において翻訳である」(「翻訳の創造性」『文学』一九九一年春)と言った大岡信さんの言葉を想起したいと思います。全体シンポジウムでも話題になった「鬼」とか「物の怪」などの翻訳がそれぞれの国で実体が違っていても、それを翻訳することによってまた新しい文化のやりとりというか、理解が可能なのではないかと思います。つまり翻訳は難しいけれども、翻訳をしないとすべてのコミュニケーションが不可能であるということです。

ということで、比較研究と翻訳の重要性はいくら強調しても強調しすぎるということはないと思います。日韓比較文学について、つとに崔南善は一九三二年、『日本文学における朝鮮の姿』という題の講演で、『古事記』、『日本書紀』、『万葉集』、『源氏物語』を朝鮮文学と比較し、文化の東流現象をかなり具体的に述べております。ところで、『日本書紀』や『古事記』、あるいは『万葉集』などには「韓国(カラクニ)」という用例が多数登場しますが、平安時代の文学ではほとんど「唐」と表記しております。ここで私が取り上げようとしているのは「韓(カラ)」という発音の中で、「韓国」という「韓」をカラと読む用例ですが、平安時代には同じ「韓」を「唐」のカラと表記しています。もちろん写本自体は万葉仮名で書かれているんですけれども、今日平安時代の作品はほとんど「唐」に翻刻されています。

ここではお手元に資料をお配りしていないので、具体的な例を取り上げることはできませんが、ただ用例だけをいくつか取り上げてみたいと思います。例えば、カラクニ、カラニシキ、カラゴロモ、カラブエ、カラカミ、カラウスなどの「カラ」が平安文学になるとほとんど「唐」の字に翻刻されてしまいます。特に『源氏物語』の夕顔巻では、カラウスが「唐臼」となっております。ところで、『日本書紀』(推古朝十八年)には、高句麗の曇徴という人が「カラウス」の製造法を伝えていると書いています。たった一世紀の間に、新しく唐から「臼」を持ってくるはずもないのに、『源氏物語』で「唐

1953年生まれ。所属：韓国外国語大学校日本学部。専門分野：日本中古文学、源氏物語など。主要著書・論文等：「韓国における近年の日本文学研究」（『文学・語学』2006年）、「高麗人の予言と虚構の方法」（『源氏物語の始発』竹林舎、2006年）、「枕草子と朝鮮王朝の宮廷文学」（『国文学』学燈社、2007年）、「朝鮮王朝と平安時代の宮廷文学」（『王朝文学と東アジアの宮廷文学』竹林舎、2008年）、「韓國における『源氏物語』の翻譯と研究」（『源氏物語國際フォ - ラム集成』、2009年）、「『源氏物語』と朝鮮半島の関わり」（『源氏物語と東アジア』、新典社、2010年）、「韓日の『白氏文集』受容と作意—『春香伝』と『源氏物語』を中心に—」（『源氏物語と白氏文集』、新典社、2012年）。翻訳：『源氏 イヤギ』（ジマンジ、2008年）などがある。

曰」と翻刻しているのは問題があると思います。

また『源氏物語』の若紫巻、光源氏が北山から帰京する餞別の場で、僧都が「聖徳太子の百済より得給へりける金剛子の数珠の玉の装束したる。やがてその国より入れたる箱の、唐めいたる」ものを源氏にさし上げています。ここで聖徳太子が百済より得た金剛子の数珠の珠の模様が「韓風」でなく「唐風」であるというのも疑問があると思います。今日の注釈書ではすべて「唐めいたる」と翻刻していますが、百済からの舶来品である数珠と箱であることから「韓めいたる」とすべきところではないでしょうか。

今回の学会には説話文学の専門家が大勢いらしておりますが、たとえば『今昔物語集』の世界観が、天竺・震旦・本朝となっていることをすこし考えてみたいと思います。『今昔物語集』より百五十年ぐらい前の『うつほ物語』の藤原の君巻では、上野の宮が「われ、この世に生まれてのち、妻とすべき人を、六十余国、唐土、新羅、高麗、天竺まで、尋ね求むれど」と言っております。『うつほ物語』の主人公がこれだけ広い視野を持っているのに、『今昔物語集』では韓半島の説話を「本朝部」に編纂しています。その背景に何があるのか、この問題は私には解決できないことですが、平安中期以後、日本人の世界観が変わっていることは確かなんですね。

新羅の天之日矛説話は日の光に照らされる王権譚でありますが、朝鮮半島では天之日矛だけでなく高句麗の始祖神話である朱蒙伝説、百済はもちろん新羅の様々な始祖伝説、赫居世（カクキョセイ）とか金閼智（キムアッチ）、昔脱解（ソクタレ）などの始祖伝説でも必ず「光かがやく」という表現が登場します。こういう話型論的な日韓比較研究はいくらでも可能なのではないかと思います。

そろそろまとめようと思いますけれども、まず日韓比較文学の諸問題のなかで、中古と中世の研究が抜け落ちているという問題がありますね。また「韓（カラ）」と「唐」の問題、そして平安中期以後、日本人の世界観が『今昔』の天竺・震旦・本朝に固定されてしまったこと、その背景に何があるのかという問題がありますね。つまり、日韓の比較研究、対照研究でやるべきことはいくらでもあるのではないかと思います。以上で、簡単ではございますがご報告申し上げます。どうもありがとうございました。

竹村　どうもありがとうございました。日韓比較研究において抜け落ちている中古・中世期について、話型研究、「から」を含む語彙・事例の再検討などから追究できる可能性はまだあることを、具体的な事例をもって示していただきました。『宇津保』、たしかにそうありましたね。では増尾さん、お願いします。

東アジア比較説話学の形成と民俗学

増尾伸一郎

［要旨］ちょうど一世紀前に発表された高木敏雄「日韓共通の民間説話」（一九一二年）は、翌年刊行の『日本伝説集』のために採録された昔話を交じえ、東アジアの説話文献との比較研究を本格的に展開したものである。当時高木は南方熊楠や柳田國男と盛んに情報交換を行い、西欧の研究成果を踏まえた新たな比較説話学の方法を模索していた。一九二〇年に来日した孫晋泰や戦後長く留学生活を送った崔仁鶴は彼らの成果に学びつつ説話文献と口承文芸の総合研究を目ざし、大きな結実をみた。その意義を再考することを通して、今後の方向を探りたい。

増尾　司会の竹村さんからの提言で、それぞれの方についてのコメントを先に述べよという課題をいただきましたが、お話いただいた順とは逆に、私の報告との関係から、金さんが今、韓日の比較文学研究の上で、上代と近代に集中する傾向が顕著で、中古あるいは中世が少ないと仰ったことに触れて

1956年生まれ。所属：東京成徳大学。専門分野：日本を中心とした東アジアの思想と文化。主要著書・論文等：単著に『万葉歌人と中国思想』（吉川弘文館、1997年）、共編に『道教の経典を読む』（大修館書店、2001年）、『アジア諸地域と道教』（雄山閣、2001年）、『環境と心性の文化史』（勉誠出版、2003年）、『ケガレの文化史』（森話社、2005年）、『藤氏家伝を読む』（吉川弘文館、2011年）、『植民地朝鮮と帝国日本』（アジア遊学138、勉誠出版、2011年）、『新羅殊異伝』（東洋文庫809、平凡社、2011年）など。

おきたいと思います。

近世はこの頃染谷さんをはじめとして、韓国でもずいぶんと新しい研究成果が出てきているようですけれども、これは歴史学においてはもっと顕著でして、日本に留学してくる学生、研究者は、かっては古代と近代にほぼ集中していました。その他の時期について、対外関係や文化交流史を中心に関心が高まってきたのは近年のことです。これは明らかに近代における両国間の政治と外交関係を反映しているわけですけれども、それをどうやって越えていくかということが一つの大きな課題としてあると思います。

これを文学研究ということに限定して考えた場合、まず松本さんのおっしゃった典拠、テキストの問題を考える上で、日本では長く朝鮮本、朝鮮の典籍というものを独立して扱わずに、一括して漢籍の中に含みこんできてしまったという問題があります。日本に所在する朝鮮本を独立した一つのジャンルとしてはっきり認識するということは、対馬出身で通辞をつとめ、『韓語通』など多くの先駆的著作をもつ前間恭作の『古鮮冊譜』という、東洋文庫から出された彼の旧蔵書の自筆解題全三冊、ほぼこれに始まるといってよい。近年ようやく藤本幸夫さんの膨大な日本所在朝鮮本の総合書誌研究（『日本現存朝鮮本研究』集部・京都大学学術出版会）が出始めました。第一巻は一千ページになんなんとする大冊です。いかにたくさん日本に朝鮮本があるかということが、これを見ただけでもわかると思います。しかし、これには歴史的な経緯があって、近世から近代にかけてまとまって日本にもたらされた時期がいくつかあるわけですけれども、そのことを含めてテキストの問題を念頭に置く必要がある。

さらに遡っていえば、古代の仏教を考えるときに、日本へは百済から仏教がもたらされたことは誰もが知っていますけれども、教学の形成おいては、元暁を始めとする新羅仏教、この注疏によって奈良仏教の基礎が成り立っているということは、これも様々な点から明らかです。話は飛びますが、江戸の朱子学の初期は、李退渓を始めとする朝鮮朱子学に依拠する部分が多いということも従来指摘されているわけで、そういうことを含めて、テキストの問題を総合的に考えていく必要があると思います。

染谷さんも松本さんも、非常にグローバルな視点からお話をなさいましたけれども、特に、韓日の比較研究において、文献説話、いわゆる書承の問題と、それから口承文芸、これをやはり総合的にやっていく必要があるだろうと思います。どちらかに偏ったのでは、本質は見えてこないのではないかということですね。韓国では、韓国精神文化研究院、今は中央研究院ですか、『韓国口碑文学大系』という、午前中の小林純子さんと趙恩馤さんのご発表の中にも引用されていましたけれども、膨大な〈口碑文学大系〉が編纂されていて、口承文芸のテキストはほぼ揃っている。そこへ文字で書かれた文献説話をどう組み合わせて分析、考察していくかということが今後の大きな課題になるのではないかと思います。

ここから、私の報告に移りますが、金廣植さんが午前中の発表（編集部注＝金廣植（東京学芸大学研究員）「1920年代における孫晋泰「朝鮮民間説話の研究」の意義」）でも触れられたように、まさに今年はちょうど韓日の比較説話研究が緒に就いて百年目、一世紀にあたるということを確認しておきたい。その時期には、今申しました書承と口承の両面を相当重視した立場で研究が進められていました。にも拘わらず、それが分離していったのはなぜか、そのことがどういう影響をもたらしたのか、ということを少し考えてみたいと思います。

1、崔仁鶴『韓国昔話の研究』（弘文堂）の研究史の整理

次にあげる【資料A】は崔仁鶴氏が一九七六年に弘文堂から刊行した『韓国昔話の研究―その理論とタイプインデックス』の第一部・第一章の三節「韓国における昔話の研究史」の冒頭部です。

【資料A－1】崔仁鶴『韓国昔話の研究―その理論とタイプインデックス』（一九七六年、弘文堂）より

三　韓国における昔話の研究史

韓国における本格的な昔話研究は日本や中国に比べてやや遅れた感がある。日本では柳田の独創的な昔話研究の分野が開かれ進行されつつあるときに、一方では関敬吾によってフィンランド学派の昔話研究の実績を国内に普及し、かつ採集と整理の方面にもある程度水準を高めるようになった。

中国ではドイツ系の民族学者であるEBERHARDがやはり情熱的に昔話関係の文献や資料を蒐集し、分類を試み、比較研究に多大な功績をあげたことは周知のごとくである。韓国では一九二〇―三〇年代の一時期には昔話研究が軌道に乗るかのような気配もあるにはあったが、それも政治的・社会的に不幸な環境のため期待はずれにおわった。

一九五〇年以後国文学的説話研究の波にのって昔話の態様に目を向けはじめ、やっと六〇年代の後半から昔話研究が本格的に開始されたのである。しかし、このような遅れはあったものの、研究らしい研究が過去にまったくなかったとは言いきれない。少なくとも、最近の昔話研究に至るまでには、いく段階かのいきさつがあったわけである。そこで、昔話・神話・伝説が明確に区分されていなかった頃の研究も考慮するとすれば、韓国における昔話の研究史はおおよそ次の四期に分けられよう。

第一期（一九一〇―二六）啓蒙期
第二期（一九二七―三九）胎動期
第三期（一九四〇―五三）沈滞期
第四期（一九五四―現在）活動期

（※傍線引用者）

崔氏が日本に留学していたのは、一九七〇年代ですけれども、直接日本で指導を受けられたのは、学位論文の審査まで含めてほぼすべて柳田國男の直系のお弟子さんたちです。私も学生の頃、その先生方から「柳田（やなぎだ）先生」というふうに濁らないのだ、という注意を受けたりしましたが、崔氏はまず、茨城県勝田地方の昔話を集成します。これが韓国昔話研究の膨大なタイプインデックスを含めた研究の基礎になっていくのですが、その集大成である【資料A】では研究史の整理をやっておられます。見て頂くと判るとおり、第一期、第二期という部分は日本による植民地時代にあたりますが、その第一期のところにまず高木敏雄の「驢馬の耳」

と「日韓共通の民間説話」を挙げています。以下に第一期の記述を引用します。

【資料A－2】

第一期（啓蒙期）

この時期には韓国の学者による研究実績がまったく見当たらない。日本でもその頃は高木敏雄がいくつかの論文を『郷土研究』に発表し、注目はされたが、昔話と伝説の明確な区分もなく文献記録に基づく文学史的研究が中心であったので、採集も十分ではなかったのである。

たとえそうではあっても、高木の研究は比較民俗学の範囲にまで発展し、日韓昔話の比較も行なっている。その代表的論文をいくつかあげると左記のようになる。

「驢馬の耳」（『読売新聞』連載　一九一〇）十一月二六日号〜一一年一月一五日号連載

「日韓共通の民間説話」（『東亜之光』　一九一二）第七巻十一・十二号

「牛の神話伝説」（『日本及日本人』　一九一三）

「虎の神話伝説」（『読売新聞』　一九一四）

「人狼伝説の痕跡」（『郷土研究』　一九一四）

（※引用者注）右の五編とも遺稿集『日本神話伝説の研究』（一九二五年、岡書院、増補版一九七四年、平凡社・東洋文庫所収）

高木は韓国の『三国史記』、『三国遺事』、『慵斎叢話』、中国の『酉陽雑俎』などの文献資料から主に引用しており、高橋亨著『朝鮮の物語集』（一九一〇）からはわずかの調査資料を用いているに過ぎない。小論文に過ぎないが、松村武雄も「日韓類話」（一九一四）を発表している。いずれにせよ一九二六年までの韓国昔話研究はかような問題点をもちつつも、高木によって出発したのであり、その研究舞台は日本にあった、と指摘できる。このことは実に韓国の昔話研究とはいえず、日本の昔話研究に韓国の資料を用いたというのがより適切な表現であろう。それにしても高木らの研究が、当時日本留学中の史学徒・孫晋泰に大きな刺激を与えたのは確かである。孫の活動は次の時期になってはじまる。彼以外にも宋錫夏・鄭寅燮・任晳宰など韓国民俗学の開拓者らが、孫とともに活躍したことは確かであるが、それはまだこの時期にめだつほどのものではなく、次の期に現われてくる。そのような意味で、この第一期には韓国学者の活躍こそ見当らないが、次の段階の準備期間ともいうべき啓蒙の時期である、と理解されよう。

（※傍線引用者）

驢馬の耳

神話學に關する禿山人の論文が「帝國文學」に現はれはじめたのは、既に一昔の以前である。其既に現はれた論文と未だ發表せずに置いた論文とを一纏めにして、訂正し修補して一つの小冊子に組立て〻、「比較神話學」と云ふ變手古な名をくつ付けて博文館から出してから、もう早五年以上になる。出すときに禿山人はかう考へた。まことに不完全な變ちきりんな著述である。併し愧かしい事には明治の昭代すでに三十七年、神話學に關して未だ一個の著書もない日本の文獻學界に於ては、こんな蛭子見たやうなものを生むのも實に不得止次第である。不完全ながら著者の創見は聊ながら其中に並べて置いた。若し獨創と云ふことが、一個の著述の資格を判斷する標準の一つであるならば、禿山人の「比較神話學」も亦一個の著述としての存在の權利をもたねばならぬ。神話學と名のついた學問の定義、その由來、その學説の變遷發達、その研究の目的並に方法、それから日本神話の源泉徵證性質成分等に關しても一通りの話はして置いた。案內者としての山人の役目は、先づ愧かしながら大略濟んだものと見て差支はあるまい。若し日本に於て神話學の研究が發達すべき運命をもつてゐるならば、必ず跡を引受けて吳れる篤志の人が出るに相違ない。とかう考へて其時から沈默を守つた。

五年の歲月は永くは無いとしても決して短くはない。ポーツマス條約、日韓協約、日露協約、韓國併合、關稅改正、目の廻る程急がしい日本の現代史に於ては、五年の月日は一昔にも二昔にも相當する。たゞ神話學の研究の方面に於ては、過去の五年は殆んど皆無に近かつた。少くとも表面に現はれたものだけで云ふと、全くさう云はねばならぬ。「比較神話學」は其間に二版を重ね、三版を重ねた。たゞ夫れだけである、一個の著述も現れぬ、發表された論文も——山人の驢馬の耳に映じたところだけで云へば、如何にも罕であつた。偶々何か云ひ出す人があれば、唐拍子もない調子外れの人おどかし、丸で話にならぬやうなものばかりと、酷評かも知れぬが云ひたくなる。併しこれは神話學の方面ばかりではなく、之と關聯した古代史や、古文學古語研究の方面に於ても、其研究事業が文書並に口誦の傳承に依賴した範圍內に於ては、矢張り同じやうな現象を認ることができる。別に證據を擧ぐるまでもあるまい、黑板博士が其「國史の研究」の中に並べられた多くの問題が博士自身によりても、他の學者によりても、未だに殆ど何等の解決を見ることができぬので分つてゐる。要するに、山人の重なる味方として賴まねばならぬ日本の國史家、國學者、國語學者たちは、第二十世紀の今日に於て未だに德川時代の研究以外に新しい何物をも見出し兼ねてゐるやうに、山人の僻見であらうが思はれてならぬ。比較研究と云ふことが如何にも思はしくない。比較研究は固より材料に俟つところ多いのは云ふまでもないが、折角の材料も判斷と解釋とが拙ければ死んで了ふ。山人の驢馬の耳で見たところだけで云ふと、此材料を殺すと云ふことが、當節の流行の强盜殺人の影響ではあるまいが、どうしたものか頗る多いやうに思ふ。但しはまた、流行の無責任とか云ふものやら、何れにしても宜しくない。宜しくないことは何處へ持つて行つてもわるい。

425　426

【資料B-1】・高木敏雄「驢馬の耳」『日本神話伝説の研究』（岡書院、1925年、425～426頁）

2、高木敏雄の「驢馬の耳」「日韓共通の民間説話」からわかること

代表的論文の二つ目に挙げられた「日韓共通の民間説話」からちょうど一世紀になるわけですが、この研究の前に、日本人では、〈日韓併合〉以前から朝鮮の中等学校に勤務していた高橋亨が『朝鮮の物語集附俚諺』（一九一〇年）という本を出しており、彼は後に『李朝仏教』とか『韓国儒学大観』など様々な思想史研究をやった人物ですが、高木がその高橋亨の著作に刺激を受けたことは確かだろうと思います。

高木が最初にこの日韓説話の比較に注目するに至った経緯を述べたのが、崔氏が最初に挙げた【資料B－1】の「驢馬の耳」という、これは『読売新聞』に連載した比較説話の非常に優れたエッセイです。はじめにみえる「禿山人」は若い頃から頭髪が薄かったのに因む彼の雅号で、傍線（1）のところで言及する『比較神話学』（博文館、一九〇四年）が、彼の最初の著作です。

驢馬の耳の長々しい前置はこれ迄にして置いて、いよ〳〵驢馬の耳の話にかゝる。

五年間の沈默から起き上る驢馬の嘶は、五年の昔に溯らねばならぬ。驢馬の耳の話は卽ちそれである。帝國文學會第四回講演會の席上で、坪井博士の述べられた「朝鮮の神話」の中に次の一節がある。

次に植物に托して作つた話を申上ます。植物に關する神話はアフリカ邊に隨分澤山ある樣であるが、東洋には餘りありませぬ。玆に一つ新羅景文王(八六一――八七四)の代の話がある。此景文王は生れ付き大層耳の長い人で恰も驢馬の耳の樣であつた。其を王妃も女官方も一向知らぬ。唯王の爲に頭巾を拵へる所の職工が一人だけ此秘密を知つて居つた。此職人は知つては居ますけれども勿論王の秘密であるから、平生誰にも之を語りませぬ。所が此職人が死に掛つた時に道林寺と申す御寺に竹藪がある。其藪の中に參つて人の近邊に居らぬ時に竹に向つて「吾君の耳は驢馬の如し」と怒鳴つて遂に死んだ。其後風が吹いて竹が動きますると、其都度竹に聲があつて「吾君の耳は驢馬の如し」と聞える。王甚だ面白くないので此竹藪を切つて仕舞つた。其代りに山茱萸と云ふ木を植ゑさしました。所が風が吹くと矢張り山茱萸に聲がありまして「吾君の耳長し」と聞えた。此山茱萸の林はどうなつたか分りませぬが、詰り竹と山茱萸とが斯ういふ奇怪な聲を出したと云ふことであります。

此說話は博士によりて始めて日本に紹介されたとすれば、比較說話學は玆に新に一個の材料を得た譯である。而も山人の耳から見ると、此材料は千金の價値ある非常に珍奇な材料である。比較說話學は此材料の供給者としての博士に對して多大の感謝を捧ぐべきであると思ふ。ところが博士は單に此材料を供給されたばかりでなく、此材料を說明されてゐる。此說明が山人の驢馬の耳にはどうしても理解しかねる。比較說話學は一方に於て博士に對して多大の感謝を捧ぐると共に、他方に於て少しく苦情を持込みたいのである。若し萬が一にも說明者の千慮の一失が、驢馬の嘶の正當な原因であつた、といふやうなことにでもなると實に嘶き榮えと云ふ者である。南無アポロのおも神乞ひ願はくば判じ給へ。

博士は何と云ふ書から此說話を得られたか知らぬけれど、比較說話學者の眼から見ると、此說話は純粹の說話

428

【資料 B-2】・高木敏雄「驢馬の耳」『日本神話伝説の研究』(岡書院、1925 年、427 ~ 428 頁)

二十代の終わりに東京帝大のドイツ文学科を卒業して間もない彼が、十九世紀のイギリスをはじめとする、西欧の人類学や神話学に学びながらまとめたものです。ところが、五年経っても、後に続くものが出ないというのを前置きにしまして、【資料B-2】を見ていただきたいのですが、最初の方に傍線を引きましたけれども、ちょうど帝国文学会の第四回講演会の席上で、史学者の坪井久馬三が「朝鮮の神話」という講演を行ったという。これは『帝国文学』一一巻一号(一九〇五年一月)に掲載されましたが(同じ号に漱石の「倫敦塔」も本名の金之助で載っている)、その一節を引用して、「非常に資料的に不備である」という不満を述べています。これがもう一つの契機になったようです。

次に【資料C-1】ですが、これが「日韓共通の民間説話」です。長い論文で三十ページを超えますが(『日本神話伝説の研究』の三八九~四二二頁)、傍線の(2)

日韓共通の民間説話

茲に民間説話と云つたのは狭義に於ての「フォルク。ロール」の義で、民間傳説と民間童話とを一括した概念の積りである。民間説話卽ち「フォルクスザーゲ」と民間童話卽ち「フォルクスメールヒン」とは、其内容に於ても其形式に於ても判然たる區別が有つて、學問上の議論に於ては兩者を區別して論ずるのが正當であるけれども、實際に於ては（と云ふのは、文献に現はれてゐる形に於て、又は口碑に傳つてゐる形に於て、換言すれば實際の傳承に於ては）、兩者は決して必しも常に純然たる形式と內容を示すものではなく、多くの場合に於て或程度まで混合してゐるのが普通である。從て各個の説話に就て、直ちに其を何れかの條下に配當することは、甚だ困難である場合が多い。世界の民俗學者は、今日まで兩者の區別を立てるに大に困難を感じてゐるばかりでなく、其分類に於ても屢々不適當なやり方をしてゐる。此困難は實際の場合に事に當つた者でなければ、十分に想像することはできない。自分は幾度も實際の場合に此困難を感じた經驗を有してゐるので、此點に於て學者に同情を表することができる。今茲に論ぜんと欲する日韓共通の民間説話の中には、深く研究をして見た上でなければ、傳説と見てよいか童話と見てよいか、判然しないものも有るかも知れないと思ふから、假りに民間説話の名目を立てゝ置く。

（2）此小篇を草するに至つた最近の動機は、「東亞之光」第七巻第七號に掲げられた、先輩鳥居龍藏氏の貴重なる論文「日韓に分布する三輪山的傳説に就て」である。此論文中の説明考證や結尾の推論などは、自分も兼て多少考へてゐたことも有つたので、別に左程耳新しいことゝも思はないけれども、材料によつて此推論に力を添へられたところが嬉しいと思ふ。其から引用された材料の中で、「古事記」、「日本紀」、「風土記」、「平家物語」などに見えるのは、世間で知つてゐる人も多いのであらうけれども、沖繩群島の宮古島の漲水御嶽辨才天女首里天加那志美神の傳説や、朝鮮咸鏡北道の傳説などは、餘り世間で知つてゐる者は無からうから、此面白い材料を面白く紹介されたのは時節柄非常に有難いと思ふ。特に自分は此頃少しく朝鮮の傳説童話を研究して見たいと思つてゐた矢先であつたので、尙更深い興味を以て鳥居氏の論文を讀んだ。其處で自分も鳥居氏の眞似をして、三輪山式傳説以外の材料に由つて少しばかり似たやうなことを云つて見ようと思ふ。

389　390

【資料 C-1】・高木敏雄「日韓共通の民間説話」『日本神話伝説の研究』（岡書院、1925 年、389 ～ 390 頁）

のところに、これは文化人類学の鳥居龍蔵が『東亜之光』という、井上哲次郎が会長をつとめる東亜協会の機関誌ですが、そこに書いた「日韓に分布する三輪山的伝説に就いて」という論文で、朝鮮における類話、あるいは琉球における類話を紹介していて示唆を得たんですね。ここからどうやら彼は日韓の説話の比較研究を手掛ける気になったようです。

続いて【資料C－2】の終わりの方を見ていただきたいのですが、傍線（3）のところです。東京朝日新聞が読者から伝説や昔話を募集した際に、彼は二百数十篇を分類整理して『日本伝説集』（一九一三年、郷土研究社）という本を出しております。自ら採集するというよりも、新聞から読者に呼びかけて、南方熊楠等もこれに応じて二篇掲載されているのですが、こういう当時の昔話、伝説等を集めた本を編纂する一方で、朝鮮との比較ということを、さきほど金さんもおっしゃいましたが、「日韓」

朝鮮の文献傳承は、鳥居氏の紹介された二個の外に尚一個の頗興味ある傳説を持つてゐる。此傳説は「三國遺事」卷二後百濟の甄萱の傳に見えてゐるが、矢張英雄の出生に關する傳説である。

三國史本傳云。甄萱尙州加恩縣也。咸通八年丁亥生。本姓李。後以レ甄爲レ氏。父阿慈个。以レ農自活。光啓中據二沙弗城一。自稱二將軍一。有二四子一。皆知二名於世一。萱號傑出。多二智略一。李碑家記云。眞興大王妃思刀謚曰二白䭾夫人一。珍第三子仇論公之子波珍干善品之子角干酌珍妻王咬巴里生二角干元善一。是爲二阿慈个一也。慈之弟妻上院夫人。第二妻南院夫人。生二五子一女一。其長子是尙父萱。二子將軍能哀。三子將軍龍蓋。四子寶蓋。五子將軍小蓋。一女大主刀金。又古記云。昔有二一富人一。居二光州北村一。有二一女子一。姿容端正。謂レ父曰。毎有二一紫衣男一。到レ寢交婚。父謂曰。汝以二長絲一貫レ針刺二其衣一。從レ之。至レ明尋二絲於北墻下一。針刺二於大蚯蚓之腰一。後因姙。生二一男一。年十五。自稱二甄萱一。至二景福元年壬子一稱レ王。立二都於完山郡一。理四十三年。以二淸泰元年甲午一。萱之三子簒逆。萱投二太祖一。子金剛卽レ位。天福元年丙申。與二高麗兵一會二戰於一善郡一。百濟敗績。國亡云。初萱生孺褓時。父耕二于時一。母餉レ之。以レ兒置二于林下一。虎來乳レ之。鄕黨聞者異焉。及レ壯體貌雄奇。志氣倜不レ凡。

396

此兒は迫害を受けないが、「虎來乳レ之」の一句は英雄傳説の特徴として面白いと思ふ。其から一方の相手が大蚯蚓であるのは他の傳説に比して注意すべき點である。

尙日本民間に於ける三輪山式傳説に關して、自分の此まで聞いた一二の例を擧げると、先づ朝鮮と關係の深い出雲の或地方では、

昔或ところに長者があつた。その長者の一人娘が、夜毎夜毎に忍び來る美しい男の熱情に、少からず惱まされてゐたが、娘氣の愧しさ、誰にも打明けることができなくて、過して行くうちに、顏の色日に增し衰へて唯ならぬ樣子を見て取つた乳母は、驚くこと限りなく、如何なる故のありてか知らねども、御心のうち、つゝみかくさず打明けたまへ、必ず惡くは取計ふまじ、必ず〳〵御心おきなく物語られよ、となだめすかしたので、娘も思案に餘つてゐた折柄とて、淋しい顏に紅葉して實は妾に一人の男があつて、夜毎夜毎に訪ねきて、今は割りなき仲と成つてはゐれど、其身元も、家柄もついぞ明したことが無いので、どうしたものかと案じ暮してゐるぞいの、と包みかくさず打明けた話を聞いて乳母はハッと打騷ぐ胸をおしとゞめて、それならば必ず御案じ遊ばしますな、よい謀計が御座ります、今宵其男の訪ねて來たら針に絲を通して縫ひつけなされませ、夜明けて絲をしるべに男の在家を索め出し、父上へよくお話申上げ、末は立派に添遂げさせて進ぜまする、と敎へて置いた。其夜娘は乳母の言葉通りにして、夜明けてから絲を便りに四五町許尋ねて行くと、穴があつて、其穴の中にうめく聲が聞える。近寄つて見ると、蛇の横腹に針が刺さつてゐた。娘は間もなく懷胎して、月滿ちて產んだ兒を見ると、こはそもいかに、大盥に蛇の子が幾十疋も有つたと云ふ。

次に群馬縣布施住關篁坪氏から、(3)東京朝日新聞社の傳説募集に應じて寄せられた一篇を紹介する。

397

【資料 C-2】・高木敏雄「日韓共通の民間説話」『日本神話伝説の研究』（岡書院、1925 年、396 ～ 398 頁）

という言葉を使って、比較研究を企てたのは注目に値する。

ただ一方で、【資料C－4】の傍線（4）ですが、十五世紀中期の文人成俔の『慵斎叢話』、これは漢文で民間説話を筆録したもので全二巻です。あるいは【資料C－5】の中段に出てくる唐の段成式の『酉陽雑俎』ですね、こういう文献を使いつつ、一方で【資料C－5】の最後の五行目に二重傍線を引きましたが、「日露戦争のおかげで日本帝国の勢力が加わって文献的に大いに便宜が得られるようになった」という言葉を一方で記しながら、【資料C－3】の二重線を引いたところでは、明確に「人種学上のある問題の解決に対しては、必ずしも常に有力な材料とは成らない」と言い切っている。

一九〇〇年代から久米邦武あたりが言い出したいわゆる日鮮同祖論ですが、一九一〇年代に入って喜田貞吉も提唱します。言語学の金沢庄三郎が有名な『日鮮同祖論』を書くのは、二十年代に入ってから

三輪山式傳説の話が少し長く成り過ぎたから、此位にして置いて、此傳説以外に於て日韓共通の民間說話を調べて見ると、自分の知つてゐる限りでも共數は餘り少くない。其中で特に面白いと思はれるのを擧げると、羽衣說話、瘤取りの話、松山鏡、後世の舌切雀の本源と見られてゐる腰折雀の話などで、其外にも此に劣らぬ面白いものが澤山あるやうである。併し日韓共通の民間說話の存在は、兩民族間の文明史的關係の密接であつたことの證據には勿論成るけれども、人種學上の或問題の解決に對しては、必ずしも常に有力な材料とは成らない。多くの場合に於て、全く何等の傍證にも成らないことがある。例へば「三國史記」巻四十一列傳第一金庾信上の條に、新羅の使者春秋と高勾麗王の寵臣道解と酒を飲んで話をすることが書いてあるが、其中に次の一節がある。

酒酣戲語曰。予亦嘗聞龜兎之說乎。昔東海龍女病心。醫曰。得兎肝合藥則可療也。然海中無兎。不奈之何。有一龜。白龍王言。吾能得之。遂登陸見兎曰。海中有一島。淸泉白石茂林佳果。寒暑不能到。鷹隼不能侵。爾若得至。可以安居無患。因負兎背上。游行二三里許。龜顧謂兎曰。今龍女被病。須兎肝爲藥。故不憚勞。負爾來耳。兎曰。噫。吾神明之後。能出五臟洗而納之。日者小覺心煩。遂出肝心洗之。暫置巖石之底。聞爾甘言徑來。肝尚在彼。何不廻歸取肝、則得所求。吾雖無肝尚活。豈不兩相宜哉。龜信之而還。纔上岸。兎入草中。謂龜曰。愚哉汝也。豈有無肝而生者乎。龜憫默而退。春秋聞其言喩其意。

此話は日本では「今昔物語」以來人口に膾炙してゐるけれど、佛典から出たのであるから日韓說話とは云はれぬ。

401

【資料C-3】・高木敏雄「日韓共通の民間説話」『日本神話伝説の研究』（岡書院、1925年、400～401頁）

なので、ここで想定しているのは久米邦武、喜田貞吉らの言説だろうと思われますけれども、こうした立場には与《くみ》しないという、かなり明確な問題意識があって「日韓」というタイトルが使われているということは、この段階においては、相当先見的であると言ってよいと思います。さらにいえば口承と書承ということを彼は書いてはいない。考えてはいましたが、主にやはり文献学の立場からやった、ということですね。

3、高木敏雄と南方熊楠

その高木のプロフィールと仕事については『柳田國男事典』（一九九八年、勉誠出版）と『南方熊楠大事典』（二〇一二年、勉誠出版）の両方に非常に行き届いた解説があるので参照していただきたいのですが、高木がこの時期、一方で柳田や南方と盛んに手紙をやりとりして、柳田とは『郷土研究』という民俗学の最初の雑誌も出していました。南方からは書簡を通して多大な教示を以上擧げた數個の朝鮮童話と日本民間の口誦傳承の童話を比較して見ると、全く同一の根源から來たものとしか思はぬ位、よく似よつてゐる。別に確實な徵證が無い以上は輕卒の判斷は愼まねば成らぬけれども、朝鮮の方が本源地で、朝鮮から日本へ傳つたのではあるまいかと思はれる。但し其本源地の本源地は何處であるか判然しない。右の外に、姑を毒殺せんと考へた嫁が醫者の頓智で改心した話や、田舎者を騙さうとして反對に恥を掻いた都の男の話なども、共通な例である。德川時代の文獻に見えてゐる鼠の嫁入の話は、朝鮮では土龍の嫁入となつてゐるけれども、其本源は誰も知つてゐる通り佛典にある。

民間童話は非常に傳播性の强いもので、同時に隨分變化し易いものであるから少し位似てゐるか、異つてゐる位のことは餘り問題に成らぬ。前に擧げた「慵齊叢話」(4)の中に、昔有二青州人竹林胡東京鬼三人一。共買二一馬一。青人性黠。先買二腰脊一。胡買二其首一。鬼買二其尾一。青人議曰。買レ腰者當レ騎レ之。嘗馳突任二其所一レ之。胡供二芻秣一而擧二其首一。鬼執レ帳掃レ矢而後行。兩人不レ堪二其苦一。相謂曰。自レ今以後。能遊二高遠一者當レ騎。胡曰。我嘗到二天上一。鬼曰。我到二爾所一レ到天上天一。青人曰。汝手所レ觸。無二乃有一レ物乎。無三乃有二髏而長者一乎。鬼曰。是矣。青人曰。彼髏而長者是吾脚。汝們二吾脚一。必在二吾下一。二人莫レ對。長爲二青人僕從一。云々は、隨分人を馬鹿にした話であるが、三人の中で最後に物を言ふ者が、最後の勝利を占めると云ふ點に於て、眞理を含んでゐる。稍似た話が「ジヤータカ」にあるが「十誦律」には次のやうに成つてゐる。

409

【資料 C-4】・高木敏雄「日韓共通の民間説話」『日本神話伝説の研究』（岡書院、1925 年、409 頁）

得ています。高木と南方との往復書簡は、熊楠書簡が八十六通、高木書簡は二十一通現存しており、手紙の大半は、高木の質問に答えた説話資料の紹介であると『南方熊楠大事典』にある通りです。つまり百通以上もの手紙が残っているのですが、ここにその内の二通を引用します。

高木敏雄から南方熊楠へ　［高5］

○一九一二年三月十七日（封書）

小生は目下『朝鮮童話集』の著述中にて、同時に童話学の著述も準備出来上り、近日中より執筆の筈に御座候。先に申上候日本童話の材料は可なり有之候に付、四月下旬より『読売新聞』に連載の筈に相成居候。　↓〔参考〕

高木敏雄から南方熊楠へ

○一九一三年四月十八日（封書）［高12］

拝啓　博物館の事、多忙にて小生自

朝鮮と日本の民間説話の共通と云ふことを、自分がはじめて考へるに至つた動機は、「酉陽雜俎」の續集のはじめに見える一個の童話であつた。支諾皐上の部に、新羅國。有二第一貴族金哥一。其遠祖旁㐌。有二弟一人一。甚有二家財一。其兄旁㐌。因分レ居。乞二衣食一。國人有レ與二其隙地一畝一。乃求二蠶穀種於弟一。弟蒸而與レ之。㐌不レ知也。至二蠶時一。有二一蠶生一焉。日長寸餘。居旬大如レ牛。食二數樹葉一不レ足。其弟知レ之、伺レ間殺二其蠶一。經レ日。四方百里内蠶飛集二其家一。國人謂二之巨蠶一。意其蠶之王也。四隣共繰レ之不レ供。穀唯一莖植焉。其穗長尺餘。旁㐌常守レ之。忽爲レ鳥所二折銜去一。旁㐌逐レ之。上レ山。五六里。鳥入二一石罅一。日沒徑黑。旁㐌因止二石側一。至二夜半月明一。見二群小兒赤衣共戲一。一小兒云。爾要二何物一。一曰要レ酒。小兒露二一金錐子一。擊レ石。酒及樽悉具。一曰要レ食。又擊レ之。

此説話の「金錐」が、桃太郎の打出小槌であることは云ふまでもないが、如意寶の一條を別にして見ると、此説話は福富式説話に屬する純粹の民間童話であつて、「宇治拾遺物語」のはじめの瘤取りの話とよく似てゐる。第一、山中で鬼に遇ふと云ふことが似てゐる、第二、鬼が集つて酒宴を開くと云ふことが似てゐる、第三、兩人が同一視せられると云ふ事が似てゐる、第四、其一人が顏面に罰を受けると云ふことが似てゐる。日本説話の慾深爺は、新たに瘤を得て世人の笑を招き、新羅の兄は鼻を拔かれて國人の嘲を受けた。「群小兒」は日耳曼民族の全體に通ずる民間信仰中に見える鍛鍊術に妙を得てゐる矮小地靈「エルフ」と同一性質のものらしいことは、「夜半

416

月明」に乘じて「飲食嬉戲」するので想像される。段成式は何處で此話を聞き得たか知らないけれど、「酉陽雜俎」の性質から推定して行くと、説話の發端の「新羅國有二第一貴族金哥一。其遠祖云々」の句は、全く此話の本源地を暗示するものと見て差支はあるまい。換言すれば、宇治大納言の瘤取の話と段成式の金錐の話とは同一の性質を有し、同一の形式に屬し、同一の起源を有してゐる。其傳播の徑路は、徵證不完全で明確に證明することは困難であるけれども、强て想像すれば「酉陽雜俎」が暗示してゐるやうに、朝鮮半島方面から一方は支那大陸へ傳り、一方は海を渡つて日本へ傳つたのかも知れない。福富式説話としては、世界共有の性質を具へてゐるのであつて、瘤を取り取られると云ふ一條は、世界童話文學界の他の方面では時々佝僂などに變化してゐるやうである。

瘤取説話は日韓説話である。其直接の本源地は朝鮮半島である。自分は久しい間此假定説を以て滿足せざるを得なかつたのであるが、日露戰爭の御蔭で日本帝國勢力加はり、東亞大陸の文獻學的研究に於ける便宜大なるを得るに至りたる結果として、朝鮮民間説話界に於て二個の瘤取説話を發見することができた。其一つは稍完全なもので、鬼の酒宴のことゝ老翁の舞踏のことを缺いて、單に日頃正直な老翁が山中にて暗の夜に或物に瘤を取られ、隣の老翁が後に其瘤を貰ふと云ふだけに過ぎないけれど、第二の例は微細な點までも全く「宇治拾遺」の話と一致してゐる。「朝鮮物語集」に收められたのが卽ちそれで、其筋書は次の通りである。

417

【資料 C-5】・高木敏雄「日韓共通の民間説話」『日本神話伝説の研究』（岡書院、1925 年、416 ～ 418 頁）

身出懸無之候に付、郵便を以て問合せ致申候。若し不得要領節は二、三日中に必ず出懸け、詳細取調の上、御通知可申候間、左様御承知致下度願上候。

扨小生の質問に対し、極て御懇切なる御示教被下、且又態々遠方より御蔵書御取寄被下候由、誠に難有存上候。実は小生事昨年一月一日以後『読売新聞』の児童読物欄を引受け、世界各地の動物譬喩譚を蒐集し翻訳して掲載し三百回程になり、愈々蒐集に困難を感ずるやうになり申候に付き一先切上げ、本日下旬より日本童話を掲載仕候計画に致し候。

尤も第一の事業としては、明治以前の文書に現はれたる童話（Märchen）の中にて児童に適する物を撰び、順次に発表致し、其傍に自分の事業としては凡ての童話を蒐集し、一々の童話に就きて其出所由来性質等を学問的に研究し、他日日本童話文学史を大成した

珍妙 御伽百面相（秘讀專）

（百四十七）

高木敏雄

小豆《あづき》のお粥《かゆ》

昔《むか》むかし、嫁《よめ》さんと姑《しうと》さんと有《あ》りました。毎日毎日《まいにちまいにち》、何《なに》か云《い》ひ合《あ》つては、喧嘩《けんくわ》をしてゐました。お互《たが》ひに嘘《うそ》をつくのが上手《じやうず》で、悪口《わるくち》を利《き》くのを仕事《しごと》のやうに思《おも》つてゐました。

嫁《よめ》さんが小豆《あづき》の御粥《おかゆ》を煮《に》てゐました。姑《しうと》さんは傍《わき》から其《それ》を見《み》てゐました。すると、嫁《よめ》さんが何《なに》か思出《おもひだ》して、手桶《ておけ》を提《さ》げて、裏《うら》の井戸《ゐど》へ水《みづ》を汲《く》みに出《で》て行《ゆ》きました。姑《しうと》さんが其時《そのとき》に、お粥鍋《かゆなべ》の蓋《ふた》を取《と》つて見《み》ますと、最《も》う小豆《あづき》が煮《に》えて、食《た》べられるやうに成《な》つてゐましたので、嫁《よめ》さんが水《みづ》を汲《く》んで歸《かへ》つて來《こ》ない中《うち》に、一杯《いつぱい》でも餘計《よけい》に食《た》べて置《お》けば、食《た》べただけは食《く》べ徳《どく》だと思《おも》つて、急《いそ》いで茶碗《ちやわん》を持《も》つて來《き》て、鍋《なべ》の小豆《あづき》の御粥《みかゆ》を盛《も》りました。そして急《いそ》いで食《た》べやうとして見《み》ますと、熱《あつ》くて、熱《あつ》くて食《た》べられません。早《はや》く冷《さ》めるやうにと、フーツ、フーツ、と吹《ふ》いて居《を》りますと、嫁《よめ》さんの戻《もど》つて來《く》る足音《あしおと》が聞《きこ》えました。

サア、大變《たいへん》だ。口《くち》の悪《わる》い嫁《よめ》さんに見《み》られやうものなら、また何《なん》と悪口《わるくち》を利《き》かれるかも知《し》れない。悪口《わるくち》を利《き》かれる位《くらゐ》なら、我慢《がまん》をしても可《い》いけれど、悪口《わるくち》を利《き》かれた上《うへ》に、大事《だいじ》の御粥《おかゆ》を食損《たべそこな》ふやうな事《こと》にでも成《な》つたら大變《たいへん》だ。早《はや》く、何處《どこ》へか逃《に》げて隠《かく》れなくてはならない、と姑《しうと》さんが種々《いろいろ》考《かんが》へましたけれども、何處《どこ》にも隠《かく》れるところが有《あ》りません。ハテ、困《こま》つた、どうしたら可《い》いだらう、とまごまごしてゐると、嫁《よめ》さんが最《も》う其處《そこ》へ來《き》ましたので、姑《しうと》さんは吃驚《びつくり》して、御粥《おかゆ》の椀《わん》を抱《かか》へて、奥《おく》へ逃込《にげこ》んで、便所《はばかり》の中《なか》に隠《かく》れました。

其處《そこ》へ嫁《よめ》さんが水《みづ》を吊《つる》して、戻《もど》つて來《き》ました。來《き》て見《み》ると、姑《しうと》さんの影《かげ》が見《み》えません。鍋《なべ》の蓋《ふた》を取《と》つて見《み》ると、小豆《あづき》が最《も》う煮《に》えてゐます。そこで嫁《よめ》さんは、姑《しうと》さんの居《ゐ》ない中《うち》に、一杯《いつぱい》でも餘計《よけい》に食《た》べて置《お》かう、と思《おも》つて、急《いそ》いで茶碗《ちやわん》を持《も》つて來《き》て、小豆《あづき》の御粥《おかゆ》を盛《も》りました。そして急《いそ》いで食《た》べやうとして見《み》ると、熱《あつ》くて、熱《あつ》くて食《た》べられません。愚図々々《ぐづぐづ》してゐる中《うち》に、姑《しうと》さんにでも出《で》て來《こ》られやうものなら、それこそ大變《たいへん》だ。早《はや》く何處《どこ》へか隠《かく》れなくては成《な》らない、と思《おも》ひましたけれども、好《い》い隠《かく》れ場所《ばしよ》が有《あ》りませんので、矢張《やはり》また便所《はばかり》の方《はう》へ參《まゐ》りました。

姑《しうと》さんは、嫁《よめ》さんの來《く》る足音《あしおと》を聞《き》いて、大層《たいそう》困《こま》りましたけれども、最《も》う逃《に》げる所《ところ》が有《あ》りませんので、御粥《おかゆ》の椀《わん》を頭《あたま》に載《の》せて、知《し》らぬ顔《かほ》をして、蹲踞《しやが》んでゐました。

嫁《よめ》さんは飛《と》んで來《き》て、便所《はばかり》の戸《と》を開《あ》けて見《み》ると、姑《しうと》さんが蹲踞《しやが》んでゐましたので、面喰《めんくら》つて了《しま》つて、手《て》に持《も》つてゐた椀《わん》を差出《さしだ》して、「お母《かあ》さん、御粥《おかゆ》を一杯召上《めしあが》りませんか。」と申《まを》しました。

姑《しうと》さんは嫌《いや》な顔《かほ》をして、「アヽ、御免《ごめん》だ、御免《ごめん》だ、そんな熱《あつ》いものは、見《み》たばかりでも最《も》う小豆《あづき》のやうな汗《あせ》が流《なが》れます。」と云《い》ひました。（朝鮮民間傳承）

高木敏雄『読売新聞』連載・147回「小豆のお粥」（1913年8月17日）

き希望に御座候。（※傍線引用者。出典はいずれも、飯倉照平編「南方熊楠 高木敏雄往復書簡」、『熊楠研究』第五号、二〇〇三年、による）

三月十七付の手紙では「小生は目下『朝鮮童話集』の著述中にて同時に童話学の著述も準備出来上がり」と記していますす。この『朝鮮童話集』は結局刊行されなかったようですが、最近の調査によって『新日本教育昔話』（敬文館、一九一七年）という表題で出版された児童向けの著作が、五十二編の朝鮮説話からなることが判明しました（金廣植・李市埈「高木敏雄の朝鮮民間伝承「朝鮮童話集」考察」、『日本研究』五五号、二〇一三年、韓国外国語大学校日本研究所）。朝鮮説話集をこうした書名で出版した理由は明らかではありませんが、植民地統治に関係することは確かでしょう。これも金廣植さんのお仕事で、全部彼におんぶに抱っこなんですけれども、金さんが『読売新聞』のバックナンバーのマイクロフィルムをチェックしまして、六年に及ぶ高木の『読売』への連載記事の中から、朝鮮に関するものをピックアップした一覧が左頁の［参考］表です。

この新聞連載と『新日本教育昔話』とは内容の重なるものが少なくないことから、おそらくこういうものをベースにして高木は『朝鮮童話集』を構想していたのだろうと思います。そのうちの一つを紹介いたしますが（右頁）、ただここで注目したいのは、おしまいのところに「（朝鮮民間伝承）」とあるところです（四角で囲んだ部分）。出典表示を左の［参考］表で見ていただくと、はじめは「朝鮮民間伝承」がずっと続いていって、91・92「馬の耳」のところに「三国遺事」が出てきます。その次が「朝鮮」となるわけですね。その後「朝鮮」が三つ続いて、次が成俔の「慵斎叢話」です。出典が「朝鮮」となるのは、余白がなくて「朝鮮」の二文字しか入らない場合もあるのですが、余白があっても「朝鮮民間伝承」ではなくて「朝鮮」となったものもあり、理由はまだはっきりわかりません。その辺はかなりアットランダムにやっていたよう

掲載日	タイトル	出典表示
1913 年 2 月 4-5 日	2-3 亀は萬年	（朝鮮民間伝承）
1913 年 2 月 7 日	4 孫作の親爺	（朝鮮民間伝承）
1913 年 2 月 9、11、13 日	5-7 仙人岳	（朝鮮民間伝承）
1913 年 2 月 23 日	14 借金取	（朝鮮民間伝承）
1913 年 2 月 25 日	15 隠居と和尚	（朝鮮民間伝承）
1913 年 3 月 2 日	21 三人馬鹿	（朝鮮民間伝承）
1913 年 3 月 4-8 日	22-26 欲張長者	（朝鮮民間伝承）
1913 年 3 月 9 日	27 牛に成つた放蕩息子	（朝鮮民間伝承）
1913 年 3 月 14-5 日	31-32 嘘話	（朝鮮民間伝承）
1913 年 3 月 16 日	33 寒中の筍	（朝鮮民間伝承）
1913 年 3 月 25 日	39 困つたお嫁さん	（朝鮮民間伝承）
1913 年 4 月 22 日	60 子供の智慧	（朝鮮民間伝承）
1913 年 4 月 23 日	61 強盗と番頭	（朝鮮民間伝承）
1913 年 4 月 24 日	62 虎と喇叭手	（朝鮮民間伝承）
1913 年 5 月 16 日	80 明日は何時	（朝鮮民間伝承）
1913 年 6 月 1、3 日	91-92 馬の耳	（三国遺事）
1913 年 6 月 12-13 日	97-98 馬買	（朝鮮）
1913 年 6 月 19-22、24 日	101-105 愚津政の風呂番	（朝鮮）
1913 年 7 月 1 日	110 山火事	（朝鮮）
1913 年 7 月 2-4 日	111-113 御祈禱騒ぎ	（朝鮮）
1913 年 7 月 8 日	116 家鶏の勘定	（慵斎叢話）
1913 年 7 月 29 日	131 龍宮見物	（朝鮮）
1913 年 8 月 3 日	135 成金術	（朝鮮民間伝承）
1913 年 8 月 8-9 日	139-140 田鼠の嫁入	（朝鮮民間伝承）
1913 年 8 月 15 日	145 鶏の御馳走	（朝鮮民間伝承）
1913 年 8 月 17 日	147 小豆のお粥	（朝鮮民間伝承）
1913 年 9 月 2 日	158 牡馬の子	（朝鮮民間伝承）
1913 年 9 月 6 日	162 嘘八百圓	（朝鮮民間伝承）
1913 年 12 月 23 日	246 家泥棒	（朝鮮）
1914 年 1 月 1 日	252 虎と狐	（朝鮮）
1914 年 1 月 23-25 日	269-271 石地蔵の噴嚔	（朝鮮）

〔参考〕金廣植氏調査　高木敏雄『読売新聞』連載

高木は 1911 年 1 月 5 日から 1916 年 12 月 28 日まで約六年間、読売新聞に民間説話を連載した。1911 年 1 月 5 日から 1912 年 4 月 7 日までは「新伊蘇普物語」、「続新伊蘇普物語」、「又新伊蘇普物語」を相次いで連載している。読者の反響があり、続編が連載されたことが分かる。

1912 年 8 月 1 日から 1913 年 1 月 31 日までは「家庭童話　新版御伽草子」を連載し、1913 年 2 月 2 日から 1914 年 4 月 2 日までは「世界童話　珍妙御伽百面相」という表題で出典を明記して連載した。1914 年 4 月 3 日から 1916 年 12 月 28 日までは「世界童話　婦人付録」という表題で長期間連載したが、出典は明記されていない。「朝鮮」の話と明記されているものは 31 話に上る。高木は「朝鮮民間伝承」などと文末に明記し、1913 年 2 月 4 日から 1914 年 1 月 25 日まで、延べ 50 回（31 話）を連載しており、朝鮮童話に大きな関心を寄せていたことが確認できる。下記の 31 話だけをまとめても一冊の説話集になる分量である。

ですが、これが何に基づいているのかということの調べはまだついておりません。高橋亨の本ともすぐに結びつくわけではなく、中には宣教師エンスホフなど欧米人の名前も散見するので、金廣植さんがもっと深く調べておられますが、あるいは一九〇〇年代初めにキリスト教の宣教師等が、欧米に韓国のことを紹介するためにつくった欧文の童話、昔話集等に依拠している可能性が高いのではないかと思われます。

ここまで駆け足で申しましたけれども、高木は一九〇〇年代の初め、一〇年代から二〇年代の初めにかけて、特に南方と盛んに手紙のやりとりを行ない、日韓の比較説話ということも射程に入れて、一方でヨーロッパの神話学、人類学、当時はエスノロジーとしての民族学ですが、そういうものをにらみながら、かなり視野の広い立場で考えていたわけです。

4、孫晋泰『朝鮮民譚集』と柳田國男

それをおそらく一番きちんと受け止めたのが、孫晋泰であろうということ。これは説話文学会のシンポジウムでも以前、「孫晋泰と柳田国男—説話の比較研究の方法をめぐって—」(二〇〇九年一〇月。『説話文学研究』四五号掲載)と題して報告したことがありますし、また金廣植さんの今日のご発表とも重なりますので繰り返しませんが、これだけご覧いただいておしまいにします。孫晋泰『朝鮮民譚集』(郷土研究社、一九三〇年)掲載の附録引用書のうち、日本刊行書のリストです。

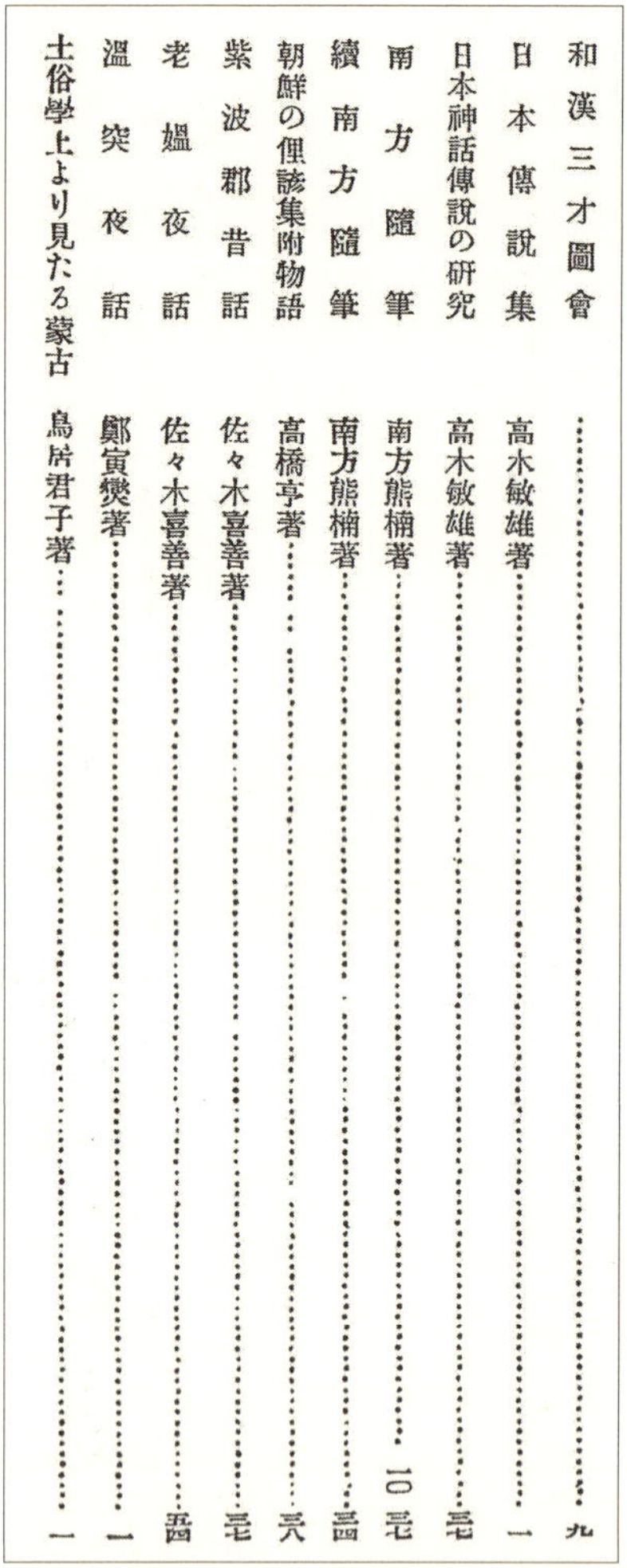

和漢三才圖會		九
日本傳說集	高木敏雄著	一
日本神話傳説の研究	高木敏雄著	卅七
南方隨筆	南方熊楠著	一〇卅七
續南方隨筆	南方熊楠著	卅四
朝鮮の俚諺集附物語	高橋亨著	卅八
紫波郡昔話	佐々木喜善著	卅七
老媼夜話	佐々木喜善著	卅四
溫突夜話	鄭寅燮著	一
土俗學上より見たる蒙古	鳥居君子著	一

孫晋泰『朝鮮民譚集』(郷土研究社、1930年。勉誠出版復刊、2009年)掲載の附録引用書のうち日本刊行書のリスト

ここには高木敏雄の本を二つを挙げています。先ほども申し上げましたが『東京朝日新聞』で読者から募集した昔話をまとめた『日本伝説集』と、彼の遺稿集になった「日韓共通の民間

説話」「驢馬の耳」も載っている『日本神話伝説の研究』、この二冊です。そのあとに『南方随筆』『続南方随筆』が続きます。そして高橋亨の書名は物語と俚諺が入れ換わって『朝鮮の俚諺 附物語』となっていますが、初版では『朝鮮の物語 附俚諺』です。あと『聴耳草紙』や『遠野物語』の佐々木喜善の岩手県を舞台にした二冊、そして『温突（オンドル）夜話』が載っているのは、東京で出版されたから日本刊行書に入っていますが、著者は鄭寅燮、韓国の方です。最後は鳥居龍蔵の夫人で、鳥居と終始行動を共にした鳥居君子氏の『土俗学上より見たる蒙古』、こんな厚さ十センチもあるような大冊ですが、これらを挙げているだけで、柳田の著作は入れておりません。

この点に関してはまず、「一国民俗学」ということを柳田國男がもうすでに言い始めていたことによると思われます。柳田は『民間伝承論』（一九三四年）の第一章を「一国民俗学」と題して、その確立の必要性を説きました。その後、『物語と語り物』（一九四六年）や『口承文芸史考』（一九四七年）などを書くわけです。両者の関係に注意を払った柳田の次の世代は文献説話という書承性の強いものと、口承文芸とを分離してゆき、それが長く半世紀に渉って続いたということです。

一世紀経った今後、この点をいかに克服するか。視野を広げるということで言えば、仏典、漢訳仏典を媒介とした東アジアの漢文文化圏というような概念、盛んに近年言われるようになりましたけれども、そのおおもとのインド、さらにはベトナムや敦煌やウィグルなどを含めたアジアの文化圏の交渉、歴史的な文化交渉の中で、こういった問題をとらえ直していく必要があると思います。思い切り大風呂敷を広げました。あとは竹村さんにお返しいたしますので、よろしくお願いいたします。

▼質疑応答

竹村　日韓比較説話研究の始まりの百年前の風景、これを高木敏雄に焦点をあててお話いただき、高木の立場を受け継いだ孫晋泰の『朝鮮民譚集』に柳田の著述が引かれていない点にかかわらせながら、説話研究における書承文芸と口承文芸との乖離の始まりにも議論を拡げていただきました。どうもありがとうございました。もっともっと聞きたい四人のご発表でしたが、あらためて松本さん、お三人の発表について一言お願いします。

松本　モチーフ論の話をしたところ、あとでその話がたくさん出てきましたので、ちょっと補足です。

金さんのお話にしましても、増尾さんのお話にしましても結局口承のものをどう扱うかというのが一つキーになってくるかなという気がするわけです。今、データベースを皆さんが作ったり、整理されていたり、口承文学大系を小林さんが翻訳されたりしてまして、少しずつではあるんですけれども読めるようになってきています。しかしこういう説話を時代軸にして区切るとか、あるいはモチーフとして並べてどういうふうに論じるかということを、どういう形でやっていくのかというのはやはりどうしても課題が残ってしまうのではないかと思います。

特にモチーフ論で問題にしたいのは、要するにかなり安直につなげてしまうような傾向があるのではないかということです。そうすると何でもかんでもできてしまうようになってしまうので、どこをどうつなぐかというと、時間軸のようなものを何か置かないと、議論が中々成り立たないのではないかという、漠然とした印象なんですけれども、そういうことを思っていましてお話させていただいた次第です。

竹村　はい、松本さんには他の方々のご発表への発言の機会がありませんでしたので、今、お願いいたしました。ではここからラウンドテーブルの議論に入ります。いくつかの論点がありましたが、あえて論点を絞り込むことはせず、会場からご意見をいただきながら進めていきたいと思います。では前田さん。

前田　明星大学の前田雅之です。染谷さんの発表に非常に深い感動をもって聞いておりました。朝鮮の不在はその通りですけども、和漢と三国が古代中世の基本的価値観で、三国といった時に、朝鮮をはずしてインドとくっついて、インドと日本がくっついて中国を相対化するという。そのような構図の時に朝鮮は完全にはずれちゃうわけですよね。

それでも今日の染谷さんの発表の図をみるとかなり影響があるということが分かりました。ひとつ、気になるのは高橋昌明さんの言っているような、日本は鎌倉時代からずっと軍人政権で、実は戦国時代の一時期南北朝もありますけど、安定している。ところが、中国・朝鮮はずっと文人政権です。そうすると反乱に対する反応もかなり違うということですよね。

ですから、もしやるのなら三極間の三国間くらいの比較をしておいて、あと政体や文化論とかそれを絡めたときに、テキストには反映していないけれども、今日おっしゃった三つの反乱を抑えた緊張関係とか、そういうのが出てくると、ある面安易な、多分松本さんが言ったのは、安易な価値相対主義にならないようなにということだと思いますが、やはり歴史とかきちんと押さえつつやっていくことができるのではないかなと思いました。

朝鮮が抜けているのは確かですね、本当に抜けちゃう。それもおそらく仏教も百済とか古代ではなくて、空海と最澄、あれ以降は五山まで含めてずっと中国直行でしょ。朝鮮を抜かすんですよね。あの文化伝統はおそらく和漢と三国間にどこかで出てきているのではないかと、僕は勝手に思います。

染谷　三国を明示して朝鮮を消すという形は、まさにその通りです。ただ宣長がやったのはもっと高度です。それは大唐帝国と言いましょうか、向こうを全部まとめる形で持ち上げて、それを否定することで日本を浮かび上がらせました。さらにワンバージョン進んだような消し方をしたのです。さらにその二律対抗を「からごころ」「やまとごころ」と言うように精神のあり方として規定してしまった。宣長というのは本当に侮れないなというように思います。

朝鮮の問題が消えているというのは、これは今でもそうだと思います。現時点においても、例えば韓国で、日本文学、日本語に関する大学の学科数を調べてみたんですけれども、すでに松本さんがだいたい八十くらいあるのではないかと言われてますね。僕はもうちょっと多くて九十くらいかなと思います。反対に日本で韓国文学、韓国語を学べる学科がいくつあるのかというと、十いかないですね。大学数の比較をしてパーセンテージに計算してみると、三十五対一です。つまり韓国が日本に向けて日本を勉強しようとしているその眼差し、姿勢と、日本が韓国を勉強しようとしている姿勢は三十五対一です。この圧倒的な数字の中で、これをこのままにしておいて比較研究というのはちょっとおこがましい、そんな気がします。

ですから日本がもっと韓国のことを、それから朝鮮のことを勉強していかないと駄目なのであって、今回こうやって説話文学会がこちらで開かれたというのは素晴らしいことだなと思っています。去年日本近世文学会でもやりました。こういうことから始めていけばいいわけであって、現在も日韓の非対称は続いているという自覚が必要だと思います。

竹村　現在につづく、日本における朝鮮半島の欠落問題ですね。今の染谷さんのご発言、改めて繰り返しません。それでは他の方いかがでしょうか。

千本　奈良女子大学の千本英史です。口承と書承という、ある種懐かしいような言葉が飛び交って、私が大学院生だった時にいちばん悩んでいた問題が、もうそろそろ頭も呆けてというときになって再び焦点としてあがってきて、また悩むんだなと思っているのですが、それぞれの国の口承文学研究の状況をですね、ベトナムだとか、中国だとかの、韓国の例についてだけは少し紹介されましたが、もう少し整理して教えていただきたいなと思います。

それから日本では今どうなっているのか、増尾さんが気をつけて追ってらっしゃると思うので、そのへんも整理して教えていただきたい。

増尾　大風呂敷を広げるとこういうことになるというのがよくわかりましたが（笑）、日本については関敬吾の『日本昔話大成』（全十二巻、角川書店、一九七〇～八〇年）がありますけれども、昔話の比較研究者の総力を挙げた『日本昔話通観』（全三十一巻、稲田浩二・小沢俊夫責任編集、同朋舎出版、一九七七～九八年）というのが、もう多分今後出ないのではないかというくらい圧倒的ですね。特に研究篇2の『日本昔話と古典』というインデックス、関係類話等を集成して分類してあるものをもとにして、東アジア文化圏の中での日韓の比較も展開できるのではないでしょうか。

日中はどうなのでしょう。中国民話の会の馬場英子・瀬田充子・千野明日香さんが、エバーハルトの研究に基づいて詳細な訳注を付した『中国昔話集』全二巻（平凡社東洋文庫、二〇〇七年）は、優れた成果だと思います。ベトナムではかつてフランス人が植民地時代に集めたものが翻訳されたりしていたようですけれども、日本でも『ベトナムの昔話』なんていう本が何冊か出ています。それは初めのころはフランス語や英語からの重訳だったのですが、今はフランス語ではなくてベトナム語からの原典訳本のグエン・カオ・ダム、稲田浩二他編訳『ベトナムの昔話』（同朋舎出版、一九八〇年）や、山下欣一・藤本黎時訳〈アジアの民話〉11『ベトナムの民話』（大日本絵画、一九八〇年）というのがあります。やはりその中に浦島のような話があったり、でもそれを遡っていくと、先ほどから話題になっている漢文小説の、例えば『剪灯新話』や『伝奇漫録』に行きつくようなものがあったりというので、その辺の区分けをする材料はいくつかあるようです。この点に関しては、オワインさんにうかがってみたいと思います。

竹村　オワインさん、お願いします。ベトナムでどんな口承文芸の研究が今まとまっていますか。

オワイン　ベトナム漢喃研究院のグェン・ティ・オワインです。昔話のことなんですが、フランス植民地時代にベトナム語、国語に編纂された『ベトナムの昔話』が出版されましたが、一番大きなものは、二冊、私の先生のお父さんの、そのグエン・ドン・チー（Nguyễn Đổng Chi）先生という有名な方によって編纂された昔話の本があります。昔話について研究する研究者も何人かいらっしゃいます。

千本　少し前、ベトナム社会科学院にうかがった時に聞いていると、ベトナムは四十以上の少数民族が存在する国家なんですよね。そのそれぞれの少数民族の昔話、口承伝承を集めて、百冊を超えるような資料集成を作りつつあるということでした。南ベトナムの解放後、全土で取り組まれているというお話を聞きました。

そのあと、李市埈さんに韓国でもこういうのが出ているぞといろいろと教えていただきました。

東アジアの口承文芸研究は、実はずっと中国が遅れてたんですよね。中国の口承文芸研究というのは本当に進んでいなかったのですが、近年かなり改善されているというふうにも聞いていますので、東アジアの四カ国で口承文芸研究のレベルが、ようやくある程度、相互に比較できるレベルになったのかなと思ったことでした。これからは口承文芸についての研究成果をきちんと見ていかないといけない時代になった。文献だけでは海を渡っている間に沈没もしますしね、戦乱などでどんどん無くなってもきたわけですよね。文学研究のあり方そのものも変わってくるのかなというのが今の感想です。

竹村　オワインさん、補足はありますか。

オワイン　染谷さんに教えていただきたいことがあります。資料の中に中国の作品から影響を受けたのはベトナムと朝鮮と日本と書いてありますね。

以前『三国遺事』を翻訳したことがあります。『三国遺事』の中には、ベトナムの『嶺南摭怪』にもある、百の卵が産まれるという神話がありますので、そういう原典を調べると、実は仏教の説話から取り上げた話も出て来ませんか。中国で書かれた作品と、ベトナムと朝鮮と日本の中だけでみてらっしゃいますね。私は、中国だけではなくて、インドの仏教説話の影響も受けたのではないかと思います。そういう広がりもあると思うのですが。

染谷　ありがとうございます。その通りです。

そういうことも当然含めてなんですけれども、今回は東アジアということなので、図の中からはずしていますけれど、当然、インド、それからもっと南のカンボジア、クメール語の問題も考えなければなりません。最近私もカンボジア等の東南アジアに良く行くようになりまして、アンコールワットにも何度か行きました。有名な話ですが、アンコールワットを祇園精舎と間違えて日本人が行きましたね（森本右近太

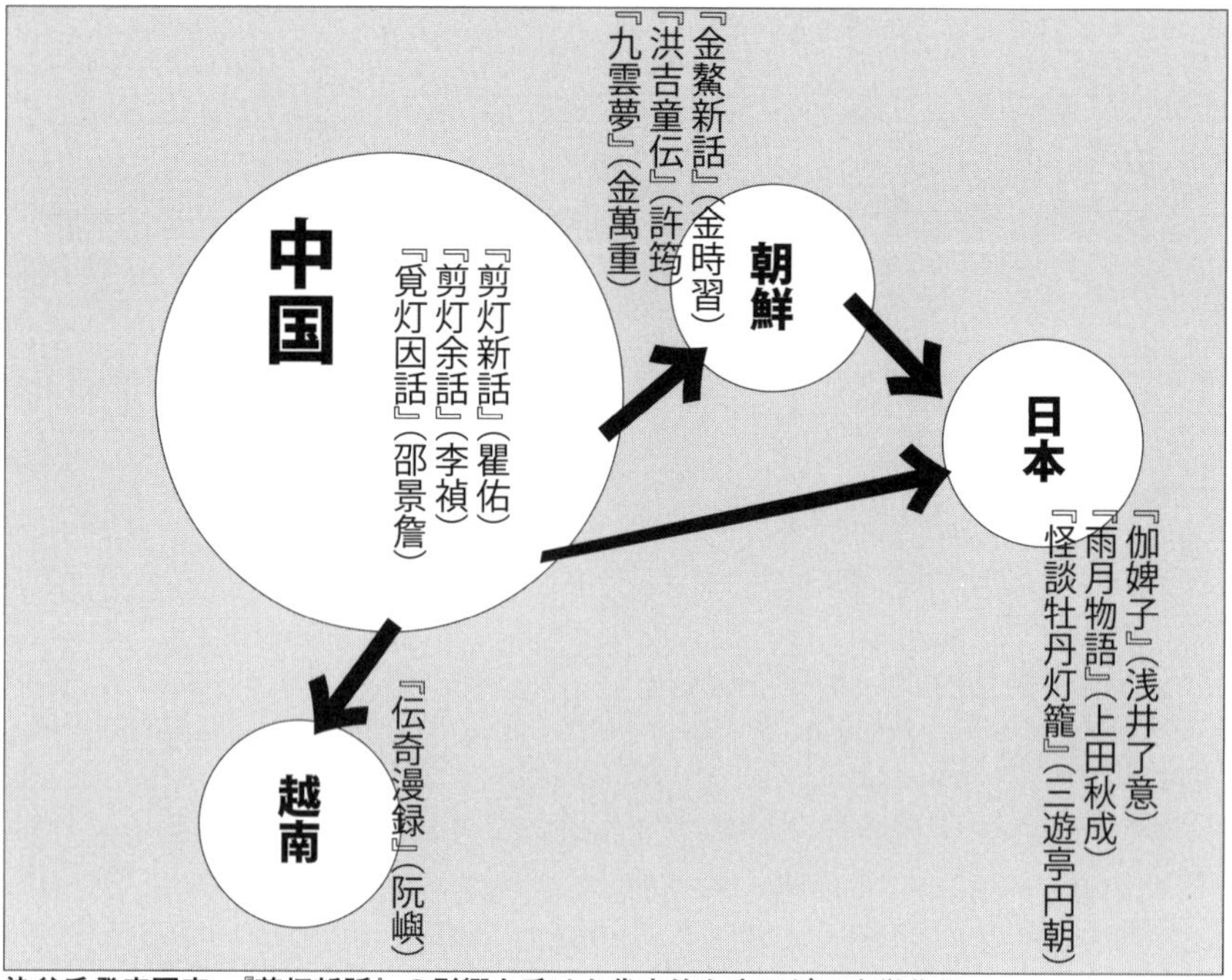

染谷氏発表図表・『剪灯新話』の影響を受けた代表的な東アジア文学作品

夫）。どうしてそういう話になったのかというのはこれは大問題です。そういったことも調べていきたいと思います。

竹村　東アジアにおける口承世界とその現況についての議論ですね。それでは、次に小峯さんお願いします。

小峯　全体的に大変面白く伺いまして、私も朝鮮半島はこれから東アジアの要のテーマになるだろうと思っていますので、非常にありがたかったです。

松本さんに対してですが、方法論の問題ですね。コメントがありましたけれど、これですと典拠論の方を優位において、モチーフ分析をちょっと下位におくという、若干ネガティブな考え方ではないかなと感じました。

これからはむしろモチーフ研究の時代だと思うんですが。今の口承文芸もそうですね。かつての構造分析的な図式的なものではなくて、網目状にかさなりあうモチーフの問題をどう読み込むのかということですね。そこから出発しなくてはならない。だからもう典拠論はいいんですよ。モチーフのいろんな重なり合いを多角的、多層的に見ていったらいいのではないか。そういう意味で南方熊楠は一つのモデルになると考えています。あの人は体系化とか全然考えない人だったわけで、ひたすら世界中のものを渉猟してアナロジーで重ね合わせていったわけです。

だから学問のあり方自体を今後、そういう意味では変えていく必要があるのかもしれないと思います。

それと松本さんが最後に取り上げた野談ですよね。東アジアの説話研究で特に朝鮮で問題になるのは野談という分野だと思うので、ぜひ韓国の研究者と共同研究をやっていく必要があると思います。韓国でもまだまだこれからではないかと思います。

ちょっと細かいことで、染谷さんの表の『剪灯新話』のところなんですけど（右頁図）、これは張龍妹さんも書いていますけれども、日本にきた『剪灯新話』は中国ダイレクトというよりも、朝鮮で注釈をつけられた『剪灯新話句解』の方が影響を及ぼしたと思います。朝鮮版をもとに日本では和刻本が出ますが、さらに日本の場合には絵巻が作られているんですね。今のところはスペンサーコレクションにある『水宮慶会録』という寛文頃の豪華絵巻しか確認できていないんですけども、この時代に豪華絵巻の『剪灯新話』全作品がもし作られていたとしたら、これは大変なことだろうと思います。

石川透さんの方が詳しいと思いますが、永青文庫に「申陽洞記」、猿の出てくる『剪灯新話』をもとにした絵巻もあるようです。まだ見てませんが、それがもしスペンサーコレクション本の連れだとすると、連れでなくても、複数のものがあったことになるので、それも今後の課題かと思います。

染谷 どうもありがとうございました。その絵巻に関しては守備範囲に入れてなかったので、これは改めて勉強していきたいと思います。『剪灯新話』はもちろん『剪灯新話句解』が日本で一番影響を与えたのですけれども、ちょっと図が雑でしたね。『剪灯余話』とか『覓灯因話』を含めて考えたものですから、『句解』は省いてしまいました。

あと野談の問題ですが、更に加えれば琴榮辰さんがやられている「笑話」ですね（『東アジア笑話比較研究』勉誠出版、二〇一二年）。琴氏のご本は大変素晴らしい研究です。またソウル大の鄭炳説さんが今日この会場に来て居られます。『韓国の古典小説』（ぺりかん社、二〇〇八年）という本を一緒に作った方です。その彼と一緒に『紀伊齋常談』という韓国の漢文エロチシズム、漢文好色説話といいましょうか、これを今研究しています。

こうしたものを見ていきますと、実は朝鮮というのは儒教一辺倒ではなくて、かなりやわらかい部分が背後にあるというのが少しずつですが分かってくるんですね。おそらく野談もそうです。野談や笑話、それから先ほど言われた書承と口承ですね、多分書承の世界でやった場合には朱子学、儒学というものが非常に強く出ると思うのですけれども、口承の方も加えていくと、今までの朝鮮文学のイメージが変わるのではないかという期待を持っています。ですから、ぜひ朝鮮文学の口承世界の研究を説話文学会の方にもチャレンジしていただきたいと思います。

竹村　具体的な事象をとりあげて課題を示していただきました。ありがとうございました。あとお一人承ることができますが、はい、では河野さんお願いします。

河野　早稲田大学の河野貴美子です。いろいろと話が出てまとまってきつつあるようなところですが。今日お話しをおうかがいしていて、やはり日韓にしても東アジアにしても様々な角度からの問題点がまだたくさんあるのではないかとか、発掘して議論を続けていくということ自体に非常に意義があるなと感じていました。

思うに、やはり東アジア地域というのは、ずっと長い間、言葉、文字、文を共有してきたというところが非常に大きいと思います。それが様々に変化してきていて、増尾さんから藤本幸夫さんの膨大な日本現存朝鮮本の総合目録研究の話も出ていましたけれども、言葉や文について、本とか、テキストとかそういう言葉をめぐるハードというか、形、いれもののことと、中身の問題というのを総合的に考えていくべきなのかと思いました。

あとちょっと大きな質問になりますが、どなたにというのではないのですけれども、もしお考えがあればお聞かせいただきたいのですが、今こうやってここ数年間、十年ほど、日中韓とか東アジアとかいうことが盛んに言われていますけれども、今度それを世界に開くとするとどうか、ということですす。東アジアモデルというものがもし今つくられつつあるのであれば、これをどう世界に向けて発信するのかとか、あるいは相互に考え合っていくにはどうしたらいいかなど、何かお考えがあれば、お聞かせいただきたいと思います。

竹村　ありがとうございます。前半のご発言は、今日のラウンドテーブルのまとめというか、そういうことをおっしゃっていただいて、ありがたいと思いました。

後半の方、世界にどう開いていくかという問題。今日のご発表の中では、染谷さんが最後にちょっとおっしゃったと思いますので、代表で染谷さんにお願いしようと思います。

染谷　増尾さんじゃないけれども、大風呂敷は広げるもんじゃないと思います（笑）。

先ほど言ったことの繰り返しになって申し訳ないんですけれども、僕は説話にももちろん興味はありますけれども、小説ですね、そこから小説というものがどういうふうにどうして出てくるのか、物語性、虚構性をもちながらも、リアルな現実世界を描く小説というのが、例えば私の専門である西鶴でなぜ生まれてきたのかというのに最大の興味があります。

当然これは東アジアでどういうふうな形で出てきたのかということがわかれば、ヨーロッパの小説と比較論ができる。そうすると、地球、人類における小説の発生ということも考えることができるかもしれないという……。何人かの方は笑ってますけれども（笑）、そういうことまでいくかもしれない。

少なくとも小説はヨーロッパだけではないぞということはちゃんと体系立てて言いたい。そこだけで小説や近代を考えてほしくない。近代というならアジアの近代の方が早かったわけで、それが今のアジア再生とつながっている。そういうことをやっぱり訴えていくことができるのではないか。とそんなところでよろしいですか。

千本　今フロアーで話していたんだけど、要するにラテン文化とキリスト教との関係性の中、その枠組みで、今まで世界の文学史が書かれてきたわけで、それだけじゃないでしょという話だと思うんですよね。そういう意味では漢詩、漢文学と仏教という関係性の中で、それぞれの国がどんなふうに歩んできたかということをきちんと押さえ直す、それが我々がいちばん考えないといけないことだと思います。

竹村　ありがとうございました。

今日の染谷さんのお話の中で、小説ってのはもともとアジアではつまらないちっぽけなお話だった、そこからとらえ直す必要があるのではないか、というお話がありましたが、そこともつながってくることだと思います。

さて、そろそろ時間が参りました。あえて論点をしぼりこむことはしませんでしたが、自ずから日韓比較研究の方法、対象、視座などをめぐる視界が開かれてきたように思います。

全体シンポジウムの中で小峯さんがおっしゃったことで、耳にとまった言葉がありました。「東アジアの説話というのは共通語です」というご発言です。その時の「説話」というのは、「説話」という言葉、ターム、これが共通語だという意味での説明だったと思いますが、それをもうちょっと拡大させていくと、実は東アジアの説話の話型とかモチーフだとか、あるいはそこに盛り込まれた思想とかを含めて、説話自体がメディアとして、実は東アジアの中の共通語になっているというふうなことも言えるのではないかと、お話をうかがいながら考えました。そういう「共通語としての説話」というものを、どんなふうに取り出し、問題にして、そこから何を引き出し論じていくのかということ。そこでは翻訳の問題も「共通語としての説話」の翻訳の問題となりますが、そうしたことが日韓、東アジアの比較研究において大切なことと思うのです。

　今日のご発表で、松本さんから、モチーフというふうなものに辿りつくんだけどもそれをどう扱うのかという問題提起があり、小峯さんはそれらの重なり、多角的、多層的な相を全体として見ていくんだとおっしゃいましたが、そのような方法の開拓もそこでは重要でしょうし、増尾さんからは口承と書承とが研究対象として分離していったという、その画期のところのお話をいただき、千本さんからそれに対する質問をいただいて、現在においてこそ口承を東アジアの比較研究の資料として十分に活用しながら追究していくことが重要だという話もありましたが、これも「共通語としての説話」の全体を視野に収める上で大切なことでしょう。

　それから染谷さんからは、関係という時に単純に書承云々ではなくて、私の受け止め方で言えば、相互批評というのではしょうか、『水滸伝』を朝鮮においては書承とは別の形で、批評しながら受け取っていく、発信していく、そういうふうな影響関係もあろうというお話もありました。まさに「共通語としての説話」が相互批評的な対話を生み出してくる、そういうことのご指摘だったというふうにうかがいました。

　そういう対話の局面を一つ一つ明らかにしながら、比較という問題を金さんがおっしゃった相互理解というところにつなげていく。そんなことが説話を共通語とする東アジアの研究によって拓かれ、世界にも発信されていくということになればという、ある種展望をご発表、質疑応答の議論の中でいただいたような気がいたしました。

　四人の講師の方々、フロアの方々、どうもありがとうございました。それではこれで終了とします。

付録

説話文学会
例会・大会の記録

○ 1962 年から現在に至る、説話文学会の例会・大会開催情報を一覧にしました。
近年は例会を年 3 回、大会を年 1 回開催しています。
開催情報は公式サイトで確認することが出来ます。
http://www.setsuwa.org/

説話文学会
例会の記録

1962～2013

第一回例会　一九六二年（昭和三七年）九月一日　早稲田大学

［今昔物語集の成立と構造］司会○三谷栄一

『今昔物語集成立考』をめぐって　国東文麿・西尾光一

［資料紹介と研究］

『雑々集』について　国東文麿・高橋貢

第二回例会　一九六二年（昭和三七年）一二月一日　早稲田大学

［唱導文学と口語り文学］司会○小林智昭

表白体唱導より法語へ　菊地良一

唱導文芸について　永井義憲

東国唱導の一系譜―上州船尾山縁起をめぐって―　福田晃

第三回例会　一九六三年（昭和三八年）二月二日　早稲田大学

［古本説話集の問題点］司会○馬淵和夫

古本説話集の諸問題　小島瓔礼

古本説話集の成立　野口博久

（古本説話集と今昔物語集・打聞集・宇治拾遺物語との関係について）　高橋貢

第四回例会　一九六三年（昭和三八年）五月一一日　早稲田大学

［説話の伝承性］司会○西尾光一

今昔物語集本朝部における伝承者　植松茂

御伽草子における伝承の問題　松本隆信

第五回例会　一九六三年（昭和三八年）九月二九日　早稲田大学

［上代の説話］司会○植松茂

神話と民俗　臼田甚五郎

羽衣説話　神田秀夫
神話の法則　益田勝実

第六回例会　一九六四年（昭和三九年）一一月三〇日　早稲田大学
［宇治拾遺物語をめぐって］司会○国東文麿
説話絵巻の手法　むしゃこうじ・みのる
徒然草の説話的発想　西尾光一

第七回例会　一九六四年（昭和三九年）二月一日　早稲田大学
［説話索引の諸問題］司会○西尾光一
民間説話の型とモチーフ　石原綏代
説話文学索引の問題　中野猛
進行中の説話索引について　三木紀人

第八回例会　一九六四年（昭和三九年）四月四日　早稲田大学
［日本の昔話］司会○大島建彦
末子成功譚について　神谷吉行
東北における喰わず女房譚　野村純一

第九回例会　一九六四年（昭和三九年）九月五日　早稲田大学
［今昔物語集の成立をめぐって］司会○西尾光一
今昔物語集の撰者の問題―隆国説の再吟味―　永井義憲

第一〇回例会　一九六四年（昭和三九年）一一月七日　早稲田大学
［説話集のことば―その表現と表記をめぐって］司会○馬淵和夫
今昔物語集の文体について　堀田要治
説話文学の文体　岡村和江
今昔物語集における仏と敬語　桜井光昭

第一一回例会　一九六五年（昭和四〇年）一月三〇日　早稲田大学
［説話における笑い］司会○国東文麿
落語の歴史　興津要
説話文学における笑いの要素　塚崎進

第一二回例会　一九六五年（昭和四〇年）四月二四日　早稲田大学
［継子話について］司会○野村純一
魔女と継母―グリム童話を中心に―　川端豊彦
日本の継子ばなし　丸山久子

第一三回例会　一九六五年（昭和四〇年）九月四日　東京教育大学
［説話と芸能］司会○三谷栄一
古代芸能伝承者の問題　和角仁
宴曲の素材としての中世説話　乾克己

第一四回例会　一九六五年（昭和四〇年）一二月五日　名古屋大学
［書承過程における説話変容の問題］司会○西尾光一
書承と口承　国東文麿
説話集相互の間における書承関係について　山根賢吉
発心集をめぐって　簗瀬一雄

第一五回例会　一九六六年（昭和四一年）一月二九日　東京教育大学
［英雄説話］司会○今成元昭
将門譚の展開　梶原正昭
合戦談の形成―熊谷説話をめぐって―　水原一

「義経記」について　岡見正雄

第一六回例会　一九六六年（昭和四一年）四月二三日　東京教育大学

［法語の中の説話性］司会○山田昭全

撰集抄の説話　伊藤博之

日蓮の遺文における説話　高木豊

初期法語の成立について　菊地良一

第一七回例会　一九六六年（昭和四一年）九月一〇日　立教大学

［日本神話とその周辺］司会○臼田甚五郎

稲作以前の神話　坪井洋文

記紀神話と英雄時代　松前健

歌垣の系統について　大林太良

第一八回例会　一九六六年（昭和四一年）一一月二〇日　大谷大学

［仏教と説話］司会○土橋寛

仏教説話の比較文学的考察について　岩本裕

平家物語の説話　佐々木八郎

匡房の本朝神仙伝をめぐって　川口久雄

第一九回例会　一九六七年（昭和四二年）一月二八日　東洋大学

［説話と歌謡］司会○塚崎進

さすらいの歌と歌物語　西村亨

風流踊歌と説話　徳江元正

今様・和讃と説話　新間進一

第二〇回例会　一九六七年（昭和四二年）四月二二日　國學院大学

［近世の説話］司会○徳江元正

民間笑話と咄本　武藤禎夫

近世前期の説話集　吉田幸一

第二一回例会　一九六七年（昭和四二年）九月三〇日　國學院大学

［日本霊異記］司会○緒方惟精

日本霊異記の説話の伝承性をめぐって　高橋貢

霊異記説話の基本的性格と景戒の環境　原田行造

霊異記の霊異観　神田秀夫

第二二回例会　一九六七年（昭和四二年）一二月一〇日　静岡大学

［中世説話の文学性］司会○植松茂

ヨーロッパ中世の近親相姦説話　中島悠爾

在地の文学―神道集をめぐって―　村上学

第二三回例会　一九六八年（昭和四三年）一月二七日　千葉大学

［風土と説話］司会○緒方惟精

古事記と風土　荻原浅男

曽我物語を中心として　塚崎進

第二四回例会　一九六八年（昭和四三年）四月二七日　実践女子大学

［昔話の伝承］司会○大島建彦

昔話の伝承　石川純一郎

昔話の伝承と伝播　稲田浩二

第二五回例会　一九六八年（昭和四三年）九月一四日　國學院大学

［神道集］司会○福田晃

神道集の世界　田嶋一夫
神道集説話の神縁結合について　菊地良一

第二六回例会　一九六八年（昭和四三年）一二月八日　龍谷大学
［中国の説話と日本の説話］
六朝の道教説話「漢武内伝」の成立について　小南一郎
中国説話の受容現象　早川光三郎
日本の説話―凡俗凡愚の文学―　西尾光一

第二七回例会　一九六九年（昭和四四年）一月二五日　大妻女子大学
［動物と説話］司会○大島建彦
異類説話からみた動物　徳江元正
動物と民俗　今野圓助

第二八回例会　一九六九年（昭和四四年）四月二六日　國學院大学
［古今著聞集］司会○国東文麿
古今著聞集について　大森志郎

第二九回例会　一九六九年（昭和四四年）九月一三日　白百合女子大学
［和歌と説話］司会○野口博久
西行説話覚え書　久保田淳
歌物語の説話的原質　小林茂美

第三〇回例会　一九六九年（昭和四四年）一二月七日　大谷女子短期大学
［物語と説話］司会○真鍋広済
落窪物語と説話　乗岡憲正
説話と物語文学とのあいだ　原田芳起
平安後期物語における説話的要素　三谷栄一

第三一回例会　一九七〇年（昭和四五年）一月三一日　日本女子大学
［歴史と説話］司会○西尾光一
歴史物語と説話―今鏡・水鏡・増鏡を中心に―　木藤才蔵
歴史物語と説話―栄花物語と大鏡を中心として―　山中裕

第三二回例会　一九七〇年（昭和四五年）四月二五日　東横学園女子短期大学
［古代の説話と民俗］司会○石原昭平
口伝えの文芸　石上堅
たま　と　もの　池田弥三郎

第三三回例会　一九七〇年（昭和四五年）九月一九日　和洋女子大学
［中世芸能と説話］司会○徳江元正
宴曲における中世説話の受容について　乾克己
説話と番外謡曲　植松茂

第三四回例会　一九七〇年（昭和四五年）一二月六日　椙山女子学園大学短期大学部
［沙石集をめぐって］司会○西尾光一・島津忠夫
無住の出自をめぐって　安藤直太朗
無住の凡夫観と説話　伊藤博之

第三五回例会　一九七一年（昭和四六年）一月二三日　大妻女子大学
［小咄と笑話］司会○野村純一
愚人譚について　浜田義一郎
とりの話小考―ふたたび「語り」と「はなし」について―　稲田浩二

第三六回例会　一九七一年（昭和四六年）四月二四日　武蔵大学
［中国説話と日本文学］司会○神田秀夫
中国説話の伝承と記録　前野直彬
日本の説話と中国の伝承　君島久子

第三七回例会　一九七一年（昭和四六年）九月一八日　慶應義塾大学
［説話と民俗］司会○大島建彦
「関」を形成する説話の型　井口樹生
阿漕ケ浦の文学　西村亨

第三八回例会　一九七一年（昭和四六年）一二月一二日　京都女子大学
司会○福田晃・稲田浩二
日本霊異記の道場法師系説話　黒沢幸三
唱導と説話と語りものと―発心集と金沢文庫蔵説草―　永井義憲

第三九回例会　一九七二年（昭和四七年）一月二二日　東洋大学
司会○橘りつ
竹取物語の二三の資料　伊藤精司
敦煌変文の諸問題　金岡照光

第四〇回例会　一九七二年（昭和四七年）四月二二日　日本女子大学
司会○今野圓輔
動物昔話の諸類型　桜井徳太郎
野鳥の民俗　最上孝敬

第四一回例会　一九七二年（昭和四七年）六月二四日　二松学舎大学
司会○貴志正造
諏訪縁起について　角川源義
神道集の本地物語―熊野と二所の本地を中心として―　松本隆信

第四二回例会　一九七二年（昭和四七年）一二月一二日　静岡女子短期大学
司会○村上学
『閑居友』の編纂意識をめぐる諸問題　原田行造
沙石集と狂言―「人馬」から―　田口和夫

第四三回例会　一九七三年（昭和四八年）一月二七日　早稲田大学
［説話と軍記］
今昔物語集の兵説話と軍記物　今成元昭
説話文学としての軍記物　水原一

第四四回例会　一九七三年（昭和四八年）四月二八日　鶴見女子大学
［歌謡と説話］司会○池田利夫
歌謡から生まれた人物　仲井幸三郎
梁塵秘抄の説話歌謡　志田延義
＊国鉄ストのため、鶴見女子大学が全学休校となり、中止となったため、昭和四八年度大会で発表。

第四五回例会　一九七三年（昭和四八年）一二月八日　跡見学園短期大学
司会○大島建彦
一寸法師の冤罪　近藤喜博

第四六回例会　一九七四年（昭和四九年）一月二六日　鶴見大学
司会○中野猛
日本霊異記をめぐって　露木悟義・緒方惟精

第四七回例会　一九七四年（昭和四九年）五月一一日　専修大学

司会○田口和夫

説話の語彙　鈴木丹士郎

近世初期説話の語彙・語法　北原保雄

第四八回例会　一九七四年（昭和四九年）一〇月一二日　大妻女子大学

［十訓抄の作者をめぐって］司会○永積安明

「菅原為長説」の提唱　乾克己

三度「湯浅宗業説」の提唱　永井義憲

第四九回例会　一九七五年（昭和五〇年）一月一八日　國學院大学

［昔話比較研究の課題］司会○臼田甚五郎

昔話比較研究の可能性—俵薬師の周辺—　小澤俊夫

日韓昔話比較研究の課題　崔仁鶴

昔話資料処理の諸問題　高橋静男

第五〇回例会　一九七五年（昭和五〇年）四月二六日　明治大学

［中世の説話と史実］司会○西尾光一

事実と説話—今昔物語集と宇治拾遺物語を中心として—　高橋貢

史実から説話へ—看聞御記を中心に—　小川要一

第五一回例会　一九七五年（昭和五〇年）一二月六日　早稲田大学

［古本説話集の問題点］司会○小内一明

石原昭平・野口博久

第五二回例会　一九七六年（昭和五一年）一月三一日　早稲田大学

［説話文学と昔話］司会○小林保治

美濃部重克・塚崎進

第五三回例会　一九七六年（昭和五一年）四月二五日　早稲田大学

［近世の説話］司会○諏訪春雄

西鶴小説の説話的基盤—仮名草子としての「宇治拾遺」「撰集抄」の役割—　谷脇理史

西鶴の説話構成—「好色五人女」の場合—　檜谷昭彦

第五四回例会　一九七六年（昭和五一年）一二月四日　早稲田大学

［説話と謡曲］

巷説をめぐって　徳江元正

世阿弥以前の能作について　竹本幹夫

第五五回例会　一九七七年（昭和五二年）四月三〇日　早稲田大学

［説話と随筆—徒然草を中心に—］司会○小林保治

桑原博史・佐藤彦衛

第五六回例会　一九七七年（昭和五二年）一〇月八日　実践女子大学

［説話文学と御伽草子］司会○大島建彦

小式部内侍をめぐって　橘りつ

御伽草子の挿話　村上学

昭和五二年度地方例会　一九七七年（昭和五二年）一二月四日　神戸大学

昔話とお伽草子—藤袋の草子をめぐって—　福田晃

霊異記における歌謡　守屋俊彦

説話研究の今昔　西尾光一

［説話研究の問題点］司会○三谷栄一

第五七回例会　一九七八年（昭和五三年）四月二二日　東洋大学
［説話における神］司会○大島建彦
近藤喜博・松前健

第五八回例会　一九七八年（昭和五三年）九月
＊不明

昭和五三年度地方例会　一九七八年（昭和五三年）一二月三日　南山大学
［沙石集をめぐる諸問題］司会○美濃部重克
山田昭全・小島孝之

第五九回例会　一九七九年（昭和五四年）四月二一日　二松学舎大学
［孝子説話］司会○野口博久
今野達・青山忠一

第六〇回例会　一九七九年（昭和五四年）九月二二日　二松学舎大学
［貴族日記と説話］司会○貴志正造
言談の風景　益田勝実
史実と説話の間　山中裕

昭和五四年度地方例会　一九七九年（昭和五四年）一二月二日　大谷女子大学
［説話集における口承性］司会○福田晃・小林保治
日本霊異記をめぐって　八木毅
今昔物語集をめぐって　池上洵一
古事談をめぐって　浅見和彦

第六一回例会　一九八〇年（昭和五五年）四月二六日　清泉女子大学
［王朝物語と説話］司会○小内一明・高橋貢
説話並列形態の物語　高橋正治
今昔物語集の物語性　国東文麿
勧修寺縁起と説話・物語との交渉　小林茂美

第六二回例会　一九八〇年（昭和五五年）九月二七日　東洋大学
［古注釈と説話］司会○村上学
もう一つの法華経直談鈔　渡辺守邦
くもの糸―中世芸能と註釈―　徳江元正

昭和五五年度地方例会　一九八〇年（昭和五五年）一二月七日　龍谷大学
［お伽草子・仮名草子と説話］司会○岩瀬博・渡辺守邦
お伽草子と説話　徳田和夫
仮名草子と説話　江本裕
お伽草子・仮名草子・浮世草子の間　宗政五十緒

第六三回例会　一九八一年（昭和五六年）四月二五日　早稲田大学
［芸能と説話］司会○麻原美子
田口和夫・後藤淑

第六四回例会　一九八一年（昭和五六年）九月二六日　東洋大学
［仏教と説話］司会○今成元昭
中世における聖徳太子伝記の一、二の問題―ある太子伝を通してみた若干の問題―　牧野和夫
西行文覚対面談の語り手心源上人をめぐって　山田昭全

第六五回例会　一九八二年（昭和五七年）四月二四日　大正大学

司会○塚田晃信
講式と説話　伊藤孝子
説教と説話―盤察と神道集―　村上学

第六六回例会　一九八二年（昭和五七年）九月二五日　東洋大学
［奈良絵本］司会○宮田和美
奈良絵本の文学　松本隆信
奈良絵本のかたち　岡見正雄

第六七回例会　一九八三年（昭和五八年）四月二三日　実践女子大学
［説話のことば］司会○宮田裕行
説話の語法　岡村和江
世間話の文体　野村純一

第六八回例会　一九八三年（昭和五八年）九月二四日　清泉女子大学
［説話と女性］司会○麻原美子
中国における唱導文芸と女性　直江廣治
唱導女性の思想　塚崎進

第六九回例会　一九八三年（昭和五八年）一二月四日　大谷大学
身延文庫蔵　宝物集零本について　黒田彰
霊異記冒頭五話の構想　長野一雄
［職人絵の世界］司会○徳江元正
今谷明・鶴崎裕雄・岡見正雄

第七〇回例会　一九八四年（昭和五九年）四月二一日　立正大学
［法華経信仰と説話］司会○小林保治
今成元昭・中尾尭・大曽根章介

第七一回例会　一九八四年（昭和五九年）九月二二日　駒沢大学
［『神道集』をめぐって］司会○村上学
田嶋一夫・福田晃・菊地良一

第七二回例会　一九八四年（昭和五九年）一二月二日　椙山女子学園大学
［伝記と説話］司会○安田孝子
桜井好朗・小島孝之・廣田哲通

第七三回例会　一九八五年（昭和六〇年）四月二〇日　専修大学
［歌がたりと説話］司会○野口博久
中田武司・雨海博洋・益田勝実

第七四回例会　一九八五年（昭和六〇年）九月二一日　明治大学
［説話画をめぐって］司会○徳田和夫
宇治拾遺物語と絵巻　小峯和明
〈絵語り〉の和歌　菊地仁
説話画をめぐって　赤井達郎

第七四回例会　一九八六年（昭和六一年）四月二六日　日本女子大学
＊第七四回重複
［直談和談の世界］司会○牧野和夫
日意上人の文学的側面　黒田彰
「延命地蔵菩薩経直談鈔」の場合　渡浩一

第七五回例会　一九八六年（昭和六一年）九月二七日　法政大学
［能と説話］司会○徳江元正
島津忠夫・田口和夫

第七六回例会　一九八七年（昭和六二年）四月一八日　鎌倉商工会議所
［鎌倉と説話］司会○麻原美子
灰を蒔く　網野善彦
吾妻鏡を中心に　塚崎進

第七七回例会　一九八七年（昭和六二年）九月二六日　同朋大学
［室町物語と説話］司会○美濃部重克
徳田和夫・黒田彰

第七八回例会　一九八七年（昭和六二年）一二月五日　相模女子大学
［説話における書承と口承］司会○高橋貢
『日本霊異記』と漢文学　矢作武
「鼠の嫁入り」と「老鼠娶親」　野村純一

第七九回例会　一九八八年（昭和六三年）四月二三日　椙山女子学園大学
［霊験記の説話］司会○森正人
霊験記論　出雲路修
験記ジャンル作品の可能性　千本英史
『長谷寺験記』とその前後―『長谷寺流記』と『峯相記』と『三国伝記』と―　野口博久

第八〇回例会　一九八八年（昭和六三年）九月一七日　愛知淑徳短期大学
［創作説話］司会○徳江元正
蓮如をめぐって　村上学
『撰集抄』における創作説話の方法と文学史的位置づけをめぐって　木下資一
古今註　徳江元正

第八一回例会　一九八八年（昭和六三年）一二月三日　和洋女子大学
［音楽伝承］司会○榊泰純
堀河天皇圏の音楽伝承について―楽家の伝承と『続古事談』―　磯水絵
馬鳴調琴説話とその展開　乾克己

第八二回例会　一九八九年（平成元年）四月二二日　金城学院大学
［西行と説話］司会○安田孝子
桑原博史・山田昭全・小島孝之

第八三回例会　一九八九年（平成元年）九月一六日　東京都立大学
［『太平記』と説話］司会○長谷川端
『太平記』と『三国伝記』の周辺　牧野和夫
『太平記』作者嚢中の漢籍について―主に白居易詩受容をめぐって―　柳瀬喜代志
『太平記』における故事　鈴木登美恵

第八四回例会　一九八九年（平成元年）一二月二日　都留文化大学
［地域と伝承］司会○大島建彦
富士山の山小屋の信仰と伝説―聖徳太子・日蓮・身禄―　久野俊彦
地域性をもった説話―『万徳寺蔵　聖徳太子伝』を中心として―

渡邉信和
伝承と地域—伝承の変革や消滅の諸要素— 渡邊昭吾

第八五回例会 一九九〇年（平成二年）四月二一日 駒沢大学
［古代文学と説話］司会○高橋文二
万葉集竹取翁歌をめぐって 小野寛
王朝の「打聞き」 雨海博洋

第八六回例会 一九九〇年（平成二年）九月一日 二松学舎大学
［芸能と説話］司会○磯水絵
世になきほどの猿楽—『宇治拾遺物語』『十訓抄』より— 松本寧至
明恵と『四座講式』 新井弘順

第八七回例会 一九九〇年（平成二年）一二月一日 名古屋女子大学
司会○稲垣泰一
日本霊異記・東大寺諷誦文稿の共有する同時代性 中田祝夫
風土記の説話について 植垣節也
霊異記から今昔へ 八木毅

第八八回例会 一九九一年（平成三年）四月二〇日 昭和女子大学
司会○関口静雄
今様と説話—「無名抄」を中心に— 菅野扶美
義経と芸能説話 岩松研吉郎

第八九回例会 一九九一年（平成三年）九月二一日 国文学研究資料館
＊仏教文学会と合同
司会○菊地仁
歌学史の中の説話—奥義をめぐって— 小川豊生
宇治拾遺物語第一八〇話小考—流通するものをめぐって— 佐藤晃
〈結縁〉の時空—撰集抄の説話と表現— 山口眞琴

第九〇回例会 一九九一年（平成三年）一二月一四日 東北大学
［説話の伝承と享受］司会○徳田和夫
秋田の小町説話を検証する—前湯寺の奪衣婆木像の移動を中心に— 錦仁
『宇治拾遺物語絵巻』をめぐって 小峯和明

第九一回例会 一九九二年（平成四年）四月一八日 立教大学
［近世の小説］司会○小島孝之
禅僧の法力—近世怪異小説の原風景— 堤邦彦
近世遊女説話の成立—下関遊廓史を中心に— 渡辺憲司

第九二回例会 一九九二年（平成四年）九月二六日 明治大学
司会○林雅彦
江戸時代の高野参詣 圭室文雄
日韓類似素材説話の比較研究—鳥の瓢による報恩型説話を中心に— 薛盛璟

第九三回例会 一九九二年（平成四年）一二月一二日 日本女子大学
＊仏教文学会と合同
［大江匡房と説話・縁起］司会○大曽根章介
大江匡房と説話・縁起 吉原浩人

「霊物」化する匡房—語りの〈場〉の論理・再考—　深沢徹

第九四回例会　一九九三年（平成五年）四月二四日　早稲田大学
［『今昔物語集』の編纂原理］司会〇池上洵一
今昔物語集の普遍性と個別性—巻三十・三十一付雑事をめぐって—　前田雅之
『今昔物語集』の編纂原理　竹村信治
『今昔物語集』の編纂原理　荒木浩

第九五回例会　一九九三年（平成五年）九月二五日　学習院女子短期大学
［中世日本紀をめぐって］司会〇佐伯真一
阿部泰郎・小川豊生

第九六回例会　一九九三年（平成五年）一二月四日　静岡大学
［仏教説話の世界］司会〇高橋貢
景戒自伝への疑問—『霊異記』下巻三十八縁（後半）—　丸山顕徳
禅智内供の説話　山本節

第九七回例会　一九九四年（平成六年）四月二三日　立教女学院短期大学
［近世説話の世界］司会〇江本裕
中世説話の近世劇化　宮本瑞夫
羅山のみた清明伝承　渡辺守邦

第九八回例会　一九九四年（平成六年）九月二四日　専修大学
［鎌倉・室町物語と説話］司会〇三角洋一
森正人・横井孝・三角洋一

第九九回例会　一九九四年（平成六年）一二月三日　筑波大学
［説話の享受と場］司会〇稲垣泰一
芸能の中の宇治拾遺物語　田口和夫
説話と昔話のあいだ—《猿神退治と鷲の落し子》を中心に—　武田正

第一〇〇回例会　一九九五年（平成七年）四月二二日　昭和女子大学
舞の本「景清」の背景　麻原美子
中国古代の巫—『山海経』を中心として—　松田稔

第一〇一回例会　一九九五年（平成七年）九月三〇日　成城大学
司会〇関口忠男
悲華経と説話文学　野村卓美
譬喩経をめぐる諸問題　伊藤博之

第一〇二回例会　一九九五年（平成七年）一二月九日　立正大学
［日吉山王信仰］司会〇小峯和明
佐藤真人・曽根原理・門屋温

第一〇三回例会　一九九六年（平成八年）四月二〇日　明治大学
司会〇前田雅之
「源大夫説話」とその周辺—熱田をめぐる中世日本紀の一齣—　原克明
今昔物語集の改変をめぐる編者の知識　李市埈
仏伝と絵画資料　金正凡

第一〇四回例会　一九九六年（平成八年）九月二八日　早稲田大学
［神祇書と神話］司会〇小峯和明
或る呪歌の変遷をめぐって　伊藤聡
「宀一山土水師」をめぐって　門屋温
宝志和尚をめぐる因縁と口伝の世界　牧野和夫

第一〇五回例会　一九九六年（平成八年）一二月七日　愛知淑徳大学
［旅と説話］司会〇小林保治
西行の旅と和歌・説話　小島孝之
日記《古記録》・紀行に見る説話　鶴崎裕雄
コメンテーター〇神山重彦

第一〇六回例会　一九九七年（平成九年）四月二六日　二松学舎大学
［神話の変容と再生］司会〇山崎正之
ノロヒ・トコヒ・カシリ―神話的世界の中のことばの呪術―　多田一臣
中世神話論―本地物語の伝承世界―　福田晃

第一〇七回例会　一九九七年（平成九年）九月二七日　新潟大学
［近世説話への視座］司会〇渡浩一
和田恭幸・広部俊也・西山克

第一〇八回例会　一九九七年（平成九年）一二月六日　文教大学
＊仏教文学会東部例会と合同開催
『源平盛衰記』の文覚　鈴木彰
橘寺と能―散佚曲〈仏頭山〉廃曲〈橘寺〉を中心に―　表きよし
金沢文庫所蔵『浄土宗法語』をめぐって―『宝物集』との関係・その他―　稲垣泰一

第一〇九回例会　一九九八年（平成一〇年）四月二五日　椙山女学園大学
［太子信仰の展開―院政期以後を中心に―］司会〇渡辺信和
伊藤史朗・阿部泰郎・渡辺信和

第一一〇回例会　一九九八年（平成一〇年）九月二六日　実践女子大学
奈良国立博物館寄託「増賀（そうが）上人像」について―説話と肖像―　冨永美香
解説上人説話―明恵・春日明神・魔道をめぐって―　筒井早苗
東大寺四聖伝承の変奏―長谷寺縁起の展開と役行者・法起菩薩同体説―　藤巻和宏

第一一一回例会　一九九八年（平成一〇年）一二月五日　早稲田大学総合学術センター
［説話文学研究―来し方行く末―］司会〇稲垣泰一
馬淵和夫・国東文麿

第一一二回例会　一九九九年（平成一一年）四月二四日　お茶の水女子大学
『宇治拾遺物語』第四十七話とその周辺　岡田美也子
真名本『曾我物語』における説話―曾我兄弟造型との関わりをめぐって―　大川信子
『今物語』の編纂と表現　今村みゑ子

第一一三回例会　一九九九年（平成一一年）一〇月二日　名古屋大学
＊仏教文学会と合同開催
［中世寺院の知的体系を探求する　真福寺・称名寺・天台諸寺］
司会〇阿部泰郎

山崎誠・福島金治・曽根原理

第一一四回例会　一九九九年（平成一一年）一二月一八日　大妻女子大学

［富と近世説話］司会○江本裕

堤邦彦・杉本好伸・W・ダンカン

第一一五回例会　二〇〇〇年（平成一二年）四月二二日　東京大学

『沙石集』五帖本の再検討　土屋有里子

『宝物集』片仮名古活字三巻本についての書誌学的報告　坂巻理恵子

『今昔物語集』巻二十二考　蔦尾和宏

第一一六回例会　二〇〇〇年（平成一二年）九月三〇日　明治大学

＊仏教文学会支部と合同開催

『私聚百因縁集』の「三国構成」について　湯谷祐三

『阿弥陀の本地』と浄土真宗―仏大本と慈願寺本を中心に―　黒田佳世

年代記と聖徳太子伝―日光輪王寺蔵『三国王代記』等を中心に―　山下哲郎

第一一七回例会　二〇〇〇年（平成一二年）一二月一六日　学習院女子大学

［室町文芸と説話］

『大仏供養物語』の周辺　箕浦尚美

神仏の説話と、狂言　岩崎雅彦

『女訓抄』と説話　美濃部重克

第一一八回例会　二〇〇一年（平成一三年）四月二八日　国士舘大学

［「日本霊異記」の周辺］司会○高橋貢・田中徳定

『日本霊異記』考―漢籍との類話の存在をめぐって―　河野貴美子

霊験譚の変容―『今昔物語集』本朝仏法部の可能性―　仲井克己

『日本霊異記』と行基伝説　米山孝子

第一一九回例会　二〇〇一年（平成一三年）九月二二日　聖徳大学

司会○阿部泰郎

「土蜘蛛草紙」成立の背景をめぐって　須藤真紀

悪所説話に関する一考察―『中外抄』『富家語』と『今昔物語集』巻二十七の間―　柳町貴乃

［説話世界の妖怪と悪霊祓い師］司会○志村有弘

森正人・稲田篤信・志村有弘

第一二〇回例会　二〇〇一年（平成一三年）一二月一五日　愛知淑徳大学

［『天狗草紙』を読む―中世仏教のなかの天狗像―］

司会○阿部泰郎

金沢文庫蔵・件叡阿写本の『天狗草紙』　高橋秀榮

王家と武家のための仏法―『天狗草紙』が主張する園城寺の正統性―　若林晴子

『天狗草紙』園城寺縁起と延慶本『平家物語』―法皇の伝法灌頂をめぐる問題から―　牧野淳司

天狗と中世禅宗　原田正俊

真言僧栄海における天狗説話―『真言伝』と『杲宝入壇記』を中心に―　佐藤愛弓

第一二一回例会　二〇〇二年（平成一四年）四月二七日　大東文化大学

［袋中と説話―磐城・琉球・浄土］司会○曽根原理

佐藤孝徳・原克昭・渡辺匡一

第一二二回例会　二〇〇二年（平成一四年）九月二八日　明治大学

延慶本平家物語建礼門院関連記事考　小番達

みにくい人々の前生話について―インドの仏伝を中心として―　佐藤千賀子

鎌倉時代成立の医事説話集『医談抄』の基礎的諸問題　中根千絵

第一二三回例会　二〇〇二年（平成一四年）一二月七日　國學院大學

［日・中説話の交流］

中国における太陽に関する説話―『山海経』『列子』の「逐日」を中心として―　松田稔

近世の説話と本草学　伊藤龍平

「小鳥前世譚」の比較　繁原央

エーバーハルトの中国昔話インデックスと日本の昔話　千野明日香

第一二四回例会　二〇〇三年（平成一五年）四月二六日　立正大学

［日蓮遺文並びに絵解き研究］

日蓮遺文にみる文字の問題　佐藤妙晃

日蓮の『立正安国論』執筆をめぐる問題　北川前肇

東・東南アジアにおける「釈迦一代記図絵」をめぐって　林雅彦

第一二五回例会　二〇〇三年（平成一五年）一〇月四日　早稲田大学

［唐物語をめぐって］司会○兼築信行

歌書としての『唐物語』　佐々木孝浩

『唐物語』の構成意識―史的視点からの解析―　三田明弘

第一二六回例会　二〇〇三年（平成一五年）一二月七日　西尾市岩瀬文庫

＊岩瀬文庫リニューアル・オープン記念

司会○阿部泰郎

岩瀬文庫への招待　林知佐子

岩瀬文庫の蔵書典籍と岩瀬弥助　塩村耕

貞慶仮託『夢中秘記』成立の背景とその思想　筒井早苗

第一二七回例会　二〇〇四年（平成一六年）四月二四日　金沢文庫

［金沢文庫所蔵中世説話・仏教・神道関係資料をめぐって］

称名寺釼阿が集めた中世説話資料　高橋秀榮

城ヶ島の薬師如来と十二神将の伝承　向坂卓也

『諸社寺勧進状写』と甘縄観世音寺・秋田四天王寺　西岡芳文

『讃仏乗抄』の再検討　瀬谷貴之

称名寺の中世神道聖教　伊藤聡

第一二八回例会　二〇〇四年（平成一六年）九月二五日　大谷大学

＊仏教文学会と合同開催

［寺社縁起］

大宮家蔵『御巡礼記』―春日若宮神主家本系『建久御巡礼記』紹介―　内田澪子

『建久御巡礼記』の伝本と抜書―建久度「巡礼記」の意味をめぐって―　大橋直義

縁起と流記をめぐる覚書―長谷寺流記の検討を起点として―　藤巻和宏

誓願寺の縁起とその周辺―総本山誓願寺所蔵資料から―　湯谷祐三

第一二九回例会　二〇〇四年（平成一六年）一二月一一日　道明寺天満宮

司会○西田正宏・田中宗博

道明寺・道明寺天満宮とその周辺―河内国と天神信仰・序説―　竹居明男

〈展示解説〉道明寺・道明寺天満宮の縁起絵巻を中心に　小林健二

道明寺天満宮蔵「北野天神縁起絵扇面屏風貼交屏風」の特質―モチーフ絵画の観点から―　山本五月

道明寺天満宮蔵『妙法天神経』とその周辺―道明寺天満宮・道明寺を中心として地域における天神信仰―　渡辺麻里子

第一三〇回例会　二〇〇五年（平成一七年）四月二三日　二松学舎大学

［藤原通憲］司会○吉原浩人

楽書に見る藤原通憲　神田邦彦

『大悲山寺縁起』についての一考察　田中幸江

「所謂〔信西古楽図〕をめぐって」　福島和夫

第一三一回例会　二〇〇五年（平成一七年）一〇月八日　慶應義塾大学

『扇の草子』伝本追補―プラハ国立美術館所蔵本を中心に―　安原眞琴

『病草紙』の制作意図　小山聡子

『捜神記』と中国古代の伝説をめぐる一考察　河野貴美子

第一三二回例会　二〇〇五年（平成一七年）一二月一〇日　佛教大学

＊仏教文学会と合同開催

［説教の周辺］

中世仏伝図と『宝物集』に関する一考察―第二種七巻本を中心にして―　土井陽子

『浮世物語』の構成とその粉本　和田恭幸

臼杵市立図書館蔵『好生問答』について　後小路薫

沙石集諸本と無住の唱導　小島孝之

第一三三回例会　二〇〇六年（平成一八年）四月二二日　埼玉学園大学

『冥報記』佚文における金剛般若経説話　三田明弘

『続古事談』の勧修寺流藤原氏―『江都督納言願文集』の願文から―　山部和喜

婚姻儀礼の説話　服藤早苗

第一三四回例会　二〇〇六年（平成一八年）一〇月七日　慶應義塾大学

＊仏教文学会支部との合同開催

［九相詩絵巻をめぐって］司会○石川透

西山美香・渡部泰明・鷹巣純

第一三五回例会　二〇〇六年（平成一八年）一二月九日　鎌倉建長寺

『三宝絵』下巻「比叡坂本勧学会」の検討　井上和歌子

雅楽説話系太子伝承の形成と『聖徳太子講式』　伊藤潤

天野山金剛寺所蔵「憂喜餘の友（千代野物語）」をめぐって　米田真理子

第一三六回例会　二〇〇七年（平成一九年）四月二一日　東京家政学院大学

［和歌と説話―言語的位相差をめぐって―］司会○前田雅之

題詠・故事・注釈―院政期におけることばの位相―　岡崎真紀子

「建立」考―和歌・説話・注釈における言語的位相をめぐって―　小川豊生

和歌の言語特性と説話　山本一

第一三七回例会　二〇〇七年（平成一九年）一〇月六日　筑波大学

［〈生身〉をめぐる思想・造型と説話］司会○阿部泰郎

重源の勧進活動と生身の大仏—宗教的権威の継承—　生駒哲郎

仏像の生身化をめぐる問題点—裸形着装像を中心に—　奥健夫

説話文学における生身譚　稲垣泰一

「生身」をめぐる思想・造型そして説話　阿部泰郎

第一三八回例会　二〇〇七年（平成一九年）一二月一日　甲南大学

＊仏教文学会本部例会と合同開催

［説話と意匠］司会○田中貴子・（代行　石川透）

三角五輪塔の起源—重源創案説を問い直す—　内藤栄

室町～江戸初期の扇絵と絵物語から　徳田和夫

宇治拾遺物語の問題性　その仏教話（仏教関係説話）の性格　小林保治

第一三九回例会　二〇〇八年（平成二〇年）四月一九日　同志社大学

＊協力　奈良県立同和問題関係史料センター

［説話と賤視］

法華寺縁起考　筒井大祐

近世の桂女と由緒　村上紀夫

夙と土師部の由緒　吉田栄治郎

第一四〇回例会　二〇〇八年（平成二〇年）九月六・七日　弘前大学

＊仏教文学会支部例会と合同開催

北の辺境世界と平泉政権—「北の都」平泉の首都性と宗教思想—　斉藤利男

〈日本〉像の再検討—〈東北〉を視座に—　佐倉由泰・志立正知・田嶋一夫

第一四一回例会　二〇〇八年（平成二〇年）一二月一四日　善通寺遍照閣

［善通寺の経典・聖教］

善通寺の歴史と宝物　松原潔

善通寺の聖教と説話資料・文学資料—展示解説を兼ねて—　落合博志

善通寺蔵『真友抄』について—南北朝期高山寺系聞書が映す世相—　中山一麿

よじり不動考　渡辺匡一

第一四二回例会　二〇〇九年（平成二一年）四月二五・二六日　京都府立大学

［鳥羽離宮］

渡部泰明・三木雅博・上島享

第一四三回例会　二〇〇九年（平成二一年）一〇月三日　早稲田大学

［韓国の説話と説話研究］司会○増尾伸一郎

孫晋泰と柳田国男—説話の比較研究の方法をめぐって—　増尾伸一郎

韓国の説話と資料—寺刹縁起・高僧伝を中心に—　松本真輔

韓国における説話文学研究の動向　李市埈

第一四四回例会　二〇〇九年（平成二一年）一二月一二日　金沢文庫

［金沢文庫・称名寺聖教の唱導資料をめぐって］司会○近本謙介

金沢称名寺における説草の生成と使用　西岡芳文

称名寺聖教中の春日関係資料と『春日権現験記絵』　高橋悠介

金沢文庫の安居院唱導文献『上素帖』について　阿部美香

第一四五回例会　二〇一〇年（平成二二年）四月二四日　成城大学

［柳田国男の説話学を読み直す］司会○増尾伸一郎
柳田国男と説話研究　石井正己
「昔話の比較研究」―柳田國男からＥＭ（昔話百科事典）まで―
　高木昌史
炭焼長者譚と柳田国男の昔話研究　田中宣一
コメンテーター○竹村信治

第一四六回例会　二〇一〇年（平成二二年）一〇月二日　学習院女子大学

［海外所蔵絵巻・絵入り本］司会○石川透
『太平記』を題材とした絵巻・絵本―スペンサーコレクション蔵『呉
　越物語』を中心に―　小林健二
海外所蔵の室町土佐派絵巻について　高岸輝
在米の中将姫物語について―享受の諸相―　日沖敦子
コメンテーター○勝俣隆

第一四七回例会　二〇一〇年（平成二二年）一二月一一・一二日　南方熊楠顕彰館

［南方熊楠の説話と仏教　仏性・性・身体］司会○小峯和明
◇一二月一一日
時代の裂け目をさまよう身体　南方熊楠の身体論　安田忠典
真言密教―南方熊楠と真言僧の交流　神田英昭
南方熊楠の性―岩田準一往復書簡を中心に―　辻晶子
コメンテーター○松居竜五・奥山直司

第一四八回例会　二〇一一年（平成二三年）四月二三日　立正大学

［琉球の説話と歴史叙述］司会○島村幸一
「遺老伝」の行方―『遺老説伝』所載の「銘苅子」、「無漏渓」伝承
　を中心に―　木村淳也
『中山世鑑』における表現・引用について　小此木敏明
琉球の遊里の形成を巡って―〝辻〟を軸として―　照沼麻衣子
コメンテーター○渡辺匡一・樋口大祐

第一四九回例会　二〇一一年（平成二三年）一〇月一日　明星大学

［説話と室町文化］司会○前田雅之
浄土宗談義と説話・物語草子　恋田知子
連歌から俳諧へ　松本麻子
禅林の抄物と説話　堀川貴司

第一五〇回例会　二〇一一年（平成二三年）一二月一一日　京都女子大学

［〈解釈〉される経典・経文―その動態と創造性―］司会○小川豊
　生
千手経から生成・創造される作品群をめぐって―枯木に咲く花の
　モチーフを中心に―　平田英夫
経から説話へ―経説絵巻の詞と絵　山本聡美
無住の経文解釈と説話　小林直樹
コメンテーター○橋本正俊

第一五一回例会　二〇一二年（平成二四年）四月二一日　駒沢大学

［説話研究の潮流］司会○増尾伸一郎
民俗学における説話研究の視点と方法　小池淳一
中世神道・神祇信仰の観点からみた説話研究　伊藤聡
地域資料の調査、活用という観点からみた説話研究　中山一麿
東アジアの資料学の観点からみた説話研究　河野貴美子

第一五二回例会　二〇一二年（平成二四年）一〇月七日　青山学院大学

異本『病草紙』の展開　吉橋さやか
『義経地獄破り』における語りの構造—「修行者」の発心譚と教化の言説をめぐって　宮腰直人
ちりめん本「日本昔噺」シリーズの版の識別に関する考察　齋藤祐佳里
八幡託宣と道行譚　鶴巻由美
『神道集』における「神」像形成の理念—「伊香保大明神事」を手がかりに—　柏原康人
慶滋保胤伝の再検討　佐藤道生

第一五三回例会　二〇一二年（平成二四年）一二月一五日　崇実大学校

良弁伝と金庾信伝—弥勒の化身に対する韓日の認識の違いをめぐって—　小林純子
絵巻「かみよ物語」の成立に関する一考察—謡曲「玉井」との影響関係を中心に—　金英珠
「鹿女夫人」考—授乳のモチーフを中心に—　趙恩馤
一九二〇年代における孫晋泰「朝鮮民間説話の研究」の意義　金廣植
［古典の翻訳と再創造—東アジアの今昔物語集—］司会〇文明載・千本英史
古典の翻訳と再創造—東アジアの『今昔物語集』　小峯和明
中国における日本古典文学の翻訳と研究—『今昔物語集』を中心に—　張龍妹
ベトナムにおける日本古典文学の翻訳・出版・研究—『今昔物語集』を中心に—　グエン・ティ・オワイン
韓国における日本古典文学の翻訳の問題を廻って—『今昔物語集』を中心に—　李市埈
コメンテーター〇金忠永・李龍美
［日韓比較研究の諸問題］司会〇竹村信治
日韓比較研究の諸問題　松本真輔
日韓比較文学研究から、東アジア文学研究への転換　染谷智幸
東アジア物語文学の比較・対照研究　金鍾徳
東アジア比較説話学の形成と民俗学　増尾伸一郎

第一五四回例会　二〇一三年（平成二五年）四月二〇日　慶應義塾大学

［白河院金峯山御幸の記録と記憶—新出「江記逸文」をめぐって—］
新出「江記逸文」紹介—白河院の寛治六年金峯詣をめぐって—　Heather Blair
「院金峯山詣」願文の再評価—新出「江記逸文」との関わりから—　馬耀
金峯山・熊野史研究再考　上島享
金峯山における役行者の顕彰　川崎剛志
金峯山史の記憶をたどる記録と文芸再考　近本謙介
コーディネーター〇川崎剛志・近本謙介

説話文学会
大会の記録

1962 ～ 2013

第一回大会　一九六二年（昭和三七年）五月二〇日　早稲田大学

［シンポジウム　説話文学の課題］司会○永積安明

三谷栄一・大島建彦・馬淵和夫・長野嘗一・益田勝実

［講演］

西鶴文学の説話性と非説話性　暉峻康隆

戦後におけるヨーロッパ説話研究の諸傾向　関敬吾

第二回大会　一九六三年（昭和三八年）六月三〇日　早稲田大学

往生説話の一考察　小林保治

打聞集の位相　小島瓔礼

仏教説話の類型とその内容について　岩本裕

［説話の文体］司会○馬淵和夫

説話の文体―宇治拾遺物語をめぐって―　永積安明

説話文学の文章―文体と表記法―　山田俊雄

唱導文芸より物語へ　塚崎進

第三回大会　一九六四年（昭和三九年）五月二三日　早稲田大学

平家物語と蘇武・丹の説話　今成元昭

小世継物語について　小内一明

宝物集諸伝本における記事異同の様相について　小泉弘

由来を説く昔話　野村純一

［講演］

中国の民間文芸　直江廣治

第四回大会　一九六五年（昭和四〇年）五月二九・三〇日　早稲田大学

古事記に対する日本霊異記　増島一男

うぐいすの伝承―説話と歌謡―　渡邊昭五

地蔵説話への一視点　真鍋広済
物語から説話へ―絵画を通して―　三谷邦明
説話の機能　松本圭三郎
曽我物語と平家物語―頼朝伊豆流離説話・蜂起説話をめぐって―　福田晃
今昔物語集出典考の課題　今野達
［講演］
比較文学から見た継子いじめ　山岸徳平

第五回大会　一九六六年（昭和四一年）六月一一・一二日　東京教育大学
今昔物語集と後拾遺和歌集―その典拠論と構成論について―　上岡勇司
小さ子譚考　高橋静男
目連救母説話の輪廓　岩本裕
土佐日記の説話的享受と歌説話の貫之像　石原昭平
今昔物語集本朝仏法部の霊験譚について　大隅順子
古今集注と説話　三谷栄一
［講演］
説話としての日本神話　肥後和男
［シンポジウム　説話と説話文学―説話とは何か―］
司会〇三谷栄一
永井義憲・今野達・植松茂・臼田甚五郎・緒方惟精・国東文麿・小林智昭・長野嘗一・西尾光一・益田勝実・簗瀬一雄

第六回大会　一九六七年（昭和四二年）六月二五日　早稲田大学
軍記と説話―往生話をめぐって―　今成元昭
道祖神の信仰と説話　大島建彦
中国説話の二三の問題　枌尾武
仏教教団内で語られた説話　永井義憲
［講演］
説話の成長と文学　久松潜一

第七回大会　一九六八年（昭和四三年）六月九日　國學院大学
西鶴における説話継承の問題　浮橋康彦
吉備大臣入唐説をめぐって　野口博久
「閑居友」の組織と話の構造について　小林保治
「宝物集」六巻本　宗政五十緒
［シンポジウム　日本民族と古代説話］司会〇三谷栄一
史料を生む力　安津素彦
鳥上の地　大森志郎
説話の読みかたについて　西郷信綱
日本神話の歴史性　水野祐
国生み説話の意義　三谷栄一

第八回大会　一九六九年（昭和四四年）六月八日　國學院大学
＊日本歌謡学会と合同
狂言「横座」考　山本孝哉
小町説話の形成―業平との話をめぐって―　石原昭平
霊異記の仏典受容　露木悟義
少小部伝承について　丸山顕徳
肥前昔話考　宮地武彦
説話および説話文学研究の資料の扱いについて　西尾光一
［シンポジウム　古代における説話と歌謡］司会〇尾畑喜一郎
古代歌謡の場と主とを求める性質について　志田延義

説話文学と歌謡　土橋寛
平安期川中島説　神田秀夫

第九回大会　一九七〇年（昭和四五年）六月二八日　白百合女子大学

今昔物語集と諸寺縁起―四寺の縁起譚の考証をめぐり―　稲垣泰一
「沙石集」の一本、「金撰集」について　美濃部重克
説話文学の研究資料について　国東文麿
狩猟始祖説話の研究　石川純一郎
神道集における説話の形成―巻四「諏訪大明神五月会事」を中心に―　福田晃
［シンポジウム　説話の特質と分類］司会○大島建彦
大久間喜一郎・今野達・永井義憲

昭和四六年度大会　一九七一年六月二〇日　白百合女子大学

米沢地方の説話集　吉田道子
俵藤太伝説の一考察　中村節
備北の彦八話　野村純一
今昔物語集と注好選集との関連をめぐって　宮田尚
［シンポジウム　説話の伝承と文学化］司会○植松茂
金井清一・金田元彦・国東文麿・宗政五十緒

昭和四七年度大会　一九七二年九月一七日　慶応義塾大学

絵解と幸若―新作舞曲「三木」をめぐって―　庵逧巌
「沙石集」の裁判の説話をめぐって　藤本徳明
太平記阿新譚の成立と変容　長谷川端
院政期と説話―藤原義孝往生説話をめぐって―　高橋貢

［シンポジウム　怪異説話］司会○池田弥三郎
宮本常一・和歌森太郎

昭和四八年度大会　一九七三年六月二四日　慶応義塾大学

曽呂利物語と御伽物語小考　檜谷昭彦
伴信友の鈴鹿本今昔物語集研究　酒井憲二
古代祭祀伝承の一考察―特に神婚説話について―　山上伊豆母
蘇生譚について―『甦草子』を中心に―　山岸徳平
歌謡から生まれた人物　仲井幸二郎
梁塵秘抄の説話歌謡　志田延義

昭和四八年度金沢大会　一九七三年一〇月二七～二九日　金沢大学

『閑居友』における自照的発想について　青山克弥
『三国伝記』の方法　林恒徳
夢を解く景戒　藤森賢一
『撰集抄』における説話者の姿勢　杉本圭三郎
閑居の思想と『撰集抄』　伊藤博之
近世後期裁判説話の展開　内田保広
『続古事談』の特質と編者　志村有弘
『今昔物語集』における仏伝説話の考察　黒部通善
早物語―その伝承位相を中心に―　野村純一
延慶本『平家物語』における説話収載の目的と、その説話についての考察　渥美かをる
［講演］
敦煌資料と説話文学　川口久雄
第四高等学校と藤岡東圃・藤井紫影　山岸徳平
伝承の中の人物像　池田弥三郎

［シンポジウム　隠者と説話文学―中世文化における遁世者の役割り］司会○西尾光一
田村圓澄・益田勝実・永井義憲

昭和四九年度大会　一九七四年六月二三日　実践女子大学

日本霊異記中巻第一縁について　翠川文子
日本霊異記上巻第二縁の性格と意味―昔話氏族伝承説話の関り合い―　寺川真知夫
初期織田作之助文学と漂流記　八木光昭
沙石集における説話の特質　美濃部重克
慶慈保胤の見た瑞応伝　平林盛得
発心集第七　空也上人脱依奉松尾大明神事について　藤島秀隆
［講演］
新出　日本霊異記（来迎院本）について　山本信吉

昭和四九年度地方大会　一九七四年一二月一日　立命館大学

［シンポジウム　古代説話と史実］司会○国崎望久太郎
土橋寛・岡田精司・三谷栄一

昭和五〇年度大会　一九七五年五月二九日　実践女子大学

日本霊異記と伝　翠川文子
日本霊異記の庶民性の限界　増古和子
小子部栖軽の背後　久保田実
説話の形成と受容―吉野禅師の話を『霊異記』『三宝絵』『今昔』は如何に受容したか―　寺川真知夫
説話文学としての霊異記―上巻二縁を通して―　黒沢幸三
『日本霊異記』上巻部の構造と飛鳥元興寺　原田行造
『日本霊異記』の蘇生話について―特に下巻第九の説話を中心に―　春田宣
日本霊異記の序文　八木毅

昭和五〇年度地方大会　一九七五年一〇月一〇・一一日　梅光女学院大学短期大学部

続古事談の編纂意識について　房野水絵
「実隆公記」の説話から―語り・享受・室町期物語―　徳田和夫
「今物語」の作者と成立年代　増淵勝一
史実と説話と　庵逧巌
三宝絵総序をめぐって　塚田晃信
本朝仏法伝来話の構築―今昔編者の意図と方法―　小峯和明
盲僧の文芸性　宮地武彦
「発心集」における認識の方法をめぐって　藤本徳明
［講演］
山口県蓋井島の山（杜）の信仰―その民俗学的意味について―　国分直一
女人歌謡　臼田甚五郎
説話の享受と解釈―芥川龍之介と太宰治の場合―　西尾光一
日本の神話的想像力　益田勝実

昭和五一年度大会　一九七六年六月二〇日　早稲田大学

明恵と華厳縁起　野村卓美
『発心集』の成立過程について―往生要集とのかかわりを起点に―　青山克弥
少彦名命と道場法師　黒沢幸三
本地譚の展開―逢坂山物狂から蟬丸へ―　天野文雄
『今昔物語集』巻十一諸寺建立縁起部の構成　播摩光寿

［シンポジウム　『今昔物語集』の成立をめぐって］司会〇小泉弘
「今昔物語集」の成立について―東大寺内成立説をめぐって―　池上洵一
『今昔物語集』の成立をめぐって　今野達
『今昔物語集』の不成立をめぐって　今成元昭
澤田瑞穂・岩本裕

昭和五一年度秋季大会　一九七六年一〇月二四日　山梨大学

［シンポジウム　宇治拾遺物語について］司会〇大島建彦
宇治拾遺物語における「都」　久保田淳
宇治拾遺物語説話の特質　春田宣

昭和五二年度大会　一九七七年六月二六日　早稲田大学

説話における話し手と聞き手―日本霊異記を通路として―　黒沢幸三
発心集五巻本の世界　廣田哲通
長明と成賢―『発心集』説話採集の背景―　貴志正造
仏御前説話攷―加賀の伝承―　藤島秀隆
昔話と世間話―「こんな晩」の素性―　野村純一
［シンポジウム　説話と和歌］司会〇福田秀一
片桐洋一・三谷栄一・福田秀一

昭和五三年度大会　一九七八年六月二五日　女子聖学院短期大学

謡曲説話論　松田存
幸若舞曲の鎌足説話　西脇哲夫
三井往生伝について　小峯和明
上代伝承の型―景行記のヤマトタケル伝承を通して―　山崎正之
［シンポジウム　東洋と日本の説話］司会〇西尾光一

昭和五四年度大会　一九七九年六月二四日　女子聖学院短期大学

鴨長明と大原　相澤鏡子
撰集抄遁世話の特色について　小川豊生
日本霊異記の享受者意識　長野一雄
日本霊異記の漢字についての私見　中田祝夫
［シンポジウム　口承文芸の伝承者］司会〇成田守
佐久間惇一・宮地武彦・岩瀬博

昭和五五年度大会　一九八〇年六月二二日　二松学舎大学

説話の発生―日本霊異記中巻八条を通して―　黒沢幸三
わたしは日本霊異記をこう訓読した―平安初期古訓点本調査の応用から―　中田祝夫
中書大王と慶滋保胤―日本往生極楽記の補訂者について―　平林盛得
新出　大林院本『撰集抄』について　渡邉信和
［シンポジウム　仏教説話の流布をめぐる諸問題］司会〇福田晃・今成元昭
仏教説話と説教　永井義憲
仏教説話と絵画　宮次男
仏教説話と社寺縁起　五来重

昭和五六年度大会　一九八一年六月二八日　二松学舎大学

「熒惑の精」匡房―神田本『江談抄』冒頭話をめぐって―　吉原浩人
『江談抄』の周辺　後藤昭雄

『撰集抄』と説草『僧賀上人発心事』　阿部泰郎
［シンポジウム　『江談抄』と『古事談』］司会○篠原昭二
村井康彦・益田勝実・篠原昭二

昭和五六年度地方大会　一九八一年一二月六日　同志社大学

『平家物語』における説話の一側面―物語・説話・語り―　生形貴重
『神道集』と在地の神々　津田孝司
類聚本『江談抄』と『朗詠江注』―巻四・六の編纂資料―　黒田彰
［シンポジウム　物語と説話］司会○広川勝美・福田晃
説話の発生　黒沢幸三
物語と説話とのわかれ目　国東文麿
物語文学とは何か　三谷栄一

昭和五七年度大会　一九八二年六月二七日　東洋大学

西鶴に於ける「山崎」と「千軒」　小西淑子
猿神退治―『今昔物語集』巻二十六第七話を中心に―　永田典子
絵解き文学の語り手と台本　渡邊昭五
［シンポジウム　絵解き］司会○林雅彦
宮次男・川口久雄・林雅彦

昭和五七年度地方大会　一九八二年一一月二八日　常葉学園短期大学

『和漢朗詠注』と『江談抄』　田口和夫
『神道集』と歌学　榎本純一
［シンポジウム　『今昔物語集』本朝世俗部をめぐって］
司会○高橋貢・野口博久
今昔物語集本朝〈王法〉部論補説　小峯和明
『今昔物語集』本朝世俗部をめぐって　今野達
編纂・説話・表現―今昔物語集の言語行為序説―　森正人

昭和五八年度大会　一九八三年六月二六日　東洋大学

菅公怨霊説話成立の背景　南里みち子
西教寺正教蔵の唱導説話資料『因縁抄』　阿部泰郎
東大寺諷誦文稿と説話文学　中田祝夫
［シンポジウム　社寺縁起］司会○徳田和夫
小松和彦・中野猛・萩原龍夫

昭和五九年度大会　一九八四年六月二四日　大正大学

蟬丸伝承をめぐって　磯水絵
近世寺社開帳と絵解き―高田山と龍口寺の名古屋出開帳を中心に―　久野俊彦
百夜通い説話の一考察―『通小町』の背景をめぐって―　西村聡
［シンポジウム　弘法大師と説話］司会○塚田晃信
弘法大師信仰の形成と伝説　斎藤昭俊
弘法大師と説話　川原由雄
弘法大師の伝説　渡邊昭五

昭和六〇年度大会　一九八五年六月二三日　大正大学

谷崎潤一郎の説話意識―昭和期転身の仕組みについて―　野中雅行
地蔵説話にみる逆縁救済の論理―『地蔵菩薩霊験記』巻七第五話「逆縁免罪事」を中心として―　渡浩一
殺生・肉食を善とする説話の成立　河田光夫
『平家物語』小宰相入水譚の一考察　関口忠男

［シンポジウム　「軍記」と「説話」］司会○杉本圭三郎
日下力・長谷川端・水原一

昭和六〇年度地方大会　一九八五年一二月八日　同朋大学

＊仏教文学会と合同
聖徳太子伝における芹摘説話について　渡邉信和
平家打聞をめぐって　黒田彰
今昔物語の叙述　播摩光寿
貞慶の魔界意識をめぐって　清水宥聖
［シンポジウム　法語と説話］司会○黒部通善
田島毓堂・伊藤博之・今成元昭・簗瀬一雄

昭和六一年度大会　一九八六年六月一五日　駒沢大学

山岸文庫蔵『落窪の草紙』奥書の真偽―『阿漕の草紙』に及ぶ―　石川透
平家物語巻一「鱸」説話の祝言性について―　鈴木宗朔
橘成季、その「物語」の方法　山岡敬和
今昔物語集の〈国家〉像　前田雅之
直談物の構造・事理そして物語　廣田哲通
［縁起と説話］司会○村上学
阿部泰郎・大隅和雄・桜井徳太郎

昭和六一年度地方大会　一九八六年一二月六日　京都女子大学

［シンポジウム　教理と説話］司会○廣田哲通
渡辺貞麿・今成元昭・山田昭全

昭和六二年度大会　一九八七年六月二七～二九日　札幌大学

『今昔物語集』天竺部攷―前生譚本生譚を中心として―　原田信之
『今昔物語集』の叙述法（二）―具体的年月・地名への「ト云ウ」の参加―　播摩光寿
『日本霊異記』上巻の〈五百虎〉〈風流〉について　辻英子
『日本霊異記』訓読法衍義　中田祝夫
昔話・伝説の伝播と変容の諸問題―北海道の口承文芸採訪を通して―　阿部敏夫
二つの浦島伝説―浦島太郎誕生への流れ―　林晃平
『平家物語』と『予章記』　佐伯真一
歌徳説話の発生―古今仮名序準拠説の否定―　渡邊昭五
［講演］
アイヌ民族の伝承文学について―カラフトアイヌの場合―　村崎恭子
石占の伝承　大島建彦

昭和六三年度大会　一九八八年六月二五・二六日　中京大学

博雅蝉丸秘曲伝授説話の末裔　黒田佳世
『撰集抄』編者の女性観　渡邉信和
紀州（和歌山県）の非行少年の話（再読敷衍）―九世紀初めの仏教説話の発見報告―　中田祝夫
島原松平文庫蔵『古事談抜書』本文考―『古事談』の失われた本文を探る―　田中宗博
元禄本　宝物集について―宝物集諸本の系統―　大島薫
中世唱導余響―唱導資料としての東大寺図書館蔵『承明門院御忌中諸僧啓白指示抄』―　石井行雄
『叡山略記』について―紹介と資料的性格の検討―　落合博志
［講演］

中将姫異聞　関山和夫
一休伝承について　岡雅彦

平成元年度大会　一九八九年六月二四～二六日　同朋大学

夢にあらわれた往生人について　土門政和
鹿島神宮の開帳と略縁起　庄司千賀
彼岸にみる罪と罪人―『日本霊異記』における滅罪の構造―　仲井克己
御伽草子『横座房物語』出典考―『注好選』との関係について―　曽我部順子
武士譚に於ける「勇」と「武」―古事談四　勇士を手がかりに―　伊東玉美
心に思うままを書く草子―徒然草への流れ―　荒木浩
［講演］
妖としるまし　村山修一
作品論F―底辺の文学と説話―　簗瀬一雄

平成二年度大会　一九九〇年六月二三～二五日　親和女子大学

『発心集』における醍醐寺取材説話の可能性―心戒説話をめぐって―　今村みゑ子
新宮城旧蔵本『今昔物語』に施されたある異本注記　堀淳一
『今昔物語集』本朝部の構想と相剋　佐藤辰雄
浄土宗談義書における説話―西誉聖聡作『厭穢欣求集』をめぐって―　近本謙介
お伽草子・古浄瑠璃の御家物語諸篇について　大島由紀夫
中世の教養―『横座房物語』『ふくろう』『筆結物語』など―　廣田哲通
［講演］
瞽女と文芸　水原一
昔話の国際的伝播―「夫婦の縁」をめぐって―　三原幸久

平成三年度大会　一九九一年六月二二・二三日　昭和女子大学

『霊異記』冒頭三話と行基関連説話小考―水神没落型説話試論―　藪敏晴
今昔物語の表現構造―「忍ブ」をめぐって―　田中牧郎
『扶桑略記』の撰者像をめぐって　田中徳定
昔話「廻りもちの運命」の経歴―『御伽物語』以前―　山本則之
中世における神功皇后説話の展開　多田圭子
『徒然草』と和製類書―もう一つの漢籍受容史―　村上美登志
『奥州一宮御本地』をめぐる二三の問題　村上学
［講演］
不老不死の鬼　出雲寺修
霊山の女人禁制と開山の母公―高野山を中心として―　日野西眞定

平成四年度大会　一九九二年六月二七～二九日　大阪女子大学

『日本霊異記』法華経説話の懺悔滅罪性　中村史
井沢蟠龍と『今昔物語集』　加藤裕一郎
『今昔物語集』本朝仏法部　話末詞書考　仲井克己
『沙石集』の口語的性格―梵舜本第六を中心に―　斉藤由美子
金剛寺蔵　佚名諸菩薩感応抄について　後藤昭雄
中世太子伝記をめぐる二、三の問題　牧野和夫
三条西公条『吉野詣記』と太子信仰―信貴山・八尾勝軍寺・四天王寺ほか―　鶴崎裕雄

［講演　中世文学の説話的背景］
中世古今集注釈書の説話とその背景　片桐洋一
謡曲と説話　伊藤正義

平成五年度説話文学会大会　一九九三年六月二六・二七日　江東区深川江戸資料館　明治大学

［公開公演「えときの世界」］司会と解説○林雅彦・上島敏昭
絵解き
「六道地獄絵」（昼の部）竹沢繁子
「苅萱道心石童丸」（夜の部）
覗きからくり
「幽霊の継子いじめ」　土田年代
「金色夜叉」　北園忠治
パノラマ「地獄極楽」　安田里美
バナちゃん節　北園忠治

司会○徳田和夫
『大山不動霊験記』の成立とその構造―霊験発生の場を中心として―　松岡俊
説話伝承の場としての楽書―宮内庁書陵部蔵『愚聞記』について―　中原香苗
『今昔物語集』の「仏法」と「世俗」―法相宗四重二諦との関係―　原田信之
［創立三十周年記念・公開講演会］
説話研究の現在　小峯和明
中国中世小説への視座―口がたりと文字表現との出会い―　村上學

平成六年度説話文学会大会　一九九四年六月二五・二六日　相模女子大学

［シンポジウム『宝物集』の成立］司会○廣田哲通
高橋伸幸・中島秀典・山田昭全

司会○石橋義秀・田嶋一夫
『日本霊異記』の〈仏法〉と〈歴史叙述〉　藪敏晴
『今昔物語集』巻五第二十二語と七寺蔵『大乗毘沙門功徳経』善生品第二について　落合俊典
〈発心〉を描く方法　田中宗博

司会○鈴木登美恵・徳田和夫
『教訓抄』の舞楽説話をめぐって　石黒吉次郎
『宇治拾遺物語』第七八話「さき〳〵はくひにのりつつ…」について―　中川聡
『平家物語』〈宝剣説話〉考―崇神朝改鋳記事の意味づけをめぐって―　内田康
『太平記』と高一族悪行譚について　武田昌憲

平成七年度説話文学会大会　一九九五年六月二四～二六日　大谷大学

司会○稲垣泰一・千本英史
今昔物語集の構成をめぐる一試論―韓国関連説話をめぐって―　兪惠淑
人をあなどる事あるまじき事―今物語第一七話考―　富沢慎人
洞明院本「大山寺縁起」をめぐって　橋本章彦

司会○林雅彦・廣田哲通
溪嵐拾葉集とその時代―御談義と情報収集の方法をめぐって―

田中貴子
説話集と八幡信仰　新間水緒
山岳霊場における地主神の祭祀—高野山を中心として—　日野西真定
［シンポジウム　神仏習合説話をめぐって］司会○石橋義秀
密教の修法と説話—空海と丹生・高野と稲荷—　寺川眞知夫
修験道における神仏習合—権現信仰を中心として—　宮家準
越前の劔大明神縁起について　村山修一

平成八年度説話文学会大会　一九九六年六月二九・三〇日　國學院短期大学

「北と南の伝承」魚井一由・池宮正治
布施波羅蜜の説話と帝釈天　中村史
『今昔物語集』における「死ニタル屍ノ如ク」の表現をめぐって　中根千絵
『西行物語』と『撰集抄』—和歌の扱いを中心に—　礪波美和子
〈翻訳〉における和歌の機能—『蒙求和歌』・『百詠和歌』を基点として—　山部和喜
芭蕉俳諧と中国古代説話文学—『荘子』寓言をめぐっての一考察—　塚越義幸
『御嶽山縁起』と説経『あいこの若』　須田学
栄海の著作活動における『真言伝』　佐藤愛弓
説話資料としての『職原抄』注釈　小峯和明

平成九年度説話文学会大会　一九九七年六月二八～三〇日　いわき明星大学

［シンポジウム　説話文学における東国］司会○前田雅之
佐藤晃・播摩光寿・前田雅之
「能読」の道命阿闍梨—『宇治拾遺物語』第一話への一視角—　柴佳世乃
『夢中問答集』における本朝の記述をめぐって　西山美香
養寿寺蔵『三国伝記』について　湯谷祐三
子引き裁判伝承上の諸問題　松村恒
空海伝の変奏「説教かるかや」をめぐって　門屋温
『藍染川絵巻』試論—芸能の草子化における一考察—　渡辺匡一
清水観音の効験譚　千本英史

平成一〇年度説話文学会大会　一九九八年六月二七・二八日　日本女子大学

［シンポジウム　幼学・注釈の世界と説話］司会○田口和夫
相田満・黒田彰・廣田哲通
『日本霊異記』の行基—大徳考—　関根綾子
『日本霊異記』にみる天皇像　秋吉正博
伏見宮本『文机談』成立論　齋藤徹也
名楽器譚の伝承　中原香苗
忠快譚の展開をめぐって—『忠快律師物語』を中心として—　川鶴進一
仮名本『曾我物語』における説話の働き—巻第五・六末尾の説話群を中心に—　小井土守敏
走湯山縁起の表現と世界—『走湯山縁起』並びに『走湯山秘訣』を中心に—　鴨志田美香
菅江真澄における中世説話集の享受—十訓抄・古今著聞集・三国伝記を中心に—　磯沼重治

平成一一年度説話文学会大会　一九九九年六月二六～二八日　筑波大学

［シンポジウム　『沙石集』をめぐって—神道・仏教・地域—］
司会○荒木浩

伊藤聡・小林直樹・堤禎子
『大日本国法華経験記』にみる護法童子　小山聡子
『今昔物語集』巻第一〇冒頭帝王話群と『貞観政要』　三田明弘
『今昔物語集』原巻二三の分立について　村戸弥生
神宮文庫本『発心集』の性格と特色―本文・説話配列・標題から―　塩野友佳
『私聚百因縁集』試論―檀王法林寺蔵『枕中書』をめぐって―　湯谷祐三
『塵嚢抄』の政道観―式目注釈学とその関わりを中心に―　小助川元太
浦島伝説の近世における展開―所謂御伽草子と巖谷小波「日本昔噺」の狭間をめぐり―　林晃平

平成一二年度説話文学会大会　二〇〇〇年六月一七～一九日　同朋大学

［公開講演　織豊政権の時代と文学］司会〇渡辺信和
「織豊政権の文学」　柳沢昌紀
「信長・秀吉とその時代」　三鬼清一郎

司会〇稲垣泰一・阿部泰郎
『三宝絵』下巻をめぐる基礎的考察　横田隆志
『今昔物語集』巻第二十「良源僧正、成霊来観音院伏余慶僧正語第八」本文考―叡山文庫蔵『依正秘記』『山門要記』に見える説話―　松田宣史
白河院の「大峯縁起」御覧―『熊野権現金剛蔵王宝殿造功日記』の言い張ること―　川崎剛志

司会〇廣田哲通・田中宗博

懸想文をめぐる言説―御伽草子を中心に―　伊藤慎吾
『義経記』における静をめぐる物語の芸能説話性について　刑部久
『十訓抄』の特徴の一側面―第六を中心に―　内田澪子
浦嶋子の帰郷―『古事談』所収「浦嶋子伝」の性質について―　項青

平成一三年度説話文学会大会　二〇〇一年六月二三～二五日　同志社女子大学

［公開講演］総合司会〇吉海直人
伝承と編纂―旧約聖書における説話文学―　中村信博
昔話伝承と文献説話　福田晃

興福寺の今昔物語集―奈良本は松林院本か―　浦部誠
日本と韓国の地蔵説話考―『寶蓋山石臺記』を中心として―　好村友江
『宝物集』十二門の接続表現をめぐって　北郷聖
妻子珍宝及王位の偈の使用意図の変遷―勧善の偈として厭世の偈として―　松村恒
『熊野の本地』に描かれた虎　永藤美緒
伊豆峰行者の系譜―走湯山の縁起から真名本『曽我物語』へ―　阿部美香
園城寺勧学院本『沙石集』について　石井行雄
如来寺蔵『三語集』について　渡辺匡一

平成一四年度説話文学会大会　二〇〇二年六月二二～二四日　奈良女子大学

［シンポジウム　未来記の射程］司会〇阿部泰郎
小峯和明・出雲路修
コメンテーター〇小南一郎・米井力也・高橋昌明

『春日権現験記絵』巻十九の検討―『祐春記』の記事との関わりから―　内田澪子

聖徳太子は殺生を嫌ったか―『聖徳太子伝暦』が描く二つの太子像―　松本真輔

清涼寺の噂―『宝物集』釈迦栴檀像を起点として―　中川真弓

『鷲林拾葉抄』における尊舜の学問―引用書目を端緒として―　渡辺麻里子

近世前期における〈三国志〉享受の一齣―『国史館日録』を中心として―　田中尚子

母を尋ねて―朱寿昌の刺血写経―　坪井直子

五条天神考―中世から近世へ―　雨野弥生

『宇治拾遺物語』「博打婿入事」考　廣田收

平成一五年度説話文学会大会　二〇〇三年六月二一・二二日　駒澤大学

[シンポジウム　宗教文化研究と説話の「場」]　司会〇小峯和明

小松和彦・徳田和夫・小峯和明

『古今著聞集』に見る福天神の諸相　井黒佳穂子

『日蔵夢記』と天神信仰の形成―太政威徳天の姿と言葉―　山本五月

『愚管抄』における後白河院記述について　上宇都ゆりほ

平安時代における阿弥陀信仰―『日本往生極楽記』を中心として―　小山聡子

『今昔物語集』巻二十八をめぐって　舩城梓

『今昔物語集』における費長房説話　中村文子

『日本国現報善悪霊異記』の化牛譚―償債譚が牛に限定される理由と中国説話からの脱却―　青野美幸

スタソーマ王本生譚の思想的背景　中村史

説話文学会春季大会　二〇〇四年（平成一六年）七月三・四日　早稲田大学

鞠の庭―『徒然草』百七十七段の周辺―　米田真理子

『古今著聞集』の和歌説話―歌人の構成面に見られる編纂態度―　櫻井利佳

『今昔物語集』本朝世俗部の仏教的背景―巻二十六をめぐって―　舩城梓

二つの天神伝説―藤原保忠像をめぐる『日蔵夢記』と『大鏡』―　菊地真

堕地獄と蘇生譚―醍醐寺焔魔王堂絵銘を読む―　阿部美香

[公開講演会]

「石像の血」型伝承の諸相―九州の事例を中心に―　山本節

文献記載説話の都市空間―「礼ノ橋」と「屏風ノ裏」―　池上洵一

説話と民俗芸能―昔話・早物語の文脈から―　野村純一

平成一七年度説話文学会大会　二〇〇五年六月一八～二〇日　名古屋大学

総合司会〇高橋貢

[シンポジウム　経蔵と文庫の世界―一切経・宝蔵・聖教―]

司会〇阿部泰郎

経蔵に収められし仏教典籍―一切経・章疏・聖教―　落合俊典

天皇家ゆかりの文庫・宝蔵の「目録学的研究」の成果と課題　田島公

院政期東密における書籍目録の編纂　山崎誠

司会〇吉原浩人・徳田和夫・川崎剛志・佐伯真一

中世仏教史叙述の撰述目的―『仏法伝来次第』を中心に―　三好俊徳

当麻曼荼羅と比丘尼―『月庵酔醒記』所収説話を端緒として―　日沖敦子

長谷寺の頂上仏と説話　横田隆志

福岡県山門郡山川町の平家谷　仲井克己

司会○伊藤聡・磯水絵・千本英史

伝聖徳太子撰『説法明眼論』の受容―主に了誉聖冏の著作から―　鈴木英之

『古事談』諸本の研究　松本麻子

今昔物語集巻二十九「或所女房以盗為業被見顕語第十六」の欠話について―古今著聞集巻十二偸盗第四三三と同話であること―　田口和夫

［ワークショップ・資料展示］真福寺経蔵の説話文献―調査研究とその保存・修復をめざして―　司会進行○阿部泰郎

［展観］大須文庫聖教の説話文献

中間報告○佐藤あゆみ・近本謙介・川崎剛志

実地解説○墨仙堂・関地久治、日本写真印刷株式会社・岩村哲

平成一八年度大会　二〇〇六年六月一七・一八日　佛教大学

［シンポジウム　孝子伝研究の現在］司会○三木雅博

漢代孝子伝攷―和林格爾後漢壁画墓について―　黒田彰

太原金勝村唐墓屏風式壁画と唐代の孝子図　趙超

アメリカとヨーロッパにおける孝子伝研究の現状　キース・ナップ

梵舜本『沙石集』の性格と成立　加美甲多

聖教に記された夢―慈尊院栄海の夢想記述―　佐藤愛弓

『金玉要集』の孟宗説話をめぐる一考察　宇野瑞木

『衆経要集金蔵論』―新出の敦煌本と『今昔物語集』―　本井牧子

内類『小敦盛』成立と祖本についての再考―挿絵を中心に―　吉崎奈々

「朗詠江註」と古本系『江談抄』　佐藤道生

平成一九年度大会　二〇〇七年六月一六・一七日　慶應義塾大学

［シンポジウム　デジタル社会の中の説話文学研究］司会○石川透

荒木浩・千本英史・相田満

太子伝再考―『本朝神仙伝』の「上宮太子伝」について―　馬耀

諏訪流の鷹書―宮内庁書陵部蔵『才覚之巻』記載の鷹説話の検討から―　二本松泰子

〈地獄破り〉異聞―田村将軍の冥府譚を中心に　宮腰直人

尼寺と絵巻―真盛上人伝の一型―　恋田知子

山王霊験譚形成の一側面　橋本正俊

大江匡房の音楽世界―「江談」に漏れた話―　磯水絵

平成二〇年度大会　二〇〇八年六月二八～三〇日　熊本大学

［講演］

今昔物語集の明治　竹村信治

中世伊勢物語と源氏物語　今西祐一郎

『和漢朗詠註抄』についての再検討　山田尚子

地蔵寺蔵「蓮体講経覚書（仮題）」について　山崎淳

偽経と説話—金剛寺蔵佚名孝養説話集をめぐって— 箕浦尚美
無住と金剛王院僧正実賢 小林直樹
登場人物に見る説話集編纂の意図—『古今著聞集』を中心に— 平本留理
兵庫県極楽寺蔵『六道絵』の〈絵語り〉について—十王の絵相を中心に— 井上泰
腐る死体と腐らない死体—説話の東西比較の視点から— 田中貴子
三国の変貌—普遍と個別の反転現象をめぐって— 前田雅之

平成二一年度大会 二〇〇九年六月二〇～二一日 奈良女子大学

［シンポジウム 建築と説話—身体・建立・信仰—］
司会〇千本英史
冨島義幸・小川豊生・藤田盟児
コメンテーター〇山岸常人・黒田龍二
『今昔物語集』天竺部における仏の聖地—祇園精舎と霊鷲山— 永藤美緒
一妖物攷—空から子を襲う女妖— 菊地真
袈裟と女人—真福寺大須文庫所蔵『袈裟表相』について— 佐藤愛弓
解脱房貞慶の唱導の多面性と意義—今津文庫所蔵『解脱上人御草』とその周辺— 近本謙介
お伽草子『鼠のさうし』の制作圏—夢中の物語— 三浦億人
東アジア孝子説話にみる生贄譚—お伽草子『法妙童子』を中心に— 金英順
浄土巡歴譚とその図像化—メトロポリタン美術館本北野天神縁起絵巻をめぐって— 阿部美香
ちりめん本「日本昔噺」シリーズと中世説話文学 田嶋一夫

平成二二年度大会 二〇一〇年六月二六～二八日 広島大学

［シンポジウム 東アジアの説話圏］司会〇小峯和明
風で飛んできた花嫁の話 金文京
朝鮮人物説話の文学史的機能 野崎充彦
「教諭」社会の東アジア—琉球儒学への視点— 中村春作
〈薩琉軍記〉物語生成の一考察—三国志説話を中心に— 目黒将史
吉備大臣入唐説話と一行阿闍梨伝—天体封印説話をめぐって— 佐々木雷太
費長房の説話をめぐって—『今昔物語集』を中心に— 高陽
『金蔵論』韓国版本と『今昔物語集』 本井牧子
日本に於ける鰐（ワニ）の認識 杉山和也
「大三輪神三社鎮座次第」の再編 向村九音
『神道集』における「めのと」考—物語的縁起における「めのと」のあり方をめぐって— 柏原康人
『神道集』の神道言説をめぐって 有賀夏紀
『是害房絵』の基本的構造 久留島元
「子猷尋戴」故事の文学・絵画・建築 西山美香

平成二三年度大会 二〇一一年六月二五～二七日 新潟大学

［シンポジウム 地域と説話—和歌・修験・歴史—］司会〇錦仁
秋田における〈歴史〉の創造と説話 志立正知
奥会津から見る日本の聖教典籍文化 久野俊彦
「和歌者我国風俗也」—藩主の和歌思想 錦仁

『日本霊異記』九州関係説話の成立　三舟隆之
『今昔物語集』巻八と巻十八の欠巻問題について　金偉
『今昔物語集』の求める事実性　川上千里
鷹書における説話生成―異形の雉説話を中心に―　大坪舞
近世時宗における一遍伝―『一遍上人絵詞伝直談抄』を中心として―　今枝杏子
文禄慶長の役における英雄と説話―論介と毛谷村六助の説話を中心に―　岩谷めぐみ
東アジアにおける桃太郎像の共有と変容　琴榮辰
近代朝鮮説話集における初期新羅説話考察―昔解脱に関わる説話を中心に―　金廣植
『沙石集』諸本における譬喩経典受容―伝本位置づけの端緒として―　加美甲多
中国史抄物『燈前夜話』の享受について―非抄物典籍における禅林抄物の利用と中世後期の学問の一隅をめぐって―　野上潤一

平成二四年度大会（説話文学会創設五十周年記念大会）
二〇一二年六月二三・二四日　立教大学

基調講演「二つの日本古典文学―注釈と説話から見て―」ハルオ・シラネ
［シンポジウム第一セッション　説話とメディア―媒介と作用―］
司会○石川透・竹村信治
メディアとしての文字と説話文学史　荒木浩
中世メディアとしての融通念仏縁起絵巻　阿部美香
バーチャル・メディアとしての六道絵　鷹巣純
コメンテーター○楊暁捷・藤原重雄
［シンポジウム第二セッション　説話と資料学、学問注釈―敦煌・南都・神祇―］司会○近本謙介・千本英史
敦煌本『仏説諸経雑縁喩因由記』の内容と唱導の展開　荒見泰史
中世南都の経蔵と新渡聖教　横内裕人
日本中世の神祇・神道説と東アジア　舩田淳一
コメンテーター○本井牧子・スティーブン・ネルソン
［シンポジウム第三セッション　説話と地域・歴史叙述―転換期の言説と社会―］司会○小峯和明・鈴木彰
水の神の変貌　黒田智
『天正記』の機構と十六世紀末の文化・社会の動態　佐倉由泰
信仰譚・奇跡譚からみたキリシタン信仰　神田千里
コメンテーター○樋口大祐・張龍妹

平成二五年度大会　二〇一三年六月二九～七月一日　南山大学

「寛文・延宝期の文化的動態――再編される文と武――」
司会○鈴木彰
尾張徳川家における絵巻・絵入本の受容について　龍澤彩
変容する神仏関係―寛文・延宝期の伊勢神宮をめぐって―　平沢卓也
寛文・延宝期の軍記物語をめぐって―延宝五年版『平家物語』を中心に―　出口久徳
『法華験記』にみられる女人について　市岡聡
『麻疹太平記』と本草学をめぐって―擬人化された食物の対立を描く物語―　畑有紀
愛知教育大学本『和漢天狗会話』の紹介―『是害房絵』の近世的展開―　久留島元
阿波守宗親説話成立の一側面　塩山貴奈

『古今著聞集』試論—巻第四・文学第五の藤原頼長説話を中心として— 柳川響
林羅山『本朝神社考』の清原宣賢『日本書紀抄』利用について—『本朝神社考』における文献批判の非在と羅山の学問の一隅をめぐって— 野上潤一
地蔵説話の継承と変遷—中世から近世へ— 清水邦彦

▼説話文学会　事務局一覧

期間	事務局	代表
1962.1 ～ 1965.7	早稲田大学	佐々木八郎
1965.8 ～ 1967.7	東京教育大学	山岸徳平
1967.8 ～ 1969.7	國學院大學	臼田甚五郎
1969.8 ～ 1971.7	白百合女子大学	市古貞次
1971.8 ～ 1973.7	慶應義塾大学	池田弥三郎
1973.8 ～ 1975.7	実践女子大学	三谷栄一
1975.8 ～ 1977.7	早稲田大学	国東文麿
1977.8 ～ 1979.7	女子聖学院短期大学	塚崎進
1979.8 ～ 1981.7	二松学舎大学	貴志正造
1981.8 ～ 1983.7	東洋大学	大島建彦
1983.8 ～ 1985.7	大正大学	山田昭全
1985.8 ～ 1987.7	駒沢大学	水原一
1987.8 ～ 1989.7	同朋大学（沼波政保研究室）	安田孝子
1989.8 ～ 1991.7	昭和女子大学	松田稔
1991.8 ～ 1993.7	明治大学	林雅彦
1993.8 ～ 1995.7	相模女子大学	志村有弘
1995.8 ～ 1997.7	いわき明星大学	田嶋一夫
1997.8 ～ 1999.7	筑波大学	稲垣泰一
1999.8 ～ 2001.7	文教大学	田口和夫
2001.8 ～ 2003.7	専修大学	石黒吉次郎
2003.8 ～ 2005.7	早稲田大学	小林保治
2005.8 ～ 2007.7	慶應義塾大学	石川透
2007.8 ～ 2009.7	奈良女子大学	千本英史
2009.8 ～ 2011.7	立教大学	小峯和明
2011.8 ～ 2013.7	明治大学（鈴木彰研究室）	林雅彦

あとがき

鈴木　彰［説話文学会事務局］

瞬く間に二年がすぎていった。事務局の実務をお引き受けしてから二度目の、学会創設五十一年目の大会を目の前にして、そう感じている。ただし、かつてないほどに濃縮された時間が、記憶の中に折りたたまれている。その心地よい重みを感じない日はなく、このような季節を迎えた説話文学会に、事務局の側からめぐりあえたことは幸いであった。

説話文学会の事務局を引き継ぐことになったとき、二〇一二年六月に予定されている学会創設五十周年記念大会のこともお聞きした。今期の事務局は、この特別な一年を実りあるものにするための下ごしらえをすることが最大の役目であった。

年度計画を構想する過程で、年度内に計三回開かれる例会の企画も記念大会と連携させて、五十年の歩みを未来に向けて問い直し、今後の可能性を展望することをめざすという方向性が導き出されてきた。五十周年記念事業委員会および委員会での立案と検討を経て、四月例会ではシンポジウム「説話研究の潮流」（於駒澤大学)、九月例会では例年の大会規模での研究発表会(於青山学院大学)、十二月例会では初の海外開催例会として、韓国日語日文学会と共催の形でシンポジウム、ラウンドテーブル、研究発表会をおこなうことができた(於崇実大学校)。本書には大会と十二月例会の講演・シンポジウム・ラウンドテーブルの記録を収めたが、四月例会シンポジウムの内容と研究発表に基づく論文は、機関誌『説話文学研究』第四十八号(二〇一三年七月三十日刊行予定)に掲載される。この一年間の記録として、併せてご覧いただけたら幸いである。

本書を編むにあたり、当日の録音あるいは発表原稿に基づいた基礎データをもとに、それぞれに補筆をお願いした。また、学会内外の数名の方に、説話研究への提言を寄稿していただいた。お忙しい中、ご協力くださった各位に心より御礼申し上げる。なお、記念大会の一年後を目標として刊行を急いだ面もあったため、諸事に注意を払ったつもりではあるが、多々不備もあろうかと思われる。ご批正いただければ幸いである。

説話研究はこれからどこへ向かうのか。今、それに答えることはできないが、説話とは何か、なぜ説話を研究するのか、という問いかけを絶えず続けてきたことで、この一年間の活況が生み出されたことをあらためて心に刻んでおきたい。諸行無常。説話研究の環境は決して自明のものとしてここにあるのではなく、これからも変わらず、新たに拓いていくべきものにほかならない。説話から世界をどう解き明かせるのだろうか。本書を手にとってくださった方々に、説話研究の魅力と無限の可能性を読み取っていただけるとしたら、事務局としては大きな喜びである。

末筆ながら、本論集の刊行をご快諾くださった笠間書院の池田つや子社長、とりわけ橋本孝編集長と編集担当の岡田圭介氏に篤く御礼申し上げる。なお、本書に掲載された写真はすべて橋本、岡田両氏によるものである。

説話文学会　委員一覧（平成23年7月〜平成27年6月）

浅見　和彦　阿部　泰郎　荒木　浩　池上　洵一
○石川　透　磯　水絵　伊藤　聡　稲垣　泰一
小川　豊生　落合　博志　菊地　仁　黒田　彰
小秋元　段　小島　孝之　小林　健二　小林　保治
◎小峯　和明　佐伯　真一　○鈴木　彰　高橋　貢
田口　和夫　○竹村　信治　田嶋　一夫　○近本　謙介
○千本　英史　堤　邦彦　徳田　和夫　中前　正志
錦　仁　★林　雅彦　前田　雅之　牧野　和夫
牧野　淳司　増尾　伸一郎　三角　洋一　森　正人
渡辺　匡一　渡辺　麻里子　渡　浩一

※○印＝五十周年記念事業委員会委員。◎印は五十周年記念事業委員会代表。★印は代表委員。

書名——説話から世界をどう解き明かすのか

説話文学会設立 50 周年記念シンポジウム［日本・韓国］の記録

編者——説話文学会

http://www.setsuwa.org/

平成 25（2013）年 7 月 5 日　初版第 1 刷発行

ISBN978-4-305-70698-0

●本書に掲載されている執筆者の肩書き・プロフィール等は、原則として開催時のものです。

発行所——笠間書院
発行者——池田つや子

装　幀——笠間書院装幀室
印刷・製本——モリモト印刷

〒 101-0064
東京都千代田区猿楽町 2-2-3
笠間書院
電話 03-3295-1331 Fax 03-3294-0996
web :http://kasamashoin.jp/
mail:info@kasamashoin.co.jp